Tanja Dückers
Hausers Zimmer

Roman

Schöffling & Co.

Dies ist ein Roman, ein Werk reiner Fiktion.
Figuren und Handlungen sind frei erfunden.

Erste Auflage 2011
© Schöffling & Co. Verlagsbuchhandlung GmbH,
Frankfurt am Main 2011
Alle Rechte vorbehalten
Satz: Reinhard Amann, Aichstetten
Druck & Bindung: Pustet, Regensburg
ISBN 978-3-89561-010-3

www.schoeffling.de
www.tanjadueckers.de

Hausers Zimmer

Das Rattenloch – Taubenland

Drüben brannte schwaches Licht. Er lag ausgestreckt auf dem Bett, die Arme hatte er hinterm Kopf verschränkt, die Lockenmähne hing ihm übers Gesicht. Wenn ich die Augen zusammenkniff, konnte ich auf seiner Brust dunkle, krause Haare erkennen. Mein Blick wanderte weiter: Seine Unterhose war ein wenig verrutscht, und ich sah, dass er überall gleichmäßig braun war. Wahrscheinlich ging er in eines der neuen Sonnenstudios. Neben ihm lagen zwei kleine Bierflaschen. Der Fernseher flimmerte. Wie immer. Hinter dem Bett erkannte ich ein Motorradpärchen auf einem Strandweg; Palmen, Wolkentupfer, Abendrot. Das war nicht das Fernsehbild, sondern eine Hawaiitapete. Ick schlaf in Berlin unta Palmen, sagte der Hauser. Sein Alter konnte ich schwer schätzen. Vermutlich war es bei ihm andersherum als bei Klaus: Meinen niedlichen Vater mit dem blassen Jungengesicht und den strohblonden strubbeligen Haaren hielten alle für jünger, als er war. Ich schob den Vorhang noch mehr zur Seite und schaute hinüber zu unserem Küchenfenster, das zum Hof wies. Wiebke und Klaus saßen am abgedeckten Abendbrottisch, tranken Wein und lasen sich gegenseitig aus der Zeitung vor. Wie immer. Sie sahen mich nicht.

In gleichmäßigem Abstand flackerte es bunt über den hawaiianischen Abendhimmel und durch die Berliner Finsternis: Auch nach Silvester hatten Pechs ihre Weihnachtsdekoration nicht abgehängt. Und wie ich Pechs kannte, blinkte und glitzerte es mindestens bis Ostern bei uns im Hof.

Jetzt trat Herr Kanz aus einer der Souterrainwohnungen, er schleppte, wie es aussah, eine neue Skulptur in den Hinterhof. Er fabrizierte grundsätzlich nur Brüste. Er sagte, das sei sein »Thema«. Klaus sagte »Masche« dazu. Im Hof standen zurzeit dreizehn große Brüste. Sie waren alle ungefähr einen Meter hoch. Manche waren flacher, andere runder, manche hatten Brustwarzen so groß wie unsere Abendbrotteller, manche nur knopfgroße Punkte. Auf eine Brust hatte Herr Kanz ein Herz gemalt: »Sven, ich liebe dich«. Er selbst hieß Sven. Als ich einmal Klaus, der sich den ganzen Tag mit Kunst beschäftigte, fragte, was er von Herrn Kanz' Brüsten halte, schüttelte er nur den Kopf und rollte mit den Augen. Wenn Klaus Herrn Kanz auf dem Hof begegnete, winkte er ihm jedoch lässig zu, rief »Frohes Schaffen!« oder »Wohlan!« Einmal auch ein launiges »Wie viele sollen's denn noch werden?«

Gegenüber von Herrn Kanz hatte ein anderer Künstler sein Freiluftatelier und seine Dauerausstellung im Hof: Herr Olk. Herr Olk, den Falk und ich auch den Grottenolk nannten, tat immer sehr bescheiden und nannte sich »Sammler« oder »Erfinder«, nicht Künstler. Er betonte dies stets gegenüber Herrn Kanz, der Kunst studiert hatte. »Ick bin keen Studierta«, sagte Herr Olk gern und nicht ohne Eitelkeit von sich. Denn im Grunde hielt er sich bei aller zur Schau gestellten Bescheidenheit natürlich für ein Genie, unverbraucht, keinerlei professionellen Deformation zum Opfer gefallen, kurz: für einen edlen Wilden. Sobald sich ein Journalist auf unseren Hinterhof verirrte, was durchaus ein paar Mal vorgekommen war, nannte er seine im Hof herumliegenden Haufen *Urbane Collagen*. Zurzeit bestanden diese aus verrosteten Schrottteilen, an denen bunte Plastiktüten und -eimer baumelten (als Sinnbild des Konsums, wie er Falk und mir erklärt hatte), die sich nach stürmischem Wetter auch anderswo im Hof wiederfanden, zum Beispiel auf Herrn Kanz' Brüsten. Nach jedem starkem Wind waren sie mit dem ein oder anderen Schrottteil, sei es einem verbogenen Kleiderbügel, einer zerdellten Clownsmaske oder einer vom Grottenolk schwarz angesprühten Plastikgirlande, neu »verziert«. Was jedes Mal dazu führte, dass Herr Kanz diese Objekte, ohne Herrn Olk zu fragen, eigenhändig in dessen Installationen »re-integrierte«, sehr zum Verdruss von Herrn Olk.

Herr Kanz und Herr Olk versuchten im Großen und Ganzen redlich miteinander auszukommen, aber jeder von ihnen nickte sofort erleichtert, sobald man auch nur andeutungsweise eine herablassende Bemerkung über die Qualität der Kunst des anderen machte.

Natürlich hatte ich Klaus auch gefragt, was er von Herrn Olks raumgreifenden Installationen hielt. Mein Vater hatte lange mit unglücklichem Gesichtsausdruck geschwiegen und dann gesagt: »Naja, bei Kanz existiert zumindest so etwas wie, wie könnte man das euphemistisch … vielleicht, hach, also, Gestaltungswillen … Ach, Julika, lassen wir das Thema, ich muss da schließlich schon jeden Tag dran vorbei.« Jedenfalls gab Klaus sich Mühe, mit keinem der beiden länger als mit dem anderen zu sprechen, um keine Zwietracht bei uns im Haus zu säen.

Mit einem Mal setzte ein trommelndes Geräusch ein; ich lehnte meinen Kopf an die Scheibe, hörte und spürte, wie der Hagel gegen meine Fensterscheibe prallte. Dieser Hagel schien heute das Erste zu sein, was durch meine Müdigkeit zu mir drang. Ein böses, dumpfes Hämmern war das. Es klang, als ob aus dem metallfarbenen Himmel Nägel fielen – in einer Zeit, als die Welt wieder eine Scheibe zu sein schien, oben und unten, West und Ost, Gold oder Blech, Schein oder Sein, Lüge und Wahrheit, oder umgekehrt, die Scheibe drehte sich, drehte sich, flirrend, blitzend generierte sie neue Gegensatzpaare, das meiste davon Lug und Trug. Und irgendwo dazwischen, auf der Kippe, auf der Kante, am Rande, also an der Front, und doch in der Mitte, im Zentrum, im ruhigen Auge des stillen Sturms, der den Kalten Krieg über die meiste Zeit herrschte: Berlin, West und Ost, regennass, hüben wie drüben.

Nach einer Weile löste ich mich vom Fenster, rief laut »Tschü-hüss« durch die ewigen Jagdgründe unserer riesigen Wohnung und knallte die Tür zu. Letzte Woche im Keramikkurs hatten wir Eierbecher getöpfert; meine waren nachher im Ofen zersprungen. Heute konnte ich von vorne anfangen. Viel lieber würde ich am Fenster stehen bleiben, den Hauser beobachten und die Hauptstädte mittel- und südamerikanischer Länder auswendig lernen. Das tat ich seit Silvester und war schon bis H (Honduras/Tegucigalpa) gekommen, obwohl wir erst den 3. Januar hatten.

Eingehüllt in ein hässliches Regencape meiner Mutter und mit einem Wollschal um den Hals marschierte ich los. Ich grüßte Herrn Kanz, der keuchend Bierkästen aus seinem alten Volvo-Kombi holte; auf der Krempe seines schwarzen zerbeulten Huts glitzerten Hagelkörner. Der Grottenolk hatte sich in seiner Souterrainwohnung verkrochen und tauchte bei Kerzenschein Plastikblumen abwechselnd in Eimer mit schwarzer und roter Farbe. Anarchoblumen.

Dann lief ich am Mottenmuseum, wie wir den kastenartigen Neubau mit winzigen Fenstern neben unserem Haus nannten, vorbei. Mottenmuseum hatte Klaus sich einfallen lassen. Ein Bekannter aus einer der lichtarmen Wohnungen in diesem Gebäude hatte über Motten in seinen vier Wänden geklagt und zur Bekräftigung seiner Worte auf ein Loch im Ärmel seines Wollpullovers gezeigt.

Klaus hatte Falk und mir einmal erzählt, dass beim Häuserkampf im Frühjahr '45 die Eckbauten besonders oft zerstört worden seien. Für unsere kleine Straße traf das jedenfalls exakt zu: an jeder Ecke eine Art Mottenmuseum, dazwischen graue Altbauten. In einem dieser dunklen, taubenverkackten Häuser mit Einschusslöchern wohnten wir. Unsere Eltern, die Falk in Anlehnung an ihre Lieblingsband *The Mamas and the Papas* gern The Wiebkes and the Klauses nannte, waren Anfang 1964 in die geteilte Stadt gezogen, im Jahr von Falks Geburt. Klaus hatte in einem damals neu gegründeten Kunstbuchverlag zu arbeiten angefangen. Was er da genau machte, hatte ich als Kind nie verstanden. Oft lag er tagsüber zu Hause in seinem unförmigen Lieblingssessel, las in dicken Manuskripten und kritzelte in ihnen herum. Manchmal besuchte er Ausstellungen und schrieb nachts darüber. Manchmal hielt er auch Reden oder Vorträge, oft wurden dabei zittrige Diabilder an die Wand geworfen. Und oft wurde geklagt, dass der Projektor plötzlich nicht mehr funktioniere. Falk und ich fanden diese Veranstaltungen meistens schrecklich langweilig. Nicht mal friedlich dösen durfte man, dann gab es Ellenbogenrempeln oder Kniffe in den Oberarm von Wiebke. Falk ging genau einmal mit, dann nie wieder. Jahrelang versuchten Wiebke und Klaus mit missionarischem Eifer, bei ihm wieder Interesse für »wichtige« Ausstellungen, Rundgänge, Gedenkfeiern, Lesungen und Vorträge zu wecken, und lamentierten, er sei »ignorant«, aber Falk zuckte nur die Schultern. Kulturterror. Den musste man aussitzen.

Überall blitzte und blinkte es noch in den Fenstern. Die Bewohner unserer Straße schienen einen regelrechten Wettkampf gegeneinander angetreten zu haben, wer die exorbitanteste Weihnachtsdekoration aufzubieten hatte. In meinem Dämmerzustand sah ich bald alles doppelt, ein Inferno ans

Lichtblitzen und -funken prasselte auf mich ein. Ich schlurfte weiter durch den Hagelsturm; unter meinen Moonboots knirschte es, als bräche der Bürgersteig auseinander. Auf der Lietze, wie wir die Lietzenburger Straße nannten, gingen die festtäglichen Lichterketten nahtlos in die glitzernden Lämpchenreihen von Bordellen und Peepshows über. Bei Wuppkes neben *Lorettas Garten* hing eine Uhr mit einem großen glitzernden Weihnachtsmann; der Zeiger war vorn auf seiner Hose angebracht. Sehr witzig.

Überall in den Wohnzimmern lief die dritte Folge von *Das Traumschiff*, reiste man auf dem Sofa mit nach Barbados. Alle wollten heimlich nach Süden. Alle wollten sie weg. Nein, alle wollten in Berlin bleiben und sich dann aus der Mitte der Stadt hinauskatapultieren, aus einem Tunnel, dem Rattenloch, dem Bahnhof Zoo, der Ruine der Gedächtniskirche, der Nationalgalerie, der Akademie der Künste, dem Grunewaldsee, dem Wannsee, dem Schloss Charlottenburg, dem Flughafen Tempelhof – aus irgendeinem der magischen Orte dieser Stadt, in der die Luft auf eine vibrierende Art stillstand (eine besondere Art der Stille, eine erregte Stille, war das), in etwas ganz Anderes katapultieren. Nur nicht Restdeutschland. Nur nicht Deutschland. Berlin–New York. Berlin–Honolulu. Berlin–Utopia. Glitzerberlin. Weit fort – und immer wieder zurück.

Überall roch es nach modrigem Laub, nach Zersetzung und nach Steinkohle. Überall klebte gefrorene Taubenscheiße. Neben uns auf einem Schneeberg stieg dampfend der Geruch von Urin auf. Ein verspäteter Silvesterknaller krachte in der stillen, kalten Luft. Dann fiel Goldregen auf die verwitterte Brandmauer vor mir. Die Straße war leer, nur die beiden türkischen Mädchen aus unserem Hinterhaus hockten in ihren weiten karierten Röcken, die sie in mehreren Schichten trugen, auf einem Mäuerchen, tuschelten und kicherten. Manchmal rieben sie ihre roten Hände aneinander und pusteten sie warm. Dann erklang der melodische Singsang: »*Serife, Filiz! Hadi artık, yemek soğuyacak!*« Ich kannte jedes einzelne dieser Worte, ohne mehr als die Vornamen der Nachbarskinder zu verstehen: Vermutlich wurden sie zum Abendessen gerufen.

Meine Zehen waren mittlerweile so kalt, dass ich sie beim Gehen kaum noch spürte. Die Obdachlosen, mit denen Wiebke und Klaus in freundschaftlichem Verhältnis standen, dösten in ihrem beheizten Verschlag (deshalb konnte man sie eigentlich nicht als Obdachlose bezeichnen) vor sich hin; ich winkte einmal. Karl trug einen ausrangierten Pullover von Klaus. Ein bisschen irritiert war ich immer, wenn ich Karl in italienischer Markenkleidung sah. Der rostrote V-Ausschnittpullover meines Vaters stand ihm jedoch gut. Karl hatte einen langen rotbraunen Bart. Die kleine Hütte hatten Klaus, Falk und Herr Hülsenbeck widerrechtlich am Rande eines nahe gelegenen Parkplatzes errichtet, was aber nie jemand beanstandet hatte.

Jetzt kam Fred mit der Koderitz um die Ecke gebogen; er kläffte mich freudig an, sprang an mir hoch und leckte mein Regencape ab. Die Koderitz tätschelte seinen Kopf; sie grüßte mich nicht. Für die Temperaturen war sie sehr leicht bekleidet, ihr Haar hing ihr in nassen Strähnen ins aufgedunsene Gesicht.

Ich lief weiter und kam an der Praxis meiner Zahnärztin vorbei, weshalb ich unwillkürlich bis in den Rinnstein auswich, dann an *Neue Küchen*, in dem letztes Jahr die orangefarbenen und die hellgrünen Einbauküchen verschwunden waren und chromfarbene Einzug gehalten hatten. *Friederikes Pflanzenoase* beachtete ich nicht mehr, denn da gab es keine

Kakteen, nichts Exotisches – trotz des Namens. In einem Fenster hing ein riesiges Bild von einem Weihnachtsmann mit vierundzwanzig Adventstürchen. Die 24 war vorne an seiner Hose angebracht. Offenbar war das der Renner der Saison.

An der nächsten Straßenecke stieg ich vom Bürgersteig auf ein moosbewachsenes Mäuerchen. Dort blickte ich durch das Astloch eines hohen, schiefen Holzzauns auf die verwilderte Wiese vor mir, die wir das Rattenloch nannten. Isa und ich hatten dort einmal Ratten so groß wie Dackel gesehen. Ein anderes Mal hatte ich, als ich über den Zaun auf zertrümmerte Möbel und herumliegenden Unrat starrte, den Hauser entdeckt: Er stand in zerrissenen Jeans und Cowboystiefeln auf einem der Müllberge und hielt etwas in der Hand, das wie ein Luftgewehr aussah. Ein bisschen sah er dabei aus wie der Marlboro-Mann. Eine Reklame, die Wiebke verabscheute.

Ich schob die morschen Holzlatten so gut es ging auseinander, tastete mit einem Fuß den Boden ab – er gab nicht nach: Berliner Permafrost. Es war still. Ein Fisch lag in einem Meer glitzernder, von Blutrinnsalen durchzogener Schuppen, auf einer zerdellten Fanta-Dose sammelte sich Regenwasser, Wind fuhr pfeifend durch die verdorrten Sträucher. Ich stapfte durch das Gestrüpp, das mir bis zu den Hüften reichte, passte auf, dass keine Konservendosendeckel in meine Turnschuhe schnitten. Und da waren sie wieder, die Ratten, die eigentlichen Herren über dieses Gebiet, das seit dem Krieg niemand mehr bebauen wollte, weil es zu feucht war. Da waren sie: Sie hüpften auf Waschmitteltonnen, sprangen über ausrangierte Kühlschränke und Kinderwagen, rollten behände wie Zirkustiere auf Bierflaschen und stellten sich auf die Hinterbeine, um einen Pappteller mit zermatschten Pommes zu ergattern. Sie wälzten sich in Ketchup, suhlten sich in Mayonnaise und purzelten in Senflachen. Sie gelangten mühelos auf ein altes Klavier und schlugen zwei, drei wilde Akkorde an. Von dort kletterten sie in ein kaputtes Kettcar, sprangen zwischen verbogene Fahrradspeichen und hopsten auf einer alten verrosteten Schreibmaschine herum, schrieben unsichtbare Briefe – himmelwärts. An ihren großen, gütigen Rattengott. Ihr Gott war gütig, da war ich mir sicher. Vielleicht erlebten ja alle Herrschaftssysteme – um einen bevorzugten Begriff von Wiebke und Klaus zu benutzen – die gleiche Abfolge von Blüte und Verfall, nur zu unterschiedlichen Zeiten. Falls es für Ratten ein »altes Rom« geben sollte, dann entfaltete es sich hier in West-Berlin, zu Beginn des Jahres 1982, direkt vor meinen Augen.

Nachdem ich herumgelaufen war, ließ ich mich auf einer alten Ariel-Tonne nieder. Sofort landete eine Taube auf meiner Schulter. Selbst durch kräftige Handbewegungen ließ sie sich nicht verscheuchen. Nein, *sie* verscheuchte meine Hand mit ihrem Flügelschlag. Schließlich kapitulierte ich, und sie pickte mir seelenruhig eine Cornflakesflocke aus meinem Wollschal. In ihren Augen sah ich keinen Stolz, keinen Triumph, nur das sture, durch nichts zu erschütternde Selbstbewusstsein Jahrhunderte alter Herrschaft. Dann spazierte sie ohne Hast meinen Arm herab, über meine rotgefrorene Hand, auf die Tonne und von dort – hoch erhobenen Hauptes – auf die verrostete Schreibmaschine. Und schrieb fröhlich klappernd Briefe. An ihren großen, gütigen Taubengott.

Noch einmal krachte es – rot, grün, gold flackerte die Brandmauer auf. Bunt leuchtete das Graffiti *All you need is LSD* auf. Hinter aufsteigenden Rauchschwaden konnte man *Lummerland ist abgebrannt* und *Bonzen, wir kriegen euch* lesen. Klein auf der Höhe eines Kindes auch drei Üs. Woher die kamen, wusste ich ganz genau. Noch einmal leuchtete der

Himmel über dem Rattenloch in Diskofarben auf. Die Ratten und die Tauben fingen an zu tanzen. Und ich – ich war einfach nur dabei.

Geschlossen hatte Falk an seine Tür gehängt, als ich vom nächsten missglückten Eierbechertöpferversuch nach Hause kam. Dieses Schild galt nur mir, denn Wiebke und Klaus waren abends nach der *Tagesschau* fast immer unterwegs. Unsere Eltern wollten nicht, dass wir sie mit Mama und Papa anredeten, sie nannten uns ja auch nicht Sohnemann und Tochter, sondern Falk und Julika, so ihre Begründung. Zum Glück hatten sie kurze Vornamen.

Ich hörte endlose Bassläufe und ahnte, dass mein Bruder auf seinem Hochbett saß und Roth-Händle ohne Filter rauchte. Da hatte er mich nicht gern dabei. Falk war lieber allein, das hieß: allein mit seinen Platten. Ohne Musik wäre er jämmerlich krepiert. Im Urlaub hatte er von Anfang bis Ende schlechte Laune, weil er vorher nur einen Bruchteil seiner Platten auf Kassette überspielen konnte. Gut ging es ihm erst, wenn der Grenzübergang in Sicht, Berlin also nicht mehr fern war. Beim Anblick des russischen Panzerdenkmals am Grenzübergang Dreilinden freute er sich immer mächtig. Endlich wieder zurück in die Höhle. Falk hasste Reisen. Sicher auch, weil lange Autofahrten für ihn unbequem waren: Er war mit siebzehn Jahren fast einen Meter neunzig groß.

Ich dagegen sammelte nicht Platten, sondern Aufkleber. Meine Tür war mit den widersprüchlichsten Aussagen der Zeit zugeklebt: Vom überstrapazierten Gemeinschaftsdenken bis zum selbstsüchtigen *Rette sich wer kann!*, vom hysterisch ausgerufenen Endlos-Party-Optimismus bis zum ebenso hysterisch heraufbeschworenen Katastrophenszenario, von Klo- und Galgenhumor bis zu witzfreier Bitternis.

Seit Neuestem klebte, zwischen *HE-Man* und der Maus aus der *Sendung mit der Maus*, ein kleiner grüner Igel auf gelbem Grund an meiner Tür. Den hatten mir Wiebke und Klaus mitgebracht. Ein anderer dieser Igel klebte plötzlich bei uns am Kühlschrank. Mit dem Igelchen wurde keine Kinderfernsehsendung beworben, wie ich erst vermutete, sondern eine neue Partei, über die meine Eltern oft sprachen.

So zugeklebt und bunt wie meine Tür war, so weiß und kahl war Falks. Aus den abgesenkten Vertäfelungen ragte ein riesiger verrosteter Nagel, und an diesem hing das wendbare Plastikschild: *Geöffnet*, *Geschlossen* – das war alles, was mein Bruder der Außenwelt mitteilen wollte.

Langsam schlurfte ich durch unsere Wohnung. Sie war so groß, dass Falk und ich früher Angst hatten, nachts auf die Toilette zu gehen. Es war ein Labyrinth aus großen und kleinen Zimmern mit und ohne Durchgängen, mit Flügeltüren, mit Geheimtüren, mit zugemauerten Türen, mit Türrahmen, in die Klaus und Wiebke Bücherregale eingebaut hatten, mit herausgerissenen und nachträglich wieder anders eingebauten, mit stuckverzierten und schmucklosen Wänden, mit schwindelerregend hohen Decken, mit Rumpelkammern, Vorratskammern, Abstellkammern, früheren Dienstbotenzimmern, mit einem riesigen, fast lichtlosen Berliner Zimmer (lange Zeit hatte ich mich gefragt, warum das so hieß, bis Klaus mir erklärt hatte, dass es sich bei dieser Besonderheit des Berliner Mietshauses um ein Durchgangszimmer handelt, das das Vorderhaus mit dem Seitenflügel eines Gebäudes oder den Seitenflügel mit dem Hinterhaus verbindet), mit einem ohne Erlaubnis in die Außenwand gebrochenen Fensterchen zum Hof, mit kleinen und großen Kachelöfen, manche meterhoch aufragend und reich ornamentiert wie Altäre, andere niedrig wie Küchenherde, manche mit Jugendstilkacheln – rosa Tulpenmotive auf flaschengrünem Grund –, andere hellbraun wie die Hundescheiße auf den Schneebergen an der Lietzenburger oder dunkelbraun wie das Fell von Frau Koderitz' Mischlingshund. Es war ein Labyrinth mit Hochbetten, Himmelbetten und eingezogenen Böden, mit einem Versteck unter den Dielen, in dem früher vielleicht mal jemand Schutz gesucht hatte (vor den Nazis? hatten wir uns gefragt) und Klaus jetzt kostbare Zeichnungen aufbewahrte (dort sind sie nun wirklich lichtgeschützt! – so seine Logik). Es gab zwei Eingangstüren, eine große im Vorderhaus, eine kleinere im Seitenhaus – so groß war diese Wohnung, und nicht nur diese, auch die von Hülsenbecks, Klügers, Herrn Olk und Herrn Wiedemann.

Es waren Wohnungen, in denen man sich verkriechen, Besatzungen und Kalte Kriege, Rudi Carrell und Karel Gott, Michael Schanze und Heino überstehen konnte. Ein Teil der Zimmer war ordentlich hergerichtet, mit weißen Fußleisten und glänzenden Fensterbrettern, ein anderer unrenoviert. Ein Teil war im Krieg weggebombt und in den Fünfzigerjahren wieder angebaut worden, dort fehlte der Stuck. Es waren Wohnungen, die nie fertig wurden, deren Wände an einem Ende schon wieder vergilbten, wenn sie am anderen gerade erst gestrichen wurden. Wurde in einem Teil der Räume halbherzig begonnen, die Wasserschäden an den Decken zu überpinseln, tropfte es schon wieder von anderen Decken; es waren Wohnungen, deren Sicherungen genauso locker saßen wie die ihrer Bewohner.

Ein Zimmer, dessen Existenz ich manchmal richtiggehend vergaß, hatten Wiebke und Klaus bis auf einen freistehenden Stuhl komplett unmöbliert gelassen. Es war nur von Klaus' Arbeitszimmer aus betretbar, und mein Vater nannte es seinen Denkraum. Gelegentlich stand dort eine angebrochene

Flasche Rotwein, und einmal sagte Falk, um ihn zu ärgern: »Klaus – hast du den Rotwein ein bisschen angedacht?« So kahl wie Klaus' Rückzugszimmer war, so vollgestopft war Wiebkes Bücherstube. Bei unserem Einzug damals hatte Wiebke, die von Körperpflege nicht allzu viel hielt, das Gästebadezimmer in ein schmales Bücherstübchen umgewandelt. Wenn sie sich dort wieder einmal zurückzog, klopfte Falk manchmal an die Tür und rief: »Runter vom Pott!«

In allen anderen Räumen wucherte bei uns Kunst. Da gab es den *Sprechenden Waschlappen* – dieses Objekt hatten Wiebke und Klaus von einem befreundeten Künstler aus London geschenkt bekommen. Der knittrige Frotteewaschlappen in einer Glasvitrine sagte jede Menge unanständige Dinge wie *Put me between your legs* oder *Don't forget to wash your ass*, wenn man außen auf einen Knopf drückte. Dieses Kunstwerk war eines der wenigen, das auch Falk gefiel.

Gleich neben der Eingangstür ragte ein ungefähr ein Meter langes, rot-weißes, an eine Straßenabsperrung erinnerndes schmales Brett in Kopfhöhe aus der Wand – diese Skulptur wurde gelegentlich von ahnungslosen Gästen als Garderobe benutzt, was Wiebke und Klaus stets in helle Aufregung versetzte.

Nicht viel leichter zu erkennen war die Kunst in den Hauptzimmern, was nicht nur daran lag, dass ein Teil davon, vor allem Zeichnungen, tagsüber oft mit Laken abgedeckt wurde – um sie vor Sonnenlicht zu schützen. So mancher Besucher ahnte gar nicht, was an Überraschendem hier oder da unter den stockfleckigen Laken seinem Blick verborgen geblieben war.

Neben dem Berliner Zimmer gab es noch mehrere andere große Räume – in einem der Wohnzimmer hing eine Lampe, die eigentlich eine Skulptur war – oder umgekehrt. Die Skulptur sah wie ein Karton mit mehr Ecken als üblich aus, und in den Karton waren Löcher geschnitten. Aus den Löchern hingen dünne Fäden, an denen wiederum Fotos baumelten. Aber auf den verwackelten Fotos sah man nichts außer verschiedenen Augenpaaren. Ich fand die Lampenskulptur oder Skulpturlampe ausnehmend hässlich, aber Klaus meinte, sie sei grandios, ein Meisterwerk. Die Arbeit hieß *Löcher – Gegenwelt*.

Einmal sagte ich so leichthin zu Klaus, dass *Löcher – Gegenwelt* mich ein wenig an eines der Arrangements von Herrn Olk in unserem Hinterhof erinnere. Tief getroffen blickte Klaus mich an, so dass ich meine Aussage hastig zurücknahm.

Dann gab es noch eine Art Pappmachéskulptur, die Falk und ich *Boat People* getauft hatten. Das hatten wir in den Nachrichten aufgeschnappt. Falk und ich hatten so konsequent von *Boat People* gesprochen, dass Wiebke und Klaus den Titel übernahmen. »Wiebke, vielleicht sollten wir die *Boat People* doch woandershin verfrachten, hier gehen sie ein bisschen unter«, hörte ich Klaus tatsächlich sagen, als er sich mit Wiebke spätabends nach einer Vernissage durch unseren kunstgespickten ersten Flur bugsierte.

Falk und ich waren der Meinung, dass wir mehr Mitspracherecht haben sollten, was die Möblierung der Wohnung anbetraf, schließlich hatten wir früher im Kinderladen fast alles selbst gestalten dürfen – was Klaus und Wiebke uns als großen Vorzug dieses Kinderladens gegenüber herkömmlichen Kindergärten angepriesen hatten –, doch unser Vorstoß versetzte sie in Angst und Schrecken. Falk musste angesichts ihrer Unglücksmienen lachen und meinte: »Schon gut, meinetwegen stolpere ich weiterhin dreimal am Tag über die *Boat*

People, bis das Ding eines Tages wie eine zermanschte Bifi aussieht, Himmel, beruhigt euch.« Und so blieben nur unsere Kinderzimmer ordentlich aufgeräumte kunstfreie Zonen.

In der Nähe unserer Wohnung gab es ein Theater. Jedes Jahr fand dort ein »Tag der offenen Tür« statt, bei dem man ausrangierte Theaterklamotten ergattern konnte. Das war für mich früher einer der größten Tage überhaupt. Falk und ich kamen jedes Mal als Ritter, Prinzen, Drachen oder Sultane verkleidet zurück, und Wiebke und Klaus machten begeistert Fotos von uns. Manchmal packte sie dann der Spieltrieb, und wir vier rasten in den von uns angeschleppten Klamotten durch die Wohnung, und an diesem einen besonderen Tag durften Falk und ich uns auch in den eigentlich den Erwachsenen vorbehaltenen Wohnzimmern aufhalten. Wir krabbelten dann unter die orangefarbenen Schalensitze vor dem Fernseher und unter den klobigen Glastisch oder steckten die Köpfe aus einer Plastikskulptur, die wie die Kreuzung einer Aubergine mit einem Krokodil aussah. Weil wir heute selbst »Kunstwerke« waren, so die Logik unserer Eltern, war das ausnahmsweise erlaubt.

Als Falk und ich jünger waren, hatten Klaus und Wiebke voller Hingabe einen Teil der Wohnung in eine Art Möbel- und-Kunst-Landschaft verwandelt, denn sie wollten uns Kindern Kunst nahebringen, indem sie bekrabbel- und begehbare Kunstwerke kreierten und manchmal auch solche, die ursprünglich nicht zur Begehung gedacht waren, eigenhändig ummodelten. Sie entwickelten dabei viel Phantasie: Durch ganze Zimmer konnte man sich nur noch kletternd bewegen. Unsere Verwandten hielten uns spätestens ab diesem Zeitpunkt für verrückt.

Aus unserer Kindersicht waren The Wiebkes and the Klauses zumindest ziemlich merkwürdig: Als Falk und ich klein waren, durften wir in unseren Zimmern die Wände bekrakeln. Das taten wir auch ausgiebig. Wir malten und kritzelten und klebten aus Zeitschriften ausgerissene Bilder an die Wand. Wiebke und Klaus fotografierten unsere »originellen Einfälle« sogar. Aber wir mussten jeden Tag unsere Betten machen. Auch wenn wir »Scheiße« an die Wand daneben schreiben durften.

Irgendwann gingen uns dann unsere Krakeleien auf den Wecker. Hundertmal stand bei mir in verschiedenen Farben und Größen: »Falk ist doof«; bei Falk prangten endlose Reihen von sich an den Händen haltenden Skeletten mit irren Augen. Nachdem wir stundenlang auf Leitern gestanden und unsere Zimmer neu gestrichen hatten (in Weiß), verspürten wir nie wieder den Wunsch, die Wände zu bemalen.

Wiebke und Klaus waren tief enttäuscht darüber. Und nicht nur über unseren Entschluss, die eigenen »Werke« unter eintönigem Weiß verschwinden zu lassen: Als wir vier einmal bei einer Kollegin von Wiebke zum Kaffeetrinken eingeladen waren, äußerten Falk und ich uns spontan begeistert über ihre »gemütliche, kleine« Neubauwohnung. Obwohl Falk ein Hüne ist, gefielen ihm sogar die niedrigen Decken sehr. Wiebke und Klaus waren sprachlos. Doch Falk und ich hätten damals gut auf unsere langen Flure, die man endlos staubsaugen musste, und auf die ewig hohen Decken mit den vielen Spinnweben verzichten können. Da oben sammelten sich doch nur abgestandene Gedanken – dachten wir. Den Luxus von Platz und Raum hatten wir noch nicht begriffen, Platz war da wie Luft, wie Müll, wie Kunst.

Ich trat ans Hoffenster und hob den Vorhang ein wenig: Die Pechs saßen vor ihrem Monstrum von Fernseher und sahen sich an, wie ein Haufen aufgedrehter alter Leute die *Polonäse*

Blankenese tanzte – Gottlieb Wendehals' Riesenhit. Als Tanz konnte man dieses Geschiebe und Getrippel allerdings kaum bezeichnen. Auch beim Hauser lief die *Polonäse*, aber er schien nicht da zu sein. Hatte wohl Besseres zu tun, als sich anzugucken, wie Rentner im Chor in einem Pseudodialekt etwas über die Annäherung zwischen dem Erwin und der Heidi sangen.

Ich drehte mich um und legte mich auf meine Matratze. Ich war, wie so oft, sehr müde, denn ich schlief nachts kaum. Flackernd erhellte jetzt der Pechsche Riesenfernseher mein Zimmer, die Musik wurde lauter, die *Polonäse* schien auf einen Höhepunkt zuzusteuern: Erwin zieht los mit ganz großen Schritten und fasst der Heidi von hinten an die – Schulter. Der Refrain über die wegfliegenden Löcher im Käse mit dem Reim auf Polonäse wiederholte sich, und die Pechs stellten ihren Fernseher noch lauter.

In der Küche nahm ich mir eine Dose aus dem Müll und spielte einmal durch die Wohnung kicken. Damit war ich eine halbe Stunde beschäftigt. Ich schoss mich durchs Berliner Zimmer, durch drei Flure und an zahlreichen Hindernissen, will sagen Kunstwerken, vorbei bis zur Haustür. Ich hatte drei Joker. Dreimal durfte meine Dose aus einem Kunstwerk befreit werden. Wenn sie beim vierten Mal festhing, hatte ich verloren. Gegen mich selbst. Diesmal schaffte ich den Hindernislauf in achtundzwanzig Minuten. Persönliche Bestzeit.

Danach wollte ich sehen, ob Isa zu Hause war.

Isa und ich kannten uns, seit wir fünf Jahre alt waren. Unsere Eltern zogen zeitgleich in den damals noch halb leerstehenden Altbau. An diesem Tag standen wir uns im Treppenhaus zwischen all den Umzugshelfern gegenüber, beide mit einem

Stofftier im Arm, das jeweils ungefähr so groß war wie wir selbst. Hinter uns brüllten unsere Eltern, schleppten Möbel, Bücherkartons und mit Geschirrtüchern und Laken bedeckte Kunstwerke nach oben. Unsere Kinderzimmer waren irgendwo in den Kisten verschwunden. Nichts war mehr so, wie es war. Während wir uns ansahen, fingen wir an zu weinen. Dann sagte Isa: »Ich bin Isabel«, und ich sagte: »Ich bin Julika.« Das war der Beginn einer äußerst soliden Freundschaft, die Vieles aushielt.

Ich stapfte ins Treppenhaus. Wie immer war das Licht kaputt; im Dunkeln tastete ich mich ein Stockwerk tiefer. Auf jedem Treppenabsatz roch es auf spezifische Weise nach den jeweiligen Bewohnern. Jede dieser Riesenwohnungen hatte ihren eigenen Geruch, der nicht allein auf die jeweiligen Kochgewohnheiten zurückzuführen war. Diese Wohnungen hatten – oder entwickelten – ein Eigenleben. Ich hätte immer gewusst, bei wem ich vor der Tür stand.

»Isabel ist nicht da! Sie ist noch bei Wuschel!«

Isas Mutter, die keinesfalls Hildegard, sondern Mutti genannt werden wollte, stand mit ihrer merkwürdigen Lesebrille vor mir, die mich an ein tropisches Insekt denken ließ, vielleicht an die Große Patagonische Steppenfliege, falls es sie gäbe. An ihrer türkisfarbenen Seidenbluse steckte eine goldene Brosche, die respekteinflößend funkelte. Sie beugte sich zu mir herab: »Ich sage Isa morgen, dass du hier warst, ja? Sie übernachtet heute nach dem Reiten bei ihrem Vater. Du weißt ja, Wuschels Stall ist nach Lichtenrade verlegt worden.«

Ich nickte, warf noch einen Blick auf Frau Hülsenbecks hochhackige, ebenfalls türkisfarbene Schuhe, dann trabte ich die zwei Treppen wieder zu uns hoch. Frau Hülsenbeck trug Dinge, die Wiebke »nie im Leben« anziehen würde, aber sie verstanden sich trotzdem ganz gut. Wiebke hatte immer

Cordhosen und Leinenhemden, Jeanshosenröcke oder Nickipullover an. Dazu Sandalen, Clogs oder monströse Schaffellstiefel. Pfennigabsätze waren ihrer Meinung nach die »reinste Männererfindung«, die »die Herrschaften gefälligst selbst tragen« sollten, bevor sie anderen »so was zumuten«. Aber Frau Hülsenbeck und Wiebke trafen sich oft auf einen Tee und redeten über die Elternabende an unserer Schule, über die Hobbys ihrer Töchter und darüber, welche Musik-, Bastel- oder Malkurse wir zur Förderung unserer Kreativität belegen könnten.

Frau Hülsenbeck war nach dem Krieg als Kind mit ihrer Familie aus Grünberg geflohen. In ihrem Esszimmer hingen mehrere große goldgerahmte Ölgemälde, die die Umgebung Grünbergs darstellten, in ihrem Schlafzimmer ein Aquarell mit dem »Kloster Paradies« in lieblicher Landschaft.

Wenn Falk und ich sie hin und wieder belauschten, fiel uns auf, dass es zwei Themen gab, über die Wiebke und sie fast nie sprachen: Kleidung und Politik. Über so schwierige Dinge redete Wiebke lieber mit Anna, der Mutter von Fiona. Bei denen brauchte ich heute gar nicht erst zu klingeln, denn Fiona hatte ihren Batikkurs. Fiona und Anna wohnten, ebenfalls auf 250 Quadratmetern, einen Stock unter Hülsenbecks. Bei Anna konnte Wiebke sich stundenlang verkriechen. Manchmal zog Anna dann die blau-weißen Seidenvorhänge zu, die sie von den griechischen Inseln mitgebracht hatte, und man sah nur den Schein einer großen Altarkerze dahinter.

Aber auch ich brauchte unser Haus nicht zu verlassen, wenn das Wochenende wieder einmal völlig verregnet, verhagelt oder einfach nur grau wie unser Fußabtreter war: Ich hockte dann mit meinen beiden besten beziehungsweise einzigen Freundinnen, mit Isa und Fiona, auf moosgrünen oder erdbraunen Matratzenlagern in einem unserer höhlenartigen

Zimmer, die sich alle in der großen Höhle namens West-Berlin befanden. Dort zündeten wir auf Flaschenhälse gesteckte Kerzen und Räucherstäbchen an. Und wenn ich in den Hof schielte, sah ich den Hauser in seiner Hawaiihöhle, und auch er verließ sie das ganze Wochenende nicht. Pechs blieben ebenfalls zu Hause – vorm Fernseher. Herr Wiedemann vergrub sich in seinen Kunstbüchern, Herr Kanz schloss sich im Atelier ein, und aus Herrn Olks Souterraingrotte vernahm man ein unterirdisches Rumpeln, Schleifen und Zischen.

Serife und Filiz saßen dicht nebeneinander im Treppenhaus und sprachen leise in ihrer geheimnisvollen Sprache miteinander, die sie berechtigt hätte, Mitglieder des Ü-Clubs zu werden. In einem Geheimversteck unter den Dielen in meinem Zimmer verwahrte ich eine Liste mit Ü-Worten, die die beiden mir einmal, etwas verwundert über mein Interesse, aufgeschrieben hatten. Es war nicht einfach gewesen, ihnen zu erklären, was ich wollte. Am Ende hatte ihr Vater sprachlich vermittelt. Mir schien, er hoffte, ich würde mich auch jenseits von meiner Sammlung besonders ü-lastiger Wörter für seine Muttersprache begeistern, aber ich war nicht kosmopolit, ich wollte nur Ü-Wörter sammeln. *Güzel, otobüs, günlügüne! Çok üzüldüm!* Türkisch gefiel mir sehr.

Frau Koderitz schlurfte schwankend durch ihre langen dunklen Flure, manchmal mit einer Flasche in der Hand, und hörte Schlager. An ihren Gesten und den Bewegungen ihres Kopfes konnte man erkennen, dass sie mitsang. Doch man konnte natürlich nichts hören. Es war, als hätte man ihr, uns allen, den Ton abgestellt. Nur draußen blitzte, donnerte und hagelte es.

Und jetzt sollte ich schlafen. Ich konnte aber, wie so oft, nicht schlafen. Wiebke fand es nicht gut, dass ich so lange wach blieb, sie meinte, ich müsse »fit« sein für die Schule.

Aber das Wort »fit« gefiel mir gar nicht. Solange ich nicht am Ende des Schuljahres sitzenblieb, wollte ich lieber nachts herumgrübeln. Unseren Hof beobachten. Gucken, was der Hauser so machte. Hauptstädte auswendig lernen. Oder Flüsse. Oder ausgestorbene Tierarten. Oder die Namen der Mondkrater. Auf der abgewandten Seite, von der *Pink Floyd* sang.

Aufs Schlafen hatte ich noch nie besondere Lust gehabt. Das war schon im Kindergarten so: Punkt zwei Uhr mittags mussten alle Kinder die Augen schließen und auf Kommando wegdämmern. Ich blieb wach und dachte mir Geschichten aus. Meist bösartige über die anderen, friedlich neben mir schlummernden Kinder. Während sie schliefen, herrschte ich über sie. Ich beobachtete sie, wie ihnen die Spucke aus dem Mund lief und sie blöde Gesichter machten. Doch dann steckten mich Wiebke und Klaus in einen Kinderladen, aber nicht nur, weil man da mittags nicht schlafen musste. Wir durften die Wände bemalen und selber Marmorkuchen backen und dabei die Küche verwüsten. Wir zwickten der Kindergärtnerin Gisela, die eigentlich eher Kinderlädnerin heißen müsste, unterm Tisch in die Waden, und Gitte (so wollte Gisela von einem Tag auf den anderen genannt werden) zog uns an den Haaren und malte uns mit Fingerfarbe bunte Kringel ins Gesicht.

Nachts, da gefiel mir alles besser. Niemand rief: »Bring den Müll runter, geh zum Briefkasten, bring Apfelsaft und Quark zu Erwin und Karl – ach, und auch noch diesen alten Pullunder von Klaus.« Niemand baute sich im Treppenhaus vor mir auf, um mich auszufragen. Niemand machte sich über meine Brille lustig, die angeblich eine Kinderbrille war. Ich konnte laut »Alma Ata, Bagdad, Bangkok, Delhi, Istanbul, Jakarta, Kabul« vor mich hinsagen, ohne dass sich Melanie und Larissa aus meiner Klasse anstießen. Ich konnte darüber nachgrübeln, ob die Fünf eher eine weinrote oder eine anthrazitfarbene Zahl war und ob der Januar depressionsgrün (das Grün, mit dem in meinem Schulatlas die Gegenden der Welt markiert sind, die unter dem Meeresspiegel liegen) oder golfstromblau war, ohne dass irgendein ahnungsloser Erwachsener mich für merkwürdig erklärte.

Und nachts, da sahen die sechs verbeulten Blechtonnen in unserem Hinterhof wie Gnome mit hochgezogenen Schultern aus. Manchmal beobachtete ich, wie sich ihre Deckel wie von Geisterhand öffneten und dunkle Schatten herausschlüpften. Dann wusste ich: Da waren sie wieder. Auf jeden Berliner kamen drei Ratten, das hatte uns Kugeritz letztens in Biologie erzählt. Neun Millionen Ratten, das musste man sich mal vorstellen. Ihr Höhlensystem war zehnmal ausgeklügelter als unseres, und wenn sie in ihren Bunkern, Gruften und Palästen die Polonaise tanzten, hatte es wenigstens Stil.

Auch den Hauser hatte ich nachts für mich entdeckt. Denn seit ein paar Monaten leuchtete ein Fenster bis tief in die Nacht, manchmal auch bis zum Morgen. Es war ein warmes, orangerotes Licht, das in unseren schmalen dunklen Hof fiel. Das Licht stammte von einer bauchigen orangefarbenen Lampe aus den Siebzigerjahren, die neben seinem Bett stand. Die Wohnung im Hinterhaus hatte ein halbes Jahr lang leergestanden, sofern man eine Wohnung, die von einem Mehrgenerationenhaushalt an Ratten belegt war, als leer bezeichnen konnte. Eigentlich war sie überbelegt. Als der Hauser einzog, hatte er nur zwei alte Koffer bei sich. Wenige Tage später brachte er eine riesige verstaubte Rolle mit nach Hause und klebte sich die Hawaiitapete an die Wand. Klaus und Wiebke befanden sofort, sie sei entsetzlich geschmacklos.

Nach und nach schleppte der Hauser immer mehr Sachen an. Das Meiste davon schien reparaturbedürftig zu sein. Oft saß er bei uns auf dem Hof und schraubte an alten Fernsehern, Radios, Plattenspielern oder Fahrrädern herum. Und natürlich an einem seiner Motorräder. Von meinem Fenster aus beobachtete ich den neuen Nachbarn in seiner Bude beim Platten auflegen, Gewürzgurken und Kartoffelchips essen, Bier trinken, Pornos (glaubte ich zumindest) gucken, sich die Eier kratzen und nackt zu lauter Musik tanzen. Und fand das alles spannend. Viel spannender als schlafen.

Aber heute war er nicht da. Ich holte mein Hauser-Heft unterm Bett hervor und malte ein schwarzes Quadrat in mein Heft: mein Zeichen für sein dunkles Fenster. Alle Hauser-Beobachtungen wurden von mir sorgfältig notiert. Das rote Leinenbuch mit Blankoseiten, das ich mir für diesen Zweck gekauft hatte, zierte ein Marienkäferaufkleber, den ich meiner Tür vorenthalten hatte. Die Einträge darin waren sporadisch: Manche Tage schilderte ich ausführlich, andere nur stichpunkthaft. Manchmal ließ ich ganze Wochen aus, schrieb nichts nieder, manchmal hielt ich die Nachrichten eines Tages oder einen Dialog in allen Einzelheiten fest – oder Gedanken, die mir nachts, wenn ich wach lag, durch den Kopf wanderten wie nimmermüde Rattenlochratten.

Es klapperte und rumpelte, Wiebke und Klaus waren nach Hause gekommen und bugsierten sich durch das Kunstchaos im ersten Flur. Dann entfernten sich ihre Schritte, Klaus ging, wie es klang, noch in sein Denkzimmer, Wiebke verzog sich wahrscheinlich in ihr Himmelbett auf einem unserer eingezogenen Böden. Und über dem Himmelbett, über Wiebkes geheimsten Gedanken, über ihren Alp- und Euphträumen (Euphträume hatte sich der Ü-Club ausgedacht für das Gegenteil von Alpträumen, es gab kein richtiges Wort dafür, hatten wir bemerkt) würde auch Wiebke es gleich rascheln, knistern und kauen hören. Denn in den Zwischenböden, über unserer Wohnung und unter dem ausgebauten Dachgeschoss von Herrn Wiedemann, auch da waren sie. Auch da machten sie die Nacht zum Tag. Und alle Tage zu Feiertagen.

Ich lag im Bett und versuchte zu schlafen. Die Decke lag auf mir, als wäre sie aus Beton. Ich versuchte mich nicht mehr zu bewegen. Augen zu. Keine Bewegung. Kein Gedanke. Dann musste ich doch schlafen! Je schwerer die Decke auf mir lag, desto unruhiger wurde ich. Und das Ticken meines Weckers wurde immer lauter. Ich konnte nicht schlafen. Schließlich hob ich die Decke an, holte meinen Atlas ins Bett und las noch etwas über Patagonien, mein Geheimland, mein Traum-, mein Euphland: dort unten auf der Südhalbkugel. Allein beim Klang des Namens bekam ich eine Gänsehaut. Patagonien…

Irgendwann musste ich doch eingeschlafen sein.

Müde lehnte ich mich am nächsten Morgen ans Fenster. Unten ging eine Tür auf, die Koderitz machte ihren ersten Gang mit Fred. Oder vielmehr machte Fred seinen ersten Gang mit der Koderitz, denn er wirkte deutlich munterer als sie. Die Koderitz trug entweder einen neongrünen oder einen neongelben Morgenmantel. Morgens, mittags, nachts. In ihrer Wohnung, auf dem Hof und beim Einkaufen, auf der Post. Und immer hatte sie, ob Minusgrade herrschten oder nicht, ihre einst rosafarbenen, jetzt grauen Hausschlappen – oder wie sie sagte: Futschen – an. Zwischen Drinnen und Draußen schien es für sie keinen Unterschied zu geben. West-Berlin war ihre große Altbauwohnung mit den vielen verstaubten Ecken, die man stets übersah, die ganze Stadt war ihr süffiges

Sofa, ihr zerlegenes Kissen. Sie schlurfte über den von Baumwurzeln gewellten Boden, stolperte über ihre eigenen Füße. Fred wartete geduldig und geleitete sie sicher wie ein Blindenhund (warum sprach nie jemand von Säuferhund?) über den Hof, der wegen seiner vielen Unebenheiten, des Gerümpels vom Hauser, der Schrottsammlung von Herrn Olk und der Skulpturen von Herrn Kanz für nicht ganz nüchterne Zeitgenossen einige Tücken bereithielt.

Eine halbe Stunde oder eine Schale Cornflakes, einen Kakao und zwei angefeuerte Kachelöfen später trottete ich hinter Isa und Fiona die Joachimstaler Straße entlang. Ich war immer die Letzte, weil ich so langsam ging. Und ich ging deshalb so langsam, weil ich mit meinen Gedanken woanders war. Falk ging zur gleichen Schule wie ich, war aber drei Klassen weiter und vermied es, mit uns Mädchen gemeinsam zu gehen. Er fuhr immer mit dem Rad zur Schule, bei jedem Wetter.

Jetzt passierten wir »unsere« Apotheke. Ein schwarzhaariger Verkäufer, den ich noch nie gesehen hatte, trat vor die Tür und rückte die Fußmatte zurecht. Dann hängte er das Schildchen mit den Öffnungszeiten gerade. Ich ging noch langsamer. Im Schaufenster bewegte der Weihnachtsmann wieder in Zeitlupe seinen Arm. In seinen bauchigen Rumpf war eine Badeölflasche eingelassen, Latschenkieferextrakt – für freies Atmen! Frei klang immer gut. *Immer frei!* sang *Ideal.* In Zeitlupe senkte sich der Arm wieder. In Zeitlupe liefen Pechs mit ihrem Dackel draußen an uns vorbei, in Zeitlupe zog ein Vater sein Kind auf einem Schlitten über den Bürgersteig, sprang ein Hund über die Straße, fuhr eine Feuerwehr an uns vorbei, sank eine Taube auf einen Schneeberg. Blieb die Welt damals fast stehen – oder war ich nur wieder so müde? Der neue Apotheker hantierte immer noch an dem

Schildchen mit den Öffnungszeiten. Auch er hatte offenbar keine Eile. Schließlich schien er zufrieden und drehte sich langsam um. Für eine Sekunde trafen sich unsere Blicke.

»Jule, wir verpassen den Bus!«

Seit einem halben Jahr fuhren Fiona, Isa und ich täglich den Ku'damm hoch zu unserem Gymnasium. Interessanter als die tägliche Busfahrt – da dösten wir meist hinten auf dem Oberdeck – fanden wir den Weg zur Haltestelle an der großen Peepshow vorbei. Im Eingangsbereich hing ein Glitzervorhang aus Plastikstreifen, die ständig miteinander verklebten und dicke Knäuel bildeten. Hin und wieder trat eine leicht bekleidete, stark geschminkte und schlecht gelaunte Frau auf die Straße, um diese Knäuel auseinanderzuklamüsern.

Jeden Tag beobachteten Isa, Fiona und ich die Männer, die hinter diesem Glitzervorhang auf die Straße traten, und die, die eben noch scheinbar zielstrebig zum Ku'damm zu laufen schienen, plötzlich einen rechten Winkel einschlugen und in der Peepshow verschwanden. Wir kamen im Laufe der Monate zu dem Ergebnis, dass es keinen Typ von Männern gab, der nicht in die Peepshow ging. Banker, Gammler, Musketiere, Softies, Rocker, Popper, Rentner, junge Männer, nur ein paar Jahre älter als wir, Familienväter, Männer in Rudeln oder einsame Wölfe – alle schoben sie ihre Köpfe ängstlich aus dem flatternden Glitzervorhang, um sich dann, noch einmal den Hosenschlitz zurechtrückend, mit sichtlicher Erleichterung endlich dem Vorwärts-vorwärts der Stadtmenschheit zu überlassen. Mehr als einmal hatten wir beobachtet, wie einer von ihnen den Kopf aus dem Vorhang streckte, rasch nach links und nach rechts auf die belebte Uhlandstraße guckte, um sofort wieder in der Peepshow zu verschwinden. Wir malten uns dann aus, wen derjenige wohl gerade entdeckt – oder herbeihalluziniert – haben könnte.

Es gibt die Peepshow noch, und sie hat ihre Werbeplakate bis heute nicht ausgewechselt. Offenbar ist es nicht nötig, über ein neues Marketing nachzudenken. Doch die Peepshowbesucher sind nicht mehr so schamvoll, so verklemmt wie damals. Den Glitzervorhang, die scheuen Blicke gibt es nicht mehr. Seit einigen Jahren steht die *Venus Internationale Fachmesse* – umgangssprachlich die Sex- oder die Erotikmesse – selbstverständlich im Veranstaltungskalender der Stadt Berlin neben der *Grünen Woche*, der *bautec* oder dem *art forum*.

Eines Tages, wenn wir groß sind, nahmen wir uns vor, gehen wir auch irgendwie mal in die Peepshow. *Irgendwie* war eines unserer Lieblingsworte. Denn so vieles – fast alles – war noch *irgendwie* in unseren Leben.

Heute war es derart kalt, dass wir die Reißverschlüsse unserer Anoraks bis zum Kinn geschlossen hielten. Aus unseren Mündern stiegen Atemfahnen auf. Mit hochgezogenen Schultern hasteten wir die Uhlandstraße entlang. Auf beiden Seiten des Bürgersteigs türmten sich dreckige Schneehaufen auf, viele von ihnen waren gelb gesprenkelt. Neben uns hob ein fetter Köter undefinierbarer Rasse sein Bein, hinter der nächsten Straßenlaterne knöpfte ein fettes menschliches Wesen seine fleckige Hose auf.

Sechs dünne Cordhosenbeine eilten an der Pizzeria, einem Drogeriemarkt und der Herrenboutique *Domingo* vorbei. Unter unseren mächtigen Moonboots knirschte das Streusalz, nein, der extraterrestische Staub. Wenn ich die Augen zu Schlitzen machte, war ich ganz weit weg. Nicht in Berlin, sondern auf einem fernen Stern – der Ü-Club war zum Schulanfang in einer Ü-Rakete einfach abgedüst und in der Weite Patagoniens gelandet. Und da war ich jetzt – irgendwie – auf einem Motorrad mit dem Hauser, ein orangefarbener Himmel über uns.

Schon immer wollte ich möglichst weit weg. Zuerst wollte ich nach Kanada, Alaska, Australien, Neuseeland. Und davor nach Skandinavien. Aber dann kamen The Wiebkes and the Klauses auf die Idee, mit Falk und mir nach Skandinavien zu reisen. Doch in dem Moment, in dem ein Traumland, ein Euph- und Geheimland, Urlaubsziel der Eltern wird, verliert es natürlich seine Magie.

Auf Patagonien war ich nach unserem furchtbaren Weihnachtsfest im letzten Jahr gekommen. Allein die Fotos, die ich in einem Südamerikabildband aus unserer Stadtbibliothek gesehen hatte, hatten es mir angetan: die Steppen mit dem Andenkondor, die Urwaldriesenbäume, das Guanako, der Nandu, Flamingos, der valvidianische Regenwald … und dann die Gletscher, die Vulkane, die Eisseen und die Pinguine ganz im Süden. Und die Karte in meinem Atlas: Wie dünn besiedelt Patagonien ist – weniger als zwei Einwohner pro Quadratkilometer. Sicher stand dort auch sehr wenig Kunst herum. Und niemals würde dort die *Polonäse* im Radio laufen.

Als ich die Augen wieder richtig öffnete, sah ich die pissebesprenkelten Schneehaufen und den Glitzervorhang der Peepshow. Natürlich blieb er keine Sekunde ruhig. Schon wehte er wieder bis weit auf den Bürgersteig; ein beleibter Herr im Dreiteiler trat mit gesenktem Kopf auf die Straße und vertiefte sich augenblicklich in seinen Taschenkalender. Fast zeitgleich, nur ungleich selbstbewusster, sprang eine korpulente Ratte hinter den bunten Glitzerstreifen hervor. Und stolzierte zu *Domingo*. Dann schlüpften zwei junge Männer mit Pudelmützen und Wollhandschuhen hinein. Wenn man nicht wusste, was sich hinter diesem Vorhang verbarg, hätte man denken können, die beiden wollten sich nur ein bisschen aufwärmen. Noch im Eingangsbereich streiften sie ihre Fäustlinge ab und pusteten sich auf die kalten, steifen Finger. Aus irgendeinem Auto hörte ich *Buenos Dias, Argentina*. Gesungen von Udo Jürgens.

Ku'dammladys – Rascheln und Knistern

Die Haltestelle des Busses, mit dem wir zur Schule fuhren, befand sich auf dem Ku'damm gegenüber der alten Verkehrskanzel. Diese merkwürdige Kanzel hatte etwas von einem Hochsitz. Vor meiner Geburt hatte dort oben, über dem Verkehr, ein Polizist gethront und die Ampel per Schaltknopf bedient. Es muss ausgesprochen unangenehm gewesen sein, diesen schwebenden Beobachter da über sich zu wissen – über all dem einkaufenden, plaudernden, nasebohrenden, ahnungslosen Volk. Dass die Kanzel irgendwann nicht mehr benutzt wurde, fand, wie mir schien, jeder, der sich an die Zeiten noch erinnern konnte, erleichternd. Da waren sich trotz ihrer sonstigen Meinungsverschiedenheiten alle Altmieter, also Herr Wiedemann, die Pechs, Frau Koderitz, Herr Olk und Herr Kanz, einig. Wiebke und Klaus, Hülsenbecks (Isa und ihre Mutter) und Klügers (Fiona und ihre Mutter Anna) waren erst später eingezogen, aber auch sie hätten etwas dagegen gehabt. Damals regte sich jeder über solche Wachtürm-

chen auf. Gelegentlich hatte es schon Berichte über die Volkszählung gegeben, die verschoben worden war und später zu
vielen Protestaktionen führen sollte. Von digitalen Fingerab-
drücken und Überwachungskameras auf Schritt und Tritt
war noch nicht die Rede, nein, schon eine Volkszählung
wurde als unzulässige Einmischung des Staats empfunden.
Gib mir deinen Pass und ich sage dir wer du bist stand seit
letztem Jahr bei uns an der Schulhofmauer. Und Gregor aus
der 13. Klasse, der beim Sprayen gesehen worden war, wurde
von keinem Lehrer deshalb zur Verantwortung gezogen.

Heute saßen bei minus neun Grad zwei Mädchen mit
knappen pinkfarbenen Röckchen und Strumpfhosen unter
der leeren Polizeikanzel, die inzwischen unter Denkmal-
schutz stand. Während sie früher eine Schutzfunktion ausüben sollte, war sie nun selber schutzbedürftig.

Die Mädchen hatten dunkle Augenringe und eingerissene
Mundwinkel, in denen sich das Lilarot ihres Lippenstifts ver-
lief. Vor sieben Jahren war Christiane F.s *Wir Kinder vom
Bahnhof Zoo* ein Skandal gewesen; überall in Deutschland
sah man unseren alten Bahnhof im Fernsehen, und Oma
Helene rief aufgeregt an. Auch die Rund-Oma, also die Oma
väterlicherseits, und andere Verwandte, die ich nie richtig
auseinanderhalten konnte, weil wir sie so selten besuchten
und sie nie nach Berlin kamen, riefen an. Als Falk die hysteri-
sche Sorge um uns besonders nervte, meldete er sich einmal
mit »Strichjunge Pepe, wie kann ich Ihnen zu Diensten sein?«
am Telefon. Dieser Skandal löste in unserer Verwandtschaft
den Christiane-F.-Skandal ab. Irgendwann verebbte natürlich der eine wie der andere. Der Bahnhof Zoo blieb, wie er
war, nur regte sich niemand mehr über ihn auf, seitdem die
Medien sich anderen Themen zugewandt hatten.

Wir stapften träge weiter zur Bushaltestelle. Diese Trägheit war etwas spezifisch Berlinerisches. Während man von anderen Großstädten zu sagen pflegt, dass das Tempo in ihnen höher sei als in anderen Städten des Landes – wie in London oder New York –, war in Berlin alles langsam, wie auf Drogen, aber nicht auf Speed, sondern eher unter Hanfeinfluss. Vielleicht hatte dies auch mit der geopolitischen Lage Berlins zu tun, möglicherweise führte das Sackgassengefühl zu einer besonderen Art von Trägheit. Das Innenleben vieler Bewohner schien aber wie zum Ausgleich höchst unruhig, oft auch aggressiv zu sein. Erst viele Jahre später realisierte ich mit retrospektivem Schreck, in was für einer verrückten, scheinbar normalen Zeit ich aufgewachsen bin. Und was alles für normal gehalten wurde. Zum Beispiel in einer geteilten Stadt zu leben, in deren westlichem Zentrum am Ende der berühmtesten Straße (die ich täglich passierte) eine zertrümmerte Kirche stand. Als ich kleiner war, fürchtete ich mich vor der Ruine, und auch jetzt noch hielt ich einen gewissen Abstand – wie zu einem Grab.

Wir liefen zu unserer Bushaltestelle unter den riesigen Lettern *Coca Cola is it*, die über die elektronische Werbetafel gegenüber der leeren Polizeikanzel flimmerten. Hinter dem Flimmern sah ich sie, dunkel und zerklüftet, die Kaiser-Wilhelm-Gedächtniskirche.

Kaum hatten Fiona, Isa und ich uns auf dem Oberdeck hingesetzt, bildeten sich schon Wasserlachen um unsere Stiefel. Die Heizung unter den Sitzen lief auf Hochtouren. Das macht ja jeden Mann unfruchtbar, kicherte Fiona. Erst jetzt, nachdem sie ihren Anorak aufgeknöpft hatte, fiel mir auf, was für ein schönes Tuch sie trug. Es war dunkelgrün und mit hellgrünen Ornamenten verziert. Vielleicht hatte sie es zu Weihnachten bekommen.

»Wo hast'n das her? Von Anna?«

»Nein, vom Ekel«, Fiona fuhr sich mit dem Seidentuch einmal über die Wange. Isa und ich nickten nur.

»Guckt mal!«, rief ich in die plötzliche Stille. Auf dem Rücken der Sitzbank vor uns waren drei kleine Üs. Wir stießen uns an, kicherten. Den Ü-Geheimclub hatten wir, als wir noch in die Grundschule gingen, gegründet, da wir alle Nachnamen mit einem Ü hatten: Zürn, Hülsenbeck, Klüger (für mich kam später auch noch das Ü aus dem schönen Wort »merkwürdig«, das ich ständig verwendete, hinzu und alles, was ich von Serife und Filiz übernahm). Mit grünen Üs hatten wir früher Lieblingsorte markiert, mit gelben warnten wir uns vor blöden Leuten oder Orten, die keinen Besuch lohnten. Rote Üs bedeuteten: hier gibt's Ärger, hier darf man eigentlich nicht hin. Und mit blauen unterzeichneten wir unsere Geheimbriefe, die wir unter die Fußmatten im Treppenhaus legten.

Auch bei uns auf dem Hof hatten wir ein paar Üs hinterlassen. Sie waren handtellergroß, aber es hatte sich nie jemand darüber aufgeregt. Nicht mal Pechs. In Anbetracht von Herrn Kanz' Skulpturenhaufen, des Gerümpels von Herrn Olk und der ausgebreiteten Gerätschaften vom Hauser waren ein paar freundliche Üs wohl nicht der Rede wert. Nur der Hauser hatte mal gegen sie gepinkelt. Hoffentlich wusste er nicht, wen er da beleidigte!

Schweres, süßliches Parfüm wehte in unsere Richtung. An der Ecke Bleibtreustraße war eine Ku'dammlady aufs Oberdeck gestiegen. Sofort begann ich übertrieben zu husten. Ku'dammladys – so nannten wir einen bestimmten Typ von Frauen mit nach Elnett riechendem, entweder albinohaft weißblond oder blauschwarz gefärbtem Haar und dick aufgetragenem rosafarbenen Lippenstift. Nach meiner gespielten Hustenattacke stand die Ku'dammlady geräuschvoll auf und stakste mit ihren vier vollen Einkaufstaschen nach vorn.

Diese stets gut gefüllten Einkaufstaschen der Ku'dammladys sorgten für eine unverwechselbare akustische Aura aus Knistern, Rascheln und Knautschen. Die Kauferregung selbst klang noch in ihnen nach. Würde man die Menschheitsgeschichte anhand von Geräuschen erzählen wollen, wäre die zweite Hälfte des 20. Jahrhunderts zumindest in Nordamerika und im westlichen Europa mit diesem erwartungsfrohen, unaufhörlich sich immer wieder selbst in Schwingung bringenden Knistern und Knautschen von Plastiktüten am besten wiedergegeben.

Die olfaktorische Aura, die diese Damen umgab, fehlte auch nie. Die Inhaber der Ku'dammparfümerien müssen sich, sofern es sie noch gibt, nach den frühen Achtzigerjahren sehnen, es sind sicherlich Bombenjahre für sie gewesen.

Zwei Jahrzehnte später sprachen die Ku'dammladys hauptsächlich Russisch, dann starben sie bis auf wenige besonders herausgeputzte Exemplare aus. Diese letzten, nicht mehr königinnenhaft, sondern verloren und misstrauisch über den Ku'damm schleichenden Damen schienen aus einer vergangenen Zeit übrig geblieben zu sein. Mit ihrem eingefrorenen Lächeln. Permafrostmimik.

Noch lehnten sich die Pelztussis, Tierquälerinnen und Stinkbomben, wie wir die Ku'dammladys auch nannten, gegen jede Zeitenwende auf und verteidigten hochnäsig ihren Ladywohlstand. Noch raschelten sie mit ihren vielen Tüten. Noch spreizten sie die Federn. Noch flanierten sie in ihren Pelzen.

Fasziniert und abgestoßen zugleich folgte mein Blick den goldenen Pfennigabsatzstiefeln, an deren oberem Saum einige Strasssteinchen in Herzform blinkten. Doch die Herzchen täuschten. Ein Warnblinken war das – Hab Acht! Halt Abstand! –, keine Verführung.

Langsam schaukelte der Bus weiter den Ku'damm entlang. Eine Busspur gab es nicht. Wenn der Verkehr sich im Schritttempo bewegte, waren die Fußgänger schneller als wir. Am Olivaer Platz stiegen ein Penner und eine weitere Ku'damm-lady ein und setzten sich in weitem Abstand voneinander hin. Beide stellten eine Unmenge Plastiktüten zu ihren Füßen ab. Die eine Tütensorte knisterte, aus der anderen gluckste es. Dieses Glucksen war der Missklang, der in dem akustischen Portrait der Welt das hektisch-irre Knistern untermalte und schließlich übertönte.

Hier und da grüßten mich an den Häuserwänden ein paar Üs. Grün, blau, grün. Neben einer Eisdiele, wo das Eis nicht schmeckte und manchmal Klassenkameraden von uns auftauchten, auch ein gelbes Warn-Ü. Am Adenauerplatz hatte jemand unsere Üs, die er wohl als Smileys fehlgedeutet hatte, entschlossen übersprayt mit *Es ist deutsch – in Kaltland.*

Als der Bus vom Adenauerplatz aus weiterzuckelte, fragte Fiona: »Und wie war Weihnachten so bei euch?« Fiona war mit Anna wie jedes Jahr auf einer griechischen Insel gewesen. Isa erzählte von ihren Feiertagen, die sie zwischen ihren geschiedenen Eltern aufteilen musste. Immerhin: Sie hatte ein neues Fahrrad *und* Rollerskates bekommen. Isas neuer Anorak war mir auch schon aufgefallen. Isa und Fiona waren beide Scheidungskinder – diesen Begriff sprachen Wiebke und Klaus stets voller Mitleid aus. »Waisenkinder« klang auch nicht trauriger bei ihnen. Und obendrein waren Isa und Fiona beide Einzelkinder! Der Begriff Einzelkind war damals beinahe ein Synonym für »verhaltensgestört«. Wenn man aber weder ein Scheidungs- noch ein Einzelkind und trotzdem merkwürdig war, musste erst recht etwas mit einem nicht stimmen.

Mit Unbehagen dachte ich an das Weihnachtsfest in unserer intakten Familie – Vater, Mutter, Kind, Kind und ganz viel Kunst. Wenn der Bus in diesem Tempo weiterfuhr, hatte ich bis zur Schule genug Zeit, um die ganze unerfreuliche Geschichte zu erzählen.

Ich begann meinen Bericht mit dem Desaster mit der neuen Installation eines norwegischen Environment Artist, die meine Eltern sich, wie sie sagten, »gegenseitig« zu Weihnachten geschenkt hatten: The Wiebkes and the Klauses hatten wieder jemanden über eine Organisation, die Obdachlose an Feiertagen bei Gastgebern unterbrachte, eingeladen (Erwin und Karl, »unsere« Obdachlosen, wollten auch kommen, waren an dem Abend aber unauffindbar). Wie immer war die Atmosphäre etwas steif. Klaus berlinerte angestrengt, was die Stimmung nicht auflockerte. Auch fiel er dabei ständig aus seiner Rolle, was Arne, dem Gastpenner, nicht zu entgehen schien. Mit großem Engagement versuchte Klaus noch, Arne das »Meisterwerk des norwegischen Environment Artist« nahezubringen. Klaus hatte das aus unendlich vielen Schellen, Glöckchen, Pfeifen, Tröten und Rasseln bestehende Teil von der Größe eines mächtigen Kronleuchters mit Falks Hilfe zunächst erfolgreich an einem Haken an der Decke unseres Berliner Zimmers befestigt und dann eines der vielen Glöckchen angestoßen. Das Besondere an der Installation bestand darin, dass – egal an welchem Teil man sie berührte – wie bei einem Dominospiel nacheinander alle Einzelteile in Bewegung gerieten und sich so – aufgrund der variablen Reihenfolge – eine immer neue Klangsinfonie ergab. Und dann passierte das Desaster: Klaus setzte das Wunderding in Gang, und, tatsächlich, im nächsten Moment ging ein wildes Geläute, Geklingel und Gerassel über uns los. Es begann mit tiefen und hellen Tönen, metallische und sanft glucksende folgten, dann erklang ein stakkatohaftes Puffen und Pfeifen und langgezogenes Heulen und Rauschen. Auf Klaus' Gesicht spiegelte sich helle Freude. Dann sah er uns alle der Reihe nach an, auch Arne: »Das wird ein ganz besonderes Weihnachten, ein unvergessliches Erlebnis.«

Wir lauschten fasziniert. Unser Gast stellte sich direkt unter den Apparat und blickte mit offenem Mund nach oben. Wegen des Geknarzes, Geklirres und Geklingels hörten wir nicht, wie sich der Haken oben langsam löste. Im nächsten Moment ging die Installation mit gewaltigem Getöse zu Boden.

Wir blieben wie paralysiert stehen. Endlich löste sich Wiebke aus ihrer Starre und rannte zu unserem Gast, der unter der abgestürzten Installation lag, die mit ihren vielen, in alle Richtungen weisenden Streben etwas von einer verunglückten Spinne hatte. In der Decke klaffte ein Loch. Dämmwolle und -streu fielen nach unten. Einen Moment lang dachte ich: Jetzt kommt gleich noch eine ganze Rattenfamilie aus der Decke gehopst, aber wir hörten sie nur vergnügt fiepen und scharren.

Teile der Installation waren in den verfilzten Haaren von Arne hängengeblieben oder in unser Essen gefallen. Da darunter winzige Metallplättchen waren, die man gar nicht alle aus den Schüsseln herausfischen konnte, musste unser gesamtes, noch unangetastetes Weihnachtsessen in den Müll befördert werden. Arne war nichts weiter passiert, aber weder meine Eltern noch er waren glücklich über die in seinen Haaren und in seinem Bart verhedderten Kunstwerküberbleibsel.

Die restlichen Weihnachtstage hatten wir damit verbracht, die übrig gebliebenen Glöckchen, Schellen, Klingeln und Rasseln wieder in Position zu bringen. Wiebke, die Norwegisch sprach, telefonierte fast ununterbrochen mit dem verzweifelten Künstler in Bergen, der ihr komplizierte technische Anweisungen gab, die sie wiederum versuchte, in einem Kauderwelsch aus Norwegisch, Deutsch und familieninternen Sonderausdrücken an uns weiterzugeben.

Wir ernährten uns in diesen Tagen hauptsächlich von Dominosteinen, Marzipankugeln und Zimtsternen, die überall in Schalen, die Wiebke geflissentlich auffüllte, herumstanden. Gelegentlich schob Wiebke uns – stets um unseren Vitaminhaushalt besorgt – Apfel- oder Orangenstücke zu. Hin und wieder raffte sich einer von uns auf, die vielen Öfen zu befeuern, was bei der Anzahl der Zimmer beträchtliche Zeit in Anspruch nahm.

Die Rekonstruktion war eine ungeheuerliche Arbeit gewesen, die mir zumindest deutlich machte, wie viel Mühe dieser norwegische Environment Artist freiwillig auf sich genommen hatte. »'n Knall muss der haben«, sagte Falk einmal im Morgengrauen. Der Dominoeffekt funktionierte am Ende immer noch nicht. Wenn man an einem Glöckchen, einem Klangplättchen, einer Tröte oder einer Schelle zog, machte nur genau dieses eine Objekt kling, bim, tröt oder tscheng. Unsere Arbeit war umsonst gewesen.

Mottenmuseum, Denkzimmer – Wer A sagt, muss auch 'n Kreis drum machen

Isa, Fiona und ich näherten uns in Zeitlupe dem grauen Kasten mit den langen schmalen Fenstern. Unser Gymnasium – auch so eine Art Mottenmuseum – lag in einer wohlhabenden Gegend der Stadt. Wir drei wurden, als wir neu auf dieser

Schule waren, von manchen Mitschülern schräg angeguckt, bloß weil wir in einem Mietshaus und nicht in einer Villa in Grunewald oder Zehlendorf wohnten. Nur Isa, die von ihren Eltern teure Klamotten bekam, wurde von unseren Klassenkameraden freundlich behandelt, Fiona und ich waren Außenseiterinnen. Wir seien noch nicht in den Achtzigern angekommen, hieß es. Wir hörten nicht die richtige Musik und waren nicht so gekleidet, wie unsere Klassenkameraden es gerade für angesagt hielten. Das indische Kastensystem war nichts gegen unsere Klassenzimmerhierarchie. Dass Isa mit uns befreundet war, minderte ihr Ansehen natürlich etwas.

In der ersten Stunde, in Chemie, geriet ich mit Melanie und Larissa in die gleiche Arbeitsgruppe. Schlimmer hätte die Schule nicht anfangen können – ich hätte lieber ausschlafen sollen. Gehorsam wird doch stets mit Kummer bestraft. Meine beiden Klassenkameradinnen waren so braungebrannt, dass man glauben konnte, Berlin läge am Äquator. Der einzige angenehme Mensch in meiner Gruppe war Steffen, der erst vor kurzem auf unsere Schule gewechselt hatte und bei uns in der Nähe in einem Mietshaus wohnte, also auch dem Plebs aus der City angehörte. Von dem in Grunewald wohnhaften Fernreiseduo wurde er ebenfalls mit Nichtachtung bedacht. Isa und Fiona wurden in jeweils andere Gruppen befehligt – Herr Knecht versuchte stets, uns drei zu trennen, damit wir nicht tuschelten. Bis er die richtigen Reagenzgläser fand, verging einige Zeit; er wurde langsam senil. Er war im Zweiten Weltkrieg noch bis Griechenland gekommen und schon über sechzig.

Melanie und Larissa beherrschten wie immer das Gespräch meiner Gruppe. Es ging um teure Klamotten, Musik, Konzerte, Eltern auf Dienstreisen, Mopeds, die diese ihnen ohne besonderen Anlass schenkten, herbeigesehnte Jungs.

»Und, gehst du zum *Kool & The Gang*-Konzert?«, wurde ich von Larissa gefragt.

Ich schüttelte nur den Kopf. Welche Gang schon wieder?

»Und du?«, fragte ich sinnigerweise.

»Klar, mit meiner ganzen Clique.« Immer musste Larissa klarmachen, wie beliebt sie war.

»Und, was … was hast du in den Winterferien gemacht?«, fragte ich widerwillig.

»Ich war mit meinen Eltern auf den Malediven. Echt super, ich wollte gar nicht mehr zurück.«

Schön für sie. Sie erkundigte sich nicht, was ich gemacht hatte. Vielleicht auch besser so. Ich hätte ja die Geschichte mit der herabgestürzten Installation erzählen müssen.

»Sag mal, wie findest du, dass Reagan Amiland regiert? Und was denkst du so über die Pershingsache, findest du das in Ordnung?« Überraschungsangriff meinerseits. Manchmal stellte ich Larissa Fragen, um sie zu ärgern. Um wenigstens unberechenbar zu bleiben. Wenn man schon als merkwürdig und »irgendwie doof« galt.

»Was du einem wieder für Dinge zwischen Tür und Angel an den Kopp knallst! Typisch Julika. Aber, wenn dir meine Meinung dazu so wichtig ist: Mich interessiert diese Politikscheiße überhaupt nicht. Die sollen ihre doofen Bomben doch zu den Marsmännchen schießen, heißt doch ›der rote Planet‹, ha ha, das ist meine Meinung dazu.«

Zwei, drei Leute applaudierten. Larissa drehte mir den Rücken zu und lächelte Herrn Knecht an. Herr Knecht humpelte in ihre Richtung.

Larissa hatte von der gleichen Grundschule wie ich zum Gymnasium gewechselt; wir kannten uns schon lange. Zu lange. Es war Larissa gewesen, die mir einmal gesagt hatte, sie finde mich total merkwürdig. Seitdem mochte ich dieses Wort. Ich hatte die Slimy-Mode nicht mitgemacht und mir kein Monchichi gekauft. Barbiepuppen besaß ich auch nicht. Anders als Wiebke glaubte ich nicht, dass der Untergang des Abendlandes mit dem Besitz einer Barbiepuppe besiegelt werden würde, aber nach einer Stunde Frisieren und An-und Ausziehen wusste ich einfach nicht, was ich mit den langweiligen Puppen noch anstellen sollte. Und dann hatte ich nicht einmal *Hallo, Mister Gott, hier spricht Anna* gelesen – wie alle Mädchen, bis auf Fiona, während unserer Klassenfahrt im letzten Jahr –, sondern stattdessen Konsaliks *Fahrt nach Feuerland*. Und ich war nie in eines dieser neuen Fitnesscenter oder zum Rollerskaten mitgegangen. Ich blieb lieber zu Hause, kickte in Rekordzeit Dosen um Kunstwerke herum, spielte Schach – nach Regeln, die Falk und ich uns ausgedacht hatten und die niemand außer uns begriff, ging ins Planetarium (im letzten Jahr mein Lieblingsort) oder züchtete Kakteen. Die bekamen niedliche hellgrüne Ärmchen, hatten flauschige weiße Härchen – es war überhaupt ein Gerücht, dass Kakteen so viele Stacheln hatten, die meisten hatten mehr Flauschs als Stacheln. Manche sahen regelrecht wie kleine Wollknäuel aus. Aber in meiner Klasse interessierte sich niemand für Kakteen. Zu all diesen Dingen kam noch meine Linkshändigkeit dazu. Niemand mochte neben mir sitzen, weil ich meinen Sitznachbarn mit dem Ellbogen rammte. Es ging nur, wenn der Linkshänder links und der Rechtshänder rechts saß. Ich hatte großes Glück, dass Fiona auch linkshändig war. Aber bei dieser neuen Gruppensitzordnung, die unsere Lehrer vor zwei Jahren eingeführt hatten, um den schlimmen, autoritären Frontalunterricht aufzulockern, rammte man immer irgendjemanden, der einen dann, über kurz oder lang, hasste. Ich war knallhart für Frontalunterricht.

Klaus und Wiebke hatten nicht eingesehen, dass die Gruppensitzordnung für Linkshänder das Letzte war, sie fanden es im Gegenteil begrüßenswert, dass es keine »erste Reihe«, überhaupt keine »starre Ordnung« mehr gab, sondern alle Tische und Stühle ständig neu arrangiert wurden. Von den Tricksereien in der vermeintlich so gleichberechtigten, »bunten« Gruppensitzordnung hatten sie keinen Schimmer.

Sie waren aber aus einem anderen Grund nicht gut auf meine Schule zu sprechen: Wiebke war der Meinung, dass in meiner Klasse »zu viel Wert auf Äußerlichkeiten« gelegt werde. In einer »Popperklasse« sei ich gelandet! Wiebke klang dabei sehr alarmiert. In einem ähnlichen Tonfall sprach sie später nur über unsere asbestverseuchte Aula, Atomkraft und Giftfleisch. Auf keinen Fall wollte ich ein Popper werden. Wurde Isa zum Popper mit ihrem neuen rosa-hellblau-gelb-gestreiften Anorak und ihrem merkwürdigen asymmetrischen Pony? Und ihrer Vorliebe für New Romantic-Bands wie *Spandau Ballet*?

Wenn Wiebke über Popper meckerte, konnte ich das noch einsehen, ihr schien es egal zu sein, was sie anzog, Hauptsache bequem – aber Klaus? Er schimpfte über »diese ganzen neuen gesichtslosen Kettenläden«, die seiner Meinung nach Berlin bald so langweilig wie andere Städte machen würden – denn vor dieser vermeintlichen Einheitlichkeit und Langeweile war er ja aus Restdeutschland, wie er Westdeutschland gern nannte, »geflohen«, aber gleichzeitig kaufte er sich seine Hemden und Krawatten in eleganten Boutiquen, nie bei *C&A* oder *Leineweber*. Und er war eitel: Jeden Morgen betupfte er sich mit Duftwässerchen und wechselte abends, bevor er zu einer Kulturveranstaltung ging, seine Socken. Er ging auch sehr gern Bummeln. Flanieren sagte Wiebke dazu, wenn sie wieder einmal genervt war, dass er so lange für einen Einkauf brauchte. Die Steigerung davon war »Flanieren auf der Bleibtreustraße«. Den Namen dieser Straße, die schon damals für ihre Edelboutiquen bekannt war, sprach Wiebke nie anders als vorwurfsvoll aus. Klaus begann manchen Gang zum Fassbrause holen bei *Aldi* oder zum Zeitung vorbeibringen bei Erwin und Karl mit einer Stippvisite bei einem der exquisiten Herrenausstatter in der Bleibtreustraße. Anders als Wiebke trug Klaus keine Jeans und Pullunder, sondern jeden Tag Anzug und Krawatte. Er betonte jedoch, dass er keine »spießigen« Anzüge trage, sondern »geschmackvolle«. Und auch seine Krawatten seien keine Angestelltenkrawatten, sondern besonders erlesene Einzelstücke. Deluxe-Hippie hatte Larissa einmal meinen Vater genannt. Klaus sah ganz und gar nicht wie ein typischer Wähler der neuen Igelpartei aus. »Warum sind vernünftige Ansichten so oft mit schlechtem Geschmack gepaart?«, pflegte er theatralisch zu fragen. So etwas strafte Wiebke mit Nichtachtung oder mit »Papperlapapp« – einem Ausdruck von ihrer Mutter, über den sie sich jedoch sehr ärgerte, wenn Oma Helene ihn verwendete.

Den ganzen Tag über – erst in der Schule, dann auf Falks Hochbett beim Musikhören und Plattencover-Angucken und später beim Essen mit The Wiebkes and the Klauses – freute ich mich auf meinen Abend am Fenster.

Auf dem Nachhauseweg von der Schule sah ich wieder den neuen Apotheker. Er tauschte die Schaufensterdekoration aus. Den Weihnachtsmann löste ein Schneemann ab, ebenfalls mit einer Öffnung im Bauch für die Badeölflasche. Aus der Peepshow kamen zwei Männer mit Anti-AKW-Buttons und fusseligen Bärten – dicht gefolgt von einem Mann im Nadelstreifenanzug, der als Franz-Josef-Strauß-Double hätte durchgehen können.

Die einzige schöne Unterbrechung meines Wartens war das *Tagesschau*-Sehen mit Klaus. Ohne die *Tagesschau* konnte mein Vater nicht leben; pünktlich wie ein Heroinabhängiger brauchte er seinen Stoff. Zu seinem Leidwesen verpasste Klaus die *Tagesschau* nicht selten, weil er zu einer Vernissage musste oder einen anderen Termin hatte. Ich hatte ihn schon bei Reden von Kollegen mit seinem Miniradio am Ohr aus Galerien schleichen sehen.

Wenn wir bei diesem Ritual zusammensaßen, schaute Klaus auf den Fernseher und ich auf sein Gesicht: Denn Klaus hatte die Angewohnheit, jede Person zu imitieren. Heute war er Margaret Thatcher. Die Eiserne Lady gelang ihm jedes Mal auf Anhieb, seine ganze Körperhaltung änderte sich, selbst die Stirn runzelte er sorgenvoll. Falk und ich hatten eine Weile gebraucht, um zu verstehen, dass Klaus diesen Tick nicht für uns erfunden hatte (uns zuliebe übertrieb er das Ganze bloß), sondern instinktiv merkwürdige Gesichter übernahm, zum Beispiel kurz die Unterlippe hängen ließ, zwanghaft blinzelte, die Schultern verkrampft hochzog und so weiter. Er schien sich in Andere besser einfühlen zu können, wenn er ihre Körperhaltung oder ihre Art zu sprechen übernahm. In einer abgelegten Frauenzeitschrift von Larissa hatte ich auf dem Schulhof gelesen, dass Männer sich angeblich weniger für andere Menschen interessieren würden und nicht so einfühlsam wären wie Frauen. Mein Vater bewies jedoch das Gegenteil (meine Mutter übrigens auch). Wenn Klaus mit Frau Hülsenbeck im Treppenhaus sprach, wurde seine Stimme höher als sonst, und er übernahm ihre angespannte Körperhaltung, indem er die Schultern hochzog und die Arme an den Körper presste. Wenn er mit Pechs, dem Hauser oder mit Erwin und Karl redete, berlinerte er plötzlich und ließ die Schultern hängen. Und wenn Frau Koderitz mit Fred an ihm vorbeischlurfte und ihm ein gedehntes »Taaach« zumurmelte, sagte er: »Juuuten Morjen«. Schade, dass ich ihn nie beim Wässerchentrinken mit Breschnew (der ja laut Helmut Schmidt Wodka aus Wassergläsern trank) oder beim Atomwaffenschachspiel mit Reagan erlebte!

Der Nachrichtensprecher sagte nun, dass Helmut Schmidt gerade in Washington eingetroffen sei, um mit dem amerikanischen Präsidenten Ronald Reagan die aktuelle Lage in Polen zu besprechen. Wiebke war augenblicklich dafür, demnächst wieder Päckchen zu schicken. Ich nickte – das tat ich nämlich gern. Zusammen in der Küche zu sitzen und Päckchen zu packen hatte etwas Gemütliches. Außerdem mussten auf den Straßen in Polen Hausfrauentrupps auf leere Töpfe schlagen, damit der Staat ihnen Essen gab. Im Atlas hatte ich gesehen, wie nah diese müden Gesichter und die hochgereckten Arme mit den leeren Kochtöpfen uns waren. Näher als unsere gesamte Verwandtschaft in Restdeutschland. Sehr nahe. Nur zwei Zentimeter. Im Atlas.

Beim letzten Päckchenpacken hatte ich mich sogar von zwei Schlümpfen aus meiner Sammlung getrennt. Hoffentlich wusste das polnische Kind meinen Kochschlumpf und meinen Tennisschlumpf zu schätzen.

Wiebke schaute weiter auf unser wie immer leicht verwackeltes Fernsehbild, schüttelte den Kopf und sagte: »Der Schmidt raucht viel zu viel. So kann man nicht alt werden. Wir brauchen den doch noch.«

Klaus sprang auf und hantierte an der kleinen Antenne herum, ohne dass sich nennenswerte Fortschritte der Bildqualität daraus ergaben. Dennoch unternahm er jeden Abend den Versuch, das Fernsehbild zu verbessern.

Hauser war da. Vom Fenster aus sah ich, dass er mit nacktem Oberkörper auf dem Bett vor seiner Hawaiitapete lag. Er nickte im Takt mit dem Kopf, dann rollte er sich auf die Seite zu seinem Stereotower, der zugleich sein Nachttisch war, und stellte die Musik lauter, so dass ich sie jetzt auch hörte. Es war diesmal nicht AC/DC, sondern *Hoy no me puedo levantar*, ein spanischer Popsong. Ich verstand nicht viel außer der Titelzeile, von der Anna mal gesagt hatte, sie bedeute »Heute kann ich nicht aufstehen«, und der Zeile *Toda la noche sin dormir* – der Hauser verstand mich, zweifellos, vielleicht war das sogar eine geheime Botschaft? Jetzt schien der Hauser mitzusingen. Ob er schon oft in Spanien gewesen war? Vielleicht sogar in Südamerika? Ich stellte mir vor, mit dem Hauser auf dem Motorrad immer weiter nach Süden zu fahren. Vielleicht würde ich ja mal eine Reise bei *Auf los geht's los* gewinnen, dann würde ich ihn fragen, ob er meine Begleitung sein möchte.

Wie zur Antwort hievte sich der Hauser aus seinem Bett, nahm einen Schluck Bier und ging aus dem Zimmer. Zack, war mein orangefarbenes Licht verschwunden. Ausgeknipst. Für einen Moment waren meine Augen wie blind. Dann sah ich den schwachen Schein der runden Papierlampe aus dem Zimmer direkt neben meinem. Klaus' monotones Klacken auf der Schreibmaschine gehörte selbstverständlich zu meinen langen Abenden dazu. Manchmal schreckte ich mitten in der Nacht hoch und hörte das Tippen. Dieses beharrliche Geräusch verwandelte seine Gedanken in schwarze Druckschrift, und wenige Tage später las ich den Namen meines Vaters in der Zeitung. Manchmal sprachen mich Mitschüler, neulich auch die Verkäuferin von *Schräge Hüte*, auf seine Artikel an. Die Apothekerin mit der randlosen Brille breitete die Zeitung sogar auf der Glasablage aus, und ich durfte mir mehr Pullmoll-Bonbons als sonst aus dem Drehspender nehmen. Früher konnte ich den Beruf oder vielmehr die Berufe meines Vaters nicht richtig aufzählen: Kunstkritiker, Kurator, Kulturwissenschaftler. »Tipper« hatte ich einmal gesagt, weil das dem, was ich von seiner Arbeit mitbekam, am ehesten entsprach, aber alle in der Klasse hatten angefangen zu lachen. Rolf schrie: »Tripper, ha ha«, und Melanie meinte: »Mensch, ist dein Vater 'ne Tippse oder was?«

Tröstlich war nur, dass Isa den Beruf ihres Vaters auch nicht aussprechen konnte. Der war nämlich Haftanstalts-psychiater. Eine Deutschlehrerin, die nicht viel älter aussah als wir und nicht Frau Klott, sondern Ellen genannt werden wollte, fragte uns endlich einmal nicht danach, was unsere Väter machten, sondern welchem Beruf unsere Eltern nach-gingen. »Anwältin!«, rief Isa, »Bücher-Übersetzerin« ich – und wir ließen die merkwürdigen Berufe unserer Väter, mit denen wir uns immer blamierten, lieber weg.

Jetzt war es schon wieder zwei Uhr nachts. Ich war er-schöpft, aber die Gedanken kribbelten mir wie Ameisen im Kopf. Ich starrte eine Weile an die Zimmerdecke, dann schal-tete ich das Radio ein. »Gottlieb Wendehals alias Werner Böhm ist in der närrischen Session 1981/82 die unangefoch-tene Nummer Eins mit der *Polonäse Blankenese*«, trompe-tete ein begeisterter Radiosprecher. Abrupt schaltete ich um. »Palmolive hat natürliches Protein. Es pflegt die Hände schon beim Spülen«, bekam ich zu hören und wechselte noch mal den Kanal. Und erwischte *Ideal*. Die Strophe, in der »ich und meine Idiotie« nebeneinandersitzen, gefiel mir wieder sehr. Und, ja, tausend Filme laufen in meiner Phantasie ab. Am Ende hat man kein Auge zugedrückt, und der Wahnsinn liegt neben einem, so ist es. Man fängt an, gemütlich herum-zugrübeln, aus zehn Gedanken werden hundert, und aus hundert tausend. Ameisenkribbeln.

Ich schlurfte ans Fenster, hob vorsichtig die Gardine und blickte auf das erleuchtete Fenster vom Hauser. Der Hauser saß auf seinem Bett und knipste sich, wie es aussah, die Zehennägel ab. Jetzt war der andere Fuß an der Reihe. Am Ende fegte er einmal mit der Hand übers Laken. Dann schnappte er sich die Fernbedienung und wechselte vom ersten ins zweite Programm. Schließlich drehte er sich weg und zog sich die Decke über den Kopf. Das Licht blieb an, der Fernseher blieb an, der Hauser rührte sich nicht mehr.

Einfach das Licht anzulassen bedeutete für The Wiebkes and the Klauses fast eine Todsünde. Einer dieser Energie-Spar-Aufkleber prangte nicht nur an meiner Zimmertür, sondern auch an unserem Kühlschrank – der allerdings, weil er sich nicht mehr regulieren ließ, immer auf Hochtouren lief.

Mir gefiel es, wenn beim Hauser unten die ganze Nacht Licht brannte. Jederzeit konnte ich aufstehen und ihn anschauen: Der Hauser schlummerte vor laufendem Fernseher. Wovon er wohl träumte?

Ich horchte in die Nacht. Die Gerätschaften vom Olk klirrten und schepperten vor sich hin. Es raschelte und knisterte von den Mülltonnen her. Durch die Wand hörte ich Klaus' Schreibmaschine klappern. Plötzlich brach das Klappern ab, zwei, drei lange Sekunden vergingen, dann rasselte die Schreibmaschine wieder umso heftiger los. Diese Pausen machten mich immer nervös. Worüber mein Vater gerade nachdachte, mit welcher Formulierung er sich wohl quälte? Ein Teil dieser Unruhe übertrug sich auf mich.

Mit einem Satz sprang ich auf, lief aus meinem Zimmer und klopfte an Klaus' Tür. Ich vernahm ein Räuspern und trat ein. Klaus hob eine Augenbraue und zeigte auf einen der schwarzen Sessel. Bei ihm konnte man nie wissen: Entweder er war völlig vertieft und runzelte abweisend die Stirn, wenn man einen Fuß in sein Arbeitszimmer oder den Denkraum setzte, oder aber er war froh über Ablenkung.

Klaus lehnte sich zurück und fragte, warum ich nicht schlafen könne und wie es in der Schule gehe. Er meinte: mit den Mitschülern, nicht mit den Noten. Ich versuchte mir vorzustellen, wie mein Vater mit vierzehn gewesen sein mochte. War er auch ein Außenseiter oder immer mit einer Clique unterwegs? War er ein Streber oder ein Sprücheklopfer? Auf einem Foto von Klaus als Kind, das in einem unserer Alben klebte, sah er streberhaft aus, mit Seitenscheitel und weißem Hemd unter einem karierten Pullunder. Nein, da war er kein Sprücheklopfer, mit vierzehn hatte Klaus bestimmt noch alle Hausarbeiten gemacht. Rebellisch wurde er erst später.

»Hast du früher immer alle Hausarbeiten gemacht?«

Klaus fing an zu grinsen.

»Nein, aber meistens, mein Vater hat sich schrecklich aufgeregt, wenn in der Schule was danebenging.«

»Ich versuche mir gerade vorzustellen, wie du mit vierzehn gewesen bist«, murmelte ich und machte es mir im Sessel bequem.

»Ach, wir hatten damals viel weniger Freiheiten als ihr ... Nein, bis ich von zu Hause auszog, hat es mich eigentlich gar nicht richtig gegeben ...« Klaus machte eine Pause. Ich blickte ihn neugierig an. Er zündete sich eine Zigarette an und inhalierte tief.

»Ach, Jule, wenn ihr heute meint, *wir* seien autoritär ... Wir hatten damals nichts zu melden, so etwas wie eigene Wünsche, etwas ausprobieren, das ging überhaupt nicht. Ich hätte sogar beinahe Altgriechisch studiert, weil mein Vater davon so begeistert war. Aber zum Glück traf ich dann auf ein paar ... Gleichgesinnte und lernte, mich mehr durchzusetzen. Bei deinem Großvater keine leichte Aufgabe.«

»Und dann bist du weggezogen, um deine Eltern nicht mehr auf der Pelle zu haben?«

»Jein. Ich bekam in Berlin ein Jobangebot, wie du weißt ... aber ich sah auch in dieser Stadt eine Chance, sie hatte etwas Unverbrauchtes, eine eigene Dynamik, entwickelte sich gewissermaßen fort von Westdeutschland, wurde ein eigenes Land, im soziokulturellen Sinne ...« Mein Vater redete mal wieder mit sich selbst.

»Und Wiebke ... die hast du in Trier kennen gelernt?«

»Weißt du doch, beim Germanistikstudium – bevor sie zu Skandinavistik wechselte und ich zu Politologie und Kunstgeschichte«, er grinste in sich hinein, »in einem Seminar über den *Zauberberg*. Alle sprachen nur über Krankheit, Tod und Verfall, während wir die ganze Zeit ein Zwiegespräch über die versteckte Erotik geführt haben ... Wir haben uns immer lange in die Augen geschaut, während wir redeten, und irgendwann landeten wir ...«

»... im Bett«, dachte ich, aber Klaus fuhr fort: »in der gleichen Referatsgruppe.« Versonnen schaute er auf seine glühende Zigarettenspitze: »Damals hatten wir wirklich viele Ideen ... Wir Studenten wollten eine Menschenkette von Bonn nach Paris bilden, als Zeichen für, äh, gegen ..., aber einige unserer Kommilitonen regten sich darüber auf, dass das so zentralistisch gedacht sei, von Hauptstadt zu Hauptstadt. Und als ihr dann da wart, wollten wir euch nicht dem normalen Bildungsbetrieb aussetzen, wir hatten einen Plan mit einer privaten Schule, in der wir euch und die Kinder von Freunden unterrichten würden, also abwechselnd immer die jeweiligen Eltern einen Tag in der Woche, je ein Fach. Ich hätte Kunst übernommen, Wiebke wollte Deutsch und, äh, Norwegisch machen. Aber das Ganze scheiterte dann an den anderen Eltern, die alle ... einfach nicht risikobereit waren.«

»Von so'm Adlerauge wie Frau Hülsenbeck hätte ich aber nicht unterrichtet werden wollen, die hätte einem bestimmt 'n Affenberg Hausarbeiten aufgebrummt.«

»Na, an die hatten wir auch nicht gedacht.«

Klaus seufzte und drückte seine Zigarette aus.

»Klaus?«

»Hm.«

»Waren viele Leute damals, als du nach Berlin gezogen bist, so wie der Hauser?«

»Wie unser Nachbar? Dieser Prolet? Wie kommst du denn darauf?«

»Weiß nicht. Weil ihr immer sagt, ihr hättet nicht so eingefahren leben wollen, total unabhängig, ohne Kaffeekränzchen und Kleiderzwang... Obwohl, du trägst ja freiwillig Krawatten.«

»Ach, dass du immer darauf herumreitest! Ich trage doch keine normalen Krawatten, das sind ausgesucht schöne!«

»Schooon gut. Aber gab es keine Leute, die so wie der Hauser gelebt haben?«

Das Thema schien Klaus nicht zu behagen.

»Der Hauser, der Hauser, hach... So'ne Typen hat es immer gegeben, das hat nichts mit der Stimmung zu tun, die damals herrschte. Das ist einfach so ein ... sich mit Kleinkriminalität durchschlagender Prolet, wenn du mich fragst, der reflektiert doch nicht seinen Lebensstil.«

»Na ja, aber er lebt einfach so. Ich weiß nicht. Der schläft bis Mittag und macht doch, was ihm passt, oder? Muss man denn über alles erst reden oder schreiben, damit es stimmt?«

Klaus runzelte die Stirn. »Ob der Hauser so lebt, wie ich vielleicht gern als junger Mensch gelebt hätte, sei noch dahingestellt.«

»Ihr habt eben eure *Boat People*, er seine Hawaiitapete.«

Mir schien es da durchaus eine Parallele zu geben. Aber Klaus schüttelte müde den Kopf und lächelte versöhnlich: »So ist das wohl zu allen Zeiten gewesen, die Kinder rebellieren gegen ihre Eltern, wir schimpfen über den Hauser, du kritisierst uns, logisch. Na, ich bin gespannt, was aus dir mal werden wird! Nicht, dass du noch Reisebüroangestellte wirst und jeden Tag Leute auf Charterflüge nach Hawaii schickst«, er tätschelte mir kurz den Arm und blickte unruhig in Richtung seines zugekramten Schreibtischs.

Nachdenklich schlurfte ich in mein Zimmer zurück und stellte mich ans Fenster: Der Hauser schmierte gerade etwas mit einem Edding an die Wand über seinem Bett. Was er krakelte, ergab keinen Sinn, soweit ich es erkennen konnte. Oder? War das wieder eine Botschaft für mich? Ich schnappte mir mein Minifernglas, das ich auf dem Trödelmarkt auf der Straße des 17. Juni erstanden hatte.

Kurz ließ ich meinen Blick über die Fassade schweifen, nicht, dass mich jemand dabei ertappte, wie ich den Hauser, auch noch mit Fernglas, beobachtete. Als ich meinen Kopf scheu aus dem Fenster reckte, gingen mir für einen Moment die Männer durch den Kopf, die ihr Gesicht aus dem Glitzervorhang der Peepshow streckten … was machte ich hier eigentlich? Der Gedanke gefiel mir gar nicht, ich versuchte ihn abzuschütteln, doch er blieb hartnäckig auf mir sitzen wie eine Rattenloch-Taube. Schließlich beugte ich mich nach vorn und las, was der Hauser über sein riesiges Bett gekliert hatte: *Wer A sagt, muss auch 'n Kreis drum machen.*

Ich war begeistert. Alles, worüber mein Vater geschrieben hatte, vorausgesetzt, ich hatte seine merkwürdigen Essays verstanden, tat der Hauser, aber Klaus wollte nichts mit ihm zu tun haben. Vielleicht gefiel ihm einfach die Lederkluft nicht.

Ein unsichtbares »Ja« – Permafrost

Am Nachmittag packten Falk und ich unter Wiebkes Aufsicht Päckchen für die Polen, bei denen seit Dezember letzten Jahres das Kriegsrecht verhängt worden war. Ich sollte das Päckchen bis 18.00 Uhr bei der Post aufgeben. Beinahe hätte ich es nicht mehr geschafft, weil Wiebke und Falk ewig diskutierten, ob der Sarottimohr auf den fünf Schokoladentafeln, die in das Polenpäckchen wanderten, eine Form von Rassismus sei oder nicht. Wiebke meinte eigentlich ja (sie hatte die Tafeln jedoch besorgt, was ich widersprüchlich fand), Falk, der sehr viele Dinge rassistisch fand, sagte, wenn es den Alpenjungen (den er sich gerade ausgedacht hatte) mit blonden Locken irgendwo im Tschad auf einer Tafel Schokolade gäbe, würde er sich nicht rassistisch beleidigt fühlen. Wiebke meinte, sein Beispiel sei an den Haaren herbeigezogen, wir könnten die Gefühle von Schwarzen nicht nachvollziehen, weil wir nicht den gleichen »historischen Erfahrungsraum« hätten. Außerdem sei Schokolade meistens schwarz und nicht weiß. Ich meinte mich auch noch einschalten zu müssen, verhaspelte mich, kam zu keiner klaren Aussage. So ging es eine Weile.

Als wir fertig gepackt hatten und ich mich endlich durch unsere drei Flure zur Haustür geschlängelt hatte, marschierte Wiebke mir hinterher und drückte mir eine Benachrichtigung in die Hand. »Bei der Post ist auch etwas für uns hinterlegt worden, bring' das gleich mit.«

Ich salutierte und murmelte in Anlehnung an unser vorausgegangenes Gespräch: »Die Haussklavin erklärt sich mit allem einverstanden.«

Und, wie ich's mir dachte, gab Wiebke zurück: »Julika, das ist zy-nisch!« Das war nämlich einer ihrer Lieblingssprüche.

Ich trollte mich in Richtung Post. Nachdem ich unser Polenpäckchen aufgegeben hatte, bekam ich das hinterlegte Päckchen ausgehändigt: Es war ein Care-Paket aus Westdeutschland für uns. Ein Berlinpäckchen von Oma Helene.

In den Siebzigern hatte sie uns dauernd Pakete geschickt – sogar welche mit Kartoffeln. Sie schien zu glauben, wir würden in Sibirien leben. Anfang der Achtziger erhielten wir seltener Pakete, aber alle paar Wochen erreichte uns immer noch eines.

In den Paketen lag eine Postkarte, auf der stets in ähnlichem Wortlaut stand: »Ein nahrhafter Gruß aus Hochheim.« Früher hatte Helene geschrieben »aus dem Westen«. Aber darüber hatte sich Wiebke so aufgeregt, dass Oma Helene schließlich »aus Hochheim« schrieb. Jetzt bekamen wir keine Kartoffelsäcke mehr geschickt, sondern, unter anderem, Pfanni aus der Tute.

Beim Abendbrot lasen Wiebke und Klaus Zeitung, Falk hörte Walkman und spielte mit dem Zauberwürfel. Was für eine Sisyphosarbeit: Waren die Farbfelder richtig zusammengefügt, brachte Falk den Würfel wieder durcheinander, um von vorne anzufangen. Doch dieses Spiel sollte meinen Bruder das ganze Jahr über in seinen Bann schlagen.

Später gingen Wiebke und Klaus zum Ku'damm ins Kino, um den gerade groß diskutierten Film *Mit dem Wind nach Westen* zu sehen. Ich ging nicht mit, obwohl sich sogar Falk unseren Eltern angeschlossen hatte. Ich war zu müde. Außerdem ging es in dem Film um eine Flucht aus der DDR – Westen, Osten, es verging ja kein Tag ohne die bedeutungsvolle Nennung dieser Himmelsrichtungen. Ich aber wollte mit Motorradwind nach Süden.

Vom Fenster aus konnte ich den Hauser sehen: Er lag rücklings mit nacktem Oberkörper auf seinem Bett, hinter ihm leuchtete der hawaiianische Abendhimmel. Es sah aus, als läge er am Strand. Nichts passierte. Ich schloss die Augen und machte sie wieder auf. Die Lichterkette von Pechs flackerte nervös. Das ging schon seit gestern so, entweder die Pechs waren verreist oder es war ihnen piepegal. Piepegal, das war eines der wenigen Worte, die Herr Pech von sich gab: Neben dem zu jeder Tageszeit ausgesprochenen »Tach« gab es nur noch »könnta ma' ruich sein!« oder »dasis mir piepägal«. Die knallbunte Weihnachtsdekoration passte nicht recht zur faden Erscheinung von Herrn Pech: Er trug beigefarbene Stoffhosen und Schuhe (Frau Pech das Gleiche in Grün), und dazu eine karierte Schiebermütze. Meist sah man ihn mit *Aldi*-Tüten in der Hand, Falk hatte einmal gespottet, er habe das Gefühl, Pechs verbrächten ihr halbes Leben bei *Aldi*. Von Oktober bis April sah man Herrn Pech oft mit dem Kohleeimer aus dem Keller ins Hinterhaus schlurfen. Und immer mit seinem Hund. Waldemar war sechzehn Jahre alt, also ebenfalls Rentner. Im Winter trug er ein flaschengrünes Wollleibchen, bei Regen einen braunen wurstpellenartigen Überzug aus Plastik.

Dann hörte ich leise – es war mir nicht klar, woher – die Liedzeile *Ich seh den Sternenhimmel, Sternenhimmel, Sternenhimmel – oho.* Das war Hubert Kah. Dann wurde die Musik leise. Und beim Hauser ging das Licht aus.

Als ich am nächsten Tag nach acht Stunden Schule die Wohnungstür hinter mir schloss, stand Falk schon wieder im Schlafanzug in der Tür und rieb sich die Augen. Dann drehte er mit einem Blick zu mir hin gemächlich sein Schild um. *Geöffnet.* Nur keine Eile. Süßlicher Qualm drang aus seiner Hochbetthöhle. Zwischen den Plattencovern hing ein Poster mit einem schwarzen Quadrat. Malewitsch. Den Namen des Künstlers hatten Klaus und Wiebke uns Kindern über die

Eselsbrücke mit dem Gesellschaftsspiel *Malefiz* beigebracht. Das Spiel hatten wir daraufhin nur noch *Malewitsch* genannt. Komm, wir gehen *Malewitsch* spielen … Falk hielt einen Großteil der Kunst, die unsere Eltern schätzten, für »blödsinnig« oder »absolut belanglos«, aber Malewitsch genoss seine Anerkennung. Einmal hatte er gesagt, das schwarze Quadrat stehe für »alles«. Diese Äußerung hatte ich nicht recht verstanden. Über mein dummes Gesicht hatte sich mein großer Bruder natürlich gefreut. »Das verstehst du noch nicht … aber möglicherweise ist das keine Frage des Alters.«

»Ich zieh mir was Stullenmäßiges rein«, murmelte Falk jetzt. Dann schlappte der Riese mit Schuhgröße 46 durch unsere Wohnung. Ich schlurfte hinterher. Wiebke saß in der Küche auf einem türkisfarbenen Ball mit zwei Griffen, der gut für die Gesundheit sein sollte. Sie sah merkwürdig aus, wie sie mit kerzengeradem Rücken auf diesem Ball hockte und dabei in einem Buch las. Ich schlich mich heran, gleich würde ich sie von hinten erschrecken … aber schon hatte Wiebke mich aus einem Augenwinkel gesehen: »Julika, kannst du die Post holen, mach dich mal nützlich.«

Ich bereute es, in die Küche gegangen zu sein. Dann beschloss ich, erst eine Ahoj-Brause zu trinken, die zwei Minuten konnte die Post ruhig noch warten. Schon riss ich ein kleines grünes Tütchen auf und schüttete den Inhalt in ein Glas. Wiebke bekam spitze Ohren: »Was machst du denn da, ist das eine Falksche Verzögerungstaktik?«

»Mann! Bin ich hier im KZ oder was?«

Wiebke drehte sich langsam zu mir um. Diesen Spruch hatte Falk einmal von sich gegeben, als Wiebke und Klaus einen ganzen Sonntag lang aus unberechtigten Gründen, wie er fand, an ihm herumgenörgelt hatten. Angesichts der Reaktion, die dieser Satz damals bei ihnen ausgelöst hatte, hatte ich beschlossen, ihn als eiserne Reserve in meinem Hinterkopf zu behalten, und jetzt ärgerte ich mich über mich selbst, eine so wirkungsvolle Waffe für etwas so Unwichtiges wie eine Brause verpulvert zu haben.

»Sag mal, Julika, weißt du eigentlich, was ein KZ ist? Mit solchen Ausdrücken ist nicht zu spaßen, wirklich, das ist zynisch!«

Ich zuckte die Achseln, Wiebke stand von ihrem Sitzball auf, knallte ihr Buch hin (etwas von Maxi Wander) und stürmte aus der Küche. Ich schaute betrübt in meinen Becher. Die Brause hatte gerade aufgehört zu sprudeln, aber ich hatte keine Lust mehr, sie zu trinken. Unschlüssig ging ich in den Flur und langsam die vielen Stufen zu den Briefkästen hinunter.

Kaum hatte ich die Post aus dem Kasten genommen, stand Frau Hülsenbeck hinter mir. Sie hatte große, graue Augen, die einen immerfort musterten. Es war ihr sehr wichtig, viel über die beste Freundin ihrer Tochter zu wissen. Sie schürzte die Lippen und wollte gerade eine ihrer typischen Ausfragen stellen (Isa und ich hatten uns angewöhnt, von Ausfragen statt von Fragen zu sprechen), da öffnete sich die Haustür, und der Hauser stand mit einer *Aldi*-Tüte, aus der Bierflaschen, Salzstangen und Chipsletten ragten, vor uns. Frau Hülsenbeck gab ein betont lautes, aufforderndes »Guten Tag!« von sich. Doch der Hauser gab den Gruß nicht zurück, er deutete nur ein schwaches Nicken an. Diese knallrote Lederjacke mit der geballten Faust und dem Schriftzug AC/DC hinten drauf, dazu Cowboystiefel ... Gebannt schaute ich ihm hinterher. Er schob sich eine lange Lockensträhne aus dem Gesicht, der dicke silberne Ring an seinem rechten Mittelfinger blitzte auf.

»Na, Julika, möchtest du später mal einen Rockstar heiraten?«

Die großen Augen der Steppenfliege ruhten auf mir. Ich wurde rot.

»So langsam gibt es interessantere Dinge als Aufkleber sammeln und den Ü-Club, oder?«

Der schmale, violett geschminkte Mund verzog sich in Andeutung eines »liebenswürdigen« Lächelns. Ein bisschen erinnerte mich Frau Hülsenbeck an Margaret Thatcher.

Um nicht mit ihr zusammen nach oben gehen zu müssen, lief ich trotz der Kälte zur Tür hinaus, die Post steckte ich in meinen Parka. Ein Künstlerpaar, das Klaus kannte, kam mir entgegen. Es lupfte seine quietschbunten, paillettenbesetzten Käppchen, guckte ansonsten jedoch genauso griesgrämig wie die Pechs, die jetzt über die Straße kamen. Statt zu grüßen, senkten Pechs ihre Köpfe simultan noch tiefer. Ich lief weiter. Und schon roch ich sie wieder, unsere Apotheke. Meter vor dem Eingang schlug mir ein unverwechselbarer Geruch von Körperölen und medizinischen Salben, von Duschbädern und Hustensaft entgegen. Dann sah ich den äußerst akkurat gekleideten neuen Apotheker, wie er Kunden bediente oder auf die Straße äugte. Wie dunkel seine Augen waren. Woher er wohl kam? Vielleicht würde ich ihn eines Tages danach fragen.

Als ich schließlich mit der Post wieder in der Küche stand, saß Falk vor einem Teller mit ein paar abgenagten Wurstpellen, wippte mit den Füßen und starrte auf ein Plattencover. Ich hätte schreien können, er hätte mich nicht gehört: Kopfhörer. Ich nahm mir eine Fassbrause und Scheiblettenkäse aus dem Kühlschrank. Schon hörte ich Wiebkes Schritte. Musste Falk ausgerechnet auf ihrem geliebten Sitzball sitzen? Und dann auch noch mit Kopfhörern, was Wiebke am Küchentisch als Gesprächsablehnung auffasste. Wiebke steuerte mit rotem Kopf auf den Tisch zu und riss Falk die Kopfhörer vom Schädel. »Sei nicht so asozial mit dieser ewigen Musikhörerei, das wird ja zur Sucht!«

Falk ignorierte sie und untersuchte seine Kopfhörer auf mögliche Schäden.

»Runter von meinem Ball!«

Falk rülpste. Wiebke warf ihm einen warnenden Blick zu. Falk rülpste noch einmal, lauter. Wiebke schlug mit der flachen Hand auf den Tisch. Falk zog den mit seiner chronischen Nasennebenhöhlenentzündung einhergehenden Rotz geräuschvoll hoch.

»Hau ab«, sagte Wiebke.

Falk stand gemächlich auf, lud ohne Hast einen Toast auf seinen Teller, dann verzog er sich.

»Ich finde, er raucht ein bisschen viel in letzter Zeit«, murmelte Wiebke, während wir beide Falks sich entfernenden Schritten lauschten. Die Holzdielen knarrten, als wären sie lebendige Wesen. Falks schwere Schritte weckten alle Bodengeister auf; die vielen, die hier schon gelebt hatten. Falk war tatsächlich dauernd am Drehen.

Hinter Wiebke flackerte vom Hof her das Licht der Pechschen Weihnachtsalarmanlage. Ewiges Licht. Dann begann schon wieder die *Polonäse Blankenese.* Wiebke und ich sahen uns an und verdrehten die Augen. Dann legte sie entschuldigend ihre Hand auf meinen Arm und stand auf, um sich in ihr Arbeitszimmer zu verkriechen. Sie übersetzte Kinder- und Jugendbücher aus dem Niederländischen, Dänischen und Norwegischen. Man könnte denken, dass dies eine schöne Tätigkeit war, zumal sie zu Hause arbeiten konnte. Meistens gefielen ihr jedoch die Illustrationen nicht, und sie schimpfte, dass die Mädchen alle so brav aussähen. »Blonde Zöpfe! Wann hört das bloß auf … können die nicht mal Mädchen mit kurzen und Jungen mit langen Haaren zeichnen?«

Vielleicht hatte Wiebke ja Recht, hatten Falk und ich überlegt, aber es schien uns übertrieben, deswegen dauernd in Rage zu geraten. Es gab kein Kinderbuch, an dem Wiebke nicht irgendetwas auszusetzen hatte. Immerhin hatten Falk und ich durch Wiebkes Tätigkeit mehr Bücher gehabt als andere Kinder. Es gefiel uns gut, von ihr wie kleine Erwachsene befragt zu werden, welche Bücher uns gefielen und warum. Diese »Sitzungen« mit Wiebke hatten wir immer sehr genossen. Aufmerksam hörte sie uns zu, wenn wir zu erklären suchten, warum Theo auf dem roten Wagen lieber eine Katze statt einen Hund haben oder warum die Kleine Hexe mal mit Spinnen reden sollte. Wiebkes Blick hing an mir, als ich einmal eine halbe Stunde lang überlegte, warum ich ein Krokodil in einem Teich in der Großstadt gut fände, obwohl es nicht realistisch wäre, und auch, als ich ihr einmal ausführlich die Charaktere verschiedener von mir erfundener Comicfiguren, des *Gelben Scheiblettenkaisers*, des *Dolomiti-Eistigers mit Schnurrbart* und der *Bifi-Langfinger-Bande in Ringelpullis* erläuterte. Wiebkes Traum war es, Kinder- und Jugendbücher selbst zu schreiben. Aber bisher war sie mit ihren Übersetzungen und den vielen Vernissagen, zu denen sie Klaus begleitete, viel zu beschäftigt. Auf ihre Mädchenfiguren hätte man gespannt sein können.

Ich lehnte meine Wange an Wiebkes Arbeitszimmertür. Kein Klacken. Wiebke tat immer so, als würde sie den ganzen Tag lang arbeiten, in Wirklichkeit faulenzte sie oft. Wenn ich die Tür öffnen würde, säße sie bestimmt auf ihrer Couch (die wesentlich abgenutzter aussah als ihr stoffbezogener Drehstuhl) und las oder strickte.

Was sollte ich jetzt machen? An Falks Tür hing, natürlich, das *Geschlossen*-Schild. Auf Schularbeiten hatte ich keine Lust. Meine Kakteen waren versorgt, und die Hauptstädte

Mittel- und Südamerikas wusste ich schon bis T (Trinidad und Tobago/Port-of-Spain) auswendig. Mit einer Tüte Gummibärchen krabbelte ich aufs Fensterbrett und starrte in den Hof. Der klobige Sechzigerjahreblock gegenüber färbte sich im Regen schwarz, um langsam fleckig zu ergrauen. Ich schaute einfach nur zu. Regen, Nieselregen, heftiger Regen, Hagel, Stille, Totenstille, wieder Regen, Glucksen, Knistern, Rascheln, Plätschern, Nieseln, Regen, Regen, tropfendes Wasser von den Regenrinnen. *Ich geh nicht kaputt, kommst du trotzdem mit*, krakelte der nackte Hauser auf eine Wolke am hawaiianischen Himmel. Und ich schrieb ein unsichtbares *Ja* auf die Granitplatte des Berliner Himmels.

Vielleicht sollte ich einfach mal ins Hinterhaus gehen und versuchen, beim Hauser durchs Schlüsselloch zu schielen. Schon im Treppenhaus hörte ich den Hauser-Fernseher. The Wiebkes and the Klauses guckten auch gern fern, aber aus irgendeinem Grund waren große Fernseher in ihren Augen etwas für Proleten. Lieber einen kleinen mit flimmerndem Bild. Mit klopfendem Herzen stand ich vor der Tür.

»Wat willste?«
    »Zwei Zitronen, wenn Sie vielleicht …«
    »Hab ick nich …«

»Wat willste?«
    »Einen Kugelschreiber, nur ganz kurz …«
    »Sach ma' jibts so wat nich bei dein'n Eltern?«

»Wat willste?«
    »Vielleicht, wenn Sie eine kleine Batterie für mein Radio hätten …?«

Jedes Mal, wenn ich meine Hand zum Klingelschild aus-
streckte, zog ich sie gleich zurück. Ich wollte doch nur mal
seine Wohnung richtig von innen sehen. Entmutigt ging ich
über den Hof zurück zu uns nach oben, fand einen Lotto
Toto Spiel 77-Aufkleber in meiner Hosentasche und klebte
ihn auf eine der wenigen freien Stellen auf meiner Tür.

In einem der Flure begann ich mit einer leeren Fanta-Dose
Fußball zu spielen. Niemand hörte mich, niemand nahm Notiz von mir. Ich kickte so vor mich hin. Vielleicht – war ich
frei. Nach den Gesetzmäßigkeiten der Höhle, versteht sich.
So wurde mir wenigstens warm; die Kachelöfen schafften es
kaum, die großen Zimmer aufzuheizen, von den Fluren ganz
zu schweigen. Die Durchschnittstemperatur einer Berliner
Wohnung, im Westen wie im Osten, muss damals mindestens
drei Grad niedriger gewesen sein als heute. Vom »mediterra-
nen Berlin«, von Strandbars war noch nicht die Rede. Wir,
auch in West-Berlin, waren *im Osten*. Und Osten war, in jeder Hinsicht, gleichbedeutend mit Kälte.

Gut, dass Wiebke und Klaus mein Dosenkicken weder
hörten noch sahen; die Mischung aus Herumkicken und herumstehender Kunst vertrug sich nicht unbedingt. Ob in
unserem Hinterhof oder in unserer Wohnung, Kunst stand
einfach überall, und die Erwachsenen quälten uns mit über-
flüssigen Unterscheidungen aller Art. Klaus behauptete, ich
würde Stile, Epochen und Richtungen durcheinanderwerfen.
Meinetwegen. Und wenn schon. Jedenfalls hatten Falk und
ich mittlerweile viel Erfahrung, was Fußballspurenbesei-
tigungen an Kunstwerken anbelangt. Was hatten wir schon
mit Sekundenkleber, Tesa und Pattex an den Heiligtümern
rückgängig gemacht!

Ich war langsam müde vom Kicken. Bei Falk hing immer
noch *Geschlossen*; ich verzog mich in mein Zimmer.

Der Hauser stand nackt vor seinem Fernseher und trommelte darauf herum. Dann nahm er einen Schluck Bier und spuckte an die Wand. Noch einmal. Ich glaubte zu erahnen, was er da machte. Er versuchte, mit der Spucke Fliegen an der Wand zu treffen. Befriedigt rieb er sich die Hände und ließ sich aufs Bett fallen. Ich rückte näher an die Scheibe, um ihn mir, er lag auf dem Rücken, genau anzugucken, da riss jemand meine Tür auf. Ich hörte das Reiben von Stoff auf Stoff, von Wiebkes verschiedenen Röcken, die sie in letzter Zeit gern übereinander trug.

»Mann, ich hab' schon tausendmal gesagt, dass ihr anklopfen sollt. Ihr latscht hier immer rein, als wär das 'ne Fußgängerzone!«

»Hach ja, schon gut, Julika ... also, hilfst du mir, Lauch zu schneiden!« Es war eine von Wiebkes typischen Imperativfragen, also keine Fragen, sondern Aufforderungen.

Ich traute mich nicht, einen weiteren Blick auf den nackten Hauser zu werfen, denn ich fürchtete, meine Mutter träte dann ans Fenster.

Beim Gemüseschneiden erzählte Wiebke mir ihren letzten Traum: »Ich stehe bei uns auf dem Balkon, und du glaubst nicht, wer da lang kommt, unser grässlicher Nachbar, der Herr Hauser, er läuft Arm in Arm mit einer richtig gut aussehenden jungen Frau, gar nicht mal so viel älter als du, sie sind beide in heller Sommerkleidung ... Da kommt plötzlich, halt dich fest, Julika, jetzt spinnt deine Mutter, also da kommt auf einmal ein Känguru anmarschiert, und die beiden setzen sich wie bei einem Pferd auf den Rücken und galoppieren los ... Im Hintergrund steht unser Hausverwalter, Herr Clemens, und sagt: ›Sind doch nur 384.000 Kilometer.‹ Na was sagst du, ist das nicht ein lustiger Traum?«

Mir fiel ein, dass 384.000 Kilometer der mittlere Abstand

zwischen Mond und Erde ist, das hatte ich in Geographie gelernt.

»Denk mal drüber nach, Julika, vielleicht fällt dir ja noch was Gescheites dazu ein, du bist doch unsere Traumdeuterin«, Wiebke tätschelte mir den Kopf und legte mir einen Riesenhaufen Lauch vor die Nase.

Während ich den Lauch schnitt, stellte ich mir vor, stattdessen mit dem Hauser durch Patagonien zu reisen und am Ufer des Río Futaleufú Chipsletten zu essen … Ich schob den Lauch vom klebrigen Plastikbrettchen in den Topf.

»Die Ratten, sie sind wie die Hydra«, sagte Wiebke unvermittelt.

»Wie was? Was meinst du damit?«

»Ich habe nur mal kurz eine Tüte mit Lebensmitteln für Erwin und Karl in der Durchfahrt stehen lassen, um mit Herrn Kanz zu reden – du weißt, er nervt Klaus immer, dass er über ihn schreiben soll –, da war die Tüte aufgerissen und die Chips, die Toffifee und die Schokolade wegstibitzt! Nur das Gemüse und den Scheiblettenkäse haben sie übrig gelassen.« Ich konnte die Ratten gut verstehen.

Später, in der *Tagesschau*, wurde Bundespräsident Carstens kurz in seinem wetterfesten Anorak gezeigt. Er wollte in den nächsten Tagen ein weiteres Stück von Deutschland erwandern. Ich ging in die Küche, um mir eine Brause anzurühren. Ich liebte Brause aller Art. Wenn auf einer Packung hinten viele *Es* zu finden waren, war das ein gutes Zeichen: dann hatte die fertige Brausemischung eine schöne, knallige Farbe. Als ich zurückkam, erzählte Klaus, dass Carstens schon seit 1934 Mitglied der SA gewesen sei. »Dass so jemand der oberste Repräsentant unseres Landes sein muss.« Fernab der schwäbischen Alb, die er gerade durchschritt, fern von allem, aber nur ein paar hundert Meter von unserer Straße entfernt, war eine Bombe in einem jüdischen Restaurant explodiert; ein Kind war dabei ums Leben gekommen. Vielleicht hatte ich es vom Sehen gekannt. Im Fernsehen sah man nur eine weiße Bahre mit einem kleinen zugedeckten Körper. Überall lagen Glassplitter herum; allein ihr Anblick schmerzte. Ich schloss die Augen und stellte mir vor, in den Weiten Patagoniens ein Kanu über den Nahuel-Huapi-See zu steuern. Begleiten würde mich natürlich der furchtlose Hauser.

Nachts, als ich im Bett lag, sah ich immer wieder den kleinen zugedeckten Körper vor meinem inneren Auge. Und Glassplitter. Knirschten überall im Hof, überall …

Um ein Uhr nachts wurde ich von lauter Musik geweckt, die über den Hof schallte: AC/DC. Ich trat ans Fenster und hob den Vorhang an: Der Hauser erledigte im offenen Hawaiihemd und mit zum Zopf hochgebundenem Haar seinen Abwasch, wobei er ab und zu Tanzeinlagen machte – ein riesiger Berg an Geschirr hatte sich schon seit Wochen in seiner Küche aufgetürmt. Es sah so aus, als würde er die Gläser, die zu schmutzig waren, um sie in zwanzig Sekunden abzuwaschen, einfach in den Mülleimer werfen. Ich starrte mit offenem Mund nach unten. Zwei, drei Minuten vergingen. *Let's Get It Up* von AC/DC lief weiter auf Hochtouren.

»Ruhä! Aufhören!« Das war Herr Pech.

»Ruhe, verdammt noch mal!« Ich blickte nach oben und sah, wie sich Herr Wiedemann aus der Dachwohnung über uns weit aus einer Luke lehnte und die Fäuste schüttelte. »Sie hirnamputierter Idiot!« Diese Ausdrucksweise hätte man ihm nie zugetraut. Herr Wiedemann, früher Professor für Modedesign und nun pensioniert, war stets auf elegante Weise exzentrisch gekleidet. Heute trug er einen purpurfarbenen Anzug mit weißen Punkten – und mit passender

Fliege. Auch sein Gesicht hatte die Farbe seines Anzugs angenommen, er tobte.

Aber der Hauser hörte ihn nicht – wegen *Let's Get It Up*. Bei Pechs ging *Der Ohrwurm* von Gottlieb Wendehals los, Herr Kanz antwortete mit *Ton Steine Scherben*, der Grottenolk mit *Creedence Clearwater Revival*, und aus der Wohnung von Filiz und Serife dröhnte von null auf hundert türkische Volksmusik. Das war Nervenkrieg.

Es klingelte bei uns. Kurz darauf hörte ich Frau Hülsenbecks hohe, erregte Stimme. AC/DC lief weiter auf Hochtouren, die anderen drehten nach ihrer jeweiligen akustischen Warnung die Lautstärke wieder herunter. Als ich in den Flur lief, erfuhr ich, dass Frau Hülsenbeck gerade die Polizei gerufen hatte. Während die Erwachsenen versuchten, im Kunstdschungel unseres Berliner Zimmers Platz zu nehmen, zog ich mir die Moonboots an, schnappte meinen Parka und lief aus der Wohnung über den Hof ins Hinterhaus. Dort kauerte ich mich frierend eine halbe Etage oberhalb vom Hauser auf die Treppe. Ich musste nicht lange warten, da kamen schon zwei Polizisten und klingelten beim Hauser, aber der schien nichts zu hören. Erst als einer der Polizisten Sturm klingelte, machte er auf. Offenes Hawaiishirt, Fünftagebart, mürrischer Gesichtsausdruck, eine Pulle in der Hand. Einer der Polizisten redete aufgebracht auf ihn ein. Dann sah ich, wie der betrunkene Hauser dem Polizisten eine Ohrfeige verpasste. Daraufhin packten ihn die Bullen – das sagte Falk immer – unter den Achseln und zerrten ihn aus der Wohnung. Die Flasche fiel ihm dabei aus der Hand und rollte in schlingernden Bewegungen auf die Treppe zu. Der Hauser grölte laut »Schweine!« und trat gegen die Wände.

Ich blieb noch eine Weile frierend im Dunkeln sitzen, dann

rannte ich über den Hof zu uns ins Vorderhaus. Die ganze Nacht über konnte ich nicht schlafen. Als es dämmerte, malte ich ein Bild vom Hauser in seiner roten Lederjacke und mit rot-schwarzen Flügeln, mit denen er wild über die Hausdächer flog, *Let's Get It Up* singend. Ich malte noch drei dicke Ausrufezeichen hinter das Hausersche *Let's Get It Up*.

Don't let me down, ein Lieblingslied meiner Eltern von den Beatles, lief am nächsten Morgen im Radio, als wir vier frühstückten. Wiebke und Klaus aßen morgens Vollkornmüsli mit Kürbiskernen und Leinsamen (Wiebke) und getoastetes Weißbrot von einem italienischen Feinschmeckerladen, dick mit Erdbeergelee beschmiert (Klaus). Nur das Geknarze aus Falks Kopfhörern war zu hören. Die Kopfhörer waren riesig, Falk sah wie ein exotisches Insekt damit aus. Wiebke schaltete entnervt Falks Walkman ab, was ein »Ey, sag mal, spinnst du?« zur Folge hatte. Klaus stand hektisch auf und begann alte Zeitungen zu stapeln; er hatte immer Angst, um Parteinahme gebeten zu werden. Gute Stimmung.

Wiebke holte einen Pullover aus ihrem Leinenbeutel, den sie zum Einkaufen verwendete, hervor. Der Pullover war schwarz und hatte noch ein Preisschild dran.

»Der ist genau deine Größe, Klaus, und schwarz. So einen wolltest du doch haben. Den habe ich von *C&A* vom Grabbeltisch.«

Bei dem Wort »Grabbeltisch« zuckte Klaus sichtlich zusammen. Man sah ihm an, wie er physisch unter diesem Wort litt. Es ging gar nicht darum, dass Grabbeltischartikel billig und vielleicht von minderwertiger Qualität sein könnten, nein, schon das Wort an sich bereitete ihm Unbehagen. Ich wusste, dass Klaus diesen Pullover nie anziehen würde. Doch dann fielen mir Erwin und Karl ein – und mir war klar, dass sie die Lösung für Klaus' Problem sein würden. Wie gut, dass wir sie hatten!

Zehn Minuten später trabte ich hinter Isa und Fiona die Joachimstaler Straße entlang. Hinter dem Badeöl-Schneemann sah ich den neuen Apotheker, wie er gerade einer alten Dame eine Manschette zum Blutdruckmessen anlegte.

Isa knuffte Fiona und mich in die Seite. Auf der Uhlandstraße, wenige Meter vor der Peepshow, notierte sich Herr Pech mit Waldemar an der Leine Falschparker.

»Selber schmeißt er seinen Müll immer neben die Tonnen, so dass die Ratten sich vermehren wie … wie … na ja, äh … wie die Ratten eben, aber Falschparker zeigt er an.« Isa schüttelte den Kopf.

Ich beobachtete den hageren Rentner, der sich gerade vor das Nummernschild eines bunt bemalten, schäbigen Volvos bückte, um festzustellen, ob die TÜV-Plakette nicht schon abgelaufen war.

Fiona fing an zu kichern. Sofort guckten Isa und ich zum Glitzervorhang der Peepshow, der sich bunt und scheinbar voller Leben im Wind bewegte. Ein dickes Männchen hatte sich in den Bändern verheddert, es fuchtelte mit hochrotem Kopf herum. Ein Band war hinter seine Brillengläser geraten, die Brille hing schief über sein Gesicht und drohte herunterzufallen. Eine der athletischen jungen Frauen aus dem Eingangsbereich eilte ihm zur Hilfe. Mit gespielt großzügiger Geste und nicht ohne zu lachen befreite sie den Zwerg aus seiner misslichen Lage.

Nach ihm trat ein junger Mann in Jeansanzug auf die Straße. Er sah so gut aus, dass wir einen Moment lang stehen blieben. Er hatte dunkle Augen, einen dunklen Teint und eine Adlernase. Seine Hose saß eng, er war schlank und gut gebaut. Wir kicherten unsicher vor uns hin. Der Eingang zur

Peepshow war ein merkwürdiger Ort: Mal wurden die Männer, die aus ihm hinaustraten, rot, mal wir, die wir vor ihnen standen.

»Dass so ein Typ das nötig hat«, raunte Fiona. Das Gleiche hatte ich mich auch gefragt.

»Ob ein Mann, der gerade aus der Peepshow kommt, noch an Sex denkt?«, warf ich in die Runde.

»Klar, die haben dann noch lauter Hormone im Blut!«, behauptete Isa.

»Nee, die sind dann ja schon runtergekommen«, meinte Fiona.

Isa stieß mich in die Seite. »Guck mal, wer da ist!«

Ich blickte mich um und entdeckte meinen Vater, der eben zu Hause noch vorgegeben hatte, wegen einer Kunstkritik »total unter Druck« zu sein. Klaus stand zwei Meter von der Peepshow entfernt vor einer Boutique und guckte sich Krawatten und Schals an. Die Männer, die gerade aus der Peepshow kamen, machten das öfter: Kaum hatten sie den Flattervorhang hinter sich gelassen, bauten sie sich vor dieser Boutique auf und legten ein fulminantes Interesse für hässliche Krawatten an den Tag.

Klaus nahm die drei Stufen hoch zur Boutique, drückte die Tür auf – und verschwand. Mist. Wir mussten den Bus um 7.35 Uhr erwischen; ich konnte nicht warten, bis er wiederkam. Ob er wohl eben in der Peepshow gewesen war? Das wäre unfassbar – zu Hause bezeichnete er so etwas nämlich als Spießerparadies. Wenn Wiebke das wüsste! Aber vielleicht shoppte Klaus nur heimlich? Ich dachte daran, wie verächtlich Wiebke letztens das Wort »Flanieren« ausgesprochen hatte. Und die Bleibtreustraße war auch nicht weit von hier.

Fiona zupfte mich am Parka. »Wir verpassen den Bus.«

Nach der Schule lümmelte ich eine Weile im Hinterhaus

herum. Einmal schaute ich beim Hauser durchs Schlüssel-loch: Platten und Zeitschriften lagen auf dem Flurboden herum, die rote Lederjacke fehlte. Er war offenbar noch bei der Polizei. Was da wohl mit ihm passierte? Vorsichtig hielt ich mein Butterbrotpapier an das bombastische Messing-schild (»Was für ein Hochstapler!«, so Frau Hülsenbeck), auf dem in schnörkeliger Schrift »Peter Hauser« stand, und pauste den Namen ab. Dann schrieb ich meinen Namen dazu. Julika Zürn. Nur so.

Nachts sah ich den Hauser wieder auf seinem Bett liegen und Chips essen. Dazu trank er Bier. Wenn ich die Augen zu-sammenkniff, konnte ich mir einbilden, dass die Palmenblät-ter sich bewegten. Von irgendwoher erklang: *Monotonie … Monotonie in der Südsee, Campari auf Tahiti, Bitter Lemon auf Hawaii …*

Ein paar Tage später wurde Bundespräsident Carstens in der *Tagesschau* gezeigt, wie er mit einer Gefolgschaft von mehre-ren tausend Leuten in einem Waldgebiet zwischen Hattingen und Essen umherlief. Seit seinem Amtsbeginn vor drei Jahren hatte er Deutschland schon von der Ostsee bis zu den Alpen erwandert. Klaus schüttelte den Kopf. »Was für ein billiger Populismus.«

Wiebke murmelte nur: »Hat der bei seinem Job nicht was anderes zu tun?«

Falk: »Ich sag's doch, die da oben lassen immer andere für sich arbeiten.«

Klaus: »Naja, für sich arbeiten … Du überarbeitest dich ja nun nicht gerade. Wer sitzt denn den ganzen Tag auf seinem Hochbett und hört Musik?«

Falk: »Bin ich Bundespräsident?«

Überall auf der Welt knallte es, die Stationierung der Pershing II war im Gespräch, in drei Monaten, im April, sollte es die großen Ostermärsche für den Frieden geben, die britisch-argentinischen Verhandlungen über die Falklandinseln waren gerade gescheitert, die Russen waren in Afghanistan. Im Kosovo und im Nahen Osten brodelte es, aber Herr Carstens ging frohgemut wandern. Mitten in Berlin schliefen wir alle vier an diesem Abend vor dem Fernseher ein.

Nachdem ich wieder aufgewacht war, schlich ich mich in mein Zimmer zurück. Die Weihnachtsdekoration der Pechs schickte immer noch ihr wildes Irrlicht durch den Hof. Beim Hauser brannte leider kein Licht, und ich malte ein dunkles Quadrat in mein Hauser-Heft. *Alles und nichts.* Immer wieder sah ich Schatten in der Dunkelheit, einmal geleitete Fred die leise vor sich hinschimpfende Frau Koderitz über den Hof. Für einen Moment – vielleicht war es meiner Müdigkeit geschuldet – schien mir unser Haus, der Hof, meine Familie, meine ganze Umgebung vollkommen irreal. Alles war Kulisse, alles konnte morgen vorbei sein – bis auf die Ratten, die Tauben, die Ruine der Gedächtniskirche und das jetzt im beginnenden Schneeregen flimmernde Lichtviereck auf der anderen Seite des Hofs. Ich stand am Fenster, hörte auf das Glucksen und sah in den schwarzen Himmel, der von unten her erleuchtet wurde, als hätte er orangefarbene Wurzeln geschlagen. Dann holte ich mein Hauser-Heft heraus und malte neben das schwarze ein orangefarbenes Quadrat.

Einige Tage später herrschte bei uns vor dem Fernseher große Aufregung. Über das weiche Gesicht meines Vaters schienen viele Gesichter auf einmal zu gleiten, so aufgeregt war er.

»Eine neue Linkspartei wurde gegründet!«

Auch Wiebke rutschte unruhig auf ihrem Sessel hin und her. Ihre Röcke raschelten in einem fort. Ich setzte mich zu den beiden. Sofort lächelten sie. Wenn man Interesse an politischen Zusammenhängen an den Tag legte, freute sie das jedes Mal.

»Der Bundestagsabgeordnete Manfred Coppik tritt aus Protest gegen die Regierungspolitik aus der SPD aus.« In diesem Moment gab es eine Bildstörung. Klaus sprang auf und hantierte hektisch an der Antenne herum. Das Bild war völlig verwackelt, aber wir verstanden immerhin noch: »Er plant die Gründung einer neuen Linkspartei, die sich ›Demokratische Sozialisten‹ nennen wird.«

»Ist das schlimm für die SPD?« Falk kam von hinten mit seinem Zauberwürfel und einem Päckchen Tabak herangeschlurft.

Wiebke und Klaus schienen nicht genau zu wissen, wie sie diese Nachricht bewerten sollten. Schließlich meinte Klaus: »Ob man wohl in dreißig Jahren noch von diesem Coppik sprechen wird?«

»Nachher spricht in dreißig Jahren jeder von dem Coppik-Jahrzehnt, dem wichtigen Nachkriegspolitiker Coppik, und niemand mehr vom Pershing-Schmidt. Der hat sich dann doch eh längst zu Tode gequarzt«, behauptete Falk.

»Er hat letztens in Washington wirklich schlimm gehustet«, stimmte Wiebke zu.

Klaus schien nicht überzeugt. »Ein Hitzkopf dieser Coppik … Demagoge.« Er schüttelte den Kopf.

»Ich finde es schlimm, wenn sich die Sozialdemokraten weiter aufspalten«, meinte Wiebke nun. »Ob das jetzt ein Riesending wird mit diesen ›Demokratischen Sozialisten‹ oder ob die untergehen werden: das alles schwächt doch die Sozialdemokraten, diese Kleinkriege und Abspaltungen … Haben die im Moment nicht wichtigere Probleme als solche Grabenkämpfe?«

Niemand sagte etwas, jeder grübelte vor sich hin.

»Kla-haus, mach mal den Coppik«, bat ich meinen Vater.

Klaus grinste und begann sich zu konzentrieren. Dann legte er die Stirn in Falten, machte ein sehr ernstes Gesicht, das gleichzeitig aber auch gestaute Wut andeutete, man hatte das Gefühl, gleich könnte er explodieren – jetzt hatte die Bildstörung aufgehört, und ich fand, dass ihm der Coppik ziemlich gelungen war. Hoffentlich gab es noch öfter Anlass für Klaus, den Coppik zu machen. Schmidt mochte der bessere Politiker sein – ihn nachzuahmen war ziemlich langweilig. Wenn Klaus Schmidt spielte, machte er bloß ein ernstes Gesicht und zündete sich eine Zigarette an.

Später las ich mit einem Kissen auf dem Fensterbrett *Draußen vor der Tür* von Wolfgang Borchert für den Deutschunterricht. Der Hauser war nicht da. Es fing an zu hageln. Ich hörte dem Hagel zu. Wie unterschiedlich es klang, wenn er auf die vielen verschiedenen Gerätschaften im Hof fiel – eine Sinfonie nur für mich. Und für Frau Koderitz, die in Nachthemd und Hausschuhen auf den Hof trat, die Arme himmelwärts ausbreitete wie eine Heiligenfigur und sehr lange stehen blieb.

Am nächsten Tag nach der Schule saß ich mit Falk kakaotrinkend in der Küche. Irgendwo in der Wohnung hörten wir die Eltern heranrumpeln. Dann drehte Klaus ab, um sich in sein Arbeitszimmer zu verziehen, Wiebkes schwere Schritte näherten sich der Küche.

»Ach, ihr beiden!«, sagte sie nur und ging gleich zum Kühlschrank. Dann räumte sie einige Lebensmittel aus dem Eisfach auf die Anrichte.

»Was meinst du, wieso hat der Hauser eigentlich eine Hawaiitapete mit einem Motorradpärchen drauf?«, fragte ich

Wiebke. Wiebke versuchte, den Kühlschrank abzutauen, und schimpfte dabei vor sich hin.

»Ihr habt's gut, worüber ihr so nachdenken könnt … ihr seid noch jung«, gab sie allen Ernstes von sich und wendete sich dem Eisfach zu.

Falk stöhnte auf, dann leierte er herunter: »*Gaudeamus igitur, iuvenes dum sumus.*«

»Was soll das jetzt, was heißt das?«, fragte Wiebke genervt.

Falk zuckte die Schultern: »Das weißt du nicht, ich dachte, ihr versteht euch als Bildungsbürger? Dann erteile ich mal Nachhilfe: Freuen wir uns also, solange wir jung sind.« Wiebke gab sich unbeeindruckt.

Ich schlich mich ins Arbeitszimmer zu Klaus, meinem nächsten Opfer. »Wie findest du den Hauser?«, wollte ich von ihm wissen.

»Den Peter Hauser? Manchmal habe ich mich gefragt, ob der einen Puff laufen hat.«

»Was?« Klaus war immer gut für Überraschungen.

»Mich interessiert das ja gar nicht, aber was da Tag und Nacht für Gestalten ein- und ausgehen … Also auf normalem Wege verdient der nicht sein Geld, und immer diese halbnackten Weiber nachts … Aber das geht mich nichts an, er soll bloß nicht so schrecklich laut seine Hardrockplatten spielen.«

So eine Weiberbemerkung würde Klaus in Wiebkes Gegenwart nicht machen, aber mit mir redete er, als dächte er laut. Er gab dann oft Erstaunliches von sich, und ich schwieg in mich hinein, um seinen Redestrom auf keinen Fall zu unterbrechen. Nachher, wenn ich im Bett lag, würde ich alles überdenken.

»Was meinst du, wie alt der Hauser ist?«, fragte ich.

Klaus zuckte die Schultern. »Bei solchen Leuten ist das

schwer abzuschätzen. Wer säuft, sieht meist älter aus, als er ist, keine Ahnung, vielleicht dreißig.«

Sechzehn Jahre älter als ich.

»Vielleicht auch Mitte zwanzig – oder jünger. Keine Ahnung, Jule.«

Ich lächelte meinen Vater an: »Trinkst du nicht auch manchmal ganz gern?« Ich hatte das mit sanfter Stimme gefragt.

»Naja…«, Klaus wurde rot und lachte, »manchmal schon, abends am Schreibtisch oder im Denkzimmer. Aber nicht so, Jule, das kannst du mir glauben, nicht so, dass ich…«

»… bei einer Mieterversammlung von Frau Hülsenbeck herumtorkele wie der Hauser«, ergänzte ich, und Klaus lachte. Er lachte nicht oft, aber wenn, hatte er etwas von einem Jungen, und die Geräusche, die er machte, klangen direkt niedlich.

»Guckst du dir meine Kakteen an?«, fragte ich leise. Es war nicht so, dass man sich in meiner Familie in den Arm nahm oder Küsschen gab – wir hatten andere Bräuche.

»Na gut«, Klaus machte eine fahrige Geste durch sein strubbeliges Haar, dann schritt er in den Flur. Es war nicht einfach, ihn aus seinem Reich zu locken, aber manchmal gelang es. Schon erklärte ich ihm, welche Kakteen welche Wachstumssprünge gemacht hatten, und konnte stolz auf eine Knospe deuten. Klaus nickte anerkennend. »Du bist schon richtig eine kleine Spezialistin, was?«

Ich nickte – selbstverständlich. Doch jetzt kam der große Moment: Ich tippte meinen Vater scheu auf den Jackenärmel, und er fing an, mit zwei Fingern meinen Lieblingskaktus zu streicheln. Er hatte drei Ärmchen und war voller Flauschs. Dann kamen noch mein zweit- und drittliebster Kaktus dran, und über dem Mit-den-Flauschs-Spielen vergaß mein betriebsamer Vater die Zeit und sah ganz versunken aus. Schließlich warf er mir einen stillen, wissenden Blick zu und schlich sich aus meinem Zimmer.

Ich stellte mich wieder ans Fensterbrett: Auf normalem Wege verdient der nicht sein Geld, hatte Klaus gesagt. Während ich noch diesem Gedanken nachhing, öffnete sich die Hoftür, und zwei bärtige Typen in Motorradkluft standen staunend vor Herrn Kanz' Brüsten. Sie ulkten herum, betatschten sie ein bisschen, setzten sich breitbeinig auf zwei besonders große, einer von ihnen grölte: »Dit is ja'n Tittenparadies hier«, dann bahnten sie sich ihren Weg zwischen den Olkschen und Kanzschen Hinterhofimperien und schritten auf den Seiteneingang zu. Die gingen bestimmt zum Hauser. Mir fielen ihre dicken Rucksäcke auf – was da wohl drin war?

Nach dem Abendbrot klingelte Isa und überredete mich, mit ihr und ein paar anderen aus der Klasse ins Kino zu gehen. Kino war in meinen Augen noch die angenehmste Form der Freizeitgestaltung mit Klassenkameraden, da man sich dabei nicht unterhalten musste. *Piratensender Powerplay* mit Mike Krüger hätte ich mir sparen können, dafür mochte ich das abendliche Schlendern auf dem Ku'damm. Tagsüber wurde er beherrscht von den thatcherartigen Ku'dammladys (nur waren sie meist dicker als die britische Premierministerin) und von Solaretten (wie wir Solariumproleten nannten). Doch abends und nachts kamen alle möglichen Menschen von überall hierher, aus Zehlendorf und Neukölln, Protz- und Prolltum nebeneinander, dicht gedrängt, es war trubelig und laut, auf eine zwar profane, aber auch ergreifende Weise festlich, man musste nicht reden, konnte einfach nur umherschauen, lauschen, für sich und doch dabei sein. Und es gab jede Menge Kinos, gute Kinos, große und kleine, altmodische und neu gestylte: im *Europa Center* das *Capitol*, gegenüber *Wertheim* das *Gloria*, nahe beim *Café Kranzler* die *Filmbühne Wien*, an der Ecke zur Fasanenstraße das *Astor* und an der Ecke Knesebeckstraße die *Lupe 2*. Überall war Licht, alles leuchtete, alles feierte den Alltag, Feierabend eben, nur am Ende des Ku'damms, düster, eine Art Antiherz der Stadt, still in all dem Treiben der wieder aufgebauten Stadt, die Kaiser-Wilhelm-Gedächtniskirche, majestätisch, hoch, himmelwärts weisend mit ihren Ruinenspitzen – sie verband die Gegenwart mit der Vergangenheit. Hier das mit Kaugummi und Kinokarten übersäte bunte Pflaster, dort, schwarz wie das Innenfutter von Klaus' schwerem Wintermantel, der Himmel über West-Berlin.

Nachdem Isa und ich wieder nach Hause gekommen waren, wartete ich lange am Fenster. Der Hauser kehrte erst um viertel nach zwei zurück. Er legte AC/DC auf, warf sich aufs Bett und schien sofort zu schlafen. Mit Lederjacke und Stiefeln. Ich blickte eine Weile weiter nach schräg unten auf das orange erhellte Fenster. Ich wusste nicht, worauf ich eigentlich wartete.

Libertad – *Hoy no me puedo levantar*

Am nächsten Tag in der Schule freute ich mich, Stunde für Stunde, auf den Abend. Zu Hause lag ich auf meinem Matratzenlager, trank Brause, lernte Mondkraternamen auswendig und machte mir Hauser-und-andere-merkwürdige-Leute-Notizen. Das Fenster schräg gegenüber blieb dunkel.

Nach der *Tagesschau* stand Falk auf und zog sich mit seinem Zauberwürfel und einem zerfledderten Heft auf sein

Hochbett zurück – nicht ohne vorher sein Schild von *Geöffnet* zu *Geschlossen* gewendet zu haben –, ich nahm mir den Parka, meine Handschuhe und meine wärmste Pudelmütze, mit der ich laut Klaus wie eine Himbeere auf zwei Beinen aussah, lief »Tschü-hüss« grölend aus der Wohnung und in den Hof. Linkerhand lag der Olk in einem unförmigen Wollmantel rücklings unter einem verrosteten Stummen Diener und versuchte, hier und da alte Badelatschen an ihm zu befestigen, rechterhand hatte sich Herr Kanz, ebenfalls im Wollmantel, zwischen zwei Brüste geklemmt, an denen er herumfeilte. Beide nahmen keine Notiz von mir. Ich bahnte mir den Weg zu meinem Fahrrad. Ich fuhr gern ohne Ziel durch die Gegend, auch wenn es kalt war. Wenn ich später – wie alle – arbeitslos sein würde, würde ich Erfinderin werden und ein Patent für Fahrrad-Schneeketten anmelden, klarer Fall. Es wurde dauernd von Arbeitslosigkeit in den Nachrichten berichtet, zwei Millionen Arbeitslose gab es zurzeit – Höchststand seit Kriegsende! Zwei Millionen. Unvorstellbar. So viele Menschen. Vor mir lief eine Ratte über das Pflaster, sie schien irgendein kleineres Tier mit sich zu schleppen. Hinter ihr folgten zwei weitere Ratten, vielleicht Geleitschutz. Die Ratten waren besser organisiert als wir, ihnen ging die Arbeit nie aus.

Vor der *Freien Volksbühne*, die ich auf meinem Nachhauseweg passierte, gab es ein riesiges Gedränge von schwarzgekleideten Menschen, die der Schneeregen nicht zu stören schien. Ich beobachtete eine Frau mit langen knallroten Haaren, die Zigarre rauchte und in ein Gespräch mit einem ebenfalls Zigarre rauchenden Mann mit schulterlangen Haaren und Spitzbart vertieft war. Seine schwarzen Lederhandschuhe hatte er auch beim Rauchen anbehalten. Ich kurvte einmal um sie herum und schnappte etwas von

»nekrophiler Gegenstandslosigkeit« auf. Nekrophile Gegenstandslosigkeit. Was das wohl bedeutete? Ich drehte ab, radelte über die mit Hundescheiße übersäte Wiese neben der
Freien Volksbühne. Nächstes Patent: hundescheißeabwei-
sende Reifen. Auf meinem Rückweg hörte ich, wie ein ab-
seits stehender Theaterbesucher zu einer Frau in schwarzem
Lackmantel sagte: »Besser's Glied steht als im Glied stehen.«
Sie kicherten beide und sahen sich übertrieben tief in die Augen. Das Theaterstück schien ja recht unterschiedliche Ge-
dankengänge freizusetzen.

Ich zwängte mich mit meinem Rad zurück auf den Hof.
Herr Kanz und Herr Olk hatten schon fast den ganzen Platz
in Beschlag genommen. Da sie ständig etwas umschoben und
neu arrangierten, musste man höllisch aufpassen, wenn man
im Dunkeln sein Rad abstellen wollte. Ehe man sich versah,
hing man in einem Kunstwerk fest. Alles in Berlin wurde weniger, nur die Kunst wucherte. Die Mülltonnen und der Fahrradständer fügten sich nahtlos in die *Urbanen Collagen* ein.

Das Motorrad stand auch im Hof, der Hauser war also
jetzt wieder zu Hause. Ich hob den Kopf. Warmes Licht fiel
in unseren dunklen, von bizarren Schatten erfüllten Hof, der
von dem niemals ruhenden Knabbern, Knistern und Kauen
der Ratten erfüllt war. Leise Musik wehte mich an. Von oben
her hörte ich das Lachen einer Frau, das Fenster öffnete sich,
und ich sah nichts weiter als zwei Rücken, darüber eine
braune und eine blonde Lockenmähne. Rockermähnen. Zwei
Kippen flogen nach unten, direkt vor meine Füße.

Während das Fenster über mir geschlossen wurde, blickte
ich auf die glühenden roten Punkte auf dem Boden, sah zu,
wie sie langsam erloschen. Der Anblick machte mich traurig.
Einen Moment lang hatte ich gehofft, die beiden Kippen
würden den Hof, die grauen Altbauten mit ihren toten

schwarzen Augenhöhlen, diese ganze merkwürdige Stadt, diese ganze verdrehte, flirrende, verrückte Welt mit Thatcher und Reagan, mit Honecker und Breschnew in Brand setzen, würden alles, alles mit sich reißen und nach einer Phase kurzer Stille, in der nur das erregte Rascheln der Plastiktüten der Ku'dammladys und das ewige Glucksen aus hin- und herrollenden Flaschen zu hören wäre, die Welt noch einmal neu entstehen lassen. Ohne Melanie, Larissa und Rolf, ohne den halbblinden Herrn Knecht mit seiner Prothese, ohne *Urbane Collagen*, Gruppensitzordnung und nekrophile Gegenstandslosigkeit, ohne die leere Polizeikanzel, ohne die müden Blicke der blassen Mädchen unter ihr, ohne den verheißungsvoll wehenden bunten Vorhang und Sehnsucht nach der Südsee, ohne Campari auf Tahiti, Bitter-Lemon auf Hawaii, ohne Tote an der Mauer, ohne Reih und Glied und Titten und Tetra-Paks, die man die vielen Treppen hochschleppen musste, um sie dann wieder zu Erwin und Karl nach unten zu bringen – und ganz sicher ohne diese grauen Gesichter und leeren Kochtöpfe nur zwei Zentimeter entfernt von uns. Im Atlas. Mir wurde kalt, und ich schlappte zurück über das Kunstmüllchaos zum Vorderhaus.

Ein paar Tage später sagte Klaus beim Frühstück, dass er morgen, am 3. Februar, zur Eröffnung der Ausstellung *Christo – Projekte in der Stadt 1960-1980* nach Frankfurt fahren werde.

»Projekte, was heißt das schon, so'n typisches nichtssagendes Wort«, murrte Falk.

»Projekte ist wirklich blöd«, pflichtete Wiebke bei und streute Leinsamen über ihr Müsli. »Ein alberner Modeausdruck. In zwanzig Jahren wird niemand mehr von ›Projekten‹ reden. Schon gar nicht im Kunst- oder Kulturbereich.«

»Das ist eine Phase der Wichtigtuerei, jeder meint, seine eigene kleine Tätigkeit als Projekt aufwerten zu müssen«, pflichtete auch Klaus bei. »Ich kann das Wort bald nicht mehr hören.«

Nach der Schule ging ich mit zu Fiona. Einmal in der Woche ging ich zu ihr, an mehreren anderen Nachmittagen hatte sie Therapiesitzungen. Und das alles nur, oder immer noch, weil sie vor ein paar Jahren eine Serie von Alpträumen gehabt hatte, in denen Anna sich nachts in eine Decke verwandelte, die sie erstickte. Aber Fiona sagte, sie gehe gern in die Therapie, die für sie so etwas wie ein Mal- und Bastelkurs war. Ihr halbes Zimmer hing voll mit in ihren Therapiestunden angefertigten Kunstwerken. Und Anna schickte sie noch einmal die Woche zum Batiken.

Jetzt stand Anna schon in der Tür und strahlte mich an. »Hallo Jule!« Dann umarmte sie mich. »Schön, dass du da bist!«

Anna hatte ein einnehmendes Lächeln. Wenn sie sprach, rasselte und klingelte es in einem fort, denn sie trug viel Schmuck. Sie hatte einen gebatikten Wickelrock an, der trotz mehrfachen Gewickels halb durchsichtig war. Anna war groß und schlank, hatte langes, fast schwarzes, glänzendes Haar und große, lebhafte dunkle Augen. Sie legte den Kopf ein wenig schräg und sah mich besonders nett an. »Hilfst du denn Fiona mit dem Briefeschreiben für Amnesty?«

»Okee ...«

Anna hatte wohl etwas mehr Enthusiasmus erwartet. »Komm, gib dir einen Ruck. Ich habe auch leckere Kekse für euch, mit Kokosflocken, selbst gemacht!«

Sie wusste schon, womit sie mich für ihre Arbeit einspannen konnte. Im Gegensatz zu Frau Hülsenbeck, vor der ich mich ein wenig fürchtete, war Anna sehr entgegenkommend.

Es gab Yogi-Tee, den wir aus türkisfarbenen Emailletassen mit gelben Halbmonden tranken. Die Milch schäumte Anna mit einem kleinen Elektroquirl auf – solche Gerätschaften hielt Wiebke für luxuriösen, neumodischen Quatsch.

Dann zückte Anna die neueste Ausgabe der monatlich erscheinenden *ai informationen* – sie war Mitglied von Amnesty International – und schlug die Seite mit den Eilaktionen auf. Als Eilaktionen wurden Briefe an den Präsidenten oder Premier eines Landes bezeichnet, um sich für einen inhaftierten oder verschwundenen Bürger (was oft auf das Gleiche hinauslief) einzusetzen. In den *ai informationen* wurden immer mehrere Fälle – sogenannte *Gefangene des Monats* – aufgeführt. In dem ersten ging es um einen Gewerkschafter und Textilarbeiter aus Uruguay, der seit Dezember 1977 gefangen gehalten wurde und dessen Leben durch die Haftbedingungen akut gefährdet war. José Pedro Márquez Volonté befand sich im Libertad-Gefängnis, einem militärischen Hochsicherheitsgefängnis für männliche politische Gefangene. Die medizinische Betreuung war dort extrem schlecht, und der Textilarbeiter war Asthmatiker.

Ich grübelte. Hieß »Libertad« nicht auf deutsch »Freiheit«? Was für ein Zynismus, einem Gefängnis diesen Namen zu geben!

Der nächste Fall betraf einen zum Tode verurteilten Mann aus Benin. Es handelte sich um den ehemaligen Landwirtschaftsminister, Adrien Anhanhanzo Glele, der seit der »Aufdeckung« eines angeblichen Umsturzversuchs gegen die Regierung von Präsident Mathieu Kérékou im Jahr 1975 unter Todesstrafe stand.

Anna wollte unbedingt, dass Fiona und ich für jeden einzelnen Inhaftierten oder »Verschwundenen« einen Brief schrieben. Im Grunde erledigten wir ihre Arbeit, denn während wir die Briefe tippten, die vorzugsweise in Englisch oder der jeweiligen Landessprache zu verfassen waren, verzog sich Anna in eines der hinteren Zimmer, hörte Musik, schneiderte, spielte Panflöte oder was auch immer. Manchmal schwebte sie rasselnd und klingelnd zu uns in die Küche, küsste uns überschwänglich und tanzte in ihren Harlekinfilzschuhen auf dem dichten Flokati, den sie überall in der Wohnung ausgelegt hatte, wieder fort.

Anna sagte oft, wobei sie uns tief in die Augen schaute, dass sie es »wirklich spitze« finde, dass wir uns »gemeinsam mit ihr« für die politischen Häftlinge auf dieser Welt einsetzen würden. Sie gab uns das Gefühl, einer sehr wichtigen Tätigkeit nachzugehen. Einmal meinte sie zu Fiona und mir: »Diese Briefe ... das ist eine verantwortungsvolle Aufgabe – da würde ich nicht jeden fragen!«

Was mich trotz meiner Faulheit doch für die Briefe einnahm, war, dass sie tatsächlich etwas zu bewirken schienen. Anna las uns gern Beiträge aus dem aktuellen Infomagazin vor, in denen stand, dass ein Gefangener nach einer Eilaktion, bei dem ein Präsident Tausende von Briefen erhalten hatte, innerhalb weniger Wochen auf freien Fuß gekommen war. Solche Nachrichten beflügelten Fiona und mich, auch wenn wir manchmal, nachdem wir schon die Schularbeiten gemacht hatten, keine Lust hatten, die Briefe – auch noch auf Englisch – zu schreiben. Aber wenn ich solche Gedanken hegte, schämte ich mich. Denn schließlich ging es mir gut, wohingegen andere in Gefängnissen gefoltert wurden. Einfach so!

Außerdem fiel die Arbeit nur einmal im Monat an. Und manchmal brachte Anna uns sogar Baisers mit, die ich besonders gern mochte.

Den Brief für Adrien Anhanhanzo Glele aus Benin beschlossen Fiona und ich, trotz der Bitte von Amnesty – »nach

Möglichkeit in Französisch« – auf Englisch zu schreiben, denn wir hatten erst seit einem halben Jahr Französisch an der Schule. Hoffentlich würde Präsident Kérékou unsere Briefe trotzdem lesen. Allerdings überschätzten wir unser Englisch.

»Jule, was heißt'n Todesstrafe auf Englisch?« fragte Fiona.

Ich zuckte die Schultern. »*Dying ... Dying pain ...* nee.«

»Vielleicht schreiben wir einfach: ›*Killing by State*?‹«, schlug Fiona vor.

»Genau, wir nehmen einfach: ›*We are against Killing by State of Président Kérékou, which is very unfair anyway against Adrien Glele.*‹«

»Perfekt.«

Am nächsten Morgen ging ich erst zur zweiten Stunde in die Schule. Ich hatte keine Lust, in Biologie rote, rosa und weiße Blumenreihen miteinander in Beziehung zu setzen. Statt mit der Genetik hielt ich es doch lieber mit John Lennon, der in *Yer Blues* sang: *My mother was of the sky, my father was of the earth, but I am of the universe.* Nur hatte John Lennon vergessen, Geschwister in seiner Theorie unterzubringen.

Ich hätte in Biologie gern etwas über Delphine, Pinguine oder Wale gelernt, aber Genetik war der neueste Schrei in diesem Fach. Mich überfiel dabei ein Gefühl von Sinnlosigkeit. Vielleicht gefiel mir die ganze Evolution nicht, diese Endloskette, irgendetwas daran deprimierte mich, vielleicht die offensichtliche Monotonie. Warum sollte man sich überhaupt im Leben anstrengen, wenn doch alles von den blöden Genen geregelt wurde? Vielleicht hatte ich ja von meinen Eltern das Depri-Gen geerbt.

Auf dem Schulhof war gestreut worden, alle standen im Matsch. Schnee wäre mir lieber gewesen. Auf den verwaisten Tischtennisplatten sammelte sich Dreck. Das uringelbe Wellplastikdach über den rostigen Fahrradständern war mit Eis, Schnee, Blättern, Moos und Erde bedeckt. Doch Larissas knallrotes *Rolf, ich liebe dich* war gut lesbar. Ich wäre am liebsten umgekehrt. Aber Fiona und Isa schlenderten schon auf mich zu. Fiona erkannte ich auch auf große Entfernung an ihrem hüftlangen geflochtenen Haar. Sie trug einen neuen Rucksack; er war aus weichem Leder und schöner als Isas und meine tintenbefleckten Leinentaschen. Ich machte große Augen.

»Schickes Ding. Wie oft hast'n du pro Jahr Geburtstag?«

»Den hat mir das Ekel gestern geschenkt, einfach so – weil es meinte, ich bräuchte mal was Neues.«

Fiona sah mich nicht an und streichelte abwesend ihren schönen Rucksack.

»Was für ein liebenswürdiges Ekel!«, hörten wir hinter uns.

Melanie, Larissas beste Freundin, ging gerade in ihrem neuen Anorak mit rosafarbenen Sternenapplikationen (ein Weihnachtsgeschenk ihres Vaters, wie wir alle, ob wir wollten oder nicht, erfahren mussten) an uns vorbei. So braun, wie sie war, musste sie ihr gesamtes Taschengeld auf Solarienbesuche verwenden. Dann steckte sie sich eine lange dünne Zigarette an, wobei sie diesen Moment, wie mir schien, möglichst auffällig inszenierte und viel mit ihrem Feuerzeug herumfuchtelte. Den »Kindergarten«, also uns Nichtraucherinnen, würdigte sie keines Blickes mehr.

»Kugeritz machte 'ne komische Bemerkung, weil du wieder gefehlt hast«, meinte Isa.

»Bin mit dem Schwänz-Gen geboren«, gab ich zurück.

Im trüben Nachmittagslicht nach der Schule beobachtete ich den Hauser. Womit er auch immer sein Geld verdiente, er schien nicht viel zu tun zu haben. Er streckte sich, gähnte, zog sich wie ein kleines Kind die Decke über den Kopf, so dass nur noch die langen Locken zu sehen waren. Schließlich stand er auf, holte sich ein Bier und streckte sich wieder auf dem Bett aus. Nach dem Vitamindrink drehte er das Radio an, und *Highway to Hell* schallte über den Hof. Schwerfällig ging er auf eine Kiste zu, zog etwas, das wie ein Handtuch aussah, an einem Zipfel heraus und verschwand, immer noch in voller Ledermontur, im Bad. Hinter der schmalen Milchglasscheibe ging grünes Licht an. Der Hauser stand auf bunte Glühbirnen. Ich nahm mein Hauser-Heft und blickte nach draußen.

Die dicken Tauben auf dem Fensterbrett nickten mit ihren pickenden Köpfen im Takt. Mit AC/DC schienen sie sehr gut leben zu können. Später ging *Mecano* mit *Hoy no me puedo levantar* los, und die Tauben stoben, wie um das Gegenteil zu beweisen, in die Lüfte.

Generation Pedes – Matratzenlager

Als ich anderntags eine leere Fassbrause-Flasche neben den Mülleimer stellen wollte, rief Wiebke: «Kommst du mit zu *Aldi*, es gibt viel zu schleppen!» Meine Mutter sprang von ihrem Sitzball auf und drückte mir zwei Netze, eine übervolle Mülltüte und einen Ascheeimer in die Hand.

»Tachjen.« Frau Koderitz huschte im Morgenmantel und in ihren Plüschpantoffeln aus dem Seiteneingang. Fred sprang ihr munter voraus. Das Fell des kleinen Hunds glänzte, er war sehr gepflegt. Anders als sein Frauchen. »Jehste een-koofen?«

Ich nickte. Ich war gewohnt, dass Frau Koderitz einen zuerst nicht wahrzunehmen schien, dann plötzlich eine Frage losließ, um danach sofort wieder in sich zu versinken. Isas Vater, der Gefängnispsychiater, hatte mal eine längere Bemerkung zu dieser Form der Vergesslichkeit und Ignoranz gesagt, aber, was soll ich sagen, ich hatte sie vergessen.

»Frohes Neues«, fiel Wiebke jetzt ein. Wir hatten Februar.

»Froet Neuet«, murmelte die Koderitz und sah weder Wiebke noch mich dabei an. Ihre ganze Aufmerksamkeit galt Fred. Leise stöhnend bückte sie sich und tätschelte ihm den Hals. »Jaja, biste ufjeregt, du dumme, dumme Töle.«

Obwohl sie Fred sehr zu lieben und er ihr einziger sozialer Kontakt zu sein schien, sprach sie von ihm meist nur als der »dummen Töle«. Jetzt reckte die Koderitz den Arm hoch und zeigte auf das flackernde Fenster der Pechs. »Dit nervt.«

Wiebke und ich nickten sofort zustimmend.

»Dit nervt!«, rief die Koderitz, angespornt von unserer freundlichen Reaktion noch mal mit Nachdruck. Fred kläffte zustimmend. Für einen Moment lächelte die Koderitz uns komplizenhaft an, dann fiel ihr Lächeln in sich zusammen, und sie schlurfte weiter, wobei sie mich leicht anrempelte.

Wir wussten, dass die Pechs und sie seit Jahrzehnten miteinander im Clinch lagen, weil irgendein früherer Hund von den Pechs irgendeine längst verstorbene Töle von der Koderitz tierarztreif gebissen hatte. Wenn etwas nicht stimmte, dann dass Alkoholiker kein gutes Langzeitgedächtnis hatten.

Wir machten noch einen Umweg zur Apotheke, in der Wiebke Nasentropfen für Falk kaufen wollte. Heute war der neue Verkäufer dort. Er behandelte uns ausgesprochen zuvorkommend. Auf seinem Kittel war ein Namensschild befestigt. »Adán« hieß er.

»Haben Sie schon einen Kalender für dieses Jahr?«, fragte Herr Adán uns freundlich. Wiebke nickte, ich schaute ihn nur an. Dann öffnete er eine Schublade und drückte mir einen kleinen Kalender mit einer großen, goldenen 1982 auf dem Deckblatt in die Hand. Wenn er lächelte, bewegten sich die langen Bartenden über sein Gesicht. Die Oberlippe schien mitzulächeln, Herr Adán war ganz schwarzer Schnurrbart und weiße Zähne. Ich fragte mich wieder, woher er wohl kam. Sein Akzent klang nicht türkisch. Wenn ich allein wäre, würde ich mich vielleicht trauen zu fragen, aber in Wiebkes Gegenwart fürchtete ich, etwas Dummes zu sagen. Etwas, das sie zu langen belehrenden Litaneien über dieses oder jenes Land anregen könnte. Nur Länder, über die Wiebke wenig wusste, interessierten mich. Da hatte ich eine klare Linie.

Vor *Aldi* trafen wir Anna, Fionas Mutter. Wiebke und Anna redeten eine Ewigkeit über die Zukunft einer struppigen Hundewiese, einer Art zweitem Rattenloch in unserer Nähe, aber ohne wilden Trödel. Es gab Pläne, auf die »grüne Oase« (Wiebke) ein Hochhaus zu setzen. Anna und Wiebke waren entsetzt darüber und unterstützen eine Bürgerinitiative zur »Rettung der Hundewiese«. Klaus, der Verräter, war *für* den Neubau; er fand, dass eine Großstadt wie eine Großstadt und nicht wie ein vernachlässigter Schrebergarten aussehen solle. Dumm nur, dass die Fronten damit quer durch unsere Familie verliefen.

Bei *Aldi* kauften wir Unmengen an Orangensaft-Tetra-Paks. Mir graute schon vor dem Gedanken, die schweren Einkaufstaschen mehrere Stockwerke hoch in in den vierten Stock schleppen zu müssen. Und der Weg durch unsere Wohnung bis zu unserer Küche war noch mal fast so weit wie der vom Erdgeschoss in unsere Etage.

Zu *Aldi* war ich nur deshalb ohne Widerstand mitmarschiert, weil ich hier in einem von zehn Fällen den Hauser traf. Da hinten sah ich tatsächlich seine Mähne über der Weinflaschenreihe. Als wir in Richtung Getränkeregal gingen, nickte Wiebke dem Hauser zu, der »Juten Morgen!« sagte, ohne aufzuschauen. Das sagte er immer, egal zu welcher Tageszeit. Mich beachtete er überhaupt nicht. Warum sollte er auch. Ein vierzehnjähriges Mädchen mit rot umrandeter Nickelbrille, das aussah wie elf. Ich legte unsere Artikel sehr langsam aufs Band, um den Hauser noch einmal anzuschauen: Er kniete sich gerade zu den Chipsletten. Viel mehr als seine langen Locken und die rote Lederjacke mit der schwarzen Faust hinten drauf sah man nicht. Jetzt trat ein Rocker mit hüftlanger blonder Mähne in Motorradkleidung auf ihn zu, »Mensch Peter, dich jibt's noch«, rief er. Die beiden begrüßten sich, indem sie sich heftig auf die Schultern klopften. Während Wiebke mich zur Kasse drängelte, hörte ich sie lautstark über einen »Kanarenurlaub« sprechen, den sie mal gemeinsam gemacht hatten. Der Rückweg mit den vollen Taschen machte deutlich weniger Spaß.

»Mir ist was aufgefallen, was du nicht gern hören wirst«, ich zupfte Wiebke am Ärmel. »Der Hauser hat sich den grünen Igel aufs Motorrad geklebt! Den gleichen, der bei uns am Kühlschrank klebt. Ihr habt voll ähnliche Ansichten!«

»Ach, so ein Schwachsinn. Der interessiert sich doch nicht für Politik ... dieser Kleinkriminelle.« Wiebke regte sich gleich auf.

»Igel bleibt Igel, Zürn gleich Hauser«, stichelte ich. Wiebke und Klaus wählten ja auch die Igelpartei. Von den alten Parteien waren sie »insgesamt sehr enttäuscht«. So, wie sie oft von politischen Ereignissen enttäuscht waren. Dass sie vorm Fernseher saßen und sich freuten, hatte ich noch nie erlebt.

»Der Hauser ist auch einer von den Igels – wie ihr …«

»Hach, Julika, lass mich doch mal mit diesem ewigen Hauser in Ruhe!« Wiebke verdrehte die Augen. Entschlossen trat sie in unsere Bäckerei und kaufte ein Vollkornbrot. Thema beendet. Schade. Der Hauser hatte nämlich tatsächlich seit ein paar Tagen so einen Igel auf dem Motorradsitz. Er saß dann auf dem Biest drauf, eigentlich ein merkwürdiger Gedanke. Aber vielleicht wählte der Hauser gar nicht die Grünen, bloß weil er seinen Hintern auf einen Igel setzte. Vielleicht gefiel dem Hauser ja einfach nur der Aufkleber.

Vermutlich verpennte der Hauser den Wahltag und guckte statt der öden Hochrechnungen (merkwürdiger Begriff!) lieber *Auf los geht's los* oder andere niveaulose Sendungen. Jedenfalls hatte er im Gegensatz zu meinen Eltern oft gute Laune, wenn er fernguckte. Er lachte und klatschte in die Hände, jonglierte mit Apfelsinen, zerdrückte mit dem Boden einer Bierflasche Fliegen auf dem Fensterbrett, krakelte mit seinem Edding auf der Fototapete herum, räkelte sich auf dem Bett und machte riesige Kaugummiblasen.

Auf dem Rückweg nahmen wir die Fasanenstraße, damals noch eine dunkle Straße, in der es so gut wie keine Geschäfte gab. Eine Art Olk nutzte, über einen ganzen Straßenabschnitt verteilt, mehrere Erdgeschossräume als Möbellager. Der miese Zustand der Straße sei eine Folge der Verkehrswegeplanung der Sechziger- und Siebzigerjahre, hatte Klaus mir mal erklärt. Damals hatte man eine auf Stelzen stehende Hochstraße geplant, die sich etwa in Höhe des Fasanenplatzes auf das übliche Straßenniveau absenken sollte. Diese Planung wurde – ob aus Einsicht oder Geldmangel – erst Ende der Siebzigerjahre aufgegeben, aber es verging noch einige Zeit, bis sich die Straße wandelte. Dass hier in wenigen Jahren *Cartier*- und *Louis-Vuitton*-Dependancen eröffnen würden und die Straße zu einer der teuersten der Stadt zählen würde, konnte ich mir damals nicht vorstellen. In der Luft hing Kohlegeruch, und an einer Mauer prangte in riesigen schwarzen Lettern: *Kein Abriss unter dieser Nummer.*

Wir schleppten uns weiter mit unseren Einkäufen ab. Da war schon unser kleiner Parkplatz. Bei seinem Anblick rief Wiebke: »Ach, Jule, du könntest eigentlich Karl und Erwin noch ein paar Sachen vorbeibringen! Ich gehe schon mal hoch, ich erwarte einen Anruf wegen der neuen Übersetzung.«

Nun war mir klar, warum wir zwei Ein-Kilo-Graubrote und derart viele Tetra-Paks gekauft hatten. Das hatte Wiebke geschickt eingefädelt, und jetzt tat sie so, als wäre ihr das in dieser Sekunde eingefallen. Ich nickte ergeben. Im Gegensatz zu meiner Mutter hatte ich Angst vor den Pennern. Ich ging, vor allem abends, nicht gern allein auf den düsteren Parkplatz zu dem Verschlag und stand zwei abgerissenen Männern gegenüber. Sie hatten Hunde, die nicht viel kleiner waren als ich. Außerdem wusste ich nie, was ich sagen sollte. Falk meinte, ich solle mich nicht so anstellen, die beiden seien »so harmlos wie *Simon & Garfunkel*«. Ich ärgerte mich, dass er dabei so gemein grinste, nur weil ich hin und wieder diese angeblich »ultrasofte Musik« hörte.

Wiebke packte mitten auf der Straße die Einkaufstaschen um, bis ich mit Graubrot, Apfelsaft, Scheiblettenkäse und einer Teewurst in einem ihrer vielen zerschlissenen Leinenbeutel in Richtung Parkplatz marschierte.

Dort war eine Etage errichtet worden, die wie der erste Stock eines Parkhauses aussah, aber das »Projekt« war nicht weiter verfolgt worden. Das Geschoss war eine Fehlkonstruktion und nicht stabil genug, um die Last von Autos zu tragen. Auf dem darunter liegenden Parkplatz residierten schon seit jeher Penner in ihrer Hütte. Residierten? Ja, der

Ausdruck war ganz treffend, denn sie hatten allerlei Vereinbarungen mit ihrer unmittelbaren Nachbarschaft getroffen, die ihnen ein verhältnismäßig angenehmes Leben ermöglichten: Von einem nahe gelegenen Theater durften sie sich zum Beispiel Strom abzwacken. Das erlaubte kleine Generatoren, Heizungen, Herdplatten, Stereoanlagen und dergleichen mehr. Das Personal des Theaters hatte ein wohlwollend-fürsorgliches Auge auf sie. Nachbarn wie meine Eltern oder Isas und Fionas Mütter brachten regelmäßig Decken, Zeitungen, Brot, Wurst, Käse, Bratöl, Kuchen, Waffeln und so weiter zum Parkplatz. Wiebke entwickelte im Lauf der Jahre ein richtiggehend freundschaftliches Verhältnis zu den Obdachlosen; man tauschte sich über die ungewisse Zukunft des fehlkonstruierten Parkhauses, die hitzige Debatte über die Neugestaltung der verwilderten Hundewiese und über andere Kiezthemen aus. Der Parkplatz und die Penner waren Wiebkes Domäne. Klaus fühlt sich allerdings dafür verantwortlich, wöchentlich seine ausgelesenen *Spiegel*-Hefte zu Erwin und Karl zu bringen. Eine *Spiegel*-lose Woche war für Klaus undenkbar. Nahrungsmittel kümmerten ihn hingegen nicht.

Ich lief an einigen Opels, Volvos, Enten und Käfern vorbei. Seit Neuestem gab es Autos in merkwürdigen Metallicfarben. Daran musste ich mich noch gewöhnen. Viele Jahre später sollte der seltsame Begriff *Generation Golf* aufkommen. Wir waren eher *Generation Drahtesel* (was natürlich nicht gut klang – *Generation Mountain Bike* waren wir jedenfalls noch nicht!) oder gar *Generation Pedes*. Wiebke und Klaus hatten unseren uralten Volvo, unser erstes Auto, gekauft, als Falk dreizehn und ich zehn war. Vorher fuhren wir immer auf unseren vier alten, unterschiedlich großen, mehr oder weniger fahrtüchtigen Rädern durch die Stadt, wobei

Klaus, trotz silberner Klammern, alle fünf Minuten ein Hosenbein in die Kette geriet.

Ich merkte, wie kalt es unter der Betondecke auf dem Parkplatz war; ein leichter Schauer lief mir den Rücken hinunter, auch weil ich mich hier immer ein wenig fürchtete. Außer mir war kein Mensch zu sehen. Doch da winkte mir schon Karl. Er lag auf einer Matratze, die mit einem bunten Frotteelaken mit Seerobbenmotiven bezogen war, das Falk früher benutzt hatte. Ein bisschen irritierte es mich immer, das altbekannte Muster des Frotteestoffs aus meiner Kindheit hier wiederzusehen.

Karl trank Bier aus der Flasche und sah mich aus blutunterlaufenen Augen an. Er lächelte. »Na, dit is ja doll ... janz doll, Kleene ...« Karl packte aus und betrachtete alles gebührend lange und anerkennend. »Da wird Erwin sich ooch noch freun. Der holt jrade Zijaretten.«

Ich nickte, schaute betreten auf den Boden, weil ich nicht wusste, wo ich hingucken sollte. Im Vergleich zu anderen Pennern ging es Karl und Erwin zwar blendend, aber dies alles war natürlich nichts gegen unsere Riesenwohnung mit Stuckdecken, Südbalkon und Jugendstilkachelöfen. Ich war immer ein wenig beschämt, wenn ich bei ihnen war, und mochte mich nicht allzu neugierig bei ihnen umsehen.

»Mit eurem Auto is allet janz in Ordnung«, brummte Karl.

Ich nickte. Reiner Altruismus war Wiebkes freundschaftliches Verhältnis zu den Obdachlosen nicht; es gab ein praktisches Übereinkommen: Die Penner bewachten stets unser Auto. Hier in Wilmersdorf, im Einzugsgebiet des Zoos, gab es viel Drogenkriminalität, wie es gerade wieder in den Nachrichten geheißen hatte. Auch auf unserem Parkplatz seien Autos geknackt worden. Oma Helene hatte einmal gefragt, ob es auch einen Babystrich bei uns in der Straße gäbe.

Wiebke hatte ungerührt geantwortet, nein, der sei ein paar Straßen weiter. Die Gegend hatte damals jedenfalls keinen guten Ruf. Deshalb hatten Wiebke und Klaus Anfang der Siebziger eine heruntergekommene Riesenwohnung zum Selbstinstandsetzen anmieten können. Der Quadratmeterpreis war so niedrig, dass ich ihn vergessen hatte.

»Janz friedlich stehta da«, meinte Karl noch und machte eine nette Winke-Winke-Bewegung hin zu unserem dunkelgrünen Scirocco, dem Nachfolger des Volvos.

»Prima, danke«, sagte ich und blickte auf den Boden. Dann nahm ich meinen Leinenbeutel und trat den Rückweg an. In diesem Moment rief Karl: »He, Kleene, bleeb doch ma' hier, ick muss dir noch wat zeijen.«

Ich zögerte. Was sollte ich tun? Schließlich dachte ich an Falk und den Vergleich mit Art Garfunkel und kehrte um.

Karl hielt ein *Biene-Maja*-Heft hoch: »Kiek ma', dit hab ick letzte Woche jeschenkt bekommen – jetz mach'n wa dat ma' umjekehrt, und ick jeb euch meene ausjelesnen Hefte … wär dit nich wat für dich?«

Er reichte mir das Heft mit einem freundlichen Lächeln. Sein Blick war ein wenig trüb, als sähe er schlecht.

Ich war zwar aus dem *Biene-Maja*-Alter raus, freute mich aber über die nette Geste. »Danke!« Mit klopfendem Herzen trat ich endlich unter der Betondecke hinaus ins Freie.

Wieder zu Hause erkannte ich Isa an der Art des Klingelns an der Tür – es war eine Art Stakkatoklingeln. Wir gingen in mein Zimmer. Die Blumenreihen, die wir in Genetik durchexerzieren mussten, legten wir in verschiedenfarbigen Smarties aus. So machten die Hausaufgaben mehr Spaß. Die Smarties aßen wir dann rasch auf, denn in Wiebkes Augen war so etwas Supermarktmist. Isa hatte viel bessere Noten als ich, ein gutes Zeugnis war ihr sehr wichtig. Mein Ehrgeiz richtete sich nur darauf, durchzukommen – meine Berufswünsche waren Traumdeuterin, Südamerika-Reiseführerin, Verkäuferin in einem Laden mit Atlanten und Globen oder Kakteenzüchterin.

Später ließen Isa und ich uns auf mein Matratzenlager plumpsen und redeten über die verrückten Patienten von Isas Vater, die Angst hatten, West-Berlin werde ganz russisch, ganz amerikanisch, marsianisch, plutonisch – er hatte Patienten, die sich für Stalin, Jesus, Che Guevara oder Kennedy hielten, die sich hundertmal am Tag auf der Straße umschauten, ihr gesamtes Einkommen in einen Chauffeur investierten und sich manchmal gar nicht mehr vor die Tür trauten. Manchen gefiel es im Gefängnis besser als zu Hause. Eine Patientin hatte sich in die Berliner Mauer verliebt – nicht aus politischen Gründen, wie sie sagte, sondern nur als Objekt – und tätschelte sie jeden Tag. Wer es nicht glaubt: Eine Frau mit dieser speziellen Krankheit wurde später von einer Künstlerin in einem Video dokumentiert. Die Frau lernte sogar – per Mailkontakt – eine irgendwo in Skandinavien lebende Person mit der gleichen Obsession kennen, und es gibt Fotos, auf denen die beiden kleine nachgebaute Modelle ihrer geliebten Mauer wie Hündchen hinter sich herziehen.

Herr Hülsenbeck sprach immer mit großem Respekt, fast Bewunderung, von seinen Patienten: Den einen fand er originell, den anderen raffiniert, die dritte hochbegabt. Merkwürdiges hörte sich bei ihm normal, vollkommen nachvollziehbar an, er war ein unbedingter Fürsprecher und Verteidiger seiner Patienten. Mit seinem Verständnis für die verschiedensten Menschen ging auch das Talent einher, sich seinerseits seltsam zu verhalten, wenn es brenzlig wurde. Einmal erzählte Isa, dass sich ein selbstmordgefährdeter Ex-Häftling vor ihrem Vater aufbaute, mit einer Waffe herumfuchtelte und schrie: »Was passiert, wenn ich mir diese Pistole an den Kopf halte und schieße?« Daraufhin hatte Herr Hülsenbeck »Peng!« geschrien. Der Ex-Häftling hatte die Waffen gestreckt.

Über den Beruf oder vielmehr die Berufe meines Vaters gab es leider weniger Spannendes zu berichten. Letztens hatte Klaus versucht, mir die *Arte Povera* nahezubringen, aber mir hatte sich nicht erschlossen, was mein Vater an Erdhaufen, Holzstücken und Glasscherben so bewunderte. Vielleicht kam das ja noch mit dem Alter. Ich wollte wissen, ob man daraus auch begehbare Kunstwerke machen konnte, denn die mochte ich. Bedrückend der Gedanke, dass Klaus nachts, wenn ich ihn tippen hörte, nichts anderes tat, als stundenlang über diese komischen Dinge nachzugrübeln. Vielleicht war mein niedlicher Vater deshalb ein bisschen weltfremd und merkwürdig.

Isa und ich wechselten das Thema und redeten über die braunen Locken von Joshua, unserem Schulsprecher, für den Isa seit Neuestem schwärmte, und der Party, zu der er Isa eingeladen hatte. Wir redeten über alles, nur nicht über den Hauser. Ich mochte Isa sehr, aber sie war nicht besonders merkwürdig; Dinge, bei denen es logisch war, dass sie einem Spaß machten, machten ihr Spaß, und Dinge, bei denen jeder Mensch traurig wäre, machten sie traurig. Als Wuschel auf einem Ausritt verletzt wurde, weinte sie, und als ihr Vater wegen eines Ost- und Westdeutschen Psychiaterkongresses nicht zu ihrem Geburtstag kommen konnte, auch. Als sie eine Eins in Geschichte bekam, freute sie sich, und jetzt, wo Joshua, unser Schulsprecher, der schon drei Jahre älter war, sie zu einer seiner berüchtigten Partys eingeladen hatte, strahlte sie wie die Frau auf meinem *Wer wagt, gewinnt*-Aufkleber.

Ich war natürlich nicht eingeladen worden. Früher war ich nie zum Rollerskaten oder Schwimmen (außer mit Isa und Fiona allein) mitgekommen, weil ich Verabredungen, bei denen schon feststand, was man zusammen machte – diese »gemeinsamen Unternehmungen« –, nicht mochte; jetzt lud man mich nicht mehr ein. Isa hielt zu mir, obwohl es für sie kein Pluspunkt war, mit mir befreundet zu sein. Ich hatte beschlossen (nachdem ich über mehrere Träume von Isa nachgedacht hatte), dass ihre beiden Haupteigenschaften »Unmerkwürdigkeit« und »Gutmütigkeit« waren. Das hatte ich auf meiner neuen Leute-Liste (ellenlange Listen mit vermuteten oder unterstellten Charaktereigenschaften mir nahestehender Menschen, die Bestandteil meines Hauser-Heftes geworden waren) notiert, die unter meinem Bett lag und nachts fortgesetzt wurde, wenn ich nicht schlafen konnte. Eine Person, der ich besonders viele Listen gewidmet hatte, war natürlich Falk. Mit ihm verhielt es sich völlig anders als mit Isa. »Merkwürdigkeit« und »Gemeinsein« rangierten weit oben bei ihm. Mein Bruder kokelte Wespen an und sprühte mit Spraydosen auf Spatzen. Er klebte älteren Damen im Supermarkt Kaugummi ins Haar und schickte orientierungslose Touristen, die nach dem Ku'damm fragten, in Richtung Rattenloch. Und wer ins Theater wollte, fand sich auf der Hundewiese wieder. Wenn man sagte, dass *Siouxsie and the Banshees* ihren Song *Spellbound* besser sängen als er, konnte es passieren, dass er einem nachts eine Haarsträhne aus dem Pony schnitt. Mein Bruder war der einzige Mensch, den ich kannte, der Anderen an ihren Mückenstichen kratzte, damit es sie juckte. Allerdings konnte ich Falk auch »Einfallsreichtum« und »Schläue« nicht absprechen.

Aber ich konnte mir vorstellen, Falk vom Hauser zu erzählen. Mein Bruder machte sich genau dann nicht über einen lustig, wenn jeder andere Mensch es täte. Falk war vor einem Jahr, da war er sechzehn, unsterblich in seine Musiklehrerin verliebt gewesen. Er lief abends zu ihrem Haus und stand stundenlang vor der Tür. Er zerstach ihre Autoreifen und schrieb ihr anonyme Liebesbriefe. Und mich weihte er ein. Nicht seinen besten Freund Christian, der zwei Jahre älter war, die Schule schon abgeschlossen hatte und in einem besetzten Haus in der Danckelmannstraße lebte – nur mich. Eigentlich taten wir nur so, als ob wir uns nicht besonders leiden konnten, es war eine alte Gewohnheit, uns anzuranzen und die Türen zu knallen, aber im Grunde hatte es keine Bedeutung.

Die Geschichte mit seiner Musiklehrerin nahm jedenfalls kein gutes Ende. Wobei mir von Anfang an nicht klar war, welches Ende sie überhaupt hätte nehmen sollen. Einmal, als Falk sehr bekifft war, murmelte er etwas von »Vögelnwollen«, aber ich konnte mir unsere Frau Dretzel nicht so recht bei ihm auf dem Hochbett vorstellen. Und auch ihn nicht in ihrer Schöneberger Wohnung, mit dem blaumetallicfarbenen GTI ihres Mannes vor der Tür. Falk schrieb ihr Songs und batikte ihr ein T-Shirt, auf dem ein brennender Kopf zu erkennen war. Aber er verschickte diese Dinge nie, und ich war mir nicht sicher, ob sie je von der ganzen Sache erfuhr.

Während ich über Falk nachdachte, schaute ich aus meinem Fenster in den Hof. Isa war längst nach unten gegangen. Der Hauser schien nicht da zu sein – er war auch nicht unten bei seinem auseinandergenommenen Motorrad oder den alten Fahrrädern, die er reparierte und womöglich verkaufte. Es fing an zu nieseln. Es war ein Regen für Hinterhofwohnungen und Rattenlöcher, für Hochbetten und Denkzimmer, ein Regen, vor dem man sich verkriechen wollte, ein Regen für Olks, Kanze und Koderitze, kein wütender Hagelregen, sondern ein hoffnungsloser Regen, der den Taubendreck auf meinem Fensterbrett langsam auflöste und den Rostflecken an den Mülltonnen beharrlich zuarbeitete.

Ich sah König Regen weiter zu, wie er seine Soldaten, sein tausendfaches Fußvolk, an meiner Scheibe aufmarschieren ließ. Da, da liefen sie. Und da, da stoben sie auseinander. Dann lehnte ich meine Wange an die Scheibe und sah zu, wie meine Tränen am Fensterglas hinunterrannen: eine Gegenarmee ohne Ziel, mit nichts ausgerüstet als mit Fernweh.

Barfuß im Februar – Zwei Mark achtzig für den Seelenfrieden

Klaus war aus Frankfurt von der großen Christo-Ausstellung zurückgekommen. Ganz verstanden Falk und ich nie, was ein Kunstkritiker, Kurator und Kulturwissenschaftler eigentlich machte. Dieser Beruf oder vielmehr diese Berufe brachten zumindest jedes Jahr zahllose Atelier-, Galerie-, Hinterhof-, leere-Brachen-, verwilderte-Wiesen-, Keller-, Ruinen-, Bunker-, Museums- und Kunstmessenbesuche mit sich. Von dieser Reise hatte Klaus uns kein Souvenir mitgebracht. Falk war enttäuscht. Auch wenn Frankfurt zu Restdeutschland gehörte, musste es dort doch auch irgendetwas geben, was als Geschenk durchgehen konnte. Klaus entschuldigte sich, es habe nicht an Frankfurt, sondern an seinem Kalender gelegen, er sei so eingespannt gewesen … Demnächst werde er uns aus Basel Schokolade mitbringen, ganz bestimmt!

»Das notiere ich mir!«, sagte Falk. Wir konnten nie im

Kopf behalten, wann Klaus wo gewesen war. Falk stichelte, dass »Kunstkritiker« nur eine gutbürgerliche Umschreibung für »Mafioso« sei und dass Klaus bestimmt aufregende Dinge erlebe in seinem anderen Leben, an dem er uns nicht teilhaben lasse. Stockholm, Basel, London, New York, Toronto, Tel Aviv, São Paulo, Mexiko City – wir schmückten unsere winterlich düsteren Zimmer mit Klaus' fernen Hochglanz-Grüßen. Aber Klaus schien diese Reisen nicht sonderlich zu genießen. »Das sind doch keine Abenteuerreisen, das sind Dienstreisen!«, pflegte er zu sagen und sprach viel von »Druck« und »Stress«. »Ich bin doch überall nur ein paar Tage! Ich freue mich immer sehr, zurück in Berlin zu sein, und bei euch …«

»Wieder allein in meinem Denkzimmer zu sein«, korrigierte Falk dann gern. Wiebke betonte oft, wie wichtig es sei, auch und gerade in einer Ehe »selbstständig« zu sein und nicht ständig »aufeinander zu hocken«; jeden Abend stürzte sie von einer Kulturveranstaltung oder Feier zur nächsten, wenn Klaus auf Reisen war. Aber manchmal, wenn sie spät abends allein auf ihrem Himmelhochbett saß, wirkte sie doch traurig; hin und wieder hörte ich sie Selbstgespräche führen.

Einige Tage später saß ich an meinem Schreibtisch und kritzelte in den Apothekenkalender, den Herr Adán mir geschenkt hatte. Ich blätterte zum November vor und malte ein Fragezeichen auf die Seite mit dem Datum meines Geburtstags. Seit ich denken konnte, hatten The Wiebkes and the Klauses großen Wert darauf gelegt, dass Falk und ich keine »normalen« Geburtstage feierten. An meinem letzten Geburtstag hatten sie für einen Tag ein Schaf von einem Verleih für Schafe gemietet. Dieser Verleih war gerade sehr beliebt in Berlin, ich hatte schon mehrfach auf unseren Sonntagsausflü-

gen hinter großstädtischen Fassaden Schafe als natürliche Rasenmäher in Hinterhöfen auf halb verwilderten Wiesen gesehen. An meinem Geburtstag stand also zwischen den Kanzschen Brüsten und der *Urbanen Collage* ein Schaf herum.
Der Hauser saß in Lederhosen und khakifarbener Army-
Jacke auf dem Boden bei seinem Motorrad und war fast bei
meinem ganzen Geburtstag mit dabei. Mich selbst langweilte
das Schaf. Es hatte nichts im Sinn, außer Gras zu fressen, da
konnte man es am Schwanz ziehen oder ihm ein paar Wollbüschel abschneiden: Hauptsache Gras. Am Ende hatten
meine Freundinnen und ich zu Wiebkes Enttäuschung das
Schaf Schaf sein lassen und in der einzigen freien Ecke des
Hofes frierend auf Plastikstühlen Kinderkirschsaftbowle getrunken. Der Hauser stand noch eine Weile mit einer Flasche
Bier daneben, aber Wiebke schickte ihn dann leider weg.
Wieso sollte ich mich an meinem vierzehnten Geburtstag
mehr für ein verfusseltes Schaf als für einen tollen Rocker
interessieren?

Jetzt sah ich ihn unten, sprang sofort die Treppen hinunter
und stand kurz darauf im Hof. Der Hauser hatte mir den
Rücken zugewandt, schraubte an seiner Maschine und beachtete mich nicht weiter. Ich blickte mich um.

Auf den Mülltonnen und den Fahrrädern saßen mindestens acht Tauben. Eine von ihnen verrichtete ein ansehnliches
Geschäft auf Wiebkes Hollandradsattel. Die Tauben hatten
Auswahl, was gemütliche Plätzchen auf unserem Hof anging,
aber der breite Wildledersattel meiner Mutter war eindeutig
ihr Favorit. Wiebke, deren Zorn jedes Wesen fürchten musste, konnte vor ihnen stehen und ihnen mit einer zusammengefalteten Zeitung auf den Kopf hauen, aber sie dachten nicht
daran, ihren Toilettengang zu beschleunigen, geschweige
denn abzubrechen.

In und neben den Mülltonnen hörte ich die Ratten schlemmen; von Pommes über Steak bis hin zu Eiskonfekt bekamen sie alles in den Rachen geworfen. Manchmal hatte ich sie schon an teurem Ziegenkäse nagen sehen – Wiebke kaufte für uns immer nur Scheibletten. Die wiederum ließen die Ratten meist liegen. Selbst in kargen Zeiten würden sie nicht so tief sinken. Überhaupt sahen sie wohlgenährt aus. Ein Pärchen lag auf einem rot und silbern angesprayten LKW-Reifen vom Grottenolk und räkelte sich zufrieden in der fahlen Wintersonne – Verdauungspause nach einer üppigen Mahlzeit.

Während ich die glücklichen Ratten beobachtete, dachte ich für einen Moment an Herrn Adán. Warum schenkte er mir Aufmerksamkeit? War er neu in diesem Viertel, wollte er sich einfach mit seiner Kundschaft gutstellen? Aber warum lächelte er mich anders an als Isa oder Fiona? Oder bildete ich mir das nur ein?

Der Hauser nickte nicht einmal, als sich unsere Blicke begegneten. Ich rieb mir meine kalten Hände und steckte sie in die Hosentaschen. In einer fand ich die *Grips*-Theaterplakette, die Klaus mir mit zwei Tickets für ein Stück im *Grips* zu Weihnachten geschenkt hatte. Ich liebte Volker Ludwigs *Mutmach*-Theater für Kinder und Jugendliche, das vier Jahre später mit dem Musical *Linie 1* einen Welterfolg feiern sollte, und hatte mir mit Falk Ende Dezember gleich das neue Hausbesetzerstück *Alles Plastik* angeschaut. The Wiebkes and the Klauses gingen nicht seltener als Falk und ich ins *Grips.* Dass die Berliner CDU die *Grips*-Theatertruppe einmal als kommunistische Kinderverderber bezeichnet hatte, adelte sie ihrer Meinung nach erst recht. Ich steckte mir den *Grips*-Kobold, der aus einer Kiste mit angehobenem Deckel lugte, an meine Jacke. Vielleicht sollte ich anfangen, Buttons zu sammeln. Aufkleber waren etwas für Kinder, aber eine Reihe

Buttons würden an meiner Jeansjacke gut aussehen. Der Hauser trug jede Menge Buttons an seiner Lederjacke. Eine Friedenstaube und ein Hanfzeichen hatte ich schon – obwohl ich mich gar nicht traute zu kiffen. Falk wäre sicher böse, wenn sich seine kleine Schwester auf sein Terrain begeben würde.

Der Hauser beachtete mich weiterhin nicht; seine langen Locken hingen ihm wirr ins Gesicht, als er sich mit einem Schraubenzieher in der Hand quer unter das Motorrad auf den Boden legte. Enttäuscht stapfte ich nach oben.

Von meinem Fenster aus sah ich später den Hauser mit seinem Motorrad durch die Toreinfahrt verschwinden. Den Rest des Tages war er unterwegs. Auch abends blieb sein Zimmer dunkel.

»Wovon der Hauser wohl lebt?«, fragte Wiebke beim Frühstück in die Runde, ohne wirklich eine Antwort zu erwarten.

»Nachts um zwei dreht der seine Anlage noch auf«, jammerte Klaus.

»Und so schlecht ausgesteuert«, sagte Falk.

»Schundmusik!« Das war Klaus wieder, der seine so genannte gute Musik nie hörte, weil er keine Zeit dazu hatte. Doch mir gefiel es, dem Hauser nachts oder am frühen Morgen beim Tanzen in seiner Bude zuzusehen, auch wenn er dabei *Boney M.* oder *Dschinghis Khan* hörte – er schien kein Prinzipienreiter zu sein, er hörte von Hard Rock über Disco alles. Und ob ihn jemand beim Tanzen beobachten könnte, schien ihm piepegal zu sein.

The Wiebkes and the Klauses hatten einen Schrank voller Platten – alles Mögliche von Woody Guthrie über Eric Clapton zu den *Beatles* und den *Stones* – aber sie hörten sie fast nie. Einmal im Jahr, zu Silvester, stellten sie leise *Let it be* an.

Sie erzählten gern von wilden Partys, die sie noch in den Siebzigern gefeiert hatten, wenn Falk und ich bei anderen Kindern übernachteten. Überhaupt sprachen Wiebke und Klaus oft von der Vergangenheit.

»Kinder, Essen ist fertig!« rief Wiebke – im gleichen Tonfall wie Oma Helene.

»Kinder« schloss Klaus mit ein. Er kochte auch gelegentlich, hatte heute Abend aber auf dem Sofa gelegen und Zeitung gelesen. Mir gefiel es, wie er auf dem Rücken lag, die Füße über die Sofalehne hängen und in der Luft baumeln ließ. Als Falk und ich kleiner waren, hatten wir ihm, wenn er so schön vertieft war, schnell die Schnürsenkel ausgefädelt. Jetzt zwickte ich ihn nur noch in die Unterschenkel – man wird schließlich erwachsen. Klaus sprang auf und stürzte in die Küche.

Falk hatte sich mit seinem Teller bereits aufs Hochbett zurückgezogen. Wenn Falk ein Tier wäre, das in einem Naturführer beschrieben werden würde, stünde da: »Habitat: Lebt auf Hochbetten. Ernährungsweise: Vertilgt im Verhältnis zum Körpergewicht beträchtliche Mengen an Hartweizenprodukten.« Später wollte er noch auf eine Party in der Danckelmannstraße gehen.

Wiebke und Klaus führten derweil eine unverständliche Diskussion, bei der es um Menschen ging, die sie Neue Wilde nannten, die Klaus aber als Alten Hut bezeichnete und die irgendwo ausgestellt werden sollten. Erst hatte ich gehofft, es ginge um Geographie – um irgendein exotisches Land mit indianischer Urbevölkerung, dann schwante mir aber, dass doch wieder Kunst im Spiel war. Kaum hatte ich die letzte Nudel gegessen, stand ich auf.

»Kein Müsliquark?«

Ich schüttelte den Kopf, war schon halb im Flur. Trotz geschlossener Tür roch es hier nach Rauch – Falks Selbstgedrehte.

In meinem Zimmer hielt ich es nicht lange aus. Ich ging nach unten, lief an Erwins und Karls Verschlag auf unserem Parkplatz und am Mottenmuseum vorbei; schon war ich im Rattenloch. Dort setzte ich mich auf die Ariel-Tonne und sah zu, wie ein kokelnder alter Schulranzen zu meinen Füßen langsam schwarz wurde. *Lummerland ist abgebrannt …* Ich entdeckte einen neuen Spruch: *Wenn der Himmel auf die Erde käme, würde sie ihn auch zumauern.*

Über mir Tauben, kurzes Aufflattern in den anthrazitfarbenen Himmel.

Ich schloss die Augen. Überall lauerte sie, unter der scheinbaren Stille, die Gefahr. Eine Gefahr, die man nicht riechen, nicht sehen und nicht hören konnte. Hatte nicht letztens im *Stacheldraht*, unserer Schülerzeitschrift, gestanden: »Während in der Sowjetunion Millionen Menschen nicht einmal Elektrizität haben, wird ein Sprengkopf nach dem anderen gebaut. Während in den USA Hunderttausende in Wohnwagensiedlungen im Niemandsland hausen, ohne Krankenversicherung, ohne Briefkasten, wird ein Sprengkopf nach dem anderen gebaut.«

Ich öffnete die Augen. Und sah einen hageren Mann um die fünfzig mit langem, schütterem graubraunem Haar und einem dünnen Spitzbärtchen herumstromern: den Grottenolk. Jetzt setzte er sich an das alte Klavier – höchste Zeit zu gehen.

Wieder in meinem Zimmer legte ich mich mit meinem Lieblingsbuch, dem Atlas, aufs Bett. Die BRD war ein Zwerg mit dickem verwachsenem Fuß. Die DDR war ein Würmchen, das sich krümmte. Berlin war kaum sichtbar, ein Fleck Taubendreck.

Mir fiel ein, dass ich vor ein paar Jahren mit meinen Eltern bei einer Ausstellungseröffnung in der Akademie der Künste war und Wiebke mir eine Freundin aus England vorstellte. Dann machte mich die Engländerin mit ihrer Tochter bekannt, die so ähnlich wie »Zoo« hieß, und sagte zu ihr: »This is Julika – from Germany.«

Ich protestierte: »No, not … Germany. Berlin!«

Zoo antwortete: »Well, that is Germany.«

»No!«, sträubte ich mich.

Jahr für Jahr mussten wir diese Grenzübergänge und die düstere DDR passieren, um in Urlaub zu fahren, wie konnte Berlin dann zu Deutschland gehören? Das lag doch ganz woanders. Und sah auch ganz anders aus.

Mein Blick wanderte weiter, über Frankreich und über den atlantischen Ozean, bis nach Kanada, Alaska. Wie es wohl war, auf den Aleuten zu leben, dieser Inselgruppe auf der Datumsgrenze, unendlich weit entfernt? Die Aleuten sahen wie Rosinen aus. Ich fuhr mit meinen Fingerkuppen über die Inseln in meinem Atlas. Dann schaute ich mir Patagonien an, Feuerland und diese geheimnisvollen Inseln, von denen mein Bruder behauptete, sie seien nach ihm benannt worden.

Der Hauser war nicht da, und ich malte ein schwarzes Quadrat in mein Hauser-Heft.

Am nächsten Morgen, es war Sonntag, wachte ich von Falks Musik auf. Beim Aufstehen wurde seine Stereoanlage an- und erst kurz vorm Schlafengehen ausgestellt. Er schien die Plattennadel noch einmal zurückgesetzt zu haben, die merkwürdig-düsteren Klänge begannen von vorn: Irgendeine Scheibe von den *Geisterfahrern* oder *Bauhaus* war das. Falk hörte Platten gern mehrfach hintereinander, manchmal auch ein und dasselbe Stück, stundenlang. Er nahm dabei immer die gleiche Körperhaltung ein: Kopf aufgestützt auf beide Hände, angestrengt vor sich hinbrütend. Seitdem The Wiebkes and the Klauses seinen Bitten nachgegeben und ihm doch statt einem Musiklexikon eine Bassgitarre zum Geburtstag geschenkt hatten, meinte Falk, selber Klänge fabrizieren zu müssen. Er erwartete, dass ich ihm Komplimente machte, wenn er monoton Gothic- oder Dark Wave oder No Wave-Songs, oder wie er seine Musik so nannte, vor sich hinbrummte. Dazu spielte er, wie mir schien, drei immergleiche Akkorde. Wenn man eine kritische Bemerkung machte, antwortete er nur: *Decies repetita placebit* (das, meine kleine Schwester, heißt: Zum zehntenmal wiederholt, wird es gefallen).

Später sahen wir vier wie fast jeden Sonntag in seltener Eintracht *Die Sendung mit der Maus*. Was in anderen Familien oder zu anderen Zeiten der gemeinsame Kirchenbesuch war, bedeutete diese halbe Stunde mit der ARD für uns. Stets pünktlich fanden wir uns in der zentralen Kathedrale unserer Riesenwohnung, im vierzig Quadratmeter großen Berliner Zimmer mit seinen gigantisch hohen Wänden und Fenstern vor dem Fernseher ein. Oft war es dort kalt, da dieser Raum ob seiner schieren Größe kaum beheizbar war, aber das störte uns nicht. Als Hostien dienten Toastbrote mit Nutella, die Klaus servierte und die wir alle vier mit einem feierlichen Gesichtsausdruck, in stummer *Maus*-Gemeinschaft, aßen.

Die Sendung begann mit einer Melodie, die wir Fans auswendig mitsingen oder -summen konnten. Die nächste halbe Stunde erfuhren wir Lebenspraktisches und Absurdes, lachten und schüttelten den Kopf, wurden auf Phantasiereisen und auf Reisen in den deutschen Alltag zwischen Streichholzproduktion und Murmelspiel mitgenommen. Klaus attestierte der Maus und dem Elefanten sogar voller Anerkennung einen »philosophischen Humor«. Nach dieser halben Stunde gingen wir glücklich und erfüllt auseinander.

Als ich einmal auf einer Klassenfete (zu der, weil sie von »oben« organisiert war, alle eingeladen waren) sagte, dass ich nicht zu spät nach Hause gehen wolle, um am nächsten Tag nicht *Die Sendung mit der Maus* zu verpassen, lachten mich alle aus. Ich hatte nicht verstanden, wieso. Schließlich sahen doch auch Erwachsene *Die Sendung mit der Maus*. Später sollte ich erfahren, dass das Durchschnittsalter der Zuschauer dieser Sendung über Jahrzehnte konstant bei neununddreißig Jahren lag.

Falk mochte die Sendung auch, weniger wegen der Trickfilme als wegen der Sachbeiträge. Klaus fand Maus und Elefant als »Kunstfiguren« gut, »so schlicht gezeichnet, aber von der Optik her einfach sehr schön« und »viel besser als Superman«. Wiebke fand die Sendung »lehrreich« und rief ständig: »Hört mal zu! Merkt euch das!« Egal, was wir jeweils an der *Maus* gut fanden, es war die einzige Fernsehsendung, auf die wir vier uns einigen konnten – abgesehen von der *Tagesschau*, die nicht zur Disposition stand, sondern Grundgesetz war.

Bei der *Tagesschau* beobachteten Falk und ich wie immer Klaus' Mimik. Heute versuchte er sich an der Honecker-Spitzmaus, da musste er noch üben. Auch Breschnew war ausbaufähig, Reagans Siegerlächeln gelang ihm, doch nach dieser Grimasse wirkte Klaus immer ein wenig angestrengt. Ich fragte mich, wie Reagan dieses Gesicht dauernd durchhalten konnte. Merkwürdige Permafrostmimik.

Nur beim Hauser schaffte Klaus es nie, sich anzupassen. Klaus, der sich in alle und alles hineinfühlen konnte und den ich schon in äußerst merkwürdigen Zwiegesprächen mit Tonscherben, Drähten, Schrauben, Wollknäueln, unbeschriebenem Papier und monochromen Bildern erlebt hatte, kapitulierte beim Hauser.

»Wahrscheinlich will ich mich in den nicht hineindenken«, sagte er einmal.

Nach der heutigen *Tagesschau* kam Herr Wiedemann vorbei, mit dem Klaus sich prächtig verstand; sie tauschten immer den neuesten Kulturtratsch aus. Herr Wiedemann trug einen enganliegenden türkisen Lederanzug mit gelbem Revers und ein türkis-gelbgestreiftes Käppchen auf seinem kinnlangen grauen Haar.

Später, als ich nicht schlafen konnte, schlich ich mich aus der Wohnung. Falk hörte mich nicht, seine Zimmertür war den ganzen Abend über nicht aufgegangen. Das *Geschlossen*-Schild schien er gar nicht mehr umzudrehen. Jule unerwünscht. Wiebke und Klaus schliefen am anderen Ende unserer Wohnung. Ich hätte jede Nacht die Urschreitherapie machen können, sie hätten mich nicht gehört. Im Treppenhaus ließ ich hingegen das Licht aus, um keine Aufmerksamkeit zu erregen. Aber auch hier musste ich keine Angst haben, gehört zu werden. Berlin war nie leise, auch nicht unter der Woche um ein Uhr nachts. Im Mottenmuseum wurde gefeiert; irgendein Alois war vierzig geworden. Das Happy Birthday klang ziemlich gelallt. Aus der *Rumbar* kamen mir zwei Männer entgegen, einer mit offenem Hosenstall. Sie beachteten mich nicht weiter. Ich setzte mich auf ein Mäuerchen am Fasanenplatz, kaute Kaugummi, guckte in den Himmel, schaute den Tauben zu. Wann sie wohl schliefen?

Eine Frau schlurfte in meine Richtung. Ich sah, dass sie barfuß war. Im Februar. Sie hatte unglaublich lange, dünne Storchenbeine, ihre Haare waren verfilzt. Jetzt setzte auch sie sich auf das Mäuerchen, allerdings mit dem Rücken zur Straße. Dann sah ich, wie sie Vorbereitungen traf, um sich einen Schuss zu setzen. Ich hatte schon viele Spritzen im Rattenloch, auf der Hundewiese und auch in der Nähe des Theaters gefunden, aber ich hatte noch nie direkt gesehen, wie sich jemand Heroin verabreichte.

Erst blieb ich sitzen, dann bekam ich doch Angst und stand so leise es ging auf. Die Frau nahm keine Notiz von mir. Ich schob mich hinter die nächste Laterne, die genau in diesem Moment ausging, als wäre ich ein Bote der Finsternis. Im Dunkeln beobachtete ich die Frau, wie sie da saß, ihren Arm mit einem Tuch abband und eine Vene suchte. Sie tat mir unendlich leid, doch ich wusste nicht, was ich für sie tun sollte. Mit Erwin und Karl war doch alles viel einfacher. Wiebke glaubte nicht einmal, dass die beiden Alkoholiker waren. »Die leben eben einfach gern anders«, hatte sie kürzlich gesagt, als sie mir zwei Einkaufsnetze mit Lebensmitteln für die beiden in die Hand drückte. Für eine Sekunde ging mir durch den Kopf, ob ich der Frau anbieten sollte, Herrn Kanz für seine vierzehnte und fünfzehnte Brust Modell zu sitzen und sich damit ein paar Mark zu verdienen. Aber ich wusste nicht, wie ich sie ansprechen sollte. Gern hätte ich Wiebke von dieser Frau erzählt – mit meiner Mutter konnte man sehr gut über problematische Menschen und schlimme Schicksale sprechen –, aber das ging leider nicht, weil ich dann ja zugeben müsste, dass ich um ein Uhr nachts unterwegs gewesen war.

Später grübelte ich wieder, anstatt zu schlafen. Mir ging die Frau durch den Kopf. Kaputte Typen – das war so ein Ausdruck von Falk. Der Ausdruck war nicht eindeutig negativ belegt. Es schwang auch etwas von Hochachtung dabei mit. Wer kaputt war, hatte viel erlebt. Nicht nur beim Anblick der Einschusslöcher an unserer Hausfassade oder im Rattenloch spürte ich die Kaputtheit dieser Stadt. Diese mal sichtbare, mal nur spürbare Kaputtheit war immer da … ein gedanklicher Virus, eine chronische Sepsis ... Mal fühlte der Patient sich schwach, mal war es gerade diese Schwäche, die ganz eigene Kräfte freisetzte. Die sich selbst verzehrende, schlaflose Stadt ... *Ich kann nicht schlafen! I'm so tired. Toda la noche sin dormir.*

Am nächsten Morgen war ich sehr müde. Beim Milcherwärmen passte ich nicht auf, alles kochte über. Zum Glück waren Wiebke und Klaus vollständig von den Nachrichten absorbiert. Es hieß, dass Schmidt die Vertrauensfrage gestellt habe. Kurz danach wurde berichtet, dass wieder jemand dem Zoo-Liebling Knautschke ein Messer ins Gehege geworfen habe. Knautschke war das einzige Nilpferd, das in Westdeutschland den Zweiten Weltkrieg überlebt hatte. Nach dem Krieg war es gelungen, Knautschke mit Grete, dem einzigen Nilpferd, das in Ostdeutschland überlebt hatte, zusammenzubringen, was Tochter Bulette »zur Folge« hatte, wie der Nachrichtensprecher mit unverhohlener Freude an dieser Nilpferdromanze erzählte. Der Mann, der das Messer in Knautschkes Becken geworfen hatte, wurde schnell gefasst. Zum Glück hatte Knautschke das Messer nicht verschluckt. Trotzdem hatten sich vor dem Gehege Unmengen von besorgten Bürgern eingefunden; die Telefonleitung vom Zoo war kurzzeitig wegen Überlastung zusammengebrochen. Der Zoodirektor wurde lange interviewt, ausführlich sprach er über Knautschkes Einfallsreichtum, Sensibilität und Intelligenz. Man hätte glauben können, er spräche über einen grandiosen Künstler.

Unser anschließendes Gespräch am Küchentisch war eine krude Mischung aus Schmidt und Knautschke. Einmal sagte ich aus Versehen »Herr Knautschke«, und alle lachten. Doch das Lachen blieb uns im Halse stecken, denn Klaus hatte den Kanal gewechselt und eine Sondersendung über das Wald-

sterben erwischt. Von flächendeckender »Kronenverlich-
tung« und von »Lamettasyndrom« war die Rede. Bilder von
skelettierten Waldbeständen sah man zurzeit auch oft im
Fernsehen. Die Stimme des Sprechers klang, als würde uns
das Licht für immer ausgeknipst werden.

Es war minus dreizehn Grad, und ich hatte vergessen,
meine lange Unterhose anzuziehen. Falk hatte mich, als er
die Kohleeimer nach oben holte, noch gewarnt, aber ich hatte
mich nicht darum gekümmert. Daher legte ich heute zum Erstaunen von Isa und Fiona einen Eilschritt an den Tag. Fiona
trug eine kleine bunte Mütze mit Ohrenklappen, die warm
aussah und ihr sehr gut stand.

»Warst du mit deiner Mutter auf dem Südamerikabasar?«,
wollte ich wissen.

»Nein, mit dem Ekel!«

Die Apotheke hatte noch nicht geöffnet, aber Herr Adán
rückte schon Preisschilder vor den bunten Weleda-Auslagen
im Schaufenster zurecht. Er lächelte mir zu und winkte. Ich
winkte zurück und lief weiter. Sein Lächeln ging mir nicht
mehr aus dem Kopf.

Auf einmal wurde es warm um meine Oberschenkel: Der
Glitzervorhang der Peepshow ballte sich auf, heiße Luft
drang an meine Beine. Unwillkürlich blieb ich stehen, reckte
die steifgefrorenen Glieder. Dann sah ich, wie Herr Kanz seinen Kopf aus dem Plastikvorhang schob. Er hielt dabei geschickt seinen schwarzen Schlapphut fest. Routiniert wirkte
das. Vorsichtig guckte er sich noch einmal um, dann huschte
er auf die Straße.

»Ist der nicht von morgens bis abends mit seinen Riesen-
brüsten beschäftigt?«, flüsterte Fiona. Wir kicherten.

Herr Kanz zupfte an Mantel und Schal herum, tat so, als
ob er uns nicht sähe. Mir fiel auf, dass auf seinem Schlapphut

neben dem obligatorischen roten Stern ein kleiner grüner Igel prangte.

Auf der Treppe zu unserem Klassenzimmer begegnete uns Rolf, der Freund von Larissa, der auch in unserer Klasse war. Er trat näher und studierte das Revers meiner Jeansjacke, das unter dem Parka hervorlugte.

»Du Gripsbold«, sagte er schließlich und tippte an meine *Grips*-Anstecknadel mit dem kleinen Kobold. Dann lehnte er den Kopf zurück und fragte: »Gehst du noch in diesen Hippieladen, wo immer nur essgestörte Kinder, Mongos oder Türken auf die Bühne kommen? Und alle wollen Popstar sein, obwohl sie nur Mülli-Milli oder so sind?«

Wie kann man nur so doof sein, dachte ich und antwortete nicht sofort. Im Weggehen rief ich jedoch über die Schulter: »Wie kann man nur so ein reaktionärer, rassistischer, geistig zurückgebliebener, absolut dämlicher Oberhorst sein!« »Reaktionär« und »rassistisch« waren zwei Adjektive aus Klaus' und Wiebkes Wortschatz, die in anderer Form so etwas bedeuteten wie »Sechs, setzen!«

Rolf drehte sich zu mir um und starrte mich an. Fiona griff meinen Arm und guckte ängstlich. Isa legt eine Hand auf meine Schulter. »Jule, das bringt's doch nicht! Wo keine Gehirnzellen sind, kann auch nüscht kognitiv verarbeitet werden!« Das hatte sie bestimmt von ihrem Vater. Rolf fiel dazu nichts ein, er drehte sich langsam um und ging die Treppe hoch. Isa lachte schon wieder. Sie regte sich nie so auf wie ich. Schon hakte sie sich bei mir ein.

»Wie könnte das *Grips* gut sein, wenn jemand wie Rolf es gut fände? Das wäre ein Widerspruch in sich. Hätte Rolf anders reagiert, müsstest du ernsthaft am *Grips* zweifeln. Übrigens: Zurzeit läuft im *Grips Eine linke Geschichte*, hast du Lust?«

Wir beschlossen, bei unserem nächsten *Grips*-Besuch ein Poster mit dem Kobold, der aus der Kiste lugt, zu kaufen und es dann, bevor die anderen kamen, früh morgens in unserem Klassenzimmer aufzuhängen. Am besten hinten neben der Gruppe, in der Rolf saß.

Später, auf dem Weg von der Schule nach Hause, fiel mir ein, dass ich Ohropax kaufen wollte. In letzter Zeit ratterte es oft in meinem Kopf. Klaus' alte Schreibmaschine war wieder besonders laut gewesen. Ich trat auf die weiche Matte vor der Apotheke, die übliche Melodie mit der absteigenden Tonfolge erklang. Sofort sah ich Herrn Adán heraneilen. Dieses Lächeln. Eigentlich sah er gut aus. Nur fand ich Schnauzbärte nicht mehr sehr modern. Herr Adán hatte Augen, die unheimlich groß wirkten, weil die Farbe der Iris mit der Pupille identisch war. Sein Blick ruhte auf mir. »Kommen Sie doch herein!«

Wie erwachsen er mit mir sprach. Herr Adán duzte mich nicht einfach. Die Südländer haben Respekt vor den Frauen, hatte Isa mal behauptet. Prompt gab ich mir Mühe, erwachsen zu wirken. Ich streckte meinen kaum vorhandenen Busen heraus und lief hoch erhobenen Hauptes in die Apotheke.

»Was kann ich für Sie tun?«

»Ich … ich«, im ersten Moment war ich so verwirrt, dass ich nicht mehr wusste, was ich wollte. *I'm so tired, I haven't slept a wink, I'm so tired, my mind is on the blink.* »Ich … ich hätte gern einmal Ohropax.«

»Selbstverständlich.« Herr Adán verschwand. Ich schaute ihm hinterher, wie er in seinen weißen Hosen mit athletischen Schritten den Flur entlangeilte, und dachte, dass er jünger sein musste, als ich vermutet hatte. Dann kam er mit verschiedenen Packungen zurück.

»Diese hier sind für leichte Fälle – wenn Sie die Autos vom

Ku'damm nicht mehr hören wollen. Diese Sorte hier ist – sagen wir mal, wenn Sie die Schreie aus der Zelle einen Stock über Ihnen nicht mehr hören wollen. Und diese hier, da können Bomben fallen, und Sie schlafen, als wäre die Welt Berlin und Bomben Rosinen ... «

Ich starrte ihn an. Was waren das für Vergleiche? Herr Adán sah mir unentwegt in die Augen, ich hatte das Gefühl, er wollte mir etwas sagen. Warum gerade mir? Und was? Hinter mir keifte eine Oma: »Junge Dame, Sie sind hier nich uffm Abeetsamt!«

Ich entschied mich für die mittlere Packung, bei der man Schreie aus anderen Zellen nicht mehr würde hören können.

»Zwei Mark achtzig – für den Seelenfrieden«, sagte Herr Adán.

Ich bezahlte, schaute auf seine schönen Hände, während er die Kasse öffnete und mir das Wechselgeld gab. Verwirrt trat ich auf die Straße.

Kunst & Kartoffeln – Palmenland

An diesem Mittag kamen meine Klassenkameradinnen Setenay und Pepita zu uns. Isa war auch schon da. Die beiden brachten jedes Mal, wenn sie mit uns Hausaufgaben machten, etwas zu Essen mit. Setenay, die wir Sena nannten, hatte türkische Süßspeisen in ihrer Schultasche, Pepitas Mutter packte ihrer Tochter mit Schafskäse gefüllte Paprika oder eine leckere Knoblauchquarkspeise mit Mandeln und Olivenstücken ein. Pepitas Familie war vor vier Jahren von Thessaloniki nach Berlin gezogen.

Kaum hatten wir drei Sätze gesprochen, baute sich Wiebke neben uns auf. »Wie schön, dass ihr beide da seid! Wollt ihr erst einmal etwas essen?«

Am Anfang mochten Isa, Fiona und ich Setenay und Pepita nicht. Sie erschienen uns zu brav, nie widersprachen sie unseren Lehrern. Als wir sie besser kennen lernten, verflüchtigte sich dieser Eindruck. Die beiden hielten ihre Meinung nur zurück.

In der Küche stand ein von Wiebke vorbereiteter Gemüseauflauf – im Römertopf, eine Neuerwerbung meiner Mutter. Sie wedelte mit einem Stapel Fotos: »Ich habe gerade von Anna, Fionas Mutter meine ich, Fotos von ihrem Weihnachtsurlaub auf Skyros bekommen – es ist ja sooo schön dort ...!«

Nach einem stockenden Gespräch über die Schönheit der griechischen Inselnatur ging Wiebke mit ihrem untrüglichen Sinn für Gerechtigkeit sofort zur Türkei über und erzählte von einem Tuffsandsteingebirge, über das sie vor einigen Tagen eine Sendung gesehen hatte. Ich meinte mich zu erinnern, dass The Wiebkes and the Klauses da genau zwei Minuten reingezappt hatten, um dann gelangweilt zu den Nachrichten umzuschalten. Meine Eltern lehnten selbstverständlich Leute wie Frau Koderitz oder die Pechs ab, die gelegentlich ausländerfeindliche Bemerkungen machten, aber entspannt gingen sie mit Sena und Pepita auch nicht um: Sie waren voller Furcht, etwas falsch zu machen.

Wiebke schwärmte also von der Türkei, wobei sie das Adjektiv »schön« auffallend oft wiederholte. Mehr fiel ihr zu dem Steinbrocken, den sie einmal über den Bildschirm hatte flimmern sehen, offenbar nicht ein. Sena schien jedoch sehr erfreut und erzählte von Ferien, die sie mit ihren Cousinen dort verbracht hatte.

Jedes Mal, wenn Sena und Pepita zu uns kamen, gab Wiebke vor, unersättliches Interesse an ihren Herkunftsländern zu hegen. Sena und Pepita war nicht im Geringsten anzusehen, ob sie die Gespräche mit Wiebke schätzten oder nicht. Manchmal legten sie ihre Köpfe ein wenig zur Seite, wenn Wiebke zu einer langen Lobrede ausholte, aber was sie darüber dachten, blieb im Verborgenen. Isa und ich hatten uns schon überlegt, ob die beiden lieber mit Erwachsenen redeten, weil die Hierarchien dann klar und sie ja so gut im Nettsein waren. Mit uns hingegen wussten sie nie, woran sie waren. Den Erzählungen über den Kinderladen, in den ich früher gegangen war, hatten sie mit sichtbarem Erstaunen gelauscht. Ob sie mich um diese Erfahrung beneideten oder uns deshalb geringschätzten, blieb mir verborgen.

Nachdem wir Wiebkes Gemüseauflauf gegessen hatten, aßen wir noch Senas Mitbringsel zum Nachtisch. Das süße Blätterteiggebäck zog mir fast die Plomben aus den Zähnen, aber ich traute mich nicht, ein zweites oder drittes Stück abzulehnen. Sonst hätte ich mir anschließend von Wiebke anhören müssen, ich hätte die türkische Großzügigkeit zurückgewiesen. Endlich gingen wir in mein Zimmer.

»Ihr müsst echt müde sein, nach so vielen Schulstunden ...«, murmelte Isa und zog sich einen Stuhl heran.

Sena zuckte die Achseln. »Du gewöhnst dich«, sagte sie mit schwachem Lächeln. Wie man es aushielt, nach sechs Stunden deutschem Schulunterricht noch abends türkischen oder griechischen Unterricht über sich ergehen zu lassen, würde mir ein Rätsel bleiben. Die beiden mussten auch noch für beide Schulen Hausarbeiten erledigen und waren obendrein gut im Unterricht.

Heute paukte Pepita die binomischen Formeln mit uns und erklärte die linearen Gleichungen und Tangentenberechnungen. Mir lag auf der Zunge zu sagen: »Das kannst du echt super, klar, die Griechen haben ja schon immer geniale Mathematiker hervorgebracht.« Aber ich verkniff mir die Bemerkung. Denn ich hörte schon im Hinterkopf Wiebkes Kommentar: »Julika, das ist die gleiche Form von positivem Rassismus, wie über Schwarze zu sagen, sie seien alle so musikalisch und so sportlich!«

Vielleicht hatte Wiebke Recht – aber vielleicht hätte sich Pepita, die zehn Stunden Unterricht am Tag hatte und oft etwas erschöpft wirkte, doch über ein Kompliment gefreut.

Das Klappern der Schreibmaschine meines Vaters hörte ich diese Nacht trotz der neuen Ohropax. Er benutzte lieber seine alte mechanische, obwohl es schicke elektrische gab. Aber die fand er unästhetisch. Dafür war die mechanische lauter. Ich hörte dem Geklapper eine Weile lang zu. Von Schlafen konnte nicht die Rede sein. Schließlich sprang ich auf und klopfte an Klaus' Tür. Er lächelte mich an, und ich durfte mich auf den mit wilden lilafarbenen und grünen Ornamenten verzierten Stuhl in seinem Arbeitszimmer setzen.

»Klaus, ich würde gern mal in ein Land fahren, in dem es Palmen gibt«, begann ich.

Klaus grinste: »Da brauchst du doch nur bei uns in den Hinterhof zu schauen.«

»Keine Ausreden. Warum fahren wir nie in den Süden, irgendwo an den Strand?«

»Julika, wir interessieren uns eben eher für Kunst als für's Strandleben …«

»Wieso eigentlich? Du hast immer gesagt, deine alten Professoren seien so lebensfern gewesen, trocken hast du gesagt. Jetzt bist du selber so. Warum sitzt du nur in deinem Denkraum rum?«

»Tue ich doch gar nicht. Wir sind doch dauernd unterwegs. Julika, weißt du, als Wiebke und ich nach Berlin kamen, hatten wir andere Vorstellungen davon, wie man arbeiten sollte, wie Leben und Arbeit miteinander verschmelzen könnten. Aber das ist ja schon einige Jahre her – als wir damals von Westdeutschland nach Berlin ...«

»Restdeutschland.«

»Jule, das war doch damals nur ein Scherz – bitte erzähl nicht überall, dein Vater nennt Westdeutschland Rest ...«

»Schon gut, auf der Mauer auf der Lauer liegt 'ne kleine Wanze ...«

»Was soll denn das jetzt?«

»Ich hab mal kurz Kunst gemacht.«

Klaus lächelte mich spitzbübisch an. Dann fuhr er fort: »Für Wiebke und mich ist es ein großer Schritt gewesen, die totale Politisierung des Alltags wieder abzulegen. Welche Rolle hatte Kunst da noch? Sie galt als bourgeois, als Schöngeisterei des Klassenfeinds. Und gehörte ganz in den Dienst der Arbeiter gestellt. ›Das Bild muss die Funktion der Kartoffel übernehmen‹, sagte Immendorff. ›Muss nicht schön, muss nahrhaft sein.‹ Und das habe ich eben irgendwann nicht mehr geglaubt. Im Übrigen: Es gibt ja auch Nahrung für den Geist.«

Ich blickte meinen Vater bewundernd an. Der nutzte die seltene Gelegenheit und holte einen Katalog. »Guck mal, ist das nicht großartig?«

Klaus blätterte wild umher, dann zeigte er mir mehrere Abbildungen von weißen Quadraten und Rechtecken auf weißem Grund. Erwartungsvoll studierte er mein Gesicht. Ich zuckte die Schultern. Dann deutete ich aus dem Fenster über den Hof. »Guck mal, siehst du das orangefarbene Rechteck da? Das da leuchtet? Nein, nein, doch nicht das Blinken von den Pechs! Da unten ... das ist für mich das schönste abstrakte Kunstwerk – es kann sich sogar verändern. Orange, dunkel, orange, dann da, ganz gegenständlich, Figuren, die sich darin bewegen ... Dieses Kunstwerk kann ich mir am längsten anschauen!«

Mit diesen Worten drehte ich mich um und ging zurück in mein Zimmer. Und Klaus schlich mit dem Katalog unterm Arm in sein kahles Denkzimmer – seine Art von Palmenland.

Spinnweben – Häuserkampf

Morgens trottete ich wieder hinter Isa und Fiona hinterher. Herr Adán arbeitete nicht jeden Tag in der Apotheke, oder ich sah ihn nicht immer. Irgendwann musste ich ihn fragen, aus welchem Land er kam. Wenn ich mich das trauen würde.

Frau Schwundtke brachte heute das Gespräch auf unsere zweiwöchige Klassenfahrt, die im nächsten Jahr stattfinden sollte. Es hatte dazu beim letzten Elternabend vor Weihnachten eine Abstimmung gegeben. Einige Eltern wollten, dass wir nach Italien fuhren, andere, dass wir innerhalb Deutschlands eine Reise mit mehreren Stationen zu »Orten des NS-Widerstands« machen würden. Mit knapper Mehrheit hatte sich die »Widerstandsgruppe« durchgesetzt. Wiebke war eine große Fürsprecherin dieser Reise, die gleichermaßen durch Ost- und Westdeutschland gehen sollte.

Ich war unschlüssig. Mich interessierte die DDR, aber mir graute vor täglichen Gedenkstättenbesuchen und langatmigen Belehrungen. Andererseits könnte so eine Bella-Italia-Reise mit meinen spaßsüchtigen Klassenkameraden auch sehr anstrengend werden. Ich wäre die Einzige, die keinen

Bock auf Partys haben und die Italiener nicht alle »total süß« finden würde. Ich sah Melanie und Larissa schon aufgeregt durch die Flure unserer Herberge springen, in Panik, weil irgendein Perlonstrumpf eine Laufmasche hatte oder ein BH verschwunden war. Warum gab es keine Alternative zu Depri-Bildungsreise oder Knutsch-und-Fummelurlaub? Ich würde am liebsten nach Schottland fahren und mir den Ring of Brodgar und andere prähistorische Stätten ansehen. Oder nach Norwegen, wo wir eine Schiffstour durch einen der großen Fjorde machen würden. Und wenn es unbedingt sein musste, konnte man uns dabei etwas über Land und Leute erzählen. Die ganze Stunde wurde noch über die Abstimmung gesprochen. Endlich klingelte es zur Pause. Erleichtert sprang ich die Treppe hinunter.

»Deine Eltern sind soo scheiße!«, rief Melanie auf dem Hof und stellte sich breitbeinig vor mich hin. Sie steckte von Kopf bis Fuß in einer Art pinkfarbenem Strampelanzug, dazu trug sie zitronengelbe Moonboots mit großen silbernen Sternapplikationen darauf.

Ich fuhr sie an: »Dreitausendmal besser als deine – deine doofe, dreitausendmal geliftete Mutter und dein blöder ...« Ich rang nach Worten. Irgendwie musste ich diesen Satz wirkungsvoll beenden. »Blöder, blöder Vater ... der sieht doch aus wie'n Pornodarsteller«, sagte ich schließlich. Ich hatte noch nie einen Pornodarsteller gesehen – außer möglicherweise auf dreißig Meter Entfernung im nächtlichen Hauser-Fernseher. Als ich Melanies Vater auf unserem Schulsommerfest begegnet war, trug er weiße Leinenpluderhosen, ein violettes Knitterhemd und ein weißes Jackett mit lila Nadelstreifen. Dieser Aufzug war mir in Erinnerung geblieben. Darüber hinaus war er zu jeder Jahreszeit braun gebrannt und trug eine dicke Sportsonnenbrille auf der Nase, oder, noch lieber, hochgeschoben in sein nach hinten geföntes Haar. Aber vor allem hatte er so ein unerträgliches Siegerlächeln auf den Lippen, zum Davonlaufen. Wie Ronald Reagan. Oder eben wie ein Pornodarsteller.

Melanie spuckte mir ins Gesicht. Sogar ihr Speichel war rosa, stellte ich überrascht fest. Penetranter Himbeergeruch stieg mir in die Nase. Sie kaute von morgens bis abends Kaugummi. »Du bist doch total zurückgeblieben, so wie du aussiehst, wie ein Junge. So kriegst du nie einen ab.«

Sie grinste mich an. Das mit dem Jungen hatte sie wahrscheinlich gesagt, weil sie mich ein paar Mal auf dem Hof Dosenkicken gesehen hatte. Plötzlich stand Steffen neben mir und reichte mir ein Taschentuch. Ich wischte mir den süßlich riechenden Schmodder vom Gesicht.

Nachmittags sah ich den Hauser auf dem Hof hocken. Sein Platz zwischen Olkschem und Kanzschem Imperium schrumpfte zusehends. Er schraubte fluchend an einigen alten Bonanza-Rädern herum, die schon wie Teile der *Urbanen Collage* aussahen. Woher er die hatte? Im Rattenloch hatte ich die nicht gesehen. Irgendwann packte er Flickzeug und Pumpe zusammen und ging in den Hinteraufgang. In seiner Bude angekommen, warf er sich gleich, mit Lederstiefeln, aufs Bett, sah fern und aß Chipsletten. Dann zog er sich die Decke über den Kopf und schlief. Ich hatte sechs Stunden Schule (mit Biologie wären es sieben gewesen) auf dem Buckel. Ich würde auch gern öfter Chipsletten essen. Aber Wiebke fand Knabberzeug nicht gut; genauso wenig wie Fastfood. Vermutlich, weil sie Amerika auch nicht gut fand. Wegen der Todesstrafe, der Raketen und des fetten Essens.

Auf dem Hof gingen zwei Ratten in Gutsherrenmanier spazieren. Später sah ich sie erst neben den Mülltonnen schlemmen und dann auf zwei großen Kastanienblättern ruhen. Weil die Mülltonnen übervoll waren, hatte Herr Pech seinen Abfalleimer einfach neben den Tonnen ausgeleert. Und so wie es aussah, hatte Waldemar sein Geschäft auch dort erledigt.

Aus Lust und Laune schaute ich noch beim Rattenloch vorbei. Schnell schob ich mich durch die schmale Öffnung zwischen den Holzlatten. Überall lagen regennasse Kartons. Ich sprang von einer aufgeweichten Pappe zur nächsten wie von Insel zu Insel. Auf einem Haufen leerer Schultheiß-Flaschen lag ein Pornoheft, das ich mir einen Moment lang anschaute. Ich hatte doch Recht gehabt: Herr Seeger sah aus wie ein Pornodarsteller.

Eine Weile saß ich auf einem Autoreifen und schaute in den brandmauerumzäunten Himmel, sah den Wolken nach, die immer so eilig über Berlin hinwegzogen. Erst ließ ich meine Gedanken schweifen, dachte an den Adán, den Hauser, an meine blöden Mitschüler, an die großartige Maus und den Kleinen Elefanten und den Kobold vom *Grips*-Theater, aber irgendwann dachte ich an gar nichts mehr. Ich sah nur noch die Tauben, die auf dem Unrat um mich herum wie Statuen standen.

Das Rattenloch hatte eine besondere Anziehungskraft, es zog einen hinein, innen vergaß man die Zeit und ein bisschen auch, wer man war. Immer fiel es mir schwer, es wieder zu verlassen.

Als ich mich durch den Bretterzaun nach draußen schob, stand mir ein kleines türkisches Mädchen mit Flicken auf den Knien ihrer gemusterten Stoffhose gegenüber. Erwartungsvoll sah es mich an. Ich überlegte einen Moment, dann ging ich zurück und zog eine Barbiepuppe aus einem Haufen Plastikmüll. *Evet, evet...* An dem Lächeln erkannte ich, dass ich richtig gehandelt hatte. *Tesekkürler, Tesekkürler...*

Als ich nach Hause kam, fing Wiebke mich gleich im ersten Flur ab: »Jule, hilfst du mir, die Wohnung zu putzen!«

Ich sah meine Mutter genervt an. »Nicht den ganzen Nachmittag … «

»Nein, das schaffen wir sowieso nicht, es geht nur darum, mal anzufangen.«

»Morgen dann wieder oder wie?«

»Nein, wir gucken mal, wie weit wir kommen … «

Ich blickte zu den Spinnweben an der Decke. Hoffentlich war Wiebke nicht auf den Putztrip gekommen. Normalerweise verließ der Elan, die Wohnung zu putzen, meine Mutter angesichts der schier unmöglichen Aufgabe genauso rasch, wie er gekommen war. Das Einzige, was Wiebke und Klaus regelmäßig machten, war Kunstwerke abstauben. Das nahmen sie sehr ernst. So wie Fred gepflegter als Frau Koderitz aussah, waren unsere Kunstwerke sauberer als unsere ganze Wohnung. Meine Eltern wären sicher der Ansicht, so etwas ließe sich nicht vergleichen.

Nachdem Wiebke und ich zwei Flure und dreieinhalb Zimmer gestaubsaugt hatten (mitten beim Staubsaugen im vierten Zimmer sagte Wiebke: »Mir reicht's jetzt!«, und stellte den Staubsauger ab), stand ich an der Fensterbank und öffnete eine Tüte Gummibärchen. Schon kam der Hauser, nur mit einem Handtuch um die Hüften in sein Zimmer. Sehnsüchtig sah ich auf den halbnackten Mann vor dem hawaiianischen Abendhimmel. Im Hof wurde es dunkler, der Himmel hatte sich zugezogen, Regen klatschte an meine Scheibe.

Der Hauser sah sich um, öffnete eine Bierflasche, schlenderte ans Fenster und blickte über den Hof. Dann bückte er sich, hob etwas vom Boden auf und krakelte *Freiheit für Gummibärchen – weg mit den Tüten* auf die Hawaiitapete hinter seinem Bett. Ob er wusste, dass ich ihn beobachtete? Konnte er mich denn von da unten sehen? Die Weihnachtsdekoration der Pechs flackerte immer noch.

Klaus lag in seinem riesigen Lieblingssessel und las im *Spiegel*. Der Sessel war weniger ein Sessel als eine unförmige schwarzweiße Dubuffetartige Textillandschaft, die Klaus in einem Schöneberger Hinterhof von einem Künstler gekauft hatte. Oma Helene lehnte das Möbelstück kategorisch ab, nachdem sie einmal von ihm heruntergefallen war, und auch ich scheute es eher.

Wiebke hingegen legte sich jetzt mit sichtbarem Behagen neben Klaus, und es sah aus, als würden sich ihre Rundungen nahtlos in das merkwürdige Möbel einfügen. Klaus tätschelte ihre Schulter und fasste für sie zusammen, was er gerade gelesen hatte: Der *Spiegel* hatte Vorwürfe gegen die Neue Heimat, Europas größten Wohnungsbaukonzern, erhoben: Der Vorstandsvorsitzende Albert Vietor und zwei Vorstandskollegen sollten sich unter Missbrauch ihrer Stellung persönlich bereichert haben.

Klaus ereiferte sich: »Und solche Leute haben etwas mit der Gewerkschaft am Hut!« Die Neue Heimat war ja gewerkschaftseigen.

Als wir später beim Abendessen das Radio einschalteten, ging es auch um die Neue Heimat. Es hieß, die Vorgänge erschütterten das Vertrauen der Bevölkerung in die Gemeinwirtschaft.

Schon begann Klaus zu lamentieren: »Solche Skandale sind die Folge eines rigorosen Egoismus! Es gibt heute kaum noch solides soziales Denken, so etwas wie Gemeinsinn, Öffentlichkeit. Jeder denkt nur noch an sich, lebt seinen Individualismus aus, das fängt schon im Bus an, niemand möchte neben einem anderen sitzen. «

»Wie schön, dass du da so anders bist«, murmelte Falk und setzte seine Kopfhörer auf.

Als ich nach dem Abendessen zum Töpferkurs ging, entdeckte ich auf dem Weg dorthin einen neuen Spruch an einer Brandmauer: *Je höher die Baulöwen ihre Häuser errichten, desto schwerer fällt es den Politikern, ihnen aufs Dach zu steigen.* Den hatte es letzte Woche noch nicht gegeben.

Später saß ich bei Falk auf dem Hochbett. Er hörte Musik und »hatte nichts dagegen«, wie er sagte, wenn ich auch dort herumsaß. Aber sich mit mir zu unterhalten? Weit gefehlt. Ich sah mich um. Von Falks Frisur und Kleidung konnte man falsche Rückschlüsse ziehen – er war sehr ordentlich. Auf seinem Hochbett lagen ungefähr zehn große schwarze Kissen. Seufzend hob er ein langes blondes Haar hoch. Es war wohl von mir, denn er hielt das Corpus delicti jetzt dicht vor meine Augen: »Jule …«

Zu Falks Füßen lag ein aufgeschlagenes Buch mit Blankoseiten. Die Seiten waren eng beschrieben. Führte mein Bruder Tagebuch? Hatte er vielleicht wegen seines Liebeskummers um Frau Dretzel im vergangenen Jahr angefangen, seine Gedanken zu Papier zu bringen? Ich machte Stielaugen. Falk bemerkte meinen Blick: »Ich habe begonnen, ein Buch zu schreiben: *Kleine Philosophie des Rauchens.*«

»Kann man denn so viel darüber schreiben?«, fragte ich, während Falk elegant bläuliche Rauchkringel ausstieß und ihnen nicht ohne Stolz nachblickte.

»Was für eine Frage! Rauchen ist eine existenzielle Angelegenheit, keine banale Freizeitbeschäftigung …«

»Ich schreib dann mal eine *Kleine Philosophie der Brause.*«

Falk blickte sofort in Richtung Leiter. »Jule, ich will jetzt meine Ruhe haben.« Er drehte Patti Smith lauter.

»Was soll das? Warum so abwertend? Das Leben begann mit einem Brausen in der Ursuppe …«

Mein Bruder machte scheuchende Bewegungen mit den Händen.

Als Isa, Fiona und ich am nächsten Morgen an der Apotheke vorbeigingen, erspähte ich Herrn Adán, der gerade Herrn Wiedemann ein Inhaliergerät vorführte. Ich erinnerte mich, dass unser Nachbar Asthmatiker war – was ihn nicht vom Zigarillorauchen abhielt. Herr Wiedemann trug heute einen kanariengelben Anzug mit roten Streifen und passender Fliege.

»Ach … ich könnte Traubenzucker brauchen!«, sagte ich zu meinen Freundinnen. Fiona und Isa lächelten sich süffisant an, ich ging zurück zur Apotheke, grüßte Herrn Wiedemann, der mir mit dem schweren Gerät entgegenkam (nachher würde er wegen der Schlepperei in seine Dachwohnung keine Luft mehr bekommen, überlegte ich), und wie immer erklang die melancholische Melodie.

Als ich eintrat, beriet Herr Adán gerade Frau Schwundtke, die ein »Antistressmittel« kaufen wollte. »Dieses Beruhigungsmittel hier ist, sagen wir mal – gegen ein bisschen nervende Nachbarn, dieses hier …« Leider verstand ich den nächsten seltsamen Vergleich nicht, aber dann folgte: »Und bei diesem können Sie auch die frechsten Schüler souverän ignorieren …«

Frau Schwundtke entschied sich für das letztgenannte Mittel und nahm gleich eine Pille. Nun wollte Frau Söylesin, die Mutter von Serife und Filiz, ein Mittel gegen Haarausfall kaufen: »… von dafür viel zu jungem Mann.«

Ich war dran. Ich grüßte die Schwundtke noch, die mich aber ignorierte – das Mittel schien ja schnell zu wirken.

Vor dem Ständer mit den Traubenzuckerröllchen konnte ich mich nicht gleich entscheiden. Mandarine, Brombeere oder Kiwi? Der Adán wartete geduldig, obwohl die Apotheke sich hinter mir füllte. Dann wählte ich Brombeere. Herr Adán nahm meine Groschen entgegen und lächelte breit. Schnell wagte ich zu fragen: »Adán … ist das ein spanischer Name?«

»Ja … ich komme aus Südamerika, aus Chile.«

»Chile – und von woher dort?«

»Aus dem Süden … «

»Aus Patagonien?«

»Ja! Das kennen Sie? Sie sind eine erstaunlich gut informierte junge Frau …«

»West-Patagonien gehört zu Chile, Ost-Patagonien liegt in Argentinien«, sprudelte ich hervor und fügte noch hinzu: »Und ist nicht Los Glaciares letztes Jahr von der UNESCO auf die Weltnaturerbeliste gesetzt worden?«

Herr Adán hatte mir mit wachsender Freude zugehört. Hinter mir drängelte eine Frau aus dem Mottenmuseum: »Wir ham hier nich Märchenstunde!«

Gern hätte ich noch gewusst, warum Herr Adán ausgerechnet aus dem schönen Patagonien nach Berlin gezogen war – das würde ich ihn nächstes Mal fragen. Fünf Minuten später sah ich den Vater von Serife und Filiz mit zwei Kumpels, die ich kannte, weil sie uns im Winter Bricketts lieferten, in die Peepshow gehen. Während ich dem gut gelaunten Herrn Söylesin so hinterhersah, dachte ich an das fürsorglich gekaufte Haarwuchsmittel in Frau Söylesins Tasche.

Am Nachmittag verkroch ich mich in einer Art Kabuff über den Regalen. Zwischen alten Koffern, Lampenschirmen in wildesten Sechzigerjahremustern und einigen furchtbaren Gipsarbeiten von Falk und mir, von denen sich Wiebke jedoch »um keinen Preis« trennen wollte, blätterte ich in meinem Atlas. Statt in Berlin meinen Kakteen beim Wachsen zuzuschauen, könnte ich über den Río Futaleufú schippern. Den Abend verbrachte ich am Fenster. Bei den meisten Nachbarn lief *Dallas*. Der Hauser war nicht da. Und ich hatte gehofft, er würde wieder *Auf los geht's los* gucken oder Fliegen an seiner Hawaiitapete abklatschen. Wo war er bloß? Ich konnte nicht schlafen. Die Weihnachtsdekoration der Pechs flackerte immer noch.

An diesem Sonntag sahen wir einträchtig *Die Sendung mit der Maus* und staubten danach Kunstwerke ab. Nachdem der so genannte *Schweinigel*, eine rosafarbene Wabbelplastik mit braunen stachelartigen Ausläufern, staubfrei war (bei Wohnungen mit Ofenheizung ein utopisches Unterfangen) rief Wiebke: »Jetzt reicht's!« Fünf Minuten später stand sie in einem bis zum Boden reichenden Mantelungetüm undefinierbarer Farbe und einer merkwürdigen Kappe vor uns und sah uns unternehmungslustig an: »Schuhe anziehen, Ausflug!«

»*Semper fi*«, rief Falk und salutierte. Eigentlich würde ich den Rest des Tages lieber mit dem Atlas auf meinem Matratzenlager und am Fensterbrett verbringen, den hawaiianischen Abendhimmel im Blick. Aber die Ablehnung von Kunstspaziergängen traf The Wiebkes und the Klauses, wie andere Eltern vielleicht die Ablehnung eines Kirchenbesuchs, ins Mark. Falk stand schon in Jeans und Parka bereit, Wiebke versuchte, ihm einen Schal umzubinden, was an Falks Größe und seiner konsequenten Weigerung, sich nach vorne zu beugen, scheiterte.

»Wo steckt 'n Klaus?«, wollte Falk wissen.

»Parfümiert sich noch«, meinte Wiebke verächtlich. Wir hörten Klaus' federnde Schritte auf dem Parkett im Berliner Zimmer, und da stand er schon im Flur, im taubengrauen Anzug mit fliederfarbenem Schal. Nur ich war noch nicht fertig, ich versuchte, meinen Schal aus dem Parka-Ärmel zu zerren.

»Jule, wie wirst du erst sein, wenn du alt bist?«, seufzte Wiebke. Schließlich saßen wir im Auto, im Radio lief eine

Sendung über den Beginn des Kalten Krieges, Wiebke und Klaus lauschten mit gespitzten Ohren unter ihren Puschelkappen, die sie – große Ausnahme – im Partnerlook trugen. Wir machten oft Ausflüge in der Stadt. Wir stiefelten dann in Hinterhöfe, die auch nicht anders aussahen als unserer, suchten Künstler in Fabriketagen auf oder kramten bei Antiquitätenhändlern in Kreuzberg oder Neukölln. In einen Park oder in den Wald gingen wir nie, Natur war nach Klaus' Auffassung überflüssiges »Grünzeug«. Wiebke und Klaus suchten gezielt die merkwürdigsten Höfe, Hallen, Remisen, Keller und Verschläge in der Stadt auf, um dort herumzustöbern und mit alten Fotografien, riesigen Schrauben, schweren Metallkugeln oder Bildern, auf denen nur eine Hand oder ein Fuß zu sehen war, wieder nach Hause zu fahren.

»Wo geht's diesmal hin?«, gähnte Falk.

Er war gestern auf einem No Wave-Konzert gewesen und erst um sechs Uhr morgens nach Hause gekommen. Sein Gesicht war noch blasser als sonst.

»Nach Kreuzberg, zu Kabir.«

»Wer oder was ist das?«

»Schtt!« Klaus bedeutete mir und Falk, still zu sein. Wir hörten im Autoradio, dass Ronald Reagan Berlin besuchen würde. Vom 9. bis 11. Juni sollte er in der Stadt sein und im Schloss Charlottenburg sowie am Checkpoint Charlie eine Rede halten. »Das passt dem so, seine Raketen hier bei uns zu parken«, murmelte Klaus.

»Ist der nicht letztes Jahr angeschossen worden?«, fragte Falk mit einem Gähnen. Raketen waren langweilig, davon hört man jeden Tag. Attentate waren spannender. Wenn man Reagan im Fernsehen sah, sah er immer aus, als käme er gerade aus dem Urlaub. Es hatte ihn wohl nicht groß aus der Bahn geworfen.

»Ich bin ja keine Wirtschaftsexpertin …«, begann Wiebke. Niemand widersprach. Etwas gereizt ob dieses um sich greifenden Schweigens fuhr sie fort: »Aber diese Trickle-Down-Theorie ist das Dümmste, was ich je gehört habe. Also diese absurde Theorie, auf die sich Leute wie Reagan berufen, besagt, dass der Wohlstand der Reichen in die unteren Gesellschaftsschichten ›durchsickert‹. Als wäre das vergleichbar mit Niederschlagswasser oder so. Gesteinsschichten. Der Dünger erreicht auch die Wurzel.«

Bei diesem Vergleich runzelte Klaus die Stirn. Der angedeutete Ausdruck »die Wurzel des Volks« behagte mir auch nicht, aber mit Wiebke am Steuer sollte man keinen Streit riskieren. Außerdem hatte sie wahrscheinlich Recht mit ihrer Kritik dieser merkwürdigen Sickertheorie. Genauso gut könnte man behaupten, dass Armut hochsteigt, sich nach oben rankt und um sich greift – wie Kletterpflanzen. Ich würde diese Climbing-up-Theorie mal in Politischer Weltkunde vorschlagen. Und um dem Problem der aufsteigenden und um sich greifenden Armut Herr zu werden, müsste man dann natürlich noch die Julonomics einführen. Als da wären: Anhebung der Steuern, Haushaltserhöhungen für alles Soziale, mehr Abgaben für die Industrie, Abbau der Rüstung.

»Worüber denkst du nach?«, fragte Falk mich jetzt.

»Über die Julonomics.«

Einen Moment stutzte er, dann breitete sich ein diabolisches und gleichermaßen zärtliches Lächeln (diese Mischung bekam nur mein Bruder hin) auf seinem Gesicht aus.

»Lass uns später auf meinen Hochbett besprechen, ob die mit den Falkonomics kompatibel sind.« Er nahm meine Hand und drückte sie.

Schließlich parkten wir vor einer verwilderten Wiese. Einige bunte Holzhäuschen, die wie Zirkuswagen aussahen, standen hier herum. Eine Frau saß auf den Stufen und spielte Mundharmonika. Wir liefen auf ein Haus neben der Wiese zu, suchten in der Durchfahrt nach Klingelschildern, marschierten in den Hinterhof. Wiebke und Klaus schauten ratlos umher. Mir wurde langsam kalt. Mein Wollpulli sah wärmer aus, als er war, Wiebke hatte zu große Maschen gestrickt. Von einer Hauswand lief Wasser herab; die Mauer war schon ganz grün. Zwischen hohem Gebüsch konnte ich eine versiffte Couch und ein ausrangiertes Kettcar ausmachen. Gerade krabbelte eine Ratte auf den Fahrersitz. Sie war wirklich groß; mit ihrem Ludwig-Erhard-Bauch würde sie sogar die Rattenlochratten in die Flucht schlagen.

Wiebke und Klaus liefen ziellos umher. Beide hatten einen verlorenen Gesichtsausdruck, der mir auf mehr als nur die gegenwärtige Situation hinzudeuten schien. Schließlich gingen wir in den angrenzenden Hof und in noch einen. Und dann in noch einen. Mein Gott, würden wir hier je herausfinden? Wo waren wir? Was, in aller Welt, suchten sie? Für eine Sekunde wünschte ich mir zu sterben. Einfach so. Nicht mehr da sein, nicht mehr glücklich sein wollen, nichts mehr suchen müssen, nichts – *I'm so tired … of all …* Wiebke und Klaus hielten sich wie Kinder an den Händen, blickten sich gegenseitig unsicher, aber auch erwartungsfroh an. Für eine Sekunde schossen mir Hänsel und Gretel durch den Kopf. Irgendwo hier, versteckt, wartete die Hexe in ihrem zerbombten Berliner Knusperhäuschen auf Kläuschen und Wibi. Für einen Moment spiegelten wir vier uns in einer Scheibe, die an eine Brandmauer gelehnt stand und mit Graffiti übersät war. Wie unterschiedlich wir doch aussahen, von dick (Wiebke) bis dünn (wir anderen drei), von sehr langen, gewellten roten Haaren (Wiebke), schwarzgefärbten Zotteln (Falk), blonden Langweilerhaaren (ich) zu hellblonden Strubbeln (Klaus).

»Wo ist es denn nun endlich?«, fragte Falk müde. Kunst wirkte auf ihn anders als auf The Wiebkes and the Klauses. Was sie aufputschte, schläferte ihn ein. Übellaunig blieb er vor einem stacheligen Gebüsch stehen. »Ich gehe nicht mehr weiter!«

»Dann verpasst du Kabir – er schreibt wunderbare Geschichten und ist ein faszinierender Mensch!« Wiebke blickte Falk aufmunternd an und kniff ihm zur Bekräftigung ihrer Worte beherzt in den Oberarm. Sie machte das gern, mit Nachdruck in den Arm kneifen.

»Und jetzt wisst ihr nicht, in welchem Hinterhof dieser Kabi-Kiba, oder wie der auch heißt, wohnt.« Falk ließ nicht locker.

Wiebke und Klaus antworteten nicht. Sie spazierten Hand in Hand in den nächsten Hinterhof. Ich wusste nicht mehr, in den wievielten Hof wir spaziert waren, sie zweigten unerwartet voneinander ab, ein Hof führte zu einem Teich und einigen Holzverschlägen, die mich an Norwegen, aber nicht an eine Großstadt erinnerten. An der unverputzt in den Himmel ragenden Brandmauer stand, von falkhohem Gebüsch fast verdeckt: *Nach dem Dritten Weltkrieg kann niemand mehr bis vier zählen.*

Ich folgte meinen Eltern in einigem Abstand. Im letzten Hof erwartete uns ein riesiger Schuttberg, auf dem eine Skulptur thronte, die jemand aus mehreren Warndreiecken, Bettfedern, Mullbinden und Verbänden geschustert hatte. Neben der Skulptur lag ein regennasser halb offener Karton, aus dem Legosteine herausgefallen waren. Wiebke und Klaus waren begeistert und fotografierten die Skulptur, dann kickten sie wie Kinder gegen die Legosteine.

Ich freute mich über ihre gute Laune. Schließlich liefen sie zurück in die anderen Höfe und schossen weitere Fotos. Sie machten akrobatische Verrenkungen, gingen in die Hocke und sprangen in die Luft.

Klaus stieg auf einen Haufen alter Fernseher und krabbelte in einen zugemüllten Einkaufswagen. Es war geradezu rührend, wie er jedes Mal seine Lederschuhe mit einem Taschentuch abrieb und seine Hosenbeine abstaubte. Einmal blieb er stehen, hob eine bunte Glasscherbe auf und starrte sie lange mit verzücktem Gesicht an. Auch wenn wir Kabir nicht besuchten: Wiebke und Klaus schienen gefunden zu haben, was sie suchten. Zumindest für heute, für den Moment.

Wir fuhren noch zu einem anderen Gebäude, von dem nur die Grundmauern standen. Die Backsteinmauern schienen graue Häubchen zu tragen, so viel Taubendreck lag auf ihnen. Ich fragte mich, ob diese Ruine noch aus dem Zweiten Weltkrieg stammte oder aus früheren Zeiten? Möglicherweise wussten Wiebke und Klaus das, aber ich fragte sie lieber nicht, weil sie solche Fragen grundsätzlich nur in Form von endlosen, belehrenden Monologen beantworteten.

Wir stiegen alle wieder aus und stromerten auf dem Gelände herum. Überall lagen Ziegelsteine; das Gras war braun, nicht grün. Klaus schien etwas zu suchen, einmal kniete er sich sogar nieder, um durch eine Öffnung in einer der Mauern zu starren. Dabei machte er ein Gesicht wie ein kleiner Junge.

Falk stapfte erst unschlüssig zwischen den Grundmauern herum, dann schien er etwas entdeckt zu haben. Jetzt sah ich auch, was es war: Auf einem kleinen Mäuerchen lag ein aufgeschlagenes *Mad*-Heft. Interessiert trat er näher und streckte eine Hand aus, da bequemte sich eine Ratte auf das Mäuerchen und legte besitzergreifend eine Pfote auf das Heft. Mein

Bruder kapitulierte sofort. Die Ratte wandte ihren Kopf hin zu einem dunklen Loch und gab einen gellenden Pfiff von sich. Im nächsten Moment saßen drei Ratten auf der Mauer. Falk und ich trabten zurück zu unserem Scirocco, auf dessen Windschutzscheibe während dieser halben Stunde drei fette Taubenhaufen gelandet waren.

Kaum saßen wir alle wieder im Auto, wurde die Straße von Polizisten abgesperrt. Wiebke hielt an. Vor uns schien eine Demo stattzufinden. Es war laut, überall wurde herumgebrüllt, und in der Luft hing ein stechender Geruch – Tränengas. Wir sahen viele schwarz gekleidete Leute, die in Kettenformation liefen. Auf einem Plakat erhaschte ich das Wort *Häuserkampf*. Ich überlegte, wann ich das in einem anderen Zusammenhang gehört hatte. *Häuserkampf*. Hatte Klaus das gesagt? Ich bekam es mit der Angst zu tun, aber Falk stieg aus und stellte sich direkt hinter einen Polizisten. Er rückte ihm richtig auf die Pelle. Wiebke und Klaus blickten vom Auto aus unsicher zu ihm hin. Da drehte sich der kleine, beleibte Polizist um, hob den Kopf zu Falk, dem Hünen, und rief: »Verschwinde!«

Falk schüttelte langsam und scheinbar unendlich betrübt den Kopf: »Ich mache das Gleiche hier wie Sie: zugucken. Ich wollte aber keineswegs den in europäischen Gefilden üblichen körperlichen Mindestabstand unterschreiten. Wie wir hier sehen, halten sich Ihre Leute strikt daran.«

Vor uns fingen die ersten Polizisten an, auf Demonstranten einzuknüppeln, die in Ketten vor und zurück liefen.

»Ihre Jungs haben keine Nerven«, fuhr Falk fort, »die sollten sich mal ein Beispiel an ihren Vätern mit ihrer Wehrmachtsschulung nehmen! Die würden sich nicht mit Gummiknüppeln herumplagen, sondern gleich schießen!«

Der kleine Polizist drehte sich ganz zu Falk um und starrte

verblüfft zu ihm hoch. Mein Bruder ging schulternzuckend zurück und stieg zu uns ins Auto. Seine langen schwarzgefärbten Haare wurden von Tag zu Tag verfilzter. Wiebke und Klaus warfen Falk verdruckst anerkennende Blicke zu.

Auf der Weiterfahrt erzählte Klaus etwas von »Kunst am Bau«, gab aber zu, dass er sich mit dem Grundstück geirrt habe.

»Aber dieses war doch auch schön«, sagte Wiebke und tätschelte ihm versöhnlich den Beifahreroberschenkel.

Dass Klaus so ungern Auto fuhr, war schon etwas merkwürdig. Umweltverschmutzung, Lärm – die Argumente von Freunden meiner Eltern, die kein Auto hatten oder bewusst nur selten Auto fuhren wie Anna, galten für Klaus nicht. Er störte sich nicht an langen Autofahrten in den Urlaub, aber heute, hier in Berlin, wäre ihm eine U-Bahnfahrt lieber gewesen. Seiner Meinung nach war das Autofahren eine unurbane Angelegenheit, etwas für die Provinz. Dort kam man ohne Auto nirgendwohin und brauchte selbst zum Briefkasten oder zum Supermarkt vier Räder. Die einzig wahren Fortbewegungsmittel in der Großstadt waren für Klaus die eigenen Beine und die öffentlichen Verkehrsmittel. Er liebte Stadtspaziergänge und legte in dieser Hinsicht eine erstaunliche Ausdauer an den Tag. Und er liebte die U-Bahn und die großen Doppeldeckerbusse. Vom Fahrradfahren hielt er nichts – das erinnerte ihn irgendwie auch an die Provinz. Manchmal hatte ich trotz dieser schlauen Rechtfertigungen den Verdacht, dass Klaus sich vor allem davor fürchtete, als Radler – aus der Provinz – inmitten all der Berliner Autofahrer unterwegs zu sein. Über die hatte schließlich schon der letzte Verkehrspolizist aus der Kanzel am Ku'damm gesagt: »Dit sind doch keene Autofahrer, sondern allet nur Führascheinbesitza«, und darauf berief sich Klaus nur zu gern.

Auf unserer Rückfahrt am Martin-Gropius-Bau vorbei sahen wir die Mauer. Falk, der die ganze Zeit mühevoll versuchte, halbwegs bequem zu sitzen, und nicht wusste, wo er seine langen Beine lassen sollte, murmelte unwirsch: »Das blöde Ding wird noch mal einstürzen.«

Im Rückspiegel sah ich Wiebkes und Klaus' erstaunte Gesichter.

»Na, das Ding ist doch baufällig. Wegen schlechter Wartung stürzt die Mauer irgendwann einfach ein. Brösel, brösel, bestimmt. Und dann kann der Berliner endlich wieder seine Beine ausstrecken.«

Ich kicherte. Im Rückspiegel sah ich die Lachfalten um Wiebkes Augen. Im nächsten Moment spürte ich Falks heißen Atem in meinem Nacken, seine Schneidezähne berührten meine Haut. Und schon tat ich ihm den Gefallen und quiekte panisch, bevor er »*The crocodile is coming*« sagen konnte.

Doch dann drehte ich mich blitzschnell um: »Ameisenattacke!«

»Nein, Jule, bitte nicht!« Mein Bruder, der Ein-Meter-neunzig-Mann mit dem durchdringenden Blick, winselte und sah mich mit einem seltenen Anflug von Unterwürfigkeit an. Flink krochen meine Finger unter seinen Pullover. Mein Bruder war so dünn, dass er meinen Kitzelattacken wehrlos ausgesetzt war. Er quiekte dreimal so laut wie ich eben und ruderte wild mit seinen langen Armen herum. Ein paar Zottelhaare flogen mir ins Gesicht.

Erst nach einem dröhnenden »Ruhe hinten!« von Wiebke, die Lärm im Auto nicht ertragen konnte, sofern sie ihn nicht selbst produzierte, brach ich das Gekitzel ab. Falk seufzte erleichtert. Während ich mich in meine Ecke auf der Rückbank kuschelte, freute ich mich, dass die Ameisenattacke immer noch wirkte.

Zoo – Unspezifisches Merkwürdigsein

»Wir gehen zum Zoo«, hieß es früher an Ausflugstagen immer. Wenn wir nicht auf dem Hof spielten, gingen wir in den
Zoo. Wiebke hatte eine Jahreskarte für uns, und zusammengenommen verbrachten wir wahrscheinlich Monate dort.
Der Berliner Zoo schien uns riesig, kaum hatten wir den Eingang passiert, verschwanden wir. The Wiebkes and the Klauses hatten keinen Kontrollwahn – es reichte ihnen zu wissen,
dass der Zoo einen Zaun hat und wir darin nicht verloren
gehen konnten. Der Zoo war ein gigantischer, in die Jahre
gekommener Abenteuerspielplatz für uns. Die Geräte auf
dem Spielplatz waren so verrostet oder blank getreten von
Tausenden kleiner Kinderfüße, dass man ihre ursprüngliche
Farbe nur noch erahnen konnte. Ab und zu klangen aus diesem verwilderten Labyrinth exotische Laute.

Es gab eine stillschweigende Übereinkunft zwischen den
Eltern und uns: dass sie sich nicht um uns kümmerten, wenn
wir im Zoo waren. Wiebke setzte sich mit einem Buch oder
einer Übersetzung auf eine der wackeligen Sitzbänke, Klaus
las Zeitung oder hörte Miniradio, und wir ließen uns die
nächsten zwei Stunden lang nicht blicken. Zu einer verabredeten Zeit traf man sich am Ausgang. Weder das erwachsene
Begleitpersonal (meine Eltern lösten sich mit Anna oder Frau
Hülsenbeck ab) noch die Kinderschar interessierte sich besonders für die Zootiere.

Später wunderte ich mich, dass ich als kleiner Biologiefan
nicht mehr Begeisterung für die Tiere aufbringen konnte,
aber im Raubtierhaus roch es übel, die Robben waren träge,
Vögel fand ich blöd, nur Pinguine mochte ich gern. Die waren munter und flink und faszinierten mich mit ihren raschen

Kopfsprüngen. Davon abgesehen interessierte ich mich eher für Geographie, für merkwürdige Landschaften. Und nicht für stinkende gekachelte Räume, die wie große Toiletten aussahen.

Hin und wieder gingen wir mit unserer Kombikarte auch ins Aquarium. Mindestens jedes dritte Mal erzählte uns Wiebke, dass Oma Helene ihr als Kind auch die Kombikarte gekauft habe, was mich jedes Mal aufs Neue verwunderte. Denn ich konnte mir das damalige Berlin nicht vorstellen – mir war nur die Trümmerlandschaft gegenwärtig, wie ich sie auf den vielen bedrückenden Schwarzweiß-Aufnahmen in Bildbänden meiner Eltern gesehen hatte. Doch damals war Wiebke auch schon in den Zoo gegangen – und die Gedächtniskirche war keine Ruine. Und die Mauer gab es nicht, der Alexanderplatz lag in derselben Stadt.

Im Aquarium verschwanden wir, kaum hatten wir die Kassen passiert, in den langen dunklen Fluren. Ich mochte den Zustand permanenter Dämmerung im Aquarium sehr, und auch Falk fühlte sich wohl. Die Tiere guckte er sich fast nie oder aber übertrieben genau an. Entweder er saß irgendwo im Dunkeln auf einer Bank und lächelte still und glücklich vor sich hin, oder er hing vor einem Glaskasten mit kopulierenden Fröschen und konnte seinen Blick nicht von ihnen wenden. Andere Besucher, die sich bisweilen über sein Dauerglotzen mokierten, beachtete er nicht.

Das Einzige, was wir uns beide nach Möglichkeit nicht entgehen ließen, war die Krokodilfütterung. Einmal die Woche mittags um eins erschienen zwei Wärter in blauen Overalls auf der kleinen Brücke, die direkt über das Krokodilgelände führte, und warfen Fleischstücke zu den trägen Viechern hinab, die ihre Trägheit blitzschnell ablegen konnten. Dies gefiel Falk ungemein. Vielleicht erkannte er darin sein unberechenbares Verhalten wieder. Einmal hob er mich plötzlich während der Fütterung in die Luft – und erregte damit die Aufmerksamkeit der Krokodile, die ihre Köpfe, vielmehr: ihre geöffneten Rachen – in meine Richtung drehten und darauf zu warten schienen, dass der nett herumzappelnde Happen aus dem Baum geschüttelt werden würde. Ich schrie wie am Spieß, und Falk erhielt von der Aquariumsdirektion ein halbes Jahr Hausverbot. Ich heulte auf dem ganzen Rückweg und bekam von Wiebke zwei Bonbons auf einmal (Falk: keins).

Seit diesem Vorfall, der nun schon einige Jahre zurücklag, ärgerte Falk mich damit, dass er sich von hinten an mich heranschlich und »*The crocodile is coming*« flüsterte. Wenn ich dann nicht sofort weglief, biss er mir in den Nacken oder die Schulter. Als Gegenwaffe erfand ich – ein typischer Fall von David-und-Goliath-Logik – eben die Ameisenattacke. Überall war ich mit meinen Fingern, in seinen Kniekehlen oder in seinen Rippen, und schneller als er denken konnte, fummelte ich an seinen Nasenlöchern und in seinen Ohren herum. Ich hatte eine sehr effektive Technik entwickelt, die »Kolibritechnik«, die darin bestand, mit meinen Fingern unglaublich rasche unruhige Bewegungen zu machen, eine Mischung aus Kitzeln, Zupfen, Stechen, Pieksen, Krabbeln, kurz: sehr effektives Nerven. Tatsächlich gelang es mir im Laufe weniger Monate, mit meinen Ameisenattacken in Kombination mit der Kolibritechnik die Krokodilangriffe meines Bruders fast vollständig zum Erliegen zu bringen.

Als die anderen nach oben in die Wohnung gingen, stiefelte ich noch zum Rattenloch. Durch die Holzlatten sah ich den Hauser. Er saß mit dem Rücken zu mir auf der Ariel-Tonne, und er war nicht allein.

Direkt neben dem Rattenloch hatte vor einem halben Jahr das *Marano* aufgemacht, aber Fiona, Isa und ich nannten es *Amore*, denn an den kleinen Tischen mit dem sanften Kerzenschein saßen, wie uns schien, stets nur Liebespaare. Doch der Hauser und seine Begleitung machten es sich offenbar lieber im Rattenloch gemütlich. Irgendwo weiter hinten vor der Brandmauer meinte ich einen Mann zu sehen, der sich an der alten Schreibmaschine zu schaffen machte. Vielleicht der Olk? Ich hielt mich hinter einem winterlichen Buschgerippe versteckt. Der Hauser sah mich nicht, er schob seine Hände unter den silbernen Anorak der Frau. Sie warf ihre langen blonden Haare in den Nacken.

Sie knutschten eine Weile herum, dann stand er auf und kramte in seinem Rucksack. Er stellte sich auf einen der Erdhügel und zündete zwei, drei Silvesterraketen. Goldregen. Im Licht der verglühenden Rakete las ich an der Brandmauer: *Wenn jeder an sich denkt, ist an alle gedacht.* Der Hauser und seine Geliebte fassten sich an den Händen und tanzten Ringelreihen, dann schleckten sie sich wieder ab.

Nachts blieb sein Zimmer dunkel.

Auf dem Schulweg am nächsten Tag sah ich Herrn Adán eine Karte mit »Heimischen Giftpflanzen« ins Schaufenster stellen. Er lächelte mich an und winkte mir zu. Sein Lächeln hatte eindeutig mir gegolten, nicht Fiona, die hübscher war als ich, oder Isa, die erwachsener wirkte. Wahrscheinlich hatte es ihm geschmeichelt, dass ich so viel über seine Heimat wusste.

Fiona stieß mich in die Seite. Ein Künstlerpaar, mit dem Wiebke und Klaus befreundet waren, huschte hastig, Hand in Hand, hinter den Vorhang zur Peepshow. Die letzte Nacht hatte wohl auf beiden Seiten einige Wünsche offengelassen.

Als wir auf dem Oberdeck des Busses auf »unseren« Sitzen über der Heizung saßen, fragte ich mich wieder, ob Klaus wohl neulich wirklich in der Peepshow gewesen war. Ihn einfach zu fragen, traute ich mich nicht. Es gab mir zu denken, dass auch Leute, die er gut kannte, da hineingingen, nicht nur Olks und Kanze ...

Dann dachte ich daran, wie der Hauser diese blonde Frau im Rattenloch geküsst hatte. Ich war mir nicht sicher, ob ich eifersüchtig war. Wollte ich die Freundin vom Hauser sein oder selber ein bisschen wie der Hauser?

Ich hätte an diesem Morgen über viele interessante Dinge weiter nachdenken können, wenn mein Gehirn nicht durch sinnfreien Unterricht kurzzeitig in den Vorruhestand geschickt worden wäre. Wir mussten verschiedene Farbexperimente machen. Aus einer roten Flüssigkeit sollte durch Dazuschütten einer anderen Flüssigkeit eine durchsichtige werden – Gott sei Dank hatte ich mir nichts davon gemerkt, denn das Experiment funktionierte nicht, und am Ende standen wir alle vor kackbraun gefärbten Berliner Dreckspfützenröhrchen. Da hätte ich auch Regenwasser von einem eingedellten Mülltonnendeckel bei uns im Hinterhof nehmen können.

Herr Knecht hatte natürlich irgendeine Erklärung für das Missgeschick parat, aber ich hörte nicht mehr zu. Immerhin hatte er mich heute wegen seiner Kurzsichtigkeit mit Claudia verwechselt. »Claudia, geh du doch mal zur Isa in die gleiche Arbeitsgruppe, damit Julika und Isa nicht so viel tuscheln.« Herrn Knechts Ohren funktionierten besser als seine Augen.

Nach dem Abendbrot, das heute aus Wiebkes und Klaus' lautem Nachdenken über die Folgen des Nato-Doppelbeschlusses bestand, schaute ich zum Hauser rüber. Die Fenster waren dunkel. Ich sehnte mich nach seinem flimmernden

orangefarbenen Licht in unserem Hof. Es zischte und sprudelte in meinem Wasserglas, wenigstens sah meine Waldmeisterbrause wie Wasser aus einem Urwaldteich aus. Dazu
lutschte ich noch grünes Wassereis, das Wiebke und Klaus
nur höchst widerwillig für uns kauften, weil es »keinerlei Vitamine« enthielt, so Wiebke, und weil die wurstförmigen
Plastikschläuche, in denen es verkauft wurde, »unappetit-
lich« aussähen, so Klaus. Ich beobachtete, wie Herr Pech in
Hausschuhen mit zwei Mülltüten über den Hof trippelte.
Wie immer warf er die Hälfte daneben. Menschen brachte er
in Schwierigkeiten, wenn ihre TÜV-Plakette abgelaufen war,
Ratten ernährte er. Vielleicht war er kurzsichtig. Vielleicht
warf auch Herr Knecht seinen Müll neben die Tonnen. So
fing es mit dem Altwerden wahrscheinlich an. Von gegenüber
konnte man lautstark eine Operette hören. Im Fenster zeichnete sich eine neongelbe Erscheinung mit Bratpfanne ab, die
schwankende Tanzbewegungen ausführte. Fred wieselte aufmerksam um sie herum. Von fernen Höfen drang ein unter-
gründiges Dosenkickgeräusch zu uns.

   In dieser Nacht versuchte ich, mit einer Meditationskas-
sette von Wiebke einzuschlafen. Aber es gelang nicht. Die
von einem Sitarduo untermalten Walfischgesänge bereiteten
eher Kopfschmerzen als Entspannung. Walfischen sollte man
kein Mikro vor die Barten halten.

   Mit schweren Beinen stand ich auf, nahm meinen Atlas,
der auf dem Nachttisch lag, und lernte die Namen von geheimnisvoll klingenden Flüssen in Patagonien auswendig.
Río Negro, Río Limay, Río Neuquén, Río Chubut, Río
Chico, Río Deseado … Warum hing Isa immer mit diesen
primitiven Leuten aus der Schule rum? Der Hauser dagegen
war doch bestimmt ein weitgereister Mann? Ich weiß es
nicht, ich weiß gar nichts … Jetzt möglichst still liegen blei-

ben. Keine Bewegung. Wenn, dann nur in Zeitlupe ... Die Welt dreht sich und dreht sich, immer langsamer, nichts passiert mehr, alles still ... Stillstand ... Einschlafen.

Verdammt. Es klappte einfach nicht. Ich hievte mich aus dem Bett, um mir einen Schluck Wasser zu holen. Der Allibert stand halb offen; als ich die Tür berührte, fiel mir eine kleine Packung entgegen. Auf die Pappschachtel hatte Wiebke mit schmierigem Kugelschreiber geschrieben: »Viermal so stark wie Adumbran«. Adumbran war ein Beruhigungsmittel. Neugierig betrachtete ich das braune Glasdöschen. Dicke, weiße Tabletten, die wie Bohnen aussahen. Ich nahm einen Schluck Wasser, weg war die Bohne. Nach einer Stunde lag ich immer noch wach. Ich hatte Ohrensausen, und meine Glieder fühlten sich schwer an. Doch ich blieb wach.

Der Hauser kam mit einer Frau in engen, roten Lederhosen mit einem schmalen silbernen Gürtel und einer winzigen, silbernen Handtasche über die Straße geschlendert, einer hübschen Proletenrockerin – das war kein Traum, nein, ich stand schlaftrunken mit meinem Minifernglas in der Dämmerung am Fenster. Die Frau hatte kurze Haare, es war nicht die gleiche, mit der ich ihn im Rattenloch gesehen hatte.

Sie lachten beide. Wie breitbeinig der Hauser ging. Sein Bauchansatz über der großen Gürtelschnalle, die die Form eines Löwen hatte. Er klatschte wild in die Hände, zappelte herum, lief im Kreis. Die Frau lachte, schüttelte den Kopf und küsste ihn auf den Mund. Er zog seinen Schlüsselbund hervor, dann verschwanden sie in der Durchfahrt. Wer die Frau wohl war? Seit wann der Hauser sie wohl kannte? Seit kurzem? Hatte er der Rattenlochblondine den Laufpass gegeben, oder war er parallel mit beiden Frauen liiert? Ich fiel müde ins Bett. Pokale stürzten von Regalen, Frau Hülsenbeck stand am Flughafen Tempelhof und musterte Rockstars aus, Melanie kaute Himbeerkaugummi, während sie den anderen ihre neuen Rollerskates zum Bewundern hinhielt. Anna flüsterte »Libertad, Libertad«, während sie einen nackten Mann, der wie ein Indio aussah, küsste, Fiona trug einen riesigen flamingofarbenen Hut und sagte: »Den hat mir das Ekel aus der Peepshow mitgebracht …«

Als ich am nächsten Tag nach der Schule in meinem Zimmer saß und einen Beitrag von Falk in der neuen Ausgabe des *Stacheldraht* las (Titel: »Tag Y, hat es das gebracht?« – es ging um die kurzzeitige Besetzung eines Hauses in der Goebenstraße), stürmte Wiebke herein: »Kleines, ich muss zu einem Vortrag ins Völkerkundemuseum! Bin sozusagen nicht mehr da – kannst du die Flaschen wegbringen!«

Ein »Bitte« wäre auch nicht verkehrt. Ich überlegte noch, was ich von Falks neuem Pseudonym – Zauberpilz – halten sollte und beobachtete Wiebke, wie sie mit dem schweren Türschloss kämpfte, das aussah wie aus dem vorletzten Jahrhundert, und dabei immer wütender wurde. Der Schlüssel dazu war riesig und hatte bisher in jede Jackentasche von mir ein Loch gerissen – außer in die des hässlichen Regencapes. Anstatt über das Schloss zu schimpfen, brüllte Wiebke erneut: »Flaschen wegbringen!«

Ich hatte meine Mutter sehr gern, aber manchmal fragte ich mich, warum ausgerechnet sie auf die Idee gekommen war, Falk und mich in einen antiautoritären Kinderladen zu schicken.

Ich stöhnte auf und schlurfte in die Küche. Zwei Minuten später lief ich mit Klaus' unzähligen Weinflaschen auf die Straße in Richtung Fasanenplatz. Da stand der Hauser. Ohne Silberne Handtasche, wie ich die Frau von gestern nannte. Er warf Flaschen in den Container und schien sich einen Spaß daraus zu machten, die kleinen runden Öffnungen zu treffen. Zwei, drei Flaschen kullerten zu Boden, ohne kaputtzugehen. Die hob er auf und warf erneut. Ich blieb in einigem Abstand stehen. Plötzlich rief er: »Fangen!«

Ich zuckte zusammen und hielt auf einmal eine Schultheiß-Flasche in den Händen. Er bedeutete mir mit einem Wink, dass ich mich neben ihn stellen solle. Ich hob den Arm.

»Biste Linkshänder?«, wollte er wissen.

Ich nickte.

»Hey, originell«, murmelte der Hauser. Ich fragte mich, was daran originell sein sollte. Dann versuchte ich, so gut ich konnte, zu zielen. Die Flasche schlug scheppernd gegen den Container und zersprang auf dem Boden. Erschrocken starrte ich auf den Scherbenhaufen. Der Hauser drückte mir gleich eine neue Flasche in die Hand. Wieder traf ich nicht. Er lachte und gab mir die nächste Flasche. Bei der vierten schaffte ich es, und er klopfte mir kurz auf die Schulter.

Hinter meinem Rücken hörte ich ein vertrautes Geräusch, jemand trat näher und zog seinen Rotz hoch. Der Hauser sprach mir jetzt ins Ohr: »Dis deen Bruda, oda? Der Hüne mit so vafilzte ...«

»Jaja.«

Wenn Falk bloß mein Gespräch mit dem Hauser nicht störte! Aber die Schritte entfernten sich und das unverwechselbare Schnauben mit ihnen.

»Und was machen wir damit?«, fragte ich und deutete auf die Scherben. Der Hauser zuckte bloß die Schultern. Dann stapfte er fort, ohne »Tschüss« oder »Bis zum nächsten Mal« zu sagen.

Später, zu Hause, konnte Falk sich ein »ich habe dich vorhin beim Tête-à-tête mit dem Hauser gesehen« nicht verkneifen.

Nach dem Abendbrot, das hauptsächlich aus Wiebkes Vortrag über die Vorteile des Kochens mit dem Römertopf bestand, verzog ich mich in mein Zimmer und guckte mir wieder einmal Patagonien in meinem Atlas an. Leise flüsterte ich die spanischen Namen von Bergen, Flüssen und Ortschaften vor mich hin. Vielleicht könnte ich ja nach dem Abi dort hingehen und seltene Pflanzen finden. Dann werde ich berühmt mit Fotos – Naturfotos, die Klaus langweilig finden wird. Ob der Hauser wohl mal im Süden Südamerikas gewesen ist?

Nachts sah ich ihn mit der Frau, mit der er gestern in der Nacht so spät nach Hause gekommen war. Sie gingen lachend über unseren zugerümpelten Hof, und auf einmal setzte sie sich auf eine Brust vom Kanz und zog den Hauser an seiner Gürtelschnalle zu sich heran.

Ein paar Minuten später ging das Licht in seinem Zimmer an. Dann standen sie beide vor der Hawaiitapete. Es sah aus, als würde das Motorrad ihnen gehören, sie verdeckten das Paar auf der Tapete. Dann legten sie sich an den Strand. Sie zog sich ein Kleidungsstück nach dem anderen aus, erst ein pinkfarbenes Sweatshirt mit Netzeinsatz, dann einen schwarzen BH ... dann wurde es mit einem Schlag Nacht auf Hawaii.

Ich starrte in die Berliner Finsternis. Bei Oma Helene sah man Sterne am Himmel, bei uns nicht.

»Das liegt am Smog!«, meinte Wiebke.

»Unsinn, das ist normal im Zentrum einer Großstadt, da gibt es zu viele Lichtquellen«, pflegte Klaus dann zu antworten.

Ich ging in unsere Küche, rührte mir eine Waldmeisterbrause an. Ich befand mich auf einem Floß auf dem Río Grande.

Nach einer Weile trat ich ans Fenster. Beim Hauser war

wieder Licht an. Unter dem lustigen Spruch mit den Gummibärchen stand jetzt: *Weg mit den Kondomen – Freiheit für das Sperma!*

Dieser Idiot. Wusste er, dass ich ihn beobachtete?

Als ich im Bett lag, überlegte ich, dass ich trotz meines roten Buchs fast nichts über den Hauser wusste. Ich kannte nur all die Gerüchte von den Leuten aus dem Haus, geredet hatte ich kaum mit ihm.

Auch in diesem Jahr hatte Klaus klare Vorstellungen davon, wie er seinen Geburtstag verbringen wollte, und zwar allein, ohne uns. Jahr für Jahr verschwand er an seinem Geburtstag und kam erst gegen Mitternacht wieder.

Die Bescherung fand am nächsten Tag, nach seinem »Kurzurlaub«, statt. Er war dann meist sehr aufgeräumt, brachte Torte mit und schenkte uns allen etwas. Dann erzählte er uns auch, was er unternommen hatte. Einmal hatte Klaus seinen Geburtstag im Botanischen Garten verbracht. Ein anderes Mal hatte er mit einer Sondergenehmigung verschiedene alte Bunker in Berlin besichtigt.

Als ich morgens aufstand, war Klaus schon verschwunden. Wiebke und Falk hockten müde am Frühstückstisch. Falk hatte in mehreren Etappen Kohle aus dem Keller nach oben geschleppt und pustete sich, während er Musik hörte, auf die Hände. Er hatte sie nicht gewaschen und hinterließ überall schwarze Abdrücke.

Wiebke las in einem niederländischen Jugendbuch und schüttelte dabei immer wieder den Kopf. Erst als es sehr laut aus Falks Kopfhörern knarzte, hob sie ihr Kinn und sah ihn grimmig an.

»Du Buch weg, ich Kopfhörer aus«, merkte Falk an, und Wiebke stierte noch emsiger in ihr Buch. Antigeburtstags-

stimmung. In anderen Jahren hatten wir uns gemeinsam
überlegt, wo Klaus wohl stecken könnte. Diesmal dachte ich
nur: Hoffentlich ist er nicht in die Peepshow gegangen.

Kurze Zeit später sah ich den Hauser und seine Silberne
Handtasche am Ludwigkirchplatz wieder. Es war noch kalt,
ich trug Mütze und Schal. Und weil es jederzeit, wie Wiebke
gesagt hatte, eine Husche geben könnte, mein grottenolkhäss-
liches Regencape.

Ich schlenderte eine Weile allein um die Tischtennisplatten
herum, bis Fiona kam. Wir spielten beide nicht gut, und es war
mühselig, sich ständig nach dem Ball zu bücken. Nach zwanzig Minuten mussten wir aufhören, denn wir hatten den einen
Ball zertreten und den anderen unauffindbar in eine Hecke
geschmettert. Im Gebüsch fanden wir zerfledderte Comics,
blutige Taschentücher, Spritzen, einen zerissenen Perlonstrumpf und Kondome, nur unseren Ball nicht.

Während ich im Gebüsch herumsuchte, fiel mir ein, dass
wir auf einem der »verbotenen« Spielplätze waren, also
auf einem, auf die Falk und ich früher nicht gehen durften,
weil dort angeblich zu viele Spritzen von Heroinabhängi-
gen herumlagen. Der Ball blieb unauffindbar, vermutlich
steckte er in einem Haufen Hundescheiße. Da endeten unsere Bälle oft. Und während ich mir meinen Weg zwischen
Hunde- und Taubenscheiße bahnte, liefen der Hauser und
Silberne Handtasche an mir vorbei. Sie liefen Hand in Hand,
ab und zu ließen sie sich los, dann bissen sie gegenseitig von
ihren Hamburgern ab. Die Handtasche hatte blond ge-
färbte, dauergewellte Haare und trug große pinkfarbene
Plastikromben als Ohrschmuck. Und eine babyrosa Stepp-
jacke. Der Hauser redete die ganze Zeit laut. Ich blieb mit
angehaltenem Atem stehen und hoffte, dass er mich nicht
sehen würde: in meinem viel zu groß geratenen, abscheu-

lichen Regencape – auf allen Vieren im Gebüsch herumkriechend.

Aber der Hauser guckte gar nicht auf den Boden, sondern fingerte am Busen seiner Begleitung rum. »Wir sind gleich zu Hause!«, rief sie laut auf der Straße und, wie ich meinte, nicht mahnend, sondern erwartungsfroh. Ich folgte ihnen im sicheren Abstand und verzog mich in unserer Wohnung gleich in mein Reich.

Schon ging das orangefarbene Licht an. Kaum waren die beiden in Hausers Zimmer angelangt, zog sich Silberne Handtasche bis auf einen übrigens silbernen BH und Slip aus und räkelte sich, wie ich fand, ein wenig albern auf dem Bett. Der Hauser beschäftigte sich eine ziemliche Weile mit seiner Stereoanlage, ging noch mal aus dem Zimmer, kam mit Bierflaschen zurück. Schließlich legte er sich in voller Ledermontur aufs Bett – Silberne Handtasche öffnete nur seinen Hosenstall und setzte sich auf ihn. Ich sah eine Weile lang ihren wippenden Brüsten und fliegenden Dauerwellenlocken zu. Von draußen erklangen von irgendwoher Sprechchöre einer Demonstration, wie mir schien, sie wurden lauter und ebbten wieder ab, dann hörte man nur noch Hundekläffen und das übliche Klappern von Kohleeimern. Es schien, als wären der Hauser und Silberne Handtasche Darsteller in einem Film – ein orangefarbener Streifen, der neben dem Film vom Alltag in der winterlichen Stadt lief, zwei Menschen, fern von allem. Ich sah sie in diesem Fenster, wie ich den aufsteigenden Mond sah, der auch zum Greifen nahe zu sein schien.

In der Schule herrschte Aufregung, weil in wenigen Tagen, am 28. Februar, zum ersten Mal eine Fernsehsendung in 3-D gezeigt werden sollte. In den Pausen fachsimpelten alle darüber. Aus der Ferne sah ich Joshua, der große Reden über die Veränderung unseres Denkens durch 3-D-Filme hielt und den Gipsarm, den er seit Neuestem hatte, bestaunen ließ. Larissa und Melanie beugten sich kichernd darüber und krakelten Herzchen in verschiedenen Farben auf die kaum noch vorhandenen weißen Stellen.

Ich schlich zu den verwaisten Tischtennisplatten, diese Pseudoexpertengespräche interessierten mich nicht. Auf einmal stand Steffen neben mir. »Gehen dir unsere schwer kenntnisreichen Cineasten auf den Keks?«

Ich stöhnte nur auf.

»Ich hab da ein Gegenmittel, um den Schulhof nicht mehr zu hören ...«

»Ohropax?«

»Nein, Kopfhörer.«

Wir setzten uns auf den Rand der Tischtennisplatte, und ich hörte mir Anthony Davis' *Suite for Another World* an. In einiger Entfernung sah ich Rolf, Melanie und Larissa eng beieinander stehen und mit dem Oberkörper wippen – ebenfalls eine stumme Walkmangemeinschaft. Auf einmal brüllten sie zeitgleich los: »*Und draußen vor der großen Stadt / stehen die Nutten sich die Füße platt!*« Einige Leute drehten sich nach ihnen um; diese Aufmerksamkeit schien ihnen sichtlich zu gefallen. Steffen grinste mich komplizenhaft an. Selten beschwingt ging ich wieder in den Unterricht.

Am Abend rückte Klaus endlich mit der Nachricht heraus, dass er seinen Geburtstag bei einem Künstler in einem Ost-Berliner Hinterhof am Prenzlauer Berg verbracht hatte.

»Ich habe sogar für jeden von euch etwas durch die Grenzkontrollen geschmuggelt! Das war ganz schön haarig!«

Klaus hatte schon ein paar Mal Kunst aus dem Osten mitgebracht. Immer hatten wir seine Beute wie Schätze einer exotischen Kultur betrachtet; kaum vorstellbar, dass diese Zeichnungen, Gemälde oder winzigen Skulpturen (Klaus konnte natürlich nur sehr kleine Dinge mitbringen) nur wenige Kilometer von uns entfernt angefertigt worden waren und eigentlich gar nicht zu uns hätten kommen dürfen.

Dieses Mal hatte Klaus für jeden von uns eine postkartengroße Zeichnung von einem Künstler, dessen Namen ich mir nicht merken konnte. Die Zeichnungen waren realistisch, was mich wunderte, denn Klaus war eigentlich nichts abstrakt genug. Auf der Zeichnung für Wiebke war eine rundliche Frau mit feuerrotem Haar und erregtem Gesichtsausdruck zu sehen – man konnte glauben, der Künstler hätte *sie* portraitiert. Auf Falks Zeichnung kauerte ein hagerer, großer, rauchender Mann in einer Straßenbahn, die nach »Pommerland ist abgebrannt« fuhr. Auf meiner Zeichnung saßen sich ein koboldartiges freundliches Wesen und ein kleines Mädchen gegenüber und machten sich gegenseitig eine lange Nase. Die Zeichnung gefiel mir sehr.

Mit Blick hinunter in unseren zugerümpelten Hof dachte ich später, dass der Ost-Berliner Hinterhofkünstler talentierter war – und weitaus sparsamer im Umgang mit Platz und Material als seine West-Berliner Pendants.

Der März kündigte sich gleich am ersten Tag mit einem neuen Graffito im Rattenloch an: *Im Märzen die Heere die Pershing bestellt.* Von heute auf morgen lagen dort ein Dutzend ausrangierter Zahnarztstühle herum, die so schnell, wie sie gekommen, auch schon wieder verschwunden waren. Einer dieser Stühle baumelte kurze Zeit später als Teil der immer riesiger werdenden *Urbanen Collage* kopfüber bei uns im Hof und war in Olkpink (so nannten Falk und ich einen bestimmten von Herrn Olk gern verwendeten Farbton) mit den bedeutungsvoll klingenden Worten *Sonnenaufgang Weltuntergang* besprayt.

An einem der ersten Märztage wurde in der *Tagesschau* berichtet, dass konservative Umweltschützer in Bad Honnef um den ehemaligen CDU-Abgeordneten Herbert Gruhl die Ökologisch Demokratische Partei gegründet hatten. Wiebke und Klaus gerieten über diese Nachricht in Streit. Wiebke meinte, dass ökologische Ziele mit Interessen der CDU wie dem »Primat der Industrie« unvereinbar wären und diese komische neue Partei zum Scheitern verurteilt sei. Klaus unkte: »In zwanzig Jahren gibt's vielleicht mal die grün-schwarzgescheckte Partei.« Falk und ich begannen vorm Fernseher herumzualbern; als Logo der Partei in spe stellte sich Falk einen Igel mit schwarzen Stiefelchen und Zylinder vor, und ich dachte mir, dass Joschka Fischer dann eines Tages im Anzug aufkreuzen würde. Aber Klaus schüttelte den Kopf. »So weit geht's dann doch nicht. Die Turnschuhe sind sein Markenzeichen, so was pflegt man doch. Sonst gerät man in Vergessenheit.«

Falk: »Ach, Blödsinn, Markenzeichen, man hat doch nicht Jahrzehnte lang das gleiche. Du trägst doch auch nicht mehr diese komischen spitzen Sechzigerjahreschuhe, die du auf den alten Fotos anhattest. Ich gehe jede Wette ein, in dreißig Jahren trägt Joschka Fischer – der ist dann wahrscheinlich längst bei der CDU – keine Turnschuhe und Petra Kelly setze sich für die Vertriebenen ein!«

Wiebke beendete die Diskussion mit den Worten: »Wir sprechen uns dann also 2012 wieder, was daraus geworden ist.«

Am nächsten Tag ging ich nach der Schule mit zu Fiona. Nach dem Mittagessen schrieben wir wie immer Briefe für Amnesty, bevor wir uns an die Hausarbeiten setzten. Es war wieder kein Gefangener aus Patagonien dabei. Als ich einmal aufstand, um mir Kandiszucker aus Fionas lilafarbenem kleinen Teeschränkchen, das neben ihrem Setzkasten an der Wand hing, zu nehmen, fiel mir zum ersten Mal das Foto auf, das Fiona zwischen kleine Eulen, Radiergummis, Muscheln, Perlen, Stummelbleistifte, Kastanien, getrocknete Blüten und steinharte Marzipanherzen gelegt hatte: Ich sah Fiona und Anna und das Ekel vor mir, wie sie gemeinsam in der Badewanne saßen, einer hinter dem anderen, nackt und braun und geradezu unverschämt fröhlich.

Als wir anschließend ein Puzzle mit einem indischen Motiv legten, klingelte das Telefon. Anna eilte über den Flur. Einen Moment später steckte sie ihren Kopf durch die Tür und sah Fiona bedeutungsvoll an.

»Das Ekel?« Fiona hob die Augenbrauen.

Anna hielt den Zeigefinger auf ihre Lippen und nickte Fiona mit beschwörendem Blick zu. Während Fiona telefonierte, stand Anna einen Meter hinter ihr, scheinbar mit dem Abstauben von Büchern beschäftigt.

Als Fiona aufgelegt hatte, packte sie große Wachsmalstifte und schönes, buntes, weiches Papier für ihre Therapie ein. »Ich freue mich schon auf gleich ... Frau Heidemann ist sowas von nett!«

»Kann ich da nicht auch mal mitmachen?«, fragte ich.

»Nee, du musst schon einen Grund haben.«

»Ach, da fallen mir viele ein. Schlaflosigkeit. Schlechte Laune. Genervtheit von Mitschülern. Unspezifisches Merkwürdigsein.«

»Weiß nicht, ob die Kasse da auch für zahlt«, antwortete Fiona ernsthaft.

Wieder in unserer Wohnung traf ich Falk in der Küche. Er riss eine Schranktür auf, stellte eine Packung Knäckebrot und ein Glas Honig auf den Tisch. Na, dann leiste ich ihm mal bei einem seiner nachmittäglichen Fressanfälle Gesellschaft … Leider hatte er, während er ein Honigknäckebrot nach dem anderen verschlang, Kopfhörer auf. Als ich es wagte, mir den von ihm gebunkerten Honig zu nehmen, rollte er mit den Augen: »*Absolvo te.*«

Von wegen. Als ich später auf meiner Matratze saß, *Yellow Submarine* hörte, im Atlas blätterte und mir die Depressionen, Gegenden auf der Welt, in denen der Meeresspiegel unter Normalnull lag, anschaute, stürmte Falk in mein Zimmer.

»Kannst du mal dieses Ikea-Gedudel abstellen?«

Wütend fuhr ich herum. »Was willst du, du bekiffter Sack?«

»Mein T-Shirt!«

»Habe ich nicht!«

»Ach … wirklich nicht?« Ohne mich zu fragen, ging Falk an meinen Schrank und rupfte wahllos Klamotten heraus. Bald lag ein riesiger Berg auf dem Boden, in dem Falk herumwühlte.

Ich kochte. Dann legte ich das *Weiße Album* auf und setzte die Plattennadel auf *Helter Skelter*. Von hinten trat ich an meinen Bruder heran. Mit einem Fuß stand er auf meinem hellblauen Wollpulli mit den Nilpferden, den Wiebke mir gestrickt hatte. Ich ging noch näher an Falk heran und gab ihm einen kräftigen Arschtritt. *And I go and I turn and I do it agggggggggaaaaaain!* dröhnten die *Beatles*. Sie konnten härter als die Stones sein, *Helter Skelter* war eine frühe Form von Punk. Von wegen Ikea-Gedudel.

Falk, der Riese, war vornüber gefallen und hielt sich

die Pobacke, er schnappte nach Luft. »Sag mal, spinnst du, Jule?«

»Ich frage mich, wer hier spinnt, du hängst dein *Geschlossen*-Schild tagelang an die Tür und latschst hier rein wie durch 'ne Fußgängerzone!« Der Spruch mit der Fußgängerzone war mir in Fleisch und Blut übergegangen.

»Du hast das Ding sowieso nicht«, murrte Falk, stapfte stirnrunzelnd aus meinem Zimmer und hinterließ einen Berg zerwühlter Klamotten. Ich setzte die Plattennadel zurück und warf mit zackigen Bewegungen zu *Helter Skelter* meinen Krempel in den Schrank.

Falk und ich würdigten uns beim Abendbrot keines Blickes. Er aß die letzte Scheibe Cervelatwurst, im Gegenzug leerte ich das Honigglas.

Klaus und Wiebke ignorierten uns und besprachen, wie unsere Sommerferien aussehen sollten. Es war zwar erst März, aber Wiebke und Klaus, die sich über elendig lange Bürokratiewege und »deutsche Planungswut« aufregen konnten, buchten unsere Ferienquartiere immer mehrere Monate im Voraus. Leider fuhren wir nie wie der Hauser nach Ibiza oder »auf die Kanaren«, nein, wir fuhren mit unserem alten Scirocco an die Nordsee, nach Dänemark oder Frankreich. Nordfrankreich, versteht sich. Diesmal sollte es in die Bretagne gehen.

Missmutig rührte ich in meinem Kakao: »Manno, ich will endlich mal fliegen! Die Leute aus meiner Klasse fliegen jedes Jahr sonst wohin. Larissa war über Weihnachten auf den Malediven. Nie fliegen wir!«

Wiebke warf mir einen genervten Blick zu: »Du hast einfach immer noch keine Vorstellung von Geld, und so jemand will erwachsen werden, Jule, vier Flüge auf die Malediven, das können wir uns nicht leisten, da kannst du dir ein halbes

Auto von kaufen. Du nimmst dir Larissa doch sonst auch nicht zum Vorbild.«

»Ich will mal auf die Kanaren fliegen! Wie zum Beispiel, äh, der Hauser.«

»Nein, das kommt überhaupt nicht in Frage. Im Hochsommer fahren da nur Proleten hin, wir haben andere Interessen, als mit Millionen von schrecklichen Leuten an einem überfüllten Strand zu braten und nur Deutsche zu treffen. Seinen Nachbarn muss man ja nicht noch im Urlaub über den Weg laufen! Außerdem, diese Flugpreise, das ist reine Geldmache.«

»So ist das schon seit Goethes Zeiten: die ewige Sehnsucht der Deutschen nach dem Süden … Falk, Julika, ihr wisst doch, Goethes *Italienische Reise*: Ich hoffe, ihr habt das mal im Deutschunterricht gelesen … Das hatte ich als junger Mann im Gepäck, als ich Südeuropa bereiste, es gehört immer noch zu meinen Lieblingsbüchern. Was lange Zeit Italien war, wird jetzt vielleicht, natürlich unter dem Zeichen des Massentourismus, Spanien …« Klaus tätschelte mir verständnisvoll die Schulter. Lieb gemeint, aber das brachte mich auch nicht auf die Kanaren.

Falk grinste mich an: »Vielleicht wird ja dann bald *Kanar'n-Reise*, Autor: Peter Hauser, der neue Bestseller. «

Ich trat ihm unterm Tisch auf den Fuß. Falk öffnete mit sichtlicher Befriedigung ein neues Honigglas, das Wiebke herausgerückt hatte.

Doch alles wurde noch schlimmer. Klaus holte tief Luft und sagte: »So leid mir das tut, aber dieses Jahr werden wir kürzer Urlaub machen müssen als sonst, weil Wiebke eine Übersetzung aus dem Schwedischen abgeben und ich für eine Recherche, es geht um eine Sammlung von Kunstmanifesten, ins Wendland fahren muss.«

»Deshalb«, unterbrach Wiebke, »werden wir *nur* für dreieinhalb Wochen in die Bretagne fahren, aber das wird bestimmt sehr schön«, und sie hielt uns einen Reiseführer mit
Schwarzweißabbildungen alter Kirchen und Kathedralen
unter die Nase. Der Reiseführer konnte gut und gern noch
aus den Fünfzigerjahren stammen.

»Und nach unserem Urlaub«, Wiebke setzte eine sorgen-
volle Miene auf, »müssen wir zu einer Familienfeier nach
Paderborn.«

Falk und ich warfen uns einen genervten Blick zu. Der
Zorn von vorhin wendete sich gegen einen neu ausgemachten
Feind. Irgendein Mensch wurde sechzig. Wenn man die
griesgrämigen Gesichter von Wiebke und Klaus sah, war offensichtlich, dass sie keine Lust hatten, zu dieser Familienfeier zu fahren.

Wir besuchten nur selten Verwandte. Erst vor wenigen Jahren hatte ich realisiert, dass es neben unseren Großeltern
überhaupt welche gab. Irgendwo da in Restdeutschland.
Meinen Großvater väterlicherseits hatte ich einmal vor vielen
Jahren gesehen. Er war ein merkwürdiger alter Knilch, der
nie etwas sagte und Klaus ab und zu skeptische Blicke zuwarf. Klaus erzählte, sein Vater sei früher Offizier gewesen.
Seit einigen Jahren war er sehr krank, hatte etwas, das Parkin-
son heißt und das ich mir früher nur mit der Eselsbrücke
Parka und *Karlsson vom Dach* merken konnte. Klaus und
sein Vater schienen sich nicht leiden zu können. Dabei sahen
sie sich nicht unähnlich. Beide dünn, mit schmalen Gesichtern, hellbraunen äußerst beweglichen Augen, blonden Haaren (der Großvater war seit einigen Jahren weißhaarig) und
höckerigen Nasen. Aber Klaus guckte nicht so entschlossen
wie der Großvater. Meine Großmutter war lieb und rund

und weinte viel. Daran erinnerte ich mich noch. Der Kuchen war angebrannt – die Großmutter weinte, das Wetter war schlecht, als wir abfuhren – die Großmutter weinte. Klaus machte eine finstere Bemerkung zu seinem Vater, den das nicht im Geringsten zu stören schien – aber die Großmutter weinte. Irgendetwas Weiches, Liebes in ihren runden Zügen war auch in Klaus' Jungengesicht gewandert.

Meine Großeltern mütterlicherseits waren geschieden. Der Großvater, den ich zuletzt vor sechs Jahren gesehen hatte, war ein protestantischer Pastor, und auf den Fotos sah er, wie ich fand, sehr unangenehm aus. Er hatte einen großen herzförmigen Mund, doch bei all der, wie mir schien, zur Schau gestellten Milde etwas Brutales in seinem fleischigen Gesicht. Wiebke hatte den gleichen Mund, aber ihr stand er viel besser. Überhaupt war meine Mutter zwar etwas übergewichtig, aber hübsch. Wenn sie nicht gerade herumbrüllte. Oma Helene schien ihren Mann immer noch zu verehren; in ihrem Flur hingen große gerahmte Farbfotos von ihm, und sie hatte mindestens fünfzig Predigten von ihm auf Kassetten, von denen sie uns stets, ob wir wollten oder nicht, »besonders wichtige« Passagen beim Frühstück vorspielte. Die Kassetten hießen: »Dietmar i«, »Dietmar ii«, «Dietmar iii« und so weiter.

Oma Helene und Wiebke telefonierten ab und zu, aber jedes Mal hatte Wiebke danach schlechte Laune. Oma Helene, die eigentlich aus Berlin stammte (Wiebke hatte die ersten acht Jahre ihres Lebens hier verbracht), wohnte im Taunus in einem großen Haus mit lauter Vögeln. Sie duldete weniger Widerspruch als Wiebke und war eleganter angezogen als Frau Hülsenbeck. Bei ihr war alles unvorstellbar sauber und aufgeräumt – Falk und ich waren immer wieder aufs Neue perplex, wenn wir ihr Haus betraten. Oma Helene wurde böse, wenn man nicht schon beim Anblick ihres Hauses die Schuhe abstreifte. Sofort musste man zerfusselte Wollsocken anziehen. Klaus fand es unbegreiflich, warum es wichtiger sein sollte, dass eine Wohnung besser aussah als man selbst. Die Dinger waren alle viel zu groß, so dass man über die gefährlich sauberen Dielen schlitterte. Vermutlich handelte es sich um alte Socken von meinem Großvater, und Falk nannte sie beim Überstreifen gern »Dietmar I«, »Dietmar II« und so weiter, was Oma Helene sehr ärgerte.

Nach unseren Besuchen im Taunus war die Stimmung immer merkwürdig gewesen. Oma Helene meckerte permanent an Wiebke herum, sie ziehe sich unmöglich an, ihre Haare sähen entsetzlich aus – ob wir in Berlin in einer Kommune leben würden, fragte sie. Ich wusste nicht genau, was eine Kommune war, und nahm an, es bedeutete, in einer Art Ruine zu leben. Vermutlich hatten sich in den Sechzigern junge Leute ohne Geld, die ein bisschen anders leben wollten, in Ruinen aus dem Zweiten Weltkrieg einquartiert.

Wiebke war auch nicht freundlich zu Oma Helene. Jedes Mal, wenn sie uns etwas über ihre Vögel (die alle alberne Namen hatten: Hansi, Micki, Dicki, Tricki) erzählen wollte, rief Wiebke laut: »Hör bloß auf mit deinen Vögeln!« Falk und mich hatte Oma Helene einmal in einem nicht sehr weihnachtlichen Weihnachtsbrief als »kleine Monster« bezeichnet. Das war noch in der Zeit, als wir in den Kinderladen gingen. Der Auslöser für den »Kleine-Monster«-Brief war ein Foto, das Wiebke ihrer Mutter zum Geburtstag geschickt hatte. Wiebke liebte dieses Foto, es hing bei uns als vergrößerte Kopie in der Küche. Falk und ich standen nackt in der Badewanne, bemalten uns gegenseitig mit bunten Fingerfarben und lachten ganz doll dabei.

Unsere anderen Verwandten kannte ich kaum, meine ganzen Onkels und Tanten, Cousinen und Cousins. Die paar Male, die wir sie besucht hatten – auch sie taten so, als würden wir am Ende der Welt in einer Art verwildertem Nest leben –, starrten sie Falk und mich unverhohlen an, wunderten sich über unsere Kleidung und Frisuren, fragten Überflüssiges über die Schule. Jedenfalls freute ich mich nicht besonders auf diesen »Urlaub« in Paderborn.

Doch bevor ich mich mit dem schwierigen Fall Paderborn auseinandersetzen musste, ging es bei uns um das Kosovo. Ein Jahr nach den schweren Unruhen, die zur Verhängung des Ausnahmezustandes geführt hatten, war es in der jugoslawischen Provinz erneut zu Zusammenstößen zwischen Demonstranten und der Polizei gekommen, sagte die *Tagesschau*-Sprecherin.

»Das Land kommt einfach nicht zur Ruhe«, seufzte Klaus nach der Sendung.

»Diese ganzen Unabhängigkeitsbestrebungen, das ist doch utopisch«, meinte Wiebke. »Mein Gott, das Kosovo, winzig ist das doch.«

»Wie groß ist denn Liechtenstein? Monaco? Luxemburg?«, fragte ich dazwischen – und wurde überhört.

»Na, wenn da mal jede Teilrepublik in der Sowjetunion rebellieren würde!«, warf Wiebke ein. »Das ist ja ein Vielvölkerstaat, künstlich unter Verschluss gehalten… Nicht auszudenken, wenn diese Länder mal alle in die Unabhängigkeit streben. Aber auch da wird sich nichts ändern, wenn sich schon in Jugoslawien nichts ändert, das kann ich mir nicht vorstellen.«

»Oder China«, meinte Klaus. »Da gibt's auch jede Menge Minderheiten.«

»Ach was, die sehen doch alle gleich aus«, sagte Falk gespielt blöd. Er verdrehte die Augen, weil Wiebke ihn böse anschaute.

»China, das ist seit Tausenden von Jahren stabil, dagegen ist die Sowjetunion eine sehr junge Republik. China wird nie auseinanderfallen«, behauptete Wiebke, die sich offenbar als Asienexpertin verstand.

An einem der nächsten Tage schickte mich Wiebke mit zwei Tütchen Studentenfutter, zwei Haushaltspapierrollen, einem Laib Brot, Butter, Orangenmarmelade, Keksen und einer Packung Chips zu den Pennern. Immer musste ich gehen. Wiebke hockte angeblich über einer Übersetzung, aber ich hörte das Klappern von Stricknadeln aus ihrem Zimmer. Dass sie den Pennern Chips gekauft hatte ... die bekamen Falk und ich fast nie! Als ich über den Parkplatz ging, fasste ich einen Entschluss: Die Chipstüte bleibt bei mir.

Diesmal saß Erwin in seinem kleinen Verschlag auf der Matratze neben dem Stereotower und dem kleinen E-Herd. »Schön, dass de kommst«, rief er mir zu. Vor lauter Bart konnte man sein Gesicht kaum erkennen.

Ich wusste nicht, was ich sagen sollte. »Hallo!« Ich grinste unsicher. Ohne ein Wort zu sagen, öffnete ich meinen Rucksack und holte die beiden Tüten Studentenfutter, die Haushaltspapierrollen, das Brot, die Butter, die Kekse und die Marmelade heraus. Ich hielt den Rucksack extra so, dass Erwin nicht hineinlinsen und die Chipstüte entdecken konnte. Erwin lobte jedes einzelne Mitbringsel mit dem Zusatz: »Un' schön'n Dank an die Frau Mutter.«

Beim Anblick der Kekse wiegte Erwin den Kopf nachdenklich hin und her. »Dit sind die jleichen, die ich jrade in Hannover jejessen hab.«

»Sie waren in Hannover?«, fragte ich erstaunt. Noch nie

war mir die Idee gekommen, dass Karl und Erwin sich auch mal an einem anderen Ort als just auf dieser Matratze befinden konnten.

»Familjentreffen.« Erwin zuckte die Schultern.

»Echt? Sie sind zu einem Familientreffen gefahren?«

»Bin'n zimmlicha Familjenmensch. Schon imma jewesen. Und schön wars ooch. Ick bin jeträmpt. Wejen dit Jeld.«

Ich wusste nicht, was ich sagten sollte. Ich musste an meine Verwandtschaft und unsere Familienfeste denken. Erwin konnte ich mir kaum in einem Restaurant mit weißen Tischdecken und Butzenscheiben vorstellen. Aber vielleicht waren ja doch nicht alle Leute in Restdeutschland so spießig, wie The Wiebkes and the Klauses immer meinten?

Erwin schien meine Gedanken erraten zu haben: »Meene Familje is zimmlich tolarant. Die denken, ick verkoof Secendhändsachen in Balin, denken sich nüscht weeta dabei, wie icke so aussehʼ.«

»Na, das freut mich für Sie. Und Sie haben ja, wie es scheint, neben dem Secondhandjob noch genug Zeit, um unseren Scirocco zu bewachen?«

»Na, aba klaro.«

Erwin bot mir die Tüte Studentenfutter an, aber ich lehnte ab. Ich wusste nicht genau, warum. Ob ich mich doch vor Erwins riesigen, schmutzigen Händen fürchtete? Ich würde mich auch nicht trauen, ihn als Tramper im Auto mitzunehmen. Offenbar waren nicht alle Leute so feige und blöde wie ich.

Wieder im Hof stolperte ich über Herrn Kanz, der sich mit einer neuen Brust abmühte. Er hämmerte und meißelte an der Brustwarze herum, die aber nicht ganz so hervortreten wollte, wie er sich das vorstellte. Ich hörte ihn vor sich hin fluchen. Auf der anderen Seite des Hofs stand Herr Olk und versuchte, drei rote Anarcholuftballons, die er mit einem Edding zur Hälfte schwarz bemalt hatte, hoch über seiner *Urbanen Collage* zu befestigen. Einer machte sich mit einem lauten, furzenden Geräusch frei, stieg erst kurz auf, um dann klein und verschrumpelt auf dem Hofboden zu liegen zu kommen. Auch der Olk fluchte vor sich hin. Man hatte das Gefühl, dass die beiden einander angestrengt ignorierten. Die Weihnachtsdekoration der Pechs hatte endlich aufgehört zu flackern.

Beim Abendbrot beschwerte sich Klaus, dass sich schon wieder jemand an der Klingelanlage vertan habe; immer waren es volltrunkene Leute oder Frauen mit schrillen Stimmen, die zu »Piet« wollten oder gleich losquasselten, obwohl mein Vater sich mit »Hier Zürn« gemeldet hatte. Einmal hatte ein Mann gesagt: »Halt – bloß – die – Klappe – wejen – die – Kohle«, danach ging er fort. Ein anderes Mal hatte eine Frau aufgelöst in die Gegensprechanlage geschrien: »Alles wird gut, du Schwein!«

Wiebke behauptete, der Hauser hätte den Gepäckträger ihres Fahrrads geklaut. »Den halben Tag lungert der untätig auf dem Hof rum, schraubt an seinem Angebermotorrad, der hat einfach nichts Besseres zu tun«, war ihr Kommentar dazu. Auch ärgerten sich Wiebke und Klaus darüber, dass der Hauser nachts mit klappernden Flaschen zum Container lief. Wiebke und Klaus waren sehr ruhebedürftig. Weil sie beide »geistig arbeiten«, wie sie gern betonten, bräuchten sie eine »ruhige Umgebung«. Einmal hatte ich gefragt, warum wir dann ausgerechnet in Berlin wohnten und nicht im Taunus wie Oma Helene. Wiebke warf mir einen langen Blick zu, dann antwortete sie: »Wir brauchen ein kulturell anregendes Umfeld, das ist auch Teil unserer Arbeit.«

»Anregend ist eben laut«, gab Falk von sich, verzog sich in

sein abgedunkeltes Gemach und schmiss seine neueste Platte, *Heat* von *Leningrad Sandwich*, an. Später zupfte er noch auf seinem Bass herum. Isa hatte mal zu ihm gemeint, dass Bass doch ein Begleitinstrument sei, und gefragt, ob er nicht in einer Band spielen wolle. Falk hatte überlegen lächelnd den Kopf geschüttelt, als hätte er es mit einem einfältigen Kind zu tun, und entgegnet, dass der Bass sehr gut ohne Begleitung auskomme.

Immerhin hatten wir jetzt Osterferien – fast drei Wochen! Zwar verreisten wir nicht, aber wenigstens war ich eine Weile nicht der Gruppensitzordnung ausgesetzt. Hochzufrieden über diese Aussicht legte ich mich schlafen. Ich sagte dem Hauser noch einmal »Tschüss« – dazu stellte ich mich auf Zehenspitzen ans Fenster und winkte über den Abgrund unseres schwarzen Hofs, von dem aus wie immer ein Rascheln, Tuscheln und Knistern aufstieg, von Dunkelheit zu Dunkelheit. Dann schlief ich erstaunlich schnell ein.

Als ich am Morgen in Ferienstimmung in die Küche lief, um mir ein Glas TriTop anzurühren, stieß ich auf eine betrübt aussehende Wiebke. »Julika, setz dich mal …«

»Was ist denn?«

»Carl Orff ist heute gestorben.«

»Wer war'n dis?«

Meine Mutter seufzte. »Julika, tu nicht so.«

Ich schüttelte den Kopf. Schließlich las sie aus dem *Tagesspiegel* vor: »Gestern ist der Komponist Carl Orff im Alter von 86 Jahren in München gestorben. Er wurde durch zahlreiche Opern und sein musikalisches Schulwerk bekannt.«

»Musikalisches … ach dieses Zeug, o Gott.«

»Julika!« Wiebke verschwand kurz in Klaus' Arbeitszimmer und kehrte mit einem Musiklexikon zurück.

»Ich muss noch den Alten Mann der Anden und die Bischofsmütze umtopfen!«, rief ich eilig aus. Wiebke und Klaus hatten eine Weile lang geglaubt, der Name Alter Mann der Anden sei meine Erfindung gewesen, aber der Kaktus mit den weißen Fusselhaaren hieß so. Und die Bischofsmütze war auch keine Jule-Idee.

»Dann lese ich eben allein über Carl Orff nach«, gab Wiebke missmutig zurück.

Ich wunderte mich und zog mich auf den Balkon zurück. Natürlich war Carl Orff Wiebke ein Begriff, sie mochte auch das ein oder andere Werk von ihm kennen, aber ihre gedrückte Stimmung schien mir doch ein wenig übertrieben. Vielleicht benutzte sie die vielen Tode in diesem Jahr auch nur als Katalysator für eine allgemeine, um sich greifende Trauer – und Angst.

Am späten Nachmittag zog plötzlich ein Frühlingsgewitter auf. Es regnete, blitzte und donnerte – irgendwann kam der unausweichliche Hagel. Ich stand mit meinem Minifernglas am Fenster und betrachtete das Unwetter. Niemand aus unserem Haus schien einen Schritt vor die Tür gesetzt zu haben, alle verkrochen sich wie die Termiten. Anna hatte ihre griechischen Seidenvorhänge zugezogen, die Pechs ihre angegrauten Blumenvorhänge, Herr Olk schlich in seinem nur von schwachem Kerzenschein erhellten Souterrainreich umher, Herr Kanz tanzte mit einer dunkelhäutigen Schönheit unermüdlich durch sein riesiges Wohnatelier, Familie Söylesin hing auf dem Sofa vor der Glotze ab, Frau Koderitz folgte Fred durch ihre verzweigte Wohnung und Fred vielleicht seinem Hunger. Und in vielen Fenstern flackerte bläuliches Licht.

In der *Tagesschau* hieß es abends, dass das Deutsche Rote Kreuz in den vergangenen zwölf Monaten Hilfsgüter im Gesamtwert von 17,3 Millionen D-Mark zur Unterstützung Bedürftiger nach Polen transportiert habe. Ein großer Erfolg sei auch die im Januar angelaufene Aktion *Ihr Paket nach Polen*, bei der Privatpersonen Päckchen zusammenstellen und dem Roten Kreuz zum Weitertransport übergeben konnten.

Wiebke tätschelte Falk und mir die Oberschenkel. »Gut gemacht!«, rief sie zufrieden. Die Welt stand am Abgrund, aber wenigstens hatten wir zwei, drei arme polnische Kinder mit unseren Snickers, Smarties und Schlümpfen gerettet.

Brustkolonien – Kronkolonien

Wenige Tage später verging uns die gute Laune. Wir saßen wie immer abends vorm Fernseher, als die Nachricht von der Eskalation zwischen Großbritannien und Argentinien um die Falkland-Inseln als erste Meldung kam. Die argentinischen Streitkräfte hatten die britische Kronkolonie besetzt, da Argentinien die Souveränität über die Inselgruppe beanspruchte. Thatcher hatte daraufhin die diplomatischen Beziehungen zu Argentinien abgebrochen und, wie wir hörten, heute Marineeinheiten zu den Inseln entsandt. Somit war ein neuer Krieg ausgebrochen. Ich war überrascht, dass er zwischen zwei westlichen Staaten stattfand, mitten im Kalten Krieg. Natürlich hatte es mich schon zuvor erschreckt, den Namen diese Inselgruppe am Rande der Welt, aus »meinem« Südamerika, so oft in den Nachrichten zu hören.

Das Erste, was Falk nach der Meldung sagte, war: »Was? Krieg auf den nach mir benannten Inseln? Habe ich da nicht auch ein Wörtchen mitzureden?«

Wir hatten die Mauer um uns herum, die DDR in unmittelbarer Nähe, die Russen vor der Tür, in Polen war der Ausnahmezustand verhängt worden – aber wo knallte es? Ganz unten auf meinem Globus, dort, wohin ich auswandern wollte.

Klaus, Wiebke, Falk und ich saßen nahe beieinander vorm Fernseher. Der Schreck und wohl auch die Angst schweißten uns für einen Moment zusammen. Klaus legte seinen Arm um Wiebke, und sie kuschelte sich an ihn. Als Bilder von aufsteigenden Kampfflugzeugen gezeigt wurden, nahm Falk kurz meine Hand. Nach dem Wetterbericht kochte Wiebke Kakao und öffnete eine neue Tafel Schokolade aus Belgien, die Klaus von einer Dienstreise mitgebracht hatte und die sie schon lange hortete. Es war erschreckend, wie gemütlich Krieg – im Fernsehen – sein konnte.

In den nächsten Monaten, bis zum Ende des Falkland-Kriegs Mitte Juni, ließ Falk in jedes Gespräch den Satz einfließen: »Der Krieg auf den nach mir benannten Inseln …«

Einmal fragte Klaus: »Und welches Land gehört eigentlich mir?«

Falk hatte prompt etwas parat: »Klausland – vielmehr: der Restklaus.«

Für mich fiel eine pazifische Inselgruppe ab, die Falk die Julikullen nannte und auf denen, wie er sagte, ganz viele »Rockertierchen« mit langer Fransenmähne, krummer Nase und Lederhaut lebten. Wenn man »Hauser« rief, was in der Sprache der Einheimischen so viel wie Volltrottel hieß, würden sie anfangen zu tanzen und Mätzchen zu machen. So blödelten wir nach jeder Nachricht über den Falkland-Krieg, manchmal eine Spur zu gemein, oft eine Spur zu hysterisch.

Herr Kanz hatte heute, am Karfreitag, aus einer großen Brust zwei kleine gemacht. Ob das ein Fortschritt war? Ich war mir nicht so sicher. Herr Kanz verkaufte seine Brüste immer besser, schien mir. Letztens hatten wir auf einem unserer sonntäglichen Kunstausflüge eine Brust von Herrn Kanz gesehen, die einen eleganten Schöneberger Hinterhof zierte – und zwar als Springbrunnen. Das Wasser spritzte aus der Brustwarze.

Wiebke fand den Brustspringbrunnen spontan »sehr schön«, Klaus jedoch »geschmacklos«. Auf der anschließenden Autofahrt hielt er einen Vortrag, in dem er argumentierte, dass zwischen einem Symbol – nämlich dem der mütterlichen Brust – und einem Kunstwerk doch Welten lägen. Ein Symbol könne man unendlich oft reproduzieren, ein Kunstwerk eben nicht. Hier schaltete sich Wiebke ein und argumentierte mit Warhol und anderen Konzepten der seriellen Kunst. Erst die Meldung, dass Robert Havemann gestorben sei, brachte ein anderes Thema auf.

Das anschließende Gespräch über »guten« und »schlechten« Kommunismus oder auch den merkwürdigen Gegensatz zwischen »guter« Theorie, für die Havemann in den Augen meiner Eltern gestanden hatte, und »böser« Praxis nahm konfuse Formen an. Im Radio hieß es, Havemann habe die DDR trotz Lehrverbots und Hausarrests nicht verlassen wollen.

Abends im Bett, als ich versuchte einzuschlafen, war ich wieder einmal gezwungen, die gottverdammte *Polonäse* aus dem einen Seitenflügel und *Das Polenmädchen* von *Heino* aus dem anderen mit anhören zu müssen. Mit Pechs und der Koderitz in einem Haus hätte Havemann seine Meinung bestimmt geändert.

Der Hauser war unterwegs, sein Motorrad stand nicht im

Hof. Wer weiß, wo er war. Vielleicht auf Reisen? In mein Heft malte ich ein schwarzes Quadrat. Ich sparte die Form eines Fragezeichens darin aus.

Spät in der Nacht hörte ich vom Hof her ein Poltern und Rumpeln. Im Seitenflügel ging Licht an und bald danach in Hausers Zimmer. Und dann leuchtete endlich das hawaiianische Abend- oder Morgenrot in unseren Hof. Ich stand mit meinem Minifernglas am Fenster. Der Hauser lag nackt auf seinem Bett, fraß Würste und sang laut *Hoy no me puedo levantar*. Die Welt war nicht ganz verloren.

Am Ostersonntag suchten wir wie jedes Jahr auf, über, unter, hinter und in den vielen Kunstwerken in unserer Wohnung Ostereier – eine mehrstündige Angelegenheit. Jedes Jahr übersahen wir ein paar Eier; manche fanden wir erst nach Jahren oder auch gar nicht. Ein sagenhaft großes Nougatkrokantei, das in Wiebkes und Klaus' Beschreibungen von Jahr zu Jahr größer und köstlicher wurde, vermissen wir bis heute.

Am Ostermontag ging ich zusammen mit The Wiebkes and the Klauses, Herrn Wiedemann und einigen anderen Freunden meiner Eltern zum Ostermarsch. Wir holten Anna noch ab – Fiona kam natürlich auch mit, sie tat ja kaum einen Schritt ohne ihre Mutter. Falk hatte abgelehnt, ihm seien Ostermärsche zu bürgerlich. Auch Klaus wollte sich erst »drücken«, so Wiebke. Beim Frühstück hatte er »ein komisches Ziehen im Bein« beklagt, dann gemeckert, dass ihm die Ostermärsche »thematisch zu allgemein« seien, aber Wiebke ließ weder das eine noch das andere gelten. »Du hast bloß Angst, Bekannte zu treffen und dich wieder stundenlang von irgendwelchen anstrengenden egomanen Künstlern vereinnahmen zu lassen, die dann auf der Demo ewig neben dir herlaufen«, meinte sie. Tatsächlich war das wohl einer der Hauptgründe, warum mein Vater nicht mehr gern auf Demonstrationen ging.

Meine Eltern benahmen sich auf der Friedensdemo auch nicht anders als auf den sonntäglichen Spaziergängen. Sie blieben ab und zu stehen, um sich auf Kunst-am-Bau-Geschichten oder Graffiti aufmerksam zu machen, manchmal huschten sie in irgendwelche Höfe und Hinterhöfe. Bei anderen Menschen hätte ich angenommen, sie hätten ein stilles Örtchen aufgesucht, nicht aber bei meinen Eltern oder Herrn Wiedemann, der in seinem olkpinkfarbenen Anzug mit Fliege nicht gerade unauffällig aussah. Klaus hatte sich farblich abgestimmt und trug einen fliederfarbenen Anzug mit rosa-lila-gestreifter Krawatte, dazu einen Flanellmantel. Wiebke und Anna marschierten in Hosenröcken mit zu Rattenschwänzen gebundenen Haaren und Seidenkopftüchern. Wiebke dachte gar nicht daran, sich Klaus' Geschmack anzupassen. Manche Leute wendeten sich verwundert zu meinen Eltern um, als sich Wiebke bei Klaus einhakte (sie hatten wohl eher vermutet, dass Wiebke und Anna ein Paar seien) – und ich freute mich ein wenig, dass man meine Eltern merkwürdig fand.

Am Sonntag darauf war die Laune meiner Eltern schlecht. Wir hatten gerade *Die Sendung mit der Maus* gesehen und Kunstwerke abgestaubt, aber sie sprachen beim Mittagessen kein Wort miteinander. Nach dem Essen stand Klaus am Fenster, blickte unruhig in den Hof und rauchte eine nach der anderen. Wiebke war wütend, ich sah es an ihrer Gesichtsfarbe. »Es ist einfach meine Entscheidung!«, hörte ich sie.

»Nein, wenn im Hof unser Privatbereich ausgebreitet wird, habe ich ein Wörtchen mitzureden!« Klaus schäumte.

»Unser Privatbereich? Es geht um meinen Körper! Meinen, verstanden!« Wiebke warf ein Geschirrhandtuch in Klaus' Richtung: »Mach dich mal nützlich, zur Abwechslung!« Und mit einem Blick zu Falk und mir: »Und einer von euch fegt die Küche!«

Klaus drückte seine Zigarette aus, hob das nasse Geschirrhandtuch mit spitzen Fingern vom Boden auf und ging zur Spüle.

»Worum geht's 'n?«, fragte Falk, betont gelangweilt. Er dachte nicht ans Fegen.

Wiebke erzählte uns nun, dass Herr Kanz sie gefragt habe, ob er ihre Brüste als Modell für eine neue Skulptur benutzen könne. Sie war sofort angetan von der Vorstellung. Meine nicht eben dünne Mutter war nämlich stolz auf ihren großen, wohlgeformten Busen. Aber Klaus gefiel die Vorstellung überhaupt nicht, dass Wiebke Herrn Kanz Modell sitzen und ihre Brust nachher in unserem Hinterhof herumstehen würde – und vielleicht noch, wie er in seiner hysterisch-drastischen Art hinzufügte: »Herrn Pechs Dackel an deine Brust pinkelt. Oder der Hauser!«

Gar nicht abwegig, dachte ich und betrachtete meine Eltern, wie sie nebeneinander an der Spüle standen und den Abwasch erledigten – eine Aufgabe, die sonst eher Falk oder ich übernahmen. Gott sei Dank waren Geschirrspülmaschinen damals noch nicht so verbreitet wie heute, denn beim gemeinsamen Abwasch kamen sie sich wieder näher. Klaus stellte Wiebke in Aussicht, einen befreundeten Maler zu bitten, ihre Brust zu portraitieren, wenn sie auf das Angebot von Herrn Kanz verzichtete. Wiebke lenkte schließlich ein. Ich hatte das Gefühl, das von Klaus skizzierte Schreckensszenario von einem an die Brustskulptur pinkelnden Hauser hatte letztendlich den Ausschlag dafür gegeben.

Iron Lady – *Der Maulwurf ist unter uns*

Schon waren die Osterferien vorbei. Die Schule kündigte sich auf dem Küchentisch mit Wiebkes Scheiblettenstulle für mich an. Diesmal warf ich die Stulle kurzerhand in die Mülltonne. Kaum hatte ich unseren Hof verlassen, hatte ich schon ein schlechtes Gewissen deshalb.

Auf dem Oberdeck des Busses streckte ich mich auf der Rückbank der Länge nach aus. Dann sah ich Wiebke vor meinem inneren Auge, wie sie eben mit langen zerzausten Haaren und in ihrem von Anna geschneiderten und gebatikten Hausmantel mit müdem Gesicht in der Tür gestanden hatte. Eine Mutter – wie die von Larissa –, die immer mit ihrer Tochter konkurriert, wer nun die Schönere ist, wäre mir keinesfalls lieber als Wiebke mit ihren Hosenröcken und ihrer Riesendose Nivea. Außerdem war Wiebke wenigstens ehrlich, man wusste, woran man bei ihr war. Wenn Larissa über ihre Mutter sprach – sie schwärmte nur von ihr –, hatte man das Gefühl, sie meine eine berühmte Schauspielerin oder Sängerin, so fremd schien sie ihr zu sein.

Dafür waren The Wiebkes and the Klauses leider oft genug widersprüchlich. Wiebke glaubte an Reformpädagogik und ein Höchstmaß an Freiheit für Kinder – aber auch an ein Höchstmaß an Freiheit für Erwachsene, und das schloss sich zum Teil gegenseitig aus. Auch in anderen Belangen war sie widersprüchlich: An einem Tag durfte man die Schule schwänzen, und Wiebke zuckte desinteressiert mit den Schultern, am nächsten verurteilte sie das.

Und was Klaus »mondän« oder »provinziell« fand, schien Falk und mir oft in höchstem Maße stimmungsabhängig. An einem Tag war die Idee, mehr Häuser mit Solardächern auszustatten, zukunftsweisend, am nächsten ein Beispiel für böse Als-ob-Politik, bei der nicht daran gedacht werde, die Energieverschwendung an sich einzudämmen.

Aber bei allem Genörgel hatten unsere Eltern doch immer ein Ziel vor Augen. Und ich? Was wollte ich? Ich wollte die Träume anderer Menschen deuten oder Kakteenzüchterin werden. Oder Patagonien-Reiseführerin – abhauen, verschwinden, am liebsten mit dem Hauser. Oder eher wie der Hauser. Ich wusste nicht, was ich wollte.

Es verletzte mich, von den Mitschülerinnen als »zurückgeblieben« bezeichnet zu werden, nur weil ich nicht so aufgedonnert aussehen wollte wie sie. Musste man denn so aussehen, um vom Mädchen zur Frau zu werden? Irgendwann würde ich wahrscheinlich schon gern »Sex haben«, aber allein das Wort »sexy« fand ich schon grässlich … Und da war unsere Haltestelle.

In Chemie landete ich diesmal mit Fiona in einer Gruppe, nachdem Herr Knecht, der langsam von bedenklichen Sehstörungen befallen zu werden schien, Fiona, die ein sehr dunkler Typ war, mit einer neuen türkischen Mitschülerin namens Dilara verwechselte – diesen Namen konnte er sich gar nicht erst merken.

Heute sollten wir Fruchteis herstellen. Herr Knecht hatte Apfelkompott aus seinem Keller mitgebracht. Das war etwas für kleine Kinder, aber wenigstens hatte ich dann in der Pause etwas zu essen, da mein Scheiblettenbrot ja in der Tonne gelandet war. In meiner Jackentasche war noch etwas verkrümeltes Esspapier, das ich mit Isa und Fiona immer für zwei Pfennig pro Blatt beim Kiosk in der Nähe unserer Schule kaufte.

Die ersten fünfzehn Minuten hielt Herr Knecht eine lange, stockend vorgetragene Rede über seine gärtnerischen Fähigkeiten und die seltene Apfelsorte, die seine Frau und er züchteten. Schließlich verrührten wir Wasser und Zucker. Dass wir bei Herrn Knecht in einem Kochkurs landen würden, hätte ich nicht gedacht. Steffen grinste mich vom anderen Ende des Raums an. Er war mit Sena, die von Pepita getrennt worden war, in einer Gruppe. Fiona pürierte gerade die Äpfel, Isa schnitt Aprikosen klein. Auf einmal stand Steffen neben uns. »Wir haben drüben schon fertig geschnippelt … «

»Wassereis ist langweilig, ich hätte es netter gefunden, wir machten Softeis oder so. «

»Wusstet ihr, dass Margaret Thatcher an der Entwicklung des Softeises mitgewirkt hat?«, fragte Steffen uns.

»Was? Ausgerechnet die Iron Lady hat das Softeis erfunden?«, staunte Isa.

»Die sieht nicht so aus, als würde sie viel Süßkram essen …«, meinte Fiona nur.

»Naja, erfunden – sie war mit dabei.«

Steffen erzählte von Thatchers Chemiestudium in Oxford und ihrer Arbeit als Chemikerin. Doch über ihre Beteiligung an der Erfindung des Softeises hörte man weitaus weniger als über ihre Ideen, den Wohlfahrtsstaat abzuschaffen, und über ihren Umgang mit aufmüpfigen Jugendlichen. Und ihre Begeisterung für den amerikanischen Schauspieler-Präsidenten.

Fiona schaute in die Luft: »Is die ja doch noch zu was nutze gewesen.«

»Sehr schön, Dina«, rief Herr Knecht aufmunternd in unsere Richtung, als wir ihm mit tropfenden Fruchteisbechern zuwinkten.

Ich dachte, dass ich öfter mit Steffen reden sollte.

Auf dem Rückweg entdeckte ich einen neuen Spruch auf einer Brandmauer bei uns in der Nähe: *In euern Sprengköpfen ist kein Funken Verstand.*

Im Hof sah ich ein Rattenpärchen gemütlich auf einem Camembert liegen. Meine Scheiblettenstulle hatten sie aus der Tonne geholt und benutzten sie als Fußablage. Was mir täglich als Essen serviert wurde, war unseren verwöhnten Ratten nur für ihre Käsequanten gut genug: Die Ungerechtigkeit der Welt begann schon im eigenen Hinterhof.

Nachmittags telefonierte ich stundenlang mit Fiona. Ich hätte auch die zwei Treppen zu ihr hinuntergehen können, aber auf der Matratze liegen zu bleiben war gemütlicher. Wir erledigten auch noch die Schularbeiten gemeinsam am Telefon und überlegten uns den Text für einen politischen Gefangenen in Rumänien, der auf dem Foto laut Fiona so deprimiert aussah, dass sie noch »*very extremely urgent*« auf den Briefkopf schrieb.

In den Nachrichten, die wir bei uns nach dem Abendessen sahen, ging es um den Verzicht der USA auf die Stationierung der Cruise Missile- und der Pershing II-Raketen, sofern die Sowjetunion ihre Mittelstreckenwaffen abbauen würde. Falk schnaubte einmal ungläubig. Wiebke und Klaus sagten nichts. Niemand von uns glaubte, dass die Russen ihre Raketen abziehen würden, und niemand glaubte, dass die Cruise Missiles und die Pershings nicht am Ende doch auf deutschem Boden stehen würden.

In den Lokalnachrichten wurde ein Bild von Knautschke und Bulette gezeigt, wie sie friedlich fraßen. Was sollte das? War das eine geheime Botschaft? Knautschke, der als eines der ganz wenigen Großtiere den Zweiten Weltkrieg, die Bombenangriffe auf Berlin, überlebt hatte? Mir schien, ich wurde langsam paranoid. An dem Tag ging auch noch unser Telefon kaputt, und das Radio rauschte plötzlich – wollte uns jemand abhängen? Ich musste unbedingt mehr schlafen.

Am Sonntag wurde in der *Sendung mit der Maus* das Thema Steinmetzarbeiten behandelt. Ganz schön aufwändig die Angelegenheit. Nach der Sendung hatte ich etwas mehr Respekt vor Herrn Kanz' Brüsten. Aber auch nur etwas.

Am Montag kam Fiona nach der Schule mit zu uns, Anna folgte ihr mit einem Stapel gebatikter Tücher für meine Mutter. Doch innerhalb von wenigen Minuten entwickelte sich ein handfester Streit zwischen Anna und Wiebke. Es ging um Erwin und Karl. Anna fand, dass Erwin und Karl sich zum Dank für unsere Fürsorge für politische Gefangene engagieren und wenigstens einmal im Monat einen Brief schreiben sollten. Falk schaltete sich ein und fragte, ob Erwin auf alte Zeitungen schreiben solle. Anna geriet aus dem Konzept, verteidigte sich und meinte, sie würde den beiden selbstverständlich Briefpapier bringen. Und Stifte, Briefmarken, ein Englischlexikon. Wiebke mit ihrem untrüglichen Sinn fürs Praktische bot Anna an, in Erwins oder Karls Namen die Briefe zu verschicken, anstatt einen halben Schreibtisch auf den Parkplatz zu befördern. Das wiederum fand Anna moralisch verwerflich – erst recht Wiebkes Idee, ihre Briefe dann stilistisch leicht abzuwandeln. Irgendwann wurde Falk des Gesprächs überdrüssig. Er gähnte einmal übertrieben laut – seine neueste Methode, um andere auf die Palme zu bringen: »Ihr müsst doch nicht noch an euren Briefen herumdoktern, so'n Quatsch auch, die landen doch eh alle im Müll, ihr Schreibmamselln.«

Wiebke und Anna machten einen gemeinsamen Feind aus und redeten erzürnt auf Falk ein, er sei zynisch und wisse gar nicht, wie erfolgreich die Aktionskampagnen seien, so jung und schon so abgebrüht ... Mit der Begründung, noch in der Apotheke Ohropax kaufen zu müssen, verschwand ich schleunigst und ließ Fiona bei den Müttern zurück.

In der Apotheke herrschte Hochbetrieb, und Herr Adán wurde von seiner Chefin in die hinteren Räume beordert. Im Gehen winkte er mir noch zu, lief winkend weiter, wäre fast gestolpert. Er schien sich wirklich gefreut zu haben, mich zu sehen.

Enttäuscht schritt ich über den Hof, das Grenzgebiet zwischen Vorder- und Hinterhaus – zwischen *Let it be* und AC/DC, dennoch: Ein- und dasselbe Haus, in dem mir meine Mutter einen Splitter aus dem Zeigefinger zog und ihn vorsichtig mit Alkohol abtupfte und in dem der Hauser seinen Kopf zwischen den Brüsten seiner wechselnden Geliebten vergrub … Ich konnte nichts mehr denken. Badewanne, Bett. Schlafen … doch ich konnte auch nach dem Bad nicht einschlafen. Schon in der Badewanne kamen mir eigentümliche Gedanken. Unser Bad war lang, schmal, meist ciskalt, weshalb man das Wasser so hoch wie möglich in die Wanne einlaufen ließ, um nur noch mit der Nasenspitze herauszulugen. Trotz der hohen Wände fühlte man sich hier eher beengt, weil es so absurd schmal war. Zudem baumelte an unserer Badezimmerdecke ein Kunstwerk, von dem ich fürchtete, dass es mir eines Tages auf die Nasenspitze fiele, auch wenn sich die Verletzungsgefahr in Grenzen halten würde: Die Arbeit hieß *Der Held ist unter uns* und war von einem Kreuzberger Künstler, der wie ein Maulwurf aussah und seine Wohnung in ein unbegehbares Labyrinth verwandelt hatte, weshalb Falk die Arbeit *Der Maulwurf ist unter uns* nannte. Sie bestand aus einer Reihe von Fußbällen, die bis auf einen rot angesprayt waren und Nummern trugen. Die Bälle hingen in einem Fischernetz, wie sie oft mit Pappmaschémeerestieren und zerbrochenen Krügen gefüllt in Restaurants von der Decke hingen. Zwischen den Fußbällen lag ein riesiger aufgeblasener Plastikhaifisch. Nachdem Klaus und Wiebke die Arbeit gekauft hatten, hatte es lange Gespräche mit Freunden wie Herrn Wiedemann, Anna und anderen gegeben, in denen darüber gerätselt wurde, ob die Arbeit als Kritik an den Kommunisten zu verstehen sei und der »Held« der nicht rote, nicht nummerierte, antitechnokratische, stinknormale Spaßfußball sei, oder eben doch der Hai – was Klaus die Gelegenheit gegeben hatte, seine Enzensberger-Kenntnisse zum Besten zu geben, indem er aus der *Verteidigung der Wölfe gegen die Lämmer* zitierte und meinte, man könne eben vom Räuber ebenso wenig wie von der Welt erwarten, dass sie sich änderten.

Jedenfalls hatten die Bälle und der Hai in unserem Bad mittlerweile alle an Puste verloren. Ihr Anblick war deprimierend. Da es mühselig war, an die Decke heranzukommen, blieb Falks Vorschlag, Bällen und Hai wieder mehr Leben einzuhauchen, bislang unverwirklicht. Beim sonntäglichen Kunstwerkeabstauben hatte jeder von uns das Ding bisher aus Bequemlichkeit ausgelassen. Außerdem war Klaus am Hadern, ob dies nicht ein unzulässiger Eingriff in das Meisterwerk des Maulswurfs sei – den müsse man erst fragen; aber das scheiterte daran, dass der Maulwurf sich nach mehreren Versuchen der Kontaktaufnahme von Klaus nicht mehr meldete. Was den himmelweiten Unterschied zwischen den Spraywerken des Olks und denen des Mauwurfs ausmachte, hatte sich mir noch nicht erhellt. Aber ich wollte meinen Vater nicht wieder kränken, und vielleicht gab es da ja auch etwas ganz Besonderes, für das ich keinen Blick hatte, und so behielt ich meine Gedanken für mich. Und guckte nach oben zu den spinnwebenverhangenen schlappen Helden und fragte mich, wie es sich anfühlen würde, wenn das ausgeleierte Netz risse. Ich steigerte mich da richtig hinein. Eines Tages würde ich auch noch vor Herrn Hülsenbeck sitzen, ganz sicher.

Am nächsten Tag war ich krank. Erschöpft lehnte ich am Fenster und blickte auf den klobigen Sechzigerjahreblock. Schwarzgefleckt vom ewigen Regen ragte das Mottenmuseum über die anderen Häuser, die signalrot und pissgelb gerahmten Fenster waren winzig, Balkons gab es nicht. In meiner Phantasie wurde der Klotz immer größer, die Fenster verwandelten sich in blutunterlaufene Augen, die mich anstarrten.

»Und … was findest du an ihm?«

Erschrocken drehte ich mich um. Hinter mir stand Falk, schon am frühen Morgen eine seiner Selbstgedrehten in der Hand. Seine Augen lagen in tiefen, dunklen Höhlen, er sah blass aus. Unwillkürlich legte ich eine Hand auf seinen Arm. Mein Bruder schüttelte sie ab, aber ich merkte, dass es ihm schwerfiel. Wir sahen uns an. Leise begann ich zu weinen.

»Ich … ich weiß nicht.«

Das war alles, was ich antworten konnte. Im Radio lief Markus' Hit *Ich will Spaß*. Ich begann diesen Song richtiggehend zu hassen. Immer sollte man Spaß haben. Ich wollte nicht Spaß, sondern – ja, was eigentlich?

»Ich finde ihn nicht so schlecht wie Wiebke und Klaus … aber … irgendwie bringt's das nicht.« Ich drehte mich um, den Rücken zu Falk, das Gesicht an die kalte Scheibe gepresst.

»Du steigerst dich da in was rein.«

In den folgenden Tagen ging es mir weiterhin schlecht, ich wehrte mich nicht einmal gegen Wiebkes ewige Tees, Halsumschläge und Wadenwickel. Falk war ungewöhnlich nett und schenkte mir eine ganze Reihe neuer Aufkleber, sogar einen mit einem Kaktus drauf – eine Werbung für Tequila. Und Klaus guckte sich gebührend lange meinen neuen Sukkulentenableger an. Tage vergingen damit, dass ich ein großes Puzzle mit Mount-Everest-Ansicht legte.

Kaum ging es mir besser, hörte die familiäre Rücksichtnahme auf. Falk bat mich ständig, ranzige Plattenstapel, die er nach Wohnungsauflösungen bekam, mit auf sein Hochbett zu schleppen, und Wiebke war so versunken in die Übersetzung eines schwedischen Jugendbuchs über den Rausch der ersten Liebe, dass sie tagelang mit verklärtem Blick durch unsere Wohnung tappte und kaum ein Wort mit jemandem wechselte.

Morgen fing für mich die Schule wieder an. Entsprechend schlecht gelaunt verzog ich mich den ganzen Tag mit dem Atlas auf mein Matratzenlager. Am Abend kam eine Tiersendung im Fernsehen; seit ein paar Wochen gab es eine Reihe über Nagetiere, und diesmal ging es um Ratten. Was der Experte zum Besten gab, war nichts, was wir als Bewohner eines normalen Berliner Altbaus nicht auch wussten – von der Größe ihrer sozialen Verbände bis hin zu ihren Nahrungsmittelvorlieben, ihrem Eigensinn und ihrer Intelligenz. Nur das Genusssüchtige in ihrem Wesen kam etwas zu kurz. Falk stakste in einer Haschwolke durchs Berliner Zimmer, warf einen Blick auf den Fernseher und ließ sich dann auf einen der Sessel plumpsen. Regungslos und mit halb geschlossenen Augen verfolgte er die Sendung.

In den Nachrichten wurde die Geburt des ersten Retortenbabys der Welt gemeldet. Wiebke und Klaus waren unterschiedlicher Meinung, wie dieses Ereignis zu bewerten sei. Klaus fand es gut, dass Frauen auch mittels künstlicher Befruchtung ein Kind bekommen konnten, Wiebke hingegen fand es unnatürlich und erschreckend. Eine Feministin, die interviewt wurde, sagte, die künstliche Befruchtung würde Frauen nahelegen, um jeden Preis ein Kind zu bekommen.

Den Satz »es hat halt nicht geklappt« würde man bald nicht mehr als Ausrede verwenden können. Die gewollt Kinderlosen würden stigmatisiert werden. Klaus verstand nicht, warum sich ausgerechnet die Feministinnen über diesen medizinischen Fortschritt ereiferten. Es störte ihn, dass die Diskussion von Frauen beherrscht wurde. »Oft liegt es ja auch am Mann, wenn ein Paar kein Kind bekommt, der möchte vielleicht auch ein Kind haben können.«

Irgendwann fragte Falk genervt: »Wollt ihr etwa noch ein drittes Kind haben? Diskutiert ihr hier deshalb seit Stunden?«

Wie aus einem Mund riefen Wiebke und Klaus entsetzt: »Nein, zwei reichen!«

Falk und ich verschwanden in unterschiedlichen Richtungen irgendwo in der großen Wohnung.

Friedenstaube – Orakel von Delphi

Auf dem Rückweg von der Schule lief ich wie immer mit Isa und Fiona die Uhlandstraße entlang. Es nieselte, und im Nieselregen wirkte die Stadt weicher als sonst. Über die Straße eilten zwei Ku'dammladys, hielten sich aufgeregt Werbebroschüren auf die – noch – haarspraystarren Frisuren, dann sprangen sie unerwartet behände mit ihren vielen Tüten und Taschen in einen weißen Mercedes, rot-zittriges Rücklicht vor uns und Regen, Regen, Regen.

Von überall her kamen Männer, die es ins Trockene, ins Warme drängte. Sie standen in einer Traube vor dem bunten Plastikvorhang, schüttelten sich wie nasse Hunde und versuchten, ihre Regenschirme möglichst schnell zusammenzuklappen. Manche von ihnen klappten die Schirme schon auf der gegenüberliegenden Seite zusammen, um nicht länger als nötig direkt vor dem Eingang der Peepshow herumhantieren zu müssen. Ein Mann stürmte jedoch mit aufgespanntem Schirm ins warme, duftende Innere – und verhedderte sich fürchterlich in dem Vorhang. Als wir in die Lietze einbogen, hing sein Schirm immer noch im Vorhang fest, hinter ihm drängte die nasse Meute, und es sah so aus, als ob ihm zwei hilfsbereite Stripteasetänzerinnen unter die Arme greifen mussten.

Den ganzen Weg über hatten wir nur ein Gesprächsthema. Wie blöd wir die Jungen in unserer Klasse fanden und dass wenn, dann nur ein älterer Junge oder ein richtiger Mann für uns in Frage käme.

Auf einmal blieb Fiona stehen. »Ich sollte meiner Mama noch eine Weleda-Creme mitbringen. Calen … na, die, die so ähnlich heißt wie Kalender.«

Wir machten also kehrt und gingen zurück zu »unserer« Apotheke. Schon hörte ich die sanfte, melancholische Melodie. Vorn an der Theke stand die blonde Frau mit der randlosen Brille, die mir manchmal Artikel meines Vaters aus der Zeitung vorlas. Vorsichtig stellte ich mich hinter Fiona und Isa auf die Zehenspitzen, um zu gucken, ob Herr Adán da war. Ich entdeckte ihn in einem der hinteren Räume. Er schien ein Medikament herzustellen. Er hielt eine Pipette ins Licht, tunkte sie in eines der Gläser, tauchte sie in eine kleine Schale. Wie viel Macht so ein Apotheker hatte, er handelte mit Heilmitteln und mit Giften, er könnte jemanden umbringen, wenn er es wollte … Herr Adán bemerkte meinen Blick und schenkte mir ein schwaches, Erschöpfung von der Arbeit andeutendes Lächeln.

»Dit Jungvolk kann ma' warten«, rief eine dicke alte Frau mit Blick auf uns und stellte sich, massiv wie eine Litfaßsäule, vor die Theke. Sofort erhielt sie die Aufmerksamkeit der blonden Bedienung.

Herr Adán eilte heran. Sein fliegender Kittel kam mir plötzlich wie der Frack eines Zauberers vor.

»Ich ... ich hätte gern ... also für meine Mama ... diese Weleda-Creme ... die, das ist so eine orangene«, stotterte Fiona, die immer aufgeregt war, wenn sie mit Fremden sprach.

»Es gibt mehrere orangefarbene – soll ich sie Ihnen holen, dann erinnern Sie sich vielleicht?«, fragte Herr Adán. Ich spürte, wie ich eifersüchtig wurde, weil er Fiona so lange anschaute.

»Das ist die, die so ähnlich heißt wie ›Kalender‹«, sagt Fiona.

Herr Adán lachte nicht über sie. »Ich weiß, welche Sie meinen.« Statt Fiona schaute er nun mich an und verschwand im dunklen Flur.

Er sah kaum zu Fiona hin, als er ihr die Calendula-Creme reichte, sondern starrte mich an, genauer gesagt: er starrte – ja – auf meine Brust. Ich war ein wenig irritiert, schließlich wurde ich in der Klasse als »zurückgeblieben« bezeichnet, weil ich noch kaum weibliche Formen hatte.

»Sie tragen aber einen hübschen Anstecker«, sagte der Adán nun.

»Oh! Sie meinen den *Grips*-Anstecker?« Ich freute mich, dass ihm mein kleiner Kobold gefiel.

»Nein, nein, ich weiß gar nicht, was das ist – *Grips*?«

»Ein Theater, hier in Berlin.«

»Ach so, nein, ich meinte die Friedenstaube. Es spricht für Sie, dass Sie solch ein freundliches Symbol tragen. Sie scheinen eine nachdenkliche junge Frau zu sein. Das ist schön.« Er schaute mir in die Augen. »Heute ist es sehr voll hier – aber ein anderes Mal erzähle ich Ihnen mehr – zum Beispiel warum ich aus Chile hierher gekommen bin.« Dann wandte er sich dem nächsten Kunden zu.

Als wir wieder auf der Straße waren, kicherte Fiona vor sich hin. »Der findet dich gut, der Adán. Guck mal, das ist doch ein reifer älterer Herr.«

Isa, die immer länger nachdachte, bevor sie etwas sagte, nahm mich am Arm und flüsterte mir ins Ohr: »Pass auf dich auf.«

Als ich nachts im Bett lag, dachte ich an Herrn Adán und seine dunklen Augen. Von nebenan hörte ich, wie mein Vater schrieb, innehielt und wieder schrieb. Aber es lag nicht nur am Geklappere und am plötzlichen Verstummen der Uraltschreibmaschine, dass ich nicht schlafen konnte. Wie hieß der höchste Berg Chiles noch mal? Und was passiert gerade, genau in diesem Moment, auf den Falkland-Inseln? Ameisenkribbeln.

Dann stellte ich mich ans Fenster. In diesem Moment leuchtete es auf einmal auf: das orangefarbene Hauser-Rechteck. Der Hauser tanzte allein in seiner Bude herum, trank ein Bier dabei, verschüttete etwas Bier auf seinem Bett, riss das Fenster auf und trank mit nacktem Oberkörper am offenen Fenster weiter. Dann tanzte er in seinem Zimmer herum. Plötzlich ging das Licht aus. Zwei Minuten später leuchtete eine Taschenlampe auf dem Dach des gegenüberliegenden Quergebäudes. Schemenhaft erkannte ich den Hauser. Bald darauf sah ich das hellrote Glühen einer Zigarettenspitze. Der Hauser schien sich hinzulegen. Irgendwann schnippte er die Zigarette nach unten. Ich konnte nichts mehr erkennen.

Ein paar Tage später fragte Klaus meine Mutter beim Frühstück: »Sag mal, hat Herr Kanz eigentlich auch andere Frauen aus unserm Haus angesprochen – auf diese Brustgeschichte?«

»Nein!«, sagte Wiebke, und es klang stolz.

Klaus verließ daraufhin die Küche. Bald hörten wir das übliche Schreibmaschinengeklapper.

Nach der Schule war ich bei Isa. Auch ihr Vater, der Gefängnispsychiater, war da. Isas Mutter und er verstanden sich seit ihrer Scheidung vor fünf Jahren blendend, er war, so schien mir, bestimmt dreimal die Woche bei Hülsenbecks. Heute saßen Isas Eltern auf dem Balkon. Frau Hülsenbeck besprach mit ihrem Exmann die Fälle, die sie als Staatsanwältin zu betreuen hatte, er hatte ihr Unterlagen zu seinen Patienten mitgebracht und bat sie um ihre Einschätzung.

Wahrscheinlich sah Isa ihren Vater öfter als manches Kind, dessen Eltern nicht geschieden waren. Mit dem Unterschied, dass ihr Vater aus jedem Tag, ob es ein Mittwochnachmittag nach der Schule oder ein Donnerstagabend in der Pizzeria war, einen Sonntag machte. Herr Hülsenbeck hatte eine neue Frau, die die gleiche Frisur trug wie Frau Hülsenbeck. Sie war allerdings nicht Staatsanwältin, sondern Geschäftsführerin eines Gefängnismobiliarherstellers. Und Frau Hülsenbeck hatte einen älteren Bekannten, der die gleiche Frisur (keine Haare) wie Herr Hülsenbeck trug und ebenfalls mit schwierigen Menschen zu tun hatte, allerdings als Leiter einer Stiftung für Künstlerförderung. Manchmal gingen sie am Wochenende zu viert am Grunewaldsee, an der Havel oder an der Krummen Lanke spazieren. Oft saßen sie später noch gemeinsam bei Frau Hülsenbeck, tranken Earl Grey und hörten Klavierkonzerte. Mir schien, sie mussten sich alle für die vor ihnen liegende schwere Arbeitswoche wappnen.

Isa und ich standen manchmal hinter der Flügeltür des Hülsenbeckschen Hauptwohnzimmers, um den merkwürdigen Gesprächen, die hinter der harmlosen Tee-und-Klaviermusikkulisse geführt wurden, zu lauschen. Es ging dann um Menschen, die den Zwang hatten, den Satz »Ich bin ein Berliner« jeden Morgen hundertmal aufzusagen, weil sie befürchteten, ohne dieses Ritual würde ihnen etwas Furchtbares geschehen, oder um Künstler, die bei der Stiftung angegeben hatten, nur produktiv sein zu können, wenn sie genug Geld hatten, um jeden zweiten Tag ins Solarium gehen zu können.

Als Fiona, Isa und ich am nächsten Morgen wie immer an der Peepshow vorbeigingen, starrten wir wie gewohnt zur Öffnung mit dem Glittervorhang, als wäre sie das Orakel von Delphi. Tatsächlich hing der Vorhang für einige Sekunden still. Jede normale Tür wäre bei diesem Betrieb längst aus den Angeln gefallen; der robuste Plastikvorhang war eine gute Wahl gewesen. Schon wehte er wieder auf. Eine Gruppe von schnauzbärtigen Männern in weißen Anzügen trat auf die Straße und stellte sich im Kollektiv vor das Schaufenster der Herrenboutique. Einer ging zum Schein in den Laden. Ein anderer zündete sich seine Zigarette-danach an und schaute mit halb geschlossenen Augen auf ein paar gestreifte Seidenkrawatten. Für einen Moment glaubte ich, in ihm Herrn Adán zu erkennen.

»Ist das der Adán?«, fragte ich Fiona und Isa.

»Nee, nee, der hat nicht so'n runden Kopp. Außerdem raucht der bestimmt nicht, so als Apotheker«, meinte Fiona sofort.

Nach einer Weile antwortete Isa mit der Ausdrucksweise ihres Vaters: »In deiner Phantasie verknüpfst du Herrn Adán mit erotischen Inhalten. Warum du das tust – darüber solltest du mal nachdenken.«

Dafür, dass Isa ihren Vater nur ein-, zweimal die Woche sah, hatte sie ziemlich viel von ihm übernommen. Sie grinste mich an und hakte sich bei mir unter.

Beim nächsten Frühstück hatte Klaus es auffällig eilig. Er musste in die Amerika-Gedenkbibliothek, um dort für eine Kunstkritik zu recherchieren.

Wiebke betrachtete ihn argwöhnisch. »In letzter Zeit bist du dauernd unterwegs.«

Klaus guckte überrascht.

»Na, mit wem bist du zum zweiten Frühstück verabredet?«, fragte Wiebke und tat nur so, als ob dies ein Scherz sein sollte.

Klaus schüttelte den Kopf, nahm ihre Hand. »Red doch nicht so einen Unsinn!«

Dann fuhr er sich mit seiner Serviette über die Lippen und stand auf. Ich wusste, Wiebkes Verdächtigungen waren unberechtigt, mein Vater begehrte keine anderen Frauen, sondern andere Dinge. Ich beeilte mich, so schnell wie möglich meinen Rucksack zu packen, um ihm heimlich zu folgen.

Später sahen Isa, Fiona und ich, wie er vor uns die Lietze und dann die Uhland entlangging. Ich wurde immer nervöser. Nur noch zwanzig Meter bis zur Peepshow. Isa und Fiona blickten mich an, sie schienen meine Gedanken erraten zu haben. Je näher Klaus der Peepshow kam, desto mehr verlangsamte sich sein Schritt. Jetzt blieb er stehen. Und betrat die Herrenboutique *Chapeau!* Diesmal warteten wir drei in der Pizzeria. Wir verpassten alle die erste Stunde, aber Fiona und Isa gaben sich solidarisch.

Zwanzig Minuten später kam Klaus mit einem neuen Schal zurück auf die Straße. Er ging nicht nach Hause, sondern in Richtung U-Bahnhof Uhlandstraße auf dem Ku'damm. Wir folgten ihm. Unter der leeren Polizeikanzel saßen zwei abgemagerte Frauen in fleckigen kurzen Kleidern ohne Strümpfe und bettelten. Klaus nahm die U-Bahn in Richtung Schlesisches Tor. Vielleicht stieg er ja wirklich am Halleschen Tor aus und ging in die Amerika-Gedenkbibliothek. Ich würde es nie herausfinden, denn nun kam unser 19er-Bus und nahm uns mit in die entgegengesetzte Richtung.

Abends hatte ich keine Lust, zum Töpferkurs zu gehen. *Töpfern? Nein Danke* – dieser Aufkleber fehlte mir noch an meiner Tür. Ich ging heute jedenfalls lieber ins Rattenloch. Schon lief ich am Mottenmuseum und am Fasanenplatz vorbei. In der Luft hing der Geruch von Kohle und Brennholz, immer noch, im April. Ecke Ludwigkirchstraße schälte sich die Reklame dickschichtig von den feuchten Holzbrettern. Ich zwängte mich durch die Lücke zwischen Zaun und Brandmauer. Irgendein Scherzkeks hatte an die Mauer geschrieben: *Alle reden von Umweltverschmutzung – wir machen sie.* Ich bugsierte mich weiter durch das Gestrüpp aus Brennnesseln und Büschen. Wie angewurzelt blieb ich stehen.

Da stand der Hauser mit seinem Luftgewehr – ich sah seine breite Gürtelschnalle in der Sonne aufblitzen, die Cowboystiefel glänzten … Er beugte sich etwas nach vorne, nahm eine Dose ins Visier, die er auf die Arieltonne gestellt hatte, und – schoss. Zack, fiel die Coladose herunter. Der Hauser wiederholte das Spiel ein paar Mal. Dann richtete er sein Gewehr auf eine Ratte, ließ es aber gleich wieder sinken. Ich war mir sicher, sie hätte sich eh nicht erwischen lassen. Das war ihm wohl auch klar, er wollte eine Schlappe vermeiden.

Der Hauser warf das Gewehr fort und legte sich der Länge nach ins Gras, schloss die Augen und döste. Eine Weile lang starrte ich ihn an, wie er zufrieden da lag, dann schlich ich mich vorsichtig von dem verwilderten Grundstück zurück auf die Straße. Von Weitem sah ich Karl und Erwin eng beieinander auf einem Mäuerchen sitzen und Wiebkes Nusswaffeln essen; beide in Hemden meines Vaters.

Ich war damit beschäftigt, meine Hauser-Notizen zu machen und hörte deshalb bei der *Tagesschau* nur halb zu. Es ging um Weizsäcker, Berlins Regierenden Bürgermeister, der sich über irgendetwas in Berlin aufregte, von Versäumnissen seines Vorgängers sprach – und Klaus übernahm dessen ernsten, etwas finsteren Gesichtsausdruck. Auch schien seine Nase länger zu werden und sein Kinn kantiger. Klaus ärgerte sich immer noch, dass Weizsäcker im letzten Sommer Hans-Jochen Vogel abgelöst hatte, der nur ein halbes Jahr im Amt gewesen war. Seit seiner Abwahl schien Falk und mir, dass unsere Eltern noch etwas betrübter waren. Jedes Mal, wenn Klaus vor einem Weizsäcker-Wahlplakat stand, das wenig originell mit »Eine rechte Hand für Berlin« warb, rief er: »Lieber zwei linke Hände für diese Stadt als eine rechte!« Aber der Wind hatte sich damals gedreht, und nach den langen Dietrich-Stobbe-Jahren wurde Weizsäcker mit dem bislang besten Ergebnis der CDU in Berlin gewählt. Und an jenem Junitag im vergangenen Jahr hatte Wiebke zu Klaus mit einem Stoßseufzer gesagt: »Klaus, jetzt sind die Siebziger wirklich vorbei. Das ist langsam auch hier angekommen.« Man hätte denken können, sie sprächen von einer Kleinstadt am Rande der Welt.

Nach der *Tagesschau* brachen Wiebke und Klaus zu einer Vernissage auf. Klaus stand neben der *Straßenabsperrung* vorm Spiegel und legte sich den türkisfarbenen Schal um, den er vorgestern gekauft hatte.

Wiebke runzelte die Stirn. »Wo hast du den denn her?«

»Trödelmarkt«, behauptete Klaus. Ich hielt die Luft an.

»Du hast ja echt ein Händchen für so was«, meinte Falk,

»echt edle Sachen, die du vom Grabbeltisch ziehst, ist ja …
ey, das ist ja Kaschmir.«

»Ja, äh, ein echtes Schnäppchen.« Klaus guckte unsicher
und grinste.

»Ich finde den Stoff zu flauschig«, sagte Wiebke kurz,
dann widmete sie sich unserem Stangenschloss – der übliche
Kampf begann. Es quietschte immer, als bewohnten wir eine
mittelalterliche Burg oder vielmehr ein Verlies.

Falk würde ich verraten, wo Klaus diesen Schal her hatte.

Am nächsten Tag lief ich nach acht Stunden Schule sofort
zum Rattenloch. Ich schob die Brennnesseln mit angewin-
kelten Ellbogen zur Seite, dann sah ich deutlich die Stelle, wo
der Hauser am Abend zuvor im Gras gelegen hatte. Genau da
legte ich mich hin. Der Boden war kalt, aber ich nahm die
Kälte kaum wahr, ich schmiegte mich in die Kuhle, die vom
Hauserkörper stammte, und schloss die Augen. Als ich auf-
wachte, wurde mir klar, dass ich zum ersten Mal in meinem
Leben tagsüber hatte einnicken können.

Tags darauf hatte ich vor der Schule noch Zeit, in die Apotheke zu gehen, um Traubenzuckerbonbons zu kaufen. Herr
Adán schenkte mir sein schwermütiges, aber auch selbstiro-
nisches Lächeln und gab mir eine zweite Rolle umsonst mit.
Sein Hemd war blütenweiß, er trug Manschettenknöpfe. Sein
dunkles Haar hatte er heute gegelt und nach hinten gekämmt.
Er schien Wert auf sein Äußeres zu legen. Der Hauser war
dagegen ein Schwein. Immer, wenn ich Herrn Adán gegen-
überstand, verschwand der Hauser vor meinem inneren
Auge. Als lebte Herr Adán auf einer anderen Realitätsebene
als der Hauser.

Nach der sechsten Stunde wurde Isa von ihrem Papa abgeholt, und Fiona ging in einen Kurs, in dem man lernte, Schmuck herzustellen. Ich fuhr allein mit dem Bus nach Hause.

Aus der Peepshow kamen heute so viele Männer auf einmal, dass man hätte denken können, Berlin sei eine Stadt ohne Frauen. Mann, müssen die am Wochenende auf dem Schlauch gestanden haben. Wie lange ein Mann wohl an so ein Peepshowerlebnis dachte? Hatte der da vor der Polizeikanzel es schon vergessen? Oder der da, der sich gerade vor *Chapeau!* bückte, um seinen Schnürsenkel zuzubinden, dachte der noch daran? Oder der, der sich gerade eine Minipizza holte? Oder der, der da mit einer Plastiktüte in der Hand zu *Domingo* lief ... das gab es ja nicht, das war wieder Klaus! Aber war er aus der Peepshow gekommen? Ich konnte es nicht mehr rekonstruieren, so viele Männer waren eben aus dem klebrigen Flattervorhang auf die vernieselte Straße getreten.

In diesem Moment entdeckte ich den Hauser. Wenn ich gemeint hatte, dass es ihm peinlich wäre, von mir gesehen zu werden, hatte ich mich getäuscht. Sein Blick war nicht stumpfzufrieden wie bei den meisten Männern, die aus der Peepshow kamen, sondern forsch, so als hätte er sich gerade einen kleinen Vorgeschmack auf das gegönnt, was ihn jetzt erwartet. Er wich meinem fragenden Blick nicht aus, sondern sah mich provozierend an. Als er an mir vorbeiging, drei Köpfe größer als ich, sah ich Spott in seinen Augen.

Über ihn hatte ich meinen Vater vergessen. Ich folgte dem Hauser zu *Musik Riedel*, wo er sich Schlagzeuge anschaute, ohne mich eines weiteren Blickes zu würdigen, und wo ich mir das *Beatles Songbook 2* kaufte.

Ich lief am Mottenmuseum vorbei zurück nach Hause. Das heißt, ich machte einen Umweg übers Rattenloch. Jemand hatte dort ein altes Moped entsorgt; einige alte Schallplatten lagen verstreut herum. Ich trat näher. *Juan Namuncura & Luisa Calcumil – Musik der Mapuche-Indianer* und *Pu Kutre Ñuque Rock-Mapuche*. Ich war begeistert – die Mapuche lebten in Patagonien! Das Rattenloch war eine Fundgrube!

Als ich ins Berliner Zimmer kam, stieß ich auf einen leichenblassen Klaus. Er saß zusammengesunken in seinem Lieblingssessel vor einem Haufen zerwühlter Zeitungen. Es sah fast so aus wie bei Erwin und Karl. Diesen Eindruck unterstrich natürlich auch sein schicker schwarzer Rollkragenpullover – den Vorgänger davon trug Erwin seit zwei Wochen, wie mir schien, ununterbrochen.

»Klaus, was ist mit dir?«

»Romy Schneider ist gestorben.«

»Das ist ja fürchterlich!«, rief ich sofort. Dann hielt ich inne: Fing ich auch schon so an? Hatte ich denn je bewusst einen Romy-Schneider-Film gesehen? »Aha – was'n mit der passiert? War die so alt, ja?«

Klaus warf mir einen Blick zu, der sagen sollte: Rede nicht so. Nicht über jemanden wie Romy Schneider.

Es war fast nur ein Flüstern, als Klaus hervorbrachte: »Sie war erst dreiundvierzig.«

»Beinahe so alt wie du.«

Klaus schien verstimmt. »Was hat das damit zu tun?«

Aber ich sah an seinem Gesicht, dass ich den Nagel auf den Kopf getroffen hatte. Er dachte über sich und sein Leben nach.

Ich vertiefte mich in den Zeitungsberg und las über die näheren Umstände von Romy Schneiders Tod. Selbstmord, wurde vermutet. Oder eher Herzversagen? Medikamente? Mein Vater hatte an diesem Tag sechs verschiedene Zeitungen gekauft. In einem Berliner Boulevardblatt stand, Romy Schneider sei an einem »gebrochenen Herzen« gestorben.

»Ich wusste gar nicht, dass du Romy Schneider verehrst. Hast du viele Filme mit ihr gesehen?«, fragte ich.

»Jaja, natürlich, natürlich …« Klaus wirkte zerstreut. Es kam keine konkrete Antwort mehr.

In der Küche stieß ich auf Falk. Ich goss mir ein Glas Fassbrause ein, er sich eine Cola. Ich dachte, ich träume.

»Wo hast'n die her? Doch nicht von Wiebke.«

»Nee, selber besorgt, verschwindet auch gleich wieder.«

Wir hörten die Dielen knarren.

»Ach, hier seid ihr beiden«, murmelte Wiebke zerstreut und legte einen Stapel Manuskripte und Kinderbuchillustrationen auf dem Tisch ab. Sie hob den Kopf, gewann an Orientierung.

»Was trinkst du denn da?«, fragte sie Falk.

»Kamillentee«, seufzte er.

»Na ja, du bist ja alt genug, du musst das selber wissen …« Wiebke gab sich tolerant, man sah ihrem Gesicht jedoch an, dass sie mit dem, was sie gerade von sich gegeben hatte, schwer zu kämpfen hatte. Und schon fuhr sie los: »Letztens habe ich wieder gelesen, wie schädlich Cola ist. Es gab einen Versuch, bei dem ein Stück Fleisch in ein Glas Cola gelegt wurde – und am nächsten Morgen war es weg! Und nun stell dir mal vor, was da so mit deinem Magen passiert, wenn du da die Cola …«

»Das mit dem Fleischstück ist einfach Schwachsinn«, sagte Falk. »Wo soll das denn geblieben sein?«

»Aufgelöst … zersetzt?«

»Den Gegenbeweis liefern doch täglich Millionen Colatrinker, ihr Magen ist doch nicht am nächsten Morgen einfach weg.«

»Das ist nicht das Gleiche, wir haben ja die Magensäure, die uns bei der Verdauung hilft.«

Falk rollte mit den Augen, und ich sah seinem Gesicht an, dass er gerade einen Strategieumschwung ersann.

»Okay, du hast recht! Cola frisst den Magen auf. Dann mache ich jetzt mal ein großes, schönes schwarzes Loch in meinen Bauch!« Er leerte sein Glas in einem Zug.

Ich hatte mich getäuscht, wenn ich geglaubt hatte, Wiebke würde sich jetzt aufregen und hätte nicht ebenfalls einen neuen Plan zum Umgang mit ihrem Sohn ausgeheckt.

Während sie ihre Manuskripte zusammenraffte, gab sie ruhig und nicht ohne Stolz zurück: »Du solltest mal mit deiner ewigen Nihilismus-Koketterie aufhören. Du lebst doch wie die Made im Speck, faulenzt die ganze Zeit herum, was soll dieses komische Selbstmitleid eigentlich? Du bist nicht wie ich als Kind durch eine kaputte Stadt gelaufen und hast Tote gesehen!«

Die Dielen knarrten wieder, und Wiebke bekam Verstärkung.

Von der Türschwelle her rief Klaus: »Du machst aus Malewitsch einen Modekünstler, den du immer nur dann aus der Schublade holst, wenn es dir in den Kram passt. Außerdem verstehst du ihn völlig falsch: Malewitsch ist ein Vertreter des Suprematismus, nicht des Nihilismus!«

Falk stöhnte: »Verdammt, ich wollte doch nur mal ein Glas Cola trinken…« Er stand auf und schubste sich an unseren Eltern vorbei in den Flur. Dann drehte er sich noch einmal um, und ein Lächeln glitt über sein Gesicht: »Würdet ihr verschwinden, wenn ich jetzt ein Glas Cola über euch ausschütten würde?«

Am Abend blieb der Hauser beim Zappen bei dem gleichen Film hängen, den Wiebke und Klaus gerade sahen:

Gruppenbild mit Dame – mit Romy Schneider als Leni Gruyten. Vermutlich würden in den nächsten Wochen viele Romy-Schneider-Filme im Fernsehen laufen, und viele davon würden Wiebke und Klaus zum ersten Mal sehen.

Nuku pommiin – Sterbende Geschichte

Am 24. April hockten wir vier gemeinsam mit Fiona, Anna und einem mir bislang unbekannten Mann an Annas Seite, der sich Wolf nannte, vorm Fernseher – doch diesmal sahen wir keine politische Sendung und auch keinen Film mit Romy Schneider, sondern die Übertragung des Grand-Prix-Schlagerwettbewerbs aus dem britischen Harrogate.

Wiebke und Anna begeisterten sich für *Kojo*, der Finnland vertrat. *Nuku pommiin*, zu Deutsch *Atombombe*, war ein mit Verve vorgetragenes Friedenslied nach ihrem Geschmack. Doch natürlich gewann Nicole den Wettbewerb mit *Ein bisschen Frieden*.

Wiebke echauffierte sich über diesen Sieg (egal, worum es ging, deutsche Siege waren ihr grundsätzlich suspekt): »Diese weiße Gitarre und hinten das weiße Klavier, das ist doch wirklich biedermeierlich, und warum nur ›ein bisschen‹ Frieden?«

Anna stimmte ihr zu: »Die ist eben noch ein bisschen sehr jung, der Song ein bisschen unausgegoren, und sie traut sich auch nur, ein bisschen politisch zu sein.«

»Ich weiß gar nicht, was ihr gegen diese nette junge Frau habt«, meinte Falk. Ich sah meinem Bruder an, dass er fest entschlossen war, Wiebke und Anna zu ärgern. »Ich wusste auch gar nicht, dass ihr auf Männer mit Fönwelle, weißem Hemd und rotem Jackett steht.«

»Vielleicht ist das eine versteckte Botschaft? Kojo, der Rote?«, überlegte Anna.

Wolf nahm sofort entschlossen Annas Hand.

»Immerhin sieht Nicole nicht so tussig aus wie die anderen aufgedonnerten Tanten«, unterstützte ich Falk und spielte mit meinem Pony, der mir auch bis über die Augen hing.

Klaus hob nun zu einem Lob über den »unprätentiösen Auftritt« an. Wiebke und Anna schüttelten ostentativ den Kopf und warfen sich komplizenhafte Blicke zu, bevor sie plötzlich laut *Nuku pommin* anstimmten, was aus ihren Mündern ziemlich merkwürdig klang.

Jetzt durfte Nicole, als Siegerin, ihr Lied noch einmal singen. Einzelne Strophen trug sie auch auf Holländisch, Englisch und Französisch vor. Das Publikum brach in Beifallsstürme aus. Aber Wiebke und Anna waren nicht zufriedenzustellen.

»Ich finde, sie hätte abwechselnd in amerikanischem Englisch und in Russisch singen sollen«, kritisierte Anna. Wolf legte wieder seinen Arm um sie.

Auch wenn Wiebke und Anna streikten: Der April ging in Berlin-West vielerorts mit *Ein bisschen Frieden* und einem Hauch Sommerwärme zu Ende.

Der 1. Mai fiel dieses Mal ausgerechnet auf einen Samstag, was Falk und mich sehr verdross: ein verlorener schulfreier Tag. Am Nachmittag gingen wir zur DGB-Demo, nur um sie uns anzuschauen. Falk war der Ansicht, dass es mit der zunehmenden Automatisierung bald gar keine Arbeiter mehr geben würde und folglich auch keine 1. Mai-Demo.

»Gucken wir uns mal ein Stück sterbende Geschichte an«, sagte er zu mir beim mittäglichen Frühstück.

»Glaubst du wirklich, dass die Arbeiter aussterben?«

»Es gibt ein eindeutiges Indiz: Am Wittenbergplatz hat immer noch ein Fahrkartenmensch in dem Häuschen gesessen, sonst gibt's ja eh nur noch diese Scheißautomaten – und der ist jetzt auch weg. Noch ein Arbeitsloser und ein kaputter Automat mehr.«

»Überzeugt! Gehen wir zur Demo!«

Auf welch holprigem argumentativen Weg wir auch immer zum Wittenbergplatz gekommen waren, wir standen bald mit anderen Demonstranten unter roten Fahnen. Wir waren umgeben von Familienvätern mit Schnauzbärten und mit Abstand die Jüngsten.

Falk war es bald langweilig. »Los, wir fahren noch zum Fest am Lause Platz.« Dort trafen wir auf seinen Freund Christian und andere Hausbesetzer, die schwer mit sich beschäftigt waren, womit ich sagen will, dass niemand mit mir ein Wort sprach. Ein Gespräch zwischen Falk und einem beeindruckend verzottelten Typen in schwarz-rot gestreiften Röhrenjeans drehte sich geschlagene anderthalb Stunden – nun ja – um Selbstgedrehte. Als ich später mit Falk in der U-Bahn saß, merkte ich an, dass sich mir das Stück sterbende Arbeitergeschichte auf dem Lausitzer Platz auch nicht näher erschlossen habe, was Falk mit bösem Blick quittierte. Und, schwupp, hatte er seinen Walkman aufgesetzt.

In der *Tagesschau* sahen wir, dass es natürlich auch im Ostteil der Stadt eine 1. Mai-Demo gegeben hatte. Sie sah aus, als hätte sie zwanzig Jahre früher stattgefunden. Die Kleidung der Menschen, die Parolen, die Liebknecht- und Luxemburg-Plakate – es schien nicht so sehr ein anderes Land als vielmehr eine andere Zeit zu sein, die da in unsere West-Berliner Wohnung flimmerte.

Diesmal ging es bei einer unserer üblichen Diskussionen im Anschluss um den Sinn von Demonstrationen an sich. Falk, der auch nur aus Neugierde zur 1. Mai-Demo gegangen war, fragte Klaus, warum er denn nicht mitgegangen sei. Tatsächlich hatten Wiebke und Klaus uns oft eindrucksvolle Geschichten von 1. Mai-Demos und anderen Demonstrationen erzählt, zu denen sie in früheren Zeiten marschiert waren. In den letzten Jahren hatte zumindest Klaus' Interesse daran merklich nachgelassen. Heute verteidigte er sich mal wieder: »Demos … Politik habe ich in den Siebzigern versucht zu machen, aber ich glaube da nicht mehr dran … Man kann den Menschen nicht so von oben umerziehen. Es ist viel interessanter und, wie soll ich sagen, liegt mir auch mehr, sich mit den Sehnsüchten der Menschen zu befassen, wie sie sich beispielsweise in der Kunst manifestieren …«

Leben auf dem Dach – Immergleiches Rosarot

Mit dem Mai begann die Saison, die Falk am liebsten war. Denn das späte Frühjahr war immer der Auftakt für den Summer of Love bei uns: Das halbe Haus ging dann gärtnerischen Tätigkeiten nach. Nicht etwa in einer Laubenpieperkolonie, sondern bei uns auf dem Dach. Dort hatten wir eine Hanfplantage.

Klaus und Wiebke hatten Falk erlaubt, einen kleinen Abschnitt der allgemeinen Haus-Hanfplantage auf dem Dach für sich zu nutzen. Freunden gegenüber sagten sie: »Wir können es ja doch nicht verhindern, dass er das Zeug raucht, auch wenn wir ihn zu jung dafür finden – aber so weiß man wenigstens, woran man ist!« Das war eine schöne Umschreibung dafür, dass sie, das heißt wenigstens Wiebke, sich ebenfalls dort bedienten.

Hinzu kam, dass Falk es fertigbrachte, sich auf seine Klausuren bekifft und bei lauter Musik vorzubereiten – er hatte stets einen Notendurchschnitt um die 1,5. Beneidenswert.

Ich beteiligte mich auch in diesem Jahr nicht an der allgemein ausgebrochenen Gärtnerwut. Schließlich war das Dachgärtchen, wie Falk liebevoll zu sagen pflegte, sein Revier. Falk kiffte nicht einfach, er machte eine Philosophie daraus – so wie er eine *Kleine Philosophie des Rauchens* verfasste, würde er sicherlich noch ein Traktat *Über Wesen und Wirkung der Hanfpflanze* schreiben. Ich wollte mich da nicht einmischen. Schließlich betrat er umgekehrt auch nicht patagonisches Terrain.

Wenn Falk aus der Schule kam, setzte er sich gern mit Wiebke, mit der er sich auf dem Gebiet gut verstand, ins Dachgärtchen. Wenn Wiebke etwas geraucht hatte, wurde sie still, was der Grund dafür sein mochte, warum Falk diesem Zusammensein gegenüber aufgeschlossen war. Dazu gesellten sich oft noch der Kanz, der Grottenolk, der Hauser, Anna und wechselnde sie begleitende Männer, Filizes und Serifes Eltern und andere Leute. Und jeder hatte seinen Anteil am Dachgärtchen.

Manchmal kamen auch Frau Koderitz und die Pechs mit ihren jeweiligen Hunden aufs Dach. Frau Koderitz zog sich bis auf BH und Unterhose aus, auch wenn es noch nicht warm war, und legte sich auf eine dreckige Plastikliege. »Da will ick druff sterben. Bessa als in 'ne Madenkiste.« Dort harrte sie stundenlang aus und trank Schnaps, während Fred auf dem

Dach herumstreifte. Von unserem Dach aus konnte man zu beiden Seiten auf die angrenzenden Dächer gelangen, so dass Fred oft länger verschwunden blieb. Mehrfach war ich über die Dächer gelaufen, um Fred zu finden; diese Spaziergänge, besonders bei Sonnenuntergang, gefielen mir gut, so dass ich mich freute, wenn Fred ausgebüchst war. Pechs hatten einen kleinen Kräutergarten direkt neben Hausers Teil der Plantage angelegt. Nach ihrer ersten Frankreichreise im letzten Jahr nannten sie ihren Kräutergarten »unseren Jardinjarten«. Von diesem Begriff waren sie nicht mehr abzubringen.

Die Familie von Serife und Filiz grillte gern. Der Hauser verstand sich prächtig mit Herrn Söylesin und fachsimpelte mit ihm über die Kunst des Grillens. Herr Söylesin sprach ein mäßiges Deutsch, aber, wie Wiebke meinte, »das Sprachniveau vom Hauser dürfte niedriger sein«. Die Einzigen, die dem Dach meist fernblieben, waren Klaus und Herr Wiedemann. Klaus fürchtete sich vor Gesprächen über Kunst mit Kanz oder Olk, und Herr Wiedemann hatte einmal gesagt, er würde es weder mit dem Hauser noch mit der Koderitz länger als fünf Minuten an einem Ort aushalten. Vor langer Zeit soll der Hauser einmal Herrn Wiedemann entgegengetorkelt sein, in dessen kleines Bäuchlein gepiekt und gesagt haben: »Ooch so'n Bierchenfriedhof.« Das war der Auftakt einer wenig herzlichen Nachbarschaft. Dennoch hatte ich mich geärgert, dass Herr Wiedemann die beiden – den Hauser und die Koderitz – in einem Atemzug nannte. Der Eine war schließlich ein weitgereister, freakiger Typ, die andere eine Heino-hörende Säuferin. Aber Herr Wiedemann war eh merkwürdig.

Der nächste Schultag begann mit Geschichtsunterricht. Ich überlegte, ob ich unseren Herrn Kurzke fragen sollte, ob wir nicht mal über die Azteken und die Mayas sprechen könnten.

Als ich ihn schließlich in der Pause darauf ansprach, wurde er ungehalten: »Die Rahmenpläne bestimme immer noch ich!«

Wir hatten gerade eine Doppelstunde lang das Thema Dreifelderwirtschaft über uns ergehen gelassen. Ich wusste nicht einmal genau, wie der Ackerbau heute funktionierte, dafür aber im Detail, wie man ihn im Mittelalter betrieben hatte. Herr Kurzke hatte es geschafft, interessierte Schüler in eine dauerdösende Meute zu verwandeln. Wir lebten mitten im Kalten Krieg zwischen zwei Weltmächten und beschäftigten uns Woche für Woche mit Wintergetreide, Sommersaat und Brachen.

In der dritten Stunde, Geographie, sollten wir etwas über den Ostblock lernen. Wir schlugen unsere Schulatlanten auf, und Herr Piontkowski fragte uns nach den Hauptstädten einige Ostblockländer. Wir waren alle sehr schlecht, brachten Bukarest und Budapest durcheinander, manche glaubten, Sofia sei die Hauptstadt von Ungarn und Bukarest die von Bulgarien. Auch Steffen, der eine gute Allgemeinbildung besaß, hatte keinen Schimmer. Verwunderlich war es nicht: Der Ostblock war in unserem Diercke-Schulatlas in Einheitsfarbe gehalten, man musste sehr genau nachsehen, um die Ländergrenzen zu erkennen. Wir redeten fast nie von einzelnen Staaten, sondern grundsätzlich nur vom Ostblock. Wenn Oma Helene von *dem* Russen sprach, klang das nicht viel anders. Trotz unserer Polenpakete hatte ich mich im Atlas nie weiter in das riesige rosafarbene Reich vorgewagt. Von Westeuropa hatte ich auch nicht viel mehr Ahnung – vielleicht weil ich, wenn ich auf Reisen im Kopf ging, vom ewigen Ost-West-Konflikt Abstand nehmen wollte.

Leider guckten wir bei unserem Jeanslehrer, Herrn Piontkowski, von seinen Anhängern und Verehrerinnen Pionti genannt, nie auf die geographische Europakarte, sondern nur auf die politische. Und da hatte, frei nach dem Diercke-Stalin-Pakt, die Sowjetunion höchst erfolgreich alle Zwischentöne und Verschiedenheiten, Tausende von Kilometern, Ostseestrände und Pusztasteppen, Großstädte und Berglandschaften, Prag und Masuren, Albanien und Sankt Petersburg in ihr immergleiches Rosarot tunken dürfen.

Danzig, Breslau – wir wussten nicht, wo diese Städte lagen, wir zuckten die Schultern. Wir wussten, die Frauen auf der Straße, die auf ihre leeren Kochtöpfe schlugen, die waren nur zwei Zentimeter entfernt, aber so spontan unser Mitgefühl angesichts der tristen Fernsehbilder war, so wenig Ahnung hatten wir vom Nachbarland. Als ich Wiebke später davon berichtete, sagte sie nur: »Und du kanntest auch keine der Hauptstädte? Und so jemand hat eine Eins in Geographie? Was schimpfst du denn über den Pionti, du lernst doch auch nur die Hauptstädte irgendwelcher exotischen südamerikanischen Länder oder pazifischen Inselgruppen auswendig – oder?« Schweigend half ich ihr beim Abwasch.

Später kamen unsere »ausländischen Mitschülerinnen aus Arbeiterfamilien«, wie Klaus sie nannte, zu Isa und mir, den »höheren Töchtern«, wie Wiebke uns nannte. Und Sena und Pepita halfen uns wieder einmal mit den Hausarbeiten.

Heute war Peter Weiss in Stockholm gestorben. Wiebke stand vor einem ihrer Bücherregale auf der Leiter und brachte ihre umfangreiche Peter-Weiss-Sammlung herunter. Klaus lag in seinem Lieblingssessel, umgeben von Büchern und Zeitungen. Ich spürte, sie wollten allein sein.

»Anfang des Jahres hatte er doch erst den Bremer Literaturpreis gewonnen,« sagte er leise zu Wiebke. Wiebke brummte zustimmend. »Und das obwohl einige Rezensenten den dritten Teil der *Ästhetik* im letzten Jahr ja in Grund

und Boden gestampft hatten, du erinnerst dich, Ueding in der *FAZ*...«

»In der *FAZ* stand aber auch etwas Wahres«, eiferte sich Klaus. »Nämlich, dass Peter Weiss ein deutscher Schriftsteller sei, der an Deutschland krank wurde.« Er machte eine Kunstpause.

Ich überlegte, ob ich den Satz für banal oder schlau halten sollte. In jedem Fall kam die Silbe »deutsch« oft darin vor.

»Und der, wie es hieß, bis zur letzten Zeile ringen wird mit seiner Geschichte, seiner Kultur, seiner Sprache«, fuhr Klaus schließlich fort.

»Ach Gottchen, ist das ironisch gemeint«? Falk war herangeschluft und stand hinter mir.

Klaus guckte ärgerlich auf: »Wieso denn ironisch, natürlich nicht, es geht um Deutschland!«

Falk gähnte, machte eine abwinkende Handbewegung und steuerte in Richtung Küche. Ich ging zu *Aldi* und sollte noch Brot, Obst und Konserven zu Erwin und Karl auf den Parkplatz bringen.

Vorher machte ich einen Umweg zur Apotheke, um mir dieses Mal die ganz besonders lärmabweisenden Ohropax, also die, von denen Herr Adán etwas über fallende Bomben gesagt hatte, zu kaufen. Leider war er heute nicht da, sonst hätte ich ihn nach den Bomben-Ohropax gefragt – und, wenn nicht zu viele Leute dagewesen wären, warum er diesen Vergleich gewählt hatte.

Abends lag ich im Bett und probierte die neuen Ohropax aus. Sie waren knallblau und sahen wie Drogen aus – zumindest wie ich mir Drogen vorstellte. Sie rochen auch sehr synthetisch.

Das Geklapper von Klaus' Schreibmaschine hörte ich nicht mehr. Oder vielleicht doch? Ganz leise? Bildete ich mir die feinen Geräusche nur ein? Was war das für ein permanentes Hintergrundgeräusch in meinen Nächten im Jahr 1982? Ich horchte in mich hinein. Die wirklichen Gefahren, die neuen Gefahren, die Radioaktivität – man hört und sieht und riecht sie nicht, heißt es doch, oder? Ich war so angestrengt damit beschäftigt, darüber nachzudenken, ob ich Klaus' Getippe hörte oder nicht, dass ich hellwach blieb – die nächsten Stunden war an Einschlafen nicht zu denken. Ich horchte in die Dunkelheit. Dann ging ich mit steifen Knien zu meinem Plattenspieler und legte *Paul ist tot* von *Fehlfarben* auf, sah wie er nur Ruinen und summte leise mit: »Vielleicht liegt es daran, dass mir irgendetwas fehlt.«

Sonderlich wohl fühlte ich mich nicht mit den neuen Ohropax. Ich hörte rein gar nichts mehr, nur das Rauschen meines eigenen Bluts. Es war von der akustischen Seite ein bisschen so, wie ich mir Isolationshaft vorstellte. Plötzlich fühlte ich Panik in mir aufsteigen. Ich hörte kein Gerumpel im Hof mehr, kein Taubenscharren auf meinem Fensterbrett, kein Schreibmaschinengeklapper von Klaus und keine Musik vom Hauser. Und der Gedanke, dass Bomben auf Berlin fallen könnten, ohne dass ich es hörte, war auch irgendwie beängstigend.

Am nächsten Tag merkte ich, dass es Klaus mit seiner Trauer um den Tod von Peter Weiss ernst war. Klaus hielt mir einen langen Vortrag, er meinte, dass Weiss einer der wenigen überragenden linken Theoretiker gewesen sei, er schlug *Die Ästhetik des Widerstands* auf und las mir fast eine Stunde lang daraus vor.

»Warum hast du mir nicht vorher mal von ihm erzählt?«, fragte ich Klaus. »Ihr fangt immer erst mit den spannenden Sachen an, wenn die Leute tot sind.«

Klaus guckte irritiert. Aber ich war in Fahrt: »Und wer schreibt heute so wie Weiss über die linken Bewegungen?«

Klaus schüttelte den Kopf. »Natürlich gibt es da auch gute Leute…« Dann vertiefte er sich wieder in die *Ästhetik des Widerstands.* Ohne das Buch näher zu kennen, ging mir durch den Kopf, wie wunderbar der Titel zu Klaus zu passen schien.

Als ich nach der Schule auf den Hof ging, taumelte mir der Hauser entgegen. Um drei Uhr nachmittags. Hatte wohl zu viele Bierchen zum Frühstück getrunken. Er trug ein verwaschenes, enges T-Shirt, das aussah, als hätte er es irgendwo gefunden. Der schwarze Schriftzug war ausgeblichen: *Bausparkasse Wüstenschrott.*

Der Hauser schien gar nichts mehr mitzukriegen. Er grüßte weder die Pechs, die gerade, flankiert von Waldemar, mit je zwei *Aldi*-Tüten in der Hand in den Hinterhof trippelten, noch mich. Erst verhedderte er sich an einem ausladenden Garderobenständer, den Herr Olk unlängst in seine *Urbane Collage* integriert hatte, dann torkelte er gegen eine Steinbrust. Zwei junge Ratten sprangen über seine Füße. Dann wieder sah es so aus, als wollte der Hauser ein paar Schritte auf mich zu machen. Mannometer, war der hackevoll.

»Bin ick denn hier von Jeistan umjebn?«, fragte er, während er sich die Augen rieb. »Dit raschelt, dit knirscht, dit wispat, aba ick kann nüscht sehen. Da is nüscht! Denk ick ma' … doch ick gloob, da ist wat … ick weeß nich, wie kann dit sein, is doch helllichta Tach!«

Immerhin stapfte er auf die richtige Tür im Seiteneingang zu. Bereitwillig hielt ich sie ihm auf. »De Tür jeht von alleene uff…«, wunderte er sich und kratzte sich am Kopf. Sogar die Pechs lachten. Sie hatten den gleichen Aufgang wie der Hauser.

»Wir passen uff, dass der uff'm richtijen Atoll landet«, meinte Herr Pech und nahm dem Hauser schon mal die Schlüssel aus der Hand.

Fünf Minuten später sah ich ihn von meinem Fenster aus in seinem Wüstenschrott-T-Shirt vor seinen Palmen liegen und friedlich schlummern.

»*The crocodile is coming!*« Es knarzte hinter mir. Falk wollte Hilfe beim Plattenumräumen auf dem Hochbett. Er bot mir dafür zwei für Erwin und Karl bestimmte Chipstüten an, die er vorsorglich zurückgehalten hatte. Beim Umräumen fiel mir Falks Notizbuch auf. Mein Bruder erklärte mir, dass er festgestellt habe, die *Kleine Philosophie des Rauchens* sei thematisch zu groß angelegt gewesen. Er habe beschlossen, sein Buch *Kleine Philosophie des Selberdrehens* zu nennen. Er sah mich mit erwartungsvoller Miene an.

»Dann hat der 1. Mai zumindest dir eine Erkenntnis gebracht.«

Als ich später wieder nicht schlafen konnte, besuchte ich Klaus, um ihn in ein nächtliches Gespräch zu verwickeln.

Heute war ich in Streitstimmung: »Was schimpfst du eigentlich immer über den Hauser? Ich dachte, du glaubst wie Peter Weiss an den klassenbewussten Arbeiter. Und überhaupt, dass Kunst und Literatur für alle da sein müssen. Das hast du mir doch vorgelesen, oder? Du hast noch nie richtig mit dem Hauser gere …«

Hier unterbrach mich Klaus: »Ich habe sehr wohl einige Male mit unserem Nachbarn, dem Herrn Hauser, geredet, und das ist kein Anarchist aus der Arbeiterklasse und kein Peter-Weiss-Adressat – ob du's glaubst oder nicht, Herr Pech hat in grauen Vorzeiten die KPD gewählt –, sondern, wie ich schon mal sagte, ein Kleinkrimineller. Mit Klassenbewusstsein hat das nichts zu tun und mit Arbeiter schon mal gar nicht.«

»Was meinst du eigentlich immer mit ›Kleinkrimineller‹? Was denkst du denn, was der Hauser macht?«

Klaus behagte meine Rückfrage nicht. Er wollte seinen Verdacht lieber im Ungefähren belassen. Er fuhr sich durch die strubbeligen Haare.

»Dass der sich so'n dickes Motorrad leisten kann, will nicht wissen, wo er das her hat ...«

»Vielleicht im Rattenloch gefunden?«

»Jule! So blöd bist du doch nun wirklich nicht.«

» Oder billig gekriegt und dann selber hochgeschraubt?«

Klaus sah mich zweifelnd an: »Wovon lebt der denn? Die Miete mag ja noch das Sozialamt zahlen – aber so ein Motorrad? Und so eine Lederkluft? Fünf verschiedene?«

»Hast du denn mitgezählt?« Langsam nervte mein Vater mich.

»Ich glaube, dass sich viele Leute genauso fragen, wovon wir eigentlich leben! Du gehst nicht regelmäßig zur Arbeit, sitzt dauernd in der Wohnung rum und guckst Löcher in die Luft ... gehst sonstwann ins Bett, hast keinen normalen Wach- und Schlafrhythmus ... auch so'n Kleinkrimineller, der Herr Zürn, aber eher so'n Schreibtischtäter.«

Klaus hatte mir mit interessiertem Gesicht zugehört. Nun begann er zu grinsen: »Und dann auch noch so elegante Anzüge!« Mit einem feinen Lächeln strich er über seine Krawatte. Aber ich wusste, er würde seine Meinung über den Hauser nicht im Geringsten ändern.

Klaus fuhr am nächsten Tag nach Kopenhagen, um in dem Hippieviertel Kristiania einen Maler zu treffen. Vor seinem Abflug hörten wir noch in den Nachrichten, dass Bundespräsident Carstens gerade zu einem Staatsbesuch nach Kopenhagen aufbrach. Klaus guckte alles andere als begeistert: »Auch das noch. Nicht, dass wegen diesem Deppen auch noch die Straßen abgesperrt sind.«

»Keine Sorge, nur die Wanderwege«, winkte Falk ab.

»Sein Treffen wird sicher nicht in Kristiania stattfinden«, das war Wiebke.

»Jubel einfach mit, wenn die Straßen abgesperrt sind«, riet ich, und Klaus zwickte mich ins Ohrläppchen.

»Genau, einfach den rechten Arm hoch – damit machst du sicher einen guten Eindruck auf deinen dänischen Gastgeber.« Falk stellte mal wieder alle in den Schatten.

Das Raumschiff ist eingestürzt – *Völlig losgelöst*

Am folgenden Morgen ging ich in unsere Apotheke, um mir eine Schlafbrille zu besorgen. Ich wollte schließlich nichts unversucht lassen. Diesmal war ich die einzige Kundin. Herr Adán kam in seinem weißen Kittel herangeeilt.

»Ich … hätte gern eine Schlafbrille.«

»Ja, sicher … in Kombination mit den Ohropax ist das genau das Richtige.« Er zeigte mir ein schönes gepolstertes Modell in Nachtblau. Als er mir die Brille zeigte, fiel mir auf, dass er den Stoff streichelte. Ich sah auf seine dunklen Hände. Er war eigentlich das genaue Gegenteil vom Hauser, nie wusste ich, ob ich ihn anziehend oder abstoßend finden sollte.

»Ich wollte Ihnen etwas erzählen«, begann er.

Ich wusste nicht, wie ich reagieren sollte.

»Wenn es Ihnen nicht zu viel ist.«

»Ich weiß ja noch gar nicht, worum es geht.«

»Sie haben sicher von General Pinochet gehört, nicht wahr?«

In diesem Moment erklang hinter mir die Türglocke, und drei laut gackernde Frauen nebst ihren Hunden stürmten die Apotheke.

Als Klaus aus Kopenhagen wiederkam, stürzte sich Falk gleich auf ihn, um in Erfahrung zu bringen, ob er Carstens gesehen hätte. Klaus war erschöpft und winkte nur ab: »Bitte, muss das das Erste sein … Ich werde mit Carstens verabschiedet und willkommen geheißen … lass mich doch erst mal ankommen!«

Falks Augen leuchteten: »Zu Weihnachten schenke ich dir ein T-Shirt mit Carstens-Aufdruck!«

Langsam begann Klaus zu grinsen. Dann seufzte er und hob einen Arm nach oben, im Versuch, ihn um Falk zu legen. »Von mir bekommst du eines mit dem Schriftzug *I love Maggie*, nein: *Luv ya, Maggie!*«

»Das gibt es nur noch in deiner Größe, Klaus, in Small.«

Wiebke hatte für Klaus jedoch eine gute Nachricht parat: Sie hatte Herrn Kanz abgesagt. Ich war dabei gewesen.

Herr Kanz hatte die Augen verdreht und zu Wiebke gemeint: »Ihr seid doch Kunstkenner, gerade bei solchen Leuten hätte ich mehr Kooperation erwartet.«

Wiebke hatte süffisant gegrinst: »An mir lag es nicht.«

Am nächsten Morgen beim Frühstück wollte ich mit meinen Eltern über Pinochet sprechen; mein kurzes Gespräch mit Herrn Adán hatte mich noch nachts beschäftigt. Zu Pinochet hatten sie doch sicher, wie zu allem, viel zu sagen.

Als ich in die Küche kam, sah ich schon an den Mienen

meiner Eltern, dass ein Gespräch über so etwas (Berlin-)Fernes, Entlegenes wie Chile keine Chance haben würde. Sie klebten am Radio.

»Heute vor zwei Jahren ist das Dach der Kongresshalle im Tiergarten eingestürzt«, sagte Wiebke mit tonloser Stimme. Klaus guckte betrübt auf die Tischplatte. »Das war ein furchtbares Bild, die eingedrückte Decke, dabei war das doch eine architektonische Meisterleistung und ein Wahrzeichen von Berlin.«

»Der Osten hat den Einsturz als Symbol gewertet«, murmelte Wiebke.

»Wie meinst du das?«, fragte ich verwundert.

»Die Kongresshalle wurde in den Fünfzigern auch als ›Leuchtturm der Freiheit‹ bezeichnet und sollte die Werte des Westens nach Osten hin ausstrahlen. Deswegen wurde die Kongresshalle auf einen künstlichen Hügel gesetzt, damit man ihre Konturen auch aus dem Ostteil Berlins erkennen konnte«, belehrte mich Klaus.

»Welche Werte denn?« Immer diese Wertediskussion.

»Konsum, Fressen, Saufen, vor der Glotze hängen, *Ich will Spaß* hören ...« Falk grinste.

»Meinungsfreiheit zum Beispiel!«, schimpfte ausgerechnet Klaus, der sich ständig über die Springer-Presse aufregte und der Meinung war, sie sollte verboten werden, nur weil sie nicht sein Weltbild spiegelte.

»Und welche Werte soll dann der schöne Fernsehturm vom Alex zu uns rüberstrahlen?«, fragte ich. Und wurde ignoriert.

Ich erinnerte mich an den Einsturz des Kongresshallendachs: The Wiebkes and the Klauses waren außer sich. Die Kongresshalle ist eingestürzt! Wenn das kein Symbol ist! Sie kauften einen Haufen verschiedener Zeitungen, sogar Springer-Erzeugnisse, die sie beim Telefonieren mit Freunden zerfledderten, was zu hektischen Suchattacken nach den richtigen Artikeln mit unters Ohr geklemmtem Hörer führte.

Ich fand's ja auch schade. Die Halle sah doch lustig aus mit ihrem *Beatles*-Haarschnitt, wie Klaus immer sagte. Aber Klaus und Wiebke taten so, als sei der Petersdom, der Louvre oder das World Trade Center eingestürzt. Mit dem 1979 eröffneten ICC, das viele Leute sehr futuristisch fanden und daher »das Raumschiff« nannten, hatten sie sich nie recht anfreunden können. Wiebke, weil sie es zu groß und zu technoid fand. Klaus, weil er es für solch ein neues Bauvorhaben nicht groß und gewagt genug fand.

Und jetzt saßen beide schweigend mit einer Tasse kalt werdenden Kaffees in der Hand vorm Radio und lauschten mit gesenkten Köpfen einem Report über diesen Vorfall vor zwei Jahren. Zum ersten Mal erschienen Wiebke und Klaus mir alt.

Nachts stand ich am Fensterbrett und schaute in den Hof. Kein orangefarbenes Viereck, kein Hauser ... Ich schloss die Augen. Der Hauser mit seiner Lederjacke und den langen, braunen Locken ... Doch ein anderes Bild drängte sich mir stärker auf: Herr Adán mit seinen eleganten weißen Hemden und dem akkuraten Scheitel. Der Hauser, der mich selbstverständlich duzte, und der Adán, der mich selbstverständlich siezte. Klaus hingegen sagte: »Das ist Julika« oder »Das ist meine große Tochter« oder »Das ist Wiebkes und mein Kind« – jedes Mal kam etwas anderes dabei heraus. Manchmal auch schreckliche Formulierungen wie: »Das ist unsere Julika.«

Während ich herumgrübelte, hörte ich von unten das Klappern der Mülltonnen. Sie klapperten und klapperten ... war ich eingenickt? Draußen grölte jemand: »Lieba'n Bauch vom Saufen als'n Puckel vom Abeeten«, dann sah ich Fred mit Frau Koderitz.

Am nächsten Tag lag ich nach der Schule auf Falks Hochbett; er rauchte, ich aß Gummibärchen und trank Florida Boy Orange, ein Getränk, von dem Wiebke »nichts hielt«, weshalb ich es vorzugsweise in Falks oder meinem Zimmer konsumierte. Warum es noch ungesünder als Ahoj-Brause sein sollte, hatte sie mir bisher nicht erhellt; vielleicht gefiel Wiebke einfach das »Florida Boy« nicht.

Falk und ich schwiegen wieder einmal. Ich wollte mich unterhalten, aber mein Bruder antwortete so einsilbig, dass mir die Lust dazu verging. Passenderweise hing seit Neuestem der Spruch *If you don't understand my silence, you won't understand my words* über Falks Plattensammlung.

Nachdem ich die Namen patagonischer Gletscher auswendig gelernt hatte – (irgendwie beruhigte mich dieses Wissen, dieses Wissen um Zauberorte, das mir niemand nehmen konnte), und dabei den ganzen Abend über *Major Tom* gehört hatte, stand ich wieder an meinem Fenster. *Völlig losgelöst* … Der Hof war dunkel und still. Manchmal sah der neuerdings vom Kanz so genannte *Skulpturengarten* wie ein Friedhof aus, mit all den hohen Steinen.

Patagonien – Frieden für die Ohren

Wieder ein Mittwochnachmittag bei Fiona. Anna umgarnte uns, damit wir wieder Amnesty-Briefe schrieben. »Ich und Fiona haben auch gestern noch Zitronenbiskuit gebacken.«

»Sag mal, gibt es nicht auch einen Fall in Patagonien?«, fragte ich, während ich mir die Kekse schmecken ließ.

Anna sah mich überrascht an, dann schlug sie das *ai informationen*-Heft auf. »Patagonien? Wo ist das? Chile, Argentinien?«

Ich plusterte mich auf: »West-Patagonien gehört zu Chile, Ost-Patagonien zu Argentinien.«

Anna tat so, als hätte sie die Antwort nicht gehört.

»Nein, Nicaragua, El Salvador, Rumänien und Obervolta – falls das nicht reicht, Jule.«

»Gibt's nicht auch mal 'ne Menschenrechtsverletzung in Patagonien?«, bettelte ich.

Anna runzelte die Stirn. »Willst du dir ein Gefängnis angucken? Du solltest froh sein, wenn wir da keinen Fall haben. Außerdem, wieso Patagonien, da unten gibt es doch nur Hochebenen und Pampa.«

Diese Bemerkung war so niveaulos, dass ich mich nicht dazu herabließ, sie weiter zu kommentieren. Davon abgesehen war die Pampas eine andere Region als Patagonien.

Dieses Mal sollten fast alle Briefe in Englisch, Spanisch oder in »flüssigem Rumänisch« geschrieben werden.

»Das ist doch eine schöne Ergänzung zu eurem Englischunterricht … eine viel interessantere Art, eine Fremdsprache zu erlernen«, versuchte Anna uns das Briefeschreiben schmackhaft zu machen. »Ich und Fiona haben gestern extra ein neues Wörterbuch gekauft!« Sie legte uns ein Riesenwörterbuch, schwer wie ein Ziegelstein auf den Tisch und verschwand mit einem Katalog im hinteren Teil der Wohnung.

Anna verstand sich als Künstlerin, ihr Gebiet war die Textilkunst. Sie druckte abstrakte Motive auf bunte Stoffe – manche davon trugen Fiona und sie als Schals, andere lagen als

Decken auf den Sofas und Betten ihrer Wohnung. Ein schöner, dunkelrot leuchtender Stoff diente als Raumteiler für das Berliner Zimmer der Klügers, die eine Hälfte war Annas Panflötenzimmer, der andere ihr Yogaraum. Ich fand die Stoffe hübsch, sie gefielen mir viel besser als *Löcher – Gegenwelt* oder unsere *Straßenabsperrung* an der Wand, aber Klaus meinte, das sei keine Kunst, sondern nur Kunsthandwerk. Auch ärgerte er sich, wenn ich von *Straßenabsperrung* statt von *Antigone: 7, SCH(M)ERZ, gehör(n)t* sprach. Er selber benutzte immer den ganzen, langen Namen. Immer. Alles andere wäre Frevel, Sünde, Ketzerei.

Nachdem Fiona und ich die Amnesty-Briefe geschrieben hatten, setzte Anna noch Teewasser auf, und ich betrachtete die Fotos an Annas großer Pinnwand in der Küche. Da waren Bilder von Fiona, Isa und mir. Auf einem standen wir vor einer Brandmauer, die wir mit unseren Üs übersät hatten, und lachten. Auf einem anderen fuhren wir zusammen auf der Havel Schlittschuh und hielten uns an den Händen. Dann entdeckte ich ein Foto von Fiona mit ihren Eltern. Ich guckte mir das Ekel noch mal genau an. Mit diesen dunklen Locken und den großen braunen Augen war Fionas Vater bestimmt ein Frauenschwarm gewesen. Anna sah, wie immer, sehr gut aus – sie lachte auf dem Foto, wirkte jünger, als sie war. Auch sie hatte lange braune Haare und dunkle, große Augen. Und Fiona war sowieso schön wie eine kleine exotische Prinzessin. Wenn man sich dieses Foto anschaute, konnte man sich nur fragen, was da bloß vorgefallen war. Fiona wusste es selber nicht. Anna erwähnte nie eine Zeit zu dritt. Jeder zweite Satz von ihr begann mit: »Ich und Fiona ...«

Das Telefon klingelte. Anna huschte in ihren Harlekinschuhen über den Flokati und nahm ab. Ohne ein Wort zu sagen, reichte sie den Hörer an Fiona weiter, die schon herangetrippelt kam.

»Okay. Dann bringst du mich morgen um sieben Uhr zurück zu Mama«, hörte ich.

In diesem Moment rief Anna aus der Küche: »Um sechs!«

Schade, dass Anna nicht mal zu unseren Lehrern sagte: Die erste Stunde beginnt um neun Uhr! Sie würde sich bestimmt durchsetzen. Aber leider verwendete Anna alle ihre Energien darauf, Fionas höchst überschaubaren Kontakt mit ihrem Vater zu kontrollieren.

Ich hatte Fionas Vater nur einmal gesehen, obwohl Fiona eine meiner besten Freundinnen war und das Ekel auch in Berlin wohnte. Der gut aussehende Mann im Alter meines Vaters mit langen braunen Locken und einem mit indischen Ornamenten bedruckten T-Shirt, der bei uns vor der Haustür stand, ließ mich sofort an Anna denken. Prompt drückte er die Klingel von Klügers. Niemand kam an die Gegensprechanlage.

Dann wandte er sich zu mir um: »Kennst du die Fiona? Weißt du vielleicht, wann sie wiederkommt?«

Ich zuckte die Schultern. »Mit der mache ich um drei Schularbeiten, dann ist sie bestimmt da.« Bis drei waren noch anderthalb Stunden Zeit.

Als ich später bei Klügers am Wohnzimmertisch saß und mit Fiona Briefe für Gefangene schrieb, klingelte es.

Ich hatte Fiona und ihrer Mutter natürlich von dem Gespräch erzählt. Anna zog ihre Tochter zu sich auf den Schoß, vergrub ihr Gesicht in Fionas hüftlangem gewelltem Haar. Beide flüsterten und kicherten miteinander. Bis das Klingeln aufhörte.

Nachdem ich bei Fiona war, schickte mich Wiebke mit Lebensmitteln zu Erwin und Karl. Auf dem Rückweg begegnete ich Herrn Kanz. Er winkte mir zu. Das tat er normalerweise nicht, meist beachtete er mich überhaupt nicht. Er lupfte sogar seinen schwarzen zerbeulten Hut. »Julika, wie geht's?«

»Schlecht. Wie immer.«

»Ist die Schule schlimm? Habt ihr so viele Hausaufgaben?«

»Nö. Immer nur Transferdenken, das mache ich mit links, mein Gehirn ist schon ein einziger Kreisverkehr.«

»Hm. Hast du Lust, mir mal kurz zu helfen?«

»Naja. Womit denn?«

»Na, das klingt ja sehr begeistert.«

»Bin auch sehr begeistert. Worum geht's denn?«

»Mir kurz helfend zur Seite stehen – eine wichtige Aufgabe.«

»Soll ich 'ne Brust schleppen oder wie?«

»Du hast es erfasst – aber nicht irgendwie schleppen, sondern vorsichtig tragen. Eine wichtige Aufgabe.«

»Ich fühle mich geehrt. Möglicherweise bin ich zu doof dazu.«

»Sach ma' du bist ja ein richtiger kleiner Teufelsbraten, ganz wie dein Bruder, der lange Kerl.«

»Können ja nicht alle Genies sein – wir haben schon eine verdammt hohe Geniedichte hier im Haus.«

»Also, hilfst du mir jetzt oder nicht?«

»Wenn's sein muss.«

»Es muss, Julika, es muss. Sonst fehlt das Herzstück des Skulpturengartens. Ich musste mein wichtigstes Objekt wieder in Ordnung bringen – Herr Olk hat so unsachgemäß gesprayt, dass eine Skulptur von mir plötzlich pink war.«

»Olkpink.«

Die Augen von Herrn Kanz begannen zu glänzen. Er sah mich schelmisch an: »Allerdings.«

Wir gingen in sein Studio. Dort stand eine unscheinbare, kleine Brust. Oben rechts war eingeritzt »Para María«.

»Hattest du mal eine spanische Freundin? Ist doch spanisch, oder?« Der Kanz wollte immer geduzt werden.

»Eine chilenische Freundin. Sie – Gott danke ihr auf ewig – hat mir den Anstoß zu meinem Œuvre, zu meinem unverwechselbaren Stil gegeben. Sie wäre sicher sehr stolz, wenn sie jetzt diesen, meinen Skulpturengarten sehen würde ... Ja, sie war meine Muse ... Ich habe mal eine Südamerikareise gemacht, als junger Mann, mit dem Motorrad ...«

»Ehrlich? Warst du auch ... in Patagonien?«

»Aber sicher.« Der Kanz sah mich zufrieden an. »María stammte aus Patagonien.«

Mir gefiel der Gedanke nicht, dass ausgerechnet er dort gewesen war. Ich versuchte, es mir nicht anmerken zu lassen.

»Echt? Und wie war es da?«

»Toll. Die beste Zeit meines Lebens überhaupt. Da habe ich überall meine Duftmarke hinterlassen!« Der Kanz lachte meckernd. »Ich bin nur mit meinen Gepäcktaschen los, das wars! Wir haben ja doch ganz anders gelebt als ihr heute so – viel risikobereiter, nicht so vollkasko-abgesichert ...«

Ich gähnte betont. Eine effektvollere Waffe als Widerspruch. Das Gähnen hatte ich von Falk übernommen.

Sofort runzelte der Kanz die Stirn. »Damals habe ich echt heiße Geschichten erlebt.« Er sah mich von oben herab an. »Nix für kleine Mädchen!«

Ich ignorierte sein Grinsen und fragte: »Und, warst du im Pumalín-Park und bei den Urwaldriesenbäumen und den Vulkanen?«

»Na aber sicher. Großartige Vulkane. Vulkane – das könnte mein Thema im nächsten Leben werden«

»Und hast du Flamingos gesehen … und … Pinguine?«

»Alles. Alles. Alles.«

Ich hatte vorerst keine Lust mehr, nach Patagonien zu fahren. Mit dem Schleppen der Brust half ich dem Kanz trotzdem. Mir fehlte der Mut, einfach zu sagen: Bitte doch den Olk um Hilfe.

Ich wünschte mir wieder, ein bisschen wie der Hauser zu sein, der machte einfach, was ihm passte. Gut, dass Wiebke Herrn Kanz abgesagt hatte; falls ich je in die Verlegenheit kommen sollte, ihre Brust zu schleppen, würde ich sicher einen Rückenschaden erleiden.

Nachdem sich der Kanz verzogen hatte, ging ich ins Hinterhaus. Schon im Treppenhaus hörte ich ein tiefes Stöhnen, in das sich ein Seufzen mischte. Ich kniete mich vor den Hauser-Eingang und hielt mein Ohr an die Tür. Das Stöhnen und Seufzen wurden lauter und schneller, dann brachen die Geräusche ab. Durch das Schlüsselloch konnte ich nur herumliegende *Aldi*-Tüten und Bierflaschen erkennen. Ich lief nach draußen, über den Hof. Ob das mal wieder Silberne Handtasche war oder eine andere Frau? Ob sie wohl auf seinem großen Bett lagen oder auf der zeitschriften- und chiptstütenübersäten Couch? Ob der Hauser ganz oft mit Frauen schlief?

Später lag ich im Bett und stellte mir vor, wie der Hauser mit nacktem Oberkörper auf mir liegen und seine langen Haare auf meine Brüste fallen würden.

Am nächsten Tag war es warm, und ich hockte allein auf dem Balkon und spielte Schach. Der Marienkäfer auf dem roten Hauser-Heft guckte mir dabei zu. Wiebke kam auf den Balkon. Sie tat so, als wolle sie nur den Saum einer ihrer weiten

Röcke umnähen, aber natürlich ging es eigentlich darum, mich in ein Gespräch zu verstricken. Nach ein paar Minuten Kongresshallengejammer fragte sie mich, ob ich es nicht merkwürdig finde, dass ich in Mathe so schlecht sei, obwohl ich doch hervorragend Schach spiele.

»Was für eine Frage, wenn wir in Mathe Schach spielen würden, hätte ich bestimmt eine gute Note!« Wiebke und Klaus hatten mir letztes Jahr zu Weihnachten ein Schachspiel aus Jade geschenkt, und manchmal spielte ich recht erfolgreich gegen mich selber. Darauf hatte Falk mich gebracht, der meinte, gegen andere zu spielen sei ihm zu berechenbar.

»Stell dich nicht dümmer, als du bist, du weißt schon, was ich meine … die Art des Denkens!«

Ich schüttelte den Kopf. Schach ist ein Spiel, was in aller Welt sollte das mit den beknackten Zylindern, die wir berechnen sollten, gemeinsam haben? Aber Wiebke verstand nicht, was ich meinte, und seufzte nur, während sie meinen Arm streichelte: »Du bist schon eine merkwürdige Nummer.«

Sie schaute in die Luft. Ich wartete gespannt auf das, was käme. Nach einer bedeutungsvollen Pause sagte Wiebke: »Irgendwie.« Dann nähte sie weiter.

Ich lungerte noch eine Weile auf unserem Balkon herum und grübelte, wie ich meine Auswanderung nach Südamerika bewerkstelligen könnte – wenn der Falkland-Krieg sich nicht ausweitete. Hier würde doch eh alles untergehen. Da klingelte es. Am Klingelrhythmus erkannte ich Isa. Ich sprang auf und lief zur Tür. Isa wollte nachher zu ihrem Pony Wuschel und hatte Reithosen an. Wir umarmten uns, dann kochte ich Tee, und wir machten es uns auf meinem Matratzenlager bequem. Wir zündeten eine auf einen Flaschenhals gesteckte Kerze und Sandelholzräucherstäbchen an. Unseren Tee tranken wir im Schneidersitz.

»Ich bin schon ganz aufgeregt wegen Joshuas Party«, Isa sah mich bedeutungsvoll an. »Fast alle sind älter als ich, und es nervt mich, dass meine Mutti will, dass ich schon um elf zu Hause sein soll.«

»Kannst du nicht behaupten, du übernachtest bei Sonja?«

»Mann, das ist eine gute Idee!« Isa strahlte mich an.

Ich hatte immer gute Ideen, wie man sich mit Halbwahrheiten oder Lügen in eine bessere Lage bugsieren konnte, nur leider gab es in meinem eigenen Leben viel zu wenig spannende Gelegenheiten für schöne Lügen. »Du kannst mir ja Bericht erstatten, wie es gewesen ist«, sagte ich leichthin.

»Klar. Hoffe, Melanie spielt sich beim Flaschendrehen nicht so auf wie letztes Mal.«

»Wieso, was war da?« Ich war ja nie auf dem Laufenden, was den Klatsch in meiner Klasse anbetraf.

»Ach, da hat Melanie sich von Moritz, mit dem sie da noch zusammen war, überall hinküssen lassen, inklusive Innenseite der Oberschenkel, und dann hat sie um Punkt Mitternacht vor allen Leuten ihre Pille geschluckt, so nach dem Motto: Seht, ich bin allzeit bereit … Gott, war das eine peinliche Nummer.«

»Echt, die nimmt schon die Pille?«

»Ja, aber ich bin nicht neidisch drauf. Wenn wir erst richtig loslegen, Jule, ist die schon oll und abgegessen!«

Ich nickte. Aus Isas Mund klang alles so klar und logisch – und beruhigend. Außerdem sprach sie von »wir«, das war noch beruhigender. Ich nahm meine rote Kinderbrille ab und säuberte die Gläser mit meinem T-Shirt.

Auf meinem Matratzenlager begann ich zu grübeln. Es gab wenig, was mir zurzeit Spaß machte. Was Schachspielen anging, fand Isa, das sei eher was für Jungs, aber ich verstand nicht, wieso. Sie nervte mich in letzter Zeit mit ihren Äußerungen, wie Jungen und Mädchen angeblich so seien. Kakteen züchteten eigentlich auch nur Jungs – behauptete sie. Reiten hingegen war ganz sicherlich das Richtige für Mädchen.

Als Isa schließlich die U-Bahn nach Lichtenrade zu Wuschel nahm, machte ich mich auch auf, aber ich ging nicht zu meinem langweiligen Töpferkurs, sondern auf den Hof, wo ich eine Bierdose hinter den Mülltonnen vor mich hinkickte. Dieses scheppernde Störgeräusch mochte ich sehr gern. Es nieselte schon wieder vor sich hin, und in der Luft hing Kohleofengeruch. Lange Zeit war es still, nur meine kleine Dose flog hin und her. *Der Kopf ist rund, damit das Denken die Richtung wechseln kann. Francis Picabia.* Das hing an Annas Pinnwand neben zwei Fotoreihen: »Ich und Fiona auf Kreta« und »Ich und Fiona auf Rhodos«. Vielleicht werden die im Kopf herumkurvenden Gedanken aber auch nur abgebremst, bevor sie Schwung kriegen können. Jetzt flog meine Dose über die Hofmauer.

Das Ereignis des Tages war, dass Pechs mit *Aldi*-Tüten an mir vorbeiliefen. Die *Aldi*-Tüte, die Frau Pech trug, war am Henkel schon eingerissen. Für Sekunden hoffte ich, dass die Tüte reißen und der Inhalt mit einem lauten, irgendwie befreienden Gepolter auf den Boden kullern würde, aber nichts passierte.

An die Mauer hinter den Mülltonnen hatte jemand geschmiert: *Kommt Zeit, kommt Rat. Kommen Zeiten, kommen Ratten.* Wie es wohl hinter der Mauer aussah? Dort, wo jetzt meine Dose lag?

Die Pechs wohnten seit Ewigkeiten bei uns im Hinterhaus. Sie waren früher Besitzer einer Kneipe gewesen, das *Mein-Eck*, dessen Geschäfte aber seit langem ihre Tochter übernommen hatte. Einmal war ich mit Falk da, als Wiebke und Klaus einen Tagesausflug nach Dresden gemacht hatten. Sie besuchten dort befreundete Künstler. Vorher gaben sie uns je fünf Mark, damit wir uns etwas zu essen kaufen konnten. Im *MeinEck* standen überall Flipperautomaten herum, und am Ende hatten wir eine Menge Spaß gehabt, aber keinen Bissen gegessen. Zu Hause wühlten wir dann in der Speisekammer und aßen Knäckebrot mit Schmelzkäse.

Mein Blick glitt zur bemoosten, halb verrosteten Teppichstange, die neben den Mülltonnen im Unkraut stand. Das Schild *Teppiche ausklopfen vor 6 Uhr morgens verboten* hatten Falk und ich, regenweich wie es war, zerrissen, und die Hausverwaltung hatte es nicht mehr nachgeklebt. Es hatte den Krieg, die Taubenscheiße und den Schneematsch überdauert, aber nicht uns. Vielleicht ging einfach nur das Leben weiter. Frau Jankowski (eine alte Nachbarin, die letztes Jahr gestorben war) mit ihrem Gemeckere, Kinder sollten »jefälligst leise spielen!«, hatten wir mit unserem endlosen, monotonen Dosenkicken übertönt. Irgendwann war Ruhe da oben (Falk gab damals zurück: »Erwachsene sollen jefälligst leise meckern!«). Die Hofordnungen wellten sich und wankten; sie wurden mit dem Glucksen und Gurgeln der Abflusskanäle fortgespült und von Rattenzähnen geduldig zersetzt.

Der Hauser war nicht da. Wo er wohl gerade steckte? Ob er wirklich ein »Kleinkrimineller« war?

Nachdem die Pechs mit Waldemar in ihre Wohnung getrippelt waren und prompt das blaue Licht ihres Fernsehers anging, war es wieder still. Schließlich lief ich in den Seitenflügel. Was ich da wollte, wusste ich nicht. Ich saß gern in kalten Treppenhäusern herum, fröstelte ein wenig und horchte auf die Geräusche der Stadt. Auf die urbane Klangcollage. Bevor ich Zeit hatte, mir zu überlegen, worüber ich herumgrübeln könnte, ging die Tür vor mir auf, und der Hauser stand da. In brauner Wildlederhose, sein Bauchnabel lugte unter einem zu kurzen T-Shirt hervor. Die langen Locken hingen ihm ins Gesicht, fielen über die Schulter. Seine Nase war riesig und gebogen, eine wunderschöne Nase, wie ein Pirat, ein Südseepirat, dachte ich, und sein Mund, diese festen, leicht nach unten gezogenen Lippen, der kräftige Hals ... Ich starrte den Mann an, mir fielen die Schlüssel aus der Hand. Der Hauser hob fragend eine Augenbraue, dann ging er schweren Schrittes an mir vorbei. Ich rührte mich nicht, bis unten die Tür ins Schloss fiel. Schließlich hob ich meinen Schlüsselbund auf, ging langsam in den Hof. Warum konnte ich nicht einmal etwas Lustiges sagen oder wenigstens freundlich gucken ... so wie Melanie all die Jungs aus der Oberstufe mit in den Nacken geworfenen Haaren anguckte? Was der von mir denken musste ... Selbst der Hauser würde wahrscheinlich noch die blöde, tussige Melanie mir vorziehen. Ich ging hinter die Mülltonnen, ließ mich ins kunstfreie Gras fallen und heulte. Irgendwann hörte ich auf, blieb aber noch weiter hinter den Mülltonnen liegen. Niemand kam vorbei. Aus anderen fernen Höfen, aus zweiten und dritten Hinterhöfen meinte ich ein leises Scheppern zu hören, das anschwoll in meinen Ohren: herumgekickte Cola-Dosen. Danach Stille. Dann hörte ich leise: *Völlig losgelöst von der Erde schwebt das Raumschiff ...*

Oben in der Wohnung schickte Wiebke mich mit zwei Pullovern von Klaus, zwei Packungen Toastbrot, einem Marmeladenglas von Oma Helene, das Wiebke nicht einmal angerührt hatte, und einem Tetra-Pak Orangensaft zu Erwin und Karl. »Und bring mir doch bitte auf dem Rückweg ein paar Ohropax aus der Apotheke mit. Dein Vater hat angefangen zu schnarchen.«

Schon vertiefte sich Wiebke wieder in ihre Übersetzung. Jahrzehnte später würde ich staunen, wie viel Zeit manche Eltern für ihre Kinder aufbrachten, auch die Väter. Von meinen Eltern und denen meiner Freundinnen kann ich, von Ausnahmen abgesehen, nicht sagen, dass wir Kinder die Könige in ihrem Leben waren. Die Könige, wenngleich ständig von Selbstzweifeln geplagt, waren sie selber. Wir Kinder gehörten irgendwie so dazu. Nicht, dass wir unseren Eltern nicht wichtig gewesen wären, aber Wiebke zum Beispiel dachte jetzt gar nicht daran, ihre Übersetzung zu unterbrechen, um mit mir gemeinsam zum Parkplatz zu gehen oder den Gang selber zu machen.

Ich machte mich also allein zum Pennerquartier auf. Diesmal war nur Erwin da. Er las mit gerunzelter Stirn Zeitung. Als ich mich ihm im sicheren Abstand näherte, sagte er zu sich selbst: »Die hamse doch nich mehr alle.« Dann legte er die Zeitung weg, um mir seine volle Aufmerksamkeit zu widmen. »Na, Kleene.«

Ich nickte und schaute auf meine Turnschuhkappen.

»Ooch, so schüchtern. Dabei hat se uns wieda so viele jute Sachen mitjebracht. Lass ma' kieken.«

Ich öffnete meinen Rucksack, holte die Lebensmittel und die beiden Pullover heraus. Als ich sie hochhielt, meinte ich fast noch, Klaus' Figur in ihnen erahnen zu können, die Pullis sahen ihm ähnlich.

»Hab ick'n Jlück, dat ick jenauso spacke bin wie deen Vata. Karl passen die Sachen nämlich nich, da hab ick echt Jlück jehabt!«

Er probierte gleich einen der Pullover aus, und ich begann mich an Erwin in dem bordeauxfarbenen V-Ausschnittpullover aus der Bleibtreustraße zu gewöhnen. Der Pullover war an den Ellenbogen ein wenig dünn geworden, das hatte Klaus gestört.

»Und – sonste so? Schule?«, fragte Erwin mich, der offenbar heute noch nicht viel Kontakt gehabt hatte und ein bisschen plaudern wollte.

»Äh … ja. Ich … ich denke so … über ganz viele Dinge nach«, brach es aus mir hervor. »Also, ich frage mich, was ich davon halten soll, jetzt so mit den NATO-Doppelbeschlüssen und der ganzen Nachrüstung. Ich weiß nicht, ob ich da Angst haben soll. Und es gab ein Erdbeben in Südamerika und einen Mord in Zehlendorf«, ich merkte plötzlich, wie durcheinander ich war. »Und Europa ist genau zwischen alldem«, schloss ich, um der Konfusion noch ein i-Tüpfelchen aufzusetzen.

Erwin lächelte mich an. »Jenau, du hastes afasst. Und jenau deshalb hab ick zumindest keene Angst mehr. Weil: Du und icke, wir können das nich bestümmen. Wenn die Bomben hageln, dann isses ooch ejal, wo de bist uff de Welt. Dann is nämlich allet vaseucht und vastrahlt. Und weeßte wat? Dat trifft dann alle jleich: Reiche und Aame und Leute mit schicke Villen und andere Leute, die's nich so haben, weeßte … Und weil dit wat is, wat dann alle abkriejen, werden die mit die Villen schon dafür sorgen, dat wa ooch nix abkriejen. Deshalb hab ick keene Angst mehr.«

Erwins Argumentation leuchtete mir sehr viel mehr ein als alles, was ich bisher zum Thema Kalter Krieg von meinen Eltern, in der Schule, im Radio oder im Fernsehen gehört hatte – und daher war ich zum ersten Mal froh, dass Wiebke mir den Pennerlieferservice aufgetragen hatte.

Gut gelaunt machte ich mich auf den Weg zur Apotheke. Herr Adán stand auf einer Leiter, um einen sehr großen weißen Bottich ohne Beschriftung – was da wohl drin sein mochte? – von einem Regal herunterzuholen. Sicher würde er gleich eine Creme anrühren.

Aber leider gab er der Frau mit der randlosen Brille den Bottich, um sich einer aufgeregten Rentnerin zu widmen. Sie lamentierte laut über die Blutdruckprobleme ihres nicht anwesenden Mannes, von dem sie als »dem Schurri« sprach. Ob ich wollte oder nicht, erfuhr ich, dass der Schurri oft ein »ordentliches Temperament« hatte. Ich erfuhr auch, dass vor zweiundfünfzig Jahren, als sie sich kennen lernten, alles, auch sein Blutdruck, viel besser war. Alles war im Jahr 1930 besser. Ein paar Mal warf Herr Adán mir Blicke zu, aus denen ich zu lesen glaubte, dass er sich lieber mit mir unterhalten hätte.

Schließlich kam eine junge rothaarige Frau mit Pagenkopf auf mich zu, die ich noch nie hier gesehen hatte. »Und was für Ohropax hättest du denn gern? Welche, bei denen man seinen Bruder nicht mehr schlafen hört, welche, mit denen man auch schwimmen kann, oder welche, bei denen man Schularbeiten machen kann, wenn auf der Straße eine Baustelle ist?«

Ich versuchte dies alles auf Wiebke zu übertragen und entschied mich dann für die Baustellen-Ohropax. Wiebkes gute Laune am Morgen lag mir doch sehr am Herzen.

Als ich bezahlen wollte, beugte sich Herr Adán zu der neuen Mitarbeiterin und flüsterte ihr ins Ohr: »Ich kassiere hier mal ab, vielleicht können Sie der älteren Dame behilflich sein.«

Und schon wechselten die beiden die Plätze. Herr Adán schaute mich mit seinen dunklen Augen an. Zwischen Geld entgegennehmen, Wechselgeld herausgeben und Bon ausdrucken erzählte er mir in rasch gesprochenen, stockend vorgetragenen, leisen Sätzen, dass er als politischer Flüchtling in

Deutschland Asyl erhalten habe, aber sein Vater und seine beiden Brüder nicht. Sie waren im Gefängnis. Und er habe in seiner Heimatstadt nicht mehr aus dem Haus gehen können. »Wissen Sie inzwischen über das Pinochet-Regime Bescheid?«, wollte er von mir wissen.

Ich schüttelte den Kopf. »Nur so'n ... bisschen.«

Herr Adán lächelte mich jedoch trotz meiner Unwissenheit unverändert freundlich an. »Besser so.«

Stilles Wachstum – *I know there's something going on*

Die nächsten Wochen zogen sich endlos hin, es war, als hätte die Welt, so wie sie war, beschlossen, sich nicht mehr zu verändern. Nur unser Hof wuchs immer weiter zu, Herr Olk rüstete mit besprayten Globen gegen die Kanzschen Brüste auf, es wurden auf beiden Seiten immer mehr. Ich zählte die Wochen bis zu den großen Ferien. Die Zeit verging viel zu langsam. Fiona ging mit gleichbleibender Begeisterung zu ihrer Therapie. Anna machte Yoga und bedruckte mit unermüdlichem Elan ihre Stoffe. Erwins und Karls Bärte wurden länger. Der Hauser war entweder weg oder schlief. Das Einzige, was über alle hereinbrach, war der langersehnte Sommer. Plötzlich roch es nicht mehr nach Kohleofen, sondern nach Grillkohlen. Nachmittags las ich Kakteenführer oder blätterte in *Mad*-Heften auf Falks Hochbett – wenn mein Bruder nicht allzu unfreundlich war, vormittags ging ich zur Schule. Wir schrieben Diktate und Tests, eine bescheuerte Gruppensitzordnung wurde von der nächsten abgelöst – wo auch immer ich saß, rammte ich die Rechtshänder, niemand wollte mehr neben mir sitzen. Und neben Isa oder Fiona durfte ich nicht sitzen, weil unsere Klassenlehrerin, Frau Schwundtke, krampfhaft diese Cliquenwirtschaft unterbinden und uns alle so richtig schön »durchmischen« wollte. Immerhin hatte mich Kugeritz seit Neuestem in Biologie neben Steffen gesetzt, denn praktischerweise war er auch Linkshänder, klagte also nicht, dass ich ihn beim Schreiben rammte. Steffen beteiligte sich in keinem Fach mündlich am Unterricht, schrieb aber sehr gute Arbeiten, wenn das Thema nicht gerade Hauptstädte osteuropäischer Länder war. Auf den Hof ging er nicht, er blieb allein im Klassenzimmer und las – richtig erwachsen – Zeitung. Manchmal warfen ihn die Lehrer raus, dann verließ er das Schulgebäude und kam mit zusammengefalteter Zeitung unterm Arm zu spät zurück in den Unterricht. Er entschuldigte sich nie, und niemand wusste, wo er gewesen war.

Einmal hatte ich auf dem Hof ein überraschend lustiges Gespräch mit ihm geführt. Wir hatten über Leute geredet, die so viel sammelten, dass sie sich in ihrer eigenen Wohnung kaum noch den Weg zur Tür bahnen konnten. So ein Fall hatte gerade wieder in der Zeitung gestanden. Ein Mann im Wedding war unter einem zwei Meter hohen Zeitungsberg begraben in seiner Wohnung gefunden worden – er hatte verzweifelt an die Wand zur Wohnung der Nachbarn geklopft, weil er sich nicht mehr befreien konnte.

Dann hatten Steffen und ich uns noch zu Tillman gehockt, der manchmal mit Flugblättern für Demos auf dem Schulhof aufkreuzte. Er war der Sohn des Kunstlehrers, ein punkiger Typ mit Hakennase und Nickelbrille, groß und schlaksig, mit Akne im Gesicht. Tillman war auch ein ziemlicher Außenseiter, hatte aber so seine zwei, drei Jungs mit schwarzgefärbten

Zotteln und selbstgedrehten Zigaretten um sich versammelt. Die Popper machten sich oft lustig über sie, aber eigentlich waren sie harmlos, sie saßen nur im Schneidersitz in ihren Qualmwolken auf dem Boden und quasselten über Nietzsche. Ich fand sie nicht blöd wie die anderen, aber sie waren auf ihre Art auch arrogant und pseudo. Pseudo, sagte Isa immer. Die sind so pseudo.

Den Hauser hatte ich in den letzten Wochen nur bei *Aldi* gesehen. Einmal war ich mit Isa, Fiona und Sonja Häagen-Dazs-Eis essen auf dem Ku'damm. Als Fiona und Sonja gerade in ein Gespräch über das Lochow – ein Freibad in Wilmersdorf mit dem Ruf eines Anbaggerladens – vertieft waren, sprach ich Isa auf den Hauser an. Was sie denn über ihn denken würde. Ich tat so, als fände ich ihn ziemlich übel. Aber leider war aus Isa nichts Spannendes herauszulocken, sie zuckte nur die Schultern und meinte: »Berlin ist die Welthauptstadt des Prolltums. Noch ein Beweis, wenn du mich fragst!«

Der Begriff Proll für Proleten war in verschiedensten Varianten aufgekommen. Dass unsere Schule verprolle, hatte letztens im *Stacheldraht* gestanden. Ein Jahr zuvor hieß es, sie verpoppere! Alarm gab es immer im *Stacheldraht*.

Später begleitete ich Isa zu Karl und Erwin – diese Woche war Frau Hülsenbeck hauptsächlich für das Wohlergehen der beiden verantwortlich. Fionas Mutter, Isas Mutter und The Wiebkes and the Klauses wechselten sich mit dem »Vorsitz« in Sachen Obdachlose ab. Isa war froh, dass ich mitkam, das merkte ich. An einer Säule, die die Betondecke trug, stand seit Neuestem *Der Traum ist ausgeträumt*. Darunter gesprayte Tränen – oder Blutstropfen. So viel wie damals ist wohl nie an Sprüchen im öffentlichen Raum kundgetan worden. Karl stand mit einer Fliegenklatsche vor seinem Stereotower und haute wild auf dem schwarzen Gehäuse herum.

»Die surr'n uns noch tot«, erklärte er. Mit seinen behaarten Armen machte er rudernde Bewegungen in der Luft, um seine Worte zu unterstreichen.

Erwin saß auf der Matratze und hatte seinen Kopf an Karls Bein gelehnt. Karl klatschte weiterhin Fliegen, die manchmal in Erwins wirren Haarschopf fielen. Die Ruhe, mit der Karl seiner Fliegenfängerei nachging, die müde Gemütlichkeit, mit der Erwin seinen Kopf an den strammen Oberschenkel seines Freundes gelegt hatte, über ihnen der ausgeträumte Traum; für einen Moment sah ich dieses Bild als modernes Stillleben, schwarz auf weiß gemalt, vielleicht von Gerhard Richter nach einer nicht vorhandenen Fotografie.

Später war ich gerade damit beschäftigt, auf dem Balkon ein paar Flauschs von meinem Handrücken zu beseitigen, da stand Wiebke vor mir und sah mich bedeutungsschwanger an. »Für dich – ein Steffen!«

Wir telefonierten stundenlang. Steffen erzählte mir von seiner Mutter, die in einer Bibliothek arbeitete und ihm viel aufregendere Bücher mitbrachte als die, die wir in Deutsch lasen. Und er erzählte von seinem Hund Trotzki. Wir unterhielten uns ewig über Tiere; ich erzählte, dass Falk manchmal Wespen ankokelte. Das fand Steffen nicht witzig, aber er sagte auch nicht gleich, dass Falk ein Idiot sei.

Am nächsten Tag in der Schule blieb ich während der Pause mit Steffen im Klassenzimmer. Nachdem ich ihn gefragt hatte, wie es Trotzki gehe, setzte ich mich einfach neben ihn. Steffen packte seine Kopfhörer aus, dann hörten wir Miles Davis, jeder mit einem Ohr. Steffen meinte, dass er die Neue Deutsche Welle nicht leiden könne; ihm gefiel Jazz.

Zu Hause fragte ich Falk, was er von Jazz hielt. Ich erwartete das übliche Naserümpfen über alles, was nicht in seinem

Plattenschrank stand, aber tatsächlich meinte Falk: »Da gibts gute Sachen, habe ich Respekt vor, muss ich mir bei Gelegenheit mal reinziehen.«

Am Samstag sollte eine Klassenfete stattfinden. Wiebke fand es gut, dass wir mal ausnahmsweise nicht so eine Cliquenwirtschaft zelebrierten, und versprach, mir ein paar Getränke und Knabberzeug zu besorgen. Seitdem die Party beschlossene Sache war, gab es jeden Tag in der Schule eine Diskussion darüber, welche Musik gespielt werden sollte. Ein paar Platzhirsche wollten allein darüber bestimmen und anderen verbieten, Platten mitzubringen. Am Ende stand fest, dass nur Rolf und Oliver und niemand anderes auflegen durften und zwar *Duran Duran, Adam and the Ants* und *Spandau Ballet* – Jazz kam nicht in Frage, Steffen wurde sofort abgebügelt: »Dazu kann doch niemand tanzen!« Die *Beatles* und die *Byrds*, meine Vorschläge, wurden auch abgelehnt. »Wir leben in den Eighties!« Am Ende ärgerte ich mich so, dass ich mich fragte, ob ich überhaupt zu der Party wollte.

Am Samstagnachmittag stampfte Wiebke in mein Zimmer, die Fußgängerzone, und hielt ein riesiges Bündel Mohrrüben auf dem Arm. »Ich hab dir mal was Originelles für eure Klassenfete mitgebracht. Immer dieser Süßkram, das muss ja nicht sein. Eine echte Ladung Knabberzeugs!«

Sie strahlte mich an. Wiebke glaubte doch nicht im Ernst, dass ich Melanie und Larissa, wenn sie zu *Get down on it*, *I can't go for that*, oder *I know there's something going on* tanzten, eine Mohrrübe in die Hand drücken würde? Ich wurde wütend. Das passierte nur sehr selten, aber ich platzte richtig. Ob sie vollkommen bescheuert sei, fragte ich Wiebke. Und die flippte aus: Sie sei es leid, sich dem ewigen Modeterror meiner Klasse unterordnen zu müssen, sie habe keine

Lust mehr, sich unter Druck gesetzt zu fühlen, mir neue Klamotten zu kaufen, und bekomme ständig unterschwellig ein schlechtes Gewissen vermittelt, weil wir keinen Walkman oder anderen technischen Firlefanz hätten, diese frühe Anpassung an die Konsumgesellschaft halte sie für fatal und gefährlich … Wir redeten überhaupt nicht über die Mohrrüben, aber über viele andere Dinge. Am Ende ließ sich Wiebke auf mein Matratzenlager fallen und heulte. Was der Hauser wohl mit den Mohrrüben gemacht hätte?

Später sah ich Isa in ihren Reiterhosen vom U-Bahnhof nach Hause kommen. Stiefel bis zu den Knien. Erwachsen. Zehn Minuten später saß ich bei ihr auf dem Balkon und aß Pfirsicheis. In einer muttifreien Minute beugte sich Isa zu mir: »Joshua hat mich gefragt, ob ich Sonntagabend mit ins Kino kommen will!«

Sie strahlte mich an. Dann fragte sie mich, ob Steffen mich wieder angerufen habe. »Der steht auf dich, ist doch eindeutig!« Isa sah mich verschwörerisch an.

»Meinst du?«

»Bin mir bombensicher.«

Ich zuckte unbeeindruckt mit den Schultern. Musste man unbedingt auf jemanden stehen, um ab und zu Zeit mit ihm verbringen zu wollen? Ich war jahrelang mit einem Felix befreundet gewesen, bis er nach Bremen zog, und wir standen, glaubte ich, nicht aufeinander. Aber jetzt, wo alle meine Freundinnen kein anderes Gesprächsthema mehr hatten als »Jungs«, konnte es keine andere Möglichkeit geben für einen Anruf außer, dass »der Typ auf dich steht«.

Isa machte jetzt ein bedeutsames Gesicht. »Atombombensicher!«

Ich nickte schwach, um wenigstens ihre verbalen Bemühungen ausreichend gewürdigt zu haben. Frau Hülsenbeck hatte sich in ihr Zimmer zum *Zeit*-Lesen verzogen, damit war sie eine Weile ausgeschaltet, und Isa sprach jetzt wieder lauter. Steffen sei arrogant und blöd, außerdem sehe er nicht sehr gut aus, meinte sie. Dieser »Hirsel-Mirsel« mit seinen komischen Anzughosen und grauen Hemden. Immer in Grau. Fünfzigerjahrestil. Die komische angedeutete Tolle. Auch seine Nickelbrille gefiel Isa nicht, aber ich erinnerte sie daran, dass ihr allgemein keine Jungs mit Brille gefielen. Sie fand, ich hätte »Besseres verdient«. Wer »Besseres« sein und wie ich ihn finden sollte, war mir allerdings ein Rätsel.

Nach einer Weile fragte mich Isa, wobei sie meinen Arm berührte: »Warst du eigentlich überhaupt schon mal verliebt?«

Isa gegenüber konnte ich einigermaßen ehrlich sein. Sie hing zwar mit der Melanie-Clique rum, aber sie lästerte nicht über mich. Schließlich erzählte ich ihr, dass ich bis jetzt nur einmal verliebt gewesen war, und zwar in George Harrison. Ich hatte ein Foto aus dem *White Album* meiner Eltern über mein Bett gehängt. Isa lachte daraufhin, was ich nicht verstand und was mich verletzte.

»Sag mal, Isa, warum bist du eigentlich mit mir befreundet? Ich meine, abgesehen davon, dass wir praktischerweise im gleichen Haus wohnen?«

Isa sah mich überascht an. »Wie kommst'n jetzt darauf?«

»Weil du alles Mögliche merkwürdig findest, was ich mache ... oder denke.«

Isa erhob keinen Einspruch, sondern schien nachzudenken. Wie sie wohl reagieren würde, wenn ich ihr vom Hauser erzählen würde? Sie würde mich garantiert für verrückt halten – verliebt in einen Verbrecher. Vielleicht sogar einen Schwerkriminellen. Ich kam mir einzigartig und mutig vor.

Wer weiß, vielleicht wurde der Hauser ja sogar gesucht, und eines Tages würde ich mit ihm gemeinsam fliehen müssen. Ein Leben auf der Flucht. Nur mit Landkarten und einem Motorrad. Keine Schule, keine Schwundtke, kein Kunstwerkeabstauben und keine Ausfragen.

Isa sah mich bedeutungsvoll an, dann legte sie mir eine Hand auf den Arm. »Weißt du, Jule, ich glaube, es gibt, wie immer auf der Welt, genau zwei Dinge: Links und rechts, reich und arm, West und Ost, du weißt, was ich meine. Und es gibt eben normale und komische, oder wie du sagen würdest, merkwürdige Menschen. Und ich bin eher normal, und du etwas merkwürdig. Aber dann gibt es noch mal eine Unterteilung: Es gibt normale Menschen, die gern unter anderen normalen Menschen sind, ich würde sagen, Melanie und Larissa sind so. Dann gibt es aber auch andere normale Menschen, die lieber mit etwas merkwürdigen Menschen zusammen sind, weil sie das interessanter finden und keine Angst vor den Merkwürdigen haben. Zu dieser Gruppe gehören mein Vater und ich.«

»Und was ist mit den merkwürdigen Menschen? Ist das auch so eine Plus-Minuspol-Geschichte, merkwürdig gesellt sich zu merkwürdig oder eben zu normal?«

Isa seufzte: »Mit dir ist es noch mal ganz merkwürdig, weil du merkwürdige Menschen wie Falk oder deine Eltern magst, aber dann jemanden eher normales wie mich als beste Freundin hast.«

»Und wie merkwürdig findest du Fiona?«

»Die ist ja nun total merkwürdig, aber auf eine andere Art als du – die ganze Geschichte mit ihrer Endlostheraphie und dem Ekel und den alten Männern, für die sie immer schwärmt. Weißt du noch, damals, unser Musiklehrer?«

»Irgendwie ist das doch nicht das gleiche Ding mit merkwürdig und normal wie mit links und rechts und West und Ost.«

»Wahrscheinlich nicht.«

Nachts, als ich am Fensterbrett stand und in den Hof starrte, grübelte ich weiter darüber nach. Ich überlegte, wie es wäre, wenn ich nicht Julika, sondern Isa wäre. Wie in Kafkas unheimlicher Käfergeschichte würde ich morgens verwandelt aufwachen. Ich würde nicht mit meinen dämlichen glatten Haaren (so dünn, dass keine Haarspange hielt), sondern mit goldblonden Locken, die einem beim Abschreiben schön ins Gesicht fielen, aufwachen. Mir wäre über Nacht ein Busen gewachsen, den ich beim 1000-Meter-Lauf stolz unter meinem engen T-Shirt vor mir her tragen würde. Eine Tamponpackung stünde selbstverständlich in meinem Bad in einem schicken Glasschränkchen, sichtbar für jeden zwischen Badeöl und Gesichtslotion. Frau Hülsenbeck kaufte Isa tolle Cremes, Wiebke mir immer nur Nivea. Alles andere sei Mist, behauptete Wiebke. Geldmache. Das war überhaupt ein Lieblingswort von ihr: Geldmache. Früher glaubte ich, Wiebke würde mir in ihrem Allibert (diesen Spiegelschrank fand Klaus hässlich, Wiebke aber »praktisch«) irgendetwas Besonderes vorenthalten, aber dem war nicht so. Auf Wiebkes Seite vom Allibert stand nicht viel mehr als eine rote Zahnbürste, die aussah, als würde sie sich ihre Schuhe damit putzen, ein Riesenshampoo für »normales Haar« und eine 500-ml-Dose Nivea. Dabei hatte ich, als ich klein war, so sehnsüchtig gehofft, dass meine Mutter dort geheimnisvolle Kräuter und Zaubersalben vor uns versteckte.

In Biologie musste ich mich wieder mit der neuen Heilslehre, mit Genetik, befassen – viel lieber hätte ich etwas über heimische Wald- und Wiesenkräuter erfahren, wie sie im Rattenloch wuchsen oder bei uns auf dem Hof und immer wieder hartnäckig versuchten, sich von herumliegendem Müll oder herumstehender Kunst Raum zurückzuerobern. Es interessierte mich nicht im Geringsten, was aus den Enkeln, Urenkeln und Ururenkeln dieser roten und weißen Geranien wurde. Als die derzeitige Vertretung von Herrn Kugeritz, Frau Borgemann, die immer bunte Wallekleider trug und uns Haferkekse auf den Tisch legte, an meinem Platz vorbeilief, fragte ich sie, ob es stimme, dass jedes Jahr Tausende von Pflanzen und Tieren ausstarben. Frau Borgemann sah mich verwirrt an und sagte, das »gehöre nicht hierher«. Wohin sonst?

Auf dem Nachhauseweg sah ich zu meiner Überraschung Herrn Olk aus der Peepshow laufen – mit einem alten Lampenschirm in der Hand. Er tat so, als ob er mich nicht gesehen hätte.

Nachmittags saß ich bei Isa auf dem Balkon. Unter dem Vorwand, uns Eis und Kuchen zu bringen, mischte sich ihre Mutter permanent in unser Gespräch ein. Isa war eigentlich gerade dabei, von Joshuas Party zu erzählen, aber sobald Mutti auf der Bildfläche erschien, wechselte sie nahtlos zum Reiten über.

»Larissa hatte das gleiche Top von Jean Pascal an wie Joshuas Schwester und ärgerte … leider haben wir bei dem Turnier nur den dritten Platz gemacht!«

»Melanie hatte eine weiße, fast durchsichtige, Bluse, darunter einen schwarzen … Kalli, mein Lieblingspferd, versteckt sich immer hinter der Rampe!«

Während ihre Mutter unsere Schalen mit weiterem Pfirsicheis auffüllte, fragte ich Isa: »Und wie war's bei Sonja?«

Isa sah mich verwirrt an: »Was meinst du … ach ja, gestern meinst du, ach, äh, das ist schon so lange her, dass ich es fast vergessen hätte, ja, da gab's nicht viel zu sagen. «

In diesem Moment schaltete sich Frau Hülsenbeck ein. »Isa, du warst doch bei Sonja, oder?«

Isa kroch fast in ihre Eisschale hinein. Ein Klingeln an der Haustür befreite sie aus ihrer Situation. Herr Hülsenbeck kam zu Besuch. Bald saßen Frau und Herr Hülsenbeck in trauter Harmonie im Wohnzimmer, er in einem beigefarbenen Anzug, sie in einem hellbraunen Kostüm, und tranken wie immer Earl Grey ohne Zucker.

Wir blieben auf dem Balkon, Frau Hülsenbeck ließ die Tür offen stehen, wahrscheinlich um unser Gespräch verfolgen zu können. So konnten allerdings auch wir sie belauschen.

Ich hörte Frau Hülsenbeck über einen Demonstranten lamentieren, dessen Fall – Landfriedensbruch – sie zu entscheiden hatte. Sie sehnte sich nach ihren Delinquenten aus den Siebzigerjahren zurück, die ihr nicht immer mit »verquasten ideologischen Ansichten«, sondern mit einem Geständnis gekommen waren. Isa hatte mir auch schon erzählt, dass ihre Mutter »ein Herz für Klemmis« habe und diese Männer, auch wenn sie schlimme Dinge, von Körperverletzung bis zu Entführungen, anstellten, verhältnismäßig milde verurteile. Aber mit den »Aufmüpfigen«, die keinerlei Einsicht zeigten und im Gerichtssaal herumpöbelten, komme sie nicht zurecht. Herr Hülsenbeck legte jetzt ein gutes Wort für den neunzehnjährigen Demonstranten ein. Er meinte, Frau Hülsenbeck solle in Erwägung ziehen, seine unverhohlenen Aggressionen gegen den Staat als fehlgeleitete Frustreaktion auf das Verschwinden seines Vaters vor drei Jahren zu verstehen. Dieser war von einem Tag auf den anderen in eine Aussteiger-WG ins Wendland gezogen. Frau Hülsenbeck machte »hm hm« und schrieb sich etwas auf. Dann schwenkten sie zu einem ihrer Lieblingsthemen über: ihr gemeinsames Engagement für den internationalen Verein *British Decorative Arts*.

»So harmonisch wie bei deinen Eltern geht's bei meinen selten zu«, sagte ich mit einem Anflug von Neid zu Isa. »Sag mal ... meinst du nicht, dass die noch mal zusammenkommen?«

Isa verdrehte die Augen. »Das fragst du mich jetzt schon zum wiederholten Mal. Ich sage dir nur: Besser sie unterstützen sich gegenseitig mit ihren Fällen, als sie machen sich gegenseitig zu welchen.«

Melanie hört die Neue Deutsche Welle nicht mehr! Die Nachricht ging in Sekundenschnelle über den Flur. Steffen und ich guckten uns an. Was konnte uns weniger interessieren? In der Pause verließen wir den Schulhof und setzten uns in einem nahe gelegenen Park ins Gras. Nach einer Weile Schweigen fragte Steffen mich, ob ich gern Schach spiele, und wir fingen an, uns über mögliche Reformen des Schachspiels zu unterhalten. Ich schlug das dreidimensionale Schachspiel vor, er »Falltüren« und »Fluchtwege«. Anstatt zu Biologie zu gehen, malten wir die ausgeklügeltsten »Fluchtvarianten« in unsere Schnellhefter.

In den nächsten Tagen gingen Steffen und ich in jeder Pause zum Johanna-Platz. Rolf und Oliver warfen sich bedeutsame Blicke zu, wenn wir zusammen zu spät zum Unterricht kamen. Die beiden gingen in der Pause aufs Mädchenklo und sangen laut *Sex in der Wüste* von *Ideal*.

Niemand trug mehr Neonarmbänder, jetzt waren Netzhemden angesagt. Ein neuer Klamottenladen hatte am Tauentzien aufgemacht, *Wit Boy*, da kauften alle diese bunten Löchershirts. Wenn nicht bei *Wit Boy*, dann bei *Jean Pascal*. Heute hatte Isa ein quietschgelbes Sweatshirt mit pinkfarbenem Netzeinsatz an der linken Schulter an. Alle bestaunten sie auf der Treppe. Ihr Sweatshirt war auch noch von Esprit. Aber leider fand ich Netzshirts hässlich. Als ich Isa auf dem Nachhauseweg sagte, dass ich den pinkfarbenen Netzeinsatz affig fände, guckte sie beleidigt und redete den Rest des Rückwegs kein Wort mehr mit mir.

Als wir vor unserem Haus standen, kam uns der Hauser entgegen. Mit seiner geilen Lederjacke. Er lächelte mich an. Nicht Isa, nur mich.

»Es tut mir leid, was ich eben mit dem Netzshirt gesagt habe«, meinte ich versöhnlich.

Später saßen wir auf dem Hülsenbeckschen Balkon. Wir malten unsere Fußnägel bunt an, grün, silber, orange, türkis, obwohl ich erst nicht wollte, aber ich ließ mich von ihr überreden. Nachher hörten wir die *Kool & The Gang*-Kassette, die Isa sich gerade von Melanie überspielt hatte. Zwischendurch stürzte Frau Hülsenbeck zu uns auf den Balkon und bombardierte mich mit Ausfragen: Ob ich meine Zeugnisnoten schon kennen würde, ob ich wüsste, wohin der nächste Schulwandertag ginge, Isa sei ja der Ansicht, das stünde noch nicht fest …

Als ich wieder bei uns in der Wohnung ankam, stand Klaus mit Koffer in der Tür, er war gerade von einer Dienstreise zurückgekommen. Für alle hatte er etwas mitgebracht. Wiebke bekam – o Wunder – einen langen Rock. Aus türkisfarbenem Samt mit weißen Blumen, die vom Saum aus die Beine »hochwuchsen«. Für Falk hatte er ein T-Shirt, auf dem *Closed today* stand, ausgesucht. Das fand ich lustig, und Falk schien es auch zu gefallen, er zog es gleich an. In meinem Pappkarton lag eine weinrote Weste mit silbernen Knöpfen und kleinen aufgenähten Glitzersternen. Und für alle zusammen gab es eine große Schachtel dänischer Bonbons. Eine weitere Schachtel hatte Klaus für Herrn Wiedemann mitgebracht, auf dessen

»runde« Geburtstagsfeier – Herr Wiedemann wurde siebzig – er am Abend noch gehen wollte.

Als Wiebke und Klaus wie üblich um Punkt acht den Fernseher für die *Tagesschau* einschalteten, klingelte das Telefon. Steffen wollte mit mir einen Spaziergang machen. Ich schlug vor, ins Planetarium zu gehen, weil heute die neuen Voyager-Bilder vom Jupiter gezeigt wurden. Steffen war sofort einverstanden, und wir trafen uns vor dem Planetarium am *Insulaner*. Im Planetarium war es mordsgemütlich, wir sahen Aufnahmen von den Wirbeln im großen roten Fleck vom Jupiter und aßen dabei die letzten dänischen Bonbons, die ich mir geschnappt hatte. Nachher gingen wir noch zur Sternwarte und guckten uns die dunklen Flecken auf dem Mond an. Sie hatten geheimnisvolle Namen: Mare Nectaris, Mare Tranquillitatis, Mare Serenitatis.

Zufrieden schlummerte der Hauser im Abendrot am Strand.

Als ich am nächsten Tag von der Schule nach Hause kam, war schlechte Stimmung. Wiebke wollte von Klaus wissen, warum er derart spät von Herrn Wiedemanns Party zurückgekommen war. Sie schien direkt eifersüchtig.

Weil er sich nicht äußerte, kam ihr die Idee, Anna, die auch auf dem Fest gewesen war, zu befragen. Als am Nachmittag Fiona, Sena und Pepita zu uns kamen, um die Hausaufgaben zu erledigen (Fiona kam etwas später, weil sie noch ihre Therapiestunde hatte – diesmal hatte sie dort Kekse mit kleinen Teufelsgesichtern gebacken, die sie uns mitbrachte), lud Wiebke Anna zum Tee ein. Während ich mich auf die Toilette schlich, hörte ich, worüber sie sprachen.

»Der Wiedemann hat Klaus ein paar Leute vorgestellt, und er hat sich mit zwei Studentinnen der Kunstgeschichte länger über ihre Italienreisen unterhalten, aber dann, als schon einige Gäste am Gehen waren, hat er bei Herrn Wiedemann ein Buch über Botticelli entdeckt, war nicht mehr ansprechbar und ist damit irgendwo in der Riesenwohnung verschwunden.« Die Stimmung war abends wieder gut.

Löcher in der doppelten Stadt – Taubenflüge

Am nächsten Tag in der Schule kündigte Frau Schwundtke uns den Wandertag an. Wandertag, das bedeutete nichts Gutes: Einen Tag lang pausenlos seinen Mitschülern ausgesetzt zu sein war für mich nicht erholsam. Entweder wurde etwas »Witziges« unternommen, womit sich die Lehrer bei den Schülern einschleimen wollten (zum Beispiel mit einem Besuch des Wachsfigurenkabinetts) oder etwas »Lehrreiches«. Die »lehrreichen« Ausflüge endeten natürlich nicht mit dem Klingelzeichen, ihre Länge oblag reiner Lehrerwillkür. So ein Wandertag konnte sich hinziehen.

Während Frau Schwundtke noch über den Sinn und Nutzen des Wandertags schwadronierte, überlegte ich, was sie mit uns vorhaben könnte. Hoffentlich ging es nicht in die Amerika-Gedenkbibliothek oder ins Museum für Verkehr und Technik. Oder wieder auf die Pfaueninsel. Letztes Mal war eine Fähre ausgefallen, und der ganze unerfreuliche Wandertag hatte kein Ende genommen.

Endlich kam Frau Schwundtke zu Potte: Übermorgen würden wir nach Ost-Berlin fahren. Das war eine interessante Überraschung. Ich war zwar ein paar Mal in Ost-Berlin gewesen, aber das war eine Weile her, außerdem hatten wir die meiste Zeit in öden Cafés herumgesessen, und The Wiebkes and the Klauses quasselten mit ihren Freunden über neue wilde Kunst. Für einen Tag Ost-Berlin nahm ich auch acht Stunden Melanie in Kauf. Nun nervte Frau Schwundtke noch damit, dass wir unsere Pässe auf keinen Fall vergessen dürften und dass wir alle ganz pünktlich am Zoo sein müssten. Länger als eine Viertelstunde warte sie nicht.

In der nächsten Stunde, in Geschichte, wurde ich aufgerufen und sollte mal eben das Ende des Zweiten Weltkriegs herunterbeten – eine typische Überraschungsattacke auf den müden Kopf. Aber nachdem ich mich aufgerafft hatte, fand ich kein Ende für dieses Ende: Ich kam von der Kapitulation am 8. Mai '45 zu den beiden Atombombenabwürfen, zum Potsdamer Abkommen, zum Marshallplan und zu den Kriegsverbrecherprozessen, zur Berlin-Blockade, zur Kubakrise und zum Mauerbau – während ich redete und redete, hatte ich das Gefühl, der Krieg hätte gar nicht geendet. Nicht einmal die Einschusslöcher neben dem Klingelbrett an unserem Haus waren verschwunden.

Herr Kurzke, der mich erst hatte ärgern wollen, war nun überfordert von meinem Redeschwall. »Das ist ja wie bei Goethe mit diesen kleinen Besen, die immer mehr Wasser holen!«, rief er und würgte mich ab.

Zum Wandertag hatte Wiebke zwei Riesenstullen mit Scheiblettenkäse für mich vorbereitet. Sie glaubte wohl, dass ich in der DDR nichts zu essen finden würde. Scheußlicheres als Scheiblettten konnte es im Osten auch nicht geben. Ich warf die Stullen wieder einmal in die Mülltonne.

Isa kam heute nicht mit, sie habe sehr schlecht geschlafen, erzählte sie mir in der Tür. Und schon schrieb ihre Mutter ihr wegen »Krankheit« eine Entschuldigung. Krank war lediglich Isas Kaninchen Es hatte seit drei Tagen nichts mehr gegessen und schiss nur grüne Pfützen. Da war Isa ausnahmsweise gestern Nacht schlaflos.

Fiona und ich trabten zum Zoo, gingen am *Beate-Uhse-Shop* und an nach altem Fett riechenden Pommereien (so nannte Oma Helene Pommesbuden) vorbei. Es regnete. Am Zoo saßen Pepita und Sena schon auf einer Bank, sie waren immer die Ersten. Frau Schwundtke hatte sich den hübschesten Ort als Treffpunkt ausgesucht, die Gepäckaufbewahrung, ein nach Pisse riechender, düsterer Abschnitt der Halle, in dem mit Schmetterlingsmessern spielende Typen herumstanden. Einer von ihnen rief Sena etwas zu, die sofort entschieden den Kopf schüttelte und sich wieder in ihr Gespräch mit Pepita vertiefte.

Fiona blieb nicht lange neben mir stehen, sie begann ein Gespräch mit Larissa. Ich stand allein herum und beobachtete, wie die Kerle ihre Kreise zogen. Da kam Steffen. Er trug wie üblich eine altmodisch aussehende graue Hose, ein hellblaues Hemd und das graue Jackett, das er von seinem Großvater geerbt hatte. Manchmal sah er wirklich aus wie aus einer anderen Zeit. Aber ich galt ja mit meinen Trödelmarktklamotten in meiner Klasse auch als unmodisch, um nicht zu sagen als merkwürdig. Auf den Klassenbildern stand ich immer in Schwarz, Braun oder Olivgrün zwischen all den Neonbabys.

Seit Isa behauptet hatte, sie sei sich atombombensicher, dass Steffen »total auf mich abfahren« würde, fühlte ich mich in seiner Gegenwart auf einmal unbehaglich. Steffen näherte sich unserer Gruppe, aber er schaute nicht auf die anderen Leute, nicht auf die breitbeinig, mit gesenktem Kopf dastehenden Typen, die mich an Stiere in einer Arena erinnerten, nicht auf das Grüppchen unserer Klassenkameraden, das gerade angeregt über Turnschuhe redete, sondern nur auf mich. In dem Moment, wo Steffen fast vor mir stand, drehte ich mich um und ging zu Fiona. Nicht, dass mich das Gespräch über Adidas versus Puma (die einen wie die anderen würden Wiebke und Klaus mir sowieso nie kaufen), besonders interessiert hätte. Melanie sah mich keine Sekunde an, während sie redete. Ich beobachtete sie eine Weile. Während sie Monologe hielt, bei denen sie niemand unterbrach, ließ sie ihren Blick von einer Person zur nächsten gleiten, nur mich überging sie völlig. Ich gähnte einmal laut und sagte: »Wie kann man nur geschlagene zehn Minuten über Turnschuhe labern!« Plötzlich waren alle still. Ich erwartete, eine gemeine Bemerkung vor den Latz geknallt zu bekommen, aber nichts passierte. Langsam fingen die Leute wieder an zu reden.

In der S-Bahn stand ich allein und schaute aus dem Fenster. Ich bemerkte wieder Steffen, dessen Gesicht sich in der Scheibe schwach spiegelte. Unsere Blicke begegneten sich kurz, aber ich schaute gleich weg. Er war gekränkt, weil ich ihn vorhin überhaupt nicht gegrüßt hatte. Konnte man ja verstehen. Ich überlegte. Dann gab ich mir einen Ruck und drehte mich um. An seinem Blick erkannte ich, dass er mich die ganze Zeit beobachtet hatte. Er saß allein auf einer Bank, ich setzte mich neben ihn. Drüben in dem anderen Waggon quetschten und drängelten sich alle, hockten einander auf dem Schoß, was gerade *in* war in unserer Klasse.

»Sorry, ich war vorhin schlecht gelaunt, bin überhaupt schlecht gelaunt«, sagte ich.

»Schon gut«, murmelte Steffen. Wir schwiegen uns an.

»Ich … ich fand das sehr gut, was du Melanie gesagt hast«, meinte er.

»Oh, das freut mich, aber das werden die mir heimzahlen.« Ich scharrte mit meiner Sohle auf dem Gummiboden herum.

»Aber du kannst dich doch gut wehren!« Es klang, als sei er sehr überzeugt von dem, was er sagte.

Ich blickte ihn an. »Meinst du, ja?«

»Ja, das tust du doch immer, du bist doch die Einzige hier, die nicht zu allem Unsinn immer Ja und Amen sagt.«

Ich sah Steffen erfreut an. So etwas Nettes hatte mir lange niemand mehr gesagt. Ich kickte seinen Schuh mit meinem Schuh an und grinste. Plötzlich war es wieder einfacher, mit ihm zu reden.

Schließlich waren wir am Bahnhof Friedrichstraße angekommen. Wir durften nur mit einem Passierschein, nicht mit unserem Reisepass einreisen. Und wir mussten Geld wechseln. Alle in meiner Klasse amüsierten sich über die leichten DDR-Münzen.

»Wiegt ja nicht mehr als Spielgeld!«, rief Rolf.

Ich drehte ein Eine-Mark-Stück neugierig in meiner Hand. Tatsächlich, da waren Hammer und Zirkel drauf.

Über uns flogen einige Tauben. Ich bildete mir ein, so etwas wie leisen Spott in ihren Augen lesen zu können.

Endlich hatten wir den Grenzübergang passiert und standen in der Friedrichstraße. Frau Schwundtke verkündete, dass wir das Rote Rathaus und den Dom besichtigen würden, auch den Palast der Republik als Beispiel sozialistischer Schundarchitektur wollte sie uns zeigen, danach stand das Pergamonmuseum auf dem Programm. Und zu guter Letzt zum Alexanderplatz. Dort sollte es ins Restaurant auf dem Fernsehturm gehen. Danach könnten wir noch versuchen, im *Centrum-Warenhaus* unser Geld loszuwerden. Das Ding hatte eine unglaubliche Aluminiumwabenfassade, die mir Eindruck machte – ein Ufo-Pendant zum West-Berliner ICC gewissermaßen. Beide Gebäude eröffneten in den Siebziger-jahren. Über zwanzig Jahre später sollte ich den Fassaden-abriss des nunmehr *Galeria Kaufhof* genannten Warenhauses sehr bedauern.

»Wie?«, kreischte Larissa. »*Versuchen*, unser Geld loszu-werden? Was Einfacheres gibt's doch wohl nicht, oder?«

Frau Schwundtke lächelte überlegen. »Das hier ist ein an-deres Land, ein Land mit weniger Wohlstand, wo nicht über-all proppenvolle Regale auf einen warten.«

»Nicht?«, empörte sich Rolf.

»Wir haben doch schon mal darüber gesprochen: Es gibt die Erste, die Zweite und die Dritte Welt. Die westlichen Industrienationen, wo es den Menschen am besten geht, bil-den die Erste Welt. Der Ostblock gehört zur Zweiten, erin-nert ihr euch?« Frau Schwundtke sah uns durchdringend an.

»Und zu welcher Welt gehört Patagonien? Und das von den Sowjets besetzte Afghanistan? Ist das nicht schon Dritte Welt?«, fragte ich meine Lehrerin. Frau Schwundtke runzelte die Stirn und antwortete mir nicht.

»Ich würde euch empfehlen, euer Geld in Bücher zu inves-tieren, kauft nicht nur Flaggen und diesen Unsinn!«, rief sie stattdessen.

Während wir durch die Straßen liefen, blickte ich mich neugierig um. Es war so leer hier, und es gab kaum Reklame-schilder. Das war mir schon damals bei dem Besuch mit Wiebke und Klaus aufgefallen. Zum Beispiel dieser Käseladen zu meiner Linken hatte nur ein kleines Plastikschild *Käsesor-ten* an die Tür gehängt. Über dem Laden war eine altdeutsche Schrift erkennbar, *Schuhmacher Leidel*. Und wenn man in den Laden schaute, sah man eine fast leere Theke. Es gab nur drei verschiedene Käsesorten, runde, dreieckige, quadratische Stücke. Kein Brie, kein Walnuss-, kein Champignonkäse. Als wir einige weitere Geschäfte passiert hatten, rief Melanie: »Finster ist das hier!«, und Larissa schloss sich an: »Ich weiß echt nicht, wo ich mein Geld lassen soll.«

»Meine Mutter sagt, die Cola schmeckt eklig.« Das war Rolf. Larissa hakte sich bei ihm ein und lächelte ihn an. Steffen warf mir einen ironisch-amüsierten Blick zu.

Während wir weiterliefen, hielt Frau Schwundtke Reden über die Entstehungsgeschichte der DDR und der Bundesrepublik. Als ich mir eines der blassen Verkehrsschilder von nahem anschauen wollte, zog mich Frau Schwundtke am Ärmel meiner Jeansjacke weg, damit ich ihrem Vortrag lauschte. Während sie uns über den Marshall-Plan belehrte, reifte in mir ein Plan: Ich würde mich von dieser bescheuerten Gruppe wegstehlen.

»Falls wir uns aus irgendeinem Grund verlieren sollten, treffen wir uns um fünf Uhr am Grenzübergang Friedrichstraße!«, rief Frau Schwundtke.

Das war das Stichwort, der Freibrief. Schon lief ich als Schlusslicht meiner Klasse, sah, wie sie in die nächste Straße einbogen, und blieb allein zurück. Erleichtert lief ich den gleichen Weg wieder zurück. Endlich hatte ich Zeit, mir die Geschäfte und ihre Inhaber in Ruhe anzugucken. Als ich an eine Imbissbude kam, beschloss ich, trotz der Warnung von Rolfs Mutter, eine Ost-Cola zu probieren. Die Frau in der Bude sah aus wie Wiebke vor zehn Jahren, Krissellocken, braun-orange gestreifte Bluse mit riesigem Kragen. Überhaupt hatte ich das Gefühl, als sei hier die Zeit stehengeblieben. So viele Einschusslöcher sah man mittlerweile bei uns in West-Berlin nicht mehr, auch wenn unser Haus einige aufwies. Die Imbisstante war freundlich und berlinerte heftig, was in dieser fremdartigen Umgebung merkwürdig vertraut klang. »Na, Kleene« – das hätte auch von Erwin oder Karl sein können. Die Cola schmeckte – ich würde gar nicht sagen scheußlich, sondern einfach nur anders. Ich dachte gerade über den Geschmack nach, da hörte ich ein Schnauben hinter mir. Dann lag eine Hand auf meiner Schulter.

»Julika ...«

Es war Steffen. »Mann, bist ja ganz schön weit gelaufen, Julika.«

Ich nickte stolz: »Bin ausgebüchst!«

»Hab ich schon gemerkt, gute Idee!«

»Eben«, meinte ich, »bestell dir doch auch was.«

Steffen entschied sich für eine Bockwurst und einen Pott Kaffee. Traute sich wohl nicht an die Cola. Ein paar Männer mit Wuschelbärten, die wie die Mitglieder einer Provinz-rockband aus den frühen Siebzigern aussahen, stellten sich an den Nachbartisch. Sie trugen eng sitzende Jeans und hohe Stiefel.

»Proooost«, rief der eine uns freundlich zu, während ich meine zweite Club-Cola schlürfte. Mir fiel auf, dass die Bu-dentante immer gebückt lief, manchmal verschwand sie kurz unter der Theke. Neugierig beobachtete ich sie. Als sie sich aufrichtete, um einem Kunden Wechselgeld zu geben, sah ich, wie sie ein Buch oder ein Heft schnell weglegte. Ich blickte auf ihre Hände. Was hatte sie da für ein Geheimnis? Ich beugte mich zu Steffen vor und erzählte ihm von meiner Beobachtung.

»Vielleicht kann ich das ja herausfinden, wozu bin ich denn mit fünfzehn eins achtzig groß?«, murmelte er zurück. Nun ging er betont locker los, schlappte zur Theke.

»Haben Sie vielleicht ...?« Steffen blickte sich um, tat so, als würde er nachdenken. Jetzt stand er auf den Zehenspitzen, was die Verkäuferin aber nicht sehen konnte, und beugte sich vor, dabei rieb er sich die Stirn, als würde er abwesend grü-

beln. Am Ende bestellte er noch ein Würstchen. Ich konnte
es kaum abwarten, bis er zurückkam. Seine Augen leuchteten, als er sich zu mir an den Stehtisch begab.

»Fromm«, flüsterte er mir zu. »Erich Fromm.«

Ich nickte. »Das ist verboten hier?«, fragte ich.

»Nur weniges, wie Orwells *1984*, ist total verboten –
Hetz- und Schundliteratur nennen die das wohl –, aber Vieles
wird doch lieber nicht offen zur Schau gestellt«, flüsterte
Steffen zurück. Ich kam mir wie eine Geheimagentin vor.
Petra Hauserova wäre mein Deckname. Und unsere Klasse
stand jetzt im Pergamonmuseum. Steffen beugte sich zu mir
herunter: »Ich möchte nicht nur am Alex rumhängen, da geht
jeder Touri hin, lass uns die U-Bahn nehmen, irgendwohin …
was halt interessant klingt!«

Mein Herz hüpfte vor Freude. Wir bezahlten, sagten den
Wuschelbärten »Tschüss« und liefen zur U-Bahn am Alex.
Dann starrten wir auf den Stadtplan. Wohin sollte es gehen?
Es gab so viele interessant klingende fremde Namen, dass wir
uns erst gar nicht entscheiden konnten, schließlich nahmen
wir *Weberwiese*, das klang schön merkwürdig. Der U-Bahnhof Alexanderplatz war riesig und düster, doch in seiner
reklamelosen Nacktheit irgendwie beeindruckend. Riesige
Strahlträger mit dicken Schrauben hielten die Decken. Endlich fanden wir die U5 und ratterten los. Die U-Bahn war un-
gemütlicher, aber uriger als im Westen, alle Leute berlinerten,
fiel mir auf, nicht nur die augenscheinlichen Proleten. Aber
wir waren ja auch im Staat der Proletatier. Wiebke und Klaus
würden nie so reden – obwohl sie doch solche Berlin-Fans
waren. Hier war *Weberwiese*, wie es dort wohl aussah? Vielleicht so ähnlich wie in Düppel oder Lübars? Fuhren wir ins
Grüne? Vielleicht könnten wir uns da in die nicht vorhan-
dene Sonne legen? Als wir ausstiegen, dachte ich, mich träfe

der Schlag. Ich stand auf einer unermesslich großen, langen Straße, die von riesigen, gleich aussehenden Gebäuden flankiert war. Ich hatte die Stalinallee bisher nur im Fernsehen und in Bildbänden gesehen. In Wirklichkeit war sie viel beeindruckender: So hatte ich mir vielleicht Moskau vorgestellt, aber nicht Berlin! Für einen Moment wurde mir flau: Alles war so anders hier, und doch waren es nur wenige Kilometer bis nach Hause – ein eigenartiger Gedanke. Die Leute, die uns entgegenkamen, trugen andere Kleidung, guckten anders, ihre Gestik war anders. Ob sie merkten, dass Steffen und ich nicht von hier waren? Vielleicht mochten sie uns nicht, fanden, dass wir hier nichts zu suchen hatten? Stumm stiefelten wir die breite Allee entlang. Die Häuser zur Rechten und zur Linken sahen wie mächtige Altbauwohnhäuser aus, hatten aber mehr Stockwerke als bei uns. Weiter nach Osten rahmten zwei große Türme die Straße ein. Dagegen wirkte unser Ku'damm niedlich. Als Kind hatte ich geglaubt, der Ku'damm hieße so, weil hier früher Kühe gegrast hätten. Jede Stadt ist doch mal ein Dorf gewesen.

Ich hätte Steffen gern von meinen Gedanken erzählt, aber ich war zu überwältigt, um sprechen zu können. Wenigstens schien es ihm ähnlich zu gehen, er schaute immer wieder nach rechts und links, blickte zurück in Richtung Alexanderplatz.

Plötzlich wollte ich nur noch weg, fühlte mich unwohl auf dieser riesigen Allee, zupfte Steffen am Jackett und wies nach links in eine kleine Straße. Steffen nickte, wir verstanden uns ohne Worte und bogen ab. Graue Fassaden, Einschusslöcher, schmucklose Cafés. Und trotzdem, angenehmer. Wir starrten neugierig in das Schaufenster eines kleinen Lebensmittelladens. Mir gefielen die Türmchen aus Konservendosen. Warhol, den Klaus verehrte, hatte Konservendosen gemalt. Klaus fand sie genial. Auf meine Frage hin, ob dies nicht auch eine »Masche« sei, hatte ich keine Antwort bekommen. Jedenfalls würden Warhol die Türmchen sicher gefallen. Die Tür öffnete sich, ein älterer Mann kam uns entgegen. Mir fiel auf, dass er schwankte. Dann blieb er vor uns stehen.

»FDJ-Junge, was?« Er glotzte Steffen an. Ich bekam sofort Angst.

»FDJ-Junge, hab ick jefragt!« Er trat einen Schritt näher.

»Nein, nein«, Steffen schüttelte verwirrt den Kopf und wollte weitergehen.

»Bist'n FDJ-Schwein!«, zischte der Mann und stellte sich breitbeinig vor uns.

»Ich ... nein, ich bin aus'm Westen!« Steffens Stimme klang kläglich, und das Herz pochte mir bis zum Hals.

»Mach mir doch nüscht vor! Dit blaue Hemd, gloobste, ick kenn dit nich?« Der Mann spuckte Steffen vor die Füße. Ich blickte Steffen an, er trug ein dunkelblaues schlichtes Hemd. Sahen die FDJ-Hemden ähnlich aus? Ich wusste es nicht, irgendwann einmal hatte ich Aufmärsche der FDJ im Fernsehen gesehen, aber bei unserem defekten Schwarzweiß-Apparat konnte ich mich schlecht an Farben erinnern.

»Hören Sie, hier liegt eine Verwechslung vor! Ich trag' ein blaues Hemd, mag sein, dass dieses Blau ähnlich ist wie das der FDJ, aber ... ich bin kein FDJler.« Steffen klang gehetzt.

»Erst ümma lügen und Scheiße bauen, und jetzt noch nich ma' dazu stehen!« Der Mann trat noch näher an Steffen heran und hob einen Arm. Ich roch seine Bierfahne. Steffen trat ängstlich ein paar Schritte zurück. Doch dann ließ der Typ den Arm sinken und torkelte zurück in den Laden, aus dem er gekommen war. Steffen und ich starrten ihm hinterher.

Ich wischte mir den Schweiß von der Stirn.

»Finster!«, entfuhr es ihm nur.

»Lass uns was essen, ein Eis oder so«, hörte ich mich sagen. Steffen und ich trabten die Straße hinunter. Schließlich fanden wir tatsächlich ein kleines Restaurant. Wir wollten uns gerade an einen der vielen freien Tische setzen, da eilte eine Bedienung zu uns: »Bitte warten!« Steffen und ich warfen uns perplexe Blicke zu. Der Laden war zu drei Vierteln leer! Man ließ uns aus unerfindlichen Gründen zwanzig Minuten warten, dann geleitete man uns zu einem kleinen Tisch. Warum wir nun gerade an diesem und nicht an einem anderen Platz nehmen sollten, leuchtete mir nicht ein. Dann fiel mir ein, dass ich Ähnliches mit meinen Eltern in Dresden erlebt hatte. Steffen und ich blätterten in der Karte. Die Auswahl war nicht so gering wie erwartet, merkwürdig nur, dass überall stand: »Mit Sättigungsbeilage.« Steffen erläuterte mir, was gemeint war. Ich blieb jedoch bei meinem Eis, und Steffen trank nur einen Kaffee. »Einen starken«, sagte er der Kellnerin, die uns neugierig musterte, aber mir schien, der Kaffee, den er dann zu trinken bekam, war nicht sehr stark, denn Steffen machte eine Grimasse, die ich noch nie bei ihm gesehen hatte. Mein Eis, Schoko und Vanille, war in Ordnung. Das schmeckte im *MeinEck* oder im Lochow auch nicht besser. Aber vorsichtshalber schüttete ich noch einige Ahoj-Brausekrümel (ich hatte mir extra ein Tütchen nach Ostberlin mitgenommen) darüber. Das Grün sah auf allem gut aus. Wie Eis von einem anderen Stern.

Es war zehn vor fünf, als wir auf die Uhr guckten. Um fünf sollten wir am Übergang Friedrichstraße sein. Steffen und ich bezahlten und eilten hinaus. Über uns flogen die dunkelgrauen, immer leicht zerrupft aussehenden Berliner Tauben – vielleicht waren es sogar die gleichen, die bei uns über dem Schulhof ihre Runden zogen oder über dem Rattenloch. Sie segelten am Himmel, dick wie Putten, lasen von oben kopfschüttelnd unsere Zeitungen und machten sich über unsere Grenzanlagen lustig.

»Steffen, wir brauchen mindestens eine halbe Stunde!«, seufzte ich. Steffen nickte: »Wir werden volle Kanne zu spät kommen!«, und legte einen Schritt zu. Ich dachte gar nicht daran, dem Eilschritt seiner Giraffenbeine zu folgen. Ich begann, den Gedanken wunderbar zu finden, dass der Rest der Klasse auf uns wartete und sich fragte, wo wir steckten. Steffen verlangsamte seinen Schritt: »Tut mir leid, ich vergesse immer, dass meine Beine nicht das Maß aller Dinge sind.« Was für ein geschliffener Satz. Ich lief gleich noch langsamer. Es dauerte eine Weile, bis wir am Alexanderplatz waren. Nun mussten wir noch die U-Bahn finden, die zur Friedrichstraße fuhr. Hilflos standen wir in den riesigen Hallen.

»Komm, wir laufen«, strahlte ich Steffen an. Aber der schien Angst vor Frau Schwundtke zu haben.

»Nee, dann kommen wir ja nie an, außerdem kennen wir uns hier nicht aus … «

Er fragte einen Passanten nach der U-Bahn Richtung Friedrichstraße. Und bekam leider den Weg gezeigt. Ich ärgerte mich, dann hechtete ich Steffen hinterher, der jetzt weniger Rücksicht auf meine nicht maßstabgerechten Beine nahm. Sieben Minuten später waren wir da, und ich sah schon den Pulk unserer Klassenkameraden.

»Wo – wart – ihr – denn?«, schallte es uns entgegen. Die feixenden Gesichter. Sie dachten, wir hätten uns davongestohlen, um als Pärchen allein zu sein. Wenn die wüssten, was wir erlebt hatten … Steffen und ich warfen uns einen komplizenhaften Blick zu, dann gingen wir zu den anderen, ohne ein Wort zu sagen.

»Ja, wo wart ihr denn?« Frau Schwundtke war empört. Wir schwiegen.

»Wir warten hier seit einer halben Stunde und haben euch schon ewig im Pergamon gesucht!«

Alle guckten uns groß an. Wir sahen an die Decke, grinsten. Schließlich wurde es Frau Schwundtke zu bunt: »Los, anstellen! Die Passierscheine!«

Zu Hause angekommen, klingelte ich bei Hülsenbecks. Isa war da und hatte ihr Kaninchen auf dem Arm. Es sah friedlich aus und machte grunzende Geräusche. Es hatte eine Magenverstimmung, aber dank Kümmel-Anis-Fenchel-Tee, der ihm mit einer Pipette verabreicht wurde, würde es ihm bald wieder bessergehen. Für einen Moment dachte ich: Ich möchte auch ein Karnickel sein, das auf den Arm genommen wird und ein bisschen Tee eingeträufelt bekommt, und alles wird gut. Isa fragte nicht, wie es in Ost-Berlin gewesen war, sie musste gleich los zum Reiten.

Bei Falk hing *Geschlossen* an der Tür, von Wiebke und Klaus fand ich einen Zettel vor, dass sie auf einer Vernissage am Lützowplatz seien. Ob ich nicht nachkommen wolle, die Ausstellung sei grandios. Da ich die Meinung meiner Eltern nicht völlig missachtete, warf ich einen Blick auf die Einladung. Die Ausstellung war von dem norwegischen Environment Artist, dessen Installation Weihnachten zu Bruch gegangen war und deren Splitter nun zum Teil in Arnes Haaren und Bart verschwunden waren. Wiebke und Klaus hatten noch eine Wegbeschreibung beigefügt. Sie gaben sich wirklich immer Mühe.

In meinem Zimmer trat ich erst mal ans Fensterbrett. Ich erhaschte noch einen Blick auf die weiß-braune Frau, wie sie, schon mit nacktem Oberkörper, ihren Slip in die Luft warf, dann fielen die Schatten von dunklen Wolken auf sein Fenster, und ich konnte nichts mehr erkennen. Ich blieb am Fenster stehen und blickte in den nun einsetzenden Sommerregen.

Ein Teil der *Urbanen Collage* brach unter den herabschüttenden Wassermassen zusammen. In den Plastiktüten, die Herr Olk an Drähte gehängt hatte, hatte sich zu viel Wasser gesammelt. Später ging unglaublich laut AC/DC los, gleich darauf bei Pechs *Morgens Fango – abends Tango* von Gottlieb Wendehals, bei Herrn Wiedemann etwas aus dem Bereich der Neuen Musik, bei der Koderitz *Es ist nie zu spät für ein neues Leben* von Heino und aus der Souterraingrotte vom Olk drangen seltsame Geräusche, die mir nach Walfischgesängen klangen.

Ich lehnte meinen Kopf an die Fensterscheibe und träumte noch ein wenig von dem Tag im Osten und von Steffen. Wie es wäre, wenn er jetzt neben mir liefe und wir uns noch einmal verdünnisieren und spannende Dinge entdecken würden? Die Erwachsenen sprachen immer in einer Weise über dieses Ost-Berlin, über Ostdeutschland, als sei da etwas Dämonisches, etwas, das sie faszinierte und ängstigte. Aber was ich heute zu sehen bekommen hatte, war alles andere als dämonisch. Es sah aus wie bei uns, nur gab es weniger Reklame, und die Farben waren anders, blasser. Und es hatte auch so gerochen wie bei uns, nicht einmal der Geruch der Braunkohle unterschied sich sehr von dem der Steinkohle. Deshalb musste es irgendetwas hinter diesen blassgrünen, schiefergrauen, braunen und schwarzen Türen geben, das ich nicht verstand oder einfach noch nicht gesehen hatte.

Sonne statt Reagan – Hitzköppe

Am nächsten Morgen wurde ich von Joseph Beuys' Song *Sonne statt Reagan* geweckt, den Klaus auf seinem Miniradio hörte, während er vor meinem Zimmer Kunstwerke umarrangierte. Beim Frühstück sprach er davon, wie großartig es sei, dass ein Künstler auf seinem, wie er sich ausdrückte, ureigenen Gebiet, der Kunst, politische Inhalte vermittelte – und nicht einfach Pamphlete schrieb. Das war für ihn der Unterschied zum »Denkfehler der Künstler in den späten Sechzigern«. Nach dieser Lobhudelei konnte selbst Wiebke, deren künstlerische Ansprüche gemeinhin niedriger waren als die von Klaus, es sich nicht verkneifen zu sagen: »Beuys' Gebiet ist aber die Bildende Kunst und nicht die Musik.« Doch Klaus war von dem Beuys-Song hellauf begeistert. Am Ende des Jahres 1982 würde mir *Sonne statt Reagan* genauso auf die Nerven gehen wie die *Polonäse*.

Am 6. Juni begann der Libanonkrieg. Anna und Fiona aßen bei uns zu Abend und blieben noch zur *Tagesschau*. Zusammen ferngucken war damals noch nicht verpönt, sondern galt als sinnvolle Freizeitgestaltung.

Ich hatte schon ein paar Mal erlebt, dass Wiebke und Anna sich stritten. Aber dieser Streit stellte frühere über Kinder- und Jugendbücher, die Verpflegung von Erwin und Karl, die Verwendung des Römertopfs oder fragwürdige Bauvorhaben in Berlin in den Schatten. Anna regte sich schrecklich über den Einmarsch im Libanon auf – Wiebke hingegen äußerte Verständnis für die israelische Seite. Über dieses Thema unterhielten sich die beiden alles andere als sachlich, sie schrien sich an, als läge Israel mitten in Berlin. Wegen keines anderen außenpolitischen Konflikts hatte ich meine Mutter bisher derart an die Decke gehen sehen. Besonders ärgerte Wiebke Annas Argument, die Israelis würden die Palästinenser (es ging bald gar nicht mehr um den aktuellen Libanonkonflikt) ebenso diskriminieren, wie sie selbst diskriminiert worden seien. »Gibt es ein Auschwitz in Israel? Ein Treblinka?«, brüllte Wiebke. Sie hatte Recht – der Vergleich war dumm. Aber war der Einmarsch in den Libanon nun zu rechtfertigen oder nicht?

Wenn man in unseren Hof schaute, sah man, dass überall der Fernseher lief. Vielleicht war der Grund dafür eher in den erschütternden Lokalnachrichten als im gesteigerten Interesse am Nahostkonflikt zu finden: Irgendein Idiot hatte ein Stück Holz mit eingeschlagenen Nägeln nach Knautschkes Tochter Bulette geworfen. Lange verbreitete sich ein Zoomitarbeiter im Detail über den Gesundheitszustand der Tiere. Dann wurde ein Flusspferdexperte interviewt. Pechs stellten den Fernseher lauter.

Am heutigen Tag wurde Ronald Reagan in Berlin erwartet. Mit The Wiebkes and the Klauses, Fiona und Anna ging ich am Nachmittag zur großen Anti-Reagan-Demo. Falk hatte keine Lust gehabt, mitzukommen. »*Sonne statt Reagan*? Ein bürgerliches Sommerfest? Nein, danke!« Es war plötzlich – aber nur für wenige Tage, angekündigt war ein neuerlicher Kälteeinbruch – sehr heiß in Berlin, und ich zog meine abgeschnittenen Cordhosen an. Schon auf dem Weg wurde ich müde und schlapp von der Hitze. Wie immer war ich das »Schlusslicht«. Mir fielen fast die Augen zu. Eine Rattengruppe querte unseren Weg – vielleicht auch eine Demo.

Nach einer Weile fiel mir auf, dass Anna und Wiebke nicht über Reagan sprachen, sondern die ganze Zeit über die angedrohte Bebauung der Wiese bei uns und, ein Dauerbrenner, über den Parkplatz mit dem sinnlos errichteten ersten Stock und dessen zukünftiger Nutzung redeten. Links und rechts der Demo liefen Bauchladenverkäufer, und einer machte an diesem Nachmittag ein Riesengeschäft: Er verkaufte fluoreszierende Bänder, eine Traube von Menschen folgte ihm auf Schritt und Tritt. Schon sah man einige Demoteilnehmer mit den schicken neuen Bändern ums Hand- oder Fußgelenk gewickelt, einer mit Glatze und Fünftagebart trug es als Stirnband. Auch die Eis- und Getränkeverkäufer müssen gut verdient haben. Ich begann zu maulen, warum man mich hier auf diesen Stadtspaziergang mitgeschleppt habe. Wiebke zwickte mich in den Oberarm: »Du kannst noch den ganzen Abend Schach spielen oder sonst etwas machen... Außerdem war es deine freie Entscheidung.«

Dann sprach sie mit Anna darüber, ob man nicht einen »Wildkräutergarten« anlegen oder gar einen kleinen Bauernhof (frische Eier, Ziegenmilch!) auf unserem Hof einrichten könne – die schönen Brüste von Herrn Kanz könnten ja bleiben, sie böten sich als Sitzflächen an, was bei der Gartenarbeit praktisch sein könne, aber das Gerümpel vom Olk und diesem Hauser, der das ja doch nur alles zusammenstehle und verhökere, wolle man endlich loswerden. Ich war mir sicher, auch in zwanzig Jahren würden sie sich noch über diese Idee unterhalten. Unsere Mülltonnen würden dann schon längst vor der Tür stehen, weil auf dem Hof kein Platz mehr war.

Wegen der Hitze gaben Wiebke und Klaus mir großzügig Geld für Getränke und Eis, und so verbrachte ich die Anti-Reagan-Demo damit, immer vor und zurück zu sprinten, um einen der Bauchladenverkäufer zu erwischen.

Der Abend brachte eine weitere schlechte Nachricht. Fassbinder war im Alter von nur siebenunddreißig Jahren an einer Mischung aus Kokain, Schlafmitteln und Alkohol gestorben.

Wiebke und Klaus waren sehr betroffen. Der Regisseur von Filmen wie *Deutschland im Herbst, In einem Jahr mit 13 Monden, Angst essen Seele auf* oder *Liebe ist kälter als der Tod* war verstummt. Wiebke erzählte, dass sie *Die Sehnsucht der Veronika Voss* erst im Februar auf der Berlinale gesehen habe.

Ich hatte das Gefühl, dass sich Wiebke und Klaus nach diesem erneuten Tod eines geistigen Vorbilds ein wenig verwaist vorkamen. Was war das für ein Jahr, in dem so viel zu Ende ging, so viel nicht geschah, so viel in der Schwebe blieb. Ich schaute auf die bunte Sechzigerjahrewanduhr, die Klaus von Erwin als Dank für einen besonders schönen abgelegten Anzug geschenkt bekommen hatte – ein riesiges Ding mit geschwungenen Linien in Lila-Grün-Orange, das bei uns in der Küche, als hätte es keine Lust, seiner Funktion nachzugehen, ein wenig schief über der Anrichte thronte. Für einen Moment musste ich an die Uhren von Dalí denken, die Uhren, die die Zeit verflüssigten und auflösten. Ich versuchte, nicht mit den Lidern zu schlagen, bis ich anfing doppelt zu sehen, bis ich mehrere Uhren sah und die geschwungenen Farbbalken vor meinen Augen auf- und abflimmerten.

Einen Tag später fand die autonome Anti-Reagan-Demo statt, auf die Falk mit Christian und dessen Kumpels ging. Morgens versuchte Falk noch auf Klaus einzuwirken, er solle doch mitkommen. Natürlich war die Frage eine Provokation. Klaus würde niemals auf eine seit Tagen in der Presse diskutierte, verbotene autonome Demo gehen.

Später, beim Abendbrot, erzählte Falk, was wir verpasst hatten: Er war auf dem Nolli, so nannte er den Nollendorfplatz, eingekesselt worden. Dort hatte er, wie er mit bedeutsamem Blick zu mir erzählte, den Hauser gesehen, der im Hawaiihemd auf die autonome Demo gegangen oder vielleicht eher geraten war: »Mir war nicht klar, ob der Hauser als echter Demonstrant oder als Schaulustiger in den Kessel gekommen ist. Jedenfalls hat er ziemlich herumgenölt, er wolle nach Hause, er hätte keinen Bock mehr und so. Ein paar Leute haben ihm gesagt, dass er hier nicht hinpasst und dass das keine Spaß-Demo ist. Dann hat er sich mit denen angelegt – und irgendwann ist er von den Bullen abgeführt worden.« Die vom Nollendorfplatz abgehenden Straßen hatte die Polizei verbarrikadiert, Falk gehörte zu den fünftausend Menschen, die eingekesselt wurden. Doch er konnte der Massenfestnahme auf dem abgeriegelten Nollendorfplatz – die polizeiinterne Bezeichnung dafür war *Aktion Eisenbart*, wie wir später erfuhren – durch irgendeinen seiner Falkschen Tricks, vermutlich der Tarnung als Unschuldslamm, entgehen.

Am Abend rief Oma Helene an, und ich erzählte ihr brühwarm, dass Falk auf der Demo gewesen sei. Sie war deshalb wütend auf uns alle. Sie verlangte, ich solle umgehend Wiebke ans Telefon holen. Später erzählte Wiebke mir, dass ihre Mutter zur ihr gesagt habe: »Wenn ihr jetzt russisch wärt, dürftet ihr gar nicht demonstrieren.«

Die Reagan-Demo führte aber nicht nur in meiner Familie zu heftigen Diskussionen. Als Isa und ich an einem der nächsten Tage nach der Schule auf dem Balkon saßen und uns Lederarmbänder flochten, regte sich Frau Hülsenbeck darüber auf, dass Isa gern mit mir auf die »bürgerliche« Anti-Reagan-Demo gegangen wäre. Nur weil an dem Tag ein Tierarztbesuch anstand, war Isa nicht mitgekommen.

»Diese süddeutschen Jugendlichen, die keine Lust auf Wehrdienst haben und deshalb in Scharen nach Berlin auswandern, zetteln diese antiamerikanische Stimmung hier an«, behauptete Frau Hülsenbeck, während sie uns Multivitaminsaft einschenkte. »Erst landen sie bei mir vor Gericht, dann bei Isas Vater auf der Pritsche.« Sie sagte tatsächlich »Pritsche«, nicht »Couch«. »Die haben keine Ahnung von dieser Stadt, diese Zugezogenen ... Ich wünschte, man würde die alle mal in die russische Provinz verschicken. Hinter den Ural. Nach Sibirien. Diese Zugezogenen ...«

»Das nervt langsam, Mutti«, sagte Isa. »Du immer mit deinen Russen – der Feind meines Feindes ist mein Freund, das ist deine Logik. Nur weil die Amerikaner gegen die Russen sind, sind sie unfehlbar. Du würdest für jeden sein, der gegen die Russen ist.«

»Was fällt dir ein? Wie redest du mit mir? Welche Lebenserfahrung hast du neunmalkluges Mädchen denn schon damit gemacht? Ich bin als Kind vor geflohen, in einem Alter, in dem du noch mit Jule zusammen im Sandkasten gespielt hast.«

Frau Hülsenbeck schlug zur Bekräftigung ihrer Worte mit einem Kaffeelöffel auf die Balkontischplatte.

Isa rollte mit den Augen. »Nur weil ich damals nicht gelebt habe, kann es nicht sein, dass ich heute zu nichts eine Meinung haben darf!«

»Vielleicht nicht zu solch einem Thema!«

»Ich werde fünfzehn, und meine Mutter schreibt mir immer noch vor, zu welchen Themen ich eine Meinung haben darf und zu welchen nicht ... Ich dachte, die Amerikaner lieben die Freiheit über alles!«

So hatte ich Isa noch nie mit ihrer Mutter reden hören. Sie hatte mit ruhiger Stimme gesprochen, als hätte sie über die Dinge, die sie gesagt hatte, schon lange nachgedacht.

»Wenn du so redest, Isa, muss ich Angst bekommen, dass du auch noch straffällig werden wirst.«

Frau Hülsenbeck zog sich vom Balkon zurück. Isa lief ebenfalls in die Wohnung, aber in eine andere Richtung. Zwei Minuten später hörte ich *Immer frei, ich bin auch mit dabei*. Isa hatte die *Ideal*-Platte *Der Ernst des Lebens* gerade von ihrem Vater geschenkt bekommen.

Später lag ich im Bett und dachte über die Amerikaner und die Russen nach. Dann stand ich auf und guckte mir auf meinem Globus an, wie weit es genau von Berlin nach Moskau und nach New York war. Wenn es einen Atomkrieg gab, lagen wir hier schön in der Mitte. Vor meinem inneren Auge sah ich einen riesigen gelbweißen Atompilz genau über der Gedächtniskirche. Dann schmolzen alle Häuser in Sekundenschnelle zusammen, eine Spielzeugstadt, ein Spielzeugland, eine Spielzeugwelt. Aus Legosteinen. Nur noch kreisende, kalte Kugeln im All. Minimal Art pur. Ich bekam große Angst. Im Hintergrund hörte ich dumpfe Bassklänge. Wenn wirklich die Sirenen alle heulen würden, würde Falk bestimmt nichts davon mitkriegen und nach dem Atomkrieg auf seinem Hochbett wie eh und je aufwachen, vielleicht als letzter Überlebender ... Und vielleicht wäre ich mit dem Hauser dann ja schon auf einer einsamen versteppten Hochebene Patagoniens – da, wo kein Leben mehr ist, kann man auch keines mehr killen. Nicht: *Mach kaputt, was dich kaputtmacht*, sondern: *Such die kaputten Orte, nur da bist du sicher* oder schlicht: *Hau ab*. Ich klammerte mich an meinen Stoffhasen. Nicht, dass ich noch so wurde wie Herrn Hülsenbecks Patienten.

Am nächsten Tag schickte mich Wiebke mit ein paar Sachen, darunter einem Glas Quittengelee von Oma Helene, zu Erwin und Karl. Wenn Oma Helene wüsste, wo ihre Geleegläser meistens endeten. Ich hatte Glück, Erwin, der mir letztes Mal so eine interessante Antwort auf meine Frage gegeben hatte, war da.

Ich wurde ganz aufgeregt. Von weitem hörte ich schon *The Cure*. Falk hatte den beiden ein paar überspielte Kassetten geschenkt. Jetzt klang es von der Butze auf dem Parkplatz her immer wie bei meinem Bruder auf dem Hochbett.

Was für eine Frage konnte ich stellen, die nicht dumm klang? Ich lief an den vw-Passats und unserem Scirocco, an Volvos und alten Daimlern, Käfern und Enten vorbei, dann stand ich vor der versifften Matratze mit dem Stereotower, der heute womöglich noch einsturzgefährdeter aussah als sonst.

Schnell packte ich meine Mitbringsel vor Erwin aus. Erwin fragte mich, wie es in der Schule gewesen sei. Ich stöhnte und sagte, dass ich wie meine Eltern für zensurenfreie Bildungsstätten sei. Erwin nickte beeindruckt (ich hatte mir die wohlklingende Formulierung von Klaus gemerkt): »Da wär ick früher ooch füa jewesen. Dit jibt ja volle Sadisten unta den Lehran. Ick hatte so richtije alte ss-Lehra, echte Scheiße, weeßte.«

Interessiert nickte ich. Erwin lächelte mich freundlich an, fuhr sich über seinen Bart. Schließlich nahm ich meinen Mut zusammen: »Sagen Sie mal, was denken Sie denn so über den Angriff von Israel auf den Libanon? Die ganzen Konflikte auf der Welt? Die Kurdenfrage zum Beispiel?«

»Wat ick denn so denk'?« Erwin zuckte die Schultern. Dann wälzte er sich auf seine Matratze und fuhrwerkte hinter sich in einem Haufen alter Zeitungen von Klaus, Anna und Frau Hülsenbeck herum.

»Da stand jrad wat im *Tajesspiejel* drinne, gloob ick … weeß ick nich.«

»Haben Sie denn keine Meinung dazu?«

»Ach, weeßte. Dit is für mich da unten allet eene Soße. Türken, Kurden, Juden, Araba, Ägypta, Moslems, Persa, Sunn ... Sum ... Sumerer und Schieten – die ham doch alle'n Rad ab. Weeßte. Stech'n sich da jejenseitich ab. Wenn de meene Meinung wissen willst: Mit Leuten von da unten würd ick meen Bier nich teil'n. Is mir ejal, ob Türke oda Kurde – ick mag die alle nich, is 'ne andere Sorte Mensch da unten, Hitzköppe sind dit alle. Hitzköppe.«

Ich schaute Erwin betreten an. Da hatte er ja ausgerechnet mit Oma Helene, die immer von »Negern« sprach, etwas gemeinsam.

»Aha«, sagte ich nur, packte meinen Leinenbeutel ein – und Erwin winkte mir freundlich zum Abschied. »Danke, Kleene! Machs jut! Und bleeb so wie de bist!«

Wenn Wiebke und Klaus das wüssten. Dass sie hier seit Jahren einen Rassisten durchfütterten und mit Markenkleidung ausstatteten.

Als ich später Wiebke von meinem Dialog mit Erwin erzählte, war sie viel weniger erstaunt, als ich vermutet hatte. Ich sah an ihrer gerunzelten Stirn, dass sie keine Lust auf diese Information hatte, dass ihr das Gespräch und die Konsequenz, die man möglicherweise daraus ziehen müsste, schlicht nicht passten.

Mit angestrengter Miene sortierte sie einen Stapel dänischer Bücher. »Das bedeutet noch lange nicht, dass du von nun an keine Sachen mehr zu Karl und Erwin bringen musst«, meinte sie dann.

»Aha«, machte ich wieder. »Und wenn *ich* keine Lust mehr dazu habe? Letztens hast du mir sogar übrig gebliebenes Essen von Sena für die beiden mitgegeben. Erinnerst du dich? Die gefüllten Weinblätter. Von einer bösen türkischen Familie! Von den Hitzköppen!«

»Wenn er so redet, braucht er unsere Hilfe erst recht«, schloss Wiebke das Gespräch und schlug eines der neu eingetroffenen dänischen Jugendbücher auf.

In den Nachrichten sah man Hunderttausende aufgebrachte Amerikaner in Washington – sie demonstrierten gegen Atomwaffen. Es war die bisher größte Kundgebung in der Geschichte der USA. Sie reckten ihre Plakate und Transparente in die Luft und sahen doch vor dem Weißen Haus, so Falk, »klein wie Ameisen« aus. Dunkles Gewimmel. Das letzte Bild war die strahlend helle Kuppel im Sonnenlicht. Ungebrochene Macht – dachte ich.

Später sahen wir alle, nicht zum ersten Mal in diesem Juni, einen Fassbinderfilm, *Angst essen Seele auf*. Obwohl sie über die traurige Liebesgeschichte zwischen der Putzfrau und dem jungen Marokkaner weinen musste, erwähnte Wiebke Erwins Äußerungen mit keinem Wort mehr.

Das Lochow – Warum in die Ferne schweifen, sprach der Fuchs

In den nächsten Tagen beherrschten zwei Themen die Schlagzeilen: Die WM fing an, und der Falklandkrieg wurde gerade durch das militärisch überlegene Großbritannien beendet. Es fehlte eigentlich nur noch eine Meldung zu Knautschke. Sicher würde man nicht lange darauf warten müssen. Obwohl die Medien sich noch eine Weile mit dem Falklandkrieg beschäftigten, wurde dieser bald von den WM-Nachrichten verdrängt. Zum Glück gab es kein Spiel England–Argentinien. Argentinien trat als Weltmeister der vorherigen WM an, England scheiterte schon in der zweiten Gruppenphase, obwohl die Mannschaft kein Spiel verloren hatte. Während der Spiele kam es in England wiederholt zu Krawallen.

An einem besonders heißen Juninachmittag wollten Fiona, Isa und ich nach der Schule ins Lochow fahren. Dort saß nämlich immer ein langhaariger Typ, ein Yogalehrer, der Fiona gefiel, und spielte Gitarre. Die Männer, die ihr gefielen, sahen dem Ekel ähnlich, hatte ich schon manchmal gedacht, mich aber nicht getraut, ihr das zu sagen. Vor dem Lochow-Yogalehrer war es unser Musiklehrer, Herr Dolle, gewesen, für den sie schwärmte. Bis Herr Dolle wegen einer neuen Flamme die Schule wechselte und nach Hamburg zog. Heute hatte Fiona wegen des geplanten Lochow-Besuchs sogar ihre Therapiestunde abgesagt.

Wiebke war beruhigt, dass ich nicht allein ins Lochow fuhr.

»Passt gut auf euch auf«, sagte sie mir noch mit eindringlichen Blick. »Du weißt ja, das Lochow ist … na ja«, sie rang nach Worten, »das Lochow ist eben das Lochow.«

Wiebke machte sich immer Sorgen um uns, dabei ging sie selber gern ins Lochow. Es erübrigt sich wohl zu erwähnen, dass Klaus das Lochow nach einem einzigen Besuch, der vor unserer Zeit lag, nie wieder betreten hat. Es war ihm zu dreckig, überhaupt hasste er Schwimmbäder mit ihrem Gedränge und Gewusel und der ganzen Körperlichkeit, den vielen, wenig ansehnlichen Menschen. Wiebke hingegen kraulte dort oft morgens, und ich hatte sie schon manchmal bewundert, wie sie Leuten die Meinung sagte, wenn sie direkt vor ihr ins Wasser köpperten oder versuchten, ihr Handtuch zu klauen – ein Volkssport im Lochow. Wiebke konnte jeden Hünen zur Schnecke machen. Es reichte, dass sie einfach nur »Handtuch – her!« brüllte und mit Badelatschen schmiss.

Wenn Wiebke vom Lochow kam, grüßte sie mich stets von dem kleinen Fuchs, dem sie Brötchen mitbrachte, die sie wiederum von den Lebensmitteln für Karl und Erwin abzwackte. »Grüße vom kleinen Fuchs«, sagte sie einfach nur und ging bei uns zu Hause noch einmal unter die Dusche, weil die Lochow-Duschen total verchlort waren. Chlor wurde äußerst großzügig von dem kaum sichtbaren Lochow-Personal eingesetzt, als wäre es ein Wundermittel gegen alle dort anzutreffenden Übel: Schmutz, Dreck, Bakterien, Kriminalität, Drogenkonsum, Lüsternheit, Unzucht, Selbstbefriedigung, nächtliche Ruhestörung (das Lochow hatte ewig auf), nimmermüde Ratten.

Wir liebten das Lochow. Es war riesig; zum Lochow gehörten hügelige Wiesen, die nie gemäht wurden, Gebüsch und Unkraut. Zwischen den Sträuchern hatten Fiona, Isa und ich schon ein paar Mal Spritzen gefunden. Und der schon erwähnte Fuchs strich auf dem Gelände herum – es war ein Fuchs mit leuchtend rotem Fell, der immer mit der Dämmerung auf die Lochow-Wiesen kam. Das Schwimmbad selbst war, so sah es zumindest aus, seit Jahrzehnten nicht mehr renoviert worden. Die Eisengestänge waren halb verrostet, die Farbe blätterte ab, und Metallteile, rostig-bunt, trieben auf dem Wasser. Im Lochow gab es keine Benimmregeln, man konnte kaum eine Bahn am Stück schwimmen, ohne sich vor Leuten, die von der Seite ins Wasser arschbombten, retten zu müssen. Rentner, Teenager, Studenten, Familien, Kinderrudel, einsame Wölfe – alle gingen ins Lochow. Viele Typen saßen allein herum und beobachteten die Mädchen. Oder glotzten die Jungen an, besonders die, die das Zehnmeterbrett erklommen. So marode, wie die hohen Sprungtürme aussahen, hätte ich mich nie hinaufgetraut, aber im Lochow ist, soweit ich weiß, nie irgendetwas passiert.

Besonders beliebt waren die Pommesbuden, vor denen sich alle drängelten. Kein Mensch verschwendete einen Gedanken an gesunde Ernährung im Lochow, es gab nichts anderes zu kaufen als öltriefende Pommes und Cola, Fanta oder Sprite.

Die Stimmung im Lochow war meistens gut. Selbst im Frühjahr, wenn die Temperaturen noch nicht zu einem Freibadbesuch einluden, war es geöffnet. Auch vormittags war es voll hier; niemand schien einer geregelten Arbeit oder Ausbildung nachzugehen. Ein paar Studenten hatten immerhin Bücher auf ihren Knien liegen. Viele Menschen gingen nur ins Lochow, um andere zu treffen oder um in der fahlen Berliner Sonne herumzulungern und sich dabei vorzustellen, am anderen Ende der Welt und glücklich zu sein. Das Lochow war ebenso ein Ort des Aufbruchs wie der Ankunft, ein Ort, den man unbedingt hinter sich lassen und unbedingt erreichen wollte, ein Ort der Ablenkung und der Erfüllung, es war ebenso scheußlich wie großartig, ein Ort des kleinen und doch auch – mit dem schönen Fuchs, der in der Dämmerung mit gerecktem Kopf und schmalen Augen beinahe feierlich über die Massen halbnackter Menschen blickte –, zumindest als Ahnung: des großen Glücks.

Heute war wieder einmal viel Betrieb im Lochow; wir brauchten ewig, um hineinzukommen. Vor den Drehkreuzen am Eingang herrschte Gedränge, eine Jungsgruppe in Boxershorts brüllte herum und warf Knallteufel nach einer Mädchengruppe, die erst laut herumgackerte, dann kreischend auseinanderstob, halbnackte Kinder zupften an ihren Müttern herum und quengelten, manchmal bekam eines von ihnen aus einer übervollen Plastikstrandtasche ein Maoam, ein Duplo oder eine Capri-Sonne gereicht, Väter schimpften, eine dicke Frau vor uns furzte unablässig, Schweiß hing in der Luft. Hier herrschte eine rüde Freizeitatmosphäre, die einen großen Vorteil bot: Man konnte sich selber auch daneben benehmen. Isa malte gerade liebevoll mit rosa Edding ein Ü an das Kassenhäuschen, und Fiona schmuggelte eine Riesenpackung Räucherstäbchen daran vorbei.

Die Geräuschkulisse war ebenso einzigartig und unverwechselbar wie die Ouvertüre einer Oper. Man hätte mir ein auf Kassette aufgenommenes Kreischen, Grölen und Quietschen vorspielen können, und ich hätte gewusst: Das ist das Lochow. Und niemals das Freibad Wannsee. Oder etwa die Havel. Oder unser Schulhof. Es war ein lautes Dauergequietsche aus Hunderten von Kinderkehlen, dazwischen aufgeregte Mütter, kreischende Mädchen, brüllende Jungen und ebenso wenig vornehme, grölende Alte. Der Lärm hörte niemals auf; wenn man nach einem langen Tag im Lochow abends im Bett lag, meinte man, den Lochow-Lärm noch immer zu hören – es war ein Ohrwurm, ähnlich wie das Geräusch von Legosteinen in einer Kiste, die kleine Hände gerade durchgraben, oder wie das Rascheln der Ratten bei uns im Hof oder der leidige Refrain der *Polonäse Blankenese.*

Wir setzten uns auf unseren Lieblingshügel mit dem kniehohen Gras und breiteten unsere Frotteehandtücher aus – ich hatte eines mit den vier Beatlesköpfen drauf, das Wiebke mir geschenkt hatte, Fiona natürlich ein indisches Muster, Isa ein hellblaues mit einem weißen Schwan. Fiona steckte drei Räucherstäbchen ins Gras und zündete sie an. Wir hatten auf unserem Weg schon einige Möchtegerngitarristen gesehen, aber nicht den Yogalehrer, für den Fiona schwärmte. Sie beschloss, noch mal eine Runde in den ewigen Jagdgründen des Lochow zu drehen. Isa und ich lagen träge wie Krokodile in der Sonne.

Bis Fiona zurückkam, würde eine Weile vergehen. Lange Zeit regten wir uns nicht, dann hörte ich Isa leise neben mir schnarchen. Ich nahm meinen Taschenatlas aus dem Leinenbeutel und lernte die Namen von Flüssen in der Subsahara auswendig. Das war für so einen Faultag wie heute eine gute Aufgabe, da gab's nämlich nicht viele.

Nachdem sie wieder aufgewacht war, erzählte Isa mir eine kuriose Geschichte von einem Patienten ihres Vaters. Herr X. hatte eine Bank überfallen, um mit dem Geld ein Leben in Australien bei, wie er sich das vorstellte, den Aborigines führen zu können. Irgendwie sollte aber auch noch ein Haus in Melbourne her, für den Fall, dass das Experiment scheiterte.

Isa zwinkerte mir zu: »Andere wollen nach Südamerika auswandern und im Dschungel von Ahoj-Brause und Gummibärchen leben.« Versöhnlich öffnete sie eine Tüte Gummibärchen. »In Berlin schmecken die auch.«

Nach über einer Stunde kam Fiona missmutig zurück. Sie hatte allerlei Bekanntschaften gemacht und einen Pusteblumenstrauß geschenkt bekommen, ihren Schwarm aber nicht gefunden.

Als ich mich schließlich anbot, vielmehr opferte, für uns drei Pommes und Fanta zu holen, entdeckte ich den Hauser. Er stand weit vor mir in der Schlange vor dem Kiosk und unterhielt sich mit einer Frau, die tief braungebrannt war und eine Sonnenbrille mit herzförmigen Gläsern trug. Während sie mit ihm sprach, lachte sie laut. Einmal strich sie ihm eine lange Strähne aus dem Gesicht.

Als die beiden an die Reihe kamen, bemerkte ich, dass nur sie ihr Portemonnaie zückte – ein kleines, türkisfarbenes, das Schuppen wie ein Fisch hatte – und er ein beschämtes Gesicht machte. Allzu unglücklich wirkte er jedoch nicht. Dann schlenderten die beiden mit ihrer Cola und ihren Pommes in

Richtung Lochow-Hügel, aber sie hatten sich einen weiter entfernten Hügel als unseren ausgesucht, einen der Bumshügel, wie sie von wenig romantisch veranlagten Zeitgenossen genannt wurden.

Jetzt gesellte sich Isa zu mir. Sie hatte abgewartet, bis ich an der Reihe war. Als ich vortrat, um meine Bestellung aufzugeben, schlug mir ein derart intensiver Geruch nach altem Fett entgegen, dass ich einen Moment lang keine Luft mehr bekam. Es musste unerträglich heiß in der Bude sein – wer so einen Job hatte, konnte einem leid tun. Schweiß tropfte vom geröteten Gesicht der Wirtin auf unsere Papptellerchen. Unter ihren Achselhöhlen, auf die das ärmel- und taillenlose, wurstpellenartige Synthetikfaserkleid Einblick gewährte, sah man ein nasses, krauses Gestrüpp.

Glücklich und erwartungsfroh, als ob wir gerade bei einer Tombola den Hauptpreis ergattert hätten, balancierten Isa und ich Pommes und Fanta über die unebenen Hügel zu unserem Plätzchen. Zwischendurch wäre ich fast auf einer herren- oder damenlosen Badelatsche ausgerutscht. Ein Dackel, den jemand einfach mit ins Lochow genommen hatte, erschreckte mich damit, dass er sich an meinem Unterschenkel rieb.

Als wir uns noch den Weg zwischen den Sonnenbadenden bahnten, stolperte ich über Herrn Adán. Er saß komplett angekleidet auf einem kleinen weißen Handtuch und starrte auf seine Füße. Er trug sogar Socken! Auf seinem Schoß lag eine Zeitschrift. Er war allein. »Guck mal, Isa, der Adán!« Ich stieß sie in die Seite.

»Mein Gott, der ist ja von Kopf bis Fuß angezogen!«, rief Isa spontan aus. Als wir ihn schon nicht mehr sehen konnten, trat sie dicht an mich heran und murmelte: »Mit dieser Montur bei vierunddreißig Grad im Schatten und dieser Körperhaltung – das ist ja fast, möchte ich sagen, eine Embryonal-stellung – ist für mich eindeutig der Beweis erbracht, dass er ein totaler Klemmi ist. Schade, dass er meiner Mutter nicht mal in die Finger kommt, du weißt doch, sie hat ein Herz für die.«

Später sah ich ihn wieder, als ich den Schachspielern zu-schaute, die mannshohe Figuren auf einem zehn mal zehn Meter großen Feld bewegten. Der Adán hatte sich an den Rand gesetzt und verfolgte das Spiel ebenso wie ich. Das Ma-gazin trug er eingerollt unterm Arm. Er sah mich und lä-chelte. Wie weiß seine Zähne waren. Sein Gesicht ging ganz in diesem Lächeln auf. War das jetzt rassistisch von mir?

Das Spiel zog sich hin; schon sank die Sonne, tauchte die Lochow-Wiesen in warmes Licht. Aus irgendeinem Kasset-tenrecorder drang *Tainted Love*. Der Song wurde uner-müdlich zurückgespult. Ich streckte meine Beine aus. Es gab keine Eile. Es gab damals in diesem Wurmfortsatz-Ber-lin überhaupt keine Eile. *Tainted Love*. Zwei Gruppen Halbwüchsiger spielten Schach, sie waren beide nicht be-sonders gut und wussten nicht mal, wie man richtig ro-chiert, sie ließen sich für jeden Zug viel Zeit, manchmal fünfzehn oder zwanzig Minuten, als hätte das Lochow ewig geöffnet und als würden sie ewig leben. Der Adán ging nach einer halben Stunde, er stand morgens sicher früh auf. Als er sich umdrehte, warf er mir noch ein langes Lächeln zu. Ein Sonnenuntergangslächeln mit den Bumshügeln im Hinter-grund.

Riverboat – Boat People

In der Schule herrschte Ferienstimmung. Ein paar Mal fiel der Unterricht wegen »Hitzefrei« aus. Oft entließen uns die Lehrer früher; es war ihnen deutlich anzumerken, dass auch sie keine Lust mehr hatten.

Wenn ich auf unserem Balkon bei meinen Kakteen saß, hörte ich oft von den Hülsenbecks her *Feuerzeug, Sex in der Wüste* oder *Monotonie*, manchmal auch *Ich kann nicht schlafen*, aber nicht sehr oft, denn es war nicht Isas Lieblingslied. Isa hatte einen Schlaf wie Dornröschen.

Abends ging ich zu Fiona. Anna fläzte sich auf dem Bett ihrer Tochter und legte Tarotkarten. Vorher hatte sie Fionas lange Haare zu Zöpfen geflochten. Fiona trug nicht die Jean-Pascal-, Wit-Boy- oder Esprit-Klamotten wie der Rest der Klasse, sie sah immer aus wie eine kleine Ausgabe ihrer Mutter, die in weiten, selbst geschneiderten Kleidern und mit bunten Ketten herumlief. Aber Fiona wurde nicht geärgert oder spöttisch behandelt wie ich. Sie war einfach zu lieb, sagte nie etwas Provozierendes oder Merkwürdiges wie ich. Die anderen fanden sie mit ihrer feenhaften Art vielleicht seltsam, ließen sie aber in Ruhe.

An den Wänden von Fionas Zimmer hingen überall Bilder, die sie in ihren Therapiestunden angefertigt hatte. Auf einigen Bildern waren große, dunkle Vögel zu sehen, die auf der Brust eines kleinen Mädchens saßen, erst wurde der Vogel kleiner und das Mädchen größer – dann aber kehrte sich die Entwicklung um. Auf einem neueren Bild war ein halb vogelartiges, halb kindhaftes Wesen zu sehen. Ich hatte Fiona ein paar Mal gefragt, ob sie je daran dachte, die Therapie zu beenden, doch immer hatte sie mich erstaunt angeguckt, als ob ich danach gefragt hätte, wann der Mond auf die Erde fällt, die Mauer einstürzt oder unserer Hinterhof kunstfrei wird. »Ich fühle mich wohl da, wohler als zu Hause«, sagte sie, und damit war das Thema erledigt.

Nachts glotzte ich mit meinem Minifernglas rüber zum Hauser. Im Gegensatz zu meinen Eltern, die vor jedem Urlaub nicht nur mit Packen, sondern auch damit beschäftigt waren, die Wohnung aufzuräumen und endlos Kunstwerke abzustauben, die nach der Reise wieder eingestaubt sein würden (nur die Tauben auf den Fensterbänken würden unsere Mühen würdigen können), war der Hauser offensichtlich in die Ferien gefahren, ohne vorher eine Putzattacke zu bekommen. Das Bett war nicht gemacht, überall lagen Zeitschriften, Platten und Klamotten herum. Dann sah ich, dass Herr Wiedemann aus seiner Dachfensterluke guckte. Schnell steckte ich mein Minifernglas weg.

Am nächsten Tag fragte Isa mich, ob ich nicht mit ihr, Fiona und Sonja ins *Riverboat* gehen wollte. Das *Riverboat* war eine richtige Disko, nicht nur ein dämlicher Jugendclub wie die *Grotte*, wo wir manchmal hingingen. Ich nickte heftig. Eine Disko für Erwachsene, zwanzigjährige Männer, die Lederhosen wie der Hauser trugen und bestimmt nicht nur über Schule und Eltern reden wollten.

Kaum saß ich beim Abendbrot mit Klaus und Wiebke, erzählte ich ihnen von meinem bevorstehenden Eintritt in die Welt der Großen. Sie fanden, ich sei noch »zu jung« dafür und würde in letzter Zeit so viel Wert auf Äußerlichkeiten legen, ob ich mich nicht meinen Hobbys (sagte Wiebke nicht neulich, ich hätte keine Interessen?) wie Malen, Schachspielen oder Töpfern widmen wollte (als wäre Töpfern je ein Hobby von mir gewesen ...), anstatt mit einer Meute »dumm in einer Diskothek herumzustehen«. Wiebke und Klaus, die gern und ausführlich von ihrer »wilden Jugend« erzählten, fanden es nicht gut, dass ich vorhatte, mit meinen Freundinnen ins *Riverboat* zu gehen. Wiebke meinte, eine Disko sei eine phantasielose, langweilige Angelegenheit, und fragte, ob ich nicht lieber mit ihnen ins Theater gehen wolle. Sie würden ein Stück sehen, dass sich wirklich mit den Problemen dieser Welt befasse – es ging um Arbeitslosigkeit, Kindesmisshandlung und Scheidung in dem Stück –, das sei eine sinnvollere Freizeitbeschäftigung als so ein »Disko-Eskapismus«. Je länger sie sprach, desto lieber wollte ich ins *Riverboat* gehen.

Als ich später im Bett lag, hörte ich das Telefon klingeln. Ich schaute auf die Uhr. Halb drei. Vielleicht Steffen? Solch ein dreistes Verhalten passte eigentlich nicht zu ihm. Ich hievte mich aus dem Bett, stolperte über den Flur und halb über die *Boat People*. »Hallo?« Am anderen Ende der Leitung war es still. »Wer ... wer ist da bitte?«, fragte ich ängstlich.

»Ist ... ist dein Vater da?« Schon wieder so ein Verehrer von Klaus; davon gab es im Kunstbetrieb viele. »Ich würde *so gern* deinen Vater sprechen ...«

»Tut mir leid, der ist ... in Patagonien«, sagte ich so dahin.

»Ach ... tatsächlich? Das ist ja toll. Ist das diese Geschichte, die über das Museo de Arte Contemporáneo de Santiago de Chile läuft?«

Schnell legte ich auf.

Am nächsten Abend ging ich um acht zu Fiona. »Wo treffen wir Sonja?«, fragte ich.

»Vorm *Riverboat*, um zehn, haben wir ausgemacht.« Wir tranken noch einen Jasmintee, dann brachen wir zum *River-*

boat am Fehrbelliner Platz auf. Da kam schon Sonja, wie üblich in Jeans und Turnschuhen. Die anderen aus der Klasse meinten, sie sähe wie ein Junge aus, und luden sie auch nie zu ihren Partys ein. Sonja machte bei Schwimmwettkämpfen mit und hatte ein Zimmer voller Pokale, am Wochenende ritt sie – ihre Eltern hatten einen Reitstall in Lübars. Aber damit konnte sie bei unseren Klassenkameraden keinen Eindruck machen. Sonja galt als Außenseiterin. Würden Melanie oder Larissa reiten, wäre das natürlich etwas anderes.

Vor der Kasse des *Riverboat* stand ein Türsteher in Armeehosen und schwarzer, glänzender Jacke. Er warf uns abschätzige Blicke zu, als wir ihn anschauten. Aber wir wurden hineingelassen, niemand interessierte sich für unser Alter, nur dafür, dass wir zahlten.

Innen sah es aus wie in einem Boot, mit Bullaugen und einer »Reling«. Wir bestaunten alles um uns herum. Ich war noch nie in einer richtigen Disko gewesen. Ein Typ begaffte Fiona von Kopf bis Fuß und fing an zu lachen. Dann fing er an, *Hare Krishna* zu singen. Fiona sah verlegen weg und hastete woandershin. Ich starrte auf die tanzenden Menschen. Die meisten sahen älter aus als wir. Vor uns tanzte eine Frau in silbernen Hot Pants und kniehohen roten Lackstiefeln. *Culture Clubs Do you really want to hurt me?* Lief gerade, und ich hatte Lust zu tanzen, aber ich traute mich nicht und blieb vor meinem Bullauge stehen. Sonja kam mit unseren Colas zurück. Ich trank langsam, damit ich etwas zu tun hatte. Dann entdeckte ich Larissa und Melanie, sie tanzten vor einer der riesigen Boxen. Ich erkannte auch Rolf und einen Jungen aus unserer Nachbarklasse, mit dem ich Melanie in letzter Zeit oft zusammen gesehen hatte. Er küsste Melanie auf den Nacken, dann tanzten sie in dieser Position weiter, er hinter ihr, seinen Körper an ihrem reibend. Ich schaute mir einen Mann mit Glatze an, der einem anderen Mann die Arme um die Taille legte. Jetzt wurde Limahl gespielt, und alle tobten wie verrückt los. Melanie hatte ein schwarzes Netzshirt an, darunter einen orangefarbenen BH. Sonja und ich warfen uns einen abfälligen Blick zu. Nach Limahl wurde es ruhiger auf der Tanzfläche. Man konnte sich jedoch bei der Lautstärke kaum unterhalten. Schließlich schob ich mich zur Bar, um noch eine Runde Cola zu holen. Vielleicht war ich einfach zu klein: Der Barmann ließ mich eine Viertelstunde warten, und zwei tätowierte Typen mit Schnauzbärten, die erst viel später gekommen waren, wurden vor mir bedient. Während ich herumstand, stellte ich mir vor, auf einem Motorrad über die Carretera Austral nach Feuerland zu fahren. Der Hauser fährt vor mir. Ich sitze nicht wie ein Mäuschen hinten bei ihm, sondern habe mein eigenes Motorrad. Der Weg schlängelt sich entlang der zerklüfteten Meeresküste, an Seen, Flüssen und Wasserfällen vorbei. Wir übernachten im Pionierdorf Puyuhuapi, wandern tagelang durch den dicht bewachsenen subarktischen Urwald …

»Wat willste?«, wurde ich angeherrscht. Dem Barkeeper fiel es nicht schwer, sich bei der Lautstärke Gehör zu verschaffen.

»Drei … Cola.«

Als ich endlich mit unseren Gläsern zurücklief, tippte mir jemand von hinten auf die Schulter. Es war Melanie. »Was macht'n ihr hier?«

»Doofe Leute beobachten«, sagte ich. Fiona und Sonja guckten nur schüchtern, Melanie schnitt eine Grimasse und wandte sich ab. Rolf und Larissa saßen eng umschlungen auf einer Couch. Ich hatte gedacht, wenn ich in eine Disko ginge, würde ich bis fünf Uhr morgens tanzen oder »durchmachen«, aber wir waren schon um halb zwei total müde. Rolf und Larissa beim Knutschen zusehen konnte ich auch auf dem Schulhof. Im Taxi meinte Fiona, dass wir uns das *Riverboat* hätten sparen können. Sie wäre doch besser mit ihrer Mutter ins Theater gegangen. Ich schwieg. Vermutlich waren Anna und Wiebke in das gleiche Stück gegangen. Was für ein aufregender Abend: rückblickend schien uns, wir hätte lieber mit unseren Eltern ausgehen sollen.

The Wiebkes and the Klauses schliefen nicht, als ich nach Hause kam, schimpften aber auch nicht wegen meines späten Eintreffens. Im Gegenteil, sie versuchten noch einmal, die Klanginstallation des norwegischen Environment Artist zu reparieren, und fragten, ob ich ihnen ein paar Teile anreichen könnte; sie standen beide auf der Leiter. Dazu hörten sie Brecht-Vertonungen. Für meinen Abend im *Riverboat* interessierten sie sich nicht weiter. Ich fragte auch nicht nach dem Theaterstück, denn ich wollte mir einen Vortrag von Wiebke ersparen. Schließlich verabschiedeten sie mich mit: »Wir sehen uns morgen bei der *Maus*.«

Ich schlief unruhig; ein frühmorgendliches Sommergewitter fand seinen Weg in meine Träume, Schusssalven aus Maschinengewehren, abgefeuert aus den Bullaugen vom *Riverboat* durchsiebten mich, aber ich war so weit von mir entfernt, dass ich die Szene wie eine Fremde beobachtete. Von irgendwoher meinte ich Helmut Schmidt zu hören, untermalt von Hundegebell.

Am nächsten Tag kroch ich trotz *Geschlossen* auf Falks Hochbett und berichtete ihm von dem Anruf, den missglückten Diskobesuch behielt ich lieber für mich. Aber Falk war mit seinen Gedanken woanders: bei seiner Musik. Ich betrachtete meinen Bruder lange, wie er vor seinen Boxen hockte, sein schmales, ernstes Gesicht, ein bisschen wie Nick

Drake, und ich fragte mich, was er wohl ausbrütete. Schließlich fragte ich ihn doch, ob er nicht auch mal nach Patagonien wolle. Lange Zeit regte sich nichts in Falks Gesicht. Dann sagte er: »Ist das wieder eine neue Jule-Macke?« Und nach einigen genüsslichen Zigarrettenzügen: »Patagonien, da steckt Agonie drin.«

Ich ärgerte mich über diese Bemerkung – typisch Falk, er musste anderen immer etwas madig machen. Ich hätte ihm gar nichts von Patagonien erzählen sollen, er teilte auch nicht alles mit mir.

Schwarzes Café – Roter Irokese

An diesem Sonntag fand ich meine Eltern weder bei der *Maus* noch beim Kunstwerkabstauben, dafür einen der üblichen Memoblockzettel, die The Wiebkes and the Klauses Falk und mir dreimal am Tag in die Küche legten. Die beiden waren heute noch zu einem »Ateliertreff« eingeladen. Eine Wegbeschreibung fehlte auch nicht. Dass der Künstler in seinem Atelier eine begehbare Installation zeigen würde, erwähnten meine Eltern ebenfalls; das Wort »begehbar« hatten sie zweimal unterstrichen und mit einem Smiley versehen.

Als ich den Zettel aus der Hand legte, klingelte das Telefon. Steffen fragte mich, ob ich Lust hätte, abends mit auf ein Jazzkonzert im *Quasimodo* zu kommen. Bei einer Radioverlosung habe er zwei Karten gewonnen. Ich erzählte Steffen von dem Abend im *Riverboat* und dass ich heute keine Lust mehr auf große Unternehmungen hätte. Ich dachte, er wäre vielleicht beleidigt, dass ich sein Angebot ablehnte, aber wir redeten noch zwei Stunden über mögliche Varianten des Schachspiels, Lieblingstiere und Phantasietiere (trittfeste Küchenschaben mit Krümelfress- und Bodenreinigungsfunktion, Radioaktivität filternde unsichtbare Luftalgen, Ratten mit großen Kondorschwingen). Dann erzählte Steffen noch, dass er heute Morgen von einem missglückten Mauerfluchtversuch gehört habe. Der Tote sei ein junger Typ vom Prenzlauer Berg, nur ein paar Jahre älter als wir. Ich kicherte unsicher. Was war das doch für eine merkwürdige Stadt, in der immer wieder Menschen an der Grenze, also mittendrin, erschossen wurden. Nirgendwo kamen so viele Menschen an der innerdeutschen Grenze ums Leben wie in Berlin, hatte Klaus einmal gesagt. Es kam einem so irreal vor – und war doch so nahe.

Nachdem Steffen und ich aufgelegt hatten, ließ ich Badewasser einlaufen. Als ich in der Wanne lag und die schlappen Helden über mir betrachtete, dachte ich, dass es blöd gewesen war, die Konzerteinladung auszuschlagen. Wann wurde ich schon mal eingeladen? Ich rief also nach dem Baden noch mal bei Steffen an. Er schien sich zu freuen, dass ich meine Meinung geändert hatte, und so verabredeten wir uns für zehn vor acht am Bahnhof Zoo. In der Nähe war das *Quasimodo*.

Gegen halb acht zog ich mir eine Jeans, ein dunkelblaues Männerhemd aus der *Garage*, einem großen Secondhandladen, und eine Wildlederweste an. Ich ging zur Tür und rief einmal sehr laut »Tschühüss« – für den Fall, dass Wiebke und Klaus schon von ihrem Ateliertreff zurück waren und sich irgendwo in der Wohnung verkrochen hatten. Dunkel erinnerte ich mich, dass Wiebke heute Abend mit Anna zu einem Fest im Völkerkundemuseum gehen wollte. Sie hatte noch versucht, mich zum Mitkommen zu überreden.

Am Zoo fiel mir ein Mädchen auf, das nicht viel älter war als ich. Es schaute auf die vielen Autos, die an uns vorbeifuhren. Das Mädchen war extrem dünn und trug Hot Pants und Lackstiefel, aber am auffälligsten waren seine Blässe und die dunklen Augenringe.

»Hallo … Jule.« Ein junger Mann in schwarzen Jeans, anthrazitfarbenem Seemannspulli und mit Nickelbrille stand vor mir und schüttelte mich sanft an der Schulter. Ich tauchte aus meinen Gedanken auf und grinste Steffen an. Gemeinsam gingen wir in Richtung Kantstraße. Als ich mich noch einmal umdrehte, sah ich, wie das Mädchen mit den Hot Pants von einem Mann in einem Käfer mit Anti-AKW-Aufkleber mitgenommen wurde.

Vorm *Quasimodo* herrschte Gedränge. Die meisten Leute waren älter als wir, jedoch weniger grell gekleidet als die *Riverboater*. Drinnen war es dunkel. Wir gingen an die Bar, und Steffen bestellte zwei Gläser Wein für uns. Vielleicht lag es daran, dass er zwei Köpfe größer war als ich, aber ihn ließ der Barmann keine fünfzehn Minuten warten. Bis das Konzert anfing, hatten wir noch Zeit. Wir setzten uns mit unseren Getränken an die Bar.

Ich betrachtete Steffen von der Seite. Er war nicht hübsch mit seiner riesigen Nase und den hellen, kaum sichtbaren Augenbrauen, aber auch nicht hässlich. Die merkwürdigen weißen Handschuhe, die er eine Weile lang getragen hatte, hatte ich lange nicht mehr an ihm gesehen. Ich wusste jetzt, dass er Neurodermitis gehabt hatte. Wir sprachen viel miteinander, aber schauten uns kaum in die Augen.

Die Vorband gab noch eine Zugabe, und einige Leute klatschten. Steffen meinte zu mir, die Vorband seien »Lokalhelden«. Er benutzte oft eine gewählte Sprache, aber mit einer solchen Selbstverständlichkeit, dass es auf mich nicht eingebildet wirkte. Ich fragte ihn, seit wann er Jazz höre und ob er auch andere Musik hören würde. Er grinste und meinte, Jazz gebe es für ihn erst seit ein, zwei Jahren, vorher habe er nur Klassik gehört, »ehrlich gesagt, Opern«. Seine Mutter wollte früher Sängerin werden, brachte es dann aber nur zur Garderobenfrau in der Deutschen Oper. Ihre Liebe zur Oper teile er durchaus, auch wenn sein Musikgeschmack breitgefächerter sei. Steffen wirkte immer so erwachsen, wenn er sprach.

Die Hauptband begann zu spielen. Sie hieß *Yesterday's Train*, und die Bandmitglieder trugen graue oder schwarze Anzüge, Krawatten und Brillen wie Klaus auf alten Fotos. Die Musik klang genauso wie bei der Vorband, nur guckten die Typen der Hauptband selbstbewusster. Ich war bisher nur einmal mit Fiona und Anna bei Gianna Nannini und mit Klaus und Falk bei den *Stones* gewesen. Wiebke war nicht mitgekommen, weil sie nicht »zertrampelt« werden wollte – eine merkwürdige Vorstellung, dass ausgerechnet meine üppige Mutter solch ein Schicksal hätte ereilen sollen. Klaus hatte unbedingt vorne stehen wollen, also gingen wir schon um drei Uhr mittags zum Olympiastadion, obwohl das Konzert erst um acht anfangen sollte. Fünf Stunden hatte ich eingequetscht zwischen Klaus und Falk und irgendwelchen schubsenden Idioten verbracht, nichts gegessen oder getrunken, geschweige denn eine Toilette aufsuchen können. Dann kam erst die Vorband, irgendwelche langhaarigen, wild auf der Bühne herumgaloppierenden Iren, und nach weiterem ewigen Warten tatsächlich Mick Jagger, Keith Richards und Co. Klaus hüpfte wild herum, sein dünner Körper schnellte immer wieder in die Luft, ich hörte ihn sogar grölen – die Verwandlung von Klaus fand ich viel interessanter als den vorne regungslos herumklampfenden Keith Richards.

Steffen beugte sich zu mir und fragte mich, wie mir

Yesterday's Train gefalle. Ich wiegte den Kopf. »Doch, gefällt mir schon, ist nicht total mitreißend, aber angenehm. Und wenigstens wird man nicht zertrampelt wie bei den *Stones*.«

Steffen lachte. Dann legte er kurz den Arm um meine Schultern. Er war so viel größer als ich.

Nach dem Konzert gingen wir nach draußen auf die Kantstraße. Es regnete leicht. Steffen fragte mich, was ich noch machen wolle. Ich dachte kurz an einen Kaktus, den ich umtopfen wollte. Das konnte ich auch morgen machen. Die Kakteen mussten ja nicht immer vorgehen.

»Lass uns doch ins *Schwarze Café* gehen«, schlug Steffen vor.

Im *Schwarzen Café* hatte ich schon mal mit Klaus, Wiebke und Herrn Wiedemann sowie seiner damaligen, ziemlich punkig aussehenden Freundin gefrühstückt.

»Von mir aus.«

Steffen und ich stellten unsere Krägen hoch, dann liefen wir in weitem Abstand zueinander durch den Regen und schwiegen. Vor dem *Theater des Westens* stand eine große Gruppe lila, pink und zitronengelb gekleideter Damen mit hoch aufgetürmten Frisuren in einer einzigen großen Parfümwolke, die darauf warteten, *My Fair Lady* zu sehen. Teure Eintrittskarten für die rührselige Geschichte eines armen Blumenmädchens. Ein Hippie fuhr gemütlich auf einem Liegefahrrad mit Joint in der Hand an uns vorbei. Sein Rad hatte sogar einen Regenschutz. Zwei Nutten in identischen schwarz-roten Lackanzügen bogen in die Kantstraße ein, sie unterhielten sich lautstark darüber, wie lange sie es nachts mit ihren Kontaktlinsen aushielten. Unterdessen raste ein Polizeiwagen mit Blaulicht an uns vorbei.

Aus dem *Schwarzen Café* schlug uns dichter Rauch entgegen. Ein Kellner mit geschwungenem türkisfarbenen Lidstrich und einem roten T-Shirt, auf dem *Property of Satan* stand, stürzte an uns vorbei. Wir schoben uns durch die Menge. Am Tresen küssten sich zwei Mädchen mit Glatzen in Matrosenhemden, die eine hatte ein Dollarzeichen auf den Hinterkopf tätowiert. Zwischen jedem ihrer innigen Küsse sahen sie sich lange an.

»Könnta euch ma' weitabewejen!«, wurden wir angemotzt. Am anderen Ende des Raums stand gerade ein Nietenpärchen auf, ich schlängelte mich durch die Menge nach hinten. Endlich hatte mein Kleinsein einen Vorteil. Steffen kam mir nur mit Mühe hinterher.

Kaum hatte ich mich gesetzt, hockte sich ein Typ mit einem bis auf den Boden reichenden abgewetzten schwarzen Wildledermantel und signalrotem Iro zu uns. Er hatte einen sehr intensiven Blick. Ob wir etwas über die Leute wüssten, denen er seine Frisur verdanke, fragte er uns.

Ich verstand erst nicht, wen er meinte. »Punks?«

»Die Irokesen!«, sagte er.

»Ja, und?«

Er zog seine Augenbrauen hoch. Dann begann er mit eindringlicher Stimme zu sprechen: »Die Irokesen haben am Ende jeder Rede ›hiro kone‹ gesagt. Und das heißt ›Ich habe gesagt‹. Darauf geht der Name zurück. Das weiß ja kein Depp in diesem Dorf.«

»Schon übel«, pflichtete Steffen bei.

Unser Gesprächspartner kippte einen Whisky hinunter. »Was wollt ihr noch wissen?«

»Du meinst über die Irokesen? Oder hast du noch ein anderes Thema zur Auswahl?«, fragte Steffen grinsend.

Der Typ runzelte die Stirn, dann näherte er sich Steffen, bis er Kopf an Kopf mit ihm war. Steffen wich immer weiter zurück.

»Willst du meinen Zorn wecken?«, stieß der Typ hervor. »Was soll die Frage? Natürlich über die Irokesen! Nutze deine Chance, immerhin hast du einen wahren Ahnen dieses Volkes vor dir! Ich bin der reinkarnierte Häuptling Hiawatha!«

Mir ging durch den Kopf, dass Herr Hülsenbeck mal von einem Patienten mit Irokesenschnitt gesprochen hatte, der darauf bestand, mit dem Namen eines Indianerhäuptlings angeredet zu werden. Er war wegen Drogenhandels bei ihm auf der Pritsche gelandet, dann aber in ein Krankenhaus verlegt worden. Herr Hülsenbeck hatte in seiner üblichen schwärmerischen Art gesagt, der Patient sei »extraordinär intelligent«, »höchst belesen« und »äußerst liebenswürdig«. Und nur gelegentlich »affektinkontinent«.

»Und was ist aus den Irokesen geworden?«, fragte Steffen.

Unser Gegenüber machte ein trauriges Gesicht. »Die großen Zeiten der Irokesen sind vorbei. Ich sehe keinen einzigen Irokesen eine wichtige Rolle spielen, zumindest nicht wie ich damals. Unsere Frisur ist zur Mode verkommen, aber kaum einer der Irokesenträger heute weiß, dass wir eine matriarchalische Kultur sind: Bei uns haben die Squaws das Sagen, allen voran steht die Clanmutter. Wie ich schon sagte, die großen Zeiten sind vorbei. Die Irokesenliga hat sich aufgelöst. Die alten Sprachen beherrscht kaum noch jemand. Statt Mohawk spricht man Englisch!«

Ich machte ein betrübtes Gesicht, das mein Gegenüber mit heftigem Kopfnicken beantwortete. Dann hob er einen Zeigefinger und rief: »Ich hatte Glück. Ich wurde schon einmal reinkarniert. Zu Beginn dieses Jahrhunderts. Und so fiel mir eine historisch bedeutsame Rolle zu: Ich habe im Namen des Volkes der Irokesen im Zweiten Weltkrieg Hitler-Deutschland den Krieg erklärt! Das haben wir nämlich unabhängig von den USA gemacht, mit denen wir nicht kooperieren wollten … Aber auch das weiß kaum jemand hier in diesem Deppendorf, dass wir Irokesen den Deutschen den Krieg erklärt hatten … Leute, ich muss gehen, meine Mutter erwartet mich. Jeden Abend gehe ich auf die Suche nach Menschen wie euch, denen ich meine Geschichte erzählen kann.«

Er schob noch einmal seine Stirn nahe an Steffens, vielleicht eine Gruß- und Abschiedsgeste, dann stand er auf, und ich sah den roten Irokesen in der Menschen- und Rauchwolke verschwinden.

Steffen und ich schwiegen eine Weile.

»Ich muss auch nach Hause«, murmelte ich schließlich mit einem Gähnen, »auch wenn meine Mutter nicht auf mich wartet.«

Wir schoben uns durch die Menge zum Ausgang. Ein dicker Typ mit weißblonden Stoppelhaaren in enger schwarzer Lederkluft warf Steffen noch schmachtende Blicke hinterher. Als die Tür hinter uns zufiel, fühlte ich mich betäubt von all den Eindrücken. Es nieselte, als wir die Kantstraße in Richtung Zoo entlangliefen. Als wir am U-Bahnhof standen, machte Steffen ein paar merkwürdige Bewegungen, die wie Dehn- und Streckübungen aussahen, dann beugte er sich zu mir herunter und drückte mich an sich.

Als ich später im Bett lag, klingelte das Telefon. Wer das wohl war? Bestimmt irgendein Maler, der meinen Vater belagerte, in der Hoffnung, dass dieser einen Artikel über ihn schrieb. Es hatte schon Künstler gegeben, die meinem Vater vor unserem Haus mit einem Lastwagen voller schrecklicher Skulpturen aufgelauert hatten.

Nach einer Weile vernahm ich Wiebkes schwere Schritte auf dem Parkett, aber der andere schien, nachdem Wiebke abgenommen hatte, aufgelegt zu haben, denn Wiebkes

Stampfen setzte gleich wieder ein und entfernte sich. Ich konnte nicht schlafen. Wenn ich die Augen schloss, sah ich den Irokesentyp vor mir. Schließlich holte ich meinen Atlas hervor und schlug die Südamerikaseite auf, aber ich war so müde, dass Patagonien vor meinen Augen zu flimmern begann. Agonie, agonie, las ich. Als ich in den Hof blickte, war es stockfinster, das Hauser-Zimmer ein schwarzes Rechteck, auch aus den Souterraingrotten drang kein Schimmer Licht.

Einige Tage später überredete Fiona Isa und mich, mit ihr wegen des Yogalehrers nach der Schule noch mal ins Lochow zu gehen.

Wiebke fing mich vor der Haustür ab und gab mir drei Brötchen von gestern, ein weiteres Marmeladenglas von ihrer Mutter, Kekse, Äpfel und eine Melone für Erwin und Karl mit. Wir suchten die beiden, bis wir an ihrem Verschlag einen Zettel fanden: »Sind bei euch auf Dach. E + K.« Jemand aus unserem Haus musste sie eingeladen haben, vielleicht Falk. Als wir unsere Fahrräder aus dem Hof bugsierten, sahen wir Karl und Erwin oben mit dem Hauser, Falk, dem Olk, Herrn Söylesin und Frau Koderitz um den Grill herumsitzen. Wir hatten keine Lust, mit den schweren Taschen bis in den fünften Stock und von dort über eine Leiter aufs Dach zu klettern.

Isa schimpfte: »Ich bringe Erwin und Karl gern Essen auf den Parkplatz, aber ihnen auch noch das Menü an der Sonnenliege zu servieren, geht mir zu weit.«

Fiona widersprach ihr ungewöhnlich heftig: »Ach komm, das ist doch das Mindeste, was man für arme Mitbürger tun kann. Wenn man schon keine Briefe für politische Gefangene schreibt.«

Aha, daher wehte der Wind. Isa ging nämlich einmal die Woche zu Wuschel statt zu Anna und Fiona. Wiebke war eindeutig das Bindeglied zwischen Frau Hülsenbeck und Anna, ohne sie würden sich die beiden Mütter wohl eher aus dem Weg gehen. Ich nahm meine Tüte mit den Sachen vorsichtshalber mit.

Im Lochow war es wie immer sehr voll. Wir standen wieder ewig in der Schlange vor der Kasse. Kaum hatten wir die Fußdesinfektionsbecken, in denen wie immer viele Kinder herumtobten, hinter uns gelassen, sah ich Herrn Adán. Trotz der Hitze trug er ein langärmeliges Hemd und eine lange Hose. Nicht mal Schuhe und Strümpfe hatte er ausgezogen.

Als er mich sah, lächelte er und machte eine Bewegung, als wolle er mir bedeuten, mich neben ihn zu setzen. Einen Moment lang war ich hin- und hergerissen. Vielleicht könnte ich mich mit ihm über Patagonien unterhalten? Aber eine diffuse Angst, ihm näherzukommen, hielt mich ab. Als Fiona mich am Arm antippte: »Da – ist – er!«, und auf den dunklen Lockenschopf mit der Gitarre auf seiner Yogamatte zeigte, ging ich weiter und winkte Herrn Adán im Vorbeigehen zu. Er lächelte mich unverändert an, vertiefte sich dann aber in ein medizinisches Fachbuch.

Isa knuffte mich in die Seite. »Dass der sich derart zuknöpft! Ich sag doch: Ein Fall für meine Mutter.«

»Bevor er zu deiner Mutter kommt, muss er erst was verbrochen haben …«, wandte ich ein.

»Dann kannst du ja noch ein Geheimnis aufdecken – das würde dir doch gefallen, oder?« Isa sah mich von der Seite her an. Als wir in Richtung Schwimmbecken liefen, wo der Yogalehrer sich niedergelassen hatte, merkte ich, dass Herr Adán uns hinterherschaute.

Vor dem großen Becken stand auf einmal ein Bademeister. So jemanden hatte ich hier ja lange nicht mehr gesehen! Sein Blick wanderte zu uns, dann entdeckte er auf den Bumshügeln den Lochow-Fuchs. In diesem Moment fingen zwei

Jungen unten vor dem Zehnmeterturm an, sich anzubrüllen und gegenseitig zu treten. Der Bademeister guckte ein paar Mal hin und her zwischen dem Fuchs auf dem Hügel und den schon auf dem Boden herumrollenden Jungen, dann beschloss er, dass die Jungen die größere Gefahr für den Frieden im Lochow darstellten. Er näherte sich dem Zehnmeterturm.

Nachdem der Yogalehrer eine barbusige Gitarristin mit Küssen begrüßt hatte, war Fiona der Ansicht, sofort nach Hause zu Anna zu müssen, um ihr beim Bedrucken von Seidentüchern zu helfen. Isa und sie gingen bald. Ich setzte mich noch zu den Schachspielern. Nach einer Weile bemerkte ich Herrn Adán, der ebenfalls das Spiel verfolgte. Er lächelte mich an, kam aber nicht zu mir. Dafür hockte plötzlich der Lochow-Fuchs an meiner Seite, und ich gab ihm meine eigentlich für Karl und Erwin bestimmten Brötchen. Auch die Kekse und die Äpfel schob ich ihm hin. Scheu war der grölende Freibadgäste gewöhnte Fuchs wirklich nicht.

Zu Hause fragte Wiebke mich, ob ich Karl und Erwin die Tasche mit den Lebensmitteln vorbeigebracht habe. Auf meine ehrliche Antwort hin, dass bis auf die Marmelade und die Melone alles in den Magen vom Lochow-Fuchs gewandert sei, regte sich Wiebke zunächst auf. Auch meine Begründung, dass Karl und Erwin schließlich beim Grillen auf dem Dachgärtchen durchgefüttert worden seien, überzeugte sie nicht recht. Aber es war ein sehr heißer Tag gewesen, und Wiebke wurde zum Glück nicht sauer. Sie legte mir eine Hand auf die Schulter. »In Ordnung, nächstes Mal kaufe ich für Karl, Erwin *und* den Fuchs ein.«

Ich fragte mich, wem ich alles in zehn Jahren Lebensmittel vorbeibringen sollte, wenn es mit Wiebkes sozialer Ader so weitergehen würde. Dann sollte ich vermutlich noch den Ratten im Hof Kaviar servieren.

Pilgerfahrt nach Kassel –
Die menschliche Scheiße ausblenden

Am nächsten Tag fuhr Klaus zur *documenta* nach Kassel. Beim Frühstück schwärmte er über die Auswahl der Künstler. »Gerhard Richter! Cy Twombly! Katharina Sieverding!« Mein Vater las uns gnadenlos die ganze Liste vor. »Claes Oldenburg! On Kawara! Sol LeWitt!« Wir hatten schon längst unseren letzten Schluck Kaffee getrunken, als er immer noch vorlas. »Franz Erhard Walther! Imi Knoebel!« Aber Falk und ich wussten, er wäre sehr getroffen, wenn einer von uns einfach aufgestanden wäre. Wir waren oft kaltschnäuzig, aber nicht in solch sensiblen Momenten. Man stürzt auch nicht mitten in der Predigt aus der Kirche, zumal, wenn man in der ersten Reihe sitzt. Am Ende sagte Klaus: »Ein Name fehlt noch!« Ob er wirklich eine Antwort erwartete? Er schaute uns an, aber eher durch uns hindurch, auf einen fernen Punkt im Nirgendwo. Nach einer bedeutungsvollen Pause rief er: »Bruce Nauman!« Dann räsonnierte Klaus, dass dies die theoriefernste *documenta* seit langem sei, dass sie auf eine neue Sinnlichkeit, wie er das nannte, einen neues »direktes« Erleben von Kunst setze. Woraufhin Wiebke nur, während sie den Römertopf für das Abendessen präparierte, murmelte: »Na, dann nichts wie hin, Klaus.«

Klaus schwieg beleidigt. »Ich verstehe gar nicht, dass du nicht mitkommst.«

»Ich muss mich schließlich um die Kinder kümmern.«

Ich glaubte nicht recht zu hören.

»Geh ruhig mit zur *documenta*!«, rief Falk sofort.

Jetzt war Wiebke beleidigt.

»Wir können doch echt ein paar Tage allein sein, das waren

wir doch schon oft«, meinte ich und dachte an die Nachmittage im *MeinEck*.

Nachdem Klaus losgestürmt war, sagte Wiebke uns, dass sie eigentlich ganz froh sei, wenn er mal ein paar Tage allein unterwegs wäre, das mit uns sei nur ein Vorwand gewesen. Wahrscheinlich wäre es ihr am liebsten, wir führen auch ein paar Tage weg, dachte ich. Aber in unserer Wohnung konnte man sich ja im Grunde eh ohne Probleme tagelang aus dem Weg gehen und den anderen nur aus irgendeiner anderen Himmelsrichtung leise rumpeln, stolpern, fluchen oder niesen hören.

Heute stand überall in den Zeitungen, dass Lady Di und Prince Charles einen Sohn bekommen hatten. Am längsten Tag des Jahres, am 21. Juni 1982, wurde William Arthur Philip Louis Mountbatten-Windsor im St. Mary's Hospital in Paddington, London, geboren – kaum eine Zeitung ließ es sich entgehen, den Namen des Sprösslings in voller Länge abzudrucken. Im Fernsehen sah man euphorisch jubelnde Menschen in Großbritannien, weinend vor Freude, schreiend vor Glück und mit Bierflaschen winkend. Man konnte glauben, ihnen wäre der Messias erschienen, das Königreich hätte seine Kolonien wieder, oder zumindest hätte England die WM gewonnen. Die Geburt von Prince William, wie auch im letzten Jahr in noch stärkerem Maße die Hochzeit von Lady Di und Prince Charles, schien vieles kompensieren zu müssen. In diesem Jahr hatte es das Mutterland des Fußballs wieder einmal nicht ins Halbfinale geschafft.

Falk schüttelte den Kopf: »*Poor William Arthur Philip Louis Mountfatbutt-Windsor, you're gonna have a hard life with all these goddam stupid fellas in your country!*« Später sollte er in England studieren und sich dort sehr wohl fühlen – und wir bekamen immer 3-D-Königshaus-Postkarten von ihm geschickt.

Der Hauser und sein Motorrad waren länger fort. In welchem Land er wohl gerade war?

Auf dem Weg zur Schule erzählte ich Fiona und Isa von einer Fernsehsendung über die Galapagos-Inseln, die ich kürzlich gesehen hatte. Hoffentlich gelang es mir, sie ein bisschen mit meinem Fernweh anzustecken. Aber sie reagierten nicht so, wie ich es mir gewünscht hatte.

»Ein Flug dahin ist verdammt teuer«, gab Isa gleich zu bedenken. »Die Nordsee tuts doch auch.« Immer dieses Vernunftdenken.

»Da will ich nicht hin. So große Echsen finde ich eklig«, sagte Fiona, wobei ihr Gesicht, als sie das Wort »eklig« aussprach, alle möglichen Gefühle widerspiegelte. Eigentlich sah sie eher traurig dabei aus – nicht so, als ob sie etwas verabscheuen würde.

Auf dem Rückweg von der Schule lief ich die Lietze entlang und sah Herrn Adán, der mir aus der Apotheke zuwinkte. Ich trat ein. Heute war es voll. Hinter mir hörte ich, wie Pechs lebhaft über Hustensaft diskutierten. Sie schienen beide Spezialisten auf diesem Gebiet zu sein. Zur Bestätigung meines Eindrucks husteten mir beide noch mal kräftig ins Ohr. Waldemar rieb sein Bein an meinem. Vor mir stand die Mutter von Serife und Filiz, die wieder »Ohropax gegen schnarchende Mann« haben wollte. Vor einem Regal stand der Olk und fummelte an Kondompackungen herum.

Endlich kam ich dran. Hinter mir wurde gebellt und gedrängelt. Hastig gab ich ein Rezept von Wiebke ab, irgendeine Hautcreme. Damals gab es noch fast alles »auf Rezept«. Schnupfenmittel, Mittel gegen Blasenkatarrh, gegen Ohrenschmerzen, Husten, Halsweh oder eben Hautprobleme.

Herr Adán eilte in den hinteren Raum, in dem hohe Medikamentenschränke und Regale standen. Nur Herrn Olks Verhütungsmittel, mit Noppen, gab es nicht »auf Rezept«. Aus dem Augenwinkel sah ich, wie der Olk eine Packung Kräuterbonbons über die Kondompackung legte, damit niemand sah, was er eigentlich kaufen wollte – als gäbe es irgendeinen »Ruf« bei den Pechs oder mir zu ruinieren. Aber vielleicht sollten die Noppenkondome ja auch nur in die *Urbane Collage* integriert werden.

Herr Adán gab mir das Wechselgeld. »Wenn Sie das nächste Mal kommen, zeige ich Ihnen etwas ganz Besonderes«, flüsterte er mir dann noch seltsam vertraulich ins Ohr.

Klaus war aus Kassel zurückgekehrt und bestens gelaunt; die Kunstschau hatte auf ihn wie eine Pilgerfahrt gewirkt. Als wir mit dem Abendessen begannen, klingelte es an der Tür. Klaus erhob sich seufzend vom Tisch und kam nach einigen Minuten genervt zurück. »Wieder so eine Analphabetin, die die Klingelschilder von Zürn und Hauser verwechselt hat. Ihr werdet's übrigens nicht glauben, den Kerl habe ich im Zug nach Kassel getroffen.«

»Was, den Hauser? Auf der *documenta*?« Wiebke band sich ihr dickes, feuerrotes Haar zu Zöpfen.

»Das habe ich nicht gesagt. Im Zug nach Kassel habe ich gesagt. Wahrscheinlich irgendein Rockertreffen in Restdeutschland ...«

»Wieso dann per Zug und nicht mit'm Motorrad?«

»Der kann die besser auseinander- als zusammenlegen ...«, frotzelte Falk.

Der Hauser war also in Deutschland geblieben, und sein Motorrad stand vermutlich in der Werkstatt. Ich war enttäuscht.

In der Nacht träumte ich – vom Adán. Ich fahre allein, ohne den Hauser, auf einem Motorrad, durch eine Landschaft, die ich nicht kenne. Sie ist nicht besonders schön, das Gras ist braun und verdorrt, die Bäume verkrüppelt, die kahlen Berge sehen abweisend aus. Ich frage mich, ob ich in Patagonien bin, und denke, dass es mir dort vielleicht nicht gefallen könnte. Der Schotterweg führt an ein Häuschen, in dem ein Pförtner sitzt. Über dem Häuschen leuchtet ein großes, rotes A. Herr Adán betritt die Straße in seinem weißen Kittel und winkt mich heran. Ich erinnere mich im Traum deutlich an seine Augen und den schwarzen Schnurrbart. Er scheint mich erwartet zu haben. Er ruft etwas Entschuldigendes über die Gegend, das karge Land. Hält eine Flasche Wasser hoch. Dann eilt er auf mich zu, den Blick voller Wärme, fest auf mich gerichtet. Als er vor mir steht, sind seine Lippen rosa geschminkt, und ich erkenne Melanie. Die Berge sind Bullaugen, wir stehen im *Riverboat*, und Melanie begrüßt mich so, wie sie es in Wirklichkeit nie tun würde. Dann wachte ich auf.

Am nächsten Tag fand ich einen Zettel unter der Fußmatte. »Wollen wir heute so tun, als ob die Schule erst mit der dritten Stunde anfängt? Fiona macht auch mit bei der Ausrede: Frau Schwundtke sei krank, ist in Bonnies Ranch eingeliefert worden – na, das sagen wir nicht. Ü – Isa.« Bonnies Ranch, so wurde die Carl-Bonhoeffer-Nervenklinik im Volksmund genannt.

Wir drei gingen also gemütlich um halb zehn aus dem Haus. Auf der Uhlandstraße zuckte ich zusammen. Diesmal stand Klaus direkt vor der Peepshow. Ich konnte mir nicht mehr einreden, dass er nur in die Boutique nebenan ging. Wir waren ungefähr fünfhundert Meter von dem Plastikvorhang entfernt. Alle halbe Minute huschte jemand hinein oder heraus. Auch um diese Uhrzeit herrschte emsiger Betrieb. Für viele Männer musste die letzte Nacht nicht sehr befriedigend gewesen sein. Offenbar auch nicht für Klaus.

Dass mein Vater tatsächlich in die Peepshow ging! Dem konnte ich doch nichts mehr anvertrauen. Isa und Fiona redeten durcheinander. Es ärgerte mich, dass Isa das Ganze amüsant zu finden schien. »Guck mal, dein Vater traut sich nicht rein. Der Arme, wir sollten ihm zureden.«

Ich stieß sie in die Seite. Klaus guckte sich die ganze Zeit die Fotos an, die auf den roten Vorhang geheftet waren. Wir kamen immer näher. Jetzt fasste sich Klaus an sein Jackett, und ich sah, wie er seinen kleinen Zeichenblock zückte. Er begann, eines der Fotos abzuzeichnen.

Fiona begann zu kichern. »Dein Vater wird sich wohl noch ein Pornoheft leisten konnen.«

»Sehr witzig.« Ob Fiona und Isa so reden würden, wenn einer ihrer Väter hier stünde? »Lasst uns bitte die Straßenseite wechseln, ich habe keine Lust, ihm auf die Schulter zu klopfen«, sagte ich, und Fiona und Isa überquerten immerhin anstandslos die Uhlandstraße.

Mein Vater zeichnete weiter. Er schien sich wirklich Mühe zu geben, hin und wieder radierte er etwas weg, dann setzte er seinen silbernen Bleistift, den er bei *Modul* an der Lietze für ein Heidengeld gekauft hatte, neu an. Es schien ihn nicht im Geringsten zu kümmern, dass ihn jemand, den er kannte, sehen könnte. Den vielen Männern, die ein- und ausgingen, schenkte er keinerlei Beachtung. Er drehte nicht einmal den Kopf nach links oder rechts. Vermutlich könnte ich direkt an ihm vorbeilaufen, ohne dass er mich bemerken würde. Bisher hatte ich nur zwei Männer gesehen, denen es komplett egal zu sein schien, was andere über ihr Interesse an der Peepshow dachten, zwei denkbar verschiedene Männer: Der Hauser und mein Vater. Als wir schon längst die Polizeikanzel und das Café Kranzler sahen, stand Klaus immer noch da und zeichnete hingebungsvoll. War die Ehe meiner Eltern merkwürdiger, als ich mir sie vorgestellt hatte?

Am Abend sah ich Klaus im Wohnzimmer unter der *Löcher – Gegenwelt*-Lampe sitzen und seine Zeichnung mit einem Gemälde aus einem Katalog vergleichen. Als ich mich auf Zehenspitzen heranschlich, erkannte ich, dass es sich um einen Botticelli-Katalog handelte. Ich wusste, mein Vater liebte nicht nur die Neuen Wilden, sondern auch und vor allem Botticelli. Auf den vielen verrückten Vernissagen, die wir besuchten, sprach er fast nie davon, aber wer zu Hause seine hohen, bis zur Decke reichenden Bücherregale sah, ahnte, dass seine eigentliche Liebe den italienischen Renaissance-Künstlern galt.

Jetzt wagte ich es, doch etwas zu sagen: »Kla-haus, was machst du denn da?«

»Ach … Jule. Ich komme gleich mal zu dir rüber, Kakteen anschauen, ja?«

»Ist das eine Antwort auf meine Frage?«

»Hach, was ihr für einen Tonfall am Leib habt … Habt ihr den von uns? Von mir bestimmt nicht! Ich vergleiche eine moderne Zeichnung mit einer aus dem 15. Jahrhundert, das wird dich nicht weiter interessieren. Ich komme gleich mal rüber, ja? Ich muss nur noch mal kurz den Specht anrufen, dann bin ich bei dir.«

»Ach, ich bin gleich mit Fiona verabredet, habe leider keine Zeit für dich. Aber Kakteenshow können wir gern am Wochenende wieder machen.«

Klaus starrte mich an. »Jule, ist alles in Ordnung?«

»Doch, natürlich. Viel Spaß beim Vergleichen dieser ›Zeichnungen‹.«

Ich wartete Klaus' Antwort nicht mehr ab, knallte die Wohnungstür zu und war im Treppenhaus. Ich hatte gar nicht vor, zu Fiona zu gehen. Heute war ihr Batikkurstag. Also ging ich allein auf den Hof, suchte mir eine Bierdose aus einer der sieben Mülltonnen und kickte vor mich hin.

Mein Geschepper schien niemanden zu stören. Von oben wehte mich Bratkartoffelgeruch von Frau Koderitz an, etwas Blumenwasser von Pechs stets gerupft aussehenden Küchenkräutern tröpfelte auf mein schwarzes T-Shirt, hinter den Gardinen hörte ich Waldemar kläffen. Ich blickte immer wieder hoch zur Hawaiihöhle. Vom Hauser keine Spur. Irgendwo lief *Ebony & Ivory*. Ich konnte verstehen, dass Wiebke meinte, Paul McCartneys beste Zeiten seien vorbei.

Wir bekamen die Zeugnisse. Bei mir stand: »Sie ist sehr still, beteiligt sich kaum am Unterricht und neigt zu Tagträumereien.«

Bei Isa: »Sie ist sehr beliebt, setzt sich aktiv für schwächere Mitschüler ein und hat erfolgreich an der Waldsterben-AG teilgenommen.«

Ich las mir Isas Zeugnis durch: »Du bist erfolgreich in Waldsterben«, stichelte ich.

»Die Schwundtke kann eben kein Deutsch«, meinte Isa über unsere Klassenlehrerin, die gleichzeitig Deutschlehrerin war. Als Steffen zu mir kam, warf Isa mir einen langen, bedeutungsvollen Blick zu.

Zu Hause meckerten Wiebke und Klaus nicht an meinem Zeugnis herum. Sie waren beruhigt, dass ich a) in Kunst wenigstens eine Zwei hatte und b) versetzt worden war. An Falks Zeugnis gab es wie immer nichts auszusetzen (nur in Sport hatte er wegen Schwänzen eine Sechs, die seinen Notenschnitt empfindlich senkte), dieses Mal hatte er auch in

Latein eine Eins. Mein Bruder vertrat seit kurzem die Ansicht, man solle nur noch tote Sprachen in der Schule lernen, Englisch und Französisch seien langweilig.

»Die lateinische Sprache ist ein Gedicht! *De mortuis nil nisi bene!*« Falk lächelte, dann hantierte er an seinen Kopfhörern herum.

»Wie machst du das nur, in Chemie immer eine Eins zu haben?«, wollte ich von ihm wissen.

Falk warf mir einen herablassenden Blick zu. »Chemie ist abgedreht. Einfach spannend. Wildes Zeugs! Nichts, kein Traum und kein Trip, ist abgedrehter als die Realität! Du musst dich da halt richtig reindenken.«

»Das versuche ich ja, aber ich werde trotzdem immer von Knecht angemeckert … und kriege immer nur eine Vier.«

Falk fuhr fort, während er sich eine Zigarette drehte: »Du nimmst das viel zu persönlich mit den Lehrern und so. Mir gehen die alle am Arsch vorbei. Ich kann mir kaum deren Namen merken. Mich interessieren einfach die Sachen so an sich. Ich blende die menschliche Scheiße der Lehrer aus, wenn ich mich mit rotierenden Elektronen beschäftige … Das ist das Allerallerwichtigste, Jule: die menschliche Scheiße ausblenden.« Diesen Tipp würde ich für das nächste Schuljahr beherzigen.

Beim Abendbrot sprachen unsere Eltern mit Falk und mir über die vor uns liegenden Sommerferien. Wiebke und Klaus waren sichtlich gestresst wegen des bevorstehenden Familienbesuchs. Als ich in die Küche schlurfte, hörte ich Wiebkes mahnende Stimme: »Du solltest diese Multivitamintabletten schon nehmen, du bist in letzter Zeit oft schlecht dabei, bist unkonzentriert, hörst einem nicht richtig zu. Irgendwie kommst du mir labil vor.«

Darauf erwiderte Klaus: »Ich glaube, ich muss mal wieder

mehr für mich allein sein. Wenn man immer von Leuten umgeben ist, die selber ... ständig Probleme haben, färbt das auf
einen ab.«

Meinen Eltern würde es erst nach dem Verwandtenbesuch
wieder bessergehen, Vitamine hin oder her.

Abends hörten wir in den Nachrichten, dass Margarethe
von Trotta für ihren Film *Die bleierne Zeit* im Rahmen des
Deutschen Filmpreises das Filmband in Gold verliehen worden war. The Wiebkes and the Klauses waren euphorisiert,
ihre Streitigkeiten vergessen. Den ganzen Abend wurde über
Die bleierne Zeit gesprochen.

Im Hof hingen fünf schwarze Noppenkondome an einem
verrosteten Bettgestell, das Teil der *Urbanen Collage* war. In
die Kondome hatte der Olk vertrocknete Rosen gesteckt.
Hatte ich eigentlich je eine Frau bei ihm gesehen?

Der Hauser war immer noch nicht wiedergekommen.
Vielleicht war er ja doch von Kassel aus noch in den Süden
gefahren. Seine Butze war genauso unordentlich wie vor ein
paar Tagen.

Ich lag im Bett und blickte an die Spinnweben hoch über
mir. Von irgendwoher hörte ich: *Völlig losgelöst von der Erde
schwebt das Raumschiff ...*

Highway to Hell – Helmstedt

Morgen würde unsere Reise beginnen. Jedes Mal freute ich
mich darauf, Berlin, den blöden Sechzigerjahreklotz hinter
unserem Hof, unsere graue Straße, die zu oft angestarrte
Decke meines Zimmers verlassen zu können, doch kaum wa-

ren wir an unseren einsamen Ferienorten angekommen, wollte ich wieder nach Hause. Wenn wir in Dänemark an einem weiten, weißen Strand waren, dachte ich an das Rattenloch. Wenn wir in einem schwedischen Dorf herumdümpelten, sehnte ich mich nach den Doppeldeckern, mit denen ich zur Schule fuhr. Wenn wir im Taunus Oma Helene besuchten, wünschte ich mich auf den Türkenmarkt am Maybachufer. Oder auf den Hermannplatz.

The Wiebkes and the Klauses wollten stets an möglichst entlegene Orte fahren, weil sie »die Großstadt« jeden Tag um sich herum hatten. Wir endeten auf einer niederländischen Insel in kargen Ferienapartments, die meilenweit vom Meer entfernt waren und von deren kleinen Fenstern aus man nichts weiter sah als Wiesen, Schafe und noch mal Schafe. Oder wir hockten bei Nieselregen sechs Wochen in einem kleinen skandinavischen Holzhaus, in dem wir uns gegenseitig auf den Wecker gingen, weil wir dort viel weniger Platz hatten als zu Hause. Wiebke und Klaus taten im Urlaub nicht viel anderes als sonst: Zeitung und Bücher lesen, Nachrichten hören (Wiebke verstand ja die meisten skandinavischen Sprachen), die Augen verdrehen, jammern. Im Urlaub sprachen sie davon, wie sehr sie den »Rummel« in Berlin satthatten und die vielen blöden Leute, die »immer etwas von einem wollen«, aber in Berlin bekam man einen anderen Eindruck: Kaum einen Rummel ließen sie aus.

Andere Kinder lernte ich im Urlaub fast nie kennen. Abends stiefelten wir durch kleine Dörfer, um »ganz authentische« kleine Restaurants zu finden. Das scheußlichste Essen fanden Wiebke und Klaus großartig, Hauptsache, es kam »aus dieser Gegend«. Aber ich wollte so gern mal in den Süden fahren, am liebsten mit Freunden – bloß mit wem? Fiona flog mit ihrer Mutter immer nach Griechenland oder Portugal, da kannten sie Leute, die sie einluden, oder sie trafen sich dort mit anderen Familien aus Berlin. Anna hatte Wiebke und Klaus schon einmal gefragt, ob wir mitkommen wollten, aber Wiebke und Klaus riefen mit schlecht gespielter Enttäuschung: »Wir haben leider schon ein Quartier auf Öland gebucht!« Und wieder saßen wir in einem skandinavischen Holzhaus auf einer Insel, wo es die ganze Zeit regnete und wir Abend für Abend *Mensch ärgere dich nicht* spielten.

Auf dem Hin- und Rückweg zu unseren einsamen Quartieren übernachteten wir stets in »interessanten Städten« – natürlich nie in einem »gesichtslosen Hotel«, sondern immer in »kleinen Pensionen«. Sie schafften es stets, uns »mitten in der Altstadt« einzuquartieren. Falk und ich hatten von klein auf gelernt: Altstadt bedeutet nichts Gutes. Römische Steinquader, halb zerbröselte Säulen, rumpelige Stadtmauerreste, endlos viele muffige Kirchen. Das einzige Gute an dieser Etappe unserer Reisen war, dass sie wirklich glücklich aussahen, wenn sie Hand in Hand vor irgendeinem Portal standen. Wiebke und Klaus machten Fotos von diesen Portalen, Falk und ich machten »Glückliche Eltern«-Fotos.

Morgen um neun würde Wiebke uns wecken. Sie würde darauf bestehen, dass wir noch mal aufs Klo gingen, bevor wir uns in den Scirocco setzten, dann ginge es los. Dreieinhalb lange, öde Wochen würden wir dann in einem einsamen Bauernhaus in der Bretagne sitzen; gekrönt würde der Urlaub von dem Familienfest in Paderborn, vor dem sich Wiebke und Klaus, die »bösen« Berliner, schon seit Wochen fürchteten.

Ich sollte schlafen. Ich beobachtete den Sekundenzeiger meines Weckers, wie er über das Ziffernblatt kreiste. Dann spitzte ich die Ohren: Leise Musik drang vom Hof zu mir herüber. *Sun of Jamaica, blue lady Malaika, some day I will return* ... Ich stand schnell auf und lief zum Fenster. Im orangefarbenen Licht stand der Hauser und hatte außer einem schwarzen Halstuch nichts an. Er trank Bier und drehte sich in langsamen Bewegungen zur Musik.

Am Morgen kamen wir nicht rechtzeitig los. Wiebke und Klaus saßen in der Küche, die Köpfe auf die Hände gestützt und schauten sich traurig an. Ein Frankfurter Schriftsteller und Psychoanalytiker war gestorben. Seinen Namen konnte ich mir nicht merken: Alexander Mitschmatsch, sagte ich, was Wiebke als »lernfaul und dumm« bezeichnete. Lernfaul und dumm! Der Vormittag war beherrscht vom Gespräch über den Tod des Herrn Mitschmatsch. Ich wünschte, der alte Herr hätte wenigstens noch einen verdammten Tag länger durchgehalten und wir hätten nicht in dieser Grabesstimmung in den Urlaub aufbrechen müssen. Wiebke und Klaus hatten spürbar keine Lust mehr, wegzufahren.

»Mir ist gerade eher nach Deutschland als nach der Bretagne«, sagte Klaus leise im Auto. Falk und ich sahen uns an, diese Stimmung kannten wir nur zu gut bei ihm.

Melancholische Deutschlandsehnsucht. Heimatsucht. Heimatsuche. Deutschland als Anfang und Ende vom Lied. Berlin, die gelobte Stadt, die utopische Stadt. Die Stadt aller Städte. Die beste, die verdorbenste. Nur nicht Provinz. Restdeutschland. Arroganz aus Leid. Deutschlandhass, Heimatsuche. Deutschlandliebe, verkappte.

Auf der Autobahn schaltete Wiebke im Radio eine Diskussion über eine mögliche Wiedereinführung der Todesstrafe ein. Die Todesstrafe, forderten manche CDU-Politiker, müsse es für Terroristen geben; der niedersächsische Ministerpräsident Albrecht sprach anschließend über neue Atomkraftwerke.

Ich merkte an Wiebkes Fahrstil, was sie von den jeweiligen Radiobeiträgen hielt. Wenn sie den Fuß vom Gaspedal nahm und die Augen versonnen zu Schlitzen machte, fand sie einen Beitrag sehr erhellend, richtig und interessant. Wenn sie das Lenkrad fest umklammerte und kräftig aufs Pedal drückte, regte sie sich auf. Es war eindeutig: Von Ministerpräsident Albrechts Ausführungen hielt Wiebke rein gar nichts. Wütend jagte sie unseren heftig klappernden Scirocco mit 160 Sachen über die Autobahn. Wenn Wiebke sich aufregte, fuhr sie einhändig, weil sie sich mit der anderen Hand die Haare raufte. Ich fing auch an, mich über diesen Albrecht zu ärgern.

Endlich kamen wir an einen Rastplatz. Falk wechselte sich mit Klaus auf dem Beifahrersitz ab. Mir war es lieber, wenn Klaus vorn saß. Denn wenn Falk vorn war, fummelte er die ganze Zeit am Radio herum, stellte ständig einen anderen Sender ein und erging sich in langen Monologen über die seiner Meinung nach grundsätzlich beschissene Musik, die im Radio gespielt wurde.

Die Autofahrt zog sich hin; Falk und ich begannen unseren Eltern abstruse Fragen zu stellen; ich fragte Wiebke und Klaus nach den Namen irgendwelcher Schelfeisflächen in der Antarktis, Falk fragte uns militärisches Equipment und Pferdegeschirr auf Latein ab. Wiebke und Klaus rächten sich mit Vorträgen über *Die bleierne Zeit*. Vor uns lag, grau und scheinbar endlos, die aus Betonplatten zusammengeschusterte Autobahn, die durch die Deutsche Demokratische Republik führte.

Seit sieben Tagen hatte ich mir die Haare nicht mehr gewaschen. Täglich machte ich mit Falk Spaziergänge am Meer, wobei wir selten miteinander redeten. Manchmal borgte er mir einen Walkmanstöpsel, und ich hörte dann, ob ich wollte oder nicht, *Pornography*, das neue Album von *The Cure*. Wie ging es einem, wenn man den ganzen Tag solche Texte hörte? *It doesn't matter if we all die*, so fing *One Hundred Years* an. Oder *The Funeral Party* vom Album *Faith*, wo zwei bleiche Gestalten alt und traurig nebeneinanderstehen, schweigend, voller Schmerz.

Einmal liefen wir mit nackten Beinen Seite an Seite durch die Gischt der Flut, als Falk mir zurief: »Hör mal, da musst du dich jetzt richtig reinfallen lassen.« Dann bekam ich wieder einen Stöpsel ins Ohr gedrückt, und Falk drehte die Lautstärke hoch und ließ mich hören, wie ein Mädchen allein über das anbrandende Meer schaut und sich aus Einsamkeit hineinstürzt. Während ihre Sinne und Erinnerungen sie verlassen, denkt sie immer noch an Welten, die es nie gegeben hat. Als ich Falk danach fragte, meinte er nur, Träumen sei die billigste Art zu reisen. Wir hatten offenbar ziemlich verschiedene Vorstellungen vom Reisen. Und ziemlich verschiedene Träume.

Wiebke und Klaus lagen tagsüber stundenlang in Hängematten im Garten. Ab und zu lasen sie sich Passagen aus Zeitungsartikeln vor, über die sie dann gemeinsam lachten oder schimpften. Sie schienen sich wieder besser zu verstehen. Abends fuhren wir in die berüchtigten »authentischen kleinen« Restaurants, in denen Wiebke und Klaus sich unsicher umschauten und verlegen auf irgendwelche Gerichte auf der Karte zeigten. Mit ihrem Französisch war es nämlich nicht so weit her. Wiebke stöhnte: »Ich habe aber auch alles verlernt!«

»Indem sie sich in ein entlegenes Bauernhaus verkriecht und deutschsprachige Bücher liest, wird sie ihr Wissen auch nicht auffrischen«, flüsterte mir Falk von Hängematte zu Hängematte zu.

Falk hatte eine Tüte mit Hanfblättern vom Dachgärtchen

mitgenommen und baute sich jeden Tag einen Joint. Wiebke und Klaus fanden das nicht gut, aber Falk beschwichtigte sie: »Regt euch nicht auf, es wird schon niemand hier vorbeikommen, der euch Erziehungsfehler unterstellt.«

Da Wiebke sich selber gern auf dem Dachgärtchen bediente, hielt sie sich mit Kritik zurück, betonte aber, dass sie erst als Studentin angefangen habe zu kiffen. In ihren Augen machte das wohl einen großen Unterschied.

Da Falk so ein gutes Zeugnis hatte, fehlte Wiebke und Klaus überdies ein Argument, um ihn davon abzubringen. Prinzipienreiterisch und autoritär wollten sie auch nicht auftreten. Also stellte Wiebke mit ihrem untrüglichen Sinn für praktische Lösungen Falk jeden Morgen ein Glas Wasser mit einer Multivitamintablette an seinen Frühstücksplatz: »Zum Ausgleich.«

Am Strand musste ich oft an Steffen denken. Vielleicht würden wir ja irgendwann zusammen zu den Galapagos-Inseln oder nach Patagonien fahren? Am Hang des Osorno-Vulkans wandern gehen bis zu den Petrohue-Wasserfällen, deren Umgebung durch die erkalteten Lavaströme des Vulkans geformt wurde? Und weiterreisen zum Pumalín-Park mit den fünftausend Jahre alten Alerce-Urwaldriesenbäumen … Steffen hatte mir schon zweimal geschrieben. Er zitierte Schwachsinnsdialoge, die er in der U-Bahn aufgeschnappt hatte, und beschrieb, wie sein Hund Trotzki durch einen Eimer roter Farbe und anschließend über eine *taz* marschierte. Steffens Briefe waren so gut konstruiert wie seine Aufsätze in der Schule, er vermied Wiederholungen, schrieb nicht ständig »irgendwie« oder »merkwürdig« wie ich. Er benutzte sogar Worte wie »fraternisieren«. Und was hatte ich ihm bisher geschrieben? Eine Postkarte mit unserer Bucht drauf, wo ich mit einem schmierigen Kugelschreiber, dem während meines Malprozesses die Mine auslief, uns vier eingekritzelt hatte, Falk ein langer dünner Strich, Wiebke als Doppelrockwesen, Klaus eine Krawatte mit Beinen dran und ich als Marienkäfer. Gestern hatte ich ihm noch eine andere Karte geschickt – mit verschiedenen Bojen darauf. Es gab große grüne, die wie Geister aus den Wellen ragten, kleine rote, die in sich ringelnden Ketten vor den Betrachter gespült wurden, und friedliche blaue, die dickbäuchig auf Sandbänken dösten. Hoffentlich wusste Steffen das zu würdigen.

Noch zwei Wochen Bretagne – wie sollte ich das bloß aushalten? Wenigstens lief hier nicht dauernd die *Polonäse*. Ich hatte auch an Isa, Fiona und Sonja Postkarten geschrieben, die in ihren Briefkästen herumdümpelten, während sie sich in Tunesien, Portugal und Kärnten vergnügten. Eine Million Zeichnungen hatte ich auch schon gemacht. Ich hatte den Hauser aus dem Kopf gemalt, wie er nackt in seinem Zimmer stand, und ich fand, er war ziemlich gut getroffen. Aber natürlich konnte ich niemandem diese Bilder zeigen.

Letzte Woche hing auch noch der Haussegen schief, weil eine Ausgabe des in den Urlaub nachgeschickten *Tagesspiegel* nicht angekommen war – was zu dramatischem Haareraufen bei Wiebke und zu missmutigem Genörgel und Gefluche bei Klaus geführt hatte. Man hätte meinen können, uns seien Wasser oder Strom abgestellt worden.

Die einzige Abwechslung bot der Fußball, es war ja WM. Am 11. Juli war Deutschland im Endspiel. Es begann nicht vielversprechend, denn Michael Schanze sang gemeinsam mit der deutschen Elf in Spanien seinen Song *Olé España*. Falk konterte gleich: »O weh, España.« Wiebke und Klaus versicherten sich in einem fort gegenseitig, dass sie selbstverständlich gegen Deutschland seien, denn ein Sieg Deutschlands werde sicher zu unangemessenem Nationalismus führen. Doch ich ertappte Klaus dabei, wie er bei jedem der drei italienischen Tore (Deutschland schoss nur eines) fluchte und stöhnte. Als ich ihn darauf ansprach, meinte er, aus irgendeinem Grund seien die Tore »nicht verdient« gewesen. Schien mir nicht so, aber ich wollte mit meinem über die Niederlage Deutschlands offenbar doch unglücklichen Vater nicht streiten. Nein, seine melancholische Deutschlandsehnsucht hinter allem Restdeutschlandgerede war eine schwierige Angelegenheit, da hielt man sich besser raus. Die Stimmung an diesem Abend war gedrückt, Klaus und Wiebke verzogen sich nach dem verlorenen Endspiel mit Kunstbänden und Katalogen in ihre Hängematten und tuschelten leise miteinander. Wo Politik und Sport sie deprimierten, baute die Kunst sie auf.

Einige Tage später las Klaus Wiebke, Falk und mir beim Frühstück aus dem *Tagesspiegel*, der Gott sei Dank mittlerweile regelmäßiger geliefert wurde, fassungslos eine Meldung vor: *Das Bundeskabinett beschließt, durch finanzielle Anreize ausländischen Gastarbeitern die Rückkehr in die Heimat zu erleichtern.*

Ich dachte an die Türkin, die sich in Hamburg aus Protest gegen Ausländerfeindlichkeit verbrannt hatte, und daran, wie ich es als Gastarbeiterin wohl empfinden würde, wenn man mir mehr oder weniger unverhohlen nahelegen würde, mich zu verpissen. Ich erzählte Falk von diesen Grübeleien. Er riss die Augen auf und sagte: »Endlich hat meine kleine Schwester mal 'ne Meinung und labert nicht nur anderen hinterher.« Dann tätschelte er mir anerkennend die Schulter. Eine Minute später verkroch er sich mit seinem Zauberwürfel und seinem knisternden Kassettenrekorder – ob in Berlin oder in der Bretagne, Falk tat immer dasselbe.

Manchmal dachte ich an den Adán. An sein Lächeln. An seine freundliche zuvorkommende Art. Ich fragte mich, ob er einsam war, und ob er jetzt eine Begleitung für seine Lochow-Ausflüge hatte. Oder ob er immer nur in seiner Freizeit dermatologische Fachmagazine las. Und was er mir denn Besonderes zeigen wollte.

Elf Tage nach dem verlorenen Endspiel sahen wir in unserem gemütlichen Bretagne-Häuschen Unglaubliches im Fernsehen: Die neue Pershing-II-Rakete, mit der »nachgerüstet« werden sollte, explodierte in Florida beim Probestart.

Die Fotos waren so bestürzend, dass ich sie nachts immer wieder vor den geschlossenen Lidern sah. Ein Grund, die Augen offen zu lassen, zu versuchen, nicht einzuschlafen. Im Schlaf vermischten sich dann Bilder von Atompilzen mit der Pershing-II-Katastrophe – einige Menschen fingen an, von einem neuen Zeitalter der Macht der Bilder zu sprechen, einem gefährlich irrationalen Zeitalter, in dem wir uns alle manipulieren lassen, anstatt unseren Verstand einzusetzen … Nach dem Desaster mit der Pershing II erschien die neue Ausgabe einer kleinen Kunstzeitschrift, die Wiebke und Klaus auch nachgeschickt worden war, komplett ohne Bilder. In der folgenden, zeitgleich eintreffenden Ausgabe waren dann wieder bunte, expressionistische Schinken zu finden. Und ein Foto von unserem Hinterhof. Mit dem Brustheer von Herrn Kanz. In Farbe. Mit Brennnesselgestrüpp, Ratten, Tauben, eingetretener Coladose, olkpink angesprayten Globen und auseinandergenommenem Motorrad im Hintergrund. Ich bekam Heimweh.

Endlich reisten wir ab. Wie üblich machten wir einige Zwischenstopps, Wiebke und Klaus hatten ein sattes Bildungsprogramm ausgetüftelt, so dass jeglicher Erholungseffekt zu schwinden drohte. Falk setzte sich manchmal einfach ab, was regelmäßig Unmut bei Wiebke und Klaus auslöste. Leider wollte er mich bei seinen Erkundigungstouren nicht dabei haben. (Gestern kam er mit einem Monokel zurück! Wo er das wohl aufgetrieben hatte?)

Bevor es endgültig nach Paderborn ging, planten Wiebke und Klaus noch einen weiteren Abstecher; sie schienen ihre Ankunft bei der Familienfeier bis zum letzten Moment hinauszögern zu wollen. Sie wollten ein Museum mit dem merkwürdigen Namen Kröller-Müller in den Niederlanden, eine Stunde von Amsterdam entfernt, in Augenschein nehmen. Es war angeblich von einem riesigen Skulpturengarten umgeben, auf manche Installationen durfte man sogar hinaufklettern. Mir schien, mit dieser Info wollten Wiebke und Klaus uns ködern. Der übliche Trick mit den begehbaren Kunstwerken.

Es dauerte ewig, bis wir den Weg zu diesem Kaff gefunden hatten, und Wiebke und Klaus waren in Unruhe, ob Museum und Skulpturenpark überhaupt noch geöffnet hatten. Schließlich waren wir da. Die Kunstwerke waren sparsam gesät, das heißt, man konnte einige Meter gehen, ohne sofort auf ein Hindernis zu stoßen. Klaus war von Serras rostigen Eisenwänden vollkommen hingerissen, manisch tobte er mit seinem Fotoapparat um die Skulptur herum. Wiebke fand ihre roten Haare dazu ungeheuer passend, aber Klaus konzentrierte sich eindeutig mehr auf die verrosteten Wände. Das hielt sie jedoch nicht davon ab, sich stets aufs Neue vor der riesigen Skulptur in Szene zu setzen.

Während Wiebke und Klaus noch im Museumsinneren herumwuselten, nahmen Falk und ich uns den Park vor. Am besten gefiel uns der schwarzweiße Dubuffet-Hügel – ein gemütlicher Ort zum Herumsitzen und in die Gegend schauen. Falk krabbelte kurz entschlossen hoch und baute sich oben zufrieden einen Joint. Er überredete mich, daran zu ziehen. »Wir sind schließlich in Holland, Jule, und du bist langsam auch alt genug dazu.« Ich nahm ein, zwei Züge, bis ich mich angenehm dösig fühlte, und streckte alle Viere von mir. Klarer Fall: Es sollten mehr begehbare Kunstwerke gemacht werden.

Auf der anschließenden Fahrt nach Paderborn ranzten sich Wiebke und Klaus die ganze Zeit über an. Jeder wollte dem anderen die Schuld dafür geben, dass wir nach Paderborn fuhren. Ich hörte Worte wie »Feigheit«, »Entscheidungsunfähigkeit« und »typisch«. Mir war egal, was auf wen gemünzt war. Kurz überlegte ich, ob ich fragen sollte, zu wessen Geburtstag oder Todestag wir überhaupt fuhren – oder ging es um einen Hochzeitstag? –, ich hatte nämlich keinen Schimmer. Der Name »Onkel Ulrich« fiel öfter, aber ich wusste nicht einmal, ob er aus Wiebkes oder aus Klaus' Verwandtschaft stammte. Ich beschloss, nicht näher nachzufragen, vielleicht löste das auch schon Ärger aus.

Natürlich verfuhren wir uns mehrfach, bis wir Onkel Ulrichs Haus erreichten. Es stellte sich erst jetzt heraus, dass es nicht in Paderborn, sondern bei Paderborn lag. Als Wiebke und Klaus schon wieder eine falsche Abzweigung nahmen, meinte Falk: »Das sieht mir ja glatt nach einer ›Falkschen Verzögerungstaktik‹ aus« – aber Wiebke und Klaus lachten nicht.

Als wir ausstiegen, sahen sich Wiebke und Klaus unsicher wie kleine Kinder an. Erst wollte niemand den goldenen Klingelknopf am Gartenzaun berühren, dann streckten sie im gleichen Moment die Hände aus. Zwei lange Minuten vergingen, dann erschien ein grauhaariger Mann mit fetten Koteletten und einem roten, kropfigen Hals in der Tür. Er winkte und ging die Stufen herab. Ich überlegte, ob ich ihn je vorher gesehen hatte. Ich konnte mich nicht erinnern, wir hatten die Verwandtschaft in »Restdeutschland« fast nie gesehen. Falk und ich waren nicht getauft worden, und viele dieser typischen Familienfeste wie »Konfirmation« oder »Firmung«, je nachdem, hatte es bei uns daher nie gegeben. Oma Helene fand es schlimm, dass wir nicht im protestantischen Glauben erzogen wurden, und der Vater von Klaus – es kam mir merkwürdig vor, wenn ich an den alten Knilch dachte, von »meinem Großvater« zu sprechen – war sehr entrüstet, als er von seinem Sohn erfuhr, dass wir nicht im katholischen Glauben erzogen wurden, also hatten Wiebke und Klaus mal wieder alle vor den Kopf gestoßen, und Falk und ich waren »die kleinen Monster«.

Der Onkel oder Vetter oder was weiß ich gab Klaus und Wiebke die Hand – nicht mal aus der Begrüßung ließ sich schließen, zu wem er gehörte – und deutete mit einem Kopfnicken in Richtung Haus: »Ist ja schön, dass ihr gekommen seid … von so weit her.«

Er schien zu denken, dass wir extra aus Berlin angereist waren; Klaus und Wiebke sagten nichts dazu.

»Ihr habt ja viel Gepäck dabei«, murmelte der Onkel.

»Das kann im Auto bleiben«, meinte Wiebke schnell. Klaus und sie warfen sich einen betretenen Blick zu. Der Onkel interessierte sich schon nicht mehr für unser Gepäck. »Schön haben wirs hier, nicht wahr?« Er blickte sich im Garten um. »Und wie das duftet!«

Wiebke und Klaus nickten wie aufziehbare Puppen.

»Und wie lange seid ihr gefahren? Das ist ja eine halbe Weltreise … Ihr wollt euch sicher erst einmal ausruhen und frisch machen.«

Wir betraten das Haus, im Flur und im Wohnzimmer standen schon einige Leute herum. Der Onkel rief laut: »Die Baaaliner sind da!«

Auf einmal war es still, alle starrten in unsere Richtung. Klaus und Wiebke lächelten schüchtern. Falk nuckelte an einer seiner langen, schwarzgefärbten Haarsträhnen. Ich guckte mich um.

»Ja, dann setzt euch doch mal«, sagte der Onkel in das Schweigen. Plötzlich redeten alle Leute wieder angeregt. Eine weißhaarige Frau, die in Wiebkes Nähe stand, nahm sich jetzt ihrer an: »Hattet ihr denn eine sehr lange Reise? Das ist doch sehr weit, oder?«

Schließlich stapften wir eine Wendeltreppe hoch, wobei wir Familienfotos von uns unbekannten Gestalten an schweinchenrosa Wänden betrachten konnten, bis wir in ein Zimmer im ersten Stock gelangten. Der Raum war von einer verschiebbaren Stellwand unterteilt, es gab zwei riesige, mit fliederfarbenen Decken versehene Doppelbetten; ein Bad, in dem es eine Duschkabine *und* eine Badewanne gab, befand sich gleich eine Tür weiter. Wir stellten unser Gepäck ab, dann gingen wir nach unten.

Zu viert saßen wir nebeneinander auf der Couch wie Vögel auf einer Stange; ein kleines Mädchen in gepunktetem Kleid und schwarzen Lackschuhen reichte uns Sekt und Orangensaft. Falk trank Sekt. In jeder freien Minute stürzte er zur Garderobe, wo er seinen kleinen Kassettenrekorder unter seiner Jeansjacke versteckt hatte. Dann erklang leise knisternd *Pornography*.

»Und hattet ihr eine lange Fahrt?«, fragte uns ein anderes Mädchen, das nicht viel jünger war als ich; vielleicht eine meiner Cousinen, die ich vor vielen Jahren einmal bei Oma Helene gesehen hatte.

»Ach, es ging, es ging«, mehr fiel Wiebke dazu nicht ein.

»Die tun ja so, als ob wir gerade hinter dem Ural hervorgekrochen wären«, flüsterte mir Falk ins Ohr. Ich nickte und grinste. Wir nippten an unseren Gläsern. Falk trank seinen Sekt in zwei Minuten, stand einfach auf und schenkte sich nach, woraufhin eine dicke Frau – in ihrem honiggelben Kostüm mit schwarzem Gürtel sah sie aus wie Biene Maja – ihn vorwurfsvoll ansah.

Von Wiebke erfuhr ich schließlich, dass Onkel Ulrich ein fünfzehn Jahre älterer Bruder von Klaus war. Stimmt, schon mal gehört. Mein Vater hatte vier Geschwister, alle lebten sie irgendwo mit ihren Familien in der Umgebung von Paderborn, so weit war ich noch informiert. Ich wusste auch, dass mein Vater der Einzige war, der ausgewandert war. Nach West-Berlin. Wenn dies die Familie von Klaus war, müssten eigentlich auch der alte Knilch und die Rund-Oma da sein, ich konnte sie aber nirgends entdecken. Merkwürdig. Dann eben nicht.

Falk schenkte sich noch einmal Sekt nach, und ein alter Knacker machte laut: »Hä-häm«, was Falk nicht abschreckte. Mein Bruder vertrug viel. Fast so viel wie Knautschke und Bulette, behaupte ich mal. Irgendwelche Idioten von Besuchern versuchten immer wieder, die Tiere betrunken zu machen – so etwas las man zumindest in der Lokalpresse –, aber die fetten Viecher waren nach dem Genuss von Sekt, Wodka und anderen Spirituosen stets genauso rammdösig wie vorher. Es gibt wohl keine dümmere Methode, Geld zum Fenster hinauszuwerfen, als Alkohol an Nilpferde zu verk`ostigen.

Endlich setzte sich mal einer zu uns – ein kleiner, dicklicher Mann. Dunkel erinnerte ich mich, dass dies auch ein Bruder von meinem Vater war. Er hatte ein Schreibwarengeschäft und war derjenige, den mein Vater noch am ehesten ertragen konnte. Er sei zwar nicht intellektuell, habe aber wenigstens mit Papier zu tun, hatte Klaus mal gesagt. Nach dieser Logik müssten ihm eigentlich auch Kartenabreißer und Briefträger nahestehen. Klaus und der Bruder, dessen Namen ich allerdings vergessen hatte, unterhielten sich und stießen mit ihren Gläsern an. Es sah aus, als würde der Bruder sich freuen, Klaus zu sehen. Wiebke begann mir etwas zu erzählen, weil sich niemand für uns interessierte. Ein Mann in einem Dreiteiler, mit großen Koteletten, hatte ein Gespräch mit Falk angefangen. Das konnte nicht gut enden. Der Kotelettenmann lachte verkniffen, es sah aus, als wolle er mit Falk scherzen. Falks Miene blieb unbewegt.

»Hörst du mir überhaupt zu?«, fuhr Wiebke mich an. Sie hatte angefangen, mir über ein ihrer Meinung nach interessantes Theaterstück, eine Neuauflage von Goethes *Werther*, zu erzählen, aber ich hörte nur etwas von »Neuen Leiden« und hatte keine Lust, mir das anzuhören. Außerdem merkte ich, dass Wiebke eigentlich mit ihren Gedanken ganz woanders war. Zum Glück setzte sich die alte weißhaarige Dame, die uns vorhin als Erste nach dem weiten Weg gefragt hatte, zu Wiebke und erlöste mich von den Leiden. Allerdings war die Konversation, die ich da zu hören bekam, auch alles andere als spannend: Wiebke fragte die Frau, wer sie sei, woraufhin sie beleidigt antwortete, sie sei Tante Gisela. Wiebke lächelte, aber ich sah an ihrem Gesicht, dass der Groschen nicht gefallen war. Dann erzählte Tante Gisela, die offenbar nicht sehr nachtragend war, von ihrem Häuschen in der Eifel. Es ging um Blumen und Gärten, und Wiebke hörte zu, da sie sich nicht dazu äußern konnte. Nun fragte Tante Gisela nach unserem Leben in Berlin. Und Wiebke erzählte, was sie und Klaus beruflich machten, wobei sie herausstrich, dass sie eine »interessante Arbeit« hätten und es ihnen in Berlin gutgehe.

»Habt ihr denn nicht manchmal Angst – wegen der Russen?«, fragte die Tante und sah meine Mutter besorgt an. Aber Wiebke schüttelte entschlossen den Kopf. Dann sagte sie noch, ein großer Vorteil des Lebens in Berlin seien die unglaublich niedrigen Lebenshaltungskosten. Die Mieten! Der öffentliche Nahverkehr! Und Konditoreiwaren würden zum Beispiel nur die Hälfte kosten, aber auch gut schmecken. Die Tante guckte zweifelnd.

»Zumindest der erste Teil des Satzes stimmt«, mischte sich Klaus ein.

Jemand schlug mit einem Löffel an ein Glas, und alle bewegten sich in ein anderes Zimmer, in dem mehrere große Tische gedeckt waren. Überall standen Namenskärtchen. Der Schreibwarenhändler-Bruder von Klaus rief: »Ulrich und Margot haben euch alle so richtig schön durcheinandergewirbelt!«, aber wir vier saßen am gleichen Tisch. Uns wollte wohl niemand mit den anderen mischen.

»Da hinten ist die Berliner Ecke! Gleich hinter der Mauer!«, rief einer, und alle lachten laut. Als Mauer wurde ein kleiner Vorsprung mit hässlichen Zimmerpflanzen bezeichnet. Links und rechts von Falk und mir waren auch noch Namenskärtchen für ein paar unserer Cousinen und Cousins, das sollte dann wohl »die jugendliche Ecke« sein. Ich war also in zwei Ghettos geraten. Thorsten, Rainer, Uwe und Linda stellten sich uns vor, dann fing Rainer sofort an, über Fußball zu reden, und dass Hertha BSC ja nicht schlecht sei. Das war wohl nett gemeint, bloß hatten Falk und ich keinen Schimmer von irgendwelchen Bundesligatabellen. Irgendwann merkte Rainer das und brach ab. Dann schaltete sich Linda ein und fragte nach unserem Sommerurlaub, eigentlich eine schöne, neutrale Frage. Wahrheitsgetreu erzählten wir, dass wir gerade in der Bretagne gewesen seien, woraufhin Uwe laut rief: »Ach, ihr seid hier quasi auf Durchreise, seid gar nicht extra hergekommen?«

Falk und ich nickten, und Uwe meinte noch, halb grübelnd: »Ihr Schlauberger.« Hoffentlich regten sich Wiebke und Klaus nicht nachher darüber auf, aber eigentlich war es ihr Problem, wenn sie andere anlogen. Wo war eigentlich Edgar, unserer ältester Cousin? Er war bisher noch gar nicht aufgetaucht. Als wir ihn das letzte Mal gesehen hatten, trug er einen marineblauen Anzug, ein cremefarbenes Halstuch und einen Seitenscheitel.

Rainer fing an, über Musik zu reden. Unser Geschmack klaffte so dermaßen auseinander, dass an ein nettes Einvernehmen nicht mehr zu denken war. Man gab sich eine halbe Stunde wirklich Mühe, aber dann kamen die Unvereinbarkeiten in alter Härte ans Tageslicht, und man merkte: Es ging einfach nicht. Unsere Cousins hörten nur übelsten Mist, *The Teens* oder *Gazebo*, was sollte man dazu sagen. Linda hielt sich aus der Popdiskussion heraus, sie meinte, dass Musik für sie nicht mehr so eine Bedeutung habe »wie früher einmal«. Sie war mit ihren neunzehn Jahren schon verheiratet und trug eine Frisur wie Oma Helene.

Jetzt kam eine Ulrike an unseren Tisch. Mit sichtlicher Neugierde betrachtete sie Falk und mich. Sie wirkte sehr selbstbewusst und fragte gleich: »Ist das Mode in Berlin, so schwarzgefärbte lange Haare für Jungs?«

Falk fühlte sich sichtlich wohl in seiner Rolle als vermeintlich cooler Großstädter und fragte zurück, ob Krisellocken das Neueste in Paderborn seien. Ulrike schüttelte ihren Pudelkopf: »Ich komme doch nicht aus Paderborn, das habe ich dir schon damals erzählt, ich bin aus Dortmund.«

»Ist das weit von hier?«, wollte Falk wissen.

»Weit, ihr Berliner habt da natürlich ganz andere Dimensionen, für euch ist ja alles weit weg!« Ulrike lachte überlegen und zog ihr Kostüm zurecht.

»Nein, Hannover nicht«, sagte Falk kurz, und Ulrike schreckte auf. »Weißt du überhaupt, wo Berlin liegt?«, fragte Falk, und ich entdeckte etwas Lauerndes in seinem Blick.

»Willst du mich verarschen, oder was?« Ulrike ging zum Gegenangriff über.

»Nein, ich meine das ernst, ich treffe ab und zu Leute, die keine Ahnung haben, wo Berlin liegt. Meist kommen sie nicht aus New York oder Melbourne, sondern aus dem Saarland, dem Rheinland, Schleswig-Holstein, Niedersachsen ...« Falk sah sie ruhig an. Er liebte es, andere zu provozieren. Vampire leben vom Blut anderer Menschen, Falk davon, sie einfach nur zu ärgern.

»Wie ... was willst du, soll ich dir die Längen- und Breitengrade aufsagen? Die hab ich nicht drauf!«

»Nein, sag mir nur, liegt Berlin näher an Warschau oder an Hamburg?«

»Blöde Frage«, Ulrike lachte und sah Falk mit zurückgelegtem Kopf an, »natürlich an Warschau, ist ja schließlich im tiefsten Osten.«

»Falsch!«, schmetterte Falk. »Von Berlin nach Hamburg sind es drei Stunden mit dem Auto, höchstens, und nach Warschau mindestens sechs, nach Krakau acht!«

Ulrike schüttelte den Kopf, sie ließ sich wirklich nicht schnell aus der Fassung bringen. »Schau mal in einen Atlas, Kleiner, bevor du dich so aufspielst!«

Falk kochte, ich merkte es. »Wollen wir wetten?«

Ulrike winkte ab. »Ich gehe jetzt essen, die Suppe kommt jeden Moment«, damit verließ sie unseren Tisch.

Unsere anderen Cousinen und Cousins warfen sich nach diesem Zwischenfall sichtlich beunruhigte Blicke zu. Zum Glück wurde die Suppe serviert, so dass alle erst einmal beschäftigt waren. Man konnte über die Familie meines Vaters sagen, was man wollte, aber nicht, dass sie nicht kochen könne. Es schmeckte herrlich, in Berlin aßen wir nur Nudeln mit Tomatensoße oder Reis mit Tomatensoße, ich übertrieb, immerhin hatte Wiebke ja ihren Römertopf für Gemüseeintöpfe, aber irgendwie aßen wir immer zwischen Tür und Angel, und die Auswahl bei *Aldi* war auch begrenzt. Anna und andere Freundinnen von Wiebke kauften im Reformhaus ein, aber Wiebke fand das Unsinn. Ihrer Meinung nach waren Luft und Wasser doch überall verschmutzt und ökologisch erzeugte Lebensmittel schlicht ein Verbraucherbetrug. Darüber war sie mit ihren Freundinnen in Streit geraten, die den Kopf schüttelten und sich über sie wunderten. Meine merkwürdige Mutter, die Grün wählte, aber Ökoläden für zu teuer hielt und lieber zu *Aldi* marschierte. Klaus dagegen würde gern »besser« essen, doch da setzte sich Wiebke einfach durch. Trotzdem merkte ich, dass er ungern in seinen Anzügen und schicken Krawatten zu *Aldi* lief (geschweige denn zu Erwin und Karl) und diesen Job gern Falk oder mir überließ.

Auf einmal hoben alle ihre Köpfe, auch Falk und ich sahen in Richtung Tür. Da stand ein Typ, den ich noch nie gesehen hatte, mit fahrtenmesserhohem Irokesen in Knallrot. Er trug eine schwarze Lederjacke, die über und über mit Buttons wie mit Orden übersät war. Edgar! Erst jetzt erkannte ich meinen Cousin. Edgar nickte uns erfreut zu, was mich überraschte, denn bei unserem letzten Treffen vor vier Jahren hatte er Falk und mich nur hin und wieder scheu angeschaut. Selbstbewusst blickte er zu uns herüber. »Die Berliner!«

Es war still im Raum, als er sich mit lautem Knarren einen Stuhl über den Boden zu uns hinüberzog und sich an den Tisch setzte.»Na, wie läufts so in Berlin?« Edgar sah uns erwartungsvoll an. Dann fasste er ohne Scheu in Falks schwarzgefärbte Haare: »Alle Achtung.«

Falk wirkte verunsichert.

»Was läuft so bei euch?«, wollte Edgar wieder wissen.

»Ach ... was soll schon laufen ...«, murmelte Falk.

»Oranienstraße, Kreuzberg, ist doch voll was los bei euch – Demos, Kacke am Dampfen und so! Berlin, die Rebellenhochburg Europas!«

Hm, stimmt, das hatte ich schon mal in der Zeitung gelesen. Falk zuckte die Schultern, es war ihm sichtlich peinlich, nichts Richtiges zu bieten zu haben.

»Und, geht ihr mit auf die Demos und so?«, fragte Edgar.

Ich dachte an Falks Hochbett und meine Kakteensammlung. Und unseren Hinterhof, in dem wir Dosen kickten, auf dem Mäuerchen hockten, tranken und dabei Tauben beobachteten. Nicht gerade beeindruckend. »Äh, wir waren auf der großen Anti-Reagan-Demo ...«, fiel mir jetzt zum Glück ein.

Ein kleiner Hauch von Anerkennung glitt über Edgars Gesicht, es war aber klar, dass wir damit nur die allererste Eingangspforte überwunden hatten.

Falk warf mir immerhin einen zufriedenen Blick zu – endlich hat meine kleine Schwester mal im richtigen Moment das Richtige gesagt, schien er zu besagen.

»Mit unseren Eltern«, fügte ich wahrheitsgemäß an. Falk verdrehte die Augen. Edgar lachte. »Na, super. Mit euren Eltern. Bist du auch schon mal allein auf 'ne Demo gegangen?«

»Na klar ...« behauptete ich, was aber ohne nähere Ausführung wenig überzeugend wirkte. Falk hätte seine Teilnahme an der autonomen Demo als Heldentat darstellen können, war aber gerade damit beschäftigt, sich eine zu drehen, was ihn offenbar so in Anspruch nahm – vielleicht feilte er ja an seiner *Kleinen Philosophie der Selbstgedrehten* –, dass er nichts mehr zum Gespräch beisteuerte.

Schließlich beschloss ich, allein und auf mich gestellt, die Flucht nach vorn. »Ich interessiere mich eher so für Natur«, brachte ich schließlich hervor. »Ich gehe gern ins Naturkundemuseum, da gibt's ganz tolle Sachen. Saurierskelette zum Beispiel. Ich schwänze sogar manchmal die Schule, um in so'n Museum einfach so vormittags reinzugehen.«

Edgar hörte mir nicht mehr zu. Er hatte etwas von einem stolzen Patriarchen aus dem 19. Jahrhundert, vielleicht einem kalifornischen Eisenbahnbaron oder Ölmagnaten, der seine Untergebenen über alles ausfragte und ihr Gewissen überprüfte. Sein Selbstbewusstsein war frappierend. Breitbeinig fläzte er sich am Tisch, bohrte mit einem Finger in das Stück Erdbeertorte auf seinem Teller und leckte dann den roten Finger ab.

»Was hörst'n für Musik?«, wollte Edgar von Falk wissen. Ich konnte Falks Gesicht jetzt besser erkennen, weil Edgar mir vollends den Rücken zugewandt hatte. Falk seufzte auf, dann murmelte er betont abwesend: »No Wave, Dark Wave, so'n Zeug.«

»Allerdings, und zwar rund um die Uhr«, hätte ich gern angefügt.

»Ach, so Gruftiekram, bist so'n Gruftie, ja? Ihr lebt da aber auch irgendwie auf'm völlig anderen Film, oder?«

Falk ging in Verteidigungsstellung. »Also, Dark Wave wurde letztens sogar auf der Demo gespielt, die am Kotti vorbeizog ... Das ist echt stark, keine Mädchenmusik!«

Ich hörte wohl nicht recht. Jetzt kicherten die beiden auch noch.

»Was hört denn deine Schwester so?«, fragte Edgar und musterte mich von Kopf bis Fuß. Falk beugte sich nach vorn und flüsterte Edgar etwas in sein gepierctes Ohr. Dann lachten beide. Ich lehnte mich blitzschnell über den Tisch, hackte mit meiner Gabel auf Falks Teller und spießte seine beiden letzten Kartoffeln auf.

Falk winkte nur ab: »Glaub bloß nicht, dass du mich ärgern kannst. Die wollte ich eh nicht mehr essen«, behauptete er. Was natürlich nicht stimmte. Falk würde es noch bereuen, dass er sich mit diesem Protz-Iro solidarisiert hatte anstatt mit mir. Schon ging es in die nächste Runde: Edgar holte Flugblätter aus seiner ausgebeulten Jackentasche hervor. Er fragte Falk nach irgendwelchen politischen Gruppierungen ab – lauter Kürzel, die mir nichts sagten – meinem Bruder auch nicht. Am Anfang legte er noch die Stirn in Falten und nickte ein paar Mal wie ein Greis, der versucht, eine ferne Kindheitserinnerung heraufzubeschwören, doch er wirkte immer verwirrter.

Edgar schüttelte wieder den Kopf. »Verteilt das mal bei euch da in Berlin – aber nicht nur auf eurem Hinterhof!« Edgar lachte und konnte sich nicht mehr halten vor Lachen. »Ich stelle mir euch so auf eurem Sperrmüllhof vor … Die Fotos, die wir von euch haben, unglaublich, wie ihr wohnt; der ganze Hof voller Gedöns von diesen beiden komischen Künstlern … voll verschnarcht.«

Ich wusste nicht, was daran so lustig sein sollte. Immerhin sagte er »euch« und machte sich nicht nur über mich allein lustig. Falk runzelte die Stirn. Mit seiner kleinen Schwester in einem Atemzug aufgezählt zu werden, missfiel ihm sichtlich. »Ich stelle mir dich so in diesem Kaff vor«, brachte Falk schließlich hervor.

»Und?« Edgars Blick bekam etwas Aggressives.

Falk lächelte süßlich. Wut anderer Leute schüchterte ihn nicht ein. »So ganz allein auf 'ner Parkbank, 'ne Oma traut sich nicht, sich neben dich zu setzen. Das findest du toll. Dann scheißt dir 'ne Taube auf deinen Stachel. Damit haste nicht gerechnet. Die Scheiße kommt nämlich immer woandersher, als du denkst. Und manchmal projiziert man auch nur seine eigene Scheiße nach außen.«

Ich starrte Falk an. Edgar hatte offenbar auch nicht mit solch einem Angriff gerechnet. Seine Augen traten hervor wie bei dem Basedowschen Kranken in dem alten Medizinlexikon, das ich mir letztens auf dem Flohmarkt gekauft hatte. Einen Moment lang hatte ich Angst, dass Edgar sich mit meinem Bruder prügeln würde. Doch Edgar stand nur mit viel Geklingel und Gerassel auf. »Du halt doch bloß dein Maul, Weichhirn, Kifferbirne ...«, murmelte er noch. Als die Tür ins Schloss fiel, hörte ich seine Mutter tuscheln: »Wir hoffen, dass sich das noch auswächst ... Er ist ja erst sechzehn. Immerhin hilft er uns viel im Garten.«

Als nach dem Erdbeerkuchen noch Birne Helene serviert wurde (ob das Wiebke wohl schmeckte? Falk und ich warfen uns Blicke zu), passte kaum noch etwas in meinen Magen. Ich schaffte nur die halbe Birne, doch der hungrige Falk nahm sich gern meiner Reste an. Während Kaffee und Tee serviert wurden, ergriff ein Redner das Wort, ich vermutete, ein weiterer Bruder meines Vaters. Er gratulierte dem »lieben Ulrich« und erzählte von aufregenden Kriegstagen, die sie im Bunker verbracht und Schulstreichen, die sie gemacht hätten, und es klang, als wäre ihr ganzes Leben, inklusive Krieg, ein einziges Späßchen gewesen. Alle lachten in einem fort, nur wir konnten nicht mitlachen, weil wir die ganzen Familienanekdoten nicht kannten. Während alle vor sich hingackerten und sich zuzwinkerten, war ich das erste Mal traurig darüber, dass ich die ganze Familienbande nie kennen gelernt hatte, dass Falk und ich gar keine Wahl hatten zu entscheiden, ob wir »kleine Monster« sein wollten oder nicht.

Nach dieser Rede wurden noch mehrere andere gehalten. Alle Geschwister von Ulrich hatten irgendetwas vorbereitet, zeigten Super-Acht-Filme, ließen ihre Kinder auf der Blockflöte »Happy Birthday« spielen oder kurze Reime aufsagen, über die alle lachten. Sogar Edgar war auf einmal wieder aufgetaucht und erfreute Onkel Ulrich mit einem Film, der nichts anderes zeigte als einen sehr laut knatternden roten Rasenmäher in Nahansicht. Onkel Ulrich traten beim Anblick dieses Films Tränen vor Rührung in die Augen, er umarmte Edgar: »Junge, was hast du dir Mühe gegeben.«

Nur wir hatten nichts vorbereitet, aber niemand warf uns fragende Blicke zu. Keiner schien zu erwarten, dass wir etwas zum Besten geben würden.

Danach verteilten sich die Leute auf mehrere Zimmer und im Garten. Linda fragte Falk und mich, ob wir Lust hätten, »weg von den alten Herrschaften« einen Stock höher in ihre Wohnung mitzukommen. Schließlich saß ich mit Linda, Rainer, Uwe und Ulrike auf Lindas riesigem bordeauxfarbenen »Kuschelsofa«, wie Linda es nannte. Linda hatte vor einer Woche ein *Hüpf mein Hütchen*-Spiel zum Geburtstag gekommen und freute sich, es mit uns »einweihen« zu können. Falk hatte sich schon verzogen.

»Yippie«, schrie mein Cousin Uwe und deutete auf sein rotes Hütchen. Er machte eine Ausbildung zum Bankkaufmann, und gab zu jedem Thema kurze, knappe Antworten, die vermutlich forsch wirken sollten. Er hatte ein kläffendes Lachen und zwickte mich mit einer Selbstverständlichkeit in die Seite, als ob ich sein Teddybär sei. Wenn der wüsste, wie

bekloppt ich ihn fand, würde ihm das Zwicken schon vergehen. Seine Dagobert-Duck-Krawatte mit dem Sprungbrett
und dem Haufen voller Geld, in den Dagobert eintauchte,
fand ich kein bisschen witzig. Manchmal tat er so, als würde
er mit Dagobert reden, und zwinkerte mir dabei zu.

Ich betrachtete Linda von der Seite, als sie aus der Spielan-
leitung vorlas. Wie das sein musste, mit neunzehn verheiratet
zu sein? Ich war vierzehn, das wäre also in fünf Jahren. Ob
ich mich dann auch zu alt für Popmusik fühlen würde?

Nach der ersten Runde *Hüpf mein Hütchen* machte ich
nicht mehr mit und schaute mich bei Linda um. Ihr ganzes
Wohnzimmer stand voll mit Harlekinpuppen, denen eine
Träne an einer Wange klebte. In einer Vitrine standen ein paar
Sektgläser mit schwarzem Stiel und ein Glaselefant mit glitzernden rosafarbenen Augen. Bücher hatte sie kaum, aber ich
entdeckte unter einem Stapel Zeitschriften einen Atlas. Vorsichtig zog ich ihn unter dem Stapel hervor, wobei ich Linda
fragte, ob ihr das recht sei.

»Na-tür-lich, fühl dich wie zu Hause. Ich meine, du musst
ja nicht gleich die Wände anmalen.«

Ich blätterte im Atlas. Endlich fand ich die Deutschland-
karte. Hier also war Paderborn. Eigentlich hatte ich es woanders vermutet. Berlin war wirklich Hamburg viel näher als
Warschau; Falk hatte Recht gehabt. Während ich auf die Ver-
bindungslinien nach Berlin starrte, dachte ich an die morgige
Rückfahrt, die lange, öde Strecke durch die DDR, die Rast-
plätze, die man nicht verlassen durfte, die immergleichen
Gesichter der Grenzsoldaten. Die Mauer. Die einsame Stadt:
Der hellblaue Fleck inmitten all des Rosarots auf dieser
Karte. Das andere Blau war so weit weg. Gehörte doch nicht
dazu. Der Fleck Berlin irgendwo.

Ich klappte den Atlas zu und ging unter dem Vorwand,

aufs Klo zu müssen, nach unten, zu den alten Herrschaften, die angefangen hatten, zu tanzen.

Am nächsten Tag saßen wir endlich im Auto, und Wiebke nahm den Abzweig in Richtung Hannover. So schweigsam, wie Wiebke und Klaus auf der Feier gestern gewesen waren, so gesprächig waren sie jetzt, sie schimpften über alles.

»Das Schlimmste waren die Reden! So was Fades, Krampfiges, und jedes Wort abgelesen, nein, schrecklich!« Klaus schüttelte den Kopf.

»Und diese Fragen nach unserer Ofenheizung, als gäbe es nichts Wichtigeres im Leben als geheizte Fliesen im Bad!«, tobte Wiebke. Klaus sagte nichts dazu. Er hasste das tägliche Kohlenschleppen im Winter in den vierten Stock und war froh darüber, dass Falk das übernommen hatte.

Falk schimpfte über unser Auto, denn er wusste nie, wo er seine langen Beine unterbringen sollte.

»Ich verstehe diese Neugierde nach der Höhe der Berlinzulage nicht, ich will doch nicht über unseren Kontostand ausgefragt werden!« Klaus spuckte einen Kirschkern aus dem Fenster, der jedoch eine lange, violette Schliere auf der Scheibe hinterließ.

»Und immer diese blöde Frage, wie es denn so sei, zur Miete zu leben. Als müsse jeder in einem Einfamilienhaus wohnen! Die ticken doch nicht mehr richtig.« Während Wiebke sprach, beobachtete ich ihr Gesicht im Rückspiegel. Es wurde immer röter. Als sie auf einmal Gas gab, klammerte ich mich panisch an ihre Kopfstütze.

»Du hast Recht, wirklich«, pflichtete Klaus ihr sofort bei und legte beruhigend eine Hand auf ihren Oberschenkel. »Dabei wohnen wir in einer Art *Belle-Etage*-Wohnung! Hohe Decken und Stuck – so was kennen die ja gar nicht.«

Dazu sagte Wiebke nichts. Sie hatte mal angedeutet, dass ihr der Stuck an unserer Wohnzimmerdecke zu *wilhelminisch* sei. Auf diese Bemerkung hin hatte sich damals eine endlose Diskussion zwischen Klaus und ihr entwickelt, die zeitlich vor Bismarck ansetzte und in einem Wust von ungeklärten Fragen, aufgeworfenen Thesen und allgemeiner Unzufriedenheit endete. Falk hatte schließlich genervt zu Wiebke gesagt: »Ist wilhelminisch bei dir ein Synonym für ›schlecht abzustauben‹? Dann sag's doch gleich und pack nicht so viel Ornament in deine Worte ...«

Falk war erst heute Morgen um vier Uhr in unserem Zimmer aufgetaucht und hatte gesagt, er habe »einen Waldspaziergang« gemacht. Ich war sicher, er hatte irgendetwas Spannendes entdeckt, ein verfallenes Hexenhäuschen, einen Autoschrottplatz, ein totes Tier, etwas, was er für sich behielt. Die ganze Verwandtschaft war beunruhigt, und Klaus hatte seine Mühe, ihnen zu erklären, dass wahrscheinlich kein Grund zur Sorge bestünde. Sehr begeistert waren die Leutchen natürlich nicht gewesen, dass Falk sich nur kurz mit Essen vollstopfte und danach sofort verschwand.

»Also die sind ein bisschen zu sehr in Sahne getaucht«, begann er. »Diese Tante Gisela hat mich beim Frühstück allen Ernstes gefragt, ob ich in Berlin nicht täglich ein Messer in der Tasche haben müsste, um mich zu verteidigen. Und Uwe, dieser Bank-Arsch, hat sich bei mir erkundigt, ob es stimmt, dass in Kreuzberg lauter Chaoten Steine in Schaufensterscheiben schmeißen und sich einfach in die Häuser anderer Leute setzen, bis die Polizei sie rauswirft. Ich dachte echt, ich tille.«

Wiebke gab ordentlich Gas, und ich bekam wieder Angst.

Die Fahrt von Paderborn zum Grenzübergang Helmstedt war lang und anstrengend. Auf einem Rasthof stritten Falk und ich uns mit Wiebke, weil wir Pommes essen wollten, Wiebke aber meinte, es sei noch genug Proviant da, wir sollten kein Fastfood in uns hineinstopfen. Also aßen wir Graubrotstullen mit eingetrocknetem Schmelzkäse, der schiere Vitaminschub. Klaus las im Auto Zeitung, was Wiebke ärgerte, denn sie wollte, wenn sie schon die ganze Zeit am Steuer saß und er sich darum drückte, »wenigstens unterhalten« werden. Aber Falk und ich waren auch nicht in Redestimmung. Am Grenzübergang hatte sich – in all den Jahren hatte ich es nie anders erlebt – ein riesiger Stau gebildet. Das übliche Spiel begann, jeder meinte, diese oder jene Autoschlange käme besonders zügig voran. Immer wenn Wiebke gerade die Spur gewechselt und irgendeinem Idioten fast in den Kotflügel gerammt wäre, hört die schnelle Schlange auf, sich zu bewegen. Dann wechselten wir wieder, und das Gleiche begann von vorne. Weil es heiß und die Laune meiner Eltern nach diesem Verwandtenbesuch angespannt war, war das untätige Warten besonders nervenaufreibend. Falk musste aufs Klo und wollte neben das Auto pinkeln, aber Wiebke redete auf ihn ein, dass sie keine Lust habe, wegen seiner Faulheit Strafe zu zahlen. Falk provozierte das Ganze noch, indem er mit einem Haschtütchen herumspielte, aber diesmal tat Wiebke ihm nicht den Gefallen, sich aufzuregen. Dafür nahm sie Klaus wütend die Zeitung aus der Hand und rief: »Massier mir mal den Nacken!«, was der gehorsam tat.

Wir warteten eine geschlagene Stunde, und Wiebke meinte, die DDR sei ein Land, in dem Warten den halben Tag der Einwohner ausmache. Man müsse beim Einkaufen warten, wenn man in ein Restaurant gehen wolle, warten, wenn man ein Auto kaufen, eine Wohnung mieten wolle – immerzu warten.

»Kommt daher der ›Wartburg‹?«, kicherte Falk, aber Wiebke ignorierte ihn.

»Mich würde das lange Warten wenig stören, wenn man am Ende etwas Gutes bekäme«, meinte Klaus, »aber das Essen, die Autos, die Kleidung, das ist alles … fade.«

»Hast du deinen grauen Anzug eigentlich im Osten gekauft?«, fragte Falk, und Klaus musste grinsen, dann zog er ihn am Ohrläppchen: »Haaach, du, du bist mir schon ein rechter Quälgeist.«

»Stimmt es wirklich, dass es so viele DDR-Spione im Westen gibt?«, fragte ich. Wiebke belehrte mich daraufhin, dass der Westen umgekehrt genauso Spione in den Osten schickte, und dann, mir nichts dir nichts, waren Wiebke und Klaus bei einem ihrer Lieblingsthemen angelangt: Deutschlandpolitik. Von spannenden Spionen keine Rede mehr. Sie mussten immer bis zu Bismarck zurückgehen, um ein heutiges Phänomen zu erklären. Es ging um Schuld und Verdrängung, um Wiederaufbau und fehlgeleitete »Frustrationsenergien«, alles verquickte sich zu einem unverständlichen Brei, Klaus zitierte Alexander Mitschmatsch, irgendetwas über die Unfähigkeit, traurig zu sein, wobei ich dachte, dass Wiebke und Klaus alles andere als ein Beispiel für diese Unfähigkeit waren (später begriff ich, dass es Mitscherlich eher um Oma Helenes geradezu starrsinnigen Frohmut ging als um Wiebkes und Klaus' chronisches Leiden an der Welt). Am Ende ihrer parallel laufenden Monologe waren beide Länder, BRD und DDR, von Grund auf schief gewickelt, Irrwege, alles war desolat, und der einzige Hoffnungsschimmer für Wiebke und Klaus war wie immer die Stadt, in die sie »geflohen« waren, die Stadt, die nicht BRD und nicht DDR, sondern, und das klang in meinen Ohren sehr merkwürdig, »ein eingezäunter Freiraum« sein sollte. So 'ne Art großes Rattenloch also?

Wir mussten unsere Pässe aus dem Fenster reichen, der Soldat guckte ungeduldig, weil Falk sich Zeit damit ließ, seinen Pass herauszurücken, dann ließ er uns mit regungsloser Miene passieren.

Sofort fuhr sich die Autobahn anders, in Abständen von ungefähr fünfzig Metern fuhr man über Bruchnarben, ein monotones Gerumpel. Auch die Farben der Verkehrsschilder waren heller, blasser. Statt hell erleuchteter Bungalows standen auf den Rastplätzen nur ein paar karge Sitzgelegenheiten. Einmal hielten wir an, weil Wiebke müde war, und setzten uns an einen in den Boden geschraubten Holztisch, wo wir die letzten trockenen Graubrotstullen und lauwarmen Kakaotrunk zu uns nahmen. Zum Nachtisch gab Wiebke jedem von uns einen Nimm2-Bonbon. Der Vitamine wegen, vermutlich. Auf dem Rastplatz standen nur noch ein paar riesige Lastwagen, und im Gras lagen verschissene Taschentücher. Dann stiegen wir wieder ins Auto, rechts und links flog die undurchsichtige Front aus grünen und anthrazitfarbenen Tannen an uns vorbei, sie würden kein Ende nehmen bis zum nächsten Grenzübergang. Die zweieinhalbstündige Fahrt durch die DDR kam mir immer ewig vor: Bäume, Bäume, Bäume, blasse Schilder, Autokolonnen, man durfte nicht schneller als hundert fahren, die Bruchstellen im Asphalt, und manchmal in der Ferne große Häuserblocks, Industrie. Nur wenn wir an dem Hinweis *Magdeburg* vorbeifuhren, änderte sich etwas. Wiebke fuhr jedes Mal ein bisschen zu schnell, weil sie sich darüber so freute: »Guckt mal, der Magdeburger Dom!« Dann drehte Klaus jedes Mal brav den Kopf, Falk und ich nicht mehr, und manchmal legte Klaus eine Hand auf Wiebkes Schenkel.

Wir waren am zweiten Grenzübergang angekommen. Es war zum Glück nicht Dreilinden, vor dem ich als Kind Angst hatte wegen des russischen Panzers, der in Richtung Berlin weist. Kurz musste ich an Tante Gisela denken. Wir stellten uns an eine der längsten Schlangen, was ich etwas fatalistisch fand, aber Wiebke meinte, sie »sei es leid, immer herumzukurven«. Nach der langen Fahrt waren wir alle müde, nicht in Streitstimmung. Wir kamen fürchterlich langsam voran.

Ich erinnerte mich, wie wir einmal sieben Stunden am Grenzübergang gewartet hatten, um ins Riesengebirge zum Wandern und nach Brünn zu einer Künstlergruppe zu fahren, über die Klaus schrieb, und dann wurde unser Auto von oben bis unten durchsucht. Zum Glück hatte Falk damals noch nicht gekifft. Ich fand Brünn tödlich – was Wiebke und Klaus mir sehr übelnahmen. Wir übernachteten in einem Hochhaus, der Portier war ein unfreundlicher Fettsack, und alles war bleifarben und traurig. Die Fassaden der Häuser, der Geschmack der Brötchen, die Musik in den Cafés, alles. Doch Wiebke und Klaus rannten in eine Kirche und ein Museum nach dem anderen, fotografierten sich gegenseitig auf einer Brücke und huschten durch dunkle Altstadtsträßchen, die mich an Kreuzberg erinnerten – was Klaus »Unsinn« fand. Wiebke und Klaus machten in Brünn das Gleiche wie in Paris oder Straßburg, Rom oder Oslo, doch ich fühlte mich anders. Ich merkte, dass die Leute mich ansahen. Nach drei Tagen hatte ich eine Stirnhöhlenentzündung und musste in dem spärlichst eingerichteten Hotelzimmer bleiben, da halfen keine Bonbons, keine liebgemeinten Aufmunterungen.

Der Ford Granada vor uns hatte offenbar einen Monchichi-Fan als Fahrer. Sechs Mini-Monchichis baumelten an der Rückscheibe. Einer saß in einem kleinen Ufo, ein anderer trug eine Sonnenbrille und eine Badehose, der nächste einen Arztkittel mit einem kleinen roten Kreuz auf der Brust. Ich glotzte und glotzte, und wir blieben auf der Stelle. Auf der

Ablage hinter der Rückbank hatte der Granada zwei Klorollen unter gehäkelten Häubchen. Ein blauer Aral-Atlas lag daneben. Der Einband war wellig von der Hitze.

Falk schlief. Seine schwarzen Zotteln hingen über sein schmales Gesicht. Falk war hübsch, fand ich, trotz seiner Blässe und den Ringen unter den Augen. Einmal, als ich ihm ein Maoam in den Mund geschoben hatte, hatte ich gemerkt, wie weich seine Lippen waren.

Wir fuhren eine halbe Autolänge und blieben wieder stehen. Im Radio wurde gemeldet, dass die *Cap Anamur* nach drei Jahren zurückgekehrt war. Sie hatte über neuntausendfünfhundert vietnamesischen Flüchtlingen das Leben gerettet. Diese Nachricht inspirierte Klaus dazu, Wiebke überraschend auf die Wange zu küssen.

Endlich, endlich waren wir durch den Grenzübergang gekommen. Berliner Ring, Avus, man brauchte nicht mehr nur hundert zu fahren, Wiebke gab beschwingt Gas, und der Tacho unseres klapprigen Sciroccos kletterte auf 150. Jedes Mal, wenn wir die Grenze passiert hatten, fiel eine kleine Last von uns ab, als hätten wir doch irgendwo im Hinterkopf die Furcht, eines Tages nicht mehr nach Hause gelangen zu können. Als ich die Gedächtniskirche sah, Penner am Bahnhof Zoo, Herrn Pech, der mit Waldemar aus dem großen *Beate-Uhse*-Laden kam, und als uns eine Taube auf die Windschutzscheibe schiss, wusste ich: Ich war zu Hause.

Wiebke und Klaus wurden wieder aufgeräumter, betuschelten irgendetwas. Sie taten immer so, als würden sie West- oder Restdeutschland physisch nicht vertragen, zu warm, zu sonnig, zu sauber, zu hübsch, da kollabierte der Körper halt. Es nieselte. Vor *McDonald's* prügelten sich zwei Türken, unter der Polizeikanzel saßen die üblichen abgemagerten Mädchen mit schwarzen verfilzten Haaren und lackierten sich die

Nägel. Wiebke erzählte Klaus mit wiedererwachter Energie von irgendwelchen Vernissagen, die noch diese Woche stattfanden. Alles wie gehabt. Als wir an der Musikhochschule und an der Freien Volksbühne vorbeifuhren, wurde ich aufgeregt, da war unser Haus. Unser Hof. Unser Hauser! Wiebke brauchte ewig, um den Scirocco richtig einzuparken, Klaus saß genervt daneben, sagte aber nichts, da er ja nicht am Steuer saß. Ich wollte endlich raus aus der Kiste, neun Stunden sitzen, Klaus' und Falks ewiges Qualmen ertragen – es reichte.

Nun stapften wir mit unserem ganzen Gepäck auf unser Haus zu. Klaus jammerte über seinen schweren Koffer. Selber schuld. Musste man seine halbe Bibliothek mit in den Urlaub nehmen? Ich kickte eine Dose über die Straße. Das Erste, was ich machte, zurück in Berlin. Leider war ich etwas aus der Übung. Eine Dose knallte an Klaus' Beine. Wären es doch Wiebkes gewesen, sie hätte es wahrscheinlich nicht mal gemerkt! Klaus fuhr gereizt herum, gestikulierte wild, verdrehte die Augen. Schien wieder Urlaub nötig zu haben. Kaum waren wir in der Wohnung angelangt, zerstreuten wir vier uns in alle Himmelsrichtungen, Wiebke verschwand auf einem der eingezogenen Böden, wahrscheinlich dem mit ihrem geliebten Himmelhochbett, Klaus auf einem der beiden Balkons, Falk drehte sofort *Geschlossen* nach vorn, dann dröhnte auch schon *Die faulen Hunde von Tijuana* von *Die Haut* los.

Ich verschwand gleich in meinem Zimmer hinter der Gardine. Der Hauser war aufs Dach gestiegen, wo der Grottenolk mit Herrn Söylesin und Frau Koderitz um den Grill herum saß. Von irgendwoher schepperte *Come on Eileen* über die Höfe. Im Hintergrund konnte ich Herrn Kanz in seinem Bereich des Dachgärtchens sehen. Auf dem Dach verstanden sich Herr Olk und Herr Kanz besser als sonst, das gemeinsame Kiffen schien zu verbinden. Falk ging meist nach oben, wenn sonst keiner da war – vermutlich, um die »menschliche Scheiße« auszublenden.

Wie gern würde ich da oben allein mit dem Hauser sitzen und über die Hausdächer schauen, über unseren dunklen Hof, meinen Schulweg, die Apotheke, Herrn Adán, die Peepshow, Klaus, die Polizeikanzel … bis nach Feuerland. Lange starrte ich im Dunkeln auf den glühenden Joint des Hausers.

Europa-Flussgedicht – Präludium

In der Bretagne und in Paderborn hatte ich oft an Steffen gedacht und mich gefragt, ob ich ihn vielleicht vermisste. Am nächsten Tag rief ich ihn an. »Hi, bin wieder im Lande.«

»Wann bist du denn gekommen?«

»Gestern.« Und dann erzählte ich Steffen im Detail von meinem langweiligen Urlaub, und er hörte sich alles mit Engelsgeduld an. Sogar Edgars Rasenmähervideo erwähnte ich.

Steffen war mit seiner Mutter für eine Woche in Göttingen oder Göppingen – ich hatte keine Ahnung, wo welche Stadt lag –, einen Ex-Freund der Mutter besuchen. Das war wohl auch anstrengend gewesen. Am Ende war die Situation zwischen Mutter und Ex genauso ungeklärt wie am Anfang, und Göttingen oder Göppingen war auch nicht so spannend für Steffen gewesen.

Wir verabredeten uns gleich für den Abend.

Ich überlegte lange, was ich anziehen sollte, als ich vorm

Spiegel stand. Bei unserem *Quasimodo*-Abend hatte ich ein blaues Männerhemd und die weinrote Weste getragen, und nachher hatte Steffen mich umarmt. Heute zog ich ein weißes Männerhemd und die weinrote Weste an, dazu abgewetzte Jeans. Ich ging zu Fuß zum Volkspark Wilmersdorf, in der Straße südlich vom Park wohnten Steffen und seine Mutter. Als ich vor dem Haus stand, setzte ich mich noch fünf Minuten auf die Stufen, um nicht überpünktlich zu sein. Wie es wohl sein würde, Steffen gleich gegenüberzustehen? Wir hatten uns einen Monat lang nicht gesehen.

Ich klingelte. Steffen kam mir auf der Treppe entgegengelaufen; er umarmte mich, und mein Kopf lag an seiner Brust. Ich hatte vergessen, wie groß er war. Beim Betreten der Wohnung stolperte ich über die Fußmatte und wäre beinahe hingefallen. Doch kaum waren wir in der Wohnung, fiel Steffen sein Schlüsselbund aus der Hand in eine neben der Tür stehende Mülltüte. Mit hochrotem Kopf pflückte er es aus dem Unrat heraus und wischte es mit einem Taschentuch ab. Seine Mutter war wieder zu ihrem Ex-Freund gefahren, erläuterte Steffen mir. »Nicht, dass sie gleich in der Tür steht, weil sie es sich schon auf der Fahrt anders überlegt hat«, seufzte er. Hinter ihm hechelte Trotzki.

Wir redeten ununterbrochen, standen dabei aber die ganze Zeit im Flur herum. Schließlich ließ Steffen in unser Gespräch einfließen, er habe Forelle besorgt, ob ich mich von ihm bekochen lassen wolle… Natürlich bot ich ihm meine Hilfe an, und so schnitten wir fünf Minuten später eifrig mit tränenden Augen Zwiebeln. Steffen hatte sich sogar eine Schürze umgebunden, ein hässliches, mit Brandflecken versehenes Ding, auf dem großflächig Obst- und Gemüsebilder aufgedruckt waren. Von seiner Fünfzigerjahre-Anzughose und dem schicken Jackett war nicht mehr viel zu sehen. Er bot mir auch eine Schürze an, aber ich verzichtete eiligst. Während wir weiter schnippelten, sprachen wir über Traum-urlaubsziele und waren uns schnell über Südamerika einig; als ich ihm den urwüchsigen, kaum bevölkerten Süden des Kontinents östlich der Anden beschrieb, wollte er auch nach Patagonien mitkommen.

Den Fisch bereitete Steffen fachmännisch zu; er rieb die Forelle mit Merrettich-Sahne-Sauce ein und röstete die Zwie-beln. Dann hielt er abrupt inne: »Ich hab was vergessen«, rief er und stürmte aus der Küche. Einen Moment später erklang das *Requiem* von Mozart. Die Kassette musste er schon vor-her rausgesucht haben, so schnell ging das. Während er den Fisch briet, machte ich einen Chicoréesalat mit Zitrone. Klaus wäre bestimmt neidisch auf unser gutes Essen gewe-sen ... Der Fisch war fertig, Steffen deckte den Tisch, er ver-teilte weinrote Servietten und bauchige Gläser, dann förderte er eine Flasche Rotwein zutage. Kerzen gab's auch. So hatte mich noch nie jemand eingeladen ... Schließlich setzten wir uns, stießen mit unseren Gläsern an. Zu unseren Füßen saß Trotzki vor seinen Näpfen, bald schlief er ein. Ich sagte Stef-fen ein Gedicht auf, das ich mir ausgedacht hatte und das aus den Namen von fünfzehn asiatischen Flüssen bestand, ein Lautgedicht. Er lachte, dann dachten wir uns gemeinsam ein Europa-Flussgedicht aus. Die Namen hatte ich parat, aber er war gut darin, sie in eine rhythmische Abfolge zu bringen. Die Wandsbek und die Elbe kamen nur des Klangs wegen zweimal vor.

>»Wandsbek Wandsbek
Kyll und Ahr!
Ohm Lahn!
Shannon Kennet

Blackwate Wey –
Vättern Vörtsjarv Vättern
Muhu väin
Elbe Inn Elbe – Vardar!
Ebro Duero Arlanza!
Trave Schlei
Petit Morin«

Doch hatte ich das Gefühl, dass Steffen bei dem Europa-Flussgedicht nicht ganz bei der Sache war. Ständig fragte er mich, ob mir das Essen schmecke und ob ich noch ein Glas Wein wolle. Wenn ich »ja« sagte, goss er es mir bis knapp unter dem Rand voll. Ich fühlte mich schon dösig. Nachdem wir jeder eine große Schale Schokoladeneis mit Himbeersoße gegessen hatten, fühlte sich mein Magen an, als ob ich eine mittelgroße Kanzsche Brust verschluckt hätte. Außerdem war ich müde von dem Wein und dem vielen Reden. Ich hatte mich zwar auf das Wiedersehen mit Steffen gefreut, aber jetzt wollte ich nach Hause.

»Hast du Lust, noch ein paar Platten zu hören?« Steffens Blick machte es schwer, »nein« zu sagen. Seine Augen ruhten auf mir. Ich hob fragend die Schultern und sah, wie Steffen bei dieser Geste zusammenzuckte.

»Okay«, sagte ich gedehnt, »bin aber schon etwas müde.«

»Na, wir können uns ja bald hinlegen.« Steffens Zimmer sah sehr nüchtern aus. Sein Schreibtisch, sein Bücherregal, seine Ordner für die Schule, Kissen, Bettzeug – alles war anthrazitfarben. Nur die weinrote Kerze, die er aus dem Esszimmer mitgebracht hatte, verströmte Wärme. Als er eine Jazzplatte anstellte, sank mir bei dem leisen Gedudel gleich das Kinn auf die Brust.

Ich versuchte mich zusammenzunehmen, faselte irgendetwas über die Hochebenen Patagoniens und die zwischen Anden und Pazifik gelegene Atacama-Wüste und warum ich da wirklich einmal hinfahren wollte. Steffen stieg sofort auf das Wüstenthema ein und erzählte mir, dass die Sahara sich jedes Jahr um eine Fläche ausbreite, die halb so groß wie Westdeutschland sei. Ich nickte müde. Das wusste ich. Hatte er mir schon mal erzählt. Ich wollte aber nach Patagonien, nicht in die Saharaaaa … ich schlief ein.

Steffen rüttelte mich sanft wach: »Mann, das tut mir so leid, das hätte ich mir denken sollen, dass du nicht so trinkfest bist, Rotwein macht wirklich sehr müde, wenn man ihn nicht gewöhnt ist, kann ich dir einen Kaffee machen … oder lieber Cappuccino?«

Ich schüttelte den Kopf. Mir fiel einfach gerade nichts mehr ein, worüber wir reden könnten.

»Wollen wir schlafen gehen?«, fragte Steffen in diese Stille hinein. Seine Stimme klang unsicher. Bei anderen Leuten konnte ich meist noch schlechter schlafen als zu Hause; auch bei Isa und Fiona hatte ich schon nächtelang wachgelegen. Ich blickte mich um, vor dem Ofen stand sein anthrazitfarbenes Bett, gegenüber eine anthrazitfarbene Couch. Die Couch sah nicht unbequem aus.

»Hm, ja gut.«

Steffen wurde aufgeregt, blies die Kerze aus und zündete sie wieder an, lüftete, dann schlug er das Fenster heftig zu, sinnierte, welche Platte er auflegen sollte, und entschied sich schließlich für die *Vier Jahreszeiten* von Vivaldi. Und zwar, mitten im August, für den *Winter*.

Ich hievte mich auf die Couch, strampelte ein paar Mal mit den Beinen, bis meine Turnschuhe einfach auf den Boden fielen, dann starrte ich an die Decke. Ich dachte an Isa und an Melanie. Schon vor einem Jahr hatte Isa mit einem Typ, den sie im Urlaub kennen gelernt hatte, Petting gemacht. Er wollte dann mit ihr schlafen, aber das war ihr *too much*. Aber ihre Pettingerfahrungen hatte sie mir im Detail beschrieben. Und geknutscht hatte sie schon mit einigen Jungs. Melanie und Larissa nahmen beide die Pille, das wusste jeder. Bei Melanie hing sogar im Bad ein Plexiglasschildchen *Vergiss die Pille nicht!* – ein Geschenk von Larissa, wie Isa mir einmal nach einer Party berichtet hatte.

Im Hintergrund hörte ich das Quietschen schwerer Schubladen. Steffen zog mit aller Kraft an den Griffen einer riesigen Kommode. Endlich gab die Schublade nach, und Steffen fiel auf den Hintern. Ich verkniff mir ein Lachen.

Er stand mit – anthrazitfarbenem – Bettzeug vor mir. »Willst du … hier auf dem Sofa schlafen?«

Ich nickte. Steffen legte mir das Bettzeug zu Füßen. Und jetzt sollte ich mich ausziehen. Ich bekam einen Schreck, denn ich hatte kein T-Shirt unter dem Hemd an. Mir blieb also nichts anderes übrig, als mit nacktem Oberkörper zu schlafen, wenn ich die langärmelige Bluse nicht anbehalten wollte.

Steffen sprang hektisch in seinem anthrazitfarbenen Schlafanzug herum, beugte sich über einen Stapel an die Wand gelehnter lps. Er schien eine Platte zu suchen und stellte dann doch wieder das *Requiem* von Mozart an. *Kyrie Eleison* … Ich lag auf der Couch und lauschte der ergreifenden Musik.

Ich hätte lieber nur noch das *Requiem* gehört, aber Steffen fing an zu reden. Er fragte mich, ob ich schon einmal ohne Eltern verreist sei. Und gleich redeten wir wieder weiter. Irgendwann musste ich wieder eingeschlafen sein. Jedenfalls fuhr ich erschrocken hoch, als ich Steffens Gesicht über mir sah. Schlaftrunken blickte ich ihn an. »Kannst du nicht schlafen?«, fragte ich hirnrissigerweise.

Steffen schüttelte den Kopf. »Nicht, wenn du hier liegst.« Seine Stimme zitterte leicht. Ich nickte. Ich konnte schlecht zustimmen, da ich ja gerade eingeschlafen war. Steffen guckte nicht mehr mich an, er betrachtete seine Füße.

»Wollen wir noch mal das *Requiem* hören?«, fragte ich schließlich.

»Ja!« Steffen sprang auf und lief zur Anlage. Wieder erklang das *Präludium*.

»Stört es dich, wenn ich mich ... neben dich lege?« Steffen hatte zu seinen Füßen gesprochen.

»Eh ... eh«, machte ich. Sollte »nein« heißen.

Steffen schob sich neben mich auf die Couch. Für zwei Leute war es äußerst eng. Seine Rippen stießen an meine Schultern, seine Füße baumelten im Freien. Ohne uns zu rühren, hörten wir weiter das *Requiem*. Ein paar Mal musste ich mich anders legen, weil mir ein halbes Bein, ein Arm oder eine Hand eingeschlafen war, auch Steffen ruckelte hin und her. Schließlich hob ich meinen Arm, er fühlte sich bleischwer an, und – legte ihn auf Steffens Brust. Plumps. Zwei Sekunden passierte nichts, dann wälzte sich Steffen auf die Seite, wobei er meine Hand unter sich begrub, und umfasste mich. Das fühlte sich so an, als ob einem ein knochiger Kleiderständer in die Arme fiel. Er hielt mich einfach nur fest. So verharrten wir eine Weile, bis auch diese Position äußerst unbequem wurde. Dann spürte ich etwas Nasses, Kaltes auf meiner Stirn. Das Etwas bewegte sich über meine Nase. Thorsten, den ich mal vor Jahren beim »Fangen-und-Küssen« auf dem Schulhof auf den Mund geküsst hatte, hatte runde, weiche Lippen, eigentlich fand ich es schade, dass wir uns nur im Rahmen des Spiels geküsst hatten, aber dieser Mund war schmal und kalt. Jetzt war dieser Mund auf meinem, und unsere Münder verharrten eine Weile in dieser Position. Dann rutschte er an meinen Hals, wo er hier und da saugte, was wehtat, und ich merkte, da steckte Kraft in diesen kleinen, festen, kalten Lippen. Der kleine kalte Mund kroch meine Brüste wie ein Bergsteiger hinauf. Jetzt zupften Zähne an meinen Brustwarzen, die härter wurden. Das schien dem kleinen Mund zu gefallen, er zupfte fester, bis ich »Au« schrie. Dann sah ich Steffens Gesicht über mir. Mir war, als wäre er gar nicht mehr da gewesen, nur noch dieser Mund.

»Sorry, ich wollte dir nicht wehtun.« Steffen lächelte etwas unsicher, aber warm.

»Schon gut.« Steffen war mir sympathischer als dieser Mund. Kaum hatte ich diesen Gedanken gefasst, ergriff das Mündchen wieder Besitz von mir. Kletterte herum, knabberte, leckte, biss, war mit sich und seinen Eindrücken beschäftigt. Ich blickte derweil auf Steffens zitternde Füße am Ende der Couch. Die Gänsehaut an seinem ganzen Körper. Der kleine kalte Mund wanderte weiter. Über meinen Bauchnabel. Den konnte er nicht überqueren, ohne einmal kurz, aber zu fest die Zunge hineinzustecken.

Dann waren da Hände. Lang, dünn und ebenfalls kalt glitten sie über meinen Körper. Kalte Fingerkuppen überall. Ich versuchte mich wegzudrehen. Aber Steffen hing über mir, seine spitze Hüfte bohrte sich in meinen Bauch. Und etwas anderes, Hartes, Unnachgiebiges drängte an meinen Körper. Pionier, Flagge hissen, Duftmarke hinterlassen, allein im neuen Land. Plötzlich blickte Steffen auf und schaute mich lange an. »Julika, ich – bin – so – glücklich.«

Ich wusste nicht, was ich sagen sollte. Warum war ich nicht einfach nach dem Essen gegangen? Ich hätte auf meine innere Stimme hören sollen. Mir gefielen Steffens Haare nicht, aschblond und zu kurz geschnippelt, die weiße, talgige Kopfhaut darunter. Er roch merkwürdig, nach seinen Anzügen, wenn ich diesen Geruch beschreiben könnte, würde ich sagen: staubig.

»Küss – mich«, flüsterte er jetzt. Skeptisch blickte ich auf die schmalen Lippchen über mir. Schon klebte sein Mund wieder auf meinem. Dann fing Steffen an, mit seiner Zunge wild in meinem Mund herumzurühren, er hörte gar nicht mehr auf. Steffen und ich wanderten mit Eastpak-Rucksäcken nach Feuerland, während unsere Münder hier Gymnastik trieben. Ich rieb den kalten Schweiß meiner Hände an das dunkle Bettdeckengewölk, dann setzte ich mich abrupt auf.

»Ich glaube, ich muss jetzt schlafen, tut mir leid, der Rotwein, mir ist nicht gut.«

»O ehrlich, warum hast du denn nichts ... Ich hab so Kohletabletten im Bad ...« Steffen war so groß, dass er neben mir fast von der Couch fiel.

»Nein ... ich glaube, ich nehm' mir ein Taxi und fahre nach Hause.«

»Willst du denn nicht hier bleiben? Dann musst du nicht mitten in der Nacht raus ... und ich bin bei dir!«

»Ich ... tut mir leid, ich kuriere mich am besten allein.« Ich suchte im Dunkeln meine Klamotten.

»Soll ich dir helfen?«, fragte Steffen sofort. Er blickte sich im Zimmer um. »Gott, sieht das hier aus!«, sagte er sichtlich zufrieden in die Stille. Schmunzelnd deutete er auf meine überall verstreut liegenden Kleidungsstücke. Als hätte er sie mir wild vom Leib gerissen. Mir blieb nichts anderes übrig, als meine Siebensachen einzusammeln und anzuziehen, wobei Steffen mir plötzlich schmachtende Blicke zuwarf.

»Julikaa«, sagte er plötzlich, mit Betonung auf der letzten Silbe. Ich befreite eine Socke von anthrazitfarbenen Flusen. Endlich stand ich in der Tür, da war Steffen schon wieder ein

Häufchen Elend. »Ist dir wirklich nicht gut? Oder ist es etwas anderes?«

»Lass mal, wir reden morgen darüber.«

»Es ist also etwas anderes? Julika, bitte, was ist?«

Jetzt tat er mir leid. »Nein, Steffen, mir ist kotzübel von diesem Wein und ...«

»Und?«

»Und den Rest bereden wir ein anderes Mal.«

»Julika, es ist also doch etwas. Habe ich etwas falsch gemacht? Bitte, sag es mir, ich kann sonst nicht schlafen.«

»Ich will jetzt gehen.«

»Julika, bitte!« Steffen umfasste mich mit festen, kalten Fingern.

»Dräng mich doch nicht weiter ... Merkst du nicht, dass es mir wirklich nicht gutgeht und ich Ruhe brauche?«

»Ja, natürlich, ich bin ein totaler Egoist, es tut mir so leid! Soll ich dir ein Taxi rufen?«

»Ja, bitte.«

Steffen hastete zurück in den Flur, raschelte in einem Adressbuch, wählte. Der Würfelfunk. »Kommt in fünf Minuten!«, rief Steffen mir stolz über die Schulter zu.

»Okay, dann gehe ich schon mal runter.« Während ich die ersten Stufen nahm, kehrte langsam Energie in mich zurück.

»Warte doch! Ich begleite dich – ich lass dich doch nicht da draußen allein auf der Straße stehen!«

Auch das noch. »Steffen, das ist nicht nötig, du musst dich nicht extra anziehen!«

Zu spät. Schon stand Steffen in schwarzem Rolli und grauer Hose vor mir. Dann fiel ihm ein, dass er noch keine Schuhe anhatte. Am Ende verpasste ich deshalb noch meine Taxe. Endlich gingen wir die Treppe hinunter. Steffen legte von hinten eine große Kralle auf meine Schulter.

»Rotwein ist echt *too much* für mich«, brachte ich schließlich hervor.

»Das tut mir alles so leid ... Bist du mir böse?«

Deshalb nicht, dachte ich, sagte aber nichts. Nicht mehr heute.

Unten stand, ein Glück, die Taxe. Ich riss mich zusammen und gab Steffen einen Kuss auf den Mund. Er saugte sich gleich wieder an mir fest, aber ich machte mich frei und stieg ins Taxi. Und weg war ich.

»Wo geht's denn hin, Fräulein, zu so später Stunde?«, fragte mich der Schnauzbart vor mir augenzwinkernd. Alle Taxifahrer sahen aus wie Lech Walesa.

»Nach El Calafate«, murmelte ich leise.

Bald stand ich nicht im patagonischen El Calafate, sondern vor unserem taubenverkackten Altbau mit Einschusslöchern. Umständlich kramte ich meinen Schlüsselbund aus der Jeans. Von Weitem sah ich den Grottenolk mit einem alten Kettcar, es sah aus wie das aus dem Rattenloch. Der Olk arbeitete oft mitten in der Nacht. Auf seiner *Urbanen Collage* hatte er Teelichter verteilt, unser Hof sah fast romantisch aus. Vom Hauser-Reich her wehte mich Gelächter an, Frauengelächter, das schließlich verebbte und vom untergründigen Knabbern, Knistern und Rascheln der vielen Hinterhöfe überlagert wurde.

Oben angekommen schlich ich in mein Zimmer und legte mich, angezogen wie ich war, ins Bett. Ich versuchte zu schlafen, aber Steffens Geruch hing noch an mir, und mein Magen rumorte finster. Schließlich schleppte ich mich durch unseren riesigen Flur, rammte geräuschvoll die *Boat People* und kotzte aufs Parkett. Schon hörte ich Wiebkes Wollpuschen. Auch das noch. The Wiebkes and the Klauses waren also doch schon zurück. Ich konnte jetzt keine Ausfragen ertragen.

»Jule, mein Gott, was ist denn los?« Wiebke stand in einem ausgeleierten Nachthemd vor mir.

Ich sagte so schnell wie möglich: »IchwarbeieinemEssenhabezuvielAlkoholgetrunkenmiristspeiübel.«

»Ja, wo warst du denn? Was ist bloß passiert? Ja, wo warst du denn? Wie bist du denn nach Hause gekommen? Julika, wo warst du und mit wem?«

Ich schleppte mich an Wiebke vorbei ins Bad, schloss die Tür ab und ging unter die Dusche. Diesen Geruch abwaschen. Mir schlotterten die Beine, aber langsam wurde mir wohler. Einmal klopfte Wiebke an die Tür – vermutlich um weitere Fragen zu stellen. Ich drehte einfach den Duschstrahl kräftiger auf. Als ich aus der Dusche kam, sah ich, dass Wiebke meine Kotze weggewischt hatte, was ich wiederum sehr nett von ihr fand. Ich schrieb »Gute Nacht« und »Schlafe vielleicht morgen noch während der *Maus*« auf einen Memoblockzettel und heftete ihn an die Schlafzimmertür meiner Eltern.

Krumme Lanke – *Mad World*

Den Sonntag verbrachte ich auf dem Balkon und widmete mich meinen Kakteen und Sukkulenten. Wiebke nahm an einer Veranstaltung teil, auf der ein von ihr übersetztes schwedisches Jugendbuch vorgestellt wurde, und war den ganzen Tag unterwegs. Klaus war auf Einladung verschiedener Künstler für ein paar Tage ins Wendland gereist. Mir war es nur recht, meine Ruhe zu haben. Nachmittags hörte ich mehrfach das Telefon klingeln. Steffen ließ nicht locker.

Nächste Woche fing die Schule wieder an, heute wollte ich noch mal »Urlaub machen«. Ich wollte unbedingt weg, in den Wald, ans Wasser, raus aus der Stadt. Vielleicht sollte ich an die Krumme Lanke fahren. Oder an den Schlachtensee. An einen dieser flachen, weiten Berliner Seen, an deren Ufern man denkt, man sei in Finnland. In der U-Bahn nach Krumme Lanke saßen mir zwei ältere Frauen in zitronenfarbenen Jogginganzügen gegenüber, mit dem rosafarbenen Schriftzug *Champion '80* auf der Brust. Die eine kicherte: »Meiner kann immer, ich sag's dir, nur Hormone im Hirn!«, dann gackerten beide wie wild. Standen offenbar unter Hormonen.

An der Krummen Lanke herrschte entspannte Ferienstimmung. Familien picknickten im Gras, Kinder ließen ihre Beine im Wasser baumeln und saugten geräuschvoll an Strohhalmen, die in Tütenlimonaden steckten. Zwei Mädchen, die in identisch gestreiften Bermudas wie Hanni und Nanni aussahen, ließen Drachen steigen. Ein Drachen verheddert sich immer oder blieb in den Baumkronen hängen. Das war wahrscheinlich der von Nanni.

Ich schlug die Augustausgabe des GEO-Magazins, das ich mitgenommen hatte, auf: »Buddha ist in Laos nicht rot zu kriegen«, lautete einer der Leitartikel. »Millionen Tonnen Bomben haben die Amerikaner abgeworfen, um den Vormarsch der Kommunisten aufzuhalten. Die Roten haben trotzdem den Krieg gewonnen – nicht aber die Seelen der Laoten«, hieß es im Untertitel. Aus einem Ghettoblaster drang *Mad World* von *Tears for Fears*.

Ich sprang auf und lief weiter, immer weiter. Weg von allem. Endlich richtiger Urlaub. Ohne Eltern. Ich rannte zum Ufer ... des Río Negro ... oder des Río Deseado ... die Füße bis über die Knöchel ins klare Wasser getaucht, ein bisschen

Ahoj-Brause aus der Heimat auf dem Handrücken, Sonne im Gesicht …

Da fiel ein schmaler, langer Schatten auf mich. Ich hob den Kopf. Melanie stand vor mir. Sie trug ein rosa-hellblau-gestreiftes Sweatshirtkleid mit Netzeinsätzen an den Schultern, um den Hals ein Monchichi-Tuch. Sie sah blass aus, offenbar war sie länger nicht im Solarium gewesen; sie hatte sich auch nicht geschminkt. »Was machst'n du hier?«

»Träumen, Spinnen – was sonst.«

»Warst du nicht im Urlaub?«

»Na klar, in der Bretagne, war super.« Ich ahmte ihren üb-lichen, etwas fanfarenartigen Tonfall nach, den sie anschlug, wenn sie eine tolle Nachricht zu verbreiten hatte.

»Mit deinen Eltern, oder wie?«

»Warum nicht? Nur weil du es offenbar als totale Demüti-gung empfindest, noch mit deinen Eltern in den Urlaub zu fahren, muss es mir ja nicht so gehen.« Dass ich liebend gern einmal ohne The Wiebkes and the Klauses verreisen würde, musste ich Melanie ja nicht auf die Nase binden. Ihre Eltern hatten so viel Geld, dass sie es sich leisten konnten, ihren drei Kindern Flugtickets wie Kaugummi hinterherzuwerfen.

»Typisch Jule: Flucht nach vorn«, meinte Melanie und ta-xierte mich. Ihr Blick wanderte an mir hoch und herunter, und es war ihr anzusehen, was sie von meinen abgeschnitte-nen ausgefransten Cordhosen und dem gebatikten T-Shirt hielt, das Fiona in einer ihrer Therapiestunden für mich ge-macht hatte. Was für Wiebke und Klaus die falsche Partei war, war für Melanie das falsche T-Shirt.

»Werde ich jetzt gleich von der Modepolizei aufge-griffen?«, fragte ich zurück. Ich hatte kurz überlegt, was Falk in solch einer Situation sagen würde. Melanie starrte mich an. So schnell fiel ihr keine Antwort ein. Ich sah das unerschrockene Gesicht von Falk vor meinem inneren Auge.

»Dir geht es auch nur gut, wenn du dich mit anderen vergleichen kannst. Das brauchst du für dein Ego, oder? Was würdest du auf einer einsamen Insel machen? Den Sandkörnern erzählen, wie doof sie sind?«

Melanie fiel immer noch nichts ein.

»Und was machst *du* hier?«, fragte ich mit einem Falkschen Gähnen.

»Ausflug. Mit meinen Eltern«, gab Melanie zurück.

»Aha, klingt ja spannend.«

Sie legte ihren Kopf in den Nacken und betrachtete mich. Ich sah ihr an, dass sie gerade versuchte, in ihre alte Rolle zurückzufinden. »Warum nicht. Ich war vorher mit Rolf in Südfrankreich. Ohne Eltern. Er küsst gut, weißt du.«

»Glaubst du wirklich, mich interessiert das? Du stehst mir in der Sonne.«

»Ja«, meinte Melanie nur und starrte mich an.

»Dann musst du wohl mal deine Stampfer zur Seite bewegen.«

»Hey Julika, du …« Melanie brach ab und sah mich finster an. Ungeschminkt kam sie mir anders vor, kindlicher vielleicht. Ihre Augen lagen in tiefen Höhlen, sie blickte sich unsicher um.

Ich ließ mich rücklings auf die Grasböschung fallen und gähnte noch einmal auf die übertriebene Weise, die Falk anwandte, um sein Gegenüber in einem Streit zu demoralisieren. Mit den Füßen plätscherte ich betont entspannt im Wasser. Im Hintergrund sah ich, wie Snow, Melanies weißer Collie, sein glänzendes Fell an Frau Seegers Beinen rieb.

»Dir ist es doch völlig egal, was andere denken, du machst nur, was dir passt.« Melanie zischte richtig, aber es klang nicht böse. »Frau Schwundtke fragt, was wollt ihr später für einen Beruf ausüben, und du sagt einfach Traumdeuterin, auch wenn alles darüber lacht.«

Ich blinzelte in die Sonne. Sie schien heute nur für mich.

Melanie sprang auf. »Okay Julika, ich muss gehen, meine Oldies warten, mach's gut, ja?«

Ich deutete ein schwaches Abschiedswinken an. Dann lag ich auf dem Rücken im Gras, einige Halme kitzelten meine Handgelenke, ich hörte, wie Melanies Schritte sich entfernten. Ein freudiges Kläffen von Snow, dann waren sie im Gemenge auf dem Uferweg verschwunden.

Ich blieb noch eine Weile mit geschlossenen Augen im Gras liegen und stellte mir vor, ich sei mit dem Hauser in einem Zelt irgendwo in der patagonischen Weite. Wenn man aus dem Zelt trat, reichte der Blick bis an den Horizont. Die Ebene war menschenleer. Man hörte nichts außer dem Sirren der Großen Patagonischen Steppenfliege.

Kaum war ich zu Hause, stampfte Wiebke, wie immer ohne anzuklopfen, in mein Zimmer, die Fußgängerzone: »Telefon für dich! Steffen!«

Ich gab zurück: »Sag, ich bin bei Fiona, du weißt nicht, wann ich wiederkomme!«

Wiebke guckte mich bestürzt an, dann ging sie.

Nach dem Abendessen besuchte ich Falk auf seinem Hochbett. Ich ließ eine halbe Stunde lang Bassgitarrenversuche über mich ergehen, dann, als Falk eine Saite auswechselte, unterbreitete ich ihm die Story mit Steffen. »Der Jazzfritze«, in seinen Worten. Falk hörte mir mit ernstem Gesicht zu, drehte dabei einen Joint. Während er hingebungsvoll am Bauen war, gab er mir den Ratschlag, mich bloß nicht von meinen Klassenkameradinnen unter Druck setzen zu lassen, unbedingt einen Freund haben zu müssen.

»Allein geht es einem meistens am besten«, erklärte mein Bruder und stierte auf das dicke Ende des Joints.

»Und was meinst du, wie soll ich Steffen in der Schule begegnen, wenn der Mistladen nächste Woche wieder anfängt?« Ich blickte auf das aufblitzende Feuerzeug.

»Ganz freundlich, nicht zickig sein, aber dem Jazzfritzen keine falschen Hoffnungen machen. Keine Freundschaft, der muss erst mal runterkommen von seiner Macke!«

Ich schwieg beleidigt, Steffen musste ja nicht unbedingt eine Macke haben, nur weil er in mich verliebt war.

Schließlich kletterte ich vom Hochbett herunter. »Tschaaauuu«, rief Falk mir noch gedehnt nach. Dann sah ich noch, wie er seine Kladde aufschlug und sich eine Notiz machte – jetzt wurden meine Probleme auch noch in irgendeiner *Kleinen Philosophie* verwurstet.

Wieder in meinem Zimmer schaute ich in den Hof. Herr Kanz hatte sein Radio auf eine seiner Brüste gestellt und tobte völlig ekstatisch zu *Hold On Tight* vom *Electric Light Orchestra* herum. Ab und zu schrie er: »Ich hab's geschafft! Ich hab's geschafft! Meine Anna-Brust steht nächstes Jahr in New York!« Der Olk pinselte nur wenige Meter neben ihm völlig ungerührt Totenköpfe auf einen schlaff aufgeblasenen Globuswasserball.

Nachts stand ich wieder mit meinem Minifernglas am Fenster. Kein Hauser. Ich versuchte, so lange nicht mehr mit den Lidern zu schlagen, bis ich das Fenster von Hausers Wohn- und Schlafzimmer doppelt sah. Noch ein schwarzes Fenster. Enttäuscht kritzelte ich ein schwarzes Quadrat in mein Heft. Und noch eines. Die Zeit schien überhaupt nicht mehr zu vergehen. Alles, was ich tat, war ein Versuch in Bewegungslosigkeit. Könnte die Welt nicht heute, in dieser Augustnacht, einfach implodieren? Nicht explodieren, sondern in einem schwarzen Loch verschwinden … Irgendetwas hatte die Gravitation, so wie sie einmal war, verändert. Ich döste vor mich hin. Irgendein Hebel war umgelegt worden, oder eben nicht umgelegt worden, nichts passierte, nur ein schweres Gewicht deformierte die Erde … An Schlafen war kaum zu denken, es war heiß, und bei uns im vierten Stock staute sich die Hitze.

Sommerloch – Das Liebesleben der Nilpferde

Dass das Sommerloch herrschte, war deutlich zu bemerken. In mehreren Berliner Lokalzeitungen waren große Farbfotos von Knautschke und Bulette abgedruckt, ein Artikel beschäftigte sich mit dem Liebesleben von Nilpferden. Und da gab es in der Tat allerhand zu berichten: Knautschke hatte gemeinsam mit seiner Tochter Bulette einige Kinder gezeugt. Diese Inzucht war unterstützt, nicht verhindert worden – Nilpferde haben kein Gen gegen Inzucht. Wenn Bulette zu alt für die Strapazen einer Schwangerschaft wäre, würde man ihr die Pille – dem Körpergewicht entsprechend in Brötchengröße – verabreichen.

»Was anderen eine Königsfamilie bedeutet, ist den Berlinern eine Nilpferdesippschaft«, stellte Frau Hülsenbeck einmal kopfschüttelnd fest.

Jedenfalls war die Knautschke-Bulette-Brut bei bester Gesundheit, auch von ihnen sah ich überall Starfotos. Bald wanderte ein großes Farbtitelbild mit Knautschke und Bulette beim »Kuss« unter durchsichtige Klebefolie und baumelte als Bestandteil der *Urbanen Collage* bei uns im Hof. Wenn der Olk im Hof herumfuhrwerkte, stellte er seit Neuestem einen kleinen, mit Farbe beschmierten Radiokassettenrekorder auf einer der Kanzschen Erfolgsbrüste ab. Und auf allen Kanälen lief *Sonne statt Reagan* in diesem Sommer. Ganz besonders oft bei Herrn Kanz, der wochenlang völlig aus dem Häuschen war, dass ein wenig bekannter New Yorker Sammler eine Brust von ihm kaufen wollte.

Eines Nachmittags hörte ich das lang ersehnte Stakkatoklingeln an unserer Tür. Isa war aus Tunesien zurückgekommen. Wir umarmten uns.

»Und, wie war's?«, fragte ich sofort. Isa zuckte die Achseln. Sie sagte erstaunlicherweise gar nichts, als wir den langen Weg von der Haustür in die Küche gingen.

Erst als wir in meinem Zimmer saßen und Jasmintee tranken, rückte sie mit der Sprache heraus. Ihre Mutter und sie würden demnächst nach Düsseldorf ziehen. Frau Hülsenbeck hatte einen guten Job in der Rechtsabteilung irgendeiner Firma angeboten bekommen. Die »Juristerei« in Berlin, wo sie sich ständig mit in ihren Augen erziehungsgeschädigten Krawallis beschäftigen musste, war sie leid. »Die Fälle überlasse ich lieber meinem Exmann«, hatte sie letztens auf der Treppe zu Wiebke gesagt.

»Wie viele Stunden fährt man denn nach Düsseldorf?«, wollte ich wissen. Isa antwortete nicht und fing an zu weinen. Mir war klar, dass ich nicht der einzige Grund für ihren Kummer war. Endlich wurde sie von den Jungen aus der Oberstufe zu Partys eingeladen, durfte Joshua auf dem Hof Zigaretten reichen oder Feuer geben – da musste sie weg. Ich versuchte sie damit zu trösten, dass ich Joshua letztens mit einem anderen Mädchen zusammen vor dem Kino *die kurbel 2* gesehen hatte. Aber so ein richtiger Trost war das nicht. Sie hatte überhaupt keine Lust, aus Berlin wegzuziehen.

»So toll ist es hier doch auch nicht«, machte ich einen halb-herzigen Versuch.

»Ich kann mir überhaupt nicht vorstellen, nicht mehr in Berlin zu wohnen, in so 'ner ganz normalen Stadt. Wenn man sagt, man kommt aus Berlin, ist man doch immer ... so'n bisschen was Besonderes.«

»Ach, komm, immerhin ist Beuys in Düsseldorf.«

»Du redest ja schon wie dein Vater. Was hab ich denn da-von, dass Beuys in Düsseldorf ist?«

»Du übrigens auch immer. Ich meine ja nur, Beuys ist halt nicht ganz normal.«

Später erzählte ich Wiebke von der Chose, und es stellte sich heraus, dass The Wiebkes and the Klauses schon vor der Bretagne von Frau Hülsenbecks Plänen wussten. Aber mir nichts gesagt hatten, um mir nicht den Urlaub zu verderben.

Als Isa ging, setzte ich mich allein mit einem Glas TriTop in die Küche und starrte aus dem Fenster. Es klingelte. Routi-niert machte ich Slalom um den *Sprechenden Waschlappen*, die *Boat People* und das Denklöcherding, griff nach dem Hö-rer unseres Uralt-Telefons vom Trödelmarkt.

Es war Steffen. Er klang ziemlich aufgelöst. »Hi ... Julika, wir haben uns seit fünf Tagen nicht mehr gesprochen, ich hab ein paar Mal angerufen, aber da war nie jemand da oder deine Mutter war dran. Wie geht's dir denn?«

»Danke, gut, viel zu tun.«

»Viel zu tun? Sind doch Ferien!«

»Ja, aber es gibt ja auch andere Dinge außer Schule.«

»Aha, ja klar, äh, was machst du denn so?«

»Lesen, malen, mich um meine Pflanzen kümmern, bin ge-rade sehr beschäftigt. Habe gestern einen Ausflug gemacht.«

»Ja, wohin denn? Mit deiner Familie?«

»Nein, allein. Urlaub in Berlin, bevor die Schule losgeht.«

»Du kannst mich ruhig mal anrufen, wenn du so'n Ausflug machst ...«

»Ich weiß, aber ich bin im Moment nicht in der Stimmung, viele Leute zu sehen. So bin ich eben. Es reicht mir schon, bald wieder jeden Tag in der Schule lauter Leute um mich zu haben, und zu Hause latscht jeder in mein Zimmer, als sei's 'ne Fußgängerzone.«

»Meinst du das ernst, Julika? Du willst ... Also wir treffen uns jetzt nur noch in der Schule?«

»Ja ...« Ich war froh, es gesagt zu haben. Am anderen Ende der Leitung war es still. Ich hatte solch eine Abneigung gegen Steffen entwickelt, dass ich nicht einmal mehr seine Stimme am Telefon hören mochte.

»Julika, ich glaube, ich hab irgendwas falsch gemacht, ich meine ... Bis zum Freitag war alles ... okay zwischen uns ... und jetzt ... willst du auf einmal allein sein.«

»Ja.«

»Julika, ich ... Es geht mir nicht gut ...«

Ich schwieg. Ich hörte, wie am anderen Ende der Leitung tief Luft geholt wurde. »Ich hätte mir denken sollen, dass sich deine kompromisslose Art eines Tages gegen mich wenden wird.«

Ich schluckte, so schnell fiel mir keine Antwort ein. Steffens gemeißelte Sätze. Ich überlegte. Schließlich seufzte ich – das war auch eine Antwort.

»Ich ... ich will dich ja nicht drängen oder unter Druck setzen, aber vielleicht brauchst du einfach etwas mehr Zeit für alles ... Überleg's dir einfach. Ich bin da, Julika.«

Er war ja nicht ungerecht oder unmöglich, aber ich konnte seine Stimme, seine Art zu reden, zu denken, ich konnte den ganzen Steffen einfach nicht mehr ertragen. »Ja, lass mich einfach 'ne Weile in Ruhe«, stieß ich hervor. Ich wollte eigentlich etwas Netteres sagen, in der Art, wie sehr ich unsere Freundschaft schätzte und dass es mir leid tat, dass ich mich so verletzend verhielt, aber ich brachte es nicht über mich. Wahrscheinlich tat es mir nicht wirklich leid.

»Okay … nur damit du es weißt, es geht mir nicht besonders gut. Was auch immer du mit diesem Wissen anstellst, bleibt letztendlich dir überlassen.« Er legte auf.

Ich schlenderte auf den Balkon, widmete mich voller Hingabe einem Agavenableger.

Als ich zurück in den Flur ging, hing bei Falk *Geöffnet*. Na so was! Ich lief in sein Zimmer, kletterte die Leiter zum Hochbett hinauf. Patti Smith dröhnte mir entgegen. Falk sah mich verdutzt an. »Was machst'n du hier?«

»Wieso? Bei dir hing *Geöffnet*.«

»Ach Scheiße, hab ich vergessen umzudrehen.«

Ich hätte Falk gern von meinem Telefonat mit Steffen erzählt. Aber er warf mir einen grimmigen Blick zu und legte Anne Clark auf. Seufzend kraxelte ich die Hochbettleiter herunter.

»*Ad meliorem*«, rief Falk mir noch hinterher. Angeber …

Hommage an Käthe Kollwitz – Römertopf

Am nächsten Tag stand der Olk bei uns in der Wohnung, als ich von Erwin und Karl zurückkam. Den Zeitpunkt für einen Überfall hatte er sehr günstig gewählt: Im Hochsommer fanden weniger Kulturveranstaltungen statt, und meine Eltern waren etwas weniger ausgelastet als sonst.

Als ich Wiebkes Einkaufstaschen in die Küche zurückbrachte, breitete der Olk gerade einige Zeichnungen auf dem Boden unseres Berliner Zimmers aus. Klaus warf mir einen verzweifelten Blick zu.

Der Olk bezog mich gleich mit ein. »Kiek ma', Julika, ick aabeete uff dem Jebiet Zeichnung.« Dann, zu Klaus: »Dit is' wie'n Mangold und dit is 'ne Art Sol LeWitt. Und dit is' wie Imi Knoebel, kann ick in alla Bescheidenheit sagen. Dit andre is'ne Hommage an Nam June Paik. Und dit is meene Hommage an Baselitz. Ick hab da 'ne Lücke in sei'm Werk jesehen ... die schräje Phase.« Der Olk sah uns fest an. »Die fehlte, bevor er anfing, allet uff'n Kopp zu drehen. Dit is echt'n *missing link*, wat ick da jefunden hab ... Da hab ick so uff de Schräje jemalt ...«

»Verstehe, verstehe«, flüsterte Klaus nur.

Der Olk öffnete jetzt einen Army-Rucksack, was Klaus mit einer hilflosen Geste abzuwehren versuchte, und holte ein paar Steine heraus. Dann legte er sie in Kreisform auf den Boden. »Und dit ... is 'ne neue Steinjeschichte von Robert Long ...«

»Richard Long«, verbesserte ich automatisch. Klaus nickte mir anerkennend zu. Mein Vater liebte Richard Long. Er sagte, seit er die Arbeiten von Richard Long kenne, sei er auf eine neue Weise religiös geworden.

Ich betrachtete nun den Steinkreis im Taschenformat. Die Steine waren aus dem Rattenloch, ich erkannte sie an den farbigen Kratzerspuren von Legosteinen und den dunklen Flecken, an denen Moos geklebt hatte. Eigentlich gefiel mir die Olk-Arbeit. Hm, Klaus sprach sich doch immer für Meinungsfreiheit aus und Toleranz der Menschen untereinander ... Vielleicht würde er mir ja vergeben können. »Klaus, das gefällt mir eigentlich, echt ...«

Klaus' Miene wurde starr, nur seine Augen weiteten sich.

Der Olk lächelte mich an. »'n Jeburtstachsjeschenk für Ihre Tochta.«

Nun schwieg ich erschrocken. Ich sah mich nicht jeden Morgen, wenn ich aus dem Bett stieg, über diesen Steinkreis stolpern. Auch wenn ich die Steine mit den bunten Kratzern hübscher als die von Richard Long fand – Original hin oder her. »Nein, äh ... das passt nicht so ...«

Klaus schien erleichtert und schickte mir ein komplizenhaftes Lächeln.

»Und dann – Hommage an Penck. Janz neue Sache.«

Klaus seufzte und nickte. Die Arbeit wies gewisse Ähnlichkeiten zu einem Penck auf. Wenn der Olk als Künstler weiterhin keinen nennenswerten Erfolg hätte, könnte er sich zumindest als Kunstfälscher verdingen. Schon öffnete der Olk eine neue Mappe – »dit Jebiet der Radierung«.

Klaus hob abwehrend die Hände, er sah aus wie einer, der vor einem Erschießungskommando steht, aber der Olk kannte keine Gnade. »Hier bin ick janz realistüsch jeworden ... Hommage an Käthe Kollwitz. Hier, der verfrorene Herr Kanz im Hof uff sei'm Mäuerchen mit jroßen dunklen Oogen ...«

Doch in diesem Moment stand Wiebke im Berliner Zimmer – mit dampfendem Römertopf. »Wir essen jetzt!«

Ich wusste, dass das inszeniert war, denn wir aßen nie so früh. Wahrscheinlich hatte Wiebke einfach heißes Wasser in den Römertopf geschüttet. In solchen Fällen arbeiteten meine Eltern reibungslos zusammen. Wiebke näherte sich mit schweren Schritten und strengem Blick.

»Na, dann ... jeh ick mal. Se wissen ja, wo Se mich arreichen könn'.«

Am frühen Abend lief ich mit Klaus in den Hof, um noch einen Fahrradkorb voll ausrangierter Bücher zu Erwin und

Karl zu bringen. Wiebke und Klaus hatten es sich seit Neuestem zum Ziel gesetzt, den beiden ein Bücherregal einzurichten. Wir schlängelten uns zwischen *Urbaner Collage*, *Skupturgarten*, auseinandergenommenen Mopeds und herumliegendem Werkzeug über den Hof.

»Wie findest du das hier?«, fragte ich Klaus und deutete auf ein Puzzlespiel, dessen Teile über *Barbie Blues*, dem Barbiepuppenfriedhof, einem zentralen Bestandteil der *Urbanen Collage*, verstreut lagen. Die Teile waren schon ganz aufgeweicht vom Regen und hinterließen gelbbraune Farbpfützen auf den Puppen. Ich schaute mir den Puzzlekasten, der umgedreht daneben lag, genauer an: *Die Patagonische Hochebene – mit Kondor*. Ich hätte heulen können vor Wut. Und ich hatte den Olk vorhin noch verteidigt. Aber Klaus war nicht nachtragend. Er nahm meine Hand und flüsterte mir ins Ohr: »Ärgere dich nicht. Wenn Herr Olk so etwas zu schätzen gewusst hätte, wäre Patagonien nicht mehr das, was es für dich ist.«

Es war die gleiche Logik, wie sie Isa bei Rolf und seiner Bemerkung über das *Grips* angewandt hatte, dämmerte mir. Ein gut gemeinter Trick.

Abends sah ich den Hauser mit einer elegant-exzentrisch aussehenden Dame, die eine Tüte von Wiebkes Lieblingsbuchladen *Marga Schoeller* trug, über den Hof gehen. Sie war bestimmt doppelt so alt wie er. Sie liebte den Hauser nicht wirklich – da war ich mir sicher. Atombombensicher. Sie kam nur gelegentlich zu ihm. Wenn ihr verehrter Gatte auf Dienstreisen war, wenn sie sich langweilte … Seit Steffen für mich passé war, nahm der Hauser wieder mehr Raum in meinem Leben ein. Durch mein Minifernglas sah ich, wie sie nach dem Lichtschalter tastete, dann wurde das Zimmer stockdunkel. Die ganze Nacht über ging mir Isas Umzug nicht aus dem Kopf.

Am frühen Morgen klingelte das Telefon. Dieser Idiot. Mit seinen hässlichen weißblonden Augenbrauen, diesen winzigen Schneidezähnen und bleichen, immer kalten Fingern. Wie er mir zuwider war. Das Telefon klingelte und klingelte. Plötzlich packte mich die Wut, und ich stürmte durch den Flur – dem werd' ich ein paar Takte erzählen. »Hallo!«

Schweigen. Ich stöhnte genervt auf. »Haaaaallo!«

Das Räuspern, was ich hörte, klang nicht nach Steffen. »Ist dein Papi da?«, fragte eine Männerstimme.

Ich legte auf und schlurfte zurück, nicht ohne den *Sprechenden Waschlappen* zu streifen und den Sitzball in Bewegung zu setzen. Dann stellte ich mich ans Fenster. Mein Kopf war schwer, aber ich konnte nicht schlafen. Von Hülsenbecks her hörte ich wie zur Antwort *Ideal* – die ersten Takte von *Ich kann nicht schlafen.*

Ich stöhnte auf, knipste meine Nachttischlampe an und ging zu meinem Globus. Und schon wanderten meine Finger nach Patagonien. Doch seit Falks Bemerkung konnte ich dieses »agonie« nicht mehr vergessen. Mit dem Vergessenwollen war es wie mit dem Einschlafenwollen: Weg. Fort. Aus. Gelöscht. Vergessen. Es ging einfach nicht.

Polonäse ruinöse – Rabattmarkenland

Heute fing die Schule wieder an. Isa kam nicht mit, da sie zu Hause mit ihrer Mutter am Packen war. Sie tat mir leid, letzte Nacht musste sie kaum geschlafen haben. Fiona und ich liefen an »unserer« Apotheke vorbei, und Herr Adán, den ich in den letzten Wochen nicht gesehen hatte, winkte mir zu. Mir fiel ein, wie er an dem Tag, an dem der Olk Noppenkondome gekauft hatte, zu mir gesagt hatte: »Ich zeige Ihnen etwas ganz Besonderes.« Ich nahm mir vor, ihn zu besuchen, wenn weniger Betrieb in der Apotheke herrschte.

Aus der Peepshow kamen heute ein amerikanischer Soldat und zwei russische Geschäftsleute – ihre Sprache klang zumindest wie Russisch für mich. Eben hatten sie noch auf die gleiche nackte Frau geschaut.

Den ersten Schultag wollte ich zur Stimmungsaufhellung im Rattenloch beenden. Auf der Fasanenstraße wich ich der Tüten-Oma aus – einer verwahrlosten, dicken Frau, die seit Jahren einen alten, quietschenden Einkaufswagen voller blauer Müllsäcke vor sich herschob –, dann stand ich vor dem Zaun. Und hinter dem Zaun stand der Hauser. Freundlich, wie ein ehrerbietiger Gastgeber, bog er zwei Holzbretter für mich auseinander.

»Tachjen, Julika.«

»Ooch Tachjen.«

»Seit wann balinerste denn?«

Ich wurde rot. Jetzt benahm ich mich schon wie Klaus. »Na, nur so manchmal.«

Der Hauser guckte spöttisch. »Was machst'n hier?«

»Ach …«, ich machte eine wegwerfende Handbewegung. »Ich schwänz' einen langweiligen Töpferkurs.« Kurz ging mir durch den Kopf, warum es in der Wertschätzung vieler Menschen immer noch besser war, etwas Langweiliges zu *machen*, als etwas Interessantes zu *denken* oder zu *träumen*. Welcher Sadist hatte sich je das Wort *Freizeitaktivitäten* einfallen lassen?

»Vastehe«, murmelte der Hauser und grinste mich an, als hätte ich etwas Obzönes gesagt.

»Und du?«

»Icke? Abeet schwänzen!« Er lachte und warf seine langen Locken in den Nacken. Er trug eine rote Jeansjacke mit dem Anarchiezeichen und einer mit Schablone gesprayten, knienden nackten Frau auf dem Rücken.

»Ich dachte, du hast eh keine Arbeit«, wagte ich zu sagen.

Der Hauser hörte auf zu lachen. »Doch, doch, ick hab wat zu tun – aber – na, bin Freiberufla. Dit is wat anderet. Da kann man schon mal morjens ausschlaf'n. Und hier jeh ick imma hin, um ma' nach neue Möbel und so zu kieken ...«

»Ich auch.«

»Ick hab meene halbe Einrichtung von hier.«

»Echt, auch die Garderobe und die tolle Lampe?«, fragte ich und ärgerte mich in nächsten Moment über mich selber.

»Allet außer die Vorhänge«, der Hauser zwinkerte mich an. Oder war das nicht auf mich gemünzt? »Na, dann können wa ja jetzte hier ma' so zusammen rumstroman«, sagte er.

In der nächsten Stunde hielten wir uns gegenseitig alte Bilderrahmen, Plattencover, Ventilatoren in unglaublichen Farben und Formen, Fahrradsattel, Wanduhren und Lederstiefel vor die Nase. Der Hauser hatte Humor. Zu jedem Gegenstand dachte er sich aus, was für ein Mensch ihn hier wohl hingeworfen haben könnte.

»Dit is hier so von ... na von 'na Frau wie die Koderitz. Dit Hundehalsbanddingsdabums. Für so'n Deluxeköter, der teureret Essen kricht – nich Futter, Essen! – als dit Frauchen.«

Ich blickte auf ein glänzendes neonrosa Halsband.

»Und dit ... dit is so'n alt Rabattmarkenheft. So wat hat die Pech bestimmt inne Handtasche. Weeßte, so Leute, wo de Frau Rabattmarken sammelt und der Alte Lotto spielt. So dit kleene Lebensjlück. So für de kleenen Leute.«

»Und was meinst du, warum hat jemand das weggeworfen? Guck mal, die Seite mit den Rabattmarken ist fast voll!

Da hat jemand ewig gesammelt, um dann fünf vor Schluss zu kapitulieren!«

»Dit is 'ne jute Frage. Vielleicht is dit ja bei na Wohnungs-ufflösung übrichjeblieben? Weil keen Mensch – und da bin ick mir voll sicha – würde so fünf vor ... wie haste ditte je-nannt? So fünf vor Schluss aufhör'n zu sammeln. Dit macht doch niemand. Und nich so 'ne Leute. Aba weeßte – viel-leicht is die ja mit'm Typen durchjebrannt, weeßte, so dritta Frühling, un' jetzt uff'n Antillen, und da interessiert se sich halt nich mehr für de Rabattmarken ...«

Antillen. Der Hauser hatte von den Antillen gesprochen. Ob er da schon mal war? Ich legte mir die Frage im Kopf zu-recht, aber als ich den Mund aufmachte, traute ich mich nichts zu sagen außer: »Jaja, so'ne Rabattmarkenoma eben.«

So ging es weiter, bis wir beide schwer beladen zurück in unsere Straße wankten. Sogar der Hauser wankte – er hatte noch ein altes Fahrrad gefunden, das unglaublich eierte und an dessen Lenker er eine Plastiktüte mit einem alten Platten-spieler gehängt hatte. Dass er ein Krimineller war, nur weil er nicht regelmäßig arbeitete, glaubte ich nicht mehr.

Der Hauser verabschiedete sich von mir mit einem Hand-schlag auf die Schulter – fast wäre mir die große Topfpflanze, die ich mitgenommen hatte, aus der Hand gerutscht. »Tschüssi, bis zum nächsten Mal!«

Ich ging nach oben und verzog mich in mein Zimmer. Dort zückte ich sofort mein Hauser-Heft.

Zwei Tage nach Schulbeginn, am 9. August, wurde in der *Tagesschau* berichtet, dass der zweitgrößte bundesdeutsche Elektrokonzern, AEG-Telefunken, wegen Zahlungsunfähig-keit ein gerichtliches Vergleichsverfahren beantragt hatte. Es sei der bisher größte Firmenzusammenbruch in der deutschen Nachkriegsgeschichte, hieß es. Überall bleiche Gesichter im Fernsehen.

»Was bedeutet das?«, fragte ich Klaus.

»Dass es mehr Arbeitslose gibt. Noch mehr Arbeitslose«, antwortete Klaus leise und nahm den verkniffenen Gesichtsausdruck des insolventen Firmenchefs, Heinz Dürr, an. Ich sah ihm an, die Lage war hoffnungslos.

»Das ist ein Teil deutscher Identität!«, rief Wiebke noch, und ich wunderte mich wieder einmal über ihr mal gebrochenes, mal ungebrochenes Verhältnis zu eben dieser Identität.

Nach der Nachricht von der AEG-Telefunken-Insolvenz ging es um das Waldsterben. Im anschließenden Gespräch staunte ich, wie die Worte »deutsch« und »Wald« für meine Eltern offenbar zusammengehörten. Wiebke und Klaus sprachen vom *deutschen Wald*, als sei der Wald an sich eine deutsche Erfindung. Und nicht nur die deutsche Romantik. Dann wiederum war Deutschland für sie nur der Rest von etwas Anderem, Wertvollerem. Der *Tagesschau*-Sprecher sagte etwas über den Zusammenhang von Schadstoffemissionen und dem Absterben der Bäume. Wieder sahen wir Bilder von Baumruinen bis zum Horizont – was für ein zerstörtes Land. Vom Hof her hörten wir Waldemar kläffen.

»Ab heute tanzen wir alle die *Polonäse ruinöse*«, meinte Falk und starrte verzweifelt auf seinen völlig verdrehten Zauberwürfel.

Kurz vor drei Uhr ging beim Hauser das Licht an. Er warf seine Lederjacke auf den Boden und die Cowboystiefel in die Ecke, dann ließ er sich rücklings auf sein Bett fallen. Weiter zog er sich nicht aus, er rührte sich nicht mehr, und ich musste wohl annehmen, dass ihm in zwei Minuten gelang, was mir in vier Stunden nicht glücken wollte: einschlafen zu können.

Fröstelnd setzte ich mich auf den Bettrand und kratzte am Schorf einer Wunde an meinem rechten Knie. Das riesige weiße Kissen, die schwere, zerwühlte Daunendecke, das kratzige Frotteelaken mit den Barbapapas drauf, das noch aus meiner Kinderladenzeit stammte, alles lag wie ein fremdes, abweisendes Land vor mir. Das Klappern von Klaus' Schreibmaschine nebenan war längst verstummt. Nur noch der schwache Schein vom Hauser-Fenster fiel in mein Zimmer. Ich schloss die Augen und stellte mir vor, dass die Zeit, jetzt in diesem Moment, einfrieren würde, gefangen, in einem schwarzen Loch. Umgeben von einem hellen Schein, der nur langsam mit seinem unaufhaltsamen Herabsinken in das schwarze Loch erlöschen würde.

Spaghettieis – Gedankenameisen

Am 15. August hatte Wiebke Geburtstag. Sie lud uns alle am Nachmittag in eine Eisdiele in der Güntzelstraße zu Spaghettieis ein. Jeder bemühte sich, Streit aller Art zu vermeiden. Ein schwieriges Unterfangen. Als wir in die Getränkekarte schauten, holte Wiebke einmal tief Luft, und ich ahnte, dass das, was da jetzt kommen würde, sie Überwindung kostete: »Also, ihr könnt heute ruhig mal eine Cola bestellen.«

Falk winkte ab. »Nein, nein, doch nicht ausgerechnet heute!«

Wiebke und er zwinkerten sich zu. Mein Bruder nahm einen naturtrüben Apfelsaft.

Mich fragte Wiebke ungewohnt freundlich, was für eine Pflanze da auf der Fensterbank stehe. Ich antwortete, dass es sich bei diesem Dickblattgewächs um eine Sukkulente, also ein Wolfsmilchgewächs, handele, und holte noch zu einem kleinen Vortrag über diese überaus merkwürdigen, interessanten Pflanzen, die Stachel *und* Blätter ausbildeten, aus.

Während ich sprach, sah ich an Klaus' Gesicht, dass er mit anderen Dingen beschäftigt war. Zehn Sekunden später wusste ich womit: Er hatte einen Artikel in der ZEIT gelesen, in dem einer seiner Lieblingsautoren abgrundtief verrissen wurde, was in Klaus' Augen die, wie er sich ausdrückte, Arroganz des Bürgertums widerspiegelte.

Was das Bürgertum wohl sein sollte, wenn es Menschen wie Klaus ausschloss? Mir kam es vor allem wie ein zutiefst altmodischer Begriff vor. Es gab, wie mir schien, doch kaum verlässliche Unterscheidungskriterien zwischen Arbeiterschaft, Bürgertum, Unternehmern und so weiter. Vor mir verschwamm das Eis, bald war es nur noch ein gelbroter Brei, eine orangefarbene Soße. Alles eine Soße. Proleten, Olks, also Kunstproleten, Bürger, Bürgerproleten wie die Pechs, Spezialbürger wie Klaus. Ich löffelte mein Eis auf.

Auf dem Rückweg hörten wir im Auto eine Sendung über die Lebensgeschichte von Knautschke. Es ging darum, wie das damals noch sehr kleine Nilpferd den Zweiten Weltkrieg überlebt hatte. Dann wurden die Stimmen verschiedener begeisterter Zoobesucher eingeblendet. Vielleicht hingen die Berliner deshalb so an Knautschke, überlegte ich, weil sein Schicksal so eng mit dem der Stadt verbunden zu sein schien: Das Nilpferd war eines von nur 91 Tieren, die die Bombenangriffe überlebt hatten. Fast zehntausend Tiere kamen um. Und dass Knautschke noch so klein gewesen war, entzückte natürlich umso mehr. Später hatte er das Gewicht von vier Kleinwagen, erfreute sich aber ungebrochener Sympathie.

Am Abend kamen einige Freunde, aber bevor man gemeinsam anstieß und Wiebke ihre Geschenke öffnete, saß man in großer Runde vor dem rauschenden Schwarzweiß-Fernseher, um keine Sommerlochmeldung in der *Tagesschau* zu verpassen. Als Topmeldung wurde bekanntgegeben, dass Bundespräsident Carstens in die Schweiz gereist sei. Klaus verfiel augenblicklich in sein Carstens-Gesicht.

»Ob er da am Ende wandert?«, stichelte Wiebke.

Und Falk stieß Klaus in die Seite: »So was Provinzielles aber auch.«

Ich ging in mein Zimmer und schaute zum Hauser rüber. Der lag mit nacktem Oberkörper auf dem Bett und guckte fern. Mit meinem Minifernglas konnte ich erkennen, was er sah: einen Kriegsfilm, der irgendwo in der Wüste spielte. Ich guckte eine Weile lang mit. Für die Gräueltaten hatte sich das Filmteam malerische Schauplätze ausgesucht. Dann ging *Hoy no me puedo levantar* los. Der Hauser riss ein Fenster auf und sang mit.

»Na, du Höhlenbewohnerin?« Falk stand hinter mir. Er ließ sich auf mein Matratzenlager fallen und zündete eine Kerze an, die ich auf eine Weinflasche von Klaus gepfropft hatte. Mein Teeservice – hellbraune Emailletässchen mit dunkelbrauner Baumsilhouette und entsprechendem Kännchen, schob er mit den Füßen von der Matratze, um sich Platz zu verschaffen. Während ich noch staunte, dass sich mein großer Bruder zu mir herabließ, sagte Falk: »Ich lese dir mal aus meiner *Kleinen Philosophie der Selbstgedrehten* vor.«

Bevor er sein Heft aufschlug, drehte er sich noch eine.

Vom Hof her hörte ich den Hauser laut singen. »Falk, er spricht wirklich gut Spanisch!«

Mein Bruder schüttelte nur den Kopf. »Du steigerst dich da in was rein, Jule… Also, erstes Kapitel: Die Kunst, auf dem Boden zu bleiben und gleichzeitig abzuheben.«

Umzug – *Wir sind Kinder einer Erde*

Heute kam der Umzugswagen und nahm Isa und ihre Mutter mit. Ich war früh aufgestanden, da ich überhaupt nicht schlafen konnte (auch dröhnte die halbe Nacht aus dem Mottenmuseum *Don't walk away* von *The Four Tops*), und hing schon seit zwei Stunden bei Hülsenbecks herum. Während die Umzugshelfer eine Kiste nach der anderen aus der Wohnung trugen und unseren Bürgersteig mit Türmen von braunen Kartons vollstellten, standen Isa und ich auf dem Balkon und machten letzte Fotos. Am Ende weinten wir. Klaus kam noch vorbei und half den Hülsenbecks, einige Gemälde fachmännisch zu verpacken. Am Ende gab es Hoffnung, dass Isa hierbleiben würde, denn Frau Hülsenbecks Kleiderschrank wollte nicht in den Umzugswagen passen. Aber als die Helfer einige Möbel umstellten, passte das widerwärtige Ding doch. Ich hätte Klaus überreden sollen, Isa etwas besonders Raumgreifendes aus dem plastischen Werk vom Olk abzukaufen und mitzugeben.

Herr Hülsenbeck war auch dabei. Da er nicht sehr kräftig war, suchte er sich zum Transport immer möglichst leichte Dinge aus, vorzugsweise Pflanzen. Seltsamerweise hielt er sie immer nah vor sein Gesicht. Als ich ihm einmal auf der Treppe entgegenkam, sah ich, dass er weinte. Auch mir würden die merkwürdigen Geschichten aus Berlins Gefängnissen und das Pfirsicheis irgendwie fehlen.

An einem der nächsten Tage nahm Anna Fiona und mich »zur Ablenkung« mit ins *Grips*-Theater. Falk kam spontan auch mit. Wir drei quetschten uns auf die Rückbank von Annas Käfer, was Falk sichtlich Unbehagen bereitete. Mit ein paar »*The crocodile is coming*«-Attacken versuchte er, sich Platz zu verschaffen, aber Fiona erinnerte ihn mit sanfter Stimme daran, dass wir Mädchen ihn nur dulden würden, wenn er sich zu benehmen wüsste. Anna wurde von einem Mann begleitet, der uns nur als »Uli« vorgestellt wurde. Ich wusste nicht, ob er ihr neuer Freund war oder nicht. So wie er sie anschaute, vermutlich schon. Wolf hatte ich seit der Grand-Prix-Übertragung nicht mehr gesehen. Anna trug einen himmelblauen Hosenanzug mit goldener Fransenborte an Hosenbeinen und Ärmeln, dazu Perlmutthalbmonde als Ohrringe und Stöckelschuhe – ein Aufzug, der fürs *Grips* nicht nötig gewesen wäre. Uli sah dem Ekel nicht unähnlich; mit seinen langen braunen Locken und dem lila Stirnband sah er auch wie ein Westcoast-Gitarrist aus. Seinen weitschweifigen Reden nach zu urteilen, hielt er sich für einen Theaterkenner.

Im Auto sprachen Fiona und ich darüber, welches *Grips*-Stück uns bisher am besten gefallen hatte. Fiona mochte *Max und Milli* am liebsten. Falk, der sich erstaunlicherweise an unserem Gespräch beteiligte, war für *Stärker als Superman*, die Geschichte eines behinderten Jungen. Falk hatte das Stück so gut gefallen, dass er zweimal im Nieselregen allein ins *Grips* geradelt war. Ein Angebot von Wiebke, mit ihr gemeinsam im Auto zum *Grips* zu fahren, hatte er abgelehnt. Er wollte allein ins Theater. Ohne anschließendes Gespräch mit Wiebke über das Stück.

Ich ging gern ins *Grips*-Theater, allerdings nur, wenn ich mit Anna mitfahren durfte, nicht mit Wiebke und Klaus. Denn dann nutzten sie schamlos aus, dass das *Grips*-Theater in der Nähe der Akademie der Künste lag, und schleppten uns vorher noch in ein oder am besten gleich mehrere Ausstellungen. Danach war man zu müde fürs *Grips*.

Und nun sollte die Theaterkunst uns über den Wegzug unserer Freundin hinwegtrösten. In dem Stück *Ein Fest bei Papadakis* ging es um Gastarbeiterkinder in der Schule. Das Stück war schön, und Fiona und Anna wirkten glücklich, als sie das Schlusslied *Wir sind Kinder einer Erde* mitsangen. Die beiden kannten es, das Stück lief schon seit 1973. Bei Fiona schien das Ablenkungsprogramm gegriffen zu haben. Aber ich wurde noch trauriger, weil Isa und ich uns in genau solch einem Moment ein kleines ironisches Lächeln geschenkt hätten. Und jetzt, wo Uli und Anna sich am Schluss von *Wir sind Kinder einer Erde* lange anschauten und dann küssten, erst recht.

Eine Woche war vergangen, seitdem Isa fortgezogen war. Und ich hatte noch nichts von ihr gehört. Fiona zeigte mir einmal mittags nach der Schule nach dem üblichen Briefeschreiben ein neues Bild, das sie in ihrer Therapie gemalt hatte: Es zeigte drei Mädchen, von denen eines wild durchgestrichen war. Ich gab mich unbeeindruckt. »Das könnte ich auch.«

Fiona kicherte. Dann begann sie zu flüstern: »Mal ganz ehrlich: Ich habe das gemalt, damit die Therapie fortgesetzt wird. Ich hatte schon so viele Vögel – und, weißt du, ich kann Anna gar nicht malen. Wenn ich wirklich versuchen würde, sie zu malen, müsste ich ein weißes Blatt Papier abgeben oder ein ganz zugekritzeltes. Ein von oben bis unten zugekritzeltes Blatt, verstehst du?«

Ich nickte und zeigte in den metallfarbenen Himmel. Fiona lehnte ihren Kopf an meine Schulter.

Narbenland – Hände

Die Zeit verging unglaublich langsam. Oft lag ich auf meinem Matratzenlager und erwartete jeden Moment Isas Stakkatoklingeln an unserer Tür.

Bei meinem ersten Telefonat mit Isa machte sie keinen glücklichen Eindruck auf mich. Die Renovierung in der neuen Wohnung sei nicht rechtzeitig abgeschlossen worden, es stinke nach Lack, und die Nachbarn seien super lärmempfindlich, erzählte sie. Kamen in der ersten Woche gleich zweimal hoch wegen *Ideal* und *Extrabreit*. Die Schule hatte noch nicht angefangen, aber sie fürchtete sich vor den neuen Mitschülern, vor allem vor den Mitschülerinnen. Und im Bus konnte man nicht schwarzfahren, weil die Fahrer Adleraugen hatten und es ihnen nicht piepegal war, ob jemand umsonst mitgenommen wurde oder nicht. Anderer Planet, dieses Düsseldorf.

Eigentlich wollte ich Isa längst von meiner missglückten Nacht mit Steffen berichten. Hätte ich ihr gegenüber gesessen, wäre es mir leichter gefallen, davon zu erzählen. Stattdessen erwähnte ich die im nächsten Jahr bevorstehende Pensionierung von Herrn Knecht. »Bis dahin besteht ja noch die Hoffnung, dass er unsere Schule in die Luft sprengt, blind, wie er ist«, überlegte ich laut. Isa tat so, als ob sie die Vorstellung rasend komisch fände, dass Herr Knecht uns alle in die Luft jagen würde. Wir lachten zu laut und zu lange. Als sie aufgelegt hatte, hielt ich noch lange den Telefonhörer an mein Ohr und lauschte ins Nichts.

Nach unserem Gespräch ging ich ins Rattenloch, um auf andere Gedanken zu kommen. Heute herrschte Hochbetrieb dort: Ich traf den Hauser, Herrn Kanz, Herrn Olk (in einigem Abstand zu Herrn Kanz), Serife und Filiz – und Klaus. Der eine suchte sich seinen Hausrat zusammen (der Hauser hob glücklich eine Fernsehantenne über seinen Kopf), der zweite fand Werkzeug (Herr Kanz hielt einen alten Hammer abwägend in der Hand), der dritte machte aus den gleichen Dingen Kunst (Herr Olk hob eine Säge auf und überlegte vielleicht gerade, ob er sie in die Sprungfedern des Kinderbetts rammen sollte, um seiner Installation zusätzliche Dramatik zu verleihen), Klaus stand vor der Brandmauer und machte ein Foto von einer Zeichnung – einer Weizsäcker-Karikatur –, die jemand mit Schablone an die Wand gesprayt hatte. Und Serife und Filiz rauchten heimlich. Bis »*Serife, Filiz! Hadi artık, yemek soğuyacak!*« erklang. Dann drückten sie schnell ihre Zigaretten aus, schoben sich Kaugummi in den Mund und stiegen durch die verfaulten Latten nach draußen auf die Straße. Direkt vor dem Rattenloch stand Herr Pech und notierte sich die Nummernschilder von Falschparkern.

Auf dem Rückweg lief ich in Herrn Adán hinein, der gerade den Apothekenfahrradständer ins Ladeninnere holte, um dann abzuschließen. »Guten Abend, Fräulein Zürn. Wie geht's?«

»Guten Abend!« Ich war noch außer Atem.

»Wollen wir uns einen Moment unterhalten?« Er öffnete die Tür mit erstaunlich entschiedener Geste.

Ich traute mich nicht, nein zu sagen. Vorsichtig betrat ich hinter Herrn Adán den lichtlosen Raum. Meine Augen gewöhnten sich nur langsam an die Dunkelheit. Wie auf einer sich schnell entwickelnden Fotografie tauchten all die Töpfe und Tiegel, die Fläschchen und Flaschen in den altmodischen Regalen auf. Bis zur Decke reichten sie.

Als ich hörte, wie Herr Adán den Schlüssel im Schloss hinter mir zudrehte, fuhr ich zusammen. Im nächsten Moment dachte ich, dass Herr Adán doch ein guter Mensch war und dass er mir sicher nur wieder etwas Privates erzählen würde. Etwas über seine Heimat und warum er in Deutschland lebte.

»Du erinnerst dich, ich wollte dir etwas Besonderes zeigen ...«, sagte er und sah mich aufmerksam an.

»Wieso duzen Sie mich jetzt?«, fragte ich.

»Entschuldige, das muss an dieser Situation hier liegen.«

Wir standen ziemlich nah voreinander. Ich betrachtete sein Gesicht, die Adlernase, die eng zusammenstehenden Augen, den erstaunlich weich wirkenden Mund. Irgendetwas an ihm zog mich an, und irgendetwas an ihm stieß mich ab ... Was ich wohl täte, wenn er mir jetzt eine Hand ... Ich musste auf einmal an Wiebke und Klaus denken. Sie würden es überhaupt nicht gut finden, dass ich hier im Dunkeln mit Herrn Adán stand.

»Komm«, sagte Herr Adán und legte eine Hand auf meine Schulter. Er nahm sie nicht weg, während er mich weiter nach hinten aus dem Verkaufs- in den Lagerraum schob. Seine große Hand lag auf meiner Schulter. Ich konnte nicht sagen, ob sie mir unangenehm oder angenehm war. In der Glasscheibe einer Schiebetür sah ich unsere Gesichter gespiegelt. Herrn Adáns Schnauzbart war so breit wie meine Stirn.

»Warum können wir uns nicht vorne unterhalten?«, fragte ich plötzlich.

»Nein, nein, wenn das dann jemand von der Straße sieht ...« Herr Adán wirkte ängstlich.

»Wie ... was?«, fragte ich harmlos nach und fasste mir im nächsten Moment für meine Naivität an den Kopf. Der will dir an die Wäsche, dachte ich. Scheiße, will ich das? Nein. Oder?

Ich suchte mit meinen Fingern den Lichtschalter. Endlich hatte ich ihn ertastet. Schneller als ich denken konnte, lag Herrn Adáns weiche Hand auf meiner. »Ich lasse das Licht aus«, sagte er.

»Warum?«

»Damit du dich nicht zu sehr erschrickst.«

Wie konnte ich nur so blöd sein und diese Situation nicht vorausahnen – was sollte ich jetzt bloß machen? Ich starrte auf den Tisch, auf dem eine lange Schere und ein Stück Mullbinde lag.

Aber Herr Adán machte keine Anstalten, mich zu berühren, geschweige denn mich auszuziehen. Er entfernte sich vielmehr, sortierte sogar kurz mehrere Akten, murmelte etwas in sich hinein.

»Guck mal, das ist meine Frau«, er deutete auf ein Foto, das zwischen einem Heilkräuterkalender und einem Erste-Hilfe-Poster ein wenig schief an der Wand hing. Offenbar wollte er mich vernaschen, aber vorher klarstellen, dass es nur für einmal sein würde.

Herr Adán stand auf und zog sich vor mir sein Hemd über den Kopf. »Komm näher, ich muss sie dir zeigen.«

Wen oder was meint er mit »sie«? Ich sah im Dunkeln die Furchen auf seinem Rücken. Da gab es Täler, Kuhlen, Striche und Linien wie die Spur von einem Tausendfüßler. Sein ganzer Rücken war mit Narben, Verkrustungen, Zigarettenbrandstellen übersät.

Ich war auf einmal sehr froh, dass es so dunkel war.

»Hattest du als Kind Angst vor Monstern? Hat man dir gesagt, dass es so etwas nicht gibt? Es gibt sie … Deine Phantasie reicht nicht aus, um dir vorzustellen, was man mit mir gemacht hat … Sie haben mit Steinen auf meinen Körper geschlagen, bis meine Knochen brachen, sie haben mit Heftzwecken Schach auf meinem Rücken gespielt, einmal haben sie mich an einem heißen Tag, an dem alle Gefangenen und Wärter nur herumdösten, aus lauter Langeweile auf die Eisenpfähle eines Zauns gedrückt, ich wäre fast verblutet. Aber weil sie entdeckten, dass ich am gleichen Tag wie der Herr und Meister Geburtstag habe, bin ich amnestiert worden. Man hat mich dann besser behandelt und zu einem Arzt gebracht, nur deshalb habe ich überlebt. Seitdem interessiere ich mich übrigens für Medizin.«

Ich starrte Herrn Adán an. Er trat noch näher an mich heran. Sein Hemd hatte er lässig über die Schulter gelegt. Er war ganz ruhig. Auch auf seiner Brust waren Narben.

»Bitte«, flüsterte er.

Er sah mich wieder so lange an. Langsam konnte ich in der Dunkelheit besser sehen. Als könnte er meine Gedanken erraten, sagte er: »Ja, die Augen müssen sich erst einmal auf die veränderten Lichtverhältnisse einstellen.«

Dann legte Herr Adán meine Hand auf seine Brust und begann, mit ihr langsam über seine Haut zu fahren. Dabei achtete er darauf, dass sie jede Narbe wirklich berührte. Ich stellte fest, dass es ganz unterschiedliche Narben gab. Manche mussten auf tiefe Verletzungen zurückzuführen sein, meine Finger glitten dann über harte Knoten – sie fühlten sich an wie das Rückgrat meines Bruders, wenn er sich bückte. Andere Narben waren eigentümlich weich, die Haut war an ihrer Stelle dünn wie Pergamentpapier. Und es gab Narben, die taten mir unter den Fingerkuppen weh – lang und dünn wie Nägel waren sie. Manche waren schnurgerade wie Pfeile, andere gewunden wie die Spur des Sanddornsafts, wenn meine Mutter ihn in einer Quarkschale verrührte. Braunrote, krustige Narben waren das.

Herr Adán ließ meine Hand los, und ich hörte ein Geräusch von raschelndem Stoff, etwas fiel auf den Boden. Dann ergriff er meine Hand wieder und führte sie über eine tiefe Narbe, die bis zum Rand seiner Unterhose reichte. Er ließ eine lange, sichelförmig geschwungene Narbe in seinen Leisten nicht aus, machte aber keinerlei Anstalten, meine Hand in seine Unterhose zu führen.

Meine Zahnärztin, Frau Dr. Minkeritz, hatte einmal gesagt, die Zungenspitze und die Fingerkuppen würden von ihrer Wahrnehmungsweise her genau wie Lupen funktionieren – sie gäben einem immer das Gefühl, dass alles viel größer sei als in Wirklichkeit. Deshalb habe man bei einem Loch im Zahn immer gleich das Gefühl, der halbe Kiefer würde einem fehlen.

Während meine Hand über eine scheinbar endlos lange Narbe an Herrn Adáns Oberschenkel strich, fiel helles Licht von den Scheinwerfern eines vorbeifahrenden Autos in den Raum. Das fahle Licht erhellte die Apotheke immer wieder für Momente. Jedes Mal erschrak ich, wenn in der Dunkelheit eine breite rote Narbe vor mir aufleuchtete – oder eine dieser weißen Hautstellen irgendwo, deren Farbe nicht zu der von Herrn Adán zu passen schien.

Manchmal wurden die Tiegel und Bottiche auf den hohen Regalen sichtbar. Bei drei dicht hintereinander folgenden Autos las ich »Si« – »li« – »cea«. Einmal leuchtete ein Feuerlöschgerät hellrot auf, danach, flammenfarben, eine Narbe unterhalb von Herrn Adáns Nacken. Dann fiel das Licht auf den Gummischlauch eines Blutdruckmessgeräts, der wie eine tote Schlange auf der Anrichte lag, und auf einen lilaroten Narbenwurm auf Herrn Adáns Unterarm. Alles, was einen Moment lang im Licht stand, wurde im nächsten in eine Dunkelheit getaucht, die tiefer zu sein schien, als die, die ihr vorausging. In diesem unablässigen Flackern wirkten Herrn

Adáns Körperteile wie voneinander losgelöst; es war, als wäre der Hinterraum der Apotheke von unendlich vielen verstümmelten Körpern angefüllt. Für Sekunden wurden sie auf einem leuchtenden Thron emporgehoben, der Dunkelheit und dem Vergessen entrissen, um dem nächtlichen Berlin gezeigt zu werden. Herrn Adáns geschundener Körper war einem Blitzlichtgewitter ausgesetzt. Eine stumme Parade von Wunden …

Es dauerte lange, bis Herr Adán mich über all seine Narben geführt hatte. Schließlich ließ Herr Adán meine schweißnasse Hand los. Dann streichelte er mir flüchtig über die Wange.

Hastig zog er sich an und geleitete mich hinaus. Auf dem Weg zur Tür riss er noch zwei Packungen Hustenbonbons und Fruchtgummis von einem Drehständer und drückte sie mir in die Hand. »Für dich.«

Wieder sah ich zu all den Töpfen und Tiegeln hinauf. Herr Adán hätte sich bestimmt umbringen können mit einem dieser Mittelchen, aber er hatte es nicht getan.

Zu Hause konnte ich nicht schlafen. Ich hockte mich in Klaus' verqualmtes Denkzimmer und starrte Löcher in die Wand. Als es um halb fünf morgens dämmerte, lief ich aus der Wohnung; wenige Minuten später stand ich im Rattenloch. Ich spürte sofort, wie die Feuchtigkeit – auf dem morastigen Grundstück war es immer feucht – durch meine Leinenturnschuhe drang, bald waren meine Zehen nass, es machte mir nichts aus. Aufgewühlt lief ich im Rattenloch auf und ab.

In der frühen Morgensonne blitzten überall Glasscherben auf und blendeten mich. Die Ratten schienen von funkelndem Tafelsilber zu speisen. Ein neues Farbei war an das *Bullen verpisst euch* geworfen worden, eine gelbe dicke Träne rann die Brandmauer herab und war in diesem nicht enden wollenden Weinen erstarrt.

Ich blieb lange mit angezogenen Knien im Rattenloch sitzen.

In den nächsten Wochen zog ich mich zurück, die Sonne, die Helligkeit passte nicht zu meiner Stimmung. Ich wollte nicht mit Fiona ins Lochow, nicht mit Falk im Dachgärtchen sitzen, nirgendwohin. Manchmal krabbelte ich, wie früher, zu Wiebke aufs Himmelhochbett – es war gemütlich dort, weil sie so schön rund war und weil hier oben andere Sitten herrschten als unten in der Wohnung. Hier oben schnabulierte Wiebke Pralinen und las schlechte Frauenmagazine, die auch ich durchblättern durfte – alle Prinzipien und Vorsätze, die »unten« galten, ließ Wiebke an ihrem Lieblingsort außer Acht. Nur gelegentlich nutzte sie die gemütlichen Momente, um mit missionarischem Eifer zu einem ausschweifenden Vortrag über irgendein Meisterwerk der Kunst oder eine haarsträubende Ungerechtigkeit in der Welt anzusetzen, dann tat ich immer schnell so, als sei ich eingedöst. Schließlich verstummte Wiebke, und bald hörte ich es rascheln und wusste, meine Mutter war wieder ganz in eine Frauenzeitschrift vertieft.

Die Tage vergingen. Isa schrieb aus Düsseldorf, Fiona ging mit unseren Klassenkameraden in *Conan – Der Barbar*. Ich legte zu Hause nach der Schule ein 5000-Teile-Puzzle von einer Eisscholle mit einer Gruppe Kronenpinguinen. Das Puzzle war sehr schwer. Falk machte sich nur anfangs über mich lustig. Parallel dazu legte ich ein 10.000-Teile-Puzzle vom Himalaya und kämpfte mich tagelang verbissen durch das Schneegestöber am Mount Everest. Oft stand ich nachts an meinem Fensterbrett und starrte auf das orangefarbene

Fensterviereck schräg unter mir und hatte das Gefühl, es sei ferner, unerreichbarer als je zuvor.

Ende August herrschte schlagartig Hochstimmung bei The Wiebkes and the Klauses, und nicht nur bei ihnen: Greenpeace war es gelungen zu verhindern, dass der niederländische Frachter *Scheldeborg* vor Kap Finisterre im nordspanischen Galizien Atommüll entladen konnte. Das war aus Sicht von meinen Eltern und deren Freunden ein mutmachendes Ereignis – in diesen Zeiten der unangreifbaren Supermächte, in denen der Einzelne immer weniger Möglichkeiten zu haben schien, sich persönlich für oder gegen etwas stark zu machen, ein Zeichen dafür, dass man gegenüber sehr starken Interessensgruppen wie der Atomlobby nicht ohnmächtig war, ein Ereignis, das noch glauben ließ, es gäbe greifbare »Feinde« des Guten, denen man sozusagen von Angesicht zu Angesicht begegnen könnte. Anna veranstaltete eine Spontanparty, zu der Wiebke und Klaus eingeladen waren.

Nachts, wenn ich in meinem Bett lag, musste ich oft an Herrn Adán denken. In manchen Momenten hasste ich ihn. Dann wiederum hatte ich ein schlechtes Gewissen, dass ich ihn seit der Begegnung in der Apotheke nie mehr besucht hatte.

An einem Septemberabend kroch ich zu Falk aufs Hochbett. Ich konnte ihn überreden, die *Byrds*-Platte *Fifth Dimension* anzustellen. Eigentlich wollte ich über mein merkwürdiges Erlebnis mit Herrn Adán sprechen. Ich beobachtete meinen Bruder, wie er mit gerunzelter Stirn an seinem verdammten Zauberwürfel hantierte, und brachte kein Wort hervor.

Falk ließ sich tatsächlich noch zu einigen lobenden Sätzen über die psychedelischen Momente dieser »ansonsten etwas soften Scheibe« hinreißen, dann ging seine neueste Mixkassette mit *Joy Division*, *Die Haut* und *The Cure* los. Ich wartete, ob er seine scheuchenden Handbewegungen machen würde, aber er stellte die Musik mit festem Blick auf mich einfach nur lauter. Und ich kraxelte die Leiter hinunter.

Später legte ich mich in die Badewanne und schaute lange meine Hände an. Ich fragte mich, ob auch sie, wie Gesichter, manchmal innerhalb kurzer Zeit älter aussehen könnten.

Wendland – Uffizien

Am nächsten Tag erzählte Wiebke Falk und mir beim Frühstück, dass Klaus morgen wieder eine Dienstreise antreten werde.

»Kann er Kekse mitbringen«, meinte Falk, und Wiebke warf ihm einen ärgerlichen Blick zu. Ich merkte, dass es ihr schlecht ging.

»Wohin geht's denn?«, fragte ich schließlich leise.

»Wieder ins Wendland«, gab Wiebke leise zurück.

Falk und ich sahen uns an. »Was – ist – los?«, fragte Falk mit Roboterstimme.

Wiebke spielte eine Weile mit ihrem Seidenschal, dann begann sie – bei Adam und Eva. Sie fing mit der Zeit an, in der Klaus und sie nach Berlin gezogen waren. Immerhin gab es ein paar Details, von denen wir bisher nichts wussten. Zum Beispiel dieses: Der alte Knilch, Wiebke ging dieser Ausdruck wie selbstverständlich über die Lippen, hatte Klaus damals enterbt, als Wiebke und er uns – Falk und mich – nicht taufen ließen. Aber Klaus' Mutter fand das so ungerecht, dass sie Klaus einige Dinge aus ihrer Familie unter der Hand schenkte. Darüber regten sich die anderen Geschwister auf, die meinten, Klaus hätte mit seinem ewigen »Ich mache alles anders« das fetteste Stück der Torte abbekommen. Was das denn für Sachen gewesen seien, die die Rund-Oma Klaus gegeben hatte, wollte Falk wissen. Wiebke tat so, als könne sie sich nicht erinnern, vielleicht wusste sie es wirklich nicht mehr genau: »Silber ...«

Falk guckte beklommen. Wiebke redete weiter. Wie wir zur Welt kamen, Klaus und sie beide arbeiten gingen und deshalb ein schlechtes Gewissen gehabt hätten. Wie bestürzt sie gewesen seien, als ich als erstes Wort »oof« (Hof) gesagt hätte und nicht etwas »Klaus«- oder »Wiebke«-Ähnliches. Allerdings hatte meine Mutter etwas überzogene Ansprüche. Welches Baby sagt schon von heute auf morgen »Wiebke«. Da hatten es konventionelle Mamas leichter.

Wiebke klagte weiter: Wie Anna und andere Freundinnen sie darin bestärkt hätten, einen Beruf auszuüben, und sie Klaus vorgeschlagen habe, ein Jahr auszusetzen und Hausmann zu spielen, und wie bald bei seinen beruflichen Anforderungen klar geworden sei, dass das eine Schnapsidee war.

Nun legte Falk Wiebke einen Arm auf die Schultern. In seltenen Fällen tat er so etwas. »Mein Gott, so schlimm ist doch auch alles nicht ... Oder findest du, wir sind total missraten?«

Tatsächlich schien Wiebke eine Weile über diese Frage nachzudenken. Dann regte sie sich auf einmal sehr auf: Wie intolerant ihre Mutter sei, wie wenig sie sich von ihr – abgesehen von den Lebensmittelpaketen »aus dem Westen« – unterstützt gefühlt hätte, andere Mütter kämen öfter zu Besuch, nur Helene habe sie so behandelt, als müsste sie zur Strafe für ihren Umzug nach Berlin mit so einem Spinner wie Klaus allein zurechtkommen. Aber dann erzählte Wiebke, wie Helene ihr, als sie gerade das Abitur gemacht hatte, eine sechswöchige Skandinavienreise geschenkt und ihr damit einen der schönsten Urlaube ihres Lebens ermöglicht habe. Die Wahl ihrer Studienfächer, letztendlich ihren Beruf, hatte Wiebke dieser Reise zu verdanken. Mir dämmerte, dass Wiebkes Verhältnis zu Helene verzwickter war, als ich es bisher ahnte. Sie fand ihre Mutter nicht nur grässlich, sondern war sehr unglücklich darüber, dass Helene sie nicht ernst zu nehmen schien.

»Und was ist mit dem Wendland?«, fragte Falk. Wiebke hatte schon eine Stunde lang lamentiert, doch dieser Name war kein einziges Mal mehr gefallen.

Meine Mutter machte eine abfällige Handbewegung: »Ach, das ist alles nicht so heiß, wie es gekocht wird.« Das Sprichwort hatte ich anders im Ohr, aber ich wollte nicht rechthaberisch sein.

Wiebke wiegte den Kopf, redete dann aber spontan in ihrem üblichen unzusammenhängenden Stil weiter. »Klaus hat sich von Herrn Specht ins Wendland – ihr wisst schon, dort leben ja viele Künstler, auch ein paar mit … merkwürdigen Ideen – also einladen lassen in dessen merkwürdige Hütte, ohne Strom und so, so eine Selbsterfahrungshütte – meine ich, weil er mit ihm ein Buch über Kunstmanifeste im zwanzigsten Jahrhundert herausbringen will, also mit dem Specht … Dazu will er selber noch einen Essay schreiben über Kunst und Politik …«

»Hm, gehts noch etwas ungenauer?«, stöhnte Falk.

Wiebke warf ihm einen genervten Blick zu. »Ich weiß das nicht so genau … Klaus, wie mir schien, auch nicht.«

Dann fing sie an, über Klaus' und ihre politischen Differenzen zu reden und davon, dass Klaus sich ihrer Meinung nach in »abstrakte Gedanken« verrenne, anstatt sich am Leben und am Menschen zu orientieren. Wiebke redete noch weiter in dieser schwammigen Art, und Falk und ich wussten nach einer Viertelstunde nicht mehr als vorher. Differenzen.

Wiebke fand es überhaupt nicht gut, so resümierten Falk und ich nachher auf dem Hochbett, dass unser merkwürdiger Vater ab morgen sieben Tage mit dem von merkwürdigen Ideen beseelten Specht in einer merkwürdigen Holzhütte im merkwürdigen Wendland hocken würde.

Auf unserem Hof zeichnete sich derweil ein Problem ab: Herr Kanz hatte Brust Nr. 27 und Brust Nr. 28 aufgerichtet, Herr Olk wiederum seine *Urbane Collage* gerade erheblich erweitert. Das verrostete Kinderbett hing von einem alten Garderobenständer, den Herr Olk hier und da silbern angesprayt hatte. Das in der Luft baumelnde Kinderbett stellte aus Sicht mancher Hausbewohner eine Gefahr dar. Wer wollte schon beim Müllwegbringen von einem schaukelnden Bett eine Kopfnuss verpasst bekommen? Wenn man ins Hinterhaus, zu den Mülltonnen oder zum Fahrradständer gehen wollte, blieb einem jetzt nur noch ein sehr schmaler Weg. Auf der nächsten Mieterversammlung würde es eine Diskussion darüber geben, hatte Klaus erzählt – Ärger vorprogrammiert.

Immerhin kam niemand auf die Idee, den beiden Künstlern zu verbieten, unseren Hof als Atelier, Werkstatt und Ausstellungsraum zu nutzen. Ein Vorschlag war, die Künstler zum »Bauen in die Höhe« statt in die Breite zu animieren. Über ihre Kunsthalden wurde wie über Kletterpflanzen gesprochen, als sei es selbstverständlich, dass sie wachsen *müssten*. Aber gegen den Vorschlag »in die Höhe« hatten die

Bewohner des ersten Stockwerks Einwände gehabt. Falk äußerte Verständnis für den Grottenolk. Er schlug sogar vor, unsere Mülltonnen in die Durchfahrt zu stellen, damit er sich weiter ausbreiten konnte.

An einem Nachmittag im September trafen Fiona und ich im Hof beim Fahrradabstellen auf Herrn Kanz. Er lupfte seinen Hut mit dem roten Stern und lachte Fiona an. »Komm mal, ich hab was für dich.«

Er rannte zurück in sein Souterrainatelier, seine schwarze Pluderhose wehte ihm um die Beine. Über einem löchrigen Norwegerpullover trug er eine Fellweste mit abgeschnittenen Ärmeln.

»Komm rein!«, rief er. Die Aufforderung schien nur Fiona zu gelten. Doch sie blieb neben mir zwischen den Brüsten stehen, auf denen sich gerade einige Tauben niederließen. Die Hoftür ging auf, Serife und Filiz liefen herein und nickten uns zu. Dann setzten sie sich in ihren weiten karierten Rökken auf die kleine Mauer vor dem Kanzschen Brustimperium, knabberten Sonnenblumenkerne und flüsterten in ihrer schönen Ü-Sprache miteinander.

Der Kanz kam zurück und wedelte mit einem Heftchen. »Mein neuer Katalog. Für dich und deine Mutter.« Der Katalog bestand aus ein paar zusammengetackerten Seiten mit Schwarzweißkopien. Die Kanzschen Skulpturen sahen darin wie Walfische aus. Fiona bedankte sich mit mäßiger Freude.

Plötzlich sprang Herr Kanz wie von der Tarantel gestochen um die Tauben herum und fuchtelte mit den Händen. »Los, weg hier! Das gibt's doch nicht … überall Taubenscheiße! Geht zum Olk! Geht alle zum Olk!« Der Kanz vollführte einen regelrechten Derwischtanz. Aber die Tauben rührten sich nicht. Schließlich ließ er sich auf eine Brust sinken und wischte sich den Schweiß von der Stirn.

Im Treppenhaus fragte ich Fiona. »Was ist denn mit dem Kanz los? Will deine Mutter seine Brüste auf ihre Schals drucken? Gibt's da irgendein interdisziplinäres Projekt?«

»Naja, so kann man's auch nennen. Anna hat ihm Modell gestanden. Letztes Wochenende. Die Brust ist schon fertig. Jetzt muss ich mich immer mit dem Kanz unterhalten. Er hat schon Andeutungen gemacht, ob ich nicht auch ›verewigt‹ werden möchte. Der tut so, als würden seine Brüste in den Uffizien landen.«

»Und?«, kicherte ich.

»Nichts und!«, äffte Fiona mich nach und wurde im nächsten Moment still.

Herr Wiedemann kam uns mit seiner neuen, ungefähr vierzig Jahre jüngeren Freundin, vermutlich eine ehemalige Studentin, entgegen, die, wie er, einen magentafarbenen Nadelstreifenanzug – mit Fliege – trug. Dazu trugen beide ihre langen Haare – grauweiß und hellblond – offen.

Warum sollte der Hauser eigentlich zu alt für mich sein?

Olksche Schandtaten – Regen in Berlin

Auf unserem Schulweg kamen Fiona und ich natürlich nach wie vor zweimal täglich an der Apotheke vorbei. Fast immer, wenn ich mich dem großen roten A näherte, wechselte ich die Straßenseite. Wenn Herr Adán mich auf der Straße entdeckte, würde er mich sicher zu sich hereinwinken.

Fiona wunderte sich über meine Ausweichmanöver, aber

ich hatte ihr erklärt, Herr Adán sei »scharf« auf mich, was sie, nach Isas Sticheleien, fraglos akzeptierte.

Doch wenn wir an der Apotheke vorbeieilten, fragte ich mich, was Herr Adán wohl von mir gedacht hatte in den letzten Wochen. Ich versuchte mich von außen zu sehen: Das Mädchen mit dem Peace-Button und dem Amnesty-Sticker an der Jacke, das behauptet hatte, Patagonien zu kennen. War ihm alles peinlich, hatte er vielleicht Sehnsucht nach mir? Fühlte er sich von irgendetwas befreit? Wie sollte ich das herausfinden? Wollte ich das herausfinden?

Ich hatte ein schlechtes Gewissen, weil ich einen Bogen um Herrn Adán und sein zerstörtes Leben machte, merkte aber, dass es mir besserging, je schneller ich mich von der Glastür mit der melancholischen Klangfolge und dem Geruch nach Medizin und Krankheiten entfernte.

Klaus war aus dem Wendland zurückgekommen; er wirkte nicht anders als vorher – möglicherweise hatte ihm der Kurzausflug und der Abstand zu Wiebke sogar gutgetan. Er brachte Wiebke einen hellblauen Frotteerock mit, auf dem hellgrüne Äpfelbäume mit dicken roten Äpfeln gedruckt waren. Wiebke zog ihn gleich an. Wir bekamen Schokolade, Falk eine rote, ich eine schwarze Ritter Sport. War das Absicht?

Später machte ich einen Ku'dammspaziergang bis zum Olivaer Platz. Überall standen Trauben von Menschen herum. Vor einem Café stand eine von Kopf bis Fuß in Babyfarben gekleidete Frauengruppe und vollführte den Ententanz zu *Pass the Dutchie*. Als ich auf dem Rückweg an »unserer« Peepshow vorbeikam, humpelte tatsächlich Herr Knecht hinter dem Plastikvorhang hervor. Er nickte mir ganz automatisch zu – nicht anders, als wenn ich ihm im Treppenhaus unserer Schule begegnet wäre.

Unserem Haus hörte ich schon von Weitem: Vom Hauser schallte *Rock'n' Roll Ain't Noise Pollution* von AC/DC in dem Titel deutlich widersprechender Lautstärke über den Hof, worauf die Pechs keine zehn Sekunden später mit *Jap dadel dip, dadel dup dadel* von Gottlieb Wendehals antworteten. In meinem Zimmer angekommen, stellte ich *Ich kann nicht schlafen* von *Ideal* an. Bis Klaus bei mir vor dem Matratzenlager stand: »Ich kann nicht arbeiten!«

Drei Tage später wurde das größte innenpolitische Debakel des Jahres 1982 offenkundig – die FDP-Minister Genscher, Baum, Lambsdorff und Ertl traten zurück und kündigten die Koalition mit der SPD, durch ein Misstrauensvotum sollte Kanzler Schmidt gestürzt und damit der Weg zu Neuwahlen bereitet werden. Für Wiebke und Klaus war das eindeutig ein Zeichen einer Weltverschwörung. Zumindest einer deutschlandweiten Verschwörung. Schon im letzten Jahr hatte der konservative Weizsäcker den sozialdemokratischen Dietrich Stobbe in Berlin abgelöst, nun drohte die nächste sozialdemokratisch bestimmte Ära zu Ende zu gehen. So Unrecht sollten sie gar nicht haben, denn mit dem sich nun ankündigenden Wechsel von Helmut zu Helmut sollten sechzehn Jahre Kohl folgen. Und damals gab es noch ernsthafte Unterschiede zwischen einer sozialdemokratischen und einer konservativen Regierung.

Berlin war '81 »gefallen«, wie Wiebke einmal voller Pathos zu Anna sagte, Deutschland »fiel« ein gutes Jahr später, in diesem Herbst '82.

Als ich in den Hof lief, um noch eine Runde allein Fahrrad zu fahren, war der Grottenolk gerade damit beschäftigt, einen schönen alten Globus mit giftgrüner und pinker Farbe anzusprayen. Kurz spürte ich Rettungsimpulse – ähnlich wie

Wiebke, wenn sie Fotos von niedergeknüppelten Robbenbabys oder mit vom Waldsterben bedrohten Bäumen sah, doch dann schritt ich standhaft weiter, ich würde diesen Planeten nicht retten können, nicht mit einem Kampf gegen einen Olk, doch ich drehte den Kopf zur Seite, um mir wenigstens das schreckliche Bild nicht noch einzuprägen. Neben mir hörte ich es zischen und roch schon die Farbe. Wer weiß, welches Land Herr Olk da gerade versenkt hatte. Ich sah aus den Augenwinkeln, wie er mit Weltherrschermiene um den Globus schritt, die Spraydose geschultert, und überlegte, wo er nach seinem Gutdünken größtmöglichen Schaden anrichten konnte. Dann ballerte er wieder los. Halb Südamerika wurde in Olkpink getaucht. Vielleicht wurde seine Kunst immer größenwahnsinniger, je weniger Erfolg er hatte. Als Nächstes könnte er ja den Mond zerschneiden und die Sonne anpinkeln. Möglicherweise spiegelte sich ein Teil dieser Gedanken auf meinem Gesicht, als ich an ihm vorbeilief. Der Olk sah mich aus den Augenwinkeln, grüßte mich aber nicht. Dann eben nicht.

Die Hoftür öffnete sich, und Klaus kam mit zwei Mülltüten in der Hand in meine Richtung. Stumm deutete ich auf die Olkschen Schandtaten. Mein Vater warf mir einen mitfühlenden Blick zu und schnitt eine Grimasse wie ich, wenn ich verdammt schlechte Laune hatte.

Nachts, während ich in die Dunkelheit schaute, musste ich wieder an den Adán und das Schachspiel auf seinem Rücken denken. Einen Gedanken zu verscheuchen war genau so schwierig, wie auf Knopfdruck einschlafen zu wollen.

Am nächsten Morgen weckte mich mein Radio mit *Regen in Berlin* von Heinz Rudolf Kunze. Passenderweise regnete es gerade. Ich blieb faul im Bett liegen – der Song war kein guter

Weckruf – und hörte weiter Kunze zu, der davon sang, wie Panzerwürfel aus den Wolken fielen und keiner Anklage erhob, als sie mit dem Pflaster Toter Mann spielten. Der Radiosprecher unterbrach kurz und sagte, der Song sei Klaus-Jürgen Rattay gewidmet, der genau vor einem Jahr, am 22. September 1981, bei einer Hausbesetzerdemo gestorben war. Ich erinnerte mich wieder: Das war die Demo gewesen, auf der gegen die Räumung von acht besetzten Häusern protestiert wurde – seitdem stand *Lummerland ist abgebrannt* auf der Rattenloch-Brandmauer, und da war der vermummte Klaus-Jürgen Rattay auf die Fahrbahn geraten, von einem Bus der BVG erfasst worden und tödlich verletzt. Kunze sang weiter von Lügen und Unrecht und Gummibären auf dem Gehsteig. Regen in Berlin.

Langsam war mir verdammt kalt. Es war zwar erst September, aber wir mussten schon die Öfen befeuern. Bei der Größe unserer Wohnung war das eine Arbeit, die durchaus eine Schulstunde in Anspruch nehmen konnte – rechtfertigte ich mich. Ich kümmerte mich heute sogar um Falks Ofen. Mein Bruder war noch nicht aufgestanden.

Als ich Kohlen aus dem Keller holte, begegnete ich dem Hauser. Seit unserem Gespräch, bei dem er so betrunken gewesen war, hatte ich mich nicht mehr mit ihm unterhalten. Er schraubte auf dem Hof wieder an seinem Motorrad herum. Seine Locken fielen ihm dabei ins Gesicht, man sah nur die große Nase. Mittlerweile hatte er sich einen Bart wachsen lassen, der komischerweise nicht braun, sondern eher blond war. Ich überlegte, ob ich ihn fragen sollte, was denn an der Maschine kaputt sei, traute mich aber nicht. So richtig näher waren wir unserer gemeinsamen Patagonienreise bisher nicht gekommen.

Hier ist der Hauser – weiße Leinwände

Ende September herrschte mal wieder Hochstimmung bei The Wiebkes and the Klauses. Klaus war für einen Kritikerpreis vorgeschlagen worden.

»Klaus, wie machst du das nur?« Ich sah ihn an.

Klaus lächelte in sich hinein. »Mich amüsiert deine ernsthafte Überraschung ja immer ... beleidigt bin ich aber nicht.«

Ich runzelte die Stirn. Das war noch keine befriedigende Antwort für mich.

Klaus spürte dies sogleich und fuhr fort: »Weißt du, mit Blick auf viele andere Menschen im Kulturbetrieb bin ich noch ein vergleichsweise angenehmer Neurotiker.«

Ich sah ihn zweifelnd an. »Kann man das selbst am besten beurteilen, Klaus?«

Mein Vater lächelte verschmitzt. Dann sagte er noch etwas ganz anderes: »Ich hab in meinem Leben gelernt, auch aus '68, dass man immer genau dann Macht und Einfluss erhält – oder anders ausgedrückt: dass einem immer genau dann Macht und Einfluss zufällt, wenn man Menschen im übertragenen Sinn verführt und nicht versucht, sie zu vergewaltigen.«

Mit diesen Worten stand er auf und umarmte die eben noch genervte Wiebke sanft von hinten, die sich sofort an ihn lehnte, als hätte sie nur auf diesen Moment gewartet. Ich betrachtete meinen zarten Vater mit dem Knabengesicht und konnte mir auf einmal sehr gut vorstellen, warum so viele Menschen – Frauen wie Männer – ihn anziehend fanden und seine Nähe suchten.

Am nächsten Tag traf ich wieder den Hauser beim Kohlenholen im Hof. Sofort schlug mir das Herz bis in den Hals.

Würde mir diesmal etwas einfallen, um ein Gespräch zu beginnen? Vielleicht etwas Ungewöhnliches?

Ich wurde mit jedem Schritt in seine Richtung aufgeregter. Jetzt sah er mich und brummte ein desinteressiertes »Tach ...«

Dieses Mal gab ich mich nicht damit zufrieden. Sollte ich ihn fragen, ob er schon mal in Südamerika gewesen war? Oder etwas ganz anderes?

»Kennen ... kennen Sie eigentlich die Geschichte vom Kaspar Hauser?«, fragte ich. Im nächsten Moment ärgerte ich mich über mich. Welche Rolle spielte das schon, und wo sollte das hinführen? Und dass der Hauser mit der Rückfrage antworten würde, ob ich denn Unica Zürn kannte – die Schriftstellerin und Graphikerin, die einen Haufen merkwürdig-schöner Anagrammgedichte verfasst hatte –, war nicht zu erwarten.

Der Hauser starrte mich an. »Den Hauser, den Hauser ...«, grölte er, »natürlich kenn' ich den Hauser!« Er hatte eine starke Bierfahne. »Hier ist der Hauser!« Er trommelte sich auf die Brust und lachte. »Was glotzte denn so, Kleene?«

»Schon gut, ich wollte Sie nicht stören«, sagte ich artig und ärgerte mich im nächsten Moment wieder furchtbar über mich. Musste ich wie eine Klosterschülerin reden? Wo blieb meine Schlagfertigkeit? Melanie hatte ich es doch auch gezeigt.

»Den Hauser gibt es nur einmal«, sagte ich schließlich, wobei ich versuchte, ihm keck in die Augen zu schauen. Ein Witz war das nicht gerade.

Da sah mich der Hauser mit listigem Blick an. Ein Grinsen huschte über sein gerötetes Gesicht. Seine Fahne roch noch nach etwas anderem als Bier. Whisky vielleicht. »Ick bin ooch so'n armet Waisenkind, so'n vakappta Prinz ... eijentlich ... eijentlich« – er guckte hoch in den grauen, verschlossenen

Himmel, der sich sichtlich weigerte, ihm auch nur die Andeutung eines Zeichens zu schicken – »bin ick doch ooch wat
Besseret ... «

Der Himmel zog sich sofort weiter zu. »Bin ick doch ooch
wat Besseret!«, rief der Hauser inbrünstig und schüttelte
seine Fäuste nach oben. Der Himmel wurde augenblicklich
noch dunkler.

Seufzend richtete der Hauser seinen Blick auf seine drecki-
gen Motorradstiefel und zuckte mit den Achseln: »Denk ick
mir so.«

Einen Moment herrschte Stille. Ich überlegte krampfhaft,
was ich sagen könnte. »Also, äh, der Kaspar Hauser damals ...«, fing ich an.

Da unterbrach mich der Hauser und erlöste mich von meinem Elend. Er hatte offenbar in Sekundenschnelle wieder
neue Kräfte getankt und röhrte los: »Bin mitten inner Wild-
nis von Buckow aufjewachsen, Betonwüste pur, weeßte,
aber ... dit Leben is ja noch nich vorbei!«

Er strahlte mich mit unverwüstlichem Optimismus an:
»Dit wär doch jelacht! Kiek ma', ick fing an mit'm alten Rol-
ler, dann dit alte Klappading da. Und dann ... dann die rote
Maschine, schon büschen wat Besseret, und diesen Sommer
dann 'ne Harley!«

Ich nickte anerkennend ob dieses beeindruckenden gesell-
schaftlichen Aufstiegs.

»Und meene Uhr hier«, der Hauser wurde richtig gesprä-
chig. »Kiek ma', letztet Jahr hatte ick noch eene, die nie jing.
Dann 'ne Fälschung. Und jetzt ... 'ne echte falsche Rolex!«
Er grölte.

Ich verstand gar nichts mehr. »Is die ... nun echt oder
nicht?«, fragte ich verwirrt.

Der Hauser lachte – wie mir schien, über mich. »Na, die

letztet Jahr war 'ne Fälschung, aus Schina. Hat jeda akannt. Aber die hier, die is aus Brasiljen!« Er guckte mich an, als ob bei mir nun der Groschen fallen müsste. »Dit is 'ne janz edle Fälschung. 'ne Deluxefälschung, weeßte. Die kostet ooch schon büschen wat.« Er streichelte glücklich über das Ziffernblatt, hob seine Hand zum Abschiedsgruß und torkelte in Richtung Hinterhofaufgang. »Machs man jut, Rike Zorn.«

»Rike Zorn?«

»Na, die Countrysängerin aus Neukölln – aus Buckow, um jenau zu sein –, nie jehört? Is schon lange unta da Erde, aber echt 'ne Lejende ...«

Kaum war ich oben in meinem Zimmer, verkroch ich mich mit meinem Hauser-Heft und hatte allerhand Neues einzutragen.

Später ging ich noch allein ins Rattenloch. Ich nahm einen regennassen alten Atlas und eine zerkratzte Single von Bob Dylan mit, *I Threw It All Away*. Als ich wieder durch den Bretterzaun schlüpfen wollte, kamen mir zwei Männer mit strubbeligen Haaren und Lederjacken entgegen. Sie trugen mehrere große Leinwände und warfen sie auf die Wiese.

»Damit habe ich abgeschlossen!«, rief der eine wütend und sah mit sichtlicher Befriedigung auf die in all dem Unrat und Unkraut versinkenden Bilder.

»So, Schluss damit, nie wieder!«, rief er noch. Dann rieb er sich die Hände, und er und sein Kumpel traten den Rückweg an.

Am nächsten Tag wurde in der *Sendung mit der Maus* der Beruf des Müllmanns, kurz: die Müllabfuhr, vorgestellt. Ich war ein anderer Mensch, als ich mich vom Fernseher wegschlich. Ich hatte Respekt vor allen Olks dieser Welt.

Die Beschäftigung mit Müll war eine sehr ehrenwerte Tätigkeit.

Nach dem heutigen Kunstwerkeabstauben legt Klaus Falk und mir zum Dank wieder je eine Tafel Ritter Sport auf unseren Platz im Esszimmer. Falk bekam eine rote, ich eine grüne Tafel. Sicherlich hatte er sich etwas dabei gedacht. Sich selbst kredenzte Klaus eine silberne Packung. Ich sah an dem Leuchten in seinen Augen, dass ihm diese Tafel außerordentlich gut gefiel. Falk und ich freuten uns über die Geschenke und rissen gleich unsere Tafeln auf. Wiebke schüttelte den Kopf: »Klaus – hätte nicht eine Tafel für alle gereicht? Und warum überhaupt Schokolade ... da muss man sie doch nicht noch zu animieren.«

Sie. Ich mochte es nicht, wenn Wiebke in Falks und meiner Gegenwart von uns in der dritten Person sprach. Sie meinte es nicht einmal böse, es war nur eine Angewohnheit. »Sag Jule, sie soll noch die Balkonpflanzen gießen« – wenn ich neben ihr saß.

Klaus ignorierte Wiebkes Einwurf und betrachtete die Tafel versonnen. Dann sprach er über die Schönheit der Packung. Das silberne Quadrat sei für ihn eine Art Ikone des Konsumismus ... eine Kreuzung aus serieller Kunst und puristischer Überhöhung, aus Profanität und Erhabenheit, Warhol und Malewitsch, westlich und östlich ... Mein Vater könnte einen Wälzer über eine Tafel Schokolade schreiben. Immerhin wusste man vorher nie, was er zu einem Auto, einer Glasscherbe, einer Multivitamintablette oder einer Tafel Schokolade zu sagen hatte. Im Zweifelsfall mehr als die meisten anderen Leute.

Später ging ich mit Wiebke und Klaus in *Doktor Faustus* auf dem Ku'damm. Meine Eltern starrten gebannt auf die Leinwand, und hin und wieder tuschelten sie lebhaft miteinander, aber ich konnte mich nicht auf Adrian Leverkühns Pakt mit dem Teufel konzentrieren. Als ich in der Dunkelheit mit einer Hand über das Bündchen meines Pullovers strich, erschrak ich, weil ich für einen Moment das Gefühl hatte, wieder über die Narben von Herrn Adán zu streichen.

Nachts sah ich, wie der Hauser die Bilder vom Rattenloch in seinem Zimmer an die Wand mit der Hawaiitapete stellte. Die Bilder waren in Dunkelgrün und Schwarz gehalten und gefielen mir gar nicht. Ich ärgerte mich, dass ich jetzt nicht mehr den Strand mit dem Motorradpärchen, sondern nur noch den hawaiianischen Himmel sehen konnte.

Der Hauser schien etwas zu suchen. Er kroch auf allen Vieren auf dem Boden herum, guckte unters Bett, dann ging er aus dem Zimmer. Schließlich kam er mit, wie es ausah, einem Farbtopf zurück, stellte sich vor die Bilder und begann die Leinwände weiß zu streichen.

Was sollte das alles? *Say captain say wot say captain say watcha want* wehte mich von irgendwoher an. Ich legte mein Minifernglas zur Seite, ging zurück in mein Bett und zog mir die Decke über den Kopf.

An einem der nächsten Tage wollte ich gerade mein Rad im Hof abstellen, als mir der Hauser wieder mit einer Leinwand entgegenkam. Sie war ebenfalls in tristem Dunkelgrün und Schwarz gehalten, ein grünes Dreieck stand vor schwarzem Grund. Das hätte bei uns im Bad hängen können, aber doch nicht vor dem hawaiianischen Abendhimmel!

Ich bahnte mir mit meinem Rad den Weg durch den Hof. Als ich zurück durch die Hofdurchfahrt lief, zuckte ich zusammen: Vor den Briefkästen, halb verdeckt von der an die Wand gelehnten Leinwand, stand der Hauser und pinkelte.

Gelbe Rinnsale flossen bis auf den Boden. Er tat so, als bemerkte er mich nicht.

Ich nickte und sagte leise: »Hallo.« Keine Reaktion. Ich trottete die Treppen hoch zu meinen Eltern.

Oben war das Abendbrot schon fertig. Klaus war sehr übellaunig. Er wütete über peinliche Druckfehler in seinem letzten Artikel und schimpfte, wie schlampig manche Leute doch seien, kürzlich habe er in einem Kiosk einen *Spiegel* ausgehändigt bekommen, der halb mit Kaffee bekleckert gewesen sei, da habe er dann aber sofort einen anderen verlangt, und in der U-Bahn habe letztens sogar jemand mal gepisst, also Anarchie für jeden – von dem Trip sei er schon seit Jahren runter.

Warum musste ich es bloß aussprechen. Ob ich meinen Vater provozieren oder dem Hauser mal eins auswischen wollte? Ich wusste nicht, was mich ritt, meine heimliche Beobachtung preiszugeben. »Der Hauser pisst vor die Briefkästen!« Im nächsten Moment bereute ich es schon.

»Was?« Wiebke und Klaus horchten auf, die Gabeln blieben auf halbem Weg zu ihren Mündern in der Luft hängen.

»Schon gut.«

»Also, das ist ja das Letzte, vor der *Freien Volksbühne* hab ich den schon Wasser lassen sehen, aber hier bei uns im Haus … Da muss mal was gesagt, da muss mal was unternommen werden!«

Klaus regte sich sehr auf. Der ganze Typ Mann war ihm ein Gräuel. Klaus wollte nicht einmal Auto fahren, und der Hauser rannte den ganzen Tag in Motorradkluft herum. Klaus hasste Sport, und sein Nachbar lief bevorzugt mit nacktem Oberkörper herum – strammer Bauch und Bizeps für jeden sichtbar.

Das Abendbrotgespräch drehte sich nur noch um den Hauser und sein »asoziales Verhalten«.

»Was regt ihr euch bloß so auf«, meinte Falk. »*Naturalia non sunt turpia.*«

»Doch, doch, das ist sehr wohl eine *turpia*!«, gab Klaus wütend zurück.

»Ist keine *turpia*«, das war wieder Falk.

»Wovon redet ihr?« Wiebke war verwirrt.

»Natürliches ist keine Schande«, gab Falk zurück.

Aber Klaus saß mit rotem Kopf und gezücktem Stift da, um einen Brief an die Hausverwaltung und einen an die anderen Mieter zwecks Unterschriftensammlung aufzusetzen. Er sah furchtbar aus, wie er mit verkniffenem Mund sein Essen kalt werden ließ wegen der paar Tropfen Körperflüssigkeit. Ich bereute noch mehr, dass ich etwas gesagt hatte.

Eine Woche später lag tatsächlich bei allen Mietern ein Brief von der Hausverwaltung im Kasten. Darin wurde der »ekelhafte Vorfall« nochmals wiedergegeben. Es wurden auch die Briefkästen aufgeführt, die ich gegenüber Klaus erwähnt hatte. Hatte er sich ja gut gemerkt. Zum Schluss des Briefes wurde jeder aufgefordert, in Zukunft »jedes hauswidriges Verhalten« (Stil! Frau Schwundtke!) sofort mitzuteilen, und gegebenenfalls werde die Hausverwaltung dann »juristisch einschreiten«. Der Hauser hatte eine Abmahnung erhalten; wenn sich »so etwas noch mal zuträgt«, konnte er mit einer Kündigung rechnen. Ich war wirklich geschockt über die weitreichenden Folgen meiner Bemerkung. Warum war ich bloß so blöde gewesen, Klaus alles zu erzählen? Ich wusste doch, dass er ein Pingel war und solche Geschichten überhaupt nicht lustig fand.

Später folgte ich dem *Geöffnet*-Schild (vorsichtshalber mit einem Päckchen Kaugummi) und stakste in Falks verqualmtes Zimmer. Ich hörte meinen Bruder auf seinem Hochbett herumrumoren, vermutlich war er gerade dabei, sich ein neues Ordnungssystem für seine Platten zu überlegen – mit so etwas konnte er Tage verbringen. Ich krabbelte die wackelige Leiter hoch, aber Falk nahm keine Notiz von mir. Ich ließ mich neben ihn auf sein schwarzes Kissenlager unter dem merkwürdigen Poster mit dem schwarzen Quadrat plumpsen.

Mein Bruder nahm mich immer noch nicht zur Kenntnis, auch nicht meine ausgestreckte Hand mit dem Kaugummi. Langsam ließ ich ihn wieder in die Hosentasche gleiten.

Plötzlich hörte ich seinen Atem dicht hinter mir. War er nicht gerade an seinem Plattenspieler? »*The crocodile is coming…*«

Ich schüttelte den Kopf. Der Trick zog nicht mehr bei mir. Falk tat so, als würde ihn der Misserfolg nicht kümmern, er hing schon wieder über dem Plattenteller.

»Dann lege ich mal *Simon & Garfunkel* auf, eine ganz softe Scheibe … für meine kleine Schwester.«

Ich sagte nichts. Ich hatte nichts gegen *Mrs. Robinson*. Schnell genug würde schon wieder *Joy Division* losgehen.

Mein Bruder holte sein Schachspiel hervor und begann unter einem gelangweilten Gähnen, die Figuren aufzustellen. »Darf ich dich einmal vom Feld fegen, Jule?« Falk wusste, dass ich gut spielte; der Spruch war ein typischer Versuch meines Bruders, meine Spielstärke psychologisch zu untergraben.

Ich schwieg. Mir ging Herr Adán und das Schachspiel auf seinem Rücken durch den Kopf. Würde ich je wieder eine Partie Schach spielen können, ohne daran denken zu müssen? Diese Gedanken würden meine Spielstärke eher untergraben als jede provokante Bemerkung von Falk. Aber hatte Herr Adán nicht im Lochow den Leuten beim Schachspielen zugeschaut? Vielleicht stand für ihn das Eine ja nicht im Zusammenhang mit dem Anderen. Vielleicht wollte er sich nicht noch nachträglich das Leben von seinen Peinigern verderben lassen.

»Ich sehe schon, meine kleine Schwester möchte sich heute das deprimierende Erlebnis ersparen«, schloss Falk und machte scheuchende Handbewegungen.

An einem der nächsten Abende ging wieder AC/DC los. Als ich in Hausers Zimmer guckte, musste ich mir die Augen reiben: Der Hauser stand mit nacktem Oberkörper vor einer der Rattenlochleinwände, die er geweißt hatte. Er malte hier und da schwarze Kringel auf die Leinwand; wie es aussah, nach Lust und Laune. Alle paar Minuten brach er ab, trat ein, zwei Schritte zurück und betrachtete sein Werk. Zwischen zwei Headbangern schmierte er dann wieder einen Kringel auf die Leinwand. Einmal spuckte er auf sie. Ich legte mein Fernglas weg.

Bahnhof Zoo – Herbstferien

Beim Frühstück erzählte Wiebke, dass Oma Helene in den Herbstferien zu Besuch kommen werde. Wir hatten sie lange nicht mehr gesehen, das letzte Mal vor zwei Jahren im Taunus. In Berlin war Helene bestimmt seit fünf Jahren nicht mehr gewesen. Sie kam äußerst ungern in die Stadt, in der sie vor und während des Krieges gelebt hatte.

Wiebke stöhnte: »Ich habe einen Abgabetermin für eine dänische Übersetzung, mir passt das eigentlich gar nicht. Ich kann mich nicht die ganze Zeit um meine Mutter kümmern. Die ist doch schon über siebzig.«

Helene hatte Wiebke für damalige Verhältnisse spät bekommen, mit Anfang dreißig. Warum, hatte ich nie in Erfahrung gebracht. Über derart Privates sprach ich nicht mit Oma Helene. Wiebke hatte noch einen jüngeren Bruder, den wir aber nur selten zu Gesicht bekamen, da er mit seiner Familie in England lebte.

Einmal schimpfte Wiebke: »Oma Helene kommt nur wegen Falk und dir nach Berlin. Um mich geht es dabei nicht. Aber an wem bleibt die Arbeit hängen? An mir.«

Ich konnte nicht sagen, dass ich Oma Helene gernhatte, doch sie beeindruckte mich. Menschen wie Helene gab es heute kaum noch, schien mir. Menschen, die ein erzkonservatives Bürgertum verkörperten, dem Scheidung noch als Frevel galt und das deshalb in den Siebzigern Brandt verachtete. Penner waren selber schuld – das betonte Helene unablässig, und jedes Mal, wenn ich Helene traf, wusste ich, warum Wiebke bei uns die Penner mit durchfütterte. Aber in ihrer fraglosen Klarheit faszinierte mich Helenes Sicht auf das Leben, auch wenn ich sie befremdlich fand. Es war das Weltbild von Menschen, die immer in Gegensätzen gedacht hatten: Sieger, Verlierer, Krieg gewonnen, verloren, ein anständiger Deutscher, ein Russenschwein sein, Geld, kein Geld haben, etwas »auf die hohe Kante legen«, sein Geld verplempern, es zu etwas bringen, auf der Straße enden oder unter der Brücke landen, gepflegt aussehen, liederlich gekleidet sein, reizend oder unflätig sein, einen guten oder einen schlechten Charakter haben, aus einer »besseren Familie« kommen, aus »einfachen Verhältnissen« stammen – so in etwa sprach und dachte Oma Helene; ein Mensch, der gleichzeitig einen Bildungsradius besaß, mit dem nicht einmal Klaus mithalten konnte. Ein Mensch, der jede Oper kannte, aus vielen Büchern der Weltgeschichte zitieren konnte, ganz zu schweigen von endlosen lateinischen Zitaten, die Falk sprachlos machten, ein Mensch, der sogar mit moderner Kunst etwas anfangen konnte, weil einige Künstler von Helene mit dem Prädikat »mutig« belegt worden waren. Und nicht feige. Picasso, Matisse und Braque waren zwar »verrückt«, aber hatten »zweifelsohne Mut bewiesen«. Und: »Der Impressionismus passte nicht mehr in die neue Zeit.«

Zweifel an ihren Ansichten hatte Oma Helene nie geäußert. Wenn ich ihr begegnete, verstand ich nur zu gut, warum Wiebke und Klaus sich ständig widersprachen und so inkonsequent handelten. Warum sie stets endlose Diskussionen führten und uns mit ihrem ewigen »obwohl«, »möglicherweise«, »ausnahmsweise« oder »aber vielleicht doch« quälten.

Mit Oma Helene unter einem Dach zu leben muss die Hölle gewesen sein. Wenn Wiebke nicht aufgegessen hatte, bekam sie ein paar hinter die Ohren. An diese Schilderungen von Wiebke versuchte ich zu denken, wenn Wiebke und Klaus mich mal wieder halb wahnsinnig machten. Wiebke konnte nicht über ihre Kindheit sprechen, ohne sich die Haare zu raufen, zu seufzen und manchmal auch zu heulen.

Am nächsten Tag fuhren Wiebke, Falk und ich zum Zoo. Der Bahnhof Zoo, groß, dunkel und schmuddelig, war eine Institution in West-Berlin – dass er eines Tages zum Regionalbahnhof herabgestuft werden würde, war damals nicht vorstellbar.

Als wir auf den Bahnsteig liefen, wartete Oma Helene schon. Wir waren fast pünktlich, aber in all den Jahren hatte sie stets vor uns am Bahnsteig gestanden. Als könnten Züge, in denen Oma Helene saß, nicht unpünktlich sein.

Die Begrüßung fiel kurz, fast etwas schroff aus. Oma Helene wollte gleich zum Auto. Sie bahnte sich zielstrebig ihren Weg durch die Menschenmenge, nicht einmal ihren Koffer durfte einer von uns ihr abnehmen. Auf dem Weg zum Parkplatz war sie entsetzt über die vielen Penner. »Das werden hier auch immer mehr! Damals waren die Landstreicher Kriegsversehrte, mit denen hatte man Mitleid, aber heute ...«

»Heute sind es Kapitalismusversehrte«, meinte Falk, um sich gleichzeitig bei Oma Helene einzuhaken: »Du weißt doch, wenn du hierherkommst, gibt es immer viele, viele Falk-Sprüche ...«

Ich zog meinen Bruder an der Jacke und flüsterte ihm ins Ohr: »Wenn Helene wüsste, dass wir mit *ihren* Care-Paketen Erwin und Karl durchfüttern!«

Er grinste zurück. »Und den Lochow-Fuchs ...«

Ich musste kichern. Falk fuhr fort: »Die Nutella nehm' ich mir aber jedes Mal raus und kille die nachts auf meinem Hochbett.«

Jetzt war ich wieder dran: »Ich sacke die Orangen-Schokokekse ein. Die futter' ich beim Teetrinken mit Fiona und Isa auf. Wiebke kauft die ja nie für uns, weil sie so arschteuer sind. Die Chips behalte ich manchmal für mich.«

»Ich auch!«, flüsterte Falk und zwinkerte mir zu.

Wir fuhren in unserem klapprigen Scirocco an den Fressbuden und dem *Beate-Uhse*-Shop am Zoo vorbei in unser Sträßchen. Um ihr Missfallen über unser Auto zum Ausdruck zu bringen, schwieg Oma Helene während der ganzen Fahrt mit verkniffenem Gesicht, das wohl zum Audruck bringen wollte, wie nervlich anspannend diese Fahrt für sie war. Als wir zu Hause ausstiegen, kam gerade Familie

Söylesin aus der Durchfahrt. Oma Helene kniff mich in den Arm: »Dass ihr in so einer Gegend wohnt, war mir nicht klar!«

Den schlechten Eindruck, den die Söylesins allein aufgrund der Tatsache machten, dass sie schwarzes Haar hatten, konnte der Hauser immerhin noch übertreffen. Als er mit vor dem Gesicht hängenden langen Locken aus der Durchfahrt torkelte und auf den Bürgersteig spuckte, fragte mich Oma Helene, ob er ein Heroinabhängiger sei. Nun entstand die absurde Situation, dass Wiebke nicht wusste, ob sie Oma Helenes Hauser-Klagen unterstützen sollte, denn sie lehnte ihn ja auch ab, oder ob sie unser Haus, also eigentlich die ganze Stadt Berlin, inklusive Hauser, vor Oma Helene verteidigen sollte.

Wiebke fand einen für sie typischen Kompromiss: »Unser Nachbar, der Herr Hauser, ist ein sehr schwieriger Mensch, aber die Hausgemeinschaft fängt hier so etwas auf.«

Wollte Klaus nicht lieber heute als morgen, dass sein liebster Nachbar das Weite suchte?

Wenn ich meinte, dass Oma Helene gesteigerten Wert darauf legte, dass sich irgendjemand von uns um sie kümmern würde, hatte ich mich getäuscht. Wiebke hatte mehr als genug Zeit für ihre Übersetzung. Wenn sie den Abgabetermin nicht einhalten würde, läge das an ihrem Stricken, Telefonieren, Musikhören, Lesen, Ins-Theater-Gehen und Zu-Vernissagen-Rennen, nicht aber an ihrer Mutter.

Oma Helene stand morgens Stunden vor Falk und mir auf und kam erst abends spät wieder. Sie schaute sich die Stadt an, traf alte Freundinnen, ging ins Konzert, in die großen Museen, in die Deutsche Oper und für einen Tag nach Ost-Berlin. Mir wurde bald klar, dass sie keineswegs, wie Wiebke behauptet hatte, in erster Linie wegen Falk und mir die Reise auf sich genommen hatte. Sie wollte sich ihre alte Heimat wieder anschauen.

Einmal drängte ich ihr meine Begleitung geradezu auf. Ich fragte sie, ob sie Lust habe, am Abend mit Fiona und mir ins *Grips*-Theater zu gehen. Im gleichen Moment merkte ich, dass ich mir Oma Helene dort gar nicht vorstellen konnte.

Zu meiner Überraschung gab sie zurück: »Was ist das denn? Ein Theater für die Jugend? Etwas Geistvolles? Klingt so. Ich komme mit.«

In der U-Bahn sprach Helene kaum mit uns. Für Oma Helene waren Kinder Beiwerk, kleine unvollständige Erwachsene, nicht direkt lästig, aber kein Grund für permanente Rücksichtnahme oder übertriebene Aufmerksamkeit. Von Verwöhnen konnte nicht die Rede sein.

Als wir dann vor dem *Grips*-Theater standen und Oma Helene einige Plakate sowie die anderen Besucher studiert hatte, überlegte sie es sich anders. »Julika, es tut mir leid, ich möchte doch nicht mitkommen.«

»Oh, warum denn nicht? Es wird bestimmt …« Ich überlegte, welche Beschreibung meine Oma locken könnte. Lustig? Nein. Interessant? Schon eher.

»Geistvoll«, sagte ich schließlich.

Da glitt ein ironisches Lächeln über Oma Helenes Lippen. »Danke, Julika. Ich weiß, du meinst es gut. Aber ich habe das Gefühl, das Stück wird mich langweilen. Du hast ja Fiona dabei, ihr braucht mich nicht. Ich habe hier diesen wunderbaren Führer über die Museumsinsel und lese ein bisschen darin. Das Stück wird eines dieser üblichen modernen Stücke ohne Handlung und ohne Tiefgang sein.«

Leider fiel mir darauf keine Antwort ein. Fiona und ich gingen in den dunklen Raum, in dem schon einige Leute – Kinder und Erwachsene gleichermaßen – herumtobten. In dem Stück ging es wieder um Ausländer, Ausgrenzung und Armut – und ich ärgerte mich doch, dass Oma Helene nicht mitgekommen war. Aber es wäre ihr zuzutrauen, dass sie ihre Meinung während der Aufführung kundgetan hätte. Als einer der Schauspieler mit nacktem Oberkörper über die Bühne rannte, musste ich wieder an Herrn Adán denken. Ich ergriff Fionas Hand, und sie drückte sie automatisch. Der Trost half, auch ohne dass Fiona wusste, was mich beschäftigte.

An Oma Helenes letztem Abend in Berlin lungerten wir nach dem Essen gemeinsam herum. Klaus und Wiebke lagen auf der Lieblingssofalandschaft, Falk und ich auf dem Boden, Oma Helene bekam ein Biedermeierstühlchen mit zwei Kissen. Wiebke fragte ihre Mutter: »Und, wie waren so deine Eindrücke von Berlin?«

Viel Zeit hatten sie nicht miteinander verbracht in den vergangenen fünf Tagen.

Helene sah ihre Tochter unverwandt und wie immer selbstbewusst, beinahe kühn, in die Augen: »Ihr lebt in einer sterbenden Stadt«, sagte sie dann. Und: »Ich fand Berlin nicht mal '45 trauriger als jetzt.«

Das war natürlich eine Provokation, ernst gemeint haben konnte sie das nicht. Mit diesem Satz war die Harmonie zwischen Klaus und ihr jedenfalls wieder zunichtegemacht.

»Helene, wie kannst du so etwas sagen? Nachdem du tagelang die unglaublich lebendige Kulturszene gesehen hast – du warst in der Nationalgalerie, im Kupferstichkabinett, im Kunstgewerbe-, im Brückemuseum, in der Deutschen Oper und mit Julika im *Grips*-Theater!«

Ich verkniff mir gerade noch die Bemerkung, dass Oma Helene nicht mit mir im *Grips*, sondern nur vorm *Grips* gewesen war.

Helene sah Klaus mit etwas mehr Respekt als Wiebke an, wie mir nicht entging. Mir kam der Gedanke, dass sie allgemein Männer mehr respektierte als Frauen und wahrscheinlich lieber einen Sohn als eine Tochter gehabt hätte.

»Mein lieber Klaus«, begann sie, »natürlich gibt es wunderbare Museen in Berlin, wie es auch in anderen Städten bedeutende Sammlungen gibt.«

Klaus wurde rot vor Wut.

»Aber das kann sich der Staat nicht mehr lange leisten. Diese Berlin-Zulage, das alles. Diese isolierte Stadt – das ist doch ein absurdes Konstrukt. Glaubst du, der Russe guckt sich das noch weitere dreißig Jahre lang an? Würden die Amerikaner wirklich einen Krieg für Berlin führen? Und wenn es einen Atomkrieg gibt, dann lebt ihr erst recht in einer sterbenden Stadt. Diese Stadt hat keine Perspektive, ihr werdet sehen.«

»Ich glaube nicht, dass die Amerikaner den Russen Berlin so ohne Weiteres überlassen werden«, brachte Klaus mit gepresster Stimme hervor. »Im Übrigen haben sie schon mal sehr viel für die Stadt getan …«

»Komm mir nicht mit der Luftbrücke!«, fuhr Helene Klaus an. »Die habe ich selber noch erlebt. Aber das war eine andere Zeit. Glaub nicht, dass die Amerikaner das nächste Mal die ganze Stadt wieder mit ein paar Flugzeugen halten können! Der Russe ist schwerfällig, träge und geduldig. Sehr geduldig. Er hat ein anderes Zeitmaß als wir. Und wenn er eines Tages West-Berlin einnimmt, dann müssten die Amerikaner Bodentruppen schicken.«

»Wir sind NATO-Mitglied, die Bodentruppen müssten nicht aus Texas angeritten kommen.«

»Niemand wird für Berlin einen Dritten Weltkrieg riskieren, niemand. Diese halbe Stadt, dieser Rumpf, diese Insel hier ist auf die Dauer nicht zu halten. Wer soll denn das bezahlen? Habt ihr Abenteuerkinder euch mal überlegt, was ihr den deutschen Steuerzahler kostet? Dafür, dass ihr hier ein bisschen dies und das macht? Euch selbst auslebt? Wir füttern hier eine Stadt durch, deren Bewohner an Gedächtnisschwund leiden. Was wir hier mit den Russen erlebt haben – und hier, ausgerechnet in Berlin, wählen die meisten Leute die DKP und liebäugeln mit dem Sozialismus von drüben. So etwas verstehe ich einfach nicht, das sind für mich keine Berliner, jedenfalls keine echten. Wer so denkt, soll rübergehen und nicht uns auf der Tasche liegen!«

»Du verdrehst die Tatsachen, Helene. Unabhängig davon, was man nun im Einzelnen über die DKP denkt und wie grundsätzlich man den Osten ablehnt: In Berlin wählen acht Prozent der Bürger der DKP, das weiß ich zufällig. Also kannst du darauf nicht deine ganze überzogene Abenteuerspielplatzthese aufbauen, so ein Unsinn. Ich zum Beispiel wähle nicht die Kommunisten und bin trotzdem der Ansicht, dass Berlin kein toter Ort, sondern die lebendigste Stadt Deutschlands ist!«

»Ja, dieser Berlinpatriotismus der Zugezogenen, das ist so ein Phänomen für sich. Diese abartige Liebe der Neuankömmlinge, für die Berlin immer noch, ob sie's zugeben oder nicht, in erster Linie eine Nische zur Befriedigung ihrer narzisstischen Bedürfnisse ist – mit dieser selbstbezogenen Haltung haben sie den Charakter der Stadt, ihre Geschichte, noch lange nicht begriffen. Oft wissen sie erbärmlich wenig über die Stadt, die sie angeblich so lieben. Eine ignorante, kenntnislose, oberflächliche Liebe ist das. Ich liebe Berlin nicht so abgöttisch wie du, die Stadt ist einfach ein Teil von mir, und ich sage dir, die Stadt war, abgesehen vom Krieg, noch nie in einem so desolaten Zustand wie jetzt!«

»Es hat keinen Sinn, mit dir zu diskutieren, Helene, weil du mich, stellvertretend für andere so genannte Neuberliner, von vornherein nicht ernst nimmst und dein höheres Alter als Totschlagargument einsetzt. Dazu sei gesagt, dass ich mittlerweile beinahe zwanzig Jahre hier lebe und mich vielleicht mit der gleichen Berechtigung wie du als Berliner bezeichnen darf – du lebst schließlich seit fast vierzig Jahren nicht mehr hier und hast vielleicht vom vergangenen Berlin, nicht aber vom gegenwärtigen irgendeine Ahnung.«

Nach diesem Gegenangriff meines Vaters umspielte Helenes Lippen ein amüsiertes, wenngleich ein wenig müdes Lächeln. Dann sagte sie überaus freundlich: »Respekt, Wiebke. Es ist dir gelungen, einen ganz intelligenten Mann an deiner Seite zu halten. Und langweilig ist er auch nicht. Nur eben noch recht jung.«

Vielleicht spielte Helene auf die Tatsache an, dass Wiebke zweieinhalb Jahre älter war als Klaus, aber vermutlich war Klaus aus ihrer Perspektive einfach immer jung. Auch wenn sie hundert Jahre alt und er Anfang sechzig sein würde – kein utopisches Szenario bei ihrer Konstitution.

Am nächsten Morgen in aller Frühe brachten Wiebke und ich Helene zum Bahnhof Zoo. Oma Helene schüttelte beim Anblick des Bahnhofs den Kopf: »Lehrter Straße, Anhalter Bahnhof, der Bahnhof Frankfurter Tor – das waren richtige Bahnhöfe mit Stil! Ihr wisst ja gar nicht, wie Berlin vorm Krieg ausgesehen hat.«

Kurz durchzuckte es mich, dass sie damit Recht haben könnte. Es nervte mich schon seit langem, immer das Gefühl vermittelt zu bekommen, die beste Zeit in meiner Heimatstadt verpasst zu haben. Wertheim am Leipziger Platz! Das Kaufhaus Tietz! Der Potsdamer Platz! Unter den Linden!

Alles war größer, mondäner, toller – und das meiste lag für uns auch noch hinter der Mauer.

»Dieses Ding da«, Helene zeigte erbost auf den Bahnhof Zoo vor uns. »Ich hoffe nicht, dass man in dreißig Jahren hier noch einfährt, wenn man aus Westdeutschland kommt.«

»Dann fährt man eh in Moskau ein«, antwortete Wiebke genervt. »Und Berlin-Zoo ist ein kleiner Provinzbahnhof, ebenso wie die Bahnhöfe in Warschau, Budapest oder Prag.«

Leider dauerte es nach diesem wenig herzlichen Gespräch ewig, bis wir einen Parkplatz fanden. Wir schwiegen, nur ab und zu fluchte Wiebke beim Rangieren. Oma Helene hatte keinen Führerschein, warf Wiebke aber in einem fort Blicke zu, als ob sie sich ihrer Meinung nach sehr dumm anstellen würde. Ihre Hände lagen gefaltet auf ihrem Schoß, den Kopf hatte sie starr nach oben gereckt. Sie fixierte den dunklen schmuddeligen Bahnhof Zoo voller Hass. Er schien ihr die Verkörperung der sterbenden Stadt zu sein.

Auf dem Bahnsteig drückte sie mich kurz an sich, dann, zu meiner Überraschung, öffnete sie einmal kurz ihre Handtasche und gab mir ein kleines Kästchen: »Öffne es erst später, zu deinem Geburtstag oder so. Ich wollte es eigentlich mal Wiebke schenken, aber ich glaube, du wirst dich mehr darüber freuen. Du bist eine so liebe, ernsthafte junge Frau. Es ist ein Glücksbringer von meiner Mutter, deiner Uroma«, sagte Oma Helene und sah mich, wie immer, fest an.

Ich war sehr neugierig, was das kleine dunkelblaue Samtkästchen enthielt. Mein Geburtstag war erst in fünf Wochen – so lange hielt ich es einfach nicht mehr aus. Als ich das Kästchen öffnete, ging mir der Mund auf vor Erstaunen: In dem Kästchen lag ein goldener Salamander – eine Brosche – mit funkelnden grünen Augen aus Edelsteinen. Der Salamander sah unglaublich lebendig aus, er hatte angewinkelte Beine und reckte den schuppigen Hals mit dem großen Kopf und den gebleckten Zähnen hervor. Das ließ ihn vital und angriffslustig aussehen. Eine tolle exotische Echse! Doch das Geschenk verwirrte mich; ich war nicht glücklich über diese Gabe. Ich hatte das Gefühl, als hätte ich alle um mich herum betrogen und sei, ohne es zu wollen, in eine Falle getappt. Ich hatte ein schlechtes Gewissen gegenüber Wiebke, der ihre eigene Mutter solch ein schönes und sicher wertvolles Geschenk (später sollte ich erfahren, dass die Augen des Salamanders Smaragde waren) vorenthalten hatte. Gleichzeitig hatte ich Oma Helene gegenüber ein schlechtes Gewissen, die merkwürdigerweise in mir eine »liebe, ernsthafte junge Frau« gesehen hatte – diesen Eindruck würde ich schnell genug zunichtemachen können. Was sie wohl über mich dächte, wenn sie mich im Rattenloch herumstromern oder bei meinen Hauser-Beobachtungen – mit Fernglas – erwischen würde? Dieser Salamander war ein gefährliches Geschenk, möglicherweise ein Unheil stiftendes – was sollte ich denn sagen, wenn ich mir die Brosche ansteckte und Wiebke oder Klaus fragen würden: »Von wem hast du *das*?«

Ich verschloss den Salamander in der obersten Schublade meines Schreibtischs.

Irgendetwas musste passieren, bevor ich ihn wieder zum Leben erwecken konnte. Vielleicht wäre das erst möglich, wenn Oma Helene nicht mehr lebte. Oder ich nicht mehr bei meinen Eltern und freier von allem und allen sein würde. Vielleicht.

In dieser Nacht konnte ich überhaupt nicht schlafen.

Zeitgeist – Äonen

Am nächsten Morgen sah ich Erwin und Karl aus der Peep-show kommen. Sie gingen danach nicht zu *Domingo* oder *Chapeau!*, sondern legten sich auf der Uhlandstraße in eine Hofeinfahrt und blickten die Passanten bittend an.

Aus einem vorbeifahrenden Auto dröhnte *There's something going on*, der neue Solohit von *Abba*-Mitglied Frida. Dieser Song mit seinem düsteren Schlagzeug und dem melancholischen Gesang gefiel mir. Er wurde in diesem und in den nächsten Jahren noch oft gespielt und wurde zu so etwas wie einer unterschwellig zu hörenden Stimme, die immer wieder warnte: *There's something going on ... on ...* Frida sang: *A good thing must come to an end*, und selbst der *Abba*-Sound war nicht mehr spaßhaft oder romantisch-verkitscht wie noch in den Siebzigern, sondern rau und ernst.

Nach der Schule meinte Klaus, dass wir heute unbedingt zu einer Eröffnung mitkommen sollten. *Zeitgeist* heiße die Ausstellung, und sie solle »sehr gewagt« sein. Falk murmelte irgendetwas von einem Konzert, bei dem er noch mal abchecken müsse, ob es heute oder nächste Woche stattfinde, mir fiel leider nicht schnell genug eine Ausrede ein.

Abends band mein Vater sich seine wildeste Krawatte um, dann setzten wir uns in den Scirocco und fuhren los. Vor der Haustür trafen wir noch Fred und Frau Koderitz, die mit einer Wodkaflasche auf dem Bürgersteig saß und mit sich selbst redete. Nur Falks Anblick riss sie aus ihren Gedanken: »Der is so lang, dasse aus de Rejenrinne trinken kann.«

Falk war doch mitgekommen, Klaus hatte ihm über die Schulter geschaut, als er in der *Zitty* nach dem Datum des Konzerts blätterte. Er hatte sich mit den Wochentagen vertan. Die Ausstellung fand im *Martin-Gropius-Bau* statt; Hunderte von Menschen, viele davon in Schwarz gekleidet wie bei einer Beerdigung, drängelten sich vor dem Eingang. Damals war der Haupteingang wegen der zum Greifen nahen Mauer nicht benutzbar, man ging durch einen neu geschaffenen Eingang an der einstigen Rückseite.

Kaum hatten Wiebke und Klaus einen Fuß aus dem Auto gesetzt, stürzten sich schon einige Leute auf sie. Ein Mann, er war riesig und dick und trug einen roten Zylinder, küsste meinen Vater zweimal zärtlich auf die Wange. Eine kleine Japanerin hatte einen lebendigen Vogel auf der Schulter sitzen, den sie »Hannibal« nannte. Wiebke tat so, als fände sie »Hannibal« entzückend. Wenn Oma Helene das sehen würde – die Ziervögel bei ihrer Mutter im trauten Taunus-Heim hasste Wiebke nämlich.

Klaus und Wiebke waren vollends beschäftigt, Falk und ich konnten also verschwinden. Die Gemälde an den Wänden waren fast alle riesig, die Farben düster oder auf eine geradezu schmerzhafte Weise knallig. Wir warfen uns stirnrunzelnde Blicke zu, als wir von Raum zu Raum liefen. Leider war es so voll, dass man gezwungen war, sich die mehr oder weniger schlauen Kommentare anderer Leute zu den Bildern anzuhören.

»Sehr sinnlich, sehr sinnlich«, hörte ich einen Typ, der wie Karl Marx aussah, über einen dicken Frauenleib mit Spatzenkopf sagen.

Je länger ich durch die Ausstellung schlenderte, desto mehr fiel mir auf, wie viele Gemälde das Wort »Nacht« im Titel trugen. Die wilde Gestik, in der die meisten ausgeführt waren, konnte das Apokalyptische nicht aufheben, sondern unterstrich es eher noch. Hier wurde kein stiller Untergang beschworen, sondern ein lärmender. Jörg Immendorffs *Nacht-*

wache, Dieter Hackers *Die Nacht*, Walter Dahns *Nacht(t) krieg* und sein *Kettenraucher* aus dem gleichen Jahr. Bei Jonathan Borofskys wie ein schwarzer Geist in einem Saal schwebendem riesigen *Mann mit Aktenkoffer* musste ich an die grauen Männer aus Michael Endes *Momo* denken, Falk fand Rainer Fettingers *2 Harrisburger* richtig witzig – zwei Atomreaktoren, die etwas von Whoppern hatten: Auf einem prangte ein Hakenkreuz und aus dem anderen schielte Hitler. Gilbert & George erschienen im Vergleich dazu mit *Gute Nacht* und *Deatho Knocko*, einem seltsamen Gemälde mit kleinen Rittern und riesigen schwarzen Insekten wie aus einem Horrorfilm, ungewöhnlich ernst. Anselm Kiefers verkohltes Feld *Nürnberg* und *Weltasche*, Bernd Koberlings rauchendes Inferno namens *Vulkanischer Raum III* mit grauen und schwarzen Rauchsäulen – auf vielen Bildern sah es aus wie nach einem Dritten Weltkrieg. Hoffentlich stimmte es nicht, was Klaus und Wiebke gern über Künstler als »Propheten« sagten. Für Klaus, der mit den Händen in den Hosentaschen Bild für Bild abschritt, schlossen sich diese Aftermath-Bilder »fast logisch an diese Evokationen eines kalten Kriegs« an.

Nun bauten Falk und ich uns mit wichtigen Mienen vor Sigmar Polkes *Vermessung der Steine im Bauch des Wolfes und das anschließende Zermalmen der Steine zu Kulturschutt* auf. Falk wog den Kopf bedächtig und leckte sich über die Lippen. »Der Titel ist gut, aber die Ausführung erbärmlich«, seufzte er.

»Naja, am Ende soll's doch Kulturschutt sein!«, versuchte ich Polke in Schutz zu nehmen. Falk blickte erst gar nicht nach unten zu mir. Ich suchte Klaus, weil mich seine Meinung interessiert hätte, aber der verharrte wieder andächtig vor *Weltasche*. Neben ihm stand ein in behaglichem Gruseln aneinandergekuscheltes Pärchen in langen schwarzen Mänteln.

Als ich nun Falk gestand, dass mir Salomés bunter *Mit-dem-Strom-Schwimmer* in der Serie *Zeitgeist* wegen seiner schönen Farben und dem netten Nebeneinander aus tausend Körpern und Wellen am besten gefiel, meinte er nur, ich Dummkopf sei dem Bild auf dem Leim gegangen, würde die Ironie nicht kapieren. Vielleicht, vielleicht auch nicht, was wusste Falk schon. Mir taten langsam schon die Füße weh.

Jetzt kam mir Patrizia, die Tochter von Freunden von Wiebke und Klaus, entgegen. Sie war nett und musste nicht immer angeben, wie viele Töpfer-, Hinterglasmalerei-, Zeichen- und Malkurse, oder was es sonst noch so gab, sie schon besucht hatte. Doch kaum hatten wir ein paar Worte gewechselt, wurde sie leider schon von ihren Eltern weggeschleppt, um einem Mann mit langen weißen Haaren unter einem riesigen Filzhut und mit einem bodenlangen magentafarbenen Umhang vorgestellt zu werden. Und dann stand der Hauser vor mir. Er trug zu meiner Überraschung einen weißen Anzug und hatte seine Haare zum Zopf gebunden. Ich starrte ihn an, er nickte kurz. An seiner Seite befand sich die Frau, die ich bisher immer nur nackt gesehen hatte. Sie trug ein schwarz-rotes Kostüm, knallige Farben, sehr cool, und dazu passende Plastikohrringe in Dreiecksform. Die hatte sich ja ins Zeug gelegt.

Ich stieß Falk in die Seite. »Nicht zu fassen, oder?«

Falk grinste: »Hat offenbar 'ne Galeristin aufgerissen.«

»Du, der malt heimlich, ehrlich ...«

»Der Hauser? Nee, der steckt nachts Heroin in Fahrradschläuche oder so«, gab Falk zurück.

»Nee, der malt ... echt ... sogar abstrakt!«

Falk zuckte die Achseln. »Vielleicht dämmert dem mit zunehmender Reife, dass der schiere Besitz eines Motorrads nicht jedes Frauenherz bricht…« Er redete absichtlich so, um mich zu ärgern. Natürlich ärgerte ich mich.

Die Frau an Hausers Seite winkte einen Kunstkritiker und einen Kurator, die ich beide vom Sehen kannte, mit einladendem Lächeln zu sich. Eine Gruppe gackernder Frauen schob sich zwischen uns, aber ich schnappte noch »Schüler von Cy Twombly im Geiste« auf. Erst jetzt bemerkte ich, dass sie vor einem Gemälde von Twombly stand.

Falk und ich gingen in die Cafeteria. Es konnte noch Äonen dauern, bis Wiebke und Klaus wieder auftauchten. Äonen war gerade eines meiner neuen Lieblingsworte geworden. Alles schien damals Äonen zu dauern: Bis der Hauser nachts nach Hause kam, bis ich ihn wiedersah, bis ich erwachsen sein, bis ich mein Abi haben würde, bis das Rattenloch eines Tages doch zugebaut, das Lochow renoviert werden, die Mauer – unvorstellbar – nicht mehr stehen würde – Reagan, Breschnew, Thatcher, sie würden noch Äonen regieren, zweifellos.

Als wir wiederkamen, saß Frau Koderitz immer noch mit Fred auf dem Bordstein. Sie teilten sich einen Hamburger. Wiebke machte ein angewidertes Gesicht, aber wie ich bald in Erfahrung bringen sollte, weniger wegen Fred.

Wale, Schafe, Antilopen – ein Falk

Als ich an einem sonnigen Freitag im Oktober von der Schule nach Hause kam, traf ich auf eine vollkommen aufgelöste Wiebke und eine ebenso aufgelöste Anna. Beide umarmten mich dramatisch in der Tür und bugsierten mich dann wortlos in die Küche: Eine wichtige Unterredung stand an. Im ersten Moment hatte ich aufgrund des panischen Gesichtsausdrucks der beiden kurz in Erwägung gezogen, ob es einen Atomunfall gegeben haben könnte. Abgesehen von Wiebkes herumrollendem Sitzball, der um ein Haar den Gummibaum von seinem Tischchen gefegt hätte, machte unsere Wohnung aber einen normalen Eindruck – falls das Adjektiv »normal« je zu dieser Wohnung passen konnte. Wiebke bedeutete mir, dass ich mich setzen solle. Anna fing sich den Sitzball ein.

Welche Geistes- oder Filmgröße war diesmal gestorben? War die Kongresshalle etwa wieder eingestürzt? Oder diesmal das ICC? Ich setzte mich Wiebke gegenüber. Anna rollte im Hintergrund herum, dabei machte sie eine konzentrierte Miene, als würde sie über ein wichtiges Problem nachsinnen, das sich auf dem Sitzball besser als an jedem anderen Ort lösen ließ.

Wiebke sah mich bedeutungsschwanger an, schloss die Augen, als würde sie sich sammeln, brach dann aber in einen konfusen Redeschwall aus. Es sei unglaublich, was in diesem Land passiere. Wir würden uns einbilden, ein zivilisiertes Land zu sein, von wegen – ein Verbraucherbetrug sondergleichen, unglaublich, sie sei einfach fassungslos!

Ich stöhnte leise auf. »Worum geht es denn?«

»Du weißt noch von nichts?«

»Offenbar nicht. *Mea maxima culpa.*« Das hatte ich natürlich von Falk.

»Hach, Kind – das ist der größte Fleischskandal in der Geschichte der Bundesrepublik!«

»Aha. Klingt unschön.«

Ich stand auf, um mir eine Ahoj-Brause zu machen. Die würde ja wohl nicht vergiftet sein. Die vielen *E*s hatten mir zumindest bisher nicht geschadet. Oder vielleicht doch? Schließlich war ich süchtig nach Brause, mindestens so süchtig wie Christiane F. nach ihrem Stoff. Ich stellte unser Radio an, aber Wiebke drehte den Ton leise. »Hör zu: Die Polizei ermittelt in mehreren Bundesländern gegen Fleischhändler wegen Betruges und Verstößen gegen das Lebensmittelgesetz! Seit 1980 sollen ... Julika, hör dir das an – seit 1980.«

»Das sagtest du schon.«

Ich wunderte mich nur, welche Autorität die Polizei, über die Wiebke sonst kein gutes Wort verlor, plötzlich besaß. Die Polizei ermittelt!

»Sei nicht so spitzfindig! Also seit 1980 ... sollen eine Million Kilo Esel-, Maulesel- und Pferdefleisch ... von nicht zugelassenen Schlachthöfen in ... wo ...« Wiebke wühlte in ihrer Zeitung. »Hier steht es doch: Brasilien, Kanada, Marokko und Uruguay ... als Rind und Schwein verkauft worden sein.« Sie fuhr fort, während sie Tee wegwischte, den sie beim heftigen Gestikulieren auf der Tischplatte verschüttet hatte: »Auch über 100.000 Kilogramm Antilopen- und Blauschafffleisch aus China – als Rind- und Schweinefleisch deklariert – sind nach Deutschland gelangt, hierhin, zu uns auf den Tisch!« Wiebke trommelte auf den Tisch und sah mich auffordernd an. Offensichtlich erwartete sie eine teilnehmende Reaktion von mir.

»Jaja, ich hab schon verstanden ...«, murmelte ich. Das war natürlich nicht die gewünschte Antwort. Im Hintergrund hörte ich »... Pal mit fünf Sorten Fleisch. Von erfolgreichen Züchtern empfohlen.« Entschlossen stellte Wiebke das Radio ganz aus. »Fleisch aus China hier bei uns! China, weißt du, was die mit dem Fleisch machen? Hunde und Katzen kommen da auf den Tisch!«

»Und Antilopen und Blauwalfleisch«, konnte ich mir

nicht verkneifen. Ich hatte aber nicht richtig zugehört, Wiebke fiel mir ins Wort: »Blauschaffleisch!«

Bedrohlicher klang für mich eigentlich Blauwalfleisch als Schaffleisch, wo unsereins doch gern Schafskäse aß und Schafe überhaupt vertrauenerweckend, zumindest nicht gerade giftig aussahen.

Wiebke und Anna vertieften sich noch in Ermittlungen der Staatsanwaltschaft und Berechnungen darüber, wie viel die Betrüger verdient hätten. Selten hatte ich die beiden Worte wie »verhaftet« und »sichergestellt« mit solch einer Inbrunst aussprechen hören.

Jemand schlurfte den Flur entlang und rülpste vor sich hin, das konnte nur Falk sein. Mein Bruder hob den Blick nicht, als er die Küche betrat. Seine blauschwarze Mähne verzottelte zunehmend. Er begrüßte alle mit einem kaum sichtbaren Kopfnicken und nahm sich ein Wassereis aus dem Gefrierfach. Nun wurde der ganze Skandal noch einmal wiedergegeben, obwohl der Adressat reichlich wenig Gesprächsbereitschaft signalisierte.

Als Falk sich ein paar Scheiben Salami aus dem Kühlschrank nahm, murmelte er unter einem Falkschen Gähnen: »Hm, lecker Blaues Schaf.«

Ich sah, wie sich Wiebke und Anna kopfschüttelnd anschauten mit diesem Blick, den ich nicht leiden konnte. Er besagte nämlich: »Hach, Teenager!«

Als Wiebke mit Nachdruck erwähnte, dass wir letzte Woche Sonntag Wild gegessen hatten, meinte Falk nur: »Wenn kein Mensch das bemerkt hat, und es allen Leuten quer durchs Land« – er machte eine pathetische Geste –»gemundet hat, verstehe ich die Aufregung nicht. Man sollte öfter Antilope importieren. Warum gilt das eigentlich nicht als Delikatesse? Was habt ihr bloß gegen Antilopen?«

Einen Moment lang war alles still, nur der Sitzball quietschte vor sich hin. Dann warfen sich Wiebke und Anna wieder diesen Blick zu.

Später würde Wiebke zu mir sagen, dass ich wohl gerade in meiner Anti-Phase sei. Dabei schien diese Phase bei ihr selbst schon lange anzuhalten.

Am gleichen Tag, am 22. Oktober 1982, kam der Film *Die Spaziergängerin von Sans-Souci* mit Romy Schneider in ihrer letzten Rolle in die Kinos. Wiebke und Klaus gingen zum Filmstart – und ich wusste, auf eine ganz bestimmte, melancholische Art würden sie danach mit sich und der Welt im Einklang sein.

Abends fuhr Falk nach Charlottenburg, um sich dort mit Christian *Blade Runner* anzugucken, der seit ein paar Tagen lief – ich war beleidigt, dass er mich nicht gefragt hatte, ob ich mitkommen wollte. Das besetzte Haus, in dem Christian wohnte, hätte ich gern von innen gesehen. Aber Falk winkte ab: »Das ist kein Zoobesuch, puzzle du mal nur weiter deine Pinguine. Die mit dem Iro finde ich übrigens nicht schlecht.«

Spätabends klingelte wieder das Telefon. Klaus stöhnte auf. »Das sind irgendwelche Künstler, die mir ihren Krempel andrehen wollen! Kann ich nicht mal nachts Ruhe in meinem Denkraum haben?«

»Am besten wir stellen das Telefon da rein, dann musst du nicht immer erst durch die halbe Wohnung laufen«, schlug Falk vor.

Klaus zog Falk an einem Ohrläppchen: »Haaach, du neunmalkluger Quälgeist!« Mit einer kleinen Handbewegung fegte Falk Klaus' Hand weg. Klaus blickte weiter zu ihm hoch: »Jetzt bist du schon fast zwei Köpfe größer als ich … was wohl mal aus dir wird?«

»Ein Falk, wenn es recht ist. Und der bin ich schon.«

Geburtstag – *Leuchtfeuer*

Beim Frühstück mit Falk war ich aufgekratzt. Morgen hatte ich Geburtstag! Vorfreude ist doch die schönste Freude ... Als Wiebke das Radio anschaltete, prasselte nach dem Werbeslogan »Leckerschmecker schmeckt so lecker, weil Leckerschmecker länger schmeckt« die Nachricht eines Massensterbens auf mich ein: Im Salang-Tunnel, der den Hindukusch unterquert, hatte es einen Unfall – oder Anschlag – gegeben, bei dem über eintausend Menschen umgekommen waren. Sowjetische Offiziere hatten den Tunnel, in dem sowjetische Militärkonvois und afghanische Lkws zusammengeprallt waren, abgesperrt und alle Menschen darin verbrennen lassen – mit der Begründung, das Ganze sei auf Aufständische zurückzuführen.

Auf allen anderen Kanälen ging es um die Reichskristallnacht. In einem Beitrag wurde berichtet, was sich bisher alles schon an einem 9. November zugetragen hatte: Von der offiziellen Beendigung der Französischen Revolution durch Napoléon Bonapartes Staatsstreich 1799, dann natürlich 1918 der Novemberrevolution und, ebenfalls an einem 9. November, 1923 die Niederschlagung des Hitler-Ludendorff-Putsches bis hin zur schrecklichen Reichskristallnacht. Dann erfuhr ich auch, dass die *Tupamaros West-Berlin* am 9. November 1969 eine Bombe im Jüdischen Gemeindehaus gelegt hatten. Das war ja ein netter Schulterschlag von den Linksradikalen zu den Nazis damals. Die Bombe explodierte zum Glück nicht.

Klaus hatte die ganze Zeit, während er seine blonden Strubbelhaare in Form brachte, zugehört. »Dieser Beitrag ist mir zu oberflächlich. Was soll das, alle Daten nur so anzureißen ...« Er stellte einen anderen Sender ein – wieder ging es um das Massensterben in Afghanistan. Wiebke und Klaus machten ihr strenges »Kinder-seid-ruhig!«-Gesicht, das sie seit unseren Kleinkindertagen unverändert beibehalten hatten. Es bedeutete, dass Falk und ich uns eigentlich nicht bewegen durften. Erst als der Werbeslogan: »Gut, dass es McDonald's gibt« erklang, wurde das Radio ausgeschaltet.

»Das Land kann sich erst beruhigen, wenn die Sowjets weg sind – dann wird sich da eine prowestliche Stimmung breitmachen –, nach den Jahren der kommunistischen Besatzung wird man sich zum Westen hin orientieren«, meinte Wiebke.

»Ich denke auch, Afghanistan hat die besten Chancen, ein enger Verbündeter des Westens zu werden«, stimmte Klaus zu. »Außerdem ist es eh von den Ressourcen her ein wohlhabendes Land, vielleicht wird das so eine Art Tigerstaat in der Region – wenn nur erstmal die Sowjets weg sind!«

»Das Land wird reicher als die Golfstaaten«, behauptete Falk.

Wir sahen ihn verblüfft an.

»Opium«, triumphierte er. »Das ist das Öl der Zukunft. Daran verdienen die sich noch dumm und dämlich. Das Wort Ölscheich wird von dem Wort Opiumbauer als Inbegriff des Reichtums abgelöst werden.«

Ich überlegte, ob nicht irgendeine abgelegene Hochebene in Afghanistan ein viel schöneres Reiseziel als Patagonien sein könnte. Der Hauser und ich in Afghanistan ... vielleicht ein echter *Euph*traum.

Nachts stand ich vorm Fensterbrett und schaute auf die Hawaiitapete mit den Anarchozeichen, den Kritzeleien und den Sprüchen – kein Hauser, kein neues Bild, nichts.

Als ich mich am nächsten Tag frisch geduscht und gut ge-
launt in die Küche begab, war das erste, was Wiebke sagte:
»Breschnew ist gestorben.« Dann, nach einem langen
Schweigen: »Herzlichen Glückwunsch zum Geburtstag,
Julika.«

Klaus stand im Flur und umarmte mich mit gequältem Gesichtsausdruck. Während er mir gratulierte, hielt er sich sein
Miniradio ans Ohr.

Anstatt zur Bushaltestelle auf dem Ku'damm zu gehen,
fuhr ich mit der U-Bahn zum Kottbusser Tor und ging allein
in der Oranienstraße frühstücken. Ich kam mir erwachsen
vor, wie ich mir eine *taz* kaufte, Zeitung lesend mein Ei aufschlug und Brötchen aß. Andere saßen in der Schule herum
und verblödeten, ich nahm mir frei. Einem Obdachlosen
gab ich eine Mark, einem Rucksackverkäufer kaufte ich eine
elfenbeinfarbene Altarkerze ab, einem bettelnden Kind
schenkte ich eine Minitüte Haribo, die ich in meiner Jackentasche fand – an meinem Geburtstag wollte ich großzügig
sein. Später ging ich noch in einen Armyladen und kaufte mir
ein olivgrünes Hemd mit Brusttaschen. Eigentlich gefiel es
mir in Kreuzberg besser als bei meinen Eltern in Wilmersdorf, aber Wiebke und Klaus hatten klargestellt, dass Falk
und ich auf keinen Fall ausziehen dürften, bevor wir nicht
unser Abi gemacht hatten. Und das konnte ja noch Äonen
dauern – Prost! Ich kaufte mir eine Dose Mineralwasser,
schüttete Ahoj-Brause hinein und leckte den sprudelnden
Schaum von der Dosenöffnung ab. Dann kickte ich die Dose
bis zum Kotti. Ich nahm mir vor, immer so zu kicken, dass
die Dose genau auf der Mitte des Pflastersteins zum Liegen
kam und nicht etwa auf dem Rand. Es klappte fast immer.
Morgen bin ich wirklich Rummenigge ...

Kurz bevor ich in den U-Bahnschacht hinunterging, hatte

ich einen lustigen Zusammenstoß mit einer türkischen Familie, die offenbar gerade mehrere Matratzen und Daunendecken am Kottbusser Damm gekauft hatte und, ohne nach links oder rechts zu schauen, wie eine riesige Wolke auf mich und andere Passanten zustürmte. Falk behauptete einmal, es gäbe keine Straße in Berlin mit derart vielen Matratzengeschäften wie den Kottbusser Damm. Nach dem frontalen Zusammenstoß gab es allgemeines Gekreische und Gelächter, als wir uns alle aus den Deckenbergen befreiten. Klaus würde sich aufregen, wenn sein Bettzeug auf dem Straßenboden läge, aber die Familie blieb gelassen. Beim Weitergehen erahnte ich aus dem Augenwinkel schon die nächste Kollision.

Als ich, zurück in Wilmersdorf, vom U-Bahnschacht auf die Straße trat, sah ich schon von Weitem das rote A leuchten. Ich gab mir einen Ruck: Heute, an meinem Geburtstag, würde ich Herrn Adán besuchen. Fast drei Monate waren seit der Hochsommernacht im August vergangen.

Etwas mulmig fühlte ich mich schon. Ich überlegte mir, wie ich gleich Herrn Adán gegenüberstehen würde, wie ich ihn angucken, was ich sagen sollte. Höchstwahrscheinlich waren andere Kunden da. Vielleicht konnte ich gar nichts anderes tun, als Traubenzuckerdrops zu kaufen. Vielleicht stand er aber auch allein da, und sein Blick durchbohrte mich auf dem Weg von der Tür bis zur Theke … Das große rote A rückte näher und näher. Ich hatte erwartet, kurz vor der ersten Wiederbegegnung mit dem Adán sehr aufgeregt zu sein – nicht ohne Grund hatte ich diesen Tag so lange hinausgezögert –, aber seltsamerweise wurde ich nur traurig. Als ich vor der Tür stand, erfasste mich solch eine immense Schwermut, dass ich schnell ein Bild, eine Farbe für sie suchen musste, um nicht zu verzweifeln. Ich dachte an das tiefe Blau des Marianengraben in meinem Atlas, das Elftausendmeterblau, und wusste, das ist meine Adán-Trauer, dort kann ich sie aufbewahren und immer wieder finden.

Als ich auf die weiche, schwarze Fußmatte vor der Apotheke trat, fiel mir sofort auf, dass die übliche Melodie nicht mehr erklang. Vielleicht war der Mechanismus kaputt.

Ich war die einzige Kundin. An der Theke stand ein junges Mädchen mit Pferdeschwanz und rosa Rollkragenpullover unter dem weißen Kittel, das ich noch nie hier gesehen hatte. Von hinten trat nun die Chefin hervor, die sonst wenig mit den Kunden sprach. Ich kam kaum zum Luftholen, da wollte sie schon wissen, was sie für mich tun könne.

Meine Frage nach Herrn Adán schien ihr nicht zu behagen. »Der arbeitet nicht mehr hier.«

»Aha, warum?«

»Das kann ich Ihnen nicht sagen.«

»Wo arbeitet er denn jetzt?«

»Der arbeitet hier nicht mehr, sagte ich doch schon. Kann ich etwas für Sie tun, junge Frau?«

»Nein.« Seufzend wandte ich mich um. Auf die Idee, dass er einfach nicht mehr hier sein könnte, war ich nicht gekommen. Als meine Hand schon auf der Klinke lag, drehte ich mich noch einmal um: »Falls Sie ihn doch sehen sollten, grüßen Sie ihn bitte von Julika Zürn.«

»Der ist hier nicht mehr, sind Sie schwer von Kapé?«

»Sie wollen mir nicht antworten«, gab ich zurück.

Die Chefin geriet aus dem Häuschen. »Der tickte nicht mehr richtig, verstehen Sie?«

»Nein …« Ich wollte so viel wie möglich von ihr in Erfahrung bringen.

»Nein? Sie ticken wohl auch nicht richtig, habe ich langsam den Eindruck!«, herrschte die Dame mich an.

Ich machte auf dem Absatz kehrt, ohne für Herrn Adán

noch ein gutes Wort einzulegen. Hinter mir setzte ein Tuscheln ein.

Später ging ich ins Rattenloch. Heute war niemand dort. Seit langem mal wieder nahm ich auf der Waschmitteltonne Platz. Ich heulte. Nach einer Weile zündete ich mit meinem Amnesty-Feuerzeug die Altarkerze, die ich vorhin auf der Oranienstraße gekauft hatte, für den Adán an. Als die Flamme trotz Nieselregen sofort anfing zu flackern, musste ich an die Narben denken, die so aussahen, als würden sie von Zigaretten herrühren. Und dann fielen mir zwei Strophen eines Enzensberger-Gedichts ein, das Klaus mehrfach Heiligabend vor dem hell erleuchteten Weihnachtsbaum wiedergegeben hatte.

> Dieses Feuer beweist nichts,
> es leuchtet, bedeutet:
> dort ist ein Feuer
>
> Weiter bedeutet es nichts.
> Weiter verheißt es nichts.
> Keine Lösungen, keine Erlösung.

Keine Lösungen, keine Erlösung... Ich dachte voller Inbrunst, nein Ingrimm, an Hawthornes *The Scarlet Letter*, das wir in Englisch gelesen hatten, und den Buchstaben A und den Kuss auf meiner Stirn und A wie *Adultery* und unerlaubte Nähe, zu große Nähe und das große rote A und sein Leuchten auf der Joachimstaler und das Foto von der Frau vom Adán ... Wo er jetzt wohl war?

Der Berliner Dauerregen rann über die Brandmauer, über meine Wangen, einerlei, schwarz-grau-weiß, über den Müll, den Schrott, die Kunst und die Taubenkacke, *Lummerland ist abgebrannt.* Trümmerland … Warum schien mir alles so unwirklich heute, war ich so müde, wurde mir alles zu viel … Meine Finger im Licht der nächtlichen Blitze, nur dauermüde …

Warum. Warum hatte ich nie mehr mit ihm gesprochen? Warum hatte ich ihn nie wieder besucht? Weil ich Angst hatte. Weil ich nichts weiter von ihm hören wollte. Alle Ängste, die mir vorher nur durch den Kopf gegeistert waren, beim Eilbriefe-Schreiben, beim *Tagesschau*-Sehen, beim Radiohören, beim Sprüche-Lesen, beim nächtlichen Herumgrübeln, waren auf einmal *da*. Unter meinen Fingerkuppen. Dosen kicken, Musik hören, Lärm machen gegen die Angst. Und weg wollen.

Nächste Woche würde ich mit Fiona wieder Briefe schreiben für Gefangene in der Sowjetunion, in Nicaragua, Obervolta und in China … Ich würde mich wieder mit den Lebensläufen mir unbekannter Menschen beschäftigen, fremde Fotos anschauen, exotische Adressen tippen, Briefmarken anlecken … Voller Scham dachte ich daran, dass ich Anna einmal nach politischen Gefangenen in Patagonien gefragt hatte. Den Adán würde ich nie wieder sehen, ich war mir dessen ganz sicher. Er war vielleicht in eine andere Stadt gezogen, saß in Bonnies Ranch oder hatte sich das Leben genommen, oder war Pornodarsteller geworden wie Herr Seeger – vielleicht. Aber er ging, schien mir, nicht mal in die Peepshow. Ich drehte und wendete meine Hände im Schein der großen Kerze.

Zu Hause wartete die Geburtstagsbescherung auf mich. Morgens hatten Wiebke und Klaus Termine wahrgenommen, und ich hatte so getan, als ob ich in die Schule ginge. Wiebke und Klaus hatten sich dieses Mal bedeckt gehalten, ich hatte keine Vorstellung davon, was sie mir schenken würden. Als ich die Wohnung betrat, hörte ich schon das Radio, in dem es wieder um das gestrige Massensterben in Afghanistan ging. Eigentlich hörten wir zur Bescherung immer den *Beatles*-Song *Birthday*, aber Klaus und Wiebke schienen ihn über den Nachrichten vergessen zu haben.

Eine Minute später stand ich vor einem Riesenkaktus, einem Buch über die Wüsten dieser Erde und einem über die Kunstschätze dieser Welt. Dann überreichte Wiebke mir eine olivgrüne Fahrradtasche. »Für realistische Reiseziele, zum Beispiel Schleswig-Holstein«, sagte sie und sah mich bedeutsam an, als wolle sie etwas über mich herausfinden. Nun gab es noch einen in Klarsichtfolie eingeschlagenen Radtourenführer samt Deutschlandkarte. Auch wenn ich lieber mit dem Hauser auf dem Motorrad durch die Hochebenen Patagoniens als allein (oder mit Wiebke, Klaus und Falk) auf dem Fahrrad nach Lübeck fahren wollte, freute ich mich.

So richtig geburtstägliche Stimmung kam trotzdem nicht auf. Wir vergaßen alle, die Kerzen auf meinem Kuchen anzuzünden. Im Radio, das Klaus sehr laut gestellt hatte, wurde immer noch die ganze Zeit über den Tod Breschnews und die Frage nach seinem Nachfolger gesprochen. Dass der dicke, hässliche Breschnew mir heute derart die Show stahl, gefiel mir gar nicht.

Wiebke fragte mich, wie es denn in der Schule gewesen sei, und ich gab ehrlich zu, dass ich dieses deprimierende Mottenmuseum an meinem Geburtstag gemieden hätte. Sie seufzte auf, scherzte aber, dass ich über den Tod Breschnews so betrübt gewesen sei, dass ich deshalb nicht habe zur Schule gehen können. »Dann schreibe ich eben wieder, dass du deine Tage hattest«, meinte sie abschließend. Hoffentlich schrieb sie das nicht dauernd.

Als ich mich nach dem von politischen Sondersendungen

begleiteten Geburtstagsabendessen schlafen legte, versuchte ich mich auf den nächsten Tag zu freuen. Meist war der Tag nach dem Geburtstag doch viel schöner als der Geburtstag selbst, tröstete ich mich.

Am nächsten Tag wurden Jurij Andropow vom Zentralkomitee der Kommunistischen Partei einstimmig zum neuen Generalsekretär gewählt. Gleichzeitig wurden Adelheid Schulz und Brigitte Mohnhaupt verhaftet, nur fünf Tage später auch Christian Klar. Bei meinen Eltern lief der Fernseher in diesen Tagen rund um die Uhr. Abends kamen Freunde, und es gab wilde Diskussionen. Falk und ich stahlen uns zwischendurch davon, aber ich bekam doch mit, dass es zwar gut sei, dass Klar, der Extremist, verhaftet worden sei, dass damit aber dennoch »eine Ära zu Ende gehen« würde. Wie oft hatte ich in diesem Jahr diesen Satz gehört: Eine Ära geht zu Ende. Das endgültige Ende der Siebziger, das Ende des sozialdemokratischen Deutschlands, das allerletzte Ende der linken Utopien, die nach dem Deutschen Herbst im anschließenden Dauerfrost noch übrig geblieben waren, überwintert hatten. Vor dem Herbst hatte ein Sommer gelegen, nicht nur jahreszeitlich, wurde geunkt, die konservative Wende in Berlin und in Deutschland allgemein schien in in diesem Jahreszeitenmodell ein Frosteinbruch zu sein. Klaus brachte sein Immendorff-Zitat mit der Kunst und den Kartoffeln wieder an. Die Kunst hatte nichts Nahrhaftes mehr, sondern war wieder frei geworden, der Inbegriff des Gegenweltlichen, des Anderen, hatte sich in höhere Sphären verflüchtigt.

Herr Wiedemann tauchte in einem schwarz-roten Anzug auf und schrie volltrunken zu später Stunde: »Es lebe die Künstleroligarchie!«

Den Abend über herrschte Melancholie. Es war, als hätte

die RAF einen zutiefst unbewussten, nicht gesellschaftsfähigen Teil einiger nicht gewaltbereiter, bürgerlicher Linksintellektueller verkörpert. Mit der Verhaftung und dem Untergang der zweiten Generation der RAF mussten sie von der Vorstellung einer wie auch immer gearteten »Revolution« Abschied nehmen.

Die Einzige, die nicht von einer gewissen postrevolutionären Wehmut befallen war, war Anna. Mit der neuesten Ausgabe der *ai informationen* unterm Arm verkündete sie, dass Christian Klar für sie noch nie einen »Weg gewiesen habe«. »Der Kerl hat Anfang der Siebziger den Wehrdienst mit der Begründung verweigert, er habe eine ›zutiefst lebensbejahende Haltung‹, weshalb ihn nichts und niemand dazu veranlassen könne, ›einen Menschen zu verletzen oder zu töten‹. Einerseits vom Staat dafür Verständnis einklagen, aber dann Vertreter genau dieses Staats umbringen, nein danke.«

In jedem Fall war die Stimmung bei uns zu Hause geprägt von diesen Gesprächen und Selbsterkundungen. Ich feierte nicht nach, lud niemanden mehr ein – ich betrachtete den Rattenlochbesuch mit dem Anzünden der Altarkerze als meine Geburtstagsfeier.

Nachts suchte ich den Namen Adán in unserem Telefonbuch. Er war nicht aufgeführt.

Anna und das Ekel – *Ein bisschen Frieden*

Am nächsten Morgen ging ich mit Fiona zur Schule. In meiner Umhängetasche lag ein Entschuldigungsbrief von Wiebke wegen meines Fehlens. Wiebke war es leid, dauernd Briefe für mich schreiben zu müssen, und fand es nicht gut, dass ich, wie sie ständig sagte, eine »Touristenhaltung« zur Schule entwickelt hätte. Mir gefiel der Gedanke wiederum sehr, woanders zu leben und nur hin und wieder – als Tourist – die Schule zu besuchen.

Als Fiona und ich an »unserer« Apotheke vorbeiliefen, blieb ich stehen und blickte hinein. Die Chefin stand hinter dem jungen Mädchen, das heute einen neongrünen Rollkragenpullover unter dem Kittel trug, und fuchtelte mit einem Blutdruckgerät herum. Ihr Kopf war von dem Kopf der Jüngeren verdeckt. Von hier konnte man nur ihre Arme sehen, die junge und die alte Apothekerin sahen aus wie Shiva, und die junge bewegte ihre Arme nach der strengen Regie in ihrem Rücken. Wenn sie beide geahnt hätten, wie absurd sie aussahen, nein, das konnten sie sich nicht vorstellen. Verrückt waren ja immer nur die anderen.

Langsam ging ich weiter. Aus der Peepshow kam heute Herr Kralle, ein Kunstkritiker, mit dem Wiebke und Klaus befreundet waren. Herr Kralle tat so, als hätte er mich nicht gesehen. Mich ärgerte diese Art, auch wenn dieses Verhalten aus Herrn Kralles Sicht einen verständlichen Grund hatte.

»Tach, Herr Kralle!«, rief ich betont fröhlich und freute mich darüber, wie der große massige Mann zusammenzuckte.

Da kam schon der Bus; wir rannten uns die Lungen aus dem Leib, als ginge es um unser Leben (was man nicht so alles tat, nur um zur Schule zu gelangen!). Wir erwischten ihn gerade noch, und mit einem schmatzenden Geräusch schlossen sich die gummierten Türen hinter uns. Es war ein Geräusch, das ich hasste. Das Gegenteil davon wäre der patagonische Steppenwind, da war ich mir sicher.

»Und, hast du alles drauf für Erdkunde?«, zerschnitt Fionas fiepsige Stimme meine Tagträume. Stimmt, gleich hatten wir eine Klausur. Das Thema der letzten Wochen war die Verschmutzung der Havel gewesen. Im Vergleich zur Verunreinigung der Spree. Und des Rheins. Am letzten Wandertag, einem nach der Ost-Berlinfahrt, waren wir alle zur Havel gefahren, aber anstatt in der Schlammscheiße munter schwimmen zu gehen wie an anderen lustigen Wandertagen, mussten wir mit Marmeladengläsern Wasser schöpfen und das nachher bei Herrn Piontkowski unterm Mikroskop untersuchen. Verunreinigungen dokumentieren, eine stolze Aufgabe. Ein beschissener Wandertag. In meinem Glas schwammen hauptsächlich Fäkalbakterien herum – Escherichia Coli –, so mein stolzes Ergebnis. Warum ich dafür nur eine Drei bekam, verstand ich nicht. Konnte ich etwas dafür, dass ich nicht so beeindruckende Toxine vorweisen konnte wie andere, die zu entlegenen Stellen der Havel ausgeschwärmt waren, wo sich Fabriken statt Menschen ausschissen?

An einem der nächsten Tage waren The Wiebkes and the Klauses bestens gelaunt, als ich von der Schule nach Hause kam. Klaus hatte eine Stelle als Redakteur einer Kunstzeitschrift bekommen, für die er schon vorher oft als freier Kritiker gearbeitet hatte und um die sich sehr viele Leute beworben hatten. Als ich ihn beim Abendessen fragte, warum er glaube, dass schon wieder er ausgewählt worden war, lächelte er geheimnisvoll. »Dass man mich einfach wegen meiner Klugheit und Zuverlässigkeit schätzt, kannst du dir wohl nicht vorstellen, Jule, oder?«

Falk gähnte. »Zuverlässig? Seit zwei Jahren versprichst du Jule und mir, an die Ostsee zu fahren, du weißt schon, der kunstfreie Wochenendtrip, wenn Wiebke Oma Helene – vor allem natürlich Oma Helenes Vögel! – besucht. Seit einem Jahr versprichst du mir, mit mir in Kreuzberg in diese alte kaputte

Kirche zu gehen, wo du mal Fledermäuse gesehen hast. Und seit vier Monaten warte ich darauf, dass du mir in der Bleibtreustraße so'n geilen schwarzen Wollpulli kaufst ...«

Klaus blickte Falk erschrocken an. »Das mit dem Wollpulli machen wir gleich nächste Woche!«

»Wenn Falk so'n Pulli bekommt, hätte ich auch gern was aus der Bleibtreu«, rief ich.

»Also gut, dann gehen wir nächste Woche zu dritt ...«

»Nicht zu dritt!«, warf Falk ein. »Ich will mich lieber mit dir allein unterhalten, Jule nervt.«

»Ich will auch mit dir allein los, Klaus. Falk nervt.«

Wir wollten gerade ausmachen, wann Klaus mit wem losziehen würde, da tauchte Wiebke aus ihrer Bücherstube auf. »Ich finde es nicht richtig, den Kindern so was zwischendurch zu schenken. Wir haben doch dann etwas für sie zu Weihnachten! Vergiss nicht, wir haben auf dem Kunstmarkt unser letztes Geld gelassen.«

Klaus seufzte. Dann glitt ein Lächeln über sein Gesicht, und er lehnte sich behaglich zurück: »Der Grund, warum ich befördert werde, ist neben meiner Intelligenz und unstrittigen Kompetenz, dass ich beruflich wie privat bestens in der Lage bin, ruhig und unbeteiligt zu bleiben, während sich verschiedene Egoisten gegenseitig die Köpfe einschlagen. Da Herr Specht es nicht ertragen könnte, wenn Herr Fuchs befördert werden würde, und Herr Fuchs Herrn Specht im umgekehrten Fall sofort totbeißen würde – und so weiter, den Rest könnt ihr euch denken. Wir gehen dann also Anfang Dezember shoppen.«

Wiebke lächelte, Falk kritzelte ostentativ in seinem Taschenkalender in das Feld für den 1. Dezember: Shoppen gehen mit Klaus. Der sah darüber milde hinweg beziehungsweise schon wieder in seine *taz*. Im Radio wurde gemeldet, dass die innerdeutsche Transitautobahn Berlin–Hamburg eröffnet worden war. Langsam wurde die Radiostimme von *Billie Jean* übertönt.

Aus dem Shoppengehen mit Klaus wurde nichts, weil er mit der neuen Arbeit »schrecklich eingespannt« war, dafür brachte er mir jedoch einen reptiliengrünen Wollpulli aus der Bleibtreustraße mit. Als Klaus mir den Pullover schenkte, trat Wiebke neugierig hinzu, weshalb Klaus seinen angefangenen Satz umformulierte: »Da wir's ja jetzt nicht mehr geschafft haben, zusammen loszuziehen, wollte ich doch mein Versprechen halten ... Also, du solltest den Pullover doch noch ein bisschen auf den Weihnachtstisch legen.«

Da ich mich über den Pullover sehr gefreut hatte, nervte ich Klaus nicht mit der Frage, wie man ihn nur »ein bisschen« auf den Tisch legen konnte. Mit herunterhängenden Ärmeln?

An einem der nächsten Tage ging ich nach der Schule mal wieder mit zu Fiona. Als sie die Wohnungstür aufschloß, hörten wir ein seltsames Geräusch. Fiona zog ihren Wildledermantel aus und sah mich fragend an. Was wir hörten, war eine Art Schreien. Mir fiel ein, dass wir heute eigentlich erst nach der sechsten Stunde nach Hause kommen sollten. Jetzt veränderte sich das Geräusch, es klang eher wie ein lautes Stöhnen.

»Vielleicht ist etwas los mit meiner Mama?« Fiona sah mich beunruhigt an. Dann rannte sie über den weichen Flokatiteppich nach hinten, ich folgte ihr. Das merkwürdige Geräusch kam aus dem hintersten Trakt der Wohnung. Wir rannten vom großen in den kleinen Flur, vom Vorderhausteil der Wohnung in den, der zum Hinterhaus gehörte – Annas und Fionas Wohnung war noch labyrinthischer als unsere, da zwei Wohnungen zusammengelegt worden waren. Wir blieben vor einer großen Flügeltür stehen und blickten uns aufgeregt an. Dann drückte Fiona die Klinke herunter.

Vor uns lagen Anna und das Ekel, nackt und eng ineinander verschlungen. Sie hatten beide das Gesicht von uns abgewandt, das Ekel lag hinter Anna, sie bewegten sich heftig, dabei beschimpften sie sich und stöhnten.

»Lass uns gehen!«, wisperte Fiona nach einer Weile.

Ich kam spät nach Hause, alle waren schon beim Abendbrot. Klaus erzählte gerade, dass sich die Beschwerden verschiedener Mieter über den Hauser gehäuft hätten. Dies habe er durch ein Telefonat mit der Hausverwaltung erfahren. »Dann hört das endlich mit AC/DC mitten in der Nacht da unten auf«, sagte er mit einer gewissen Befriedigung.

Falk warf mir einen prüfenden Blick zu. Ich sah ihm mit unveränderter Miene fest ins Gesicht.

In diesem Moment klingelte es an der Tür, und Anna kam gut gelaunt zu uns zum *Tagesschau*-Sehen. Fiona war beim Batikkurs, fiel mir ein.

Ich fühlte mich sehr unwohl in Annas Gegenwart; sie setzte sich auch noch neben mich und tätschelte mir den Arm. »Ihr habt bestimmt viele Hausarbeiten vor den Weihnachtsferien, oder?«

Ich nickte nur.

In der *Tagesschau* hieß es, dass der Bundestag den Vorbehalt gegen die Inbetriebnahme des so genannten Schnellen Brüters in Kalkar aufheben und damit den Weg für einen Betrieb des Atomreaktors ebnen würde. Damals ahnte niemand aus der Anti-AKW-Bewegung, dass das sieben Milliarden Mark teure Kernkraftwerk Kalkar nie in Betrieb gehen und eine der größten Investitionsruinen Deutschlands sein würde.

Wiebke und Anna diskutieren sofort über diese Nachricht. Anna forderte Wiebke auf, sie zu einer Demo zu begleiten, und Wiebke sagte: »Ja, ich denke, ich komme mit, mal sehen …«, aber ich sah ihrem Gesichtsausdruck an, dass sie nicht gehen würde. Die Demo sollte irgendwo in Kreuzberg beginnen, und es war eisig draußen. Wiebke würde lieber in ihrem Himmelhochbett liegen und lesen. Vielleicht hatte Wiebke, wie Klaus, langsam keine Lust mehr, auf Demos zu gehen; der Elan, den sie noch im Frühjahr und im Sommer in dieser Hinsicht an den Tag gelegt hatte, hatte sichtbar nachgelassen.

Nachdem Wiebke nicht so recht mitmachen wollte, begann Anna, sich wieder mit Klaus über die Bebauung – oder Begrünung – der Hundewiese in die Haare zu bekommen. Ich kannte beide Argumente auswendig. Die Wiese war eh längst in fester Hand der Ratten, egal, was sich die beiden ausdachten.

Abends stand ich wieder vorm Fenster. Herr Kanz und Herr Olk hörten beide *Ein bisschen Frieden* von Nicole. Wahrscheinlich ahnten sie, dass sie es noch einige Jahrzehnte miteinander aushalten mussten.

Dakota House – später

Ein paar Tage später traf ich auf eine sehr stille Wiebke und einen in sich gekehrten Klaus, als ich auf der Suche nach Ahoj-Brause in unsere Küche lief. Sie saßen nebeneinander und blickten still auf die Tischkante.

Klaus hob den Kopf und sagte leise: »Heute vor zwei Jahren ist John Lennon erschossen worden.«

Ich nickte und schlich mich ohne Brause aus der Küche. Ob ich die gleiche Szenerie auch in zwanzig Jahren erleben würde?

»Heute vor zweiundzwanzig Jahren ist John Lennon erschossen worden.« Klaus würde auf die Tischkante blicken. Und Wiebke würde fahrig und nervös viel zu heißen Kaffee trinken.

Ich erinnerte mich sehr gut an den Todestag von John Lennon vor zwei Jahren: Damals war ich auch in die Küche gelaufen, auch mit der Absicht, mir eine Brause aufzugießen. Ich hörte kein Geräusch aus der Küche, spürte aber, dass jemand da war. Mit unbehaglichem Gefühl trat ich ein. Wiebke weinte. Klaus auch. Er hatte die Hände vor sein Gesicht gelegt, und seine Schultern zitterten leicht. »Wibi … Klaus?«

Klaus nahm eine Hand von seinem Gesicht, und für einen Moment sah ich sein weiches, nasses Gesicht. Ich hatte meinen Vater bisher nur selten weinen gesehen. Er winkte mich zu sich. Unsicher stakste ich heran. Dann fiel mein Blick auf die ausgebreitete Zeitung. Zwei Minuten später saß ich bei Falk auf dem Hochbett und hörte *Yer Blues* vom *White Album*. Ich konnte einfach nicht bei meinen weinenden Eltern sitzen bleiben. Wiebke hatte ich schon oft heulen gesehen – in dieser Hinsicht war sie fast so wie die Rund-Oma, weshalb ich früher dachte, die sei ihre und nicht Klaus' Mutter –, aber Klaus hatte ich erst einmal weinen gesehen, obwohl er ein Gesicht hatte, das auch im Normalzustand so aussah, als ob er gleich anfangen würde zu weinen. Damals war er merkwürdigerweise beim Anblick eines schwarzen Gemäldes von Ad Reinhardt in Tränen ausgebrochen; das war kurz nachdem sich ein guter Freund von Klaus in seinem vw-Bus überschlagen hatte und wenige Tage später im Urban-Krankenhaus gestorben war.

Vor zwei Jahren hatten Fiona und ich in der Schule kein anderes Thema als den Mord, den Mord, den Mord. Das Dakota House in New York, der Verrückte, der von sich behauptete, ein *Beatles*-Fan gewesen zu sein, Yoko Ono, alles. Es gab im *Beatles*-Songbuch ein Zitat von John Lennon: »Ich will doch nicht mit vierzig schon sterben.« Er war genau vierzig. Vierzig Jahre und sechzig Tage. Geboren am 9. Oktober 1940. Das Datum ist seitdem bei meinen Eltern im Tischkalender rot angekreuzt gewesen, zwischen den Geburtstagen von Freunden und Bekannten. Das rote Kreuzchen am 9. Oktober war viel dicker als das am 10. April, dem Geburtstag von Oma Helene.

In der Schule machten sich damals alle über Fiona und mich lustig. Rolf meinte auf dem Schulhof zu mir: »Komm, sind doch noch drei übrig geblieben.« Sehr witzig. Dass meine »Liebe« zu John Lennon darin bestand, stundenlang über den Blumen, Diamanten und Walrössern aus den *Beatles*-Songs zu brüten und sie mit grüner und lilafarbener Tinte in meine zahlreichen Notizbücher abzuschreiben, war eine Sache, aber dass John Lennon auf diese Weise aus meinem Leben gerissen werden musste?

Es war erst das Geschluchze meiner Eltern, das mich etwas von den *Beatles* abbrachte. Aber auch nur etwas. Schließlich ging nichts über *I'm so tired*.

Woran ich mich auch erinnern konnte, war, dass sich Wiebke und Klaus nach dem Tod von John Lennon auf einmal so gut wie noch nie verstanden. Vorher hatten sie eine Weile lang ständig gestritten – als Reaktion darauf begann Falk, sich auf seinem Hochbett zu verkriechen, und ich legte mir die Kakteenzucht zu. Aber in den Wochen nach dem schrecklichen Mord hatten sie überhaupt nicht gestritten; abends wurden bei uns endlich mal wieder Platten aufgelegt.

Manchmal tanzten Wiebke und Klaus sogar dazu. Sie holten auch alte Fotoalben von einem der Hochböden, und Falk und ich bekamen allerhand Lustiges zu Gesicht: Klaus mit schulterlangen fettigen Haaren über eine unglaublich altmodisch aussehende Schreibmaschine gebeugt, Wiebke in einem quietschgrünen Plastikkostüm mit gelb-weißem Blütenmotiv darauf und mit ungefähr zwanzig Holzperlenketten um den Hals. Das war, als sie gerade nach Berlin gezogen waren. Dann kam der kleine Rotzlöffel, Falk, der damals – unvorstellbar – sehr pummelig war. Bald schon turnte Falk ohne Scheu auf den Erwachsenen herum, planschte im Spülbecken oder schmierte sich Tapetenkleister ins Gesicht. Dann war ich endlich auch da. Ich war nie dick wie Falk, trug aber seit meinem vierten Lebensjahr eine Brille, und manchmal ganz unmögliche Modelle, zwei Jahre lang eine in Kermit-der-Frosch-Grün. Auf einem Foto ärgerte ich Falk, ich hielt eine Gabel in Richtung Falks schwabbeligem Bauch, und garantiert hatte er gleich gequiekt. Dann gab es ein Foto, das mir nicht gefiel: Da hockten Falk und ich beim alten Knilch und der Rund-Oma auf einem gruseligen Sofa und spielten mit den Fransen einer Tischdecke. Klaus' Haare sahen auf dem Foto ganz besonders fettig aus, wahrscheinlich hatte er sie an diesem Tag absichtlich nicht gewaschen. Auch Wiebke war dem Zeitgeist entsprechend gekleidet gewesen. Lilafarbenes Flatterkleid, dazu Krissellocken im Afrolook, das fand sie mal toll. Klaus weniger, was Wiebke ihm übel nahm, erinnerte ich mich. Ob Wiebke wohl Klaus' fette Matte toll fand?

An einem Adventssonntag – Wiebke hatte immer noch vom Weinen über John Lennon gerötete Augen – ließ sich meine Mutter nach dem Kunstwerke-Abstauben auf mein Matratzenlager plumpsen und erzählte mir ihren letzten Traum:

»Ich laufe unsere Straße runter, gehe zur Joachimstaler, es ist ein warmer und schöner Frühlingstag, ich weiß, ein reiner Wunschtraum, ich ziehe mir die Schuhe aus und setze mich barfuß ins Gras – vor die Musikhochschule. Da kommt mir Falk entgegen. Er sieht anders aus als sonst, wie, kann ich gar nicht sagen, vielleicht einfach älter. Er sieht mich und zeigt mit einem Finger in den Himmel, dann breitet er die Arme aus und – Jule, du wirst es nicht glauben, er beginnt zu fliegen, er wedelt mit den Ärmeln seines weiten Hemdes und steigt und steigt, bis er nur noch ein kleiner Punkt ist ... Na, Kleine, was sagst du dazu?«

Sie zwickte mich in den Oberarm. Ich knabberte an einem Stück Esspapier und schüttelte den Kopf. Ich konnte Wiebkes gute Laune nicht teilen. Der Traum machte mir Angst.

Später stand ich am Fenster und schaute in die Dunkelheit. Beim Hauser war es grottenschwarz. Kein Fernseher, vor dem er eingeschlafen war, kein vergessenes Licht, ich musste mich also gedulden. Ich dachte: Das ist auch bei uns so, mit der Warterei, nicht nur in der DDR. Ach, alles Schwachsinn. In mein Hauser-Heft malte ich ein schwarzes Quadrat. Ich drückte immer fester auf, dann begann ich über die Ränder des Quadrats hinwegzumalen und malte schließlich mit meinem Kugelschreiber die ganze Seite schwarz aus.

Die Mülltonnendeckel öffneten und senkten sich behände, schwarze Schatten huschten flink durch die Dunkelheit. Sie schienen nie zu schlafen. Und sie waren so klug, dass sie das Gift, das die Hausverwaltung einmal in einer halbherzigen Bemühung um »Ordnung« im Hof und im Keller verteilt hatte, nie angerührt hatten. Danach gab es keinen Versuch mehr, sich ihrer zu entledigen, im Gegenteil, die meisten Mieter machten schnell einen Bogen um sie. Auch Herr Kanz. Es fehlte nur noch, dass er seinen Hut hob.

Wenn der zugereiste Klaus sich Gedanken über das »Wesen« der Berliner machte, behauptete er gern Dinge wie diese: »Der Berliner ist alles andere als ein Konfliktvermeider. Konflikte geht er undiplomatisch und direkt an. Aber er verrennt sich nie in aussichtslose Angelegenheiten. Er ist kein Energieverschwender. Er hält viel vom Trägheitsgesetz. Da wird er dann pragmatisch und legt seine ignorante Seite an den Tag.«

Ich selber meinte, man könnte einen Schritt weitergehen: Wir ignorierten die Ratten nicht, weil der Aufwand, sich ihrer zu entledigen, unermesslich sein würde und wir uns keine weiteren Kriege leisten konnten – tief in unserem Herzen bewunderten wir sie. So gut wie sie würden wir auch gern mit wenig Schlaf, kalten Wintern und einer blöden Mauer klarkommen. Und hieß es nicht, dass gemeinsam durchstandenes Leid verbindet? Die Berliner und ihre Ratten überlebten den Krieg, die totale Zerstörung ihrer Stadt … und ziemlich oft unter demselben Dach.

Am frühen Morgen schepperte *Back in Black* laut über den Hof, und der Hauser pinselte dazu auf eine Leinwand.

Am nächsten Tag wurde auf dem Schulhof erzählt, dass *Abba* sich wohl trennen würden. Die Bandmitglieder hatten nicht von Trennung, nur von »Pause« gesprochen, aber das Gerücht ging schon seit einigen Monaten um.

Fiona und ich waren traurig. *Abba* war nicht unsere Lieblingsmusik, aber *Abba* hatte uns bisher durch unser Leben begleitet, es gab wohl kaum einen Kindergeburtstag, an dem nicht irgendwann *Abba* gespielt wurde, und kein Kaufhaus, aus dem nicht *Abba* drang.

Beim Abendbrot hielt sich die Trauer meiner Eltern ausnahmsweise einmal in Grenzen. Für sie waren die *Beatles* doch entscheidender.

Avus – *Taxi Driver*

Noch zweieinhalb Wochen bis zu den Weihnachtsferien. Das Wetter war bleiern, Isa fort, Fiona ging fast täglich zum Yoga oder in ihre Therapiestunde und batikte, Steffen hatte ich schon seit Ewigkeiten aus meinem Orbit geschickt. Und Falk? Falk. War seit gestern Abend nicht wieder aufgetaucht. Er wollte zu einer No Wave-Party gehen, aber die gingen in der Regel nicht länger als bis fünf oder sechs Uhr morgens; es war halb drei nachmittags. Klaus und Wiebke machten sich Sorgen; ich war weniger beunruhigt. Bestimmt hing er noch bei Christian rum und katerte sich aus. Um sechs Uhr gab es immer noch kein Lebenszeichen. Wiebke fragte mich, ob ich wisse, wie Christian mit Nachnamen hieß. Ich wusste es nicht. Sie wühlte nach Klassenlisten mit Telefonnummern und Adressen, aber sie konnte nur meine Listen finden – die dafür gleich vollständig bis zur ersten Klasse. Dann rief sie bei Roman, einem alten Freund von Falk, an, aber dessen Mutter meinte nur, dass ihr Sohn seit Monaten nichts mehr von Falk gehört habe. Schließlich aßen wir Abendbrot, dann kam die *Tagesschau*, Wiebke und Klaus saßen mit erwartungsvollen »Nachrichtengesichtern« vor unserem rauschenden Schwarzweiß-Kasten, und natürlich rupfte auch heute Klaus an der Antenne herum, aber zwischendurch warfen sie sich unruhige Blicke zu. Um neun hatten wir immer noch nichts von Falk gehört. Dann klingelte es – doch es war nur Herr Wiedemann, der Klaus einen Ausstellungskatalog und eine kanariengelbe Krawatte zurückgab. Kaum hatte sich Klaus wieder gesetzt, klingelte es wieder. Wiebke eilte mit ihren raschelnden Röcken zur Gegensprechanlage und sagte erst mal eine Zeit lang gar nichts, dann drückte sie auf den

Türöffner. Eine Elke sei auf dem Weg zu uns, erläuterte sie uns; sie habe viel und wirr geredet – irgendetwas sei mit Falk passiert. Wer sollte denn diese Elke sein?

In der Tür stand ein Mädchen, vielleicht ein, zwei Jahre älter als ich, in einem schwarzen Kleid mit ausgestelltem Rock, schwarzen Strumpfhosen mit Muster (bei näherem Hinsehen erkannte ich kleine Totenköpfe) und hoch aufgetürmtem Zuckerwasserhaar. Ihr Gesicht war kalkweiß geschminkt, dazu hatte sie einen dicken, geschwungenen schwarzen Lidstrich. Auf ihren Lidern klebten kleine silberne Totenköpfe. Ich starrte sie an. Sie sah aus wie von einem Plattencover, das ich bei Falk hatte herumliegen sehen. Das Mädchen wirkte atemlos; ihre großen grünen Augen wanderten suchend zwischen uns umher.

»Dem Falk geht's nicht gut«, meinte sie schließlich, »der war gestern mit uns auf einer Party, und dann ist er plötzlich verschwunden. Wir haben ihn überall gesucht und dann im Garten gefunden. Er war hingefallen und konnte nicht mehr aufstehen. Wir (wer ist »wir«, frage ich mich, während Elke sprach) haben ihn in ein Taxi gehievt (diesen Riesen!) und sind mit ihm zu uns nach Hause. Da war er auch bis eben, aber dann ging es ihm noch schlechter, und jetzt haben wir ihn ins Urban-Krankenhaus gebracht.«

Klaus fragte nach der Station und dem Zimmer, notierte sich alles. »Was glaubst du, warum es ihm plötzlich so schlechtging? Das können doch nicht nur ein paar Gläser Wein gewesen sein?« Klaus fasste Elke ins Auge. Ich kannte diesen Blick bei ihm – seine Art, autoritär auszusehen. Ich fand das niedlich.

Aber Elke zuckte nur müde die Schultern: »Also, da fragen Sie ihn lieber selber, ich will dazu nichts sagen, ich hab damit nichts am Hut, ich wollte Ihnen nur Bescheid sagen.« Sie sah uns halb hilflos, halb vorwurfsvoll an.

»Ist das Kleid von deiner Mutter oder hast du das vom Trödelmarkt?«, fragte Wiebke unvermittelt.

Elke lächelte jetzt. »Nein, das habe ich mir selbst genäht, nach alten Schnitten. Ist er nicht schön mit diesen eingestanzten Blumen?« Elke streichelte über den Rock.

Wiebke nickte langsam, ohne den Blick von ihr zu wenden. »Gehst du auf die gleiche Schule wie Falk und Julika?«

Elke schüttelte den Kopf. »Nein, aber ich muss jetzt gehen, mein Freund wartet unten auf mich.« Im nächsten Moment glitt sie die Stufen hinunter, ihre aufgetürmte Frisur zitterte dabei.

Wiebke wollte sofort zu Falk fahren, Klaus auch. Geschlagene zwanzig Minuten diskutierten sie darüber, wer zu Falk fahren sollte, bis sie beschlossen, beide zu fahren. Ich wollte aber auf keinen Fall allein zu Hause bleiben und drängte darauf, auch mitgenommen zu werden. Mir ging diese Elke nicht aus dem Kopf. Von der hatte Falk mir noch nie erzählt – ich war ziemlich gekränkt. Am Ende erwähnte sie »ihren Freund«. Das klang alles nicht gut.

Im Urban angekommen, führte man uns zuerst zu einer Ärztin, die uns erzählte, dass er eine Mischung aus getrockneten Pilzen zu sich genommen und man ihm den Magen habe auspumpen müssen. Falk hatte Angaben zu den Pilzen gemacht, ich spitzte die Ohren, es waren Teile von Fliegenpilzen, vom Spitzkegeligen Kahlkopf und vom Dunkelrandigen Düngerling gewesen. Falk musste noch drei Tage bleiben, zur Stabilisierung des Kreislaufs und um die Entgiftung zu überprüfen. Ob vielleicht eine psychotherapeutische Behandlung in Erwägung gezogen werde, fragte die Ärztin, wartete aber keine Antwort ab, sondern kritzelte etwas auf ein Papier. Dann entließ sie uns, und wir gingen zu ihm.

Als ich anderntags von der Schule nach Hause kam, saß Wiebke vor einer Teetasse und weinte. Ich blieb in der Tür stehen und überlegte, was ich machen sollte. Erst einmal ließ ich etwas Ahoj-Brause auf meinen Handrücken rieseln, Krümel für Krümel befeuchtete ich mit der Zungenspitze. Eine Weile lang weinte Wiebke, dann bemerkte sie mich und fing an, darüber zu reden, dass Klaus und sie uns zu viel allein gelassen hätten, als wir klein waren, und dass »alles ihre Schuld« sei.

Ich wusste nicht, was ich sagen sollte, schloss die Augen und stellte mir meine reptiliengrüne Zunge vor. Schließlich versuchte ich, meine Mutter zu überzeugen, dass Falk sicher nur gerade »so eine Phase« habe und in ein paar Jahren auch ganz anders drauf sein könne.

»Wie denn?«, fragte Wiebke trotzig.

»Was weiß ich ... vielleicht wird er ja so'n BWL-Fritze, der morgens noch'n paar Hanteln schwingt und sich'n Gurkensaft einfährt.«

»Das wäre ja noch schlimmer!«

Ich musste lachen, und Wiebke grinste trotz tränennasser Wangen. »Okay, Kleine, wird schon alles werden mit euch beiden, nicht wahr?« Ich streckte meiner Mutter meine giftgrüne Zunge raus.

Zwei Minuten später klingelte das Telefon, es war Isa. Sie redete gleich munter drauf los, erwähnte Namen von Leuten, die mir natürlich nichts sagten. Sie war schon in eine neue Schulclique integriert, von der ich noch weiter entfernt war als von der alten. Und sie hatte einen neuen Verehrer. Er hieß Marco und ging in ihre Klasse – und gestern Abend waren sie zusammen in *Star Trek II: Der Zorn des Khan* gewesen. Mit dem Telefon unterm Arm und das meterlange Kabel hinter mir her ziehend, schlurfte ich in mein Zimmer. Dabei wäre ich beinahe über ein neues Kunstwerk gestolpert, eine gut zwei Meter hohe Pappmaché-Stele, die mit Wollfäden in den Farben Rot, Gelb und Blau umwickelt war und noch nach Kleber stank. Nach Isas Zusammenfassung des zweiten Teils von *Star Trek* zog ich in Erwägung, mich mit Schulaufgaben zu beschäftigen. Schließlich legten wir auf.

Die Tür ging auf, Wiebke trampelte in die Fußgängerzone. »Ach Jule, bring doch mal schnell die Flaschen runter, ich bin gerade so beschäftigt.« Wie um ihre Worte zu unterstreichen, schnappte sie sich das Telefon und nahm es wieder mit in den Flur. Schon hörte ich die Wählscheibe schnurren.

Ich fand es nicht besonders schlimm, da ich nun eine Ausrede hatte, das Biologiebuch doch nicht anzurühren. Die leeren Flaschen schlugen schmerzhaft an meine Knie, als ich die Treppe hinunterstakste. An unserem kleinen Platz warf ich die Pullen in Hauser-Manier in die runden Öffnungen des Containers. Aus der Hüfte heraus, wie ein Cowboy. Cowgirl. Girl. Ich?

»Jar nich so schlecht, haste heimlich jeübt?«

Ich fuhr erschrocken herum. Der Hauser stand hinter mir in Hawaiihemd und Lederklamotten. Ich hatte ihn gar nicht kommen gehört. Wie verwegen er aussah ... Mein Herz fing an schneller zu schlagen. Ich lächelte verunsichert.

Der Hauser grinste mich an. »Und ... wat macht die Scheißschule?«

Ich brachte nur hervor: »Na ja, ist halt ziemlich ... uninteressant alles, immer nur Genetik in Biologie ... Äh, dabei würde ich viel lieber wissen, warum Ratten sich, äh, so gut miteinander verständigen können ... und warum Menschen weinen!«

Von den Augen zu seinen geschwungenen Brauen, von der faltigen Nasenwurzel zur großen Nase betrachtete ich sein Gesicht. Er blickte mich an, selbstbewusst, abschätzend. So direkt hatten wir uns noch nie angesehen. Außer an dem Nachmittag, als er aus der Peepshow gekommen war.

Er grinste. »Wie alt biste eijentlich?«

»Fünfzehn!«, sagte ich stolz.

»Wat? Du fuffzehn? Du siehst aus wie elf, ick dachte, du bist elf.«

Ich schwieg beleidigt.

»Du liest doch imma *Biene Maja*«, erdreistete er sich noch zu sagen.

»Nee! Die Hefte habe ich nur geschenkt bekommen ...«, wehrte ich mich. Und sagte mit wichtiger Miene: »Ich lese gerade *Sternstunden der Menschheit* von Stefan Zweig!«

Tatsächlich hatte ich gerade gestern mit Begeisterung die Kapitel *Der Kampf um den Südpol – Robert Scotts gescheiterte Südpol-Expedition 1912* und *Flucht in die Unsterblichkeit – Entdeckung des Pazifiks durch Balboa 1513* gelesen.

»Haste Bock, 'n bisschen Video zu kieken?«, fragte der Hauser plötzlich.

Ich hatte daneben geworfen, zack, die Flasche zerschlug auf dem Kopfsteinpflaster. Erschrocken guckte ich zwischen Hauser und Flasche hin und her.

»Ja«, sagte ich.

»Und ditte da lass liejen.«

Mit klopfendem Herzen stapfte ich hinter dem großen Hauser hinterher. Seine lange braune Mähne wehte mir ins Gesicht, ich hörte, wie seine Lederhosenbeine beim Gehen aneinanderrieben. Der Weg zu unserem Haus kam mir unendlich lang vor, und ich wurde immer aufgeregter. Einen Moment überlegte ich, was ich tun würde, wenn The Wiebkes and the Klauses, Pechs, Herr Kanz, der Grottenolk oder Herr Wiedemann mich sähen, wie ich mit dem Hauser zusammen ins Hinterhaus ging. Niemand begegnete uns. Wir liefen über den Hof, ins Hinterhaus, die Tür hinter mir fiel schwer ins Schloss. Und dann, ich konnte es kaum glauben, stand ich im Flur der Hauser-Wohnung. Ich – war – da. Da war die Garderobe mit den Frauenhänden, da der Stereotower-Nachttisch, die orangefarbene Lampe. Überall lagen Schuhe und Socken herum. Der Hauser warf seine Lederjacke auf ein Sofa gegenüber seinem Bett. Einen Moment lang war ich verwirrt, die Perspektiven waren vertauscht, ich war nicht diejenige, die hier stand, ich war die, die dort oben am Fenster stand. Ich war nicht ich, die hier stand. Der Hauser grinste mich verstohlen von der Seite her an. Oder bildete ich mir das nur ein? Über seinem Bett prangte seit gestern der mit Edding an die Wand gekierte Spruch: *Traue niemandem. Ich bin Niemand.*

Scheu blickte ich mich um. Mit Wachsflecken übersäte Boxen, herumliegende Kassetten, viele Platten, Zeitschriften, Kondome. Kekse. Und die Hawaiitapete … Aus der Nähe fiel mir auf, wie schlecht Hauser sie angeklebt hatte: Zwischen den einzelnen Streifen konnte man die vergilbte Blümchentapete der Vormieterin sehen. Als mein Blick kurz über den Hof schweifte, bemerkte ich, wie oben bei uns das Licht im Berliner Zimmer ausging. Einige Sekunden später ging es in der Küche an.

»Wat willste'n sehen?« Er grinste mich wieder an, warf seine Mähne nach hinten. Der Hauser schien es überhaupt nicht merkwürdig zu finden, dass ich hier war; er tat so, als sei das normal. Für ihn war es vielleicht normal. Er hatte ja oft Besuch. Ich starrte auf seine großen Hände, als er am Videorecorder hantierte. Er winkte mich zu sich heran. »Hier ham wa … *Eener floch übas Kuckucksnest* … und hier *Dit Leben des Brian* … oda wie wärs'n damit: *A Hard Day's Night*, oda hier: *Magical Mystery Tour*, *Beatles*-mäßig?«

Ich nahm all meinen Mut zusammen und antwortete knapp: »Danke, kenn' ich schon.«

»Oh, klar … klar.« Er warf mir einen anerkennenden oder vielleicht gespielt anerkennenden Blick zu. »Hier, 'n Scorsese. Mit Robert de Niro: *Taxi Driver*.«

Ich nickte. Scorsese, schon mal gehört. *Taxi Driver*, das klang männlich, erwachsen. Mit dieser Wahl machte ich mich nicht lächerlich. Ich nickte zustimmend.

»O-Saft?«

Wenn ich erwartet hatte, dass er mir ein langstieliges Glas reichen würde, hatte ich mich getäuscht. Im nächsten Moment flog eine Anderthalbliterpulle von *Aldi* in meinen Schoß. Danach eine Stange Plastikbecher. Dann warf sich der Hauser der Länge nach aufs Bett, dass die Federn quietschen. Ich blickte angestrengt zum Fernseher.

Travis Bickle, ein Taxifahrer aus New York, fuhr nachts an Hochhäusern und Reklameschildern vorbei. Er nahm die Schichten, die seine Kollegen nicht wollten. Weil er offenbar Schlafstörungen hatte. Ob das eine Anspielung vom Hauser war?

Ich saß zusammengekauert auf der Bettkante und versuchte immer noch, mich an die Tatsache, dass ich hier auf dieser Bettkante saß, zu gewöhnen. Wenn ich über den Hof nach oben schaute, sah ich mein Fenster. Mir fiel auf, dass sich der Himmel in meinem Fenster spiegelte. Und heute war der Himmel blau, mit weißen Wölkchen. Eigentlich sah es schön aus – Julikas Zimmer. Der Hauser konnte mich nicht gesehen haben. Schließlich hatte ich nie das Licht angeschaltet, wenn ich am Fenster gestanden hatte.

Von draußen hörte ich Stimmen. Filiz und Serife liefen über den Hof, setzten sich auf das Mäuerchen, das das Kanzsche Brustimperium einrahmte (Herr Kanz hatte es jedoch schon mehrfach umgesetzt, um mehr Platz zu haben), und warfen sich erregt, vielleicht im Streit, einige Ü-Wörter an den Kopf. Dann vernahm ich zwei andere sehr vertraute Stimmen. Fiona und Anna schlossen ihre Räder an. Plötzlich schrie Fiona auf, und Anna rief: »Pass auf, du hängst gleich fest!« Bestimmt war Fiona mit ihren hüftlangen Haaren in Ausläufer der *Urbanen Collage* geraten. Sie hatte mir gegenüber kein Wort mehr über Anna und das Ekel verloren, nur einmal gesagt, dass sie sich nicht mehr für den Yogalehrer interessieren würde, den wir im Sommer im Lochow gesehen hatten und der ein Liebhaber ihrer Mutter gewesen war.

Kaum hatten Anna und Fiona den Hof verlassen, schlurfte Herr Pech heran, Waldemar kläffte aufgeregt. Man hörte hier ja alles! Kein Wunder, machte ich mir klar, die Wohnung vom Hauser lag viel tiefer als unsere.

Der Hauser bot mir Chipsletten an. Sie schmeckten genau so wie andere Chips. Ich würde Wiebke nicht mehr damit nerven, Chipsletten zu kaufen. Dann starrte ich auf den Bildschirm. Travis beobachtete eine Frau aus seinem Taxi, ohne sich ihr nähern zu können. Das Ganze wiederholte sich. Eines Tages gab er sich einen Ruck und stand vor ihr. Sprach mit ihr. Lächelte sie an. Die blonde Frau lächelte den unsicheren Taxifahrer an, sie blickten sich an, verabredeten sich.

Vom Hof her hörte ich ein Schnaufen und ein Klappern; jemand ging zum Keller, vermutlich, um Kohlen zu holen. Ich hörte, wie die Metalleimer beim Gehen aneinander stießen. Dann hörte ich das Schnaufen wieder, und wusste, dass es Herr Kanz war. Er schob seine Brüste so oft um, dass einem sein Schnaufen sehr vertraut war. Niemand trug so viele Kohlen auf einmal aus dem Keller wie er.

Ich versuchte mich auf den Film zu konzentrieren. Ein Mädchen, das aussah wie ein Kind, stieg mitten in der Nacht in ein Taxi. Es gab eine wilde Szene mit einem Zuhälter. Das Mädchen war, auch wenn sie jünger aussah als ich, eine Prostituierte. Das nahm alles bestimmt ein böses Ende. Ich schaute zur hawaiianischen Palmenlandschaft, doch mein Blick blieb auf der Blümchentapete hängen. Und dann guckte ich doch wieder in den Hof: Oben in unserer Küche sah ich Wiebke und Klaus.

Von einem Moment auf den anderen ergoss sich ein Platzregen in unseren schmalen Hof, es blitzte und donnerte, einmal leuchteten die Brüste gespenstisch hell auf, dann krachte es irgendwo im Hof. Der Hauser drehte sich auch um. Ein umgedrehter Gynäkologenstuhl, den der Olk kürzlich angeschleppt hatte, schwankte hin und und her, dann stürzte er mit dem darauf montierten Puppenhaufen auf den Boden. Schon rannte der Olk, groß und hager wie er war, unter einem schwarzen Regencape in den Hof; ich hörte ihn fluchen und lamentieren.

Aus den Augenwinkeln bekam ich mit, wie Travis' Taxi mittlerweile als fahrendes Bordell benutzt wurde. Merkwürdige Dinge geschahen, ein Mann erzählte unverhohlen auf dem Rücksitz, wie er seine fremdgehende Frau mit einer 44er Magnum abzuknallen gedachte. Ich hätte mich doch besser für *Magical Mystery Tour* entscheiden sollen …

»Willste doch wat andret sehen?«

Ich zuckte die Schultern.

»Na, woll'n wa lieba *Dit Leben des Brian* kieken?«

Ich nickte, obwohl ich auf Klamauk keine Lust hatte und den Film schon kannte. Kein Film würde passen, wusste ich. Aber vielleicht konnte *Das Leben des Brian* mich für einen Moment aufheitern. Der Blödsinn perlte zunächst von mir ab, dann musste ich doch wieder an der Stelle lachen, wo Brian nackt am Fenster stehend seinen selbst ernannten Jüngern zuruft: »Ihr seid doch alle Individuen!« Brav tönt es im Chor zurück: »Ja, wir sind alle Individuen.« – »Und ihr seid alle völlig verschieden.« – »Ja, wir sind alle völlig verschieden.« Brian-Jesus schaut verzweifelt, da piepst es aus der hintersten Reihe: »Ich nicht!«

Der Hauser stellte den Fernseher lauter. Prompt ging über uns die gottverdammte *Polonäse Blankenese* los. Der Hauser sang den Refrain mit. Ich saß vor dem Abendrot und den Palmenwedeln – mit dem Hauser – und musste mir nun auch noch von ihm die *Polonäse* anhören. Oben in meinem Zimmer könnte ich in meinem Atlas blättern oder mit Fiona Tee trinken und reden. Das Gewitter hatte aufgehört. In meinem Fenster spiegelte sich die untergehende Sonne. Es war ein Rosarot, ein warmes Licht.

»Na, wat meenste, wie oft ick ditte schon jehört hab in dies'm Jahr. Und im Radio is dit ja ooch dauernd.«

Der Hauser wirkte nicht entnervt, eher belustigt. Ich schwieg eine Weile, dann gab ich mir einen Ruck und wagte zu fragen, was mich seit Langem beschäftigte: »Und, machst du weite Reisen mit deinem Motorrad?«

»Wat, icke?«

»Warst du mal … in Südamerika, in Argentinien, Patagonien?«

»Wie? Wat? Pateg, Patog … dit is Italien, nich? Süditalien so, nich? Wie kommst'n darauf? Nee, nee, dit is mir viel zu weit.«

»Und in Hawaii oder so warst du nie? Ich meine, deine Tapete …«

»Biste varrückt? Ick hab Flugangst, ehrlich. Fuffzehn Stun'nen in so'ne Röhre sitzen, dit wär nüscht für mich. Ick bin'n janz mobila Typ, kann nich stillsitz'n. Vier Stunden nach'n Kanaren is schon echt hart für mich. Dit mach ick so

schnell nich wieda. Nee, nee, die Tapete hab ick doch *jrade*
dran, damit ick *nich* varreisen muss!«

Er lachte und tätschelte mir wie einem Kind die Schulter.
»Aba weeßte, ick seh die schon jar nich mehr. Aba jetzte, wo
du's sagst, denk ick so, die jeht mir schon länger uff de Eier.
Ick krakel und kritzel da schon so druff, ick werd' die mal
übakleben, oda ick mal' dit allet eenfach mal schwarz, dit wär
ooch jut.«

Ich schwieg entsetzt. Hausers schwarzes Zimmer. Vielleicht sollte ich nach dem Motorrad fragen. »Und du fährst
nicht richtig weit weg mal – auf deinem Motorrad? Wozu
hast du das denn dann?«

Der Hauser sah mich irritiert an. »Icke doch nich, nee,
nee – diese janzen fernreisende Leute, dit is nüscht für mich.«

Auf dem Hof sammelte der Olk verdrehte Barbiepuppen
ein.

»Dit is mir allet viel zu stressig. An're Sprachen, komischet
Essen, davon haste dann wieda Dünnschiss … Und Fraun,
die de nich anlächeln darfst, sonst haste'n dicket Problem
oder 'ne janze Sippschaft anne Backe … Ick habs doch juut
hier!«

»Und so die Berliner Winter? Das halbe Jahr Berliner Winter?«

»Mir ejal. Bin'n Nachtmensch. Seh die Sonne eh nich. Jetzt
jibt's ja ooch'n Solarium hier … find' ick juut.« Wahrscheinlich würden Melanie und Larissa dem Hauser gefallen.

»Und … wo fährst du dann überhaupt so hin mit deinem
Motorrad?«

»Na hier uff de Avus, zum Bleistift. Oda raus nach Glie-
nicke! Oda halt so Kreuzberch.«

»Willst du nicht mal … weg von allem?«

»Na, ick bin doch erst letztet Jahr jroß umjezogen! Heilja

Bimbam … von Buckow nach Wilmersdorf! Is 'ne and're Welt hier, kannste mir glooben.« Er lachte laut und schüttelte seine langen braunen Locken.

»Und was ist so anders?«

»Na, der Hof hier … dat de imma mit so Varrückten allet teilen musst. Dat de 'n jutes Motorrad nich zusammenflick'n kannst wegen 'ne rumstehende Tittenkolonie und 'n paar beschmierte Barbies uff alten Weltkarten, wat weeß ick, und so'n Zeugs. Die Künstla verschlus'n ooch noch imma meen Werkzeuch, nee nee. Manchma' hab ick jedacht, manchet war in Buckow schon bessa!«

»Und warum bist du dann hierhin?«

»Na, eijentlich wejen die Kneip'n!« Er lachte. »Hier is' mehr los … Szene und so, Freunde … Weiber ooch.«

Ich schwieg.

»Man muss halt tolarant sein mit die vielen Varrückten hier.«

»Und, findest du meinen Vater auch verrückt?«

»Na, der is bestimmt varrückt, wie der kiekt, so janz varrückt, aber deen Vata macht'n janz lieb'n Eindruck. Janz höflich, ooch zu de beeden Varrückten, sogar zu die Hunde un' die Mäuse … Könnte ooch aus Buckow kommen. Der is doch außa Provinz, wa?«

Von diesem Dialog würde ich Klaus bestimmt nie erzählen.

Wir sahen *Das Leben des Brian* noch zu Ende, von Gottlieb Wendehals untermalt. Keine Stimmung zum Abheben. Plötzlich fühlte es sich normal an, beim Hauser zu sitzen. Und die Hawaiitapete war einfach nur eine Tapete. Als der Abspann lief, *Always look at the bright side of life*, klingelte beim Hauser das Telefon. Er schnappte sich den Hörer, fläzte sich auf dem Bett. Am anderen Ende der Leitung

wurde gekichert. Mit unterm Ohr geklemmtem Telefonhörer machte der Hauser eine Bierflasche auf und legte
gleich darauf auf.

»Willste'n Schluck?«

»Ich muss nach oben.«

»Kannst imma hierher kommen, wenn de mal Filme kieken willst. Oda deen Bruda. Hab ick dem uffm Dach ooch
schon jesacht. Ick hab'n offenet Haus. Ick hab ja nich viel zu
tun, außa …«

Der Hauser sah mich mit bedeutsamem Gesicht an: »Außa
ick hab wat … zu tun.«

Auch wenn ich bestimmt nie mit ihm die Carretera Austral
entlangfahren würde, interessierte mich, was er eigentlich
machte. »Verkaufst du alte Sachen … oder nimmst du den
Leuten vorm Rattenloch Eintritt ab?«, fragte ich und wunderte mich über meinen Mut, solche Scherze zu machen. Ich
hatte mir mal wieder überlegt, wie Falk mit solch einer Situation umgehen würde.

Der Hauser lachte: »Rattenloch sachste. Ick nenn' dit Mäu-
sehöhle. Ratten sach ick nur zu Menschen. Janz ehrlich, ick
saß ma' im Jefängnis. Dit war dit traurige Ende eina sehr, sehr
kreativen Phase von mir! Im Jejensatz zu die Varrückten hier
ham sich bei mir jute Ideen immer in Zaster umjerechnet,
irjendwann hat dit ma'n paar Leutchen jestört … Ick hab noch
Bewährung, daher bin ick'n bisschen vorsichtijer jeword'n
mit meenen juten Ideen. Muss nich überall meene Nase rin-
stecken. Aba nur so mit Mopeds, Fahrrädern und alte Technik
kannste nich richtich wat vadienen! Drum musste ick nochma'
in mich jehen. Bin so durch Balin jefahrn, und dann hab ick
jemerkt, dit Einzige, wat du in diesa Stadt richtich machen
kannst, is Matratzen vakoofen, als Psychologe abeeten oder
wat mit Kunst … Und dann war ick uff 'ner Vernissage vom

Kanz in Schöneberch, hab ihm jeholf'n, die dicken Dinger uffzustell'n, weeßte, und jedacht, ick will mich ooch ma' selbst vawirklichen. Hab anjefangen, Kunst zu machen. Nur so nachts für mich, weeßte. Aba dann hab ick 'ne Frau kennenjelernt, die beim Kanz Model jesess'n hat …«

»Als Modell, meinst du.«

»Wie? Also beem Kanz jemodelt hat …« Der Hauser redete weiter. »Also, die is Jaleristin und will imma, dass der Kanz sie ma' malt. Machta aba nich. Nich ma' Brüste malta, machta nich, er lässt sich nich sag'n, wata mach'n soll. Icke schon, ick jeh uff die Frauen ein, weeßte … Dann hab ick mal so'n büschen anjefangen und ihr dann ma' meene Bilda jezeigt, und ick konnt es kaum glooben, sie meente, dit it voll Balin-irjendwat, authentisch-irjendwat, und übahaupt janz schräg. Und icke'n juta Typ dazu, ooch janz Balin-irjendwat. Ich hab jedacht, lasse ma' quatschen … Aba jetzt hat die mich in ihre Off-Jalerie drinne und hat schon zwee Bilda nach New York vakooft, an ausjewanderte Deutsche, die sich die Oogen ausheulten, als ick mit denen jesprochen hab. Die ham lange niemanden mehr balinan jehört und sind damals jeflohen vor de Nazis, na, die ham voll viel bezahlt für meene Bilda. Aba ick bleeb uff'n Teppich, weeßte, nachha is dit nur so 'ne Jlückssträhne, und wenn Balin mal so wat is wie Düsseldorf oder halt ne andere normale Stadt un nich mehr wat Besonderet, dann, weeß nich, weeß nich, also ick vakoof weiter so Zeugs, allet mit Rädan unt'n dranne, Fahrräda, Mopeds, jroße Maschinen und so … Manchma' auch ohne Räder, aber mit zwee Ohr'n dranne …«

Ich musste ein ziemlich verblüfftes Gesicht gemacht haben.

»Na, ick meene Boxen … un nachts bin ick halt jetzt ooch so'n Varrückta … dit is echt 'ne schöne Abeet … deshalb isset doch jut, dat ick von Buckow nach Wilmasdorf jezog'n bin …!«

Bei allen Neuigkeiten überraschte mich im Moment die am meisten, dass Berlin irgendwann mal anders sein könnte. Ich konnte es mir nicht vorstellen. »Glaubst du denn echt, dass Berlin mal Restdeutschland wird?«

»Wat? Wie? Restdeutschland? Welcha Politika sagt'n ditte? Ham se deshalb den Eenen jetzte abjewählt? Restdeutschland? Ditte hier is doch de Rest, oda? Keene Ahnung. Vielleicht ja ooch russüsch oder amerikanüsch. Oder'n janz eijenet kleenet Land, Spreeland oda so. Wenn die Amerikana und die Russen sich nich einijen können. Aba dit mit die dumme Zaun drumrum, dit wird doch nich in alle Ewichkeiten so bleeben, nee, nee, dit gloob ick nich.«

Das Telefon klingelte wieder. Der Hauser nahm ab. »Morjen? Na klar. Na fast fatig. Ick mal' heute Nacht noch wat. Ja, Süße, Funkturm, ICC, Maua andeuten … Mal schau'n, mal schau'n, kieken wa mal.«

Er machte eine Winke-winke-Geste zu mir. »Man sieht sich.«

Der Hauser schenkte mir keine Beachtung mehr, er notierte sich mit unters Ohr geklemmtem Telefonhörer etwas auf seinem breiten Handrücken. Ich trat in den Flur.

Ich wollte schon die Türklinke herunterdrücken und ins Treppenhaus gehen, da fiel mein Blick auf den Lichtstrahl, der aus dem Nachbarzimmer drang. In dem kleinen Raum lagen überall Bierflaschen und alte Zeitungen herum. Auf dem Boden standen an die Wände gelehnt großformatige Leinwände mit Kritzeleien, die an Gekrakel an Schultafeln oder Brandmauern – oder auf öffentliche Toiletten – erinnerten. »Bärlin« und »Ich bin ein Berliner« waren auch ein paar Mal irgendwo hingekliert. Auf den Zeitungen lagen mit

Farbe beschmierte Kartoffeln herum. Als ich nähertrat, sah ich, dass es sich dabei um Kartoffelstempel handelte. Der Hauser hatte Anarchie-, Hanf- und Friedenszeichen, wie mir schien, wahllos auf die Bilder gedruckt. Dann sah ich auch noch richtige Stempel – einen mit Nilpferdmotiv, einen mit Bärenmotiv.

Plötzlich hatte ich es sehr eilig, ich lief ins Treppenhaus, über den Hof, bahnte mir meinen Weg auf der Grenze zwischen Kanzschem und Olkschem Imperium, endlich war ich bei uns im Vorderhaus.

Zwei Minuten später tat Wiebke mir Reis, Hackfleisch, Kürbis und Lauch aus dem Römertopf auf und tätschelte mir den Arm. Dann bedeutete sie mir, nicht zu sprechen. Klaus und sie lauschten andächtig einem Radiointerview mit Enzensberger.

Zauberpilze – *Ich will nicht was ich seh*

Am nächsten Tag ging ich nicht zur Schule, sondern blieb bis zum Nachmittag unter der Decke liegen. Wiebke war beunruhigt und brachte mir Kamillentee mit Honig ans Bett. Ich konnte sie überreden, mir einen Riegel Schokolade zu geben – gegen das »Kratzen« im Hals. Ich hatte den Abend noch nicht verdaut. Wie es in Zukunft sein würde, das orangefarbene Zimmer von hier zu sehen? Die Hawaiitapete, die nur dafür da war, um nicht verreisen zu müssen. Die Galeristin bei ihm. Sein Motorrad, mit dem er über die Avus preschte, vielleicht zur so genannten Spinnerbrücke in Zehlendorf, auf der sich immer die Rocker trafen.

Als es schon dämmerte, machte ich mich auf, um Falk diesmal allein im Krankenhaus zu besuchen. Er lag in einem Zimmer mit drei anderen jungen Männern, die gebannt auf einen von der Decke hängenden Bildschirm starrten. Auf seinem Nachttisch lagen verschiedene Schulbücher, ein Mathebuch war aufgeschlagen, er hatte sich einen Haufen wilder Notizen dazu gemacht.

Falk sah blass aus, begrüßte mich aber herzlich. »Na, Kleine?«

Ich hatte ihm eine Kassette aufgenommen, denn Wiebke und Klaus, die gestern bei ihm gewesen waren, hatten mir erzählt, dass er auch im Krankenhaus den ganzen Tag lang Walkman hörte. Vor wenigen Tagen war die neue LP von *Siouxsie and the Banshees* erschienen, *A Kiss in the Dreamhouse*, und Falk hörte im Krankenhaus stoisch von morgens bis abends *Obsession*. Ich war mir sicher, der Idee einer Therapie würde er nie zustimmen. Beim Durchlesen der Titel lachte er leise. »*Byrds*, *Beatles*, The Wiebkes and the Klauses – so richtige Entspannungsmusik für Kranke! Sehr softe Scheiben.«

Ich widersprach nicht, wir mussten ja nicht gleich streiten. Falk erzählte mir Anekdoten von schusseligen Patienten und arroganten, weltfremden Ärzten. Es klang durch, dass er weder Ärzte noch Zimmergenossen darüber im Unklaren gelassen hatte, was er jeweils über sie dachte. Er schien höchst zufrieden damit, sich gleich Feinde gemacht zu haben, und wirkte entsprechend aufgeräumt.

Dann packte er die Geschichte mit den Pilzen aus: Er habe die Dinger ausprobiert, weil er wissen wollte, wie er Schach spielen können würde, wenn »ein paar Synapsen bei mir anders geschaltet sind«, auch habe es ihn interessiert, wie viele Stellen nach dem Komma er vom Pi wiedergeben können würde, wenn sein Gehirn »anders ticken« würde, er habe sich aber mit der Dosis vertan. »Wiebke und Klaus regen sich total unnötig auf, ist das mein Problem?«

Falk fuhr fort, dass er nun eine »Zauberpilzzucht« in seinem Zimmer starten wolle und hoffe, dass Wiebke und Klaus keine Einwände hätten. Da war ich mir aber nicht so sicher. Vorsichtig sprach ich Falk noch auf Elke an.

Er verdrehte sofort die Augen: »Wusste ich's doch, dass du nachfragen würdest!« Er schwieg und genoss es sichtlich, mich zappeln zu lassen.

»Und?« Ich blickte meinen großen Bruder neugierig an.

»Nichts ›und‹. Das ist mein Geheimnis.« Falk warf sich im Bett zurück und verschränkte die Hände vor der Brust. Er tat so, als ob er döse.

»Ich habe auch ein Geheimnis!«, sagte ich entschlossen.

Falk hob sofort die Augenbrauen. »Ein Männergeheimnis?«

»Ja, eigentlich sogar mehrere.«

Wir sahen uns stumm an. Dann richtete sich Falk auf und legte seine Hand auf meine. Und ich strich mit der anderen scheu über seine Schulter. Es bedurfte keiner weiteren Erläuterung, dass es weder ihm noch mir gutging.

Als ich hinausging, rief Falk mir seufzend ein *Tempus fugit amor manet* hinterher.

Zu Hause bekam ich einen für The Wiebkes and the Klauses typischen Streit mit. Sie gaben sich gegenseitig die Schuld, irgendeine Zeitschrift in den ewigen Jagdgründen ihrer überladenen Regale verbummelt zu haben. Seitdem sie den dritten Todestag von John Lennon gemeinsam verarbeitet hatten, verstanden sie sich wieder schlechter. Ich wünschte, David Bowie würde morgen unter die Räder kommen.

Nach drei Tagen durfte Falk das Urban-Krankenhaus verlassen. Wiebke und Klaus holten ihn gemeinsam mit unserem Auto ab, zu Hause hatte Wiebke extra für ihn ein besonders gesundes Essen zubereitet: Gemüseauflauf und Rohkostsalat. Obendrauf jede Menge Kräuter. Kaum hatten wir uns an den Tisch gesetzt, schnitt Falk das Thema Zauberpilzzucht an.

Klaus fiel fast die Gabel aus der Hand. »Hör mal, du tickst wohl nicht mehr richtig!«

»Du rauchst wie ein Schlot, betrinkst dich dreimal die Woche auf Kulturschwafelveranstaltungen und torkelst in deinem ›Denkraum‹ rum, erzähl du mir nichts über Drogen!«, fauchte Falk.

Klaus wusste darauf nichts zu antworten. Aber Wiebke war nicht zu erweichen: »Einmal Krankenhaus reicht!«

»Im Dachgärtchen wäre vielleicht noch ein Eckchen frei«, versuchte ich Falk zu unterstützen. Und Falk argumentierte, dass er, wenn er die eigene Farm, in ihrer Obhut, in ihrer Wohnung hätte, mit kleineren Dosen experimentieren könnte, also zu reifer Praxis und besonnenem Umgang gelangen würde, während er hingegen auf irgendwelchen obskuren Partys von anderen Leuten undurchschaubare Mengen verabreicht bekäme. Außerdem würden diese Pilze seine Kreativität anregen, er habe letztes Mal schon tolle Ideen für schöne Bilder gehabt …

»Ich bezahle dir einen Malkurs, töpfern und häkeln kannst du auch. Mach Kunst, friss keinen Mist!« Mit diesem knappen, die Erziehungsvorstellungen meiner Mutter schön zusammenfassenden Satz war für sie das Thema beendet. Jahre später würde ich Wiebke darum beneiden, zu solch einer schlichten Imperativ-Weltsicht im Strudel von tausend möglichen Lebensentwürfen fähig zu sein. Wiebkes gelegentliche Zweifelsfreiheit schien mir eine Freiheit besonderer Art zu sein.

Klaus trank währenddessen sein zweites Glas Wein in hastigen Schlucken.

Vom Hof her schmetterte Heino: *Ich hab' Ehrfurcht vor schneeweißen Haaren*, doch bald wurde ihm ein fetziges *Beat it* von Michael Jackson entgegengesetzt. *Thriller* stürmte gerade die Charts. Wer auch immer Michael Jackson hörte, hatte die leistungsstärkeren Boxen.

Als ich später in den Hof ging, stieß ich auf Falk, der Herrn Olk half, den herabgestürzten Gynäkologenstuhl wieder in Position zu bringen. *Hommage an Baselitz* nannte der Olk den umgedrehten Stuhl, wie mir die beiden erzählten. Oben in der Wohnung fragte ich Falk bei einem seiner Fressanfälle in der Küche, was ihn dazu bewegt hatte, ausgerechnet dem Grottenolk zu helfen.

Falk goss sich ein Glas Fassbrause ein und ließ mich einen Moment zappeln. Dann meinte er: »Ich kann ihn eigentlich gut leiden. Wir haben uns im Sommer öfter auf dem Dachgärtchen unterhalten. Wusstest du, dass er nur einen Hauptschulabschluss hat?«

Ich schüttelte den Kopf. Nun sollte ich die Geschichte einer gewagten Auswanderung zu hören bekommen:

»Der Olk hat danach eine Ausbildung als Tischler gemacht – in Spandau, wo er herkommt. Sein Vater war übrigens ein hohes Tier bei den Nazis. Der wollte, dass der Olk Polizist wird. Oder Soldat. Wenigstens irgendwas mit Uniform, hat der Olk gesagt und sich geschüttelt. Fünf Geschwister hat der Olk. Und er hat sich da echt rausgestrampelt, ist als Einziger aus Spandau weggegangen, mit siebzehn, ohne Geld, einfach abgehauen, in die City, hatte lange Zeit keinen Kontakt zu seiner Familie. Und dann hat er sich hier halt, im wahrsten Sinne des Wortes«, Falk kicherte, »etwas aufgebaut.«

Er wurde wieder ernst: »Nachdem ich ihm geholfen habe, hat er mich noch in seine Wohnung eingeladen und Spiegeleier für uns beide gebraten. Ich fand ihn eigentlich nett.«

»Dann solltest du möglichst rasch mit Herrn Kanz ein Spiegelei essen, damit …«, begann ich.

»… das Gleichgewicht des Schreckens auf unserm Hof nicht ins Wanken gerät«, ergänzte Falk und legte seinen Arm um mich.

Seit der Krankenhausgeschichte verstanden Falk und ich uns wieder besser. Ich hatte ihn ja auch, wenngleich ohne Erfolg, bei der Geschichte mit der Zauberpilzzucht unterstützt. Ich war neugierig, wie die Dinger wohl aussahen, ob sie schnell oder langsam wachsen würden, wie oft man sie gießen musste, wie man sie optimal pflegte. Dann hätten Falk und ich ein gemeinsames Hobby!

Vom Hauser und dem verschwundenen Adán hatte ich Falk aber bisher nichts erzählt. Niemand wusste davon.

Nachts klingelte das Telefon. Schließlich eilte jemand leise stöhnend über die Holzdielen. Dann hörte ich Klaus sagen: »Es tut mir leid, ich kann wirklich beim besten Willen keinen weiteren Künstler für meinen Überblicksbeitrag berücksichtigen.« Und dann: »Nein, wie kommen Sie denn darauf? Ich war nie in Patagonien!«

Ich konnte danach nicht mehr schlafen. Hoffentlich hatte der Anrufer nicht gesagt: Ihre Tochter hat das behauptet. Das fände Klaus überhaupt nicht lustig. Seufzend stellte ich das Radio an. *Paul ist tot* von den *Fehlfarben* erklang. Ich hielt mein Ohr fest an das kleine Gerät und sah auch ringsum nur Ruinen, dachte, dass mir irgendetwas fehlte. Auch ich wollte nicht, was ich sah, wollte, was ich erträumte, und wusste nicht, ob ich nicht was versäumte. Dieser Song sprach mir so aus der Seele, dass ich noch lange, nachdem ich das Radio ausgeschaltet hatte, *Ich will nicht was ich seh, ich will was ich erträume* vor mich hinsang.

Beim Frühstück sagte Klaus gereizt, ich solle meinen Kakao nicht so laut schlürfen, er könne kaum die Nachrichten verstehen. Er musste selber lachen, als im gleichen Moment die Kaffeemaschine einen unerträglichen Lärm verursachte. Nein, der Anrufer hatte mich offenbar nicht erwähnt.

Back in Black – Twombly im Geiste

Ein paar Tage später, als Fiona und ich zur Schule gingen, meinte ich, Klaus wieder vor der Peepshow zu sehen. Doch bei näherem Herantreten erkannte ich Erwin in einem Mantel meines Vaters. Karl kam auch über die Uhlandstraße gelaufen, dann verschwanden sie beide hinter dem Vorhang. Als wir den Ku'damm entlangfuhren, fielen mir die Poster mit einem hässlichen grünen Wesen mit merkwürdig dicken Fingerkuppen auf. *E.T. Der Film* lief auch bei uns an. Man konnte keine hundert Meter weit laufen, ohne auf ein *E.T.*-Poster zu stoßen.

In der Schule hatte ein Mädchen schon ein T-Shirt mit *E.T.* an – und beim Sport bemerkte ich, dass *E.T.* selbst auf ihren Socken prangte. Während Larissa und Melanie von heute auf morgen erwachsen wirken wollten (sie waren auch in die BSU, die Berliner Schüler Union, eine CDU-Organisation, eingetreten), gab es einen anderen Flügel in der Klasse, der nur noch Klamotten in Babyfarben trug. Stulpen, Handschuhe, Strickjacken, Mützen – alles in Hellblau, Rosa oder Hellgelb. Ein paar Mädchen lispelten jetzt sogar, weil sie das süß fanden. Sie trugen auch noch Halskettchen mit Schnullern als Anhänger – und waren natürlich von *E.T.* hellauf begeistert. Sonja hatte den Film, der erst vor wenigen Tagen angelaufen war, schon viermal gesehen und kannte ganze Dialoge auswendig.

Ich gehörte mal wieder nirgendwo dazu, denn ich wollte weder in die BSU eintreten noch in den *E.T.*-Club. Anstatt auf den Schulhof zu gehen, vergrub ich mich in einem Kellerraum, in dem die Landkarten aufbewahrt wurden, oder spielte Tischtennis mit den Jungen aus unserer Klasse, die aus Isas Sicht noch merkwürdiger aussahen als Steffen.

Am Nachmittag fand ich zu Hause nur einen Memoblockzettel von Klaus und Wiebke vor. Ein neuer Underground-Künstler, den sie sehr »witzig« fänden, werde in einer kleinen Off-Galerie bei uns in der Nähe ausgestellt, ich solle doch unbedingt kommen; wie immer lag eine Wegbeschreibung anbei. Der Künstler nannte sich *Avus*. So wie die Avus bei uns in Berlin.

Unschlüssig kurvte ich eine Weile auf meinem Fahrrad herum. Es hatte geschneit. Als ich die stillen Nebenstraßen des Ku'damms entlangfuhr, kam ich an fünf hintereinander parkenden VW-Käfern vorbei. Mit ihren weißen Hauben sahen sie wie große Pralinen aus. Eigentlich gefielen mir Käfer besser als Motorräder, überlegte ich. Vielleicht sollte ich später mal einen Käfer fahren, ein Auto, das es bestimmt immer geben würde. Und, wer weiß, vielleicht würde ich mit meinem Käfer ja weiter kommen als der Hauser auf seinem Motorrad.

Trotz der niedrigen Temperaturen herrschte Gedränge vor der kleinen Galerie. Schon sah ich Klaus, Wiebke und Herrn Wiedemann. Von der Straße her erkannte ich die Frau, mit der ich den Hauser auf der *Zeitgeist*-Ausstellung gesehen hatte. Sie trug ein schwarzes Kleid mit silbernem Nietengürtel und silbernen Schulterpolstern und war stark geschminkt. Knallblaue Mascara. Ich stieg ab und schob mein Rad über den Bürgersteig. Unter meinen Stiefeln knirschte das Streusalz. Ich bahnte mir meinen Weg durch die Menge vor dem Eingang, dann stapfte ich mit meiner beschlagenen Nickelbrille und meinen vor Nässe quietschenden Moonboots, die ich wieder aus dem Schrank geholt hatte, durch das Galerievolk. Einige Leute sprachen Englisch. *Back in Black* war der Titel der Ausstellung. Hatte AC/DC hier als Vorlage gedient? Oder war es Zufall? Die Geliebte vom Hauser hielt gerade eine Ansprache. Es war sehr laut, und sie schrie fast. Ich konnte nur Brocken verstehen. Sie deutete auf ein großformatiges Gemälde und sagte: »Das ist der Cy Twombly Berliner Prägung! Diese künstlerische Handschrift ist wirklich unverwechselbar: Langer Weg, manch Umweg ... *Avus*, der leider heute erkrankt ist, ist ein Künstler, der sich in seinem Werk immer wieder kritisch mit seiner Herkunft, mit der Geschichte Berlins, den Besonderheiten dieser einzigartigen Stadt, auseinandersetzt, das Janusköpfige der Stadt. Ein Kenner ... gerade auch das Verhältnis der Geschlechter zueinander, in Zeiten der zunehmenden sozialen Isolierung, durch und durch ironischer Einsatz ... pornographischer ... reflektiert und hinterfragt ...«

Mehr verstand ich nicht. Eine Frau in einem tief ausgeschnittenen rot-schwarz-karierten Plastikkleid drängte mich ab. »Biste gerade vom Schlittenfahren gekommen?«, blaffte sie mich an und fegte mir ihre weißblond gefärbten Zauselhaare ins Gesicht. Ich schob mich aber rücksichtslos weiter nach vorn. Die Gemälde kamen mir bekannt vor: Hier der Kartoffelstempel mit dem Anarchie-Zeichen, dort der angedeutete Funkturm und die Mauer. Ich hatte die Bilder in Hausers hinterem Zimmer gesehen.

Wiebke hatte mich jetzt entdeckt; sie schien sich sehr zu freuen, winkte euphorisch, streckte die Arme nach mir aus, schob sich durch die Menge und drückte mich an sich. Auch Klaus lachte mich an. »Toll, Kleine, dass du doch noch gekommen bist. Guck mal, diese Graffitikunst – gefällt dir das nicht? Klaus und ich überlegen gerade, eine der Arbeiten zu kaufen. Sie sind sehr günstig und wirklich etwas Besonderes, so was findet man nicht in New York, London oder Paris.«

Klaus und Wiebke schritten von Gemälde zu Gemälde, deuteten lachend auf Schlaufenreihen, Zickzacklinien und Penissymbole, kicherten über einen einstürzenden Funkturm. Klaus kam einmal kurz zu mir zurück: »Also, Jule, große Kunst ist das nicht, aber es hat schon was. Auch vom Gestus her ist es sehr lässig, ein bisschen schnoddrig, wie diese Stadt eben so ist … Wirklich nicht schlecht.«

Ich nickte stumm. Jetzt wurde der Hauser auch noch von meinen Eltern für gut befunden. Ich schob mich durch das Gedränge wieder nach draußen.

Auf meinem Weg nach Hause radelte ich den Ku'damm hinunter, immer mit der Gedächtniskirche vor Augen. Wie ein verfaulter Zahn ragte sie in den tiefblauen, erstaunlich klaren Abendhimmel. In meiner Phantasie wurde sie immer größer und größer, ihre dunklen Zacken kletterten wie Schlingpflanzen im Zeitraffer nach oben, verdrängten den Himmel, das tiefe Blau, die Sterne, alles Schwarz. Wie Hausers Zimmer vielleicht im neuen Jahr.

Mitte Dezember stellten sich schließlich die letzten Weichen für den Übergang vom roten Jahrzehnt in die schwarzen Dekaden. Bundeskanzler Kohl stellte in einer verfassungsrechtlich bedenklichen Abstimmung die Vertrauensfrage und erreichte, wie erwartet, im Bundestag keine Mehrheit. Damit, sagte der *Tagesschau*-Sprecher, werde der Weg zu Neuwahlen im kommenden Jahr geebnet.

»Gratulation zur Niederlage«, Klaus klatschte kurz in die Hände.

»Der Kohl, der bleibt nicht dran, der ist viel zu provinziell«, sinnierte Wiebke. Es herrschte die übliche gemütliche Post-*Tagesschau*-Atmosphäre, in der jeder seine unausgegorenen Gedanken äußerte.

»Ach, wer weiß«, das war Klaus. »Der hat Sitzfleisch, der Typ. Und wieso sollte Provinzialität denn gegen die Eignung zum Kanzler sprechen? Achtzig Prozent der Deutschen leben in der Provinz ... Der Typ ist ein Machtmensch, aber auf die gemütliche, nicht die brutale Tour, das kommt gut an. Außerdem wird er von seinen Gegnern unterschätzt – das hat schon immer geholfen.«

»Ich will, dass *E. T.* Bundeskanzler wird. Der schießt dann die Grünen auf den Mars, und dort werden sie gefeiert wie bei uns *E. T.*«, blödelte Falk herum.

»Nee, lieber du selbst – dann gibt's überall Hanfplantagen. Und vielleicht auch mehr Botanische Gärten. Und der private Hochbettenbau wird nach Kräften unterstützt.«

»Das will die Mehrheit der Deutschen doch nicht. Die wollen die Todesstrafe für Christian Klar und für Kiffer Verbannung nach Grönland, wo kein Hanf gedeihen kann. Außer es gibt endlich eine Klimawende und wird mal wärmer da oben bei den Pinguinen.«

»Du Hirni, Pinguine gibt's nur in der Antarktis.«

»Das heißt nicht ›in‹ sondern ›auf‹ der Antarktis.« Klaus wusste es besser.

So ging es noch eine Weile. Bis Klaus aufstand und uns seine Neuerwerbung, eines der Bilder von *Avus*, zeigte. Selbst Falk gefielen die graffitiartigen Kritzeleien, rot und schwarz auf weißem Grund, in der linken unteren Ecke saß ein Nilpferd, das mit Stempel aufgetragen war. Über dem Nilpferdkopf stiegen Kringel, vielleicht Denk- oder Seifenblasen, auf und verteilten sich leicht und locker über die ganze Bildfläche. In einem Denkseifenblasenkringel waren Brüste zu sehen, in einem anderen etwas Bierflaschenähnliches und in einen dritten hatte der Hauser *Sport ist Mord* gekrakelt. Irgendwo stand *Save Knautschke*.

Gemeinsam wurde überlegt, wo man das Bild am Besten aufhängen könnte.

»Nicht zu prominent, aber vielleicht gleich hier im Flur zur Begrüßung, damit man sieht, man ist in Berlin?«, überlegte Klaus.

»Das wird ja wohl jeder, der hierherkommt, wissen! Oder glaubt ihr, der denkt, er ist in New York und weiß es bloß nicht?«, höhnte Falk. Klaus seufzte.

»Oder wie wäre es im Bad?«, überlegte Wiebke. »Oder bei mir auf dem Himmelbett … hinter meinem Kopfkissen an der Wand?«

»Save Wiebke«, murmelte Falk.

»So dick bin ich nun auch nicht!« Wiebke zwickte ihn in den Oberarm.

Ich hielt dicht, was den Urheber dieses Werks anging.

Später stand ich aus reiner Gewohnheit wieder am Fenster. Der Hauser war nicht da. Ich malte kein schwarzes Quadrat in mein Hauser-Heft. Das Quadrat blieb weiß. Ich war zu faul, es auszumalen.

Am nächsten Morgen brachte ich drei ausrangierte Hemden von Klaus bei Erwin und Karl vorbei. Auf dem Weg zum Parkplatz begegnete mir eine Rattendemonstration. Es waren wirklich viele Ratten gekommen, selbst für hiesige Verhältnisse. Ich bildete mir ein, dass sie in Ketten gingen, dass ihr Auflauf irgendwie eine Formation hatte. Es gab eindeutig Leittiere und Mitläufer. Im gleichen Moment blieben die Tiere stehen und verfielen wieder in einen leichten Trab. Ihre Kommunikation untereinander war mir ein Rätsel. Wenn ich die Augen zu Schlitzen machte, so dass ich die Realität hinter dem, was sich in den Nachrichten Realität nannte, sah, konnte ich eine große Ratte mit einem Umhang sehen, auf dem die amerikanische und die russische Flagge farblich ineinanderflossen. Sie wurde auf einer Sänfte getragen, und in diesem Augenblick wusste ich, dass diese Weltordnung nicht ewig sein, dass die Mauer fallen, dass ich nie in Patagonien leben, dafür aber in Deutschland, in Berlin, in dieser merkwürdigen Stadt, als Landschaftsarchitektin (ich sollte weder Traumdeuterin, Reiseführerin noch Kakteenzüchterin werden) glücklich werden würde und dass Wiebke und Klaus sich bei allen Unterschieden und Streitereien doch nie trennen würden und Falk weder vereinsamen noch an Drogen sterben, sondern Professor für Theoretische Physik – allerdings nicht in Berlin, sondern, nach längerem Aufenthalt in England, in Restdeutschland – werden würde. Vorher würde er eine Zeitlang jede geistige Tätigkeit kategorisch ablehnen und ein kleines Unternehmen betreiben, das sich auf den Einbau von Hochbetten spezialisierte. Isa würde eine juristische Laufbahn wie ihre Mutter einschlagen, aber mit Schwerpunkt Familienrecht, Fiona würde vier Kinder aus drei Ehen bekommen und schließlich doch noch als Herausgeberin eines griechisch-deutschen Urlaubsmagazins mit einem ausgewanderten Lehrer auf Rhodos glücklich werden. Doch dieses Sekundenwissen verließ mich wieder, als die Ratten in ihren unsichtbaren Luft- und Erdschlössern verschwanden.

Modenschau – Eiszeit

In der Schule unterhielt ich mich mittlerweile wieder mit Steffen. Nachträglich zu meinem Geburtstag hatte er mir eine kleine Sternenkarte aus dem Planetarium und einen Radiergummi in Form eines Kaktus geschenkt. Und in die *Filmbühne Wien* auf dem Ku'damm würde ich auch demnächst zusammen mit ihm gehen.

Auf dem Nachhauseweg stolperte ich über Hütchenspieler und Drogenverkäufer unter der verlassenen Polizeikanzel. Der Glittervorhang der Peepshow wehte heute so weit auf die Straße, dass mir ein langes Gummiband übers Gesicht streifte – eine eigentümliche Berührung. Dann sah ich Herrn Wiedemann, heute ganz in Weiß, hinter dem Vorhang auf die Straße treten. Kurz darauf verschwand er bei *Chapeau!*

Vor *Musik Riedel* traf ich Anna, die mich fragte, ob es mir schon wieder bessergehe, ich sei so oft krank in letzter Zeit und so selten in der Schule gewesen. Ich sagte, dass dies heute mein erster fieberfreier Tag sei, ich mir aber in der Apotheke noch Nasentropfen holen sollte. Anna sah mich länger an und meinte: »Du freust dich auch auf die Weihnachtsferien, oder?« Sie zwinkerte mir zu.

Danach ging ich noch zu *Marga Schoeller* und studierte die Neuerscheinungen. Max Frischs *Blaubart* könnte Wiebke und Klaus interessieren oder Jurek Beckers *Aller Welt Freund*, aber wer weiß, nachher schenkten sie sich das eine oder andere schon gegenseitig. Wiebke und Klaus hatten beinahe alle Bücher von Frisch und Becker. Mir graute schon vor dem Tag, an dem einer der beiden das Zeitliche segnen würde, dann würden The Wiebkes and the Klauses sicherlich monatelang in Depressionen verfallen.

In einer Woche war Weihnachten. The Wiebkes and the Klauses sagten beim Abendbrot, es stimme sie sehr nachdenklich, dass die Gesellschaft für deutsche Sprache »Ellenbogengesellschaft« zum Wort des Jahres gekürt habe. Sie sprachen beide von einem »Unwort«. Auf den Jahreswechsel, auf irgendetwas Neues schienen sie sich nicht zu freuen. Das Wetter war miserabel, und so konnten sie sich guten Gewissens zu Hause einigeln.

Heute steckte bei uns im Briefkasten eine Ansichtskarte für mich. Isas Handschrift erkannte ich sofort. Nächstes Wochenende wollten ihre Mutter und sie nach Berlin kommen!

Freitagabend holte ich Isa bei Frau Reiß, einer Freundin ihrer Mutter ab, bei der sie übers Wochenende wohnten. Lichtenrade! Ich brauchte eineinhalb Stunden, um dorthin zu gelangen.

Die Rückfahrt mit Isa war lustiger, wir redeten gleich drauflos, sie zeigte mir ein Foto ihrer neuen Klasse (die Mädchen sahen alle noch tussiger aus als hier) und ließ mich raten, wer Marco war. Sie kreischte auf, als ich auf einen Sportstypen tippte: »Nein! Das ist Boris, der Vollhorst!« Der Typ, der sich dann als Marco entpuppte, sah nicht viel anders aus, nur trug er ein weißes Netzshirt mit einer aufgedruckten Sieben, Boris ein gelbes mit einer aufgedruckten Neun. Doch Isa knuffte mich in die Seite: »Sei nicht so oberflächlich.« Dann begann sie mir ihrerseits lang und breit zu erklären, warum ihrer Meinung nach ein Netzshirt mit Ärmeln etwas ganz anderes sei als ein ärmelloses.

Meiner Meinung nach war nicht der – fehlende – Ärmel, sondern das Netz genau dieser springende Punkt, diese Trennlinie zwischen Gut und Böse, Schlau und Dumm und so weiter. Netzhemdträger, egal, ob mit oder ohne Ärmel, seien doofe Leute, versuchte ich Isa, überzeugt von der Wichtigkeit meiner Mission, meine Theorie nahezubringen, aber Isa schüttelte den Kopf. »Du magst eben alles nicht, was sexy ist, Jule, das ist dein ganz spezifisches Problem, aber das ändert sich auch noch.«

Beleidigt schwieg ich. Was der Hauser wohl über solche schwierigen Dinge dachte? Ich hatte ihn schon in den verschiedensten T-Shirts gesehen, Netz, nicht Netz, Ärmel, keine Ärmel – er stand lässig über allem. Am liebsten aber mit nacktem Oberkörper.

Später gingen Isa und ich zu *Jean Pascal* am Ku'damm und kauften uns die gleichen türkisfarbenen T-Shirts (mit Ärmeln und ohne Löcher – also waren wir beide zufrieden), unser »Freundschaftsshirt«, danach aßen wir Eis bei *Häagen-Dazs*. Das Geld für dieses teure Freizeitvergnügen hatte ich mir von Klaus geben lassen, denn ich wusste, was Wiebke über *Häagen-Dazs* dachte: Reine Geldmache. Und abends nahm Isa mich auf eine Modenschau von *Esprit* mit, für die sie auf irgendwelchen Umwegen über den Verein *British Decorative Arts* von ihren Eltern Karten ergattert hatte. Nicht, dass mich die Modenschau besonders interessiert, aber Isa war nun mal nicht alle Tage hier. Ich fragte mich, ob Melanie und Larissa uns dort über den Weg laufen würden, dann fiel mir jedoch ein, dass zumindest Melanie ja seit Neuestem einen auf seriös und modegeläutert machte.

Bald standen wir zwischen aufgetakelten Frauen und breitschultrigen Männern, die ständig mit teuren Feuerzeugen herumhantierten. Als sich eine Frau in goldenem Netzkleid direkt vor mir großzügig Parfüm auflegte, imitierte ich einen asthmatischen Anfall. Aber das beeindruckte die Frau, die sich auch noch goldene und weinrote Strähnchen ins Haar gefärbt hatte, nicht im Mindesten.

Die Show begann. Einige Models in großmaschigen weißen Glitzernetzshirts (mit – ganz gewagt – nur einem Ärmel!) mit bunten Strassbommeln, die wie Weihnachtskugeln aussahen, schlappten zu *Alan Parsons Project* und zu Lionel Ritchie über den Laufsteg, und die Zuschauer starrten auf die Haut unter den Netzshirts. Ich beobachtete lieber die Leute um mich herum. Zum Beispiel das blonde Mädchen, vielleicht so alt wie ich, Arm in Arm mit einem klobigen, stiernackigen Mittvierziger, den sie mit »Putzischatz« anredete. Neben ihnen saß eine fast nackte, unglaublich aufgedunsene, leicht röchelnde, mit mörderischen Ketten um Hals, Hand- und Fußgelenke behangene Person, die mich an *Divine* erinnerte. Daneben zwei korpulente Ku'dammladys, zwei enorme Haarspraytalente, die aus sehr wenig sehr viel gemacht hatten, die eine mit weißblondem, die andere mit blauschwarzem Haarhelm, und beide mit langen flamingofarbenen Fingernägeln ... Ein blondes Model trug einen Krug auf dem Kopf, und über den Krug hing ein pinkfarbener Netzstoff wie ein Schleier bis zu ihren Füßen. Nun betrat eine (wie mir schien) lateinamerikanische Schönheit den Laufsteg. Der modeschöpferische Witz sollte wohl aus dem Kontrast zwischen ihrer babyhaften Kleidung – sie trug einen rosé-hellblau-zitronengelb gestreiften Strampelanzug – und den sexy Netzfenstern an Brüsten und Po bestehen. Aus dem Publikum kamen ekstatische Rufe.

Während die lateinamerikanische Schönheit zu *The Look of Love* und *Shoot your Shot* näher in unsere Richtung tanzte, musste ich an den geschundenen Körper von Herrn Adán denken. Wie er da in diesem komischen Lagerraum in der Dunkelheit fast nackt vor mir gestanden hatte ... Die Erinnerung war so intensiv, dass ich meinte, seine Narben wieder unter meinen Fingerkuppen zu spüren.

Ich fuhr zusammen, als Isa mich am Jackenärmel zupfte.

Ich hatte vergessen, wo ich war. »Was ist denn, Jule? Ist das nicht witzig, was die anhat?«

Wahrscheinlich war es ein Fehler, dass ich Isa nicht irgendwann am Telefon von meinem Erlebnis in der Apotheke erzählt hatte. Nun schien eine Mauer zwischen uns zu stehen. »Doch, doch …«

Als sich Isa wieder von mir abwandte, blickte ich auf den Boden. *Ich hab' heute nichts versäumt. Denn ich hab' nur von dir geträumt. Wir haben uns lang nicht mehr gesehn. Ich werd' mal zu dir rübergehn.* Ich schloss die Augen und hielt meine Hände auf die Ohren. Bis ich statt Nena mein Blut pulsieren hörte.

»Weil sie herausfanden, dass ich am gleichen Tag wie der Herr und Meister Geburtstag habe, bin ich amnestiert worden.« Dann diese flüchtige Andeutung eines Lächelns. »Seitdem interessiere ich mich übrigens für Medizin …« Diese Stimme. Er hatte nicht selbstmitleidig geklungen, eher selbstironisch. Wo er jetzt wohl war?

Die Musik wurde leiser, die Show war vorbei. Um uns herum herrschte Aufbruchsstimmung, wurden Stühle zurückgezogen und Mäntel umgelegt. Isa nahm ihren Kunstpelzmantel, ich meinen Parka. Der Ku'damm war mit Weihnachtsgirlanden geschmückt, er sah festlich aus. Falk würde es kitschig finden, aber mir gefiel es. Isa und ich schlenderten in weitem Abstand zueinander über den breiten Bürgersteig. Wir verschwanden in der Menge von Menschen in Feierabendstimmung, überall Stimmen, Musikfetzen aus Autos, Doppeldeckerbusse fuhren dröhnend an uns vorbei, ein schöner städtischer Lärm umgab mich, ich war auf eine angenehme Art einsam, und langsam beruhigte ich mich etwas. Isa fing an, über ihre neue Schule und über Marco zu reden, und ich stellte bewusst eine Menge Fragen, um nichts von mir erzählen zu müssen.

An einem der letzten Schultage vor den Weihnachtsferien
ging ich an wieder einmal nach dem Unterricht mit zu Fiona.
Anna stand mit einer Schürze in der Küche und winkte uns
heran. »Hab' euch Salbeicouscous mit Aprikosen und Rosinen in Mandelkokosnusssoße gemacht!«

Ich versuchte, Anna anzulächeln, aber es gelang mir nicht.
Fiona reagierte nicht.

Anna runzelte die Stirn. »Ihr seid heute etwas spät. Eben
hat das Ekel angerufen. Ich habe gesagt, heute kann er nicht
mehr anrufen. Vielleicht morgen.«

»Was wollte Roland denn?«, fragte Fiona.

Annas Gesicht wurde hart. Sie fixierte ihre Tochter. Dann
fuhr sie fort: »Das Ekel wollte mit dir auf den Südamerikabasar. Der geht nur bis heute. Aber du hat ja heute Besuch!
Nächstes Jahr wieder«, mit diesen Worten stellte Anna zwei
überschwappende Teller vor uns auf den Tisch und ging aus
der Küche.

Als wir später die *ai informationen* aufschlugen, waren wir
überrascht, dass es diesmal nicht um Nicaragua oder um Südafrika ging, sondern um Deutschland. Amnesty war besorgt
über die Inhaftierung von Kriegsdienstverweigerern aus Ge-
wissensgründen und über die Isolationshaft von Mitgliedern
der RAF und der Bewegung 2. Juni.

»Wenigstens mal kein Brief in Englisch«, meinte ich nur.

»Weißt du denn nicht, dass man zum eigenen Land keine
Eilaktionen macht? Jetzt müssen die Mitglieder in Nicaragua
und Südafrika Briefe nach Deutschland schicken. Aber wir
haben hier einen Fall in Zaire, am Besten in fließendem Französisch.«

Wieder bei uns in der Wohnung trabte ich mit der Absicht in
die Küche, ein Glas Fassbrause zu trinken, was darauf hin-

auslief, dass ich mit Wiebke einen Kartoffelsalat vorbereitete. Nach dem Kartoffelschälen klebten wir von Falk und mir im letzten Jahr selbst gebastelte, wenig ansehnliche Transparentpapierweihnachtsbilder ans Küchenfenster. Beim Aufhängen riss ich die hässlichen Dinger aus purer Lust an der Zerstörung noch ein bisschen ein. Gedanken daran, ob ich mit Falks Weihnachtsschmuck genauso umgehen dürfte wie mit meinem eigenen Unrat, verdrängte ich sofort. Den diesjährigen Adventskalender hatten wir unter Wiebkes Anleitung aus Klopapierrollen (für jeden Tag eine) gebastelt und die Rollen dann mit rotem und dunkelgrünem Krepppapier umwickelt. Ganz weihnachtlich. Klopapierrollen! Bei meinen Eltern war der schiere Kapitalismus ausgebrochen: Im vorletzten Jahr hatten wir den Adventskalender noch aus Streichholzschachteln gebastelt – Wiebke steckte in jede Schachtel genau ein Bonbon oder einen Kaugummi. Man konnte nicht behaupten, dass man da nach zwei, drei Wochen noch sonderlich überrascht war. Immerhin gab Wiebke sich Mühe, nicht an zwei aufeinanderfolgenden Tagen Bonbons der gleichen Sorte zu wählen.

In diesem Jahr bekamen Falk und ich einen Müsliriegel, einen Eddingstift oder – an den Adventssonntagen – sogar Kinokarten (natürlich für Filme nach Klaus' und Wiebkes Geschmack, beispielsweise Karten für *Yellow Submarine*, der in einem Oldiekino in Zehlendorf gezeigt wurde) geschenkt. Wenn das so weitergehen sollte, würden wir in fünf Jahren unsere Adventskalender aus Ariel-Tonnen bauen!

Wiebke erging sich ausführlich darüber, dass es doch viel, viel schöner sei, etwas Selbstgebasteltes, etwas mit Liebe Gemachtes (woher wollte sie das eigentlich wissen, fragte ich mich) in sein Fenster zu hängen als diesen »Plastikschund«, wie er bei Pechs wieder blitzte und blinkte.

Ich sagte nichts dazu. Wir hängten also unser halbes Fenster mit Falks und meinen beschämend dilettantischen Arbeiten voll, damit noch weniger Licht in die Berliner Hinterhofküche drang. Licht, was war das?

Abends wurde in der *Tagesschau* von einem schweren Orkan mit Spitzengeschwindigkeiten von bis zu 180 Kilometern pro Stunde berichtet. In Rendsburg war eine Achtzehnjährige von einem herabstürzenden Ast erschlagen worden, an der Elbe hatte der Sturm einen Bauarbeiter vom Gerüst gefegt. Wir vier lümmelten uns auf und um Klaus' Lieblingssessel und aßen Weihnachtsgebäck. Jetzt sahen wir uns beunruhigt an, Weltuntergangsstimmung. »Es gibt eindeutig mehr Orkane als früher«, sagte Wiebke mit einem panischen Zittern in ihrer Stimme.

»Das ist der Beginn der neuen Eiszeit«, ereiferte sich Klaus. »Es gab da letztens schon, hach, in welcher Zeitung war das denn noch mal? Dieser Artikel über die befürchtete Klimaabkühlung, wirklich… Das haben mehrere Meteorologen bestätigt!«

Wiebke nickte. »Ich habe das auch gelesen. Es wird kälter auf diesem Planeten.«

Plötzlich hörten wir sehr laut *Back in Black* über den Hof schallen. Klaus' Miene verfinsterte sich augenblicklich. »Ich habe der Hausverwaltung noch mal geschrieben, Herr Wiedemann und Anna haben auch unterzeichnet.«

Nach der *Tagesschau* klingelte dauernd das Telefon; an Wiebkes und Klaus' Gesichtern sah ich, dass es sich um Verwandtenanrufe handelte. Den Gesprächen entnahm ich, dass aus irgendeinem Grund alle davon ausgingen, dass der Sturm in Berlin besonders schlimm gewütet hatte. Hier war es aber – leider – ruhig geblieben. Leise rieselte der Schnee auf die

Fensterbank. Ich schaute nicht mehr zum Hauser-Fenster, auf die Hawaiitapete, aber weg vom Fenster kam ich doch nicht. Still und starr lagen die Pfützen im Hof.

Nur noch drei Tage Schule. Dann Weihnachten. Und Silvester. Heiligabend würde dieses Jahr das erste Mal ohne einen Obdachlosen stattfinden. Aus lauter Hilf- und Einfallslosigkeit hatte Wiebke dieses Jahr sogar vorgeschlagen, in die Kirche zu gehen, aber dafür war Klaus nicht zu haben. Jetzt wollte Wiebke Anna zu einem evangelisch-esoterischen Meditations- und Betabend (so Klaus) begleiten und dann später die Bescherung machen. Wiebke betonte, dass für sie Heiligabend, wenn schon nicht mit einem Obdachlosen, dann wenigstens als Fest der Liebe, mit Predigt und so, gefeiert werden sollte – nicht nur als reines *Fress- und Geschenke-Aufreißfest*, wie sie dem Obdachlosenfeind und Kirchenabtrünnigen Klaus vorwarf. Es würde also ein ganz zerfasertes Fest werden, schon kompliziert, bevor es überhaupt angefangen hatte.

Und Silvester? Ich wusste nicht, wo und mit wem ich feiern sollte. Mich hatte niemand aus der Klasse eingeladen. Fiona flog mit Anna und zwei anderen Familien Jahr für Jahr auf eine der griechischen Inseln. Da lebte Anna dann mit ihren Freunden unverdrossen ihr Hippieglück, als würden Brian Jones und John Lennon noch leben, als hätte es Mogadischu und Isolationshaft nie gegeben. Selbst im Urlaub nahm Fiona Therapiestunden, Anna schickte sie Jahr für Jahr zu einer englischsprachigen Kunsttherapeutin – und Fiona konnte sich dann im neuen Halbjahr mit Worten wie »quilt« in ihren Englischaufsätzen hervortun. Fiona würde mir wieder ein buntes Baumwolltuch (cotton cloth!) mitbringen und bei Schulbeginn im Januar ihre griechischen Weihnachtsge-

schenke tragen. Und eine neue hübsche Mütze vom Ekel –
das jetzt immerhin Roland hieß.

Ich hatte Klaus und Wiebke schon mehrmals gefragt, ob
wir nicht mitfliegen könnten, aber ihnen war das »zu viel
Trubel«. Wiebke und Klaus saßen nämlich am allerliebsten
zu zweit zu Hause auf dem Sofa und blätterten im Zeitlupen-
tempo durch Kunstbände. Das war ihre ultimative Vorstellung von Harmonie. Auch an Silvester.

Mein großer Hoffnungsschimmer war, dass Isa noch mal
nach Berlin kommen würde. Und Falk? Falk ging bestimmt
mit Christian auf eine No-Wave-Party. Ob er mich mitneh-
men würde? Mal antesten – vorsichtig. Ich sah es schon kommen, nachher hockte ich mit Wiebke und Klaus im Berliner
Zimmer, und sie stritten sich, wer besser Blei gießen konnte.
Am Ende versöhnten sie sich dann damit, dass sie sich überlegten, was im neuen Jahr alles Schreckliches in der Welt passieren und wer alles sterben würde. Und was alles explodieren könnte. Zwischendurch klingelte vielleicht noch einmal
das Telefon, und Klaus würde zusammenzucken. Da setzte
ich mich doch lieber allein in mein Hinterhofzimmer und
schaute den lichtentwöhnten Kakteen beim Wachsen zu …

Im Radio lief *Stille Nacht, Heilige Nacht.* Ein Journalist
berichtete live aus dem Zoo, was für besondere Leckerbissen
Knautschke und Bulette an den Feiertagen bekommen würden. Dann erzählte er, dass die beiden Stars des Zoos in diesem Jahr noch mehr Besucher als je zuvor bekommen hätten.
Zum Schluss hielt man ihnen keckerweise einmal das Mikro
vor die Nüstern, und sie machten tiefe Schnaufgeräusche. Na
schön.

Abends machte ich mich daran, Wiebke und Klaus etwas
zu malen. Der eine verkrumpelte Topflappen schien mir als
Weihnachtsgeschenk nicht genug zu sein, zumal sie sich im-

mer viel Mühe gaben. Das war wunderbar an meinen Eltern: Egal, was man fabrizierte und wie scheußlich es aussah, wenn es im weitesten Sinne unter »Kunst« fiel, waren sie begeistert. Gegen Mitternacht hatte ich ein Bild fertig gestellt, auf dem rattenähnliche Wesen (die Ratten der Zukunft: mit silbernen Antennen auf dem Kopf und Rollerskates) munter in der strahlenden Abendsonne auf Mülltonnen herumhüpften. Ich hatte um sie herum Sprungfedern gemalt – sie sahen aus wie Superman, wenn er durch die Luft wirbelte. Links war eine Hauswand zu erkennen, von der Wasser herunterlaufen sollte, aber das war mir nicht so gelungen, es sah eher aus wie blaue Farbe, wie ein einsames Farbei, das allein an einer riesigen Berliner Brandmauer hinunterträne. Aber ich nahm nicht an, dass Wiebke und Klaus das stören würde. Kabirs Haus – falls sie sich daran erinnerten. Ich war zufrieden mit meinem Werk, andere Verwandte musste ich ja nicht bedenken (Falk bekam eine selbst aufgenommene Kassette und ein Poster mit einer Gruppe von Kronenpinguinen, die er wegen ihres »Iros« ja schätzte), also waren die Weihnachtsvorbereitungen in einem Klacks erledigt – wenigstens ein Vorteil, wenn Verwandte in Restdeutschland nicht mit Geschenken beglückt werden mussten. Allerdings hatte Falk am 26. Dezember Geburtstag. Dieses Jahr würde mein Bruder achtzehn werden. Falk feierte jedoch nie, er bestand darauf, seine Geschenke Weihnachten zu bekommen, er wollte seinen Geburtstag nicht in irgendeiner Weise anders als andere Tage begehen.

Heute war der vorletzte Schultag. Ich hatte gehofft, es würde kein normaler Unterricht mehr stattfinden, aber da hatte ich mich getäuscht. In Mathe wurde uns für Anfang Januar eine Arbeit angekündigt, die letzte vor den Zeugnissen. Zum

Glück konnte ich mit Sena und Pepita absprechen, dass ich mich zwischen sie setzen durfte – damit wäre dann meine Note gerettet.

In Chemie schütteten wir wieder in sinnloser Weise Flüssigkeiten ineinander, und natürlich funktionierte der Versuch nicht. Am Ende hatten wir kein weinrot gefärbtes Wasser in unseren Reganzgläsern (dies hatte Herr Knecht uns zuvor als »Weihnachtsüberraschung« angepriesen), sondern, wie immer: eine braune Flüssigkeit. Melanie tröstete Herrn Knecht, indem sie meinte, man könne dabei ja an Nürnberger Lebkuchen denken. Das fand ich originell. Ich hatte in meiner Einfalt an etwas Anderes gedacht.

Der Biologieunterricht bot auch keine Überraschung. In meiner gesamten Schulzeit hatten wir nicht einmal in diesem Fach Kakteen oder Palmen durchgenommen. Warum der Riesenalk ausgestorben war, wusste ich immer noch nicht, obwohl ich Kugeritz schon oft deshalb genervt hatte. Vielleicht würden Schüler in ferner Zukunft ihren Lehrer, nennen wir ihn doch Herrn Großalk, fragen, warum der Kugeritz im späten 20. Jahrhundert ausgestorben ist – da würde es Herrn Kugeritz sicher auch freuen, wenn man ihn nicht ganz vergessen hätte und etwas über ihn erzählen könnte.

Abends sah ich mit meinen Eltern eine Sendung über das Waldsterben. Es gab neue Erkentnnisse dazu, plötzlich waren Experten der Ansicht, das Waldsterben sei nicht auf das Schwefeldioxid, sondern auf einen erhöhten Ozongehalt in der Luft zurückzuführen. Wiebke und Klaus waren sich einig, dass die »Schwefellobby« nur von ihrem Problem ablenken wolle. Mir gefiel merkwürdigerweise das Wort »Schwefellobby«. Einfach so. Aber der Gedanke, dass Deutschland sich unausweichlich in ein von Tundra geprägtes Land entwickelte – wenn man den Klimawandel mit der neuen Eiszeittheorie und das Waldsterben zusammennahm –, war doch ziemlich bedrückend.

Am nächsten Nachmittag rief Isa an, die längst zurück in Düsseldorf war. Sie war weiterhin glücklich verliebt und erzählte mir ausführlich von Marco. Am Ende des Telefonats meinte sie plötzlich, sie habe noch eine sehr interessante Nachricht für mich. »Weißt du, wen mein Vater gerade behandelt?«

»Den König von Trinidad und Tobago«, murmelte ich in den Hörer.

»Nein, den Typ aus der Apotheke ... Herr – du weißt schon, ich habe seinen Namen vergessen, so einen spanischen Namen.«

»Herr Adán! Der ist ein Patient deines Vaters? Was hat er denn verbrochen?«

»Er ist im Herbst ein Stückchen nackt über den Ku'damm gelaufen, an der leeren Polizeikanzel vorbei, zwei genervte Nutten haben sofort die Polizei gerufen. Als er abgeführt werden sollte, ist er völlig ausgerastet, hat sich der Verhaftung widersetzt, hat um sich gebissen und so ... War wohl ziemlich schlimm.«

Ich schwieg erschrocken. »Und was meint dein Vater über ihn? Auf welchem Gebiet ist er ein Genie?«

»Er sei ein Exhibitionist, dessen Exhibitionismus nicht sexuell motiviert sei ... das meinte er nur, und dass sein Exhibitionismus erst kürzlich aufgetreten sei. Und dass er Heimweh habe. Nach Patagonien. Aber im Moment kann er dahin nicht zurück.«

Die Folterkammer in Chile, in Patagonien. Ich konnte nicht mehr weitersprechen.

Nachts lag ich wach und heulte stundenlang in mich hinein – es war die Art von Heulen, die dem Regen draußen am
ehesten entsprach. Wenigstens einmal war ich ohne Anstren-
gung in Einklang mit meiner Umgebung. Der Regen in diesen langen Nächten vor Heiligabend – den längsten Nächten
des Jahres – hatte etwas Endzeitliches und Ewiges.

Unvorstellbar, dass die Welt, wie ich sie damals kannte,
ganze sieben Jahre später auf den Kopf gestellt werden sollte.
Berlin sollte eine andere Stadt werden, anders aussehen, riechen, klingen, eine andere Geschwindigkeit und andere
Grenzen haben und ich plötzlich ein »Wessi« sein, der ich nie
gewesen war. Zwischen »dem Westen« und uns schien damals ein Meer zu liegen. Zwischen »dem Osten« und uns nur
eine schmale Mauer, die auf geheimnisvolle Weise nicht nur
trennte, sondern auch verband. Von einer Insel aus geht es in
alle Himmelsrichtungen weiter.

Damals im Dezember 1982 regnete es so unablässig in Berlin, dass ich dachte, wir würden versinken. Schnee *und* Weihnachten wäre zu viel Romantik gewesen, der zuvor gefallene
Schnee hatte sich längst in Matsch verwandelt. Neuschnee
hob sich diese Stadt für den Jahresanfang, für die braunen,
vertrockneten Weihnachtsbäume am Straßenrand auf. Und
für diesen Song, der im nächsten Jahr ein großer Hit werden
würde: *Besuchen Sie Europa (so lange es noch steht)*. Er würde
so oft über unseren Hof schallen wie jetzt die *Polonäse* und
Sonne statt Reagan zusammengenommen. Denn er sprach
offenbar in so unterschiedlichen Menschen wie Herrn Olk,
Herrn Kanz, Frau Koderitz, Herrn Wiedemann, Anna und
meinen Eltern und Falk etwas an – aus irgendeinem Hoffenster hörte man ihn immer. Doch für mich war der Gedanke an ein sintflutartiges Versinken von Europa im Atom-
bombenhagel im Moment weniger beängstigend als der

daran, wie es denn weitergehen könnte. Mit mir, mit dem in Kürze anbrechenden neuen Jahr, mit dem Leben an sich. Mit allem, was ich damals kannte.

Rattenloch – Reprise

Als ich am letzten Schultag nach Hause kam, fühlte ich mich leer und traurig. Morgen war Heiligabend, Isa war fort, Fiona würde fort sein, The Wiebkes and the Klauses waren unterwegs oder verkrochen sich in ihrem Denkraum respektive Himmelhochbett. Ich trat an mein Fensterbrett und spielte mit einer Taube, die auf der anderen Seite meines Fensters saß: Wer guckt zuerst weg? Natürlich verlor ich.

Auf einmal hörte ich einen ohrenbetäubenden Krach. Ein Schlagen, ein Poltern, ein Knirschen. Erschrocken guckte ich aus dem Hoffenster. Der Hauser zertrümmerte hinter den Mülltonnen mit einer Axt eine Kiste. Die stand doch gestern noch in seinem Flur! Nun blickte ich in seine Wohnung. Sein Bett, sein Fernseher, der Stereotower waren verschwunden, die Lampen abgenommen. Nur die Hawaiitapete mit dem Motorradpärchen war übrig geblieben. Und eine an die Wand gelehnte schmale Matratze. Was lief hier ab? Langsam kapierte ich, dass der Hauser auszog und den Großteil seiner Möbel nicht mitzunehmen gedachte. Vielleicht zog er mit seiner Geliebten zusammen, vielleicht hatte er die Miete nicht mehr bezahlen können, vielleicht hatte mein Petzen, das Klaus' Brief an die Hausverwaltung nach sich gezogen hatte, das Fass zum Überlaufen gebracht, und er hatte wegen der vielen Beschwerden eine Kündigung erhalten, vielleicht verkauften sich seine

Bilder rasant, und er konnte sich eine andere, bessere Wohnung, gemeinsam mit seiner Galeristin, leisten – den genauen Grund würde ich nie erfahren.

Ich blieb am Fenster stehen, wie ich dieses Jahr die meiste Zeit am Fenster gestanden hatte, und sah zu, wie der Hauser seine Möbel zerhackte, um dann mit Teilen davon zu verschwinden. Nach fünf Minuten kam er jedes Mal mit leeren Händen zurück und hackte weiter. So ging das den ganzen Abend über. Ich lief nur zum *Tagesschau*-Gucken aus dem Zimmer.

Um halb elf nachts rief Herr Wiedemann über den Hof, er werde gleich die Polizei holen.

Der Hauser brüllte zurück: »Sie können mich ma', ick tret' ihnen jleich die Tür ein, klar? Morjen bin ick nich mehr hier, da ham Se imma schön ihre Ruhä!«

Der Hauser legte sich am frühen Morgen in seiner leeren Bude auf die Matratze und schlief. Nachdem ich bei ihm gewesen war, hatte ich versucht, ihn zu vergessen. Aber am Fensterbrett weinte ich über den Mann, mit dem ich zusammen nach Südamerika hatte auswandern wollen.

Am Morgen des 24. Dezembers ging ich, einer Ahnung folgend, zum Rattenloch, jener unbebaubaren Lücke im Gefüge, jener Erinnerung an Krieg, Schmerz, Zerstörung, Fäulnis und Gewalt. Es überraschte mich kaum, all die zerschlagenen Möbel dort herumliegen zu sehen. Dort, wo sie hergekommen waren. Die großartige orangefarbene Lampe, die Garderobe mit den Frauenhänden als Jackenhalter, die Wiebke und Klaus geschmacklos fanden, der Abfalleimer mit dem Fledermausaufkleber, der Plastikkorb, in dem sein Obst immer verfaulte, alles. Darüber ein anthrazitfarbener Himmel und das mittlerweile schon reichlich verwitterte *Bonzen, wir kriegen euch* und *Kummerland ist abgebrannt*. Jemand hatte das L mit einem riesigen K übersprayt.

Über mir drehten die stolzen Tauben Pirouetten. Im Gebüsch dinierten die Ratten. Ihr Tafelsilber blendete mich. Es funkelte wie eine Fata Morgana, wie ein verspiegelter Großalk in ferner Zukunft, wie die Spiegelung einer Hoffnung auf eine Hoffnung, eine endlose Selbstspiegelung in einer eingefrorenen Zeit. Es hatte zwar noch nicht geschneit, aber der Boden unter mir war hart wie Stein. Hunde kläfften rau aus allen vier Sektoren. Von irgendeinem der vielen Höfe hörte man ein unablässiges Dosenkicken. Über mir erhob sich eine Taube, so mühelos, verdammt… Langsam ging ich zurück und versuchte dabei, nicht auf die Splitterspur zu treten, die von jenem feuchten Grundstück direkt zu unserem Haus führte.

Inhalt

Dank

An die Berliner Senatsverwaltung für Kulturelle Angelegenheiten für die Unterstützung durch ein Autorenstipendium.

An Indra Wussow und die Stiftung kunst:raum syltquelle für mehrere Arbeitsaufenthalte auf Sylt sowie an Het Beschrijf/Passa Porta für ein Aufenthaltsstipendium in Vollezele, Belgien.

Besonderer Dank gilt Anton und Emil Landgraf.

Mein Dank gilt auch Alexander und Margarethe Dückers, Daniel Dückers, Anne Ursel Schmöle († 2006), Klaus und Ida Schöffling, Sabine Baumann, Angela Drescher, Karin Graf, Uwe Timm, Kristina Hansen, Maria Tautz, Charlotte Lürßen, Ernst Lürßen und Ingrid Lürßen-Peckskamp, Bärbel Scherhag, Klaus Herding, Anselm und Margarete Dreher, Marwan, Antje und Dietz von Beulwitz, Renate Griesebach, Şehriban Özdemir, Erika und Bernd Schewski, Marei Ahmia, Bodo Mrozek, Susanne Schleyer, Arnd Beise, Nina Petrick und Franz Stintz.

Die Strophen von Hans-Magnus Enzensberger auf Seite 429 entstammen dem Gedicht »Leuchtfeuer« aus dem Band *Gedichte 1950–1986*. Frankfurt am Main: Suhrkamp 1986, S. 59 f. Zitiert mit freundlicher Genehmigung des Verlags.

Unny
3,-